Der Preis der Versuchung

Die Autorin

Julia Ross wuchs in einem georgianischen Haus in England auf und studierte in Edinburgh, Schottland, woher ihr Vater stammt. Nun lebt sie im Westen der USA, wo sie mit ihren historischen Liebesromanen sehr erfolgreich ist. Für einige ihrer Romane hat sie bereits Preise erhalten.
Mehr Informationen über die Autorin und ihre Bücher erhalten Sie auf ihrer Homepage unter www.juliaross.net.

JULIA ROSS

Der Preis der Versuchung

ROMAN

Aus dem Amerikanischen
von Susanne Kregeloh

Weltbild

Die amerikanische Originalausgabe erschien 2002 unter dem Titel
The Seduction bei The Berkley Publishing Group, New York.

Genehmigte Lizenzausgabe für Verlagsgruppe Weltbild GmbH,
Steinerne Furt, 86167 Augsburg

Übersetzung: Susanne Kregeloh
Umschlaggestaltung: Maria Seidel, Atelier Seidel – Verlagsgrafik, Teising
Umschlagmotiv: © Oliviero Berni via Agentur Schlück GmbH
Gesamtherstellung: CPI Moravia Books s.r.o., Pohorelice
Printed in the EU
ISBN 978-3-86800-637-7

2014 2013 2012 2011
Die letzte Jahreszahl gibt die aktuelle Lizenzausgabe an.

Dieses Buch ist Dorothy Dunnett gewidmet,
in respektvoller Erinnerung.
Lymond wird auf ewig unvergleichlich bleiben.

Prolog

Er hatte verloren. Unbegreiflicherweise hatte er verloren! Entsetzen packte ihn und würgte ihn in der Kehle.

Alles, was er besaß – sein Vermögen, seine Juwelen und seine Waffen, selbst Gracechurch Abbey, sein Haus –, würde nicht ausreichen, um das abzudecken, was er aufs Spiel gesetzt und verloren hatte.

Der Spitzenbesatz seiner Ärmelmanschette umfloss wie Wasser sein Handgelenk, als Alden sein Taschentuch an die Lippen drückte.

In unbekümmertem Wagemut war er Risiko um Risiko eingegangen. War er heute Abend nicht zurückhaltender als üblich gewesen? Oder doch nicht? Er konnte sich nicht genau erinnern. Sein Puls ging schnell vor ungewohnter Erregung, fast so, als wollte er sich jeden Moment selbst zerstören.

Schatten huschten durch das von Kerzenschein erhellte Zimmer, glitten über Flaschen und Gläser und über den Tisch mit den Karten und dem Durcheinander von Schuldscheinen, um sich am Ende in den Kreuzfenstern zu verlieren. Jenseits der Butzenscheiben lag das London König Georges und verbreitete seine Ausdünstungen – voller Gleichgültigkeit gegenüber dem Schicksal Alden Granville-Strachans, Viscount Gracechurch, der soeben sein ganzes Hab und Gut verspielt hatte.

Angst machte seinen Mund trocken.

Ich bin vernichtet!

Lord Edward Vane, das lange Kinn so glatt rasiert, dass es wie Elfenbein schimmerte, drückte eine rußende Kerzenflamme aus. »Bei meiner Treu, Gracechurch! Trotz Eures Verlustes noch so gefasst, Sir? Was zum Teufel würde Euch aufregen? Den Einsatz zu verdoppeln?«

Alden begegnete dem kalten, seltsam leeren Blick des Mannes – mit dieser winzigen Spur von Boshaftigkeit darin, die unter den jüngeren Söhnen von Adligen nicht ungewöhnlich war. Zuletzt hatte er ihm heute Morgen gegenübergestanden – und der Spitze eines Rapiers. Er war ein geschätzter Fechtpartner, der hagere, rastlose Lord Edward Vane: Alden war sich niemals ganz sicher, dass der Sohn des Dukes ihm nicht ohne Zögern die Waffe ins Herz stoßen würde.

Gleichwohl hatte diese interessante Fechtübung Alden hierher in Lord Edwards Stadthaus gebracht, um sich die Nacht mit Kartenspielen zu vertreiben. Ein zufälliges Zusammentreffen. Ein kleiner Sieg über einen besseren Fechter, als er selbst einer war. Eine Einladung zum Kartenspiel – um dem Sohn des Dukes die Chance zur Revanche zu geben. Alden konnte niemandem außer sich selbst die Schuld geben.

Der Parfümduft, der dem Taschentuch entströmte, wand sich wie eine Schlange in seine Nase.

Er war hier nicht unter Freunden.

Die gepuderte Perücke des dritten Mitspielers saß wie eine Wucherung über dessen gerötetem Gesicht. In seinem protzigen Rock mit den schmutzigen Spitzenmanschetten schien Sir Reginald Denby ein verdammt seltsamer Begleiter für den herausgeputzten Sohn des Dukes zu sein. Noch spreizten sich Denbys dicke Finger über den Karten, mit denen er gestochen hatte, während Aldens Königin und sein Bube in starrer Gleichgültigkeit dalagen und auf ihr kleines Gefolge von Gefährten blickten, alles Trümpfe.

Solch unvorstellbare Werte an Lord Edward Vane verloren zu haben, war, als hätte Alden sich direkt in die Krallen einer Bestie gestürzt. Sogar noch mehr an einen gutmütig-derben Landadligen wie Sir Reginald Denby verloren zu haben schien fast zum Lachen zu sein.

Doch die Stimme der Angst hallte wider, tiefer und tiefer.

Alden erwartete keine Gnade.

Deshalb musste er einen Ausweg finden. Es gab immer einen Ausweg – immer. Ein Versagen war undenkbar.

Sein Herz raste. Die Wände des Zimmers schienen zu verschwimmen. Er verspürte Übelkeit, als wäre er wieder auf See, um heimzukehren …

Mit einer übertriebenen Geste ließ Alden das Taschentuch sinken und kritzelte seine Unterschrift unter ein weiteres dieser unglückseligen Papiere.

»Ich glaube, ich bin ruiniert, Lord Edward.« Er zwang sich, seine Stimme unbeschwert klingen zu lassen, gelangweilt, als bedeuteten solche Verluste nichts. »Gestattet mir, Euch einen weiteren Schuldschein auszuschreiben, denn würde ich zu spielen fortfahren, würdet Ihr mich ohne Hoffnung auf Abdeckung zur Zahlung auffordern. Ich würde das Land verlassen müssen und in Paris ein hoffnungsloser alter Lebemann werden.«

»*Hoffnungslos*, Gracechurch?« Lord Edward lachte. »Nicht nach dem, was ich so höre! Gleichwohl ist es eine Marotte von mir, im Jahr mindestens einen meiner Mit-Libertins zu ruinieren. Eines meiner kleinen Vergnügen. Also, welcher Einsatz würde Euch zum Weiterspielen bewegen können?«

Denby strich triumphierend die Karten zusammen. »Den Einsatz verdreifachen, wie wärs?«

»Damit die Dame Fortuna mir meinen Geldbeutel ohne Wiedergutmachung raubt?« Alden gähnte. »Ich gestatte es einer Lady niemals, so spröde zu sein, Sir.«

Das herzförmige Schönheitspflästerchen in Lord Edwards Mundwinkel verzog sich, als er grinste. Es wirkte fast obszön. »Der berüchtigte *Gracechurch* zweifelt an der Gunst einer Metze wie der Dame Fortuna? Man sagt, keine Frau hätte sich Euch je verweigert, Sir.«

»Die Gerüchte übertreiben«, schwächte Alden ab.

Obwohl dies selbstverständlich nicht der Fall war.

Die Spitzenverbrämungen seines Rockes umschlossen seine Handgelenke. Sie umschmeichelten seine Hände und bauschten sich um seinen Hals: ein duftiger Schaum aus Cherubinen und winzigen Glocken, die wie kleine Schneeflocken auf der Gischt des Meeres tanzten. Alden liebte Spitzen. Sie zeugten von Reichtum, von Geschmack, von Kultiviertheit, und das in amüsanten Untertönen von Verruchtheit – in Anbetracht der Umstände, unter denen er sie bekommen hatte und die allgemein bekannt waren.

Es gehörte zu den berühmteren Bonmots, die je in St. James kursiert waren: Sicherlich hatte Viscount Gracechurch solch feminin wirkende Spitzen an einem einzigen Ort bekommen können, den man besser nur hinter vorgehaltener Hand erwähnte?

Und mit anzüglichem Lachen waren einige solcher Orte sofort aufgezählt worden.

Alden hatte die taktlose Wette, die daraufhin abgeschlossen worden war, natürlich gewonnen.

Wie hätte Lord Edward nicht von dieser Geschichte erfahren können? So funktionierte die Welt. Um in der Gesellschaft zu überleben, in den angesagten Salons und den Clubs und Kaffeehäusern, war der äußere Schein alles.

Alden lehnte sich in seinem Stuhl zurück und zwinkerte. »Leider sind meine Taschen so leer wie mein Kopf, Lord Edward. Heute Abend steht mir nicht der Sinn nach Kartenspiel. Wenn Ihr auf einem weiteren Spiel beharrt, dann bietet mir bitte eines an, das ich gewinnen kann.«

Der Sohn des Dukes grinste. Bleipulver kroch in die Hautfalten, darunter wurde das dunkle Fleisch sichtbar. »Dann lasst uns eine Wette über eine Frau abschließen! Was sagt Ihr, Sir Reginald? Nennt irgendein Weibsbild hier zu Lande, und Gracechurch wird bis Freitag deren Gunst errungen haben.«

Denbys Röte verstärkte sich. »Das wird er nicht, Sir – wenn ich den Namen des Frauenzimmers nenne!«

»Dann haben wir eine neue Herausforderung.« Lord Edward öffnete sein Büchlein, in das er alle Wetten eintrug. »Nun, Gracechurch? Seid Ihr einverstanden? Eine kleine Brunftzeit sollte für Euch kein Problem darstellen. Denby soll den Name der Lady nennen. Erobert sie, und ich werde Eure Schuldscheine vernichten, sowohl Denbys als auch meine. Versagt Ihr, zahlt Ihr uns kommenden Sonnabendmorgen in voller Höhe aus – vielleicht mit einer kleinen amüsanten Draufgabe meiner Wahl? Ihr stimmt zu, Sir Reginald?«

»Ich bin bereit, Sir!« Glas klirrte, als Denby sich Wein nachschenkte. »Und weitere fünftausend gegen seinen Erfolg, denn ich garantiere, dass er bei der Frauensperson, die ich im Sinn habe, nicht zum Ziel kommen wird.«

Alden faltete das lächerlich kleine quadratische Stück Leinen mit der frivolen Kante aus Spitze zusammen. Flammen funkelten in seinen Ringen, allesamt Erbstücke aus dem Familienbesitz. Er betrachtete sie mit bitterer Reue.

»Versagen kommt in meinem Wortschatz nicht vor, Sir Reginald, gleichwohl bin ich gespannt vor Neugier. Welches Geschöpf soll ich verführen, um meine Schulden zu tilgen?«

»Eines, von dem ich Euch garantieren kann, dass es widerstehen wird.«

»Dann ist die Dame tugendhaft? Sagt nicht, Ihr habt vor, mir eine Jungfrau zu nennen? Ich bin entzückt.«

Denby kratzte sich mit einem Stäbchen aus Elfenbein, das er für diesen Zweck stets bei sich hatte, unter der Perücke. »Es ist keine Jungfrau, an die ich denke.«

Alden erhob sich, um seine Erleichterung zu verbergen.

Ein Schwindelgefühl trübte seinen Verstand. Lächerlich, in Anbetracht des Ausmaßes des Ganzen – die Verderben bedeutenden Schuldscheine, die alles betrafen, was er besaß, und eine Menge mehr, das er nicht hatte. Doch jetzt gab es eine Chance. Es war noch nicht vorbei. Was zählte es, ob Denby ihm ein altes

Weib oder eine Hure nannte? Solange man nicht von ihm erwartete, ein unschuldiges Mädchen in Schande zu bringen!

»Vielleicht wollt Ihr mir eine verheiratete Frau nennen?«, sagte Alden.

»Wer könnte einer so wunderbaren Herausforderung widerstehen?« Lord Edward zeigte seine verfärbten Zähne. »Gibt es in den Grafschaften denn noch eine verheiratete Frau, bei der Ihr bisher keine Stichprobe gemacht habt?«

Alden deutete eine Verbeugung an. »Wie wunderbar, einen so herrlichen Ruf zu haben, in der Tat! Ihr habt sehr wenig Vertrauen in die Treue von Ehefrauen, Lord Edward.«

»Ach Gott! Ich habe kein Vertrauen in die Institution der Ehe, Sir. Und Ihr offensichtlich auch nicht, denn keiner von uns ist dumm genug, sich an die Kette legen zu lassen.«

»In der Tat«, stimmte Alden zu. »Warum ein Weib zu seiner Ehefrau machen, wenn man doch der eines anderen Freude bereiten kann? Offensichtlich seid Ihr derselben Meinung, Sir Reginald?«

»Sie ist auch keine Ehefrau«, sagte Sir Reginald verkniffen. »Sie ist Witwe. Lebt im Dorf bei Marion Hall – meinem Landsitz, falls Ihr es nicht wisst.«

Schatten hüpften, als Lord Edwards Lachen in ungehemmte Fröhlichkeit überging. »Die Pest soll mich holen! Ihr seid ein wahrer Teufel, Denby! Der wahre Teufel! Eine herrliche Wette! Was ist, Gracechurch? Was sagt Ihr? Ihr könnt Eure Schuldverschreibungen zurückbekommen und noch weitere fünftausend obendrauf, wenn Ihr bis Freitag um Mitternacht diese Witwe bespringen könnt – ob sie willfährig ist oder nicht.«

»Ich nehme meine Frauen nur, wenn sie willig sind, Lord Edward.« Alden verbeugte sich übertrieben und wedelte prahlerisch mit seinem Taschentuch. »Es ist einfach eine Eigenart von mir – wie die, es vorzuziehen, mein Haar nicht zu pudern. Eine seltsame Laune, aber die meinige allein.«

Denbys Gesicht schimmerte scharlachrot. »Wenn Ihr sie willig wollt, dann garantiere ich Euch, dass Ihr die Wette verlieren werdet.«

»O nein. Er wird gewinnen.« Lord Edward schaute ihn über den Rand seines Weinglases hinweg an. »Ihm kann keine widerstehen.«

»Sie hatte seit fünf Jahren keinen Mann in ihrem Bett ...«

»Aber nicht, weil es an denen gefehlt hat, die es versucht haben!« Der Sohn des Dukes gluckste vor Lachen. »Ihr habt es auch bei ihr versucht, nicht wahr, Denby? Habt ihr sogar die Ehe angetragen, wie Ihr mir erzählt habt, und das nur ihrer Augen wegen, verdammt!«

Aldens Absätze klapperten, als er ans Fenster trat. »Ihr kennt die Lady auch, Lord Edward?«

»Vom Hörensagen, Sir. Nur vom Hörensagen. Doch es heißt, dass sie wie ein Pfirsich sei, ein köstlicher Pfirsich, und nicht älter als fünfundzwanzig. Ich beginne, Euch um diese Wette zu beneiden.«

»Verdammt, Sir!«, rief Denby. »Im Kern ist sie so hart wie ein Stein.«

»Aber von süßem Fleisch.« Das herzförmige Schönheitspflästerchen hüpfte. »Ohne Zweifel wie ein Pfirsich mit süßem Fleisch.«

Denby sah eigensinnig aus. »Wie soll Gracechurches Erfolg oder Versagen bewiesen werden?«

»Mein Wort genügt Euch nicht?«, fragte Alden. »Würdet Ihr das der Lady vorziehen?«

»Ohne Zweifel wird sie die Erfahrung köstlich finden«, erwiderte Lord Edward. »Und wird die Geschichte unter vielem Seufzen und Erröten erzählen. Andererseits, vielleicht ist sie schüchtern. Habt Ihr mir nicht erzählt, dass die Witwe ein Medaillon trägt, Sir Reginald?«

»Sie legt es nie ab.«

Der Sohn des Dukes setzte sein Glas ab. »Dann bringt uns dieses Medaillon, Gracechurch.«

»Und setzt Eure Ringe darauf«, fügte Denby hinzu.

Erleichterung erfasste Alden. Begriff Denby nicht, dass die Ringe, die seinem Vater gehört hatten, bereits verloren waren? Sie mussten ihn für über alle Maßen reich halten. Sein Puls raste, was einen schweren Kopf für den nächsten Morgen versprach.

»Für das Medaillon oder als Pfand, dass ich nicht nach Paris durchbrenne? Meine Lieben, für eine so amüsante Wette könntet ihr mich aus dem Paradies abberufen.«

»Ich denke, das Paradies wartet im Bett der Lady.« Lord Edward begann, in sein Wettbuch zu schreiben. »So lautet jetzt also die Wette, Gracechurch: Bis Freitag um Mitternacht gelingt es Euch, mit dieser Witwe in Marion Hall zu schlafen – Sir Reginald muss Euch natürlich gestatten, sie in sein Haus zu bringen –, und zeigt uns tags darauf das Medaillon. Dann werden wir dieses kleine Problem hier vergessen.« Er wies auf den Tisch mit den darauf verstreut liegenden Spielkarten und Schuldscheinen. »Einverstanden?«

Aldens Gestalt spiegelte sich in den Fensterscheiben: Schuhe mit hohen Spannlaschen aus silberfarbener Seide und vergoldeten Absätzen; weiße Seidenstrümpfe; gold- und elfenbeinfarbene Hosen, die unterhalb der Knie mit Silberknöpfen geschlossen wurden; die lange ärmellose Weste aus elfenbeinfarbenem Satin, bestickt mit Goldfäden; sein weiter langer Gehrock in Gold und Elfenbein und der kleine zierliche Degen.

Und das alles geschmückt mit Spitzen. Fluten von herrlicher Spitze.

Sein Kammerdiener hatte mit einem heißen Eisen über jedes Ohr Locken gesetzt, ansonsten aber das Haar mit einem schwarzen Band zurückgebunden. Seine kleine Eigenart. Keine Perücke. Kein Puder. Nur sein eigenes hellblondes Haar, absolut sauber. Es glänzte wie die kostbaren Metalle an seinen Fingern und seinem Degengriff.

Ein Wohlstand, den er nicht besaß, spiegelte sich an seiner Erscheinung wider.

Die Wirkung war beabsichtigt. Raffinierter als die Kettenpanzer seiner Vorfahren, aber genauso bedeutend.

Würde diese Witwe sich *davon beeindrucken lassen?*

Das beständige Ticken einer Uhr durchdrang die Stille. Vor dem heutigen Abend war der Spieltisch immer sein Freund gewesen, sein einziges Fundament für die Zukunft. Vor dem heutigen Abend und dem unerklärlichen Sturz in den Abgrund, dem Verlust des Gleichgewichts, dem unerbittlichen Gleiten in noch verzweifelteres Spielen und vor Verlusten, die so unumkehrbar waren, dass er ebenso gut sein Leben hätte verwetten können.

Gefangen wie ein Fuchs in seinem Bau stand Alden ohne Alternativen da.

Alles schien plötzlich absurd und irreal, als hätte ein Kind eine schöne Maske zur Seite gezogen, um eine hässliche Fratze zu enthüllen. Sein Vermögen, sein Haus und seine Ringe für das Medaillon einer Frau – und ihre Tugendhaftigkeit, wenn sie eine solche besaß.

»Ich bin entzückt von diesem Gedanken«, sagte er. »Selbstverständlich bin ich einverstanden.«

Sir Reginald beugte sich vor. »Ihre Ringe, Sir.«

Alden hatte sie seit dem Tod seines Vaters getragen. Er streifte die Ringe ab und warf sie auf den Tisch. Wenn er diese Wette verlor, würde Sir Reginald Denby sie weiten lassen müssen, um sie über seine dicken Finger zu bekommen – und Lord Edward Vane würde ihn in die Verdammnis begleiten.

Sie ist wie ein Pfirsich, ein köstlicher Pfirsich. Nicht älter als fünfundzwanzig.

Alden wandte sich ab, öffnete das Fenster und beugte sich hinaus in die schwarze Nacht.

Kalte Luft strich über sein Gesicht, doch es reichte nicht, das schnelle Pochen seines Herzens zu beruhigen oder die Benommenheit aus seinem Kopf zu vertreiben.

»Darf ich um den Namen der Lady bitten, Sir Reginald?«

»Mistress Juliet Seton.«

Juliet.

Alden hatte bisher noch keine Juliet gekannt, doch der Name gefiel ihm nicht. Er klang sentimental. Und natürlich verdammt recht für eine Tragödie.

»Es kommt ein verflixt starker Wind auf«, bemerkte er beiläufig. »Ich glaube, es wird Regen geben.«

Kapitel 1

Es war ein bescheidenes Haus, eher ein Cottage, mit roten Mauern unter einem strohgedeckten Dach. Es stand ein Stück von der Hauptstraße des Dorfes entfernt hinter einem Ulmenwäldchen.

Alden lehnte sich gegen das Gartentor und betrachtete es.

Seinen Dreispitz hatte er unter den Arm geklemmt, und ein schlichter brauner Reitmantel hatte den Gehrock aus gold- und elfenbeinfarbenem Brokat ersetzt. Er hatte sein müdes Pferd am Gasthaus des Dorfes zurückgelassen. Das *Three Tuns* war eine recht rustikale Herberge und Rückzugsort für eine Hand voll Einheimischer, die dort ihr Bier tranken. Alden hatte das einzige Gastzimmer gemietet, das im oberen Stockwerk lag. Wenigstens schien das Bett frei von Flöhen zu sein. Der Gastwirt hatte sich den vorsichtigen Fragen eines Fremden gegenüber allerdings seltsam widerstrebend gezeigt.

Irgendwann in der Nacht war Alden in sein Stadthaus zurückgekehrt. Er hatte sich krank gefühlt. Schwankend wie ein Schilfrohr im Wind, hatte er sich Gesicht und Hände in einer Schüssel gewaschen, die jetzt einem anderen Mann gehörte. Er hatte seine Ringe vermisst. Alles, was er berührte – selbst sein Rasiermesser und seine Haarbürsten –, nichts von all dem würde noch ihm gehören, wenn er diese Wette verlor.

War ihm noch irgendetwas geblieben? Verfügte er über irgendein Talent, auf das er sich verlassen konnte?

Nicht einmal der Regen war gekommen. Die staubigen Straßen hatten dumpf geklungen, als er die dreißig Meilen von London nach Manston Mingate geritten war, dem Dorf, in dem Mistress Juliet Seton lebte. Die Luft war drückend, die Sonne wie heißer Dunst am erbarmungslosen Sommerhimmel.

Knapp fünf Meilen von hier entfernt weilte Sir Reginald Denby in Marion Hall, seinem Haus mit den grandiosen Säulen und der weißen Fassade, das die umgebenden Ländereien beherrschte. Weitere zehn Meilen waren es bis dorthin, wo Alden zu Hause war – Gracechurch Abbey, das für immer zu verlieren er jetzt Gefahr lief.

Ihr kriegt diese Witwe bis Freitag in Euer Bett, oder Ihr seid ruiniert.

Ruin. Es war ein Wort, das man in den Clubs von St. James eher beiläufig fallen gelassen hörte, ganz so, als hätte es keine große Bedeutung. Eher in der Art, in der ein Mann über irgendwelche Leichen in seinem Keller scherzen mochte, weil er niemals damit rechnete, eines Tages beim Öffnen einer bis dahin verschlossenen Tür von den Knochen ebendieser Leichen erschlagen zu werden. Jetzt gähnte Alden dieses Wort wie ein offenes Grab entgegen, eine Grube aus Demütigung und Erniedrigung.

Ruin bedeutete Exil – seine Tage in Unehre in einer fremden Dachkammer herumzubringen – oder den Tod. Den Tod durch die eigene Hand, vorzugsweise mit einer Pistole, wobei man Verpflichtungen und Verbindlichkeiten einfach hinter sich ließ und den Freunden die unerfreuliche Aufgabe zuteilte, sich um die Folgen zu kümmern. Warum zum Teufel hielt man das für einen ehrenhaften Ausweg?

Nein, er musste diese Leiche in seinem Keller packen und begraben. Jede andere Alternative war undenkbar. Lord Edward Vane hatte ihm einen Ausweg geboten, auch wenn Gott allein wusste, aus welchem Grund. Denn Alden hatte bis jetzt immer Erfolg darin gehabt, einer Frau den Hof zu machen. Es war seine Hauptbeschäftigung, sein Vergnügen, fast seine Profession.

Er liebte die Frauen.

Die Gartenpforte knarrte unter seiner Hand.

Auf seinen Stiefeln lag ein dicker Mantel aus Straßenstaub.

Sein Kammerdiener und sein Gepäck waren ohne ihn nach Gracechurch Abbey gereist – in seiner eleganten Kutsche mit dem Familienwappen auf der Tür. Alden hatte es nach frischer Luft und der körperlichen Anstrengung eines Rittes verlangt, außerdem erschien es ihm als die gescheiteste Herangehensweise, ohne Fanfaren im Dorf einzutreffen, auch wenn er sich nicht sicher war, wieso er das glaubte. Es war eine Eingebung, das Wissen, dass Lord Edward Vane das am wenigsten erwarten würde.

Was also konnte er von dem Haus über das Wesen der Witwe schließen?

Eine Kletterrose neigte sich ungebändigt über die Eingangstür. Dornige Ranken wanden sich anmutig um die Fenster. Unzählige Blumen aller Arten beherrschten den Garten, durch den sich Wege aus verwitterten Ziegelsteinen schlängelten. Hinter einer Gruppe von Bienenkörben zogen sich entlang jeder Hausseite schnurgerade Reihen von Gemüse und Beerensträuchern. Mistress Seton baute also Gemüse an, und das vermutlich aus der Notwendigkeit geboren. Das Dach und die Fensterläden sahen hinfällig aus, was von beschränkten finanziellen Mitteln zeugte.

Drei Katzen – eine weiße, eine ingwerfarbene und eine getigerte – sonnten sich auf einem der Wege, ein Bild der Zufriedenheit.

Alden betrachtete wieder die Kletterrose. Enthüllte sich ihm das Wesen der Bewohnerin dieses Hauses durch das ungebändigte Wachstum der Rose oder eher durch die in Reih und Glied wachsenden Karotten und die hochgebundenen Stangenbohnen? Er hatte im Gasthaus nur erfahren, dass sie ihm bei jedem Vorwand, ihre Bekanntschaft zu machen, sofort heimleuchten würde. Denby und Lord Edward hielten diese Frau offensichtlich für eine uneinnehmbare Festung.

Aber warum?

Verwandelte Juliets Blick einen Mann in Stein – wie eine der schrecklichen Gorgonen mit Schlangen statt Haaren auf dem Haupt?

Alden hatte lediglich herausgefunden, dass sie nicht übermäßig fromm war und dass man nichts von einem Mann wusste, dem sie in Liebe zugetan wäre. Welchen anderen Grund könnte sie also haben, sich keinen Liebhaber zu nehmen?

Er lächelte, als ihm die Erinnerung an zwei recht delikate Affären durch den Sinn ging.

Die Witwe, die Nonne hatte werden wollen und versucht hatte, ihn zu bekehren. Am Ende war nicht er, sondern sie bekehrt gewesen und hatte sich als unersättlich im Bett erwiesen. Als ihr dann klar geworden war, dass Alden sich weigerte, ihr seine unsterbliche Liebe zu erklären, hatte sie sich mitsamt ihrer unheiligen Leidenschaft geradewegs in die Arme eines neuen Ehemannes geworfen.

Nach einem sehr behutsam geführten Eroberungsfeldzug voller Schmeicheleien und Flirterei hatte sich die zweite Lady plötzlich und mit großer Vehemenz willig gezeigt, und er hatte sie mit gleich starker Heftigkeit begehrt. Leider hatte sie dann, halb nackt in seinen Armen, ihr Bekenntnis herausgeschluchzt: Sie liebte einen anderen Mann – ihren Gemahl. Es hatte Alden großen Edelmut abverlangt, doch er hatte sie, von ihm unberührt, in ihre Ehe zurückgeschickt. Zum Glück, wie er jetzt meinte, denn so war er vorübergehend ohne eine Geliebte.

Es gab absolut keinen Grund, warum diese Juliet Seton ihm widerstehen sollte, aber vielleicht war sie missgestaltet oder krank. Lord Edward und Sir Reginald hatten kein für ihn erkennbares Motiv, diese Wette vorzuschlagen, außer, dass sie überzeugt waren, sie sei nicht zu gewinnen. Dann sähe er sich dem Ruin ausgeliefert und einer weiteren, noch nicht näher genannten Forderung – vielleicht *mit einer kleinen amüsanten*

Draufgabe meiner Wahl –, es war die gefährlichste Herausforderung, die er je angenommen hatte.

Die getigerte Katze stand auf und streckte sich.

Es war Zeit für ein neues Spiel.

Alden stieß die Gartenpforte auf und betrat den Weg genau in dem Moment, als eine Frau aus der Haustür kam. Sie trug einen Korb. Halb verborgen durch das dichte Laub der Stockrosen blieb er stehen und beobachtete sie.

Die Frau trug irgendetwas Weites, Sackartiges in Blau – ähnlich dem Kittel eines Schäfers – über einem Kleid aus weißem Musselin. Eine Schere und Schlüssel hingen ihr von der Taille und klirrten bei jedem Schritt. Wie auch seines war ihr Haar ungepudert. Sonnenlicht glänzte auf üppigen kastanienbraunen Locken, die in ihrem Nacken zu einem weichen Knoten zusammengebunden waren: einem Nacken, so anmutig wie ein Blütenstängel, der das zarte Kinn betonte. Sie ging einen der Wege herunter und begann, Blüten abzuschneiden. Ganz für sich, in sich ruhend und mit einer unaufdringlichen Würde, bewegte die Frau sich in einer Aura der Selbstvergessenheit. Die Blumen beugten eine nach der anderen der Schere ihren Kopf und fielen in den Korb.

Aldens Vermutung wandelte sich zu Verwirrung.

Trotz der Kette mit den Schlüsseln und den anderen kleinen Utensilien, die sie wie eine Haushälterin um die Taille trug, verrieten ihre Bewegungen sie: die selbstverständliche Anmut, die elegante Haltung, die Art, den Kopf zu neigen. Sie war nicht nur eine Dame mit einer gewissen Lebensart, nein, sie war eine Lady, die von frühester Kindheit an dazu erzogen worden war, jeden Salon mit ihrer Anwesenheit zu schmücken.

Eine Lady?

Jeder seiner zurechtgelegten ersten Schritte schien plötzlich unangemessen und töricht zu sein. Er fühlte, dass er seine Strategie nicht anwenden konnte. Wie der Gastwirt mit erkennbarem Widerstreben berichtet hatte, schützte Mistress Seton ihre

Privatsphäre sehr streng, und niemals sei bekannt geworden, dass sie Annäherungsversuche Fremder akzeptiert hätte. Alden könnte sie wohl kaum dazu zwingen, überhaupt mit ihm zu reden, oder?

Eine Lady wüsste in der Tat, wie man einen Mann mit einem Blick durchbohrte – so wie die Medusa.

Er hatte fünf Tage.

Eine Biene summte zwischen den Stockrosen herum. Das Insekt trug kleine Beutel aus Pollen an seinen Hinterbeinen, und Kopf und Körper waren von Blütenstaub bedeckt. Die Flügel waren ausgefranst. Diese Biene hatte schon bis zur Erschöpfung für das Wohl Vaters Volkes gearbeitet.

Als Kind war er an einem Bienenstich fast gestorben.

Wohl überlegt streckte Alden die Hand aus und unterdrückte einen Fluch, als ihm der Stachel in die Handfläche drang.

Die getigerte Katze lief davon und verschwand zwischen den Erbsenbüschen.

Mistress Seton schaute auf.

Ihre Augen waren von einem dunklen Kornblumenblau unter klar geschwungenen Augenbrauen, die jetzt zu einem Stirnrunzeln zusammengezogen waren. Sie war keine Schönheit im klassischen Sinne. Ihre Gesichtszüge waren weder ebenmäßig noch zart. Doch sie war einfach herrlich sinnlich. Die vollen Lippen versprachen eine tiefe Empfindsamkeit. Wie auch der Körper, der unter diesem lächerlichen Kittel an den richtigen Stellen weich und rund schien. Eine Frau, wie geschaffen für das Schlafzimmer. Ein Pfirsich.

In Alden kämpfte ein tiefes Lachen um Freilassung. Sie war wirklich wie ein Pfirsich!

»Ich bitte um Eure Vergebung, Ma'am«, sagte er und verbeugte sich leicht. »Wie es scheint, beherbergt Euer Garten aufmerksame Wächter, um Eindringlinge abzuwehren. Ich bin gestochen worden.«

Die blauen Augen starrten ihn an. »Im Dorf gibt es eine Apotheke, Sir. Zieht den Stachel einfach heraus.«

Ihre Stimme klang golden, heiser, sinnlich. Eine sehr volle Stimme für eine Frau.

Sein Blick verschwamm. Sein Atem stockte. »Ich bin nicht sicher ...« Alden musste sich auf den Weg setzen. »Ich bin nicht sicher, ob ich so weit gehen kann, Ma'am. Wenn Ihr mir einige Augenblicke gebt?«

Er ließ den Kopf gegen die Gartenpforte sinken und schloss die Augen. Wenn sein Wagnis sich nicht auszahlte, dann war es ein verdammt schändlicher Tod, an einem Bienenstich zu sterben!

Juliet hatte bei dem leisen Geräusch aufgeschaut und ihn zwischen ihren Stockrosen stehen sehen. Golden. Hell. Schimmernd im Sonnenlicht. Unglaublich männlich.

Eine unerklärliche Panik forderte ihre Aufmerksamkeit. Erschreckende Bilder tauchten auf und beherrschten sie – von gefallenen Engeln, vom himmlischen Vater, der von Ehre sang, von dem goldenen Ring, den sie einst an ihrem Finger getragen hatte. Ihr Atem ging schnell und zittrig, wurde zu wuterfülltem Keuchen.

Aber er ist so wunderschön!

Verdammt! Wieder ein Mann, der entschlossen ist, meinen Frieden zu stören!

Schlimmer noch: ein Mann mit Klasse – mit heiteren Augen, die klug und wachsam blickten.

Das Haar trug er glatt in den Nacken zurückgebunden, doch an den Schläfen, dort, wo kunstvolle Locken ausgebürstet worden waren, kräuselte es sich. Die blonden Haare umrahmten ein Gesicht von vornehmer Londoner Blässe, die von einem kleinen Schönheitspflaster über dem Wangenknochen noch betont wurde. In seiner Haltung spiegelte sich eine Arroganz wider, die von dem weit geschnittenen Reitmantel, den hohen Stiefeln, dem Fall des weißen Leinenjabots um seinen Hals nicht versteckt, sondern noch betont wurde.

Ein Gentleman aus der Stadt, gekleidet für einen Besuch auf dem Lande.

Für einen Augenblick war seine überraschte Bewunderung zu erkennen gewesen, war dann aber rasch wieder verborgen worden. Sie hatte ihr ganzes Leben lang darunter gelitten. Es war diese Art, wie Männer sie immer ansahen, als wäre sie eine Frucht, reif und bereit, gepflückt zu werden. Sogar nachdem sie ihren Anflug von Panik unterdrückt hatte, erfüllte es sie noch mit Zorn.

In einer Bewegung aristokratischer Anmut streckte er die Hand aus, deren Innenfläche sich gerötet hatte. Sein Gesicht hingegen war so bleich wie der Tod geworden. Die Augen dunkel von der Reaktion seines Körpers, erfüllt von panischem Schock, glitt er zu Boden.

Juliet ließ den Korb fallen und lief zu ihm.

Ein feuchter Film bedeckte seine Wangenknochen. Der Fremde warf den Kopf zurück und atmete angestrengt, er war scheinbar unfähig, sich zu bewegen. Sie kniete nieder und ergriff seine Hand. Sie war fest, mit schlanken Fingern und wohl geformten Nägeln. Eine Hand, die ihn überdies verriet: vererbt in einer langen Linie von Adligen, die ehrliche Arbeit verabscheuten und empfindsame Fingerspitzen bevorzugten. Mehrere Ringe waren vor kurzem abgelegt worden. Ringe, die er, den Druckspuren nach, eine lange Zeit getragen hatte.

Ein Gentleman, der vom Pech verfolgt war?

Ein Abenteurer?

Der Stachel war tief in die Haut eingedrungen und hatte sein Gift hineingepumpt. Mit einem raschen Ruck entfernte sie ihn, doch die Hand schwoll an, und der Atem des Mannes rasselte.

Juliet war alarmiert. Sie hatte so etwas schon einige Male erlebt – Menschen, für die ein Bienenstich fatale Folgen haben konnte.

»Bleibt ganz still liegen«, sagte sie. »Haltet Euch so ruhig wie möglich. Ich bin sofort zurück.«

Aus ihrer Küche holte sie den Kessel mit heißem Wasser. Mit beiden Händen trug Juliet eilig ihre Last den Weg hinunter, ein Kissen, eine Decke, ein weißes Tuch und den Kessel. Unter ihrer Angst flammte wütender Zorn auf – darüber, dass ein goldener Prinz in ihrem Garten dem Tod ins Auge blickte. Und das, nachdem er zuerst sie angesehen hatte – mit jenem Aufblitzen von Selbstironie in den Augen, von Lust, gepaart mit Humor, das ihre Knie für einen Augenblick hatte weich werden lassen.

Sie war nicht zornig, weil die Bewunderung der Männer sie nicht berührte, sondern weil sie es tat. Sie konnte sich das nicht gestatten. Sie hatte es niemals verstanden. Und jetzt war es eine unerträgliche Last, da ihre einzige Zukunft in Verheimlichung und Leugnen lag. Doch manchmal griff unvermutet die Einsamkeit nach ihr, wie ein kleines Bettelkind, das plötzlich die Hand nach ihrem Rock ausstreckte und mit herzerweichender Not ihre Aufmerksamkeit einforderte. Juliet kannte keine Verteidigung gegen dieses Gefühl, außer Zorn. Alle Welt hielt sie für eine Witwe. Warum konnten die Männer sie nicht in Ruhe lassen?

Der Fremde lag dort, wo sie ihn zurückgelassen hatte, zwischen den betäubenden Düften des Sommers.

Gebrochenes Sonnenlicht fiel auf ihn, zeichnete dort Tupfen, wo es durch die Bäume sickerte, die einen angenehm kühlen Platz in der Sommerwärme Vaters Gartens schufen.

Die Haut des Fremden schien heiß wie Feuer zu brennen.

Als Juliet näher kam, öffnete er die Augen, die so schwarz wie Seen in mitternächtlicher Dunkelheit waren, und grinste sie an. Es zauberte ein entwaffnendes Lachen auf seine Wangen, das ihren Zorn lächerlich erscheinen ließ. Die Konturen seines Gesichts waren fest – klar und hart wie die einer Skulptur, und es war leicht, unzugänglich dafür zu sein – doch sein Lächeln machte ihn wieder menschlich, fast übermütig.

Juliet schluckte ihr Unbehagen herunter und stopfte das Kissen unter seinen Nacken. Sein Haar war von der Farbe der Schlüsselblumen, aus denen sie Wein herzustellen pflegte. Es fühlte sich seidig unter ihren Fingern an.

»Gebt mir Eure Hand.« Sie goss heißes Wasser aus dem Kessel auf das Tuch und legte die Kompresse um die Schwellung. »Jetzt liegt still, bis Ihr Euch kräftiger fühlt. Der Schmerz und die Schwäche werden bald vorübergehen.«

»Ich kann … es aushalten, Ma'am.« Seine Stimme klang wie erstickt durch seine unregelmäßigen Atemzüge. »Aber was, wenn es nicht vorübergeht?«

»Dann wird ohne Zweifel Euer Herz aufhören zu schlagen, Sir.« Mit Erleichterung bemerkte sie, dass keine Spur weiblicher Zärtlichkeit in ihrer Stimme lag. »Es würde jedoch eine beträchtliche Unannehmlichkeit für mich bedeuten, solltet Ihr in meinem Garten sterben. Daher möchte ich Euch bitten: Konzentriert Euch darauf, am Leben zu bleiben.«

Sie fasste nach den Falten seiner Krawatte und löste die Knoten. Es widerstrebte ihr, ihn zu berühren, doch die engen Kleider bedeuteten eine Gefahr für einen Mann, der einen Schock erlitten hatte.

Ihre Finger fühlten sich ungelenk und schwer an, als sie seine Weste aufknöpfte und sein Hemd am Hals lockerte. Die feste Haut an seiner Kehle schimmerte glatt und weiß im dämmrigen Licht. Sie bemerkte die perfekte Form seines Kinns an der seltsam verletzlich wirkenden Stelle, wo es in sein Ohr überging, und empfand ein leichtes Unbehagen, als wäre sie ein junges Bauernmädchen, dem ein Gentleman zuzwinkerte.

Wie demütigend, diese Dinge zu bemerken! Der Mann dort im Sonnenlicht sah unbestritten gut aus. Er war aber auch von

Unzufriedenheit und Müßiggang verdorben. Sein Mund drückte gereizte Geringschätzung aus, und der hochmütige Zug um seine Nase konnte nur anerzogen sein. Ohne Zweifel war er ein Mann des Lasters und höchstwahrscheinlich auch ein Tunichtgut.

Seine Kleider waren schlicht, wenn auch meisterhaft gearbeitet, der Stoff seines Mantels war erstklassig und kostbar. Ohne Bedenken packte Juliet die Ärmel und zerrte ihm den Mantel herunter. Der Fremde war kräftig und sehr gut in Form. Also gehörten Fechten und Reiten zu seinen Beschäftigungen. Natürlich. Die meisten Gentlemen fechteten und ritten, wenn sie auch diese Kraft unter dem Glamour der modischen Erscheinung verbargen.

Der Ärmel seines Hemdes spannte sich über dem angeschwollenen Handgelenk, deshalb zerschnitt Juliet den Stoff mit dem kleinen Messer an ihrer Gürtelkette bis hinauf zum Ellenbogen. Sein Unterarm war muskulös und bedeckt von goldenen Härchen. Juliet versuchte, die unwillkommene Intimität ebenso zu ignorieren wie die unwillkommenen Gefühle, doch sie hielt den nackten Arm eines Mannes in ihrer Hand.

Die Schwellung ließ das Handgelenk unförmig erscheinen, zerstörte die kraftvolle Verbindung zwischen Gelenk und Arm.

Er war krank.

Unermüdlich legte Juliet Kompressen auf. Selbst sein Hemd war feiner als alles, was ihre Garderobe aufwies, es war weich und verführte dazu, es zu berühren. Der Fremde war also – oder war es bis vor kurzem gewesen – ein reicher Mann. Eine kleine Spur Neugier tauchte auf. Was wollte er in Manston Mingate?

Sie biss sich auf die Lippe und unterdrückte die Frage.

Es machte keinen Unterschied. Sie war gezwungen, seine Anwesenheit für die Stunden ihrer Pflege hinzunehmen – und selbst das war ein Kompromiss.

Denn einerseits wollte Juliet zwar in Ruhe gelassen werden,

andererseits wollte sie aber keine Leiche auf ihrem Gartenweg liegen haben.

Alden lag flach auf dem Rücken und starrte auf das flackernde Muster der Blätter über sich, während er sich auf jeden Atemzug konzentrierte. *Ein. Aus. Konzentrieren.* Noch einmal. War er zu weit gegangen? Sein Herz hämmerte wild in seiner Brust. Kalter Schweiß lag auf seinem Gesicht. Noch nie zuvor war es so schlimm gewesen. Seine Hand pochte wie der Teufel, und die Schwellung erstreckte sich den ganzen Arm hinauf.

Was für ein Wahnsinn, solch ein Risiko einzugehen! An einem Bienenstich zu sterben. In diesem Fall würde der berüchtigte Lord Gracechurch in sein Grab gehen, ohne von der Süße Mistress Juliet Setons gekostet zu haben.

Ungeachtet der Wette begehrte Alden sie. *Allein schon um ihrer Augen willen, verdammt noch mal!* Warum trug sie diesen lächerlichen Kittel? Wenn er ihr Gesicht und ihre Hände anschaute, so konnte er sich den Körper vorstellen, der von diesem Kleidungsstück verborgen wurde. Sie war gewiss weich, sehr weiblich, mit üppigen, hoch angesetzten Brüsten und einem vollendet sanften Schwung zu ihrer Taille. Ihre Haut schimmerte wie pastellfarbene Creme, aber ihr Haar und ihre Augenbrauen ließen Brustwarzen vermuten, die so dunkel und süß wie Himbeeren waren. Hätte er doch nur den ganzen Sommer Zeit, ihr den Hof zu machen und sie zu verführen! Sie Stück für Stück in einem Spiel für sich zu gewinnen, das ebenso köstlich wäre wie die letztendliche Hingabe!

Doch er hatte die Aufgabe übernommen, sie bis Freitag zu verführen.

Warum zum Teufel hatte er alles an Denby und Lord Edward verloren? Doch wäre das nicht geschehen, wäre er dieser Frau niemals begegnet. Das öde kleine Manston Mingate mit dieser verarmten, so überaus sinnlichen Witwe lag nicht auf seinem üblichen Weg nach Gracechurch Abbey. Es lag auf keinem seiner Wege.

Alden schloss die Augen. Sein Kopf war auf irgendetwas Weiches gebettet. Gebe Gott, dass es nicht ihr Schoß war! Heiße Kompressen lagen auf seinem pochenden Arm. Ihre Kleider raschelten. Da war ein sauberer, blumiger Duft – nach Rosen und nach Goldlack, der in der Dämmerung blühte. Irgendwo schnurrte eine Katze. Endlich fühlte er, dass sein Atem ruhiger wurde, fast wieder normal.

Vielleicht würde er schließlich doch überleben.

Dann würde er diese Frau für eine Nacht voller Ekstase erobern, die ihn vor dem Ruin bewahren würde.

Er schaute auf.

Im Westen war die Sonne bereits untergegangen. Lange Schatten lagen über den Blumen, dazwischen leuchtete das rote Mauerwerk wie Flammen. Doch die Luft war noch warm, schwül und schwer.

Die drei Katzen hockten neben seinem Kopf und musterten ihn mit der ihnen eigenen Eindringlichkeit.

Mistress Seton saß auf einem Stuhl, den sie aus dem Haus geholt haben musste, und befreite Erbsen aus ihren Schoten. Der Saum Vaters Rockes hob sich vorne ein wenig. Grobe Strümpfe kringelten sich um ihre Knöchel. Es waren wunderschöne Knöchel, die sich zu runden Waden erhoben und unter denen weiche Fersen zu sehen waren, um die sich seine Hände perfekt schmiegen würden. Verlangen flammte auf und machte sich mit beträchtlicher Intensität bemerkbar.

Ja, er würde leben!

Alden ließ den Blick über ihren blauen Kittel gleiten bis hinauf zum Kragen Vaters Kleides. Wenn sie ein Medaillon trug, so wurde es durch ihre Kleider verborgen. Seine Aufmerksamkeit richtete sich auf ihre Wange und auf die Schatten, die ihre langen Wimpern darauf warfen, wenn sie die Augen niederschlug. Was machte sie zu einer so großen Herausforderung? War es diese spürbare Aura von Wachsamkeit oder der beherrschte ernste Zug um ihren sinnlichen Mund? Der Argwohn und die Zurückhaltung, die so unübersehbar in ihren Augen lagen?

Sie mochte also keine Fremden, fürchtete sich sogar vor ihnen. Ein Gedanke bahnte sich seinen Weg in sein Bewusstsein: Sie fürchtet *Männer?* Nein, es war keine Furcht, sondern eine entschlossene Ablehnung – ein starkes Beharren auf ihrer Privatsphäre.

Es würde nicht leicht werden.

Sie schaute auf ihn herunter. Alden senkte den Blick, um sie das Verlangen in seinen Augen nicht sehen zu lassen. Sicherlich hatte er sich erfolgreich als hilflos präsentiert, als keine Bedrohung?

»Ihr habt Euch erholt, Sir?« Sie schaute fort. »Ihr müsst begierig darauf sein aufzubrechen. Darf ich Euch helfen? Oder schafft Ihr es allein?«

Er lächelte zu ihr hinauf. In seiner Hand pochte es noch, aber sein Herz schien in einem normalen Takt zu schlagen. »Ihr seid sehr freundlich, Ma'am. Ich würde mich gern zumindest namentlich bei Euch bedanken.«

»Mistress Juliet Seton, Sir. Jetzt seid Ihr mir gegenüber im Vorteil.« Sie sah ihn direkt an und stand auf, ihre kornblumenblauen Augen schauten ihn argwöhnisch an.

Alden gelang es, auf die Beine zu kommen, ohne dabei allzu linkisch zu wirken. Und die Vernunft, erworben von einem Mann, der von seiner Klugheit lebte, riet ihm jetzt, ihr weder seinen Titel zu nennen noch eine zu elegante Verbeugung vor ihr zu machen. »Alden Granville, Euer höchst demütiger und gehorsamer Diener, Mistress Seton.«

»Wo ist Eure Kutsche? Ihr seid doch sicherlich nicht zu Fuß nach Manston Mingate gekommen?«

»Ich habe mein Pferd bei den *Three Tuns* zurückgelassen, Ma'am.«

Die Verbeugung war sein Verderben. Als er sich aufrichtete, packte ihn Schwindel, und er taumelte.

Ihr Einwand folgte sofort. »Sir, Ihr seid noch nicht kräftig genug, um zu reiten!« Sie streckte die Hand aus, zog sie aber wieder zurück, ohne ihn zu berühren. Stattdessen setzte sie sich wieder und fuhr fort, die Erbsen zu entschoten.

Aha, sie war also von ihrer Natur her mitfühlend! Alden war ungemein froh darüber.

»Es ist undenkbar für mich, Euch noch länger zur Last zu fallen, Ma'am. Das Gasthaus liegt nur einen kurzen Fußweg entfernt. Ich habe mir dort für eine Woche ein Zimmer genommen.«

Einige Erbsen rieselten durch ihre Finger, sie sprangen über ihre Röcke und verteilten sich auf dem Weg. Die ingwerfarbene Katze machte einen Buckel und ging davon, während die weiße begann, ihre Pfote zu lecken. Die getigerte jedoch schnurrte und strich um seine Beine.

Er beugte sich hinunter und kraulte sie hinter den Ohren. »Hat Eure getigerte Katze einen Namen?«

»Meshach.« Wie hilflos saß sie da und starrte auf seine Hände.

»Dann heißen die anderen Shadrach und Abednego? Als Junge habe ich diese Geschichte sehr geliebt. Die drei Männer des Glaubens, die in den glühenden Ofen Nebukadnezars geworfen und von einem Engel gerettet wurden – Überlebende trotz widriger Umstände. Welche ist welche?«

Ein Wassertropfen fiel zwischen die verstreut liegenden Erbsen. Dann noch einer.

Der Blick aus ihren blauen Augen schien ihn zu tadeln. »Shadrach ist die ingwerfarbene …«

»Und Abednego die weiße?«

Weitere Tropfen fielen auf den Weg und zerspritzten. Die Katzen liefen davon. Eine kalte Brise raschelte durch die Stockrosen, als ein rumpelnder Donnerschlag vom Himmel dröhnte. Alden stand da und hielt sich mit einer Hand an der Pforte fest, ihm war wieder schwindelig.

»Es fängt an zu regnen.« Sie stand auf und nestelte an ihren Schlüsseln. »Ihr solltet besser …« Das Platschen von Tropfen wurde heftiger und nässte die Steine. »Es geht Euch nicht gut – Ihr solltet besser hereinkommen!«

Sie beugte sich, um ihren Stuhl hochzuheben, gerade als auch Alden die Hand danach ausstreckte. Ihre Hände berührten sich. Sie riss die ihre zurück, schaute ihn jedoch in diesem Augenblick voll elektrisierender Bewusstheit an, wobei sich in ihren Augen fast so etwas wie Panik widerspiegelte.

Ohne Zögern nahm Alden die Schüssel mit den Erbsen, ergriff ihre Hand und drehte sie um. Mit dem Daumen strich er über die raue Haut und die Schwielen in ihrer Handfläche.

»*Quel dommage*«, sagte er leise. *Wie schade!*

Sie riss die Hand zurück. Für einen Moment glaubte er, sie würde anfangen zu weinen. »Bitte, Sir, besteht nicht auf galanten Schmeicheleien. Es bedeutet mir nichts, dessen versichere ich Euch. Ich bin seit fünf Jahren verwitwet. Ich verrichte eine Menge meiner Hausarbeit selbst. Und ich kann einen Stuhl tragen.«

Die hölzernen Beine schwangen gegen ihre Röcke, als sie eilig den Weg hinaufging. Wieder grollte ein Donnerschlag. Dunkelgraues Licht hüllte die Bäume ein, als der Himmel sich schwarz färbte und einen Wolkenbruch auf die Erde entsandte.

Sie hatte die Haustür offen gelassen.

Juliet wusste, dass er den Kopf würde einziehen müssen, wenn er ihren Korridor betreten wollte. Denn diese langen Beine in den hohen Stiefeln würden über die alten Steinfliesen in die Wärme der Küche an der Rückseite des Hauses schreiten. Es war wie eine unerwartete Vision: ein Mann wie dieser, lachend und schön, ging jeden Tag durch jenen Flur, und er hatte das Recht, hier zu sein. Oder besser, noch besser – er würde sie von all diesem hier fortbringen und mit in seine eigene strahlende Welt bringen!

Eine Unmöglichkeit.

Einen Moment lang schaute sie auf ihre Hand und war wütend auf sich selbst. Hatte es wirklich jemals in der Hand der Frau gelegen? Ihre Finger brannten, dort, wo er sie gestreichelt hatte, mit dieser überraschend sanften, zarten Berührung. Es war verrückt, oder nicht? Ihre Vision war zerstört, jetzt und für immer. Sie hätte ihn im Garten sich selbst überlassen sollen, damit er dort hätte ertrinken können.

Sie ergriff den Pumpenschwengel und füllte den Kessel auf, dann hängte sie ihn über die offene Feuerstelle, um das Wasser zum Kochen zu bringen. Ein Tisch aus gescheuertem Kiefernholz und eine lange Bank mit zwei Stühlen füllte die Mitte des Raumes. An den Wänden schimmerten kupferne Töpfe. Sie schaute auf, als Mr. Granville hereinkam, dessen Kopf zwischen den von der Decke hängenden Kräuterbündeln verschwand und dessen Schultern den Lavendel streiften. Er bewegte sich geschmeidig – geübt in der Anmut eines Aristokraten; es war etwas, was unmöglich zu verbergen war, selbst bei einem hoch gewachsenen Mann. Eine Erinnerung an Bälle und Verehrer tauchte auf, an elegante Damen und Lords in Seide und Spitzen, die bis zum Morgengrauen tanzten. Vor einer sehr langen Zeit.

Sie winkte ihm, sich auf einen der Stühle zu setzen, dann verschränkte sie wie schützend die Arme vor sich.

»Darf ich fragen, Sir, warum Ihr überhaupt in meinem Garten wart?«

Alden setzte die Schüssel ab und nahm dankbar Platz. Er fühlte sich so schwach wie ein kleiner Welpe. Doch er erwiderte ihren Blick, während ihm ein Dutzend provozierende, neckende Bemerkungen in den Sinn kamen. Er verwarf sie alle. Der erste Zug musste mit Bedacht erfolgen.

»Eure weiß blühenden Zuckererbsen, Ma'am. Sie stammen ursprünglich aus Italien.«

»Tatsächlich?« Sie war überrascht. »Ich weiß es nicht.«

»Ich kenne hier zu Lande die kastanienbraune und die violettfarbene Abart, die nach dem Mönch benannt worden ist, der sie auf Sizilien entdeckt hat. Das Weiß ist eine ungewöhnliche Farbe. Und das in einem englischen Dorf – sie mussten einfach meine Aufmerksamkeit erregen.«

Juliet wandte sich zum Feuer, um ihr Gesicht vor seinen Blicken zu verbergen. Mit sparsamen flinken Bewegungen bereitete sie den Tee und schenkte ihn ein. Anmutig wandte sie sich zu ihm um.

»Ihr mögt Blumen?«, fragte sie. »Das scheint seltsam, da doch hinter jedem Blütenblatt Bienen lauern können, um unerwartet den Tod zu bringen.«

»Es ist eine Neigung, die gewisse Schwierigkeiten verursacht, das gebe ich zu.«

Regen trommelte laut auf das Dach, lief in breiten Bächen aus der Traufe und stürzte in heftigen Strömen an den Fenstern herunter. Noch immer grollten laute Donnerschläge.

Sie stellte eine Tasse vor ihn hin. Er nippte dankbar daran.

»War es schon immer gefährlich für Euch, gestochen zu werden?«

»Das erste Mal passierte es, als ich drei Jahre alt war. Ich schrie fünf Minuten lang und erschreckte mein Kindermädchen damit, dass ich in seinen Armen blau anlief und ohnmächtig wurde. Der Doktor sagte mir den steten Verlust meiner Sinne voraus. Wie man mir erzählte, blieb die Schwellung eine Woche lang, und ich überlebte nur knapp.« Er schaute sie an. »Doch eine schöne Blume hat etwas an sich, das mich anzieht, selbst wenn ich weiß, dass ich die Gefahr heraufbeschwöre.«

Sie wandte den Blick ab, als wäre sie verärgert. »Blumen müssen sich schützen. Deshalb haben Rosen Dornen.«

Ah, selbst gegen ihre Absicht hatte sie sich schon auf das Spiel eingelassen! »Dennoch ist der Gedanke, dass ein Insekt bei mir solche Schwäche verursachen kann, die denkbar schrecklichste Kränkung für meinen Stolz.«

»Dann habe ich Glück gehabt, dass Ihr Euch dieses Mal so schnell erholt habt.«

»In der Tat, das habt Ihr, Ma'am. Denn so angeschwollen und blau angelaufen biete ich einen grässlichen Anblick, hat man mir berichtet. Könnt Ihr Euch meine Demütigung vorstellen, als ich mit zehn Jahren das zweite Mal gestochen wurde? Es geschah in der Schule vor zwanzig anderen Jungen. Es hat mich drei Jahre gekostet, die Peinlichkeit wieder vergessen zu machen.«

Fast widerstrebend lächelte sie. »Aber es geschah erneut?«

»Unglücklicherweise. Beim dritten Mal schlug mich mein Vater mit einer Rute. Er war der Ansicht, ich hätte diese Reaktion vermeiden können, wenn ich es nur angestrengt genug versucht hätte. Aber bei Gott, es war vergebens. Und jedes Mal fürchtete man um mein Leben.«

»Das war barbarisch. Ein Kind wegen einer Krankheit zu schlagen!« Ihre Gefühle waren leicht zu durchschauen; sie konnte diese verletzliche Empfindsamkeit einfach nicht verbergen.

»O nein, Ma'am. Es war klug. Ich hatte mehr Angst vor dem Zorn meines Vaters als vor den Bienen.«

»Dennoch reichte die Angst vor seiner Bestrafung nicht aus, Euch davon abzuhalten, durch meine Stockrosen zu streifen?«

»Er ist tot, Ma'am. Aber bei Gott, ich verhalte mich oft genug wie ein Narr, und ich bezahle den Preis dafür. Welch schreckliches Missgeschick, gezwungen zu sein, einen ganzen Nachmittag lang hilflos auf dem Gartenweg einer Fremden zu liegen. Stellt Euch meinen Verdruss vor!«

Sie lachte – ein unverstelltes, reiches Lachen, dass Alden an Honig und roten Wein denken ließ. Es erfüllte ihn mit Entzücken. Mistress Seton wusste es nicht, doch Lord Gracechurch hatte bereits begonnen, sie zu verführen.

»Nein, ich glaube nicht, dass Ihr viel Verdruss fühltet, Sir. Ihr scheint nicht gerade bescheiden zu sein, und ein Dummkopf seid Ihr ganz und gar nicht. Was tut Ihr in Manston Mingate?«

Seine Antwort klang gewollt beiläufig. »Ich suche hier in der Gegend nach einem Haus, in das ich mich zurückziehen kann. Etwas Bescheidenes, mit Blumen.«

Ein einzelner Donnerschlag ertönte fast direkt über ihnen.

Ihre dunklen Brauen zogen sich zusammen. »Aber ein solches Risiko wäre eine tagtägliche Herausforderung für Eure Voraussicht.«

»Ich liebe die Herausforderung, Ma'am, wie Ihr vermutlich auch.« Alden hatte sich in dem Zimmer bereits umgesehen. Zwischen Kräuterbündeln und Reihen von Krügen und Flaschen hatte er einen Schatz entdeckt. »Wie viele Ladys haben wohl ein Schachspiel in der Küche stehen? Wollt Ihr meine Voraussicht auf die Probe stellen und mir ein Spiel gewähren, solange wir auf das Ende des Unwetters warten?«

Er hatte richtig vermutet. Unverhohlene Freude blitzte in ihren Augen auf. Doch sie wandte sich sofort ab und beschäftigte sich mit ihrer Teetasse.

»Es wird keine Zeit sein ...« Ihr Einwand wurde von einem polternden Grollen verschluckt, während ein niederkrachender Blitz die Küche erhellte. Sie sprang auf, dann schüttelte sie nervös den Kopf.

»›Der Donner wird von Riesen gemacht, die kegeln‹, pflegte mein Kindermädchen zu sagen. Ich glaube, sie haben gerade erst ihr Spiel begonnen. Wir könnten uns die Zeit ein wenig vertreiben, aber falls meine Anwesenheit Euch Unbehagen bereitet ...«

Abednego sprang plötzlich auf seinen Schoß.

Juliet schaute überrascht auf ihre Katze. Ausgerechnet Abednego, der Fremde niemals willkommen hieß!

Mr. Granville kraulte dem Kater das weiße Kinn, bis ein Schnurren ertönte, das so laut war wie der dröhnende Donner draußen. »Ihr habt bereits jemanden, der Euch Gesellschaft leistet? Eine Freundin?«

»Nein«, erwiderte sie. »Miss Parrett starb letztes Jahr.« Liebe Miss Parrett! So munter und so mutig und der einzige Mensch, der in diesem Desaster zu ihr gehalten hatte. Juliet zwang sich zu einem gleichmütigen Ton. »Sie teilte das Haus mit mir. Seit ihrem Tod habe ich nicht mehr Schach gespielt.«

»Das tut mir sehr leid. Ich dringe in Eure Privatsphäre ein. Ich sollte gehen.« Er schaute auf die Katze und lächelte. »Aber wie es aussieht, werde ich festgehalten …«

Es war eine schreckliche Dummheit. Ein Mann, auf den ihre Sinne so ansprachen – sie sollte ihn hinaus in den Sturm schicken, ob er nun vollständig wiederhergestellt war oder nicht. Hatte sie nicht ihre Lektion gelernt? Hatte sie nicht gelernt, was körperliches Verlangen zerstören konnte? Doch sie sehnte sich nach kluger, gebildeter Gesellschaft, und es schien, dass sie die seine akzeptieren musste, bis der Sturm vorüber war. Und in diesem Fall würde weniger Schaden durch eine Partie Schach entstehen können als dadurch, sich eine Stunde lang mit ihm zu unterhalten. Denn sie war entzückt von ihm, und er setzte alles daran, dass sie es war.

Jeder Gentleman würde das Gleiche tun, wäre er mit einer Lady unerwartet in eine Situation wie diese geraten – ein wenig kokettieren, ein paar Komplimente machen. Es war die Art, wie es in der Welt zuging. Juliet wusste das. So wie sie auch wusste, dass es Torheit wäre, darauf etwas zu erwidern oder es auch nur zu wollen. Doch sie spürte einen seltsam anziehenden Mut in sich, entstanden durch die Schilderung seines Leidens. Seine

Betroffenheit, als sie Miss Parrett erwähnt hatte, schien echt gewesen zu sein, mehr als nur Höflichkeit. Und schließlich war dies nur eine zufällige Begegnung, unvorhergesehen, harmlos. Er wollte gehen.

Abednego hatte in kätzischer Seligkeit die Augen geschlossen.

Die Kegel kullerten über ihr Dach und hallten den Kamin hinunter. Regen prasselte hernieder.

Welchen Schaden konnte eine Partie Schach schon anrichten – dieses Spiel, das von seiner Natur her unpersönlich und frei von Emotionen war? Oder auch sein zurückhaltendes Flirten? Solange sie vorsichtig war …

»Ihr könnt bei diesem Wolkenbruch nicht vor die Tür«, erklärte sie. »Euer Herz hat einen Schock erlitten. Es wäre gefährlich, es zu belasten.«

Juliet streckte sich nach dem Regal und holte das Schachspiel herunter. Rasch stellte sie die Figuren auf und bot ihm die weißen an, denen der erste Zug vorbehalten ist. Glücklicherweise war er in die linke Hand gestochen worden, und er war Rechtshänder. Juliet betrachtete seine Hände, als er mit seinem Königsbauern den ersten Zug machte. Es war eine klassische Eröffnung, die ihr nichts über seine spielerischen Fähigkeiten verriet. Sie erwiderte mit dem Gegenzug. Sein Königsspringer folgte. Während der folgenden Züge gab es keine Überraschungen. Er kränkte ihren Stolz weder durch Zugeständnisse, noch versuchte er, sie durch kleine Gespräche oder weitere versteckte Flirtereien abzulenken. Er schien ganz und gar konzentriert auf das Spiel zu sein.

Juliet entspannte sich.

»Würdet Ihr diese Gegend einem allein stehenden Mann empfehlen?«, fragte er nach einer Weile.

»Es ist sehr ruhig hier.«

»Vermutlich habt Ihr recht. Ich vergaß, wie langweilig es in England auf dem Land sein kann.«

Sie legte für einen Moment ihre Zurückhaltung ab und schaute ihn an. »Weil Ihr gereist seid ...«

»In der Tat, Ma'am. Ich habe einige Jahre im Ausland gelebt.«

Welch ein unermesslicher Schatz lag in diesen Worten! *Im Ausland!* Die Erinnerung an die Welt jenseits von Manston Mingate – an brillante, kluge Gespräche über Reisen, Kultur und Kunst –, ihr Geburtsrecht. Er hatte Italien gesehen, die Zuckererbsen in Sizilien. Sie verspürte den starken Wunsch, ihn danach zu fragen. Doch sie durfte nichts anderes zulassen als die beiläufige Konversation mit einem Fremden. Sie konzentrierte sich auf das Spiel.

»Ich denke, dass ein allein stehender Gentleman näher bei London mehr finden würde, was ihn unterhält.«

Er schaute auf, ein träger, lächelnder Blick, während seine Finger das weiße Fell der Katze streichelten. »Vielleicht. Aber dieser allein stehende Gentleman ist sehr leicht ...« Sein letzter Zug hatte ihr eine perfekte Möglichkeit eröffnet. Mit einer Aufwallung von Heiterkeit schob Juliet ihre Königin vor. Er nahm seinen Springer und schien ihr in die Falle zu gehen, doch dann fing er ihren Blick auf und lachte. »... zu unterhalten, so ist das.«

Sein Springer war in eine völlig unerwartete Richtung gesprungen. Einen wilden Moment lang fühlte Juliet das Lachen in sich aufsteigen, das in seines einstimmen wollte. Doch sie unterdrückte diesen Anflug ursprünglicher Fröhlichkeit.

»Ich wünschte, Ihr wäret auch leichter zu überlisten.«

»Wir passen eben zu gut zueinander«, sagte er. »Ich biete Euch eine Wette an, Mistress Seton, die uns beide anspornen wird, noch besser zu spielen. Wenn ich diese Partie gewinne, werdet Ihr mir dann an jedem Tag dieser Woche eine Schachpartie gewähren?«

»Sir, ich kann doch nicht ...«

»Andererseits, so fürchte ich, wird mein Aufenthalt in den

Three Tuns es von mir verlangen, mit den Bauern in der Schankstube Höflichkeiten auszutauschen, bis ich vergesse, dass ich jemals etwas anderes kannte außer Rüben und Mangold. Ihr könnt doch nicht so grausam sein, mich zu solch einem Schicksal zu verdammen. Eine kleine Wette, als Anreiz, sich anzustrengen?«

Oh, dieser letzte Zug eben! Sie hatte fast vergessen, wie begeisternd es war, am Schachbrett einem fähigen Gegner gegenüberzusitzen. Gleichwohl war ihr Gambit besser. Mit unverhohlenem Vergnügen plante sie ihren Weg zum Schachmatt.

»Und wenn ich gewinne?«, fragte sie.

»Dann dürft Ihr alles von mir verlangen, was Ihr wollt.«

Sie war überrascht. »Ein großes Risiko für Euch, Sir!«

»Welches Abenteuer ohne Risiko ist etwas wert, und sei es nur eine Schachpartie?« Er senkte die Lider mit einem Ausdruck, der gleichzeitig ergeben und dennoch schamlos verführend war. »Und ich kann sicher sein, dass Ihr nicht mehr verlangen würdet, als die Ehre es zulassen würde. Ich vertraue Euch, Mistress Seton.«

Ihr Herz hämmerte wild, wie ein Widerhall des Regens. Er hatte soeben einen Fehler gemacht, indem er mit seinem kritischen Bauern ihrem Läufer den Weg verstellt hatte. Das genügte, um ihr einen entscheidenden Vorteil zu verschaffen. Sie spielte gut, das wusste sie, und sie wollte, dass er sein Bestmögliches gab ...

»Also gut«, stimmte sie in überzeugter Erwartung ihres Sieges zu. »Lasst uns um eine Wette spielen, doch ich stelle eine weitere Bedingung.«

»Nennt sie.« Die Winkel seines Mundes verzogen sich bedauernd, als sie seinen Bauern schlug.

»Ich habe nicht viel freie Zeit. Ich habe nur ein Mädchen aus dem Dorf, das mir tagsüber zur Hand geht. Es ist diese Woche krank. Wenn Ihr gewinnt, müsst Ihr meine verlorene Zeit wiedergutmachen – und einige Hausarbeiten für mich übernehmen, die ich Euch dann nennen werde.«

»Welche Art von Aufgaben?« Ein kleines Krausen markierte seine Augenbraue. »Wenn es um praktische Dinge geht, bin ich ziemlich nutzlos, besonders was die Landwirtschaft betrifft.« Das Krausen verschwand, als ein plötzliches Lachen über sein Gesicht huschte – wie hervorgerufen durch einen Gedanken, der so unmöglich schien, dass er im Grunde absurd war. »Erwartet Ihr von mir, dass ich die Schweine füttere?«

Der kleinste Hinweis auf Arbeit würde ihn also tatsächlich vertreiben können! Die Enttäuschung darüber empfand Juliet wie einen Stich, auch wenn ihr Plan offensichtlich Erfolg hatte – dafür zu sorgen, dass er nicht zurückkommen würde, egal, ob er verlor oder gewann, und dennoch sicher sein zu können, dass er so gut spielte, wie er konnte. Doch wie dumm, jetzt traurig zu sein, da sie ihr Ziel ja soeben erreicht hatte! Durch die täglichen Besuche eines Mannes – welches auch immer – hatte sie alles zu verlieren und nichts zu gewinnen.

»Ich würde nichts verlangen, von dem ich nicht denken würde, es läge innerhalb Eurer Möglichkeiten, Sir. Außerdem halte ich keine Schweine.«

Er zog die Augenbrauen hoch und lächelte. »Dann bin ich Euer Diener, Ma'am – ob ich gewinne oder verliere. Doch wenn ich Eure Aufgaben erfülle, müsst auch Ihr mir einen Wunsch gewähren, wann immer ich eine Partie gewinne.«

Es war gefährlich, aber er hatte gerade einen Zug gemacht, der den Läufer seiner Dame in Gefahr brachte. Schon sehr bald würde sie ihren Plan zum Schachmatt umgesetzt haben, und dann würden alle Absprachen ohne weitere Bedeutung sein. Juliet schlug seinen Läufer und war bereit, ihre Falle aufzustellen und sich den Sieg zu sichern.

»Ich akzeptiere«, antwortete sie. »Zu den genannten Bedingungen.«

Abednego sprang auf den Boden und spazierte davon, den Schwanz hoch erhoben. Juliet schaute dem weißen Fellbündel nach, ehe sie wieder zu Mr. Granville sah. Ein kaltes Prickeln der Beunruhigung lief ihr den Rücken hinunter.

Eine starke Konzentration war über ihn gekommen, und er schien sich Juliets Anwesenheit kaum noch bewusst zu sein. Jede Spur dieses herablassenden Zuges um seinen Mund war verschwunden. Er wirkte so ernst und verschlossen wie eine der geschnitzten Heiligenfiguren in der Dorfkirche. Sein Hemd stand am Hals noch offen. Ihr Blick wanderte über sein golden schimmerndes zurückgekämmtes Haar und zu der Stelle an seiner Halsbeuge, an der sein Pulsschlag zu sehen war: der schöne, starke Hals eines Mannes, der einen herrlichen Körper verhieß und zum Küssen aufforderte.

Verdammt! Dieser Mann war ein Fremder, nur auf der Durchreise. Es war bloß eine Schachpartie.

Er machte seinen Zug, mit dem er zwar augenblicklich ihren Turm blockierte, ansonsten aber nichts erreichte, was sie hätte nachvollziehen können. Sie antwortete mit ihrem Gegenzug und trieb ihren Plan voran – noch fünf Züge, vielleicht auch sechs, und sie würde gewinnen.

Er schaute nicht auf. Abednego rollte sich vor dem Feuer zu einer Kugel zusammen. Shadrach saß am Fenster, die Augen geschlossen.

Regen rauschte.

Meshach strich um Mr. Granvilles Beine, drückte sich gegen seine Stiefel und schnurrte dabei.

Von Zeit zu Zeit streckte dieser die Hand aus und streichelte die getigerte Katze, kraulte das weiche Fell und strich mit dem Daumen über die empfindsamsten Stellen. Das Schnurren wurde lauter. Shadrach sprang von der Fensterbank herunter und durchmaß das Zimmer, um Mr. Granvilles Schoß in Beschlag zu nehmen. Meshach schien ein Netz um Mr. Granvilles Fuß herum zu spinnen, herum und herum, während dieser jetzt mit seiner freien Hand durch das ingwerfarbene Fell Shadrachs strich, der sich inzwischen auf seinen Oberschenkeln niedergelassen hatte.

Starke, sanfte Finger, die wie hypnotisierend streichelten.

Das Schnurren tönte lauter und lauter. Das Knistern des Feuers und die Wärme. Das Rauschen des Regens und das Schnurren der Katzen. Juliet spürte ihr Blut, das träge und heiß in kleinen Strudeln durch ihre Adern zu strömen schien. Ein Prickeln breitete sich in ihren Beinen aus. Nervös strich sie ihre Röcke glatt, ehe sie den nächsten Zug machte und wieder ihren unwillkommenen Besucher ansah.

Welch herrliche Erscheinung. Welch sinnliche Hände. Sein Daumen streichelte den Kopf seiner weißen Dame, als suchte er unter zerwühltem weißen Leinen und weißer Spitze nach etwas, als erkundete er darunter die Form des nackten Schenkels einer Frau.

Heiß stieg ihr das Blut in die Wangen.

Ja, sie hatte es in der Minute gewusst, als seine Kräfte ihn verlassen hatten und er sich in ihrem Garten auf den Weg hatte setzen müssen. Die schweren Lider, das charmante Lächeln, die Kraft, die fast greifbar von ihm ausging. Das feine Hemd, die Weste aus Satin und die zarten Kräusel in seinen blonden Haaren – das alles sang einen bösartig-amüsanten Refrain: *Wir können es uns leisten, schön auszusehen,* sagten sie, *denn das Äußere eines Lebemannes ist nur eine Verkleidung, um den harten Stahl zu verbergen, der darunter liegt – hast du dich tauschen lassen?*

Juliet zwang ihre Gedanken zurück auf das Schachbrett. Seine Dame hatte sich fünf Felder weiter bewegt. Das Spiel nahm einen ganz anderen Verlauf, einen, den sie nicht vorhergesehen hatte.

Beständig und unerbittlich brachte das Spiel sie näher und

näher an den Rand ihres Könnens. Sie war in die Defensive gedrängt worden. Ihr Plan, ihn schachmatt zu setzen, hatte sich in Nichts aufgelöst. Ihr Gegner hatte sowohl ihren Läufer als auch den Turm geschlagen, wohingegen er nur einen Springer und weniger Bauern verloren hatte, als er selbst genommen hatte. Und die Stellung der Figuren änderte sich beständig – einige gruppierten sich neu, Fäden fein ausgelegter Netze tauchten wie aus dem Nichts auf, umschlossen die Akteure, zerstörten deren Zusammenhalt – es war ein Flechtwerk aus Alternativen, die alle auf einen Schluss hinausliefen.

Panik packte Juliet, als sie die Tragweite ihres Fehlers erkannte. Selbst wenn er sich jetzt noch zu einem falschen Zug hinreißen ließ, würde er gewinnen. Sie hatte diesen Fremden falsch eingeschätzt und ihm erlaubt, in ihr Leben zu treten.

Weil er so hilflos auf ihrem Gartenweg gelegen hatte …

Weil er sanft zu ihren Katzen war …

Weil er nur auf ihre Aufforderung hin hereingekommen war und eigentlich hatte gehen wollen …

Sie hatte alle ihre Regeln gebrochen. Sie hatte die Bedrohung für unwesentlich gehalten.

Jetzt war es zu spät.

Er lehnte sich zurück und streckte beide Arme in die Luft – eine ausgelassene Geste des Triumphes, die von männlicher Kraft zeugte.

»Schachmatt in zwei Zügen, Mistress Seton!«

Ärger und Demütigung schmeckten plötzlich sehr bitter. Juliet betrachtete das Schachbrett, noch verwirrt von der Strategie, die er verfolgt hatte.

»Ich sehe, ich muss Euch den Sieg einräumen, Sir. Ihr seid ein sehr erfahrener Spieler, nicht wahr?«

Er lachte. »So wie Ihr, Ma'am. Es war verteufelt eng! Man hatte mir zwar berichtet, dass Ihr wunderschön seid, aber nicht, dass Ihr noch so viele Fähigkeiten habt.«

Ihr Stuhl fiel polternd um, als Juliet aufsprang. Die Katzen stoben auseinander. Zum Teufel mit ihm! Sie war von einem kühneren Spieler, als sie es war, übertölpelt und deklassiert worden. Und jetzt hatte er nicht einmal Skrupel, damit zu prahlen!

»Berichtet, von wem?«, fragte sie erbittert. »Was noch habt Ihr gehört? Euch hat also nicht der Zufall an mein Gartentor geführt. Und es waren auch nicht meine weiß blühenden Zuckererbsen, nicht wahr, Sir?«

Kapitel 2

Einen Augenblick lang riss ihn sein Triumphgefühl mit sich, bis er im nächsten Atemzug begriff, dass er so gut wie alles verdorben hatte. In einem raschen Versuch des Nachdenkens beschloss Alden, ohne Zögern die nächste Chance zu ergreifen, die sich ihm bieten würde. Dabei würde ihm jetzt eine vage Erinnerung an einen Mann namens Seton helfen, von dem er – durch einen jener unvorhergesehenen Glücksfälle – mit einem einzigen Blatt sechshundert Guineas gewonnen hatte.

Er lehnte sich zurück und lächelte zu ihr hoch. »Der Wirt hat Euch mir beschrieben, Mistress Seton. Ich war der Meinung, Eurem verstorbenen Gatten einmal in St. James begegnet zu sein. Dieses Zusammentreffen war der Anlass zu einem kurzen Gespräch über Euch in den *Three Tuns*. Sollte das eine Ungebührlichkeit gewesen sein, hoffe ich, dass Ihr mir vergeben werdet.«

Eine helle Röte breitete sich langsam auf ihrem Nacken und auf ihren Wangen aus. Im Kontrast dazu verdunkelten sich ihre Augen zu einem tiefen Violett.

»Ihr seid ein Schuft!«, schrie sie. »Ein Scharlatan! Es ist eine verdammte Ungebührlichkeit, Sir! Ich fordere Euch auf, sofort zu gehen.«

Er stand auf und verbeugte sich schwungvoll vor ihr. Was hatte er gesagt, um eine so heftige Reaktion hervorzurufen?

»Mistress Seton, Ihr seid über alle Maßen gutherzig gewesen. Sollte ich Euch gekränkt haben, muss ich die Freundlichkeit Eurer Vergebung erbitten. Diese vergangenen wenigen Stunden in Eurer Gesellschaft sind nichts anderes als ein Vergnügen für mich gewesen.«

»Hört auf«, entgegnete sie heftig. »Glaubt Ihr etwa, Ihr seid der erste Schürzenjäger, der hier hereinspaziert kommt und versucht, seine leeren Komplimente an die arme einsame Witwe zu bringen? Ich bin weder einsam, Sir, noch bin ich dumm. Noch suche ich nach einem Liebhaber oder nach einem neuen Ehemann. Guten Tag, Sir. Der Regen hat aufgehört. Ihr kennt den Weg nach draußen!«

Alden stand auf der regendurchweichten Straße und starrte auf den Hut in seinen Händen. Er hatte alles grandios verdorben! Etwas hatte er gelernt: Mistress Seton war weit davon entfernt, dumm zu sein, aber sie war enttäuscht und einsam, auch wenn sie es abstritt. Seine Erwähnung ihres toten Gemahls hatte keine Trauer hervorgerufen, auch keine liebevollen Erinnerungen, stattdessen aber Verzweiflung – fast Angst.

War ihre Ehe so schrecklich oder so schön gewesen?

Er hoffte, dass es die Stärke ihrer eigenen Leidenschaft gewesen war, die sie so sehr erschreckte, denn er war entschlossen, ihr zu helfen, ebendiese zu befreien. Und dafür blieben ihm nur vier weitere Tage. Er drückte den Dreispitz auf seinen Kopf und schlug den Weg zu den *Three Tuns* ein.

Binnen einer halben Stunde saß er auf seinem Pferd und ritt durch die lange Sommerabenddämmerung nach Norden. Zehn Meilen lang ging es vorbei an regennassen, in funkelnde Schleier gehüllten Bäumen und Hecken. Schließlich brachte Alden sein Pferd zum Stehen und schaute aus dem Tal hinauf zu der gegenüberliegenden Anhöhe und der Ansammlung von Gebäuden, die dort lag. Von der mittelalterlichen Abtei war nichts übrig geblieben bis auf wenige Grundmauern und die zerfallenen Überreste eines Klosters. Stattdessen erhob sich ein weitläufiges Haus zwischen den Bäumen, dort, wo einst Mönche ihre Stunden im Gebet verbracht hatten.

Alden verharrte eine Weile und starrte auf das Haus und das Vieh auf den ringsherum liegenden Weiden.

Seine Kühe – es sei denn, er verlor diese Wette.

Seine Felder, seine Äcker, seine Wälder, seine Fische in den Teichen.

Sein Erbe, mit all den Pächtern und Dienstleuten, die davon abhängig waren, ebenso wie die Verpflichtungen, die er freiwillig zu einer Zeit übernommen hatte, als er noch geglaubt hatte, er könne es sich leisten. Gracechurch Abbey, das Heim seiner Vorfahren und der Mittelpunkt all seiner bescheidenen Macht und all des Wohlstandes, die er jemals besessen hatte – bis zu dem Irrsinn eines nächtlichen Kartenspiels.

Der unbändige Wunsch, diesen Besitz behalten zu wollen, schnürte ihm die Kehle zu.

Nirgendwo sonst hatte ihm je irgendetwas gehört. Kein anderer Ort auf dieser Welt trug seinen Namen. Es stand auf Messers Schneide, das alles für immer zu verlieren.

Er musste Juliet Seton ins Bett bekommen – bis zum Ende der Woche. Und er konnte sich nichts Verlockenderes vorstellen. Ihre wohl geformten Knöchel und ihre zarten Handgelenke, die glatte cremefarbene Haut. Er wollte sie berühren, mit seinen Händen, mit seinen Lippen. Er wollte in ihrer weichen Weiblichkeit versinken.

Doch als er sich an ihr Gesicht erinnerte, ernst, lieblich, gebeugt über die Schüssel mit den Erbsen, ging dieses Verlangen in einem Meer von Fragen fast unter. Sie schien eine Lady zu sein, dennoch lebte sie allein und verrichtete selbst die Hausarbeit. Niemand auf dieser Welt hatte überhaupt keine Familie – weder Cousins noch Onkel oder Tanten. Selbst wenn sie keine lebenden Angehörigen mehr hatte, so hatte eine respektierte Witwe doch immer Freundinnen und gesellschaftliche Kontakte. Wie konnte diese Juliet völlig allein auf der Welt stehen?

Das ließ eine Tragödie vermuten, so wie ihr Name. Oder ein wohl gehütetes Geheimnis. Diese Miss Parrett, die sie erwähnt hatte – wer zum Teufel war das gewesen? Und warum lebte sie gerade in Manston Mingate?

Verflucht! Er *wollte* es gar nicht wissen. Denn hier stand ein Vermögen auf dem Spiel. Ein Vermögen und mehr Existenzen als nur ihre und seine – und ganz besonders eine, die ihm mehr bedeutete als der ganze Rest zusammen.

Einen Moment lang dachte Alden daran, zum Haus hinaufzureiten und Sherry zu wecken. Schlaftrunkene blaue Augen würden sich öffnen und in seine schauen. Runde Ärmchen würden sich voller Freude um seinen Hals schlingen. Dann würde der Lehrer des Kindes ihn, Lord Gracechurch, leise ermahnen, dem Kind nicht den Schlaf zu rauben und es wegen nichts aufzuregen.

Mr. Primrose würde recht haben. Alden konnte nicht bleiben.

Er musste eine Witwe verführen.

Es war sein einziges unbestrittenes Talent. Es würde nicht schwer für ihn sein, eine ausreichende Rechtfertigung zu finden. Was konnte Juliet Seton ihre Tugendhaftigkeit bedeuten? Sie war keine Jungfrau mehr. Sie war verheiratet gewesen. Er würde seinen Preis stehlen und ihr Medaillon als Beweis nehmen. Aber er würde ihr als Entschädigung für seinen Diebstahl ein Höchstmaß an Lust bereiten – unbeschreibliche, köstliche, sich steigernde Lust. Ob ihre Ehe nun glücklich oder unglücklich gewesen war, sie würde keine Verliererin sein.

Vielleicht war sie nicht einmal eine Lady, sondern eine Schauspielerin, die geübt diejenigen narrte, die eine Wette um sie abgeschlossen hatten. Schließlich gab es – außer einer Tragödie – nur einen einzigen anderen Grund für ihr Alleinleben. Sie hatte gesündigt.

Aldens Bedenken lösten sich in einem Füllhorn lüsterner Bilder auf.

Er wendete sein Pferd und ritt zurück nach Manston Mingate und der winzigen Kammer in den *Three Tuns*.

Juliet erwachte am folgenden Morgen mit Kopfschmerzen. Es war unerträglich heiß, und weitere Gewitter kündigten sich drohend an. Sie hatte schlecht geschlafen, beunruhigt von ihren Träumen. George hatte auf sie heruntergestarrt, seine schwarzen Augenbrauen zusammengezogen, während sie endlos lange durch die Flure eines großen Landhauses gelaufen war und eine Tür nach der anderen aufgestoßen hatte. Jeder Raum war leer gewesen. Als sie jedoch die Hand nach dem Fenster am Ende des Ganges ausgestreckt und hinaus auf den Hof gesehen hatte, hatte Mr. Alden Granville dort gestanden. Golden und anmutig im Sonnenschein und viel zu schön, hatte er sich rücklings in die Rabatte aus unzähligen weißen Blumen geworfen. Eine Welle von Duft war aufgestiegen und hatte sie eingehüllt.

»Die Bienen!«, hatte sie ihm vom Fenster aus zugerufen. »Die Bienen!«

Er hatte aufgeschaut aus tausenden von Blütenblättern, den Hemdkragen geöffnet und seinen kräftigen weißen Hals gezeigt. Er hatte gelacht – während es in den Blumen ärgerlich zu summen begonnen hatte, sodass Juliet mit einem Ruck aufgewacht war.

Jetzt kletterte sie aus dem Bett und ging zum Vorderfenster. Unter ihr lag der Gemüsegarten mit seinen ordentlichen Reihen. Er hatte behauptet, Mr. Seton in St. James begegnet zu sein. Vielleicht war dem so gewesen, aber er war nicht George begegnet, ihrem unsäglichen Ehemann. Und falls sich Mr. Granville damals in London aufgehalten hatte, so wäre ihm der Skandal auf jeden Fall zu Ohren gekommen. Obgleich es natürlich keinen Grund gab, warum er diesen mit ihr in Verbindung bringen sollte. Damals war ihr Name nicht Seton gewesen.

Sie zwang sich dazu, ruhig zu bleiben und nicht in Panik zu verfallen, doch die dunkle Furcht erfüllte ihr Herz. Mit seinen letzten, so formellen Worten und der Verbeugung, wie sie nur bei Hofe üblich war, hatte ihr Besucher eine weitere Täuschung enthüllt – es war die Geste eines Mannes gewesen, der seine Stärken kannte und der den Dünkel hatte, diese zu zeigen oder sie zu verbergen, ganz wie er es wünschte. Er war nicht nur ein vom Pech verfolgter Gentleman, er war ein Adliger.

Was hatte ihn veranlasst, das nicht preiszugeben?

Und warum war er nach Manston Mingate gekommen?

Sich nicht bewusst, dass sie die Hand um ihr Medaillon geschlossen hatte, wandte sich Juliet vom Fenster ab. Höchstwahrscheinlich hatte sie diesen Mann ohnehin zum letzten Mal gesehen. Alden Granville würde kaum zurückkehren, um als Gegenleistung für eine weitere Schachpartie irgendeine niedere Arbeit zu übernehmen. Und da die arme Tilly noch immer krank war, gab es eine Menge Arbeiten zu erledigen. Weder für Kopfschmerzen noch für weitere Gedanken an diesen Mann hatte sie die Zeit.

Nach der Erledigung der üblichen Haushaltspflichten legte Juliet ihren blauen Kittel an und ging durch das Haus in ihre Vorratskammer. Es war Zeit, den Schlüsselblumenwein abzufüllen. Zweieinhalb Pfund Zucker, zwei Zitronen und vier Teile wilder Schlüsselblumen, gesammelt im Mai, waren zu je zwei Gallonen Wasser hinzugefügt worden. Seit einem Monat gor der Wein in seinem Fass. Diverse Flaschen davon waren bereits vom Pfarrhaus bestellt worden, weitere von Mistress Caxton aus Upper Mingate, dem Nachbardorf. Der Weinverkauf war eine von Juliets kleinen Quellen, die ein Extraeinkommen brachten.

Sie öffnete das winzige, nach Norden gelegene Fenster und ließ die Eingangstür einen Spalt offen stehen, damit die Luft vom schattigen Hof in die Kammer strömen konnte. Der Boden unter ihren Füßen war mit Steinen gefliest, was den Ort einladend kühl machte. Mit einem gusseisernen Handgriff konnte sie eine Pumpe betätigen und Wasser vom Brunnen heraufbefördern, wenn sie es brauchte. Der Überschuss floss in ein flaches

Steinbecken. Juliet nahm die Kisten mit den sauberen leeren Flaschen und begann, die helle Flüssigkeit hineinzufüllen. Zufrieden konzentrierte sie sich auf diese Arbeit.

Die Stimme eines Mannes, die wie Honig von einem Kamm tropfte, durchbrach die Stille,

»›... noch darf man ihn zu lange im Fass arbeiten lassen, da er dazu neigen kann, die Süße und den Geschmack der Frucht oder der Blumen zu verlieren, aus denen er hergestellt ist. Die Kessel müssen rein und trocken sein, ehe man den Wein einfüllt. Man gebe ihnen zuvor eine Spülung mit ein wenig Brandy‹«, las die Stimme vor – und bemerkte dann mit einem Anflug von Humor: »Alternativ, so scheint mir, könnte man den Brandy auch gleich trinken und sich so eine Menge Arbeit ersparen.«

Juliet schaute auf. So golden wie der Wein, stand Mr. Granville in der Tür. Er hielt ihr kleines ledergebundenes Haushaltsbuch in Händen und blätterte darin.

Sie setzte die Weinflasche ab, ehe sie sie fallen lassen würde, und errötete bei seinem Anblick.

Heute trug er einen blauen Mantel aus Baumwollsamt über einer langen Weste aus pfirsichfarbenem Satin, die mit Silberstickereien besetzt war. Die Reitstiefel waren durch schwarze Schnallenschuhe ersetzt worden, in denen er von den *Three Tuns* hierher zu Fuß gegangen sein musste, denn sie waren staubbedeckt. Abgesehen vom Fehlen des Puders in seinem Haar war es die gepflegte Kleidung, die jeder Gentleman anlegen würde, um einer Lady einen formellen Besuch abzustatten: einer Lady, der er den Hof machte. Aber natürlich machte er ihr nicht den Hof. Er wohnte für eine Woche im Dorf und langweilte sich, das war alles. Seine Bemerkung über ihren verstorbenen Ehemann war ganz spontan gewesen. Es hatte nichts zu bedeuten. Sie waren sich nur begegnet, weil Mr. Granville unpässlich und vorübergehend auf ihre Hilfe angewiesen gewiesen war.

Doch jetzt war er nicht hilflos. Seine Gegenwart füllte den Raum, seine kühne männliche Kraft, nur gezügelt von seiner Anmut und dem Lachen, das kaum versteckt in seiner Stimme mitschwang. Trotz allem wusste Juliet, dass sie genau das wollte: seinen Humor und seine Klugheit. Trotz allem wollte sie *ihn*, um die schreckliche Leere ihrer Tage zu füllen.

Aber es war zu spät. Zu spät. Dank George mussten ihre Tage für immer leer bleiben.

O Gott, lass dies nicht geschehen! Bitte, bitte, bitte!

»›Wenn der Wein gegoren ist, verschließe man ihn fest. Nachdem er genügend abgelagert hat, wird er ganz Eure Erwartungen erfüllen.‹ Wird er das, Mistress Seton?«

»Was tut Ihr hier, Sir?« Sie hasste die Panik, die sie in ihrer Stimme hören konnte.

»Es tut mir leid. Es war unverzeihlich von mir, Euch zu erschrecken. Lasst mich Euch helfen.«

Sie zog sich zurück, fast wild. »Nein! Lasst es! Warum seid Ihr zurückgekommen?«

Er schloss das Buch und legte es auf das Bord aus Schiefer. »Nur um Schach zu spielen, Ma'am. Eine Partie pro Tag war Euer Einsatz, oder nicht? Ihr habt mir Euer Wort gegeben.«

»Ich habe sehr viel zu tun.«

»Dann erlaubt mir zu helfen. Das war auch Teil unserer Abmachung.«

»Nein! Später! Das hier kann ich allein.«

»Dann werde ich warten, bis Ihr fertig seid. Ich werde im Garten sein.«

Mit einem leichten Nicken ging er. Juliet lehnte sich gegen das Steinbecken und presste die Stirn gegen den kalten Pumpengriff. Das Eisen war bedeckt mit winzigen Wassertropfen. Nach einem Moment verrieb Juliet die Feuchtigkeit auf ihrem Gesicht mit beiden Händen.

Sie hatte eine Wette abgeschlossen! Sie hatte ein Versprechen gegeben! Eine Partie Schach an jedem Tag der Woche. Und törichter-, törichterweise wollte sie das Versprechen auch einlösen, denn der Wein und die Bienen und der Blumengarten konnten nicht Schach spielen, und die Dorfbewohner konnten ihren Verstand nicht herausfordern, und trotz all ihrer Arbeit und ihrer Tüchtigkeit war sie schrecklich einsam.

Als sie sich umdrehte, kam sie mit dem Ellenbogen gegen die halb gefüllte Weinflasche und stieß sie um. Irgendwie gelang es Juliet zuzupacken und die Flasche aufzufangen, ehe sie auf dem Steinboden zerschellen konnte, doch die Flüssigkeit ergoss sich über ihre Röcke und tränkte sie mit dem starken Duft nach Schlüsselblumen. Juliet setzte sich für einen Moment auf den dreibeinigen Schemel, die feuchten Unterröcke klebten ihr an den Beinen.

Verflucht sollte er sein! Er und sein bezaubernder Charme und sein hinreißendes Lächeln. Verflucht sollte er sein und seine offensichtliche Absicht, ihr nachzustellen!

Denn sie sah es jetzt ganz klar. Das Angebot zu einer Schachpartie. Er hatte gewusst, es würde sie entwaffnen, und er hatte gewusst, dass er gewinnen würde. Aber seine allergische Reaktion war echt gewesen, also konnte seine Anwesenheit andererseits doch ein Zufall sein? War er wirklich einem Mr. Seton begegnet? Der Wirt hatte vermutlich von ihr gesprochen und Mr. Granville von ihrer Witwenschaft erzählt. Darin konnte doch nicht wirklich eine Bedrohung liegen, oder?

Er langweilte sich. Mehr nicht. Es war nur ein Zufall, dass er hier war.

Sie war eine Wette eingegangen. Sie hatte ein Versprechen gegeben.

Warum sich dem nicht mit Wagemut stellen?

Mit einem schiefen Grinsen nahm Juliet das saubere Tuch, das neben dem Becken lag, und trocknete ihre Röcke damit. Ihr Blick glitt durch den kleinen Raum mit den ordentlich aufgereihten Flaschen, über die Kalktünche, die an der Stelle der Nordmauer, durch die Feuchtigkeit hereinkroch, leicht abbröckelte, über die gescheuerten Regale und den abgenutzten Steinboden: alles der Beweis ihrer Jahre voller Kampf und Disziplin.

Ob sie es nun ignorierte oder aber versuchte, über sich selbst zu lachen, ihre Tage wurden von der Einsamkeit bestimmt, die sich nicht vertreiben ließ. Sie war sogar einsam gewesen, als sie noch mit Miss Parrett das Haus geteilt hatte. Und jetzt lauerte die Einsamkeit in den leeren Ecken und hallte im Garten wider. Dennoch hatte sie sich durch harte Arbeit und ihren Sinn für Humor, den sie sich bewahrt hatte, etwas erworben, das Gleichmut nahe kam – eine Art stiller, zweckmäßiger Akzeptanz.

Und jetzt bedrohte dieser Mann mit seiner Überheblichkeit und seiner Gewissheit auf Eroberung ihr Leben wie ein Sommergewitter, dessen auftürmende Wolken von starken Winden davongefegt wurden und das Hagel brachte, der ihre Blumen und ihre Stangenbohnen vernichtete, ihren Hühnerstall überflutete und ihre Bienenkörbe ruinierte und damit alle Hoffnung auf ein sicheres Auskommen im kommenden Winter zunichte machte.

In ihr tauchte das Bild Mr. Granvilles auf und wie sie ihn unpassenderweise zwischen ihren Stangenbohnen gefunden hatte. Sie fühlte Lachen aufwallen. Es brach sich Bahn, um all ihre Vernunft und ihren schweigsamen Stolz fortzuspülen und ihre Gedanken mit fröhlicher Heiterkeit zu erfüllen.

Juliet schluckte ihre Fröhlichkeit herunter und fuhr damit fort, eine nach der anderen die Flaschen abzufüllen. Falls Mr. Alden Granville zwischen den Zuckererbsen zu warten wünschte, würde er mindestens zwei Stunden lang Gelegenheit dazu haben. Vielleicht würde ja eine andere Biene vorbeikommen und ihn in der Zwischenzeit stechen.

Lord Edward Vane zügelte sein Pferd. Äußerst elegant, saß er mit lässiger Anmut im Sattel und starrte über das Tal hinüber nach Manston Mingate. Über eine dichte Baumgruppe hinweg erhob sich der Kirchturm, aber es waren keine Häuser zu sehen. Ein schwarzer Dreispitz saß fest auf seiner Perücke. Sein Gesicht war so dick gepudert wie immer, wobei er den herzförmigen Schönheitsfleck, den er am Abend zu tragen pflegte, durch kleine runde ersetzt hatte. Sie vermochten seine Pockennarben jedoch kaum zu verbergen.

Sir Reginald Denby kratzte sich im Nacken. Er mochte es nicht, auf einem Pferd sitzen zu müssen. »Gracechurch hat also mit seinem Eroberungsfeldzug begonnen, oder? Und er hat schon Zugang zu ihrem Haus? Verdammt! Wie zum Teufel hat er das angestellt?«

Der Sohn des Dukes tippte mit dem Ende seiner Reitgerte leicht gegen seine Lippen. »Er macht ihr tatsächlich den Hof? Ihr meint, dass er vorhat, sie zu heiraten? Mein lieber Sir, nichts ist weniger wahrscheinlich, dessen versichere ich Euch.«

»Ich denke, er wird sie notzüchtigen.«

»Aber diese Lady ist wohl kaum eine Jungfrau, frisch gepflückt aus ihrem Schulzimmer, die einfach schreien und ohnmächtig in die Arme eines Liebhabers sinken würde. Ich fürchte, Mistress Juliet kann einen Mann mit ihrem Blick entmannen – wenn auch vermutlich nicht Gracechurch, sollten die Gerüchte stimmen. Er hat so einen unvergleichlichen Ruf. Ich würde gern herausfinden, ob er sich bewahrheitet.«

Entrüstung flammte auf. »Aber dann würde ich mein Geld verlieren, verdammt.«

Lord Edward saß einen Augenblick lang schweigend da, ehe er sich lächelnd umwandte. »Bitte beunruhigt Euch nicht, Sir Reginald! Das könnte nur irgendein unangenehmes körperliches Leiden zum Ausbruch bringen. Falls Gracechurch darauf besteht, Mistress Juliet willig zu nehmen, wird er in der Tat verlieren, denn sie wird sich ihm niemals hingeben. Was ich dann mit ihm anstellen werde, ist meine Angelegenheit. Aber Eure Forderungen könnte er nicht befriedigen.«

Denby empfand den Schrecken wie einen Stoß. »Warum nicht, Sir?«

»Sicherlich wisst Ihr, dass er blufft? Wenn er bei dieser Wette verliert, ist er ruiniert. Er könnte nicht einmal einen Bruchteil seiner Schuld an uns zurückzahlen, Sir. Der Mann hat keine Feder mehr, mit der er fliegen könnte.«

»Aber Gracechurch Abbey …?«

»… ist bereits bis unters Dach mit Hypotheken belastet. Gracechurch hatte keine Ahnung davon, als er aus Italien zurückkehrte. Sein Vater war ein Wüstling und ein Verschwender. Hat bis auf den letzten Penny alles verprasst und seinem Sohn ein nutzloses Erbe und einen wertlosen Titel hinterlassen.« Lord Edward schob die bronzene Spitze der Reitgerte zwischen seine Lippen und lutschte daran, ehe er weitersprach. »Der Wert Eures erwarteten Gewinns ist bedeutend kleiner als Eure Hoffnungen.«

»Warum zum Teufel habt Ihr das alles dann in Gang gesetzt? Was wollt Ihr von Gracechurch?«

»Nichts Bestimmtes, Sir. Vielleicht geht er ihr ja doch unter die Röcke und nimmt sie gegen ihren Willen. Aber falls er diese Wette verliert, dann wird er, fürchte ich, auf alles pfeifen und versuchen, seine Geldbörse in Paris wieder aufzufüllen. Und in dem Fall müssten wir zum einen auf den Mann verzichten und auf das bisschen Geld, das er besitzt, und zum anderen wird es kein hinreißendes Spektakel geben, an dem wir uns delektieren können.«

Denbys Empörung wandelte sich in Zorn. »Was zur Hölle schlagt Ihr also vor?«

Lord Edward entblößte seine verfärbten Zähne zu einem Grinsen, die Kupferspitze lag noch auf seiner Zunge, und er blinzelte Denby an. »Ich schlage vor«, wiederholte er mit einem unangenehmen Heben eines Mundwinkels, »dass Ihr mir gestattet, Euch alle seine Schulden abzukaufen.«

Juliet starrte auf die ordentliche Reihe von Flaschen. Die Vorratskammer war gefegt und geputzt, alles an seinen Platz geräumt. Sie konnte es nicht länger hinausschieben. Mr. Alden Granville wartete im Garten auf sie, und sie hatte ihr Wort gegeben.

Sie sah als Erstes sein Haar, das golden unter dem Blätterdach des Wilden Weins schimmerte. Er saß in der Laube an dem kleinen Tisch, den der Schmied von Manston Mingate für sie angefertigt hatte. Er stand auf, als sie näher kam.

Ihre Blicke trafen sich.

Juliet fühlte das Brennen und erkannte, dass er es ebenso empfand, als er die Wimpern senkte und sich leicht vor ihr verbeugte.

»Wollen wir hier spielen?« Er wies auf das Schachbrett, das bereits auf dem Tisch lag. Im Gegensatz zu seinen starken männlichen Händen wirkte die Spitze an seinen Manschetten sehr zart. Sie zeigte ein Muster aus kleinen Glocken und Engeln und war augenscheinlich sehr kostbar. »Ihr seid an der Reihe, mit Weiß zu spielen, der Vorteil liegt heute also auf Eurer Seite.«

Juliet setzte sich. Die heiße Flamme, die immer noch dort brannte, wo sein Blick sie getroffen hatte, war allein ihr Problem. Nichtsdestotrotz war sie nervös und kam sich in ihrem befleckten Kleid sehr plump vor. Ihr Haar war unfrisiert. Lange Strähnen fielen ärgerlicherweise auf ihre Wange, aber sie war entschlossen gewesen, diesem Mann gegenüber keine Konzessionen zu machen. Daher hatte sie auf den Luxus verzichtet, sich zurechtzumachen.

Jeden Morgen zeigte der Blick in den Spiegel ihr das runde Kinn und den vollen Mund, blaue Augen und helle Haut. Ihr rötliches Haar gefiel ihr, und sie war froh, dass es gesund und üppig wuchs. Leider war sie weder feinknochig noch vollkommen gebaut. Wenn sie ihre Kleider wechselte und sich in nichts als ihren Unterröcken und ihrem Hemd im Spiegel anschaute, sah sie keine elegante Figur darin. Sie hatte nie eine elegante Figur gehabt, selbst nicht in den Tagen, als eine Zofe ihr noch das Korsett geschnürt hatte. Juliet war niemals übermäßig schlank gewesen. Sie war zu üppig, um in die langen engen Mieder zu passen, die ein Kleid elegant aussehen ließen.

Dennoch hatten die Männer immer diesen besonderen Ausdruck in den Augen, wenn sie sie ansahen.

Sie war gerade vierzehn Jahre alt gewesen, als sie ein Gespräch zwischen ihrer Mutter und ihrem Vater belauscht hatte. »Es wird den Männern nicht gelingen, die Finger von ihr zu lassen, Felton. Wir müssen so schnell wie möglich eine Heirat arrangieren.«

Bei Gott, ihr Aussehen war nicht ihr Glück, sondern ihr tiefer Fall gewesen.

Jetzt wünschte Juliet, sie wäre ins Haus gegangen, um sich wenigstens die Hände zu waschen und sich das Haar zu kämmen. Der Nachmittag war unerträglich heiß, fast als drückte die gesamte Atmosphäre ihn nieder. Sie sehnte sich danach, das entfernte Grummeln eines Donners zu hören, nach irgendetwas, das die drückende Schwüle vertreiben würde.

Stattdessen sah dieser Mann sie über das Schachbrett hinweg an und wartete ruhig. Die Schöße seines Gehrocks hatte er elegant drapiert, die langen Beine übereinandergeschlagen. Die Schnallen an den Schuhen mit den hohen Absätzen schimmerten unter einer feinen Schicht Straßenstaub. Auch die Strümpfe, die eng seine Waden umschlossen, waren staubbedeckt. Die Waden eines Mannes. Muskulös und fest.

»Also gut«, sagte sie. »Ich beginne. Ich setze den Bauern auf c 4.«

Juliet stellte die Figur auf ihren neuen Platz. Sie würde die Partie absichtlich verlieren und Mr. Granville so loswerden. Alden zog eine Augenbraue hoch, aber er erwiderte mit einem Standardzug: Bauer auf d 5. Juliet schob ihren Bauern auf b 4. Sie hatte gerade einen Weg direkt zu ihrem König gemacht, ohne dass diesem eine Möglichkeit zur Flucht blieb. Seine Dame auf f 5 gesetzt, würde ihrem Gegner mit dem nächsten Zug ein Schachmatt ermöglichen.

Er richtete sich auf und starrte sie an. Seine Augen waren von einem tiefen, dunklen Blau. Warum hatte sie gedacht, sie seien braun? Weil das Blau von einer Intensität war, die sie fast schwarz erschienen ließ, es sei denn, das Licht war so hell wie jetzt in ihrem Sommergarten – oder hatte sie es angenommen, weil seine Pupillen sich zu erweitern schienen, wann immer er sie ansah?

»Das ist die Eröffnung für Dummköpfe, Mistress Seton. Das ist nicht, worum wir gewettet haben. Ihr habt zugestimmt, mir ein Spiel zu gewähren, nicht eine Beleidigung. Ich hielt Euch für eine Lady von mehr Ehre und mehr Mut.« Er ließ seine Dame unberührt und zog stattdessen einen Springer. »Kommt und jagt mich, Ma'am! Ich wette, Ihr könnt gewinnen, wenn Ihr es wollt.«

Heißer Ärger stieg in Juliet auf, und sie spürte, dass sie errötete. Sie reagierte harsch, um ihre Verlegenheit zu verbergen. »Worum wettet Ihr dieses Mal, Sir? Ihr habt bereits eine Partie für jeden Tag dieser Woche gewonnen – und dem Gewinner wurde zudem ein Wunsch zugestanden.«

Er schaute sie an, die Haut in seinen Augenwinkeln kräuselte sich ein wenig. »Seid Ihr besorgt, dass ich mehr fordern könnte als nur eine kleine Gefälligkeit? Lasst mich Euch versichern, dass ich – sollte ich gewinnen – etwas Harmloses erbitten werde.«

»Was, wenn Eure Definition von ›harmlos‹ nicht dieselbe ist wie meine?«

Er sah ihr direkt in die Augen und fachte dadurch das flackernde, quälende Feuer in ihrem Herzen an. »Sollte es so sein, dann könnt Ihr Euch natürlich weigern, den Wunsch zu erfüllen. Unbedenklich und harmlos, und Ihr werdet es letztlich entscheiden. Falls ich verliere, könnt Ihr alles von mir erbitten, was Ihr wollt, wie ich schon sagte – welche Aufgaben auch immer Ihr erledigt haben wollt, so wie wir übereingekommen sind.«

»Behaltet Ihr Euch auch das Recht auf Verweigerung vor?«

»Nein, Ma'am. Mir gefällt es, alles zu riskieren. Alles, worum Ihr bittet – ich schwöre, ich werde es erfüllen. Und jetzt werde ich Euch fünf Züge schenken, damit Ihr Euch von Eurer katastrophalen Eröffnung erholen könnt – und dann herrscht Krieg.«

Juliet betrachtete die Aufstellung auf dem Schachbrett. Falls sie gewann, könnte sie fordern, dass er Manston Mingate verließ und niemals zurückkehrte. Aber wie könnte sie jetzt aufholen? Sie versuchte, sich zu konzentrieren.

Er beobachtete ihren Zug und antwortete darauf. Meshach war aus dem Haus gekommen. Die getigerte Katze streckte sich im Schatten unter dem Tisch aus. Mr. Granville beugte sich hinunter und kraulte der Katze sanft das Kinn. Sie begann zu schnurren.

Sogar ihre Katzen waren Verräter!

»Es ist sehr heiß, Ma'am. Würdet Ihr mir die Erlaubnis geben, meinen Rock abzulegen?«

Sie schaute auf. »Es wäre eine Unschicklichkeit, Sir. Ich würde es vorziehen, Ihr behaltet ihn an.«

Er zog ein Taschentuch hervor und tupfte leicht sein Gesicht ab. Die Kante war aus exquisiter Spitze, sehr weiblich. »Auch wenn ich schmelze?«

Juliet senkte den Blick. Sollte er doch schmelzen! »Das ist nicht meine Sorge, Sir.«

»Ihr seid herzlos, Ma'am. Grausam.« In seiner Stimme lag hörbar Humor. »Ich werde zu einer Pfütze vergehen.«

»Es war gedankenlos von Euch, an einem so heißen Tag einen Rock aus Manchester zu tragen.«

»In der Tat«, erwiderte er indigniert und strich mit der Hand über den samtenen Stoff. »Aber er wurde mit sehr viel Überlegung ausgesucht. Ich wollte für Euch hübsch aussehen.«

Ehe Juliet es verhindern konnte, lachte sie. »*Hübsch?*«

»Hübsch.« Er zog seinen Turm.

»So wie auch all diese Spitzen – sie wirken sehr feminin, nicht wahr?«

»In der Tat, Ma'am. Es sind sehr weiblich wirkende Spitzen, aber auch königliche – das Geschenk einer auf Besuch weilenden europäischen Prinzessin.«

»Das Ergebnis eines anderen Spiels?«

»Wie Ihr meint.« Er lächelte. »Was, vermutet Ihr, ist das Ziel des Schachspiels, Mistress Seton?«

Seine Position war noch immer stärker als ihre – bis auf eine kleine Lücke.

Sie nutzte sie. »Den König des Gegners gefangen zu nehmen, natürlich. Schach!«

Er wehrte die Bedrohung auf eine Art ab, die sie nicht erwartet hatte, und machte damit ihre Strategie zunichte. »Aber der König wird nie gefangen genommen. Er wird nur eingekesselt und gezwungen, sich zu ergeben. Wohingegen die Dame jede Figur vom Feld fegen und vernichten kann. Es ist doch seltsam, dass die Dame so viel Macht hat, meint Ihr nicht?«

Die blauen Augen, beschattet von Wimpern, sahen sie an. Blaue Augen. Blauer Samt. Unter dem weiten Bogen blauen Himmels. Die Farbe hallte wie ein Ton wider und wider, gewann an Tiefe und Klang. Juliets Puls schlug schneller, es schien, als antwortete er auf diese schweigende Sinfonie der Farbe. Hitze strömte in ihr Gesicht. Sie hatte einen schrecklichen Fehler begangen, hatte durch seinen Schwächeanfall in ihrem Garten einen falschen Eindruck von ihm gewonnen und sich in trügerischer Sicherheit gewiegt.

Juliet schaute auf das Brett und zog ihren Läufer zwei Felder weiter. »Warum seltsam?«

»Es lässt annehmen, dass Schach eine Metapher für Verführung ist.«

Sie spürte pochende Beunruhigung. Es wurde schwierig, sich auf die Taktik für ihren neuen Angriff zu konzentrieren. Sie konnte ahnen, wohin seine Züge ihn führen sollten, aber es machte nur wenig Sinn. Offensichtlich spielte er mit ihr.

»Ich dachte, wir wären übereingekommen, dass Schach ein kriegerisches Spiel ist.«

»Natürlich ist es das. Und in der Liebe und im Krieg ist alles erlaubt, wie man so sagt.« Sein Läufer blockierte Juliet, eröffnete ihr aber einen anderen Weg. »Bei beidem muss man erreichen, dass der Gegner sich ergibt. Auch wenn eine kluge Taktik den Sieg zu sichern vermag, so gibt es doch bestimmte Regeln, die befolgt werden müssen, wenn der Sieg ehrenhaft sein soll, nicht wahr? Selbst wenn das Spiel Königliches in sich hat. Nein, ohne Frage, Schach ist das Abbild einer Verführung. Schaut auf das, was auf dem Brett geschieht: eine Verfolgung, ein Umzingeln, das angreifende Schach.«

Für einen Moment hingen diese Worte bedeutungsschwer zwischen ihnen. Die Sonne brannte auf Juliets Haar und sandte einen Hitzestrom durch ihre Glieder. Sie wollte ihr heißes, beengendes Kleid ablegen und sich in einen kühlen und dunklen See gleiten lassen. Doch stattdessen saß sie wie gefangen an ihrem eigenen Gartentisch einem Mann gegenüber, der golden schimmerte wie die Sonne. Eine feine Spur von Schweiß lag auf seinen Wangenknochen. Es funkelte, lenkte sie ab. Juliet zwang ihre Gedanken zurück auf das Spielbrett.

Er war ihrem Vorstoß entkommen, und sie war im Schach.

Wie Juliet es geplant hatte, zog sie den Läufer und forderte ihren Gegner wieder damit absichtlich heraus, weil sie die Ungewissheit, die Ahnung drohenden Unheils nicht ertragen konnte.

»Das ist eine völlig falsche Schlussfolgerung, Sir! Soll ich annehmen, dass Ihr mutwillig jetzt endlich Eure wahre Absicht enthüllt?« Sie hatte so viel Entrüstung in ihre Stimme gelegt, wie sie hatte aufbringen können, doch er lachte nur.

»Meine *Absicht* ist es lediglich, dieses Spiel zu gewinnen. Aber was ich mir wünsche? Ich würde Euch sehr gern verführen, Mistress Seton.«

Juliet schaute auf, ihr Gesicht brannte. Sie hasste sich dafür, diese Offenheit herausgefordert zu haben, durch die das anregende Spiel zerstört werden musste. War sie je so jung gewesen, dass sie einen Flirt für harmlos gehalten hatte?

»Dieser plötzliche Vorstoß in die Offenheit wird nichts bringen, Sir. Ich bin nicht interessiert.«

Er lächelte, nur ein wenig, während die Sonne sein Haar wie Gold aufleuchten ließ. Bis auf ein leichtes Verengen der Augen bewegte sich nicht ein Muskel in seinem Gesicht, doch die Tiefen seiner schwarzen Pupillen waren wie eine flammende Einladung zur Liebe. Der Feigling in ihr wollte aufspringen und fliehen. Stattdessen wandelte sie ihren Zorn in die Entschlossenheit um, ihren Gegner zu schlagen, ihn zu demütigen, indem sie seinen König ohne Ausweg einschloss, hilflos ihrem massiven Angriff ausgesetzt.

»O nein, Ma'am. Schwindelt nicht.« Seine Stimme klang sehr sanft. »Ihr seid interessiert. Doch lasst Euch davon nicht irritieren. Wir sind zivilisierte Wesen. Aber sollte ich leugnen, dass ich Euch reizend finde, dass mein Blut für Euch brennt? Warum? Es wäre eine lächerliche Unwahrheit. Dennoch habt Ihr die Macht. Wenn die Dame keinen Raum für Manöver zulässt, ist das Spiel zu Ende, bevor es begonnen hat.«

Dass mein Blut für Euch brennt? Juliet glaubte, das Blut würde in ihren Adern *kochen*.

»Und wenn die Dame überlistet wurde, diesen Raum zuzulassen, Sir?«

Noch zwei Züge, und sie würde ihn in der Falle haben – falls er ihre Strategie nicht durchschaute, falls er weiterhin den Weg zum Schachmatt verfolgte, den sie sehen konnte –, dann würde das Spiel ihres sein. Ein Prickeln lief ihr den Rücken hinunter. Ihre Röcke waren schwer wie eine drückende Last.

Mr. Granville tupfte mit dem Taschentuch eine kleine Schweißperle von seiner Oberlippe. Die Lippe war vollendet geschwungen, und wenn er sie schürzte, wirkte sie in der Mitte herzförmig. Es war eine kleine köstliche Bewegung, elegant und dazu bestimmt zu reizen. Sie versetzte Juliet in Wut.

»Die Dame wurde nicht überlistet«, entgegnete er. »Sie spielte, um zu gewinnen, und verlor. Aber nur, weil sie zu Beginn sehr nachlässig spielte und das nicht mehr wettmachen konnte.« Er blinzelte und zog seinen Turm über die ganze Bahn hinauf auf ein leeres Feld, um auf Juliets Seite des Feldes einzudringen. »Schachmatt.«

Juliet starrte auf den Turm. Sie hatte es nicht kommen sehen, und selbst jetzt war sie nicht überzeugt, geschlagen zu sein. Doch die kurze Betrachtung der Stellung der Figuren bewies, dass er recht hatte. Sie schaute zu ihm, in ihren Augen lag ein demütigender Tränenschleier.

»Ihr betreibt ein sehr hintergründiges Spiel, Sir. Ich bin unterlegen.«

Er lehnte sich zurück und beobachtete sie. Die Grübchen waren verschwunden, und ein ernster Zug lag auf Wangen und Kinn. »Nein, das seid Ihr nicht. Ihr habt mit einem Nachteil begonnen, der nicht aufgeholt werden konnte, weil Ihr meine Reaktion auf Eure Taktik falsch eingeschätzt habt. Ihr habt mir ein Spiel angeboten, wie es Anfänger spielen, weil Ihr dachtet, dass die Eroberung mir wichtiger wäre als das Spiel. Jetzt habt Ihr herausgefunden, dass es nicht so ist. Morgen werdet Ihr mit diesem Wissen beginnen, und wir werden ebenbürtig zusammen spielen. Wenn das Spiel unterhaltsam ist, was zählt es dann, wer gewinnt?«

»Es zählt, weil der Gewinner einen Wunsch äußern kann«, sagte Juliet mit einer Mischung aus Ärger und Vorahnung.

Sie wusste, was kommen würde. Er würde sie küssen. Das war so voraussehbar wie das heiße, drückende Licht der Dämmerung, das auf diesen dunstigen Tag folgen würde. Er würde einen Kuss verlangen, einen Kuss auf den Mund.

Juliet schloss die Augen. *Ihr könnt Euch natürlich weigern, den Wunsch zu erfüllen.* Panik wollte Juliet die Kehle zuschnüren. *Unbedenklich und harmlos, und Ihr werdet es letztlich entscheiden.* Er könnte sie also nicht zwingen. Aber wenn er sie darum bat, was könnte sie erwidern? *Dass ein Kuss niemals harmlos ist. Dass ich wünschte, Ihr wäret nie in mein Leben getreten.* Es wäre eine Lüge. Eine Lüge, um sie der hinzuzufügen, die sie ihm bereits erzählt hatte.

Sie versuchte, damit aufzuhören, auf seinen Mund zu starren. Seine Lippen waren schön geschwungen und ausdrucksvoll, fest und sensibel. In einem wilden Aufruhr von Gefühlen sprang Juliet auf. »Was verlangt Ihr, Sir?«

Seine Augen verengten sich, als er in die helle Sonne schaute. »Ihr seid zuerst an der Reihe.« Er schien lässig und höflich, obwohl seine Stimme ihn verriet. »Ehe ich mir irgendetwas von Euch wünsche, schulde ich Euch eine Aufgabe, irgendeine kleine Verrichtung, wie wir es abgesprochen haben. Nennt sie mir.«

Juliet wandte ihm den Rücken zu. Der Sommer schimmerte über ihrem Garten – es war ihre Welt, ihr Reich, der eine Ort, wo alles unter ihrer Kontrolle war.

»Die untere Wiese«, sagte sie über die Schulter. »Sie muss gemäht werden. Eine Sichel ist im Schuppen.«

»Eine *Sichel?*« Er klang wirklich entsetzt. »Wie viele *Acres?*«

»Zwei. Natürlich könnt Ihr das nicht heute erledigen. Das Heumachen muss in der Morgendämmerung geschehen. Ihr könnt morgen Früh damit beginnen.«

»Wer mäht die Wiese sonst?«

»Bauer Hames, sein Hof liegt westlich – das nächste Haus die Straße entlang. Er kommt jedes Jahr mit seinen Leuten, um für mich Heu zu machen. Aber für drei weitere Tage kann er nicht kommen . . .«

»Wie lange würden Bauer Hames und seine Männer brauchen, diese fürchterliche Wiese zu mähen?«

Juliet wandte sich wieder zu ihm um und sah ihn an. Sie bedauerte es bereits – sie war zu impulsiv, viel zu sehr! Es machte klar, dass sie sich sorgte. Sie hätte etwas Einfacheres auswählen sollen. »Letztes Jahr haben vier Männer drei Stunden gebraucht.«

Die Lachfältchen um seine Augen vertieften sich, als er sie voller Erheiterung ansah. »Das ist eine sehr gefährliche Aufgabe, Mistress Seton.«

»Gefährlich? Warum?«

Er stand auf, nahm ihre Finger in seine und küsste sie flüchtig. Dann strich er mit dem Handrücken über ihre Wange. »Ihr habt mir Arbeit für zwölf Stunden gegeben, in denen ich darüber nachdenken kann, was ich dafür als Gegenleistung verlangen werde.«

Ein Anflug von Panik zwang Juliet zu schlucken, ehe sie antwortete. »Etwas Unbedenkliches, Harmloses, sagtet Ihr.«

»Das habe ich gesagt. Aber wir spielen ein gefährliches Spiel, Mistress Seton. Ihr wisst das. Ich weiß das. Wie dem auch sei, es ist mein Wunsch an Euch, von dem ich träumen darf, während ich die Sense schwinge.«

Er ging ein paar Schritte davon.

Sie starrte auf die kräftigen Muskeln seines Nackens. »Ihr könntet verlieren.«

»Das könnte ich. Wir werden es morgen herausfinden. Bis dahin kann ich aber noch den kleinen Preis für heute einfordern.«

Abednego kam hinter der Weinlaube hervor. Juliet nahm ihn hoch, ihr Herz klopfte heftig. »Was wollt Ihr?«

Das Schweigen dehnte sich aus. Ihr Mund schien von fast vergessenen Erinnerungen zu brennen. Wie würde es sein, von einem Mann wie diesem geküsst zu werden, so golden und warm, so herrlich in der Sonne? Was sollte sie tun, wenn ein Kuss das wäre, was er verlangen würde? Sie befeuchtete ihre Lippen und schluckte nervös.

Er wandte sich um und verbeugte sich. »Mein Wunsch für heute, Ma'am, ist, dass Ihr mir die Erlaubnis gebt, diesen verdammenswerten Rock abzulegen.«

Juliet drückte Abednego an ihr Kinn. Sie fühlte sich wie eine Närrin und hätte fast laut gelacht, als sie ihren Irrtum erkannte. Natürlich würde er keinen Kuss verlangen – ein vollkommen Fremder! Er war gelangweilt, also hatte er sich gedacht, einen kleinen Flirt mit einer gerade verfügbaren Witwe zu beginnen. Es bedeutete ihm nichts. Es war in der Tat nur ein Spiel, gedacht zu seiner müßigen Unterhaltung.

Ihr habt mir ein Spiel angeboten, wie es Anfänger spielen, weil Ihr dachtet, dass die Eroberung mir wichtiger wäre als das Spiel. Jetzt habt Ihr herausgefunden, dass es nicht so ist.

Er zog die Augenbrauen hoch. »Vielleicht, noch ehe ich wirklich schmelze?«

Abednegos Schnurren rumpelte gegen ihre Wange, als sie ihr Gesicht an sein weißes Fell schmiegte. »Wie Ihr wünscht.«

»Danke, Ma'am.«

Seine Silhouette zeichnete sich klar vor der dunklen Wand der Laube aus wildem Wein ab. Sehr langsam schälte er sich aus seinem Gehrock. Blauer Baumwollsamt bauschte sich und glitt ihm, gezogen vom Gewicht der schweren Armaufschläge, von den Schultern. Von sehr breiten Schultern. Er streifte ihn ab und ließ ihn fallen. Die gefältelten Ärmel seines weißen Batisthemdes klebten feucht an seinen muskulösen Armen.

Juliets Körper prickelte vor Begehren.

Seine eng sitzende Weste war mit Pfauen bestickt. Die Manschetten umflossen seine Handgelenke wie weißer Schaum, als er sich träge reckte – eine Demonstration von Manneskraft. Seine Muskeln spielten. Pfirsichfarbener Satin umschloss eng seinen breiten und doch geschmeidigen Rücken. Er war die Verkörperung männlicher Kühnheit und Schönheit.

Juliet glaubte, vor Sehnsucht und Zorn weinen zu müssen.

Meshach sprang auf den unbeachtet am Boden liegenden Gehrock und begann den Milchtritt, dabei schnurrte er wie ein Bienenkorb an einem heißen Tag. Mr. Granville öffnete jetzt auch die Knöpfe seiner Weste und beugte sich hinunter, um die Getigerte von seinem Rock zu heben. Er bewegte sich wie ein Tänzer, präzise und anmutig. Die Katze verschwand beleidigt zwischen den Ringelblumen.

Juliet ließ sich auf den Stuhl sinken.

Nur eine Verkleidung, um den harten Stahl zu verbergen, der darunter liegt – hast du dich täuschen lassen?

Nein, ich habe mich nicht täuschen lassen. Juliet dachte, sie hätte es sogar laut gesagt.

Er lächelte auf sie hinunter, den Gehrock zusammengefaltet über dem Arm. »Letztlich doch keine so gefährliche Bitte, nicht wahr, Ma'am?«

Sie stand auf, Abednego schnurrte auf ihren Armen. »Eine unbedeutende. Falls Ihr wieder gewinnt, wird die morgige interessanter sein?«

»O ja«, entgegnete er. »Wenn ich die Wiese gemäht habe? Nur bedenkt eines, Ma'am, wenn Ihr mir solch eine Herkules-

Aufgabe stellt und wenn ich gewinne, wie groß kann dann der Wunsch sein, den ich als angemessene Gegenleistung verlangen werde?«

Kapitel 3

Alden hatte sich vom Wirt einen Eimer geben lassen und streifte jetzt Weste und Hemd ab. Dann übergoss er sich mit kaltem Wasser aus der Pumpe auf dem Hof. Die Bauern schauten mit offenem Mund zu. Er grinste sie an und schlenderte hinauf in seine Kammer. Die Haare klebten ihm am Kopf, und er hinterließ eine Spur feuchter Abdrücke auf dem Korridorboden.

Sie war herrlich. Zum Teufel aber auch, Mistress Juliet war prächtig, einfach brillant! Sie würde nicht gewinnen, aber sie war eine fähige Gegnerin.

Er pfiff vor sich hin, während er erst seinen Oberkörper und dann seine Haare trocknete. Der Sieg lag in Reichweite. Er war dabei, ihre Gunst zu gewinnen, und damit auch die Wette und Denbys fünftausend noch dazu; es war genug, um seine vielzähligen Investitionen solide zu vergrößern. Er mochte das Risiko, aber dies war das Spiel, das er liebte: eine Frau zu besitzen, die sich ihm mit glühender Leidenschaft ergab, aber das erst nach einer Jagd – der Verführung –, die die Mühe wert war.

Und Juliet Seton war jede Mühe wert.

Alden schlüpfte in ein sauberes Hemd und knöpfte statt der Spitzen eine schlichte Leinenrüsche an die Manschetten. Er entledigte sich der Schuhe, stieg in Reithosen und Stiefel und zog eine schlichte graue Jacke an. Er hielt einen Moment lang inne, ehe er nach seinen Handschuhen griff. Die Spuren seiner Ringe verblassten allmählich. Er drehte eine Hand um und betrachtete ihre Innenfläche.

Natürlich kannte er nichts von Landarbeit. Er hatte keine Ahnung, wie man eine Sense schwang. Er war das, was seine Kleider aller Welt zeigten: ein Gentleman. Alden hatte noch nie in seinem Leben mit den Händen gearbeitet. Er hatte seinen Händen andere Fertigkeiten beigebracht, solche, die keine Spur hinterließen, es sei denn am Ende des Rapiers – oder in der Seele einer Frau.

Hatte Juliet sich ausgemalt, seine kundigen Hände auf ihrem nackten Körper zu spüren? Hatte sie darum diese unmögliche Aufgabe ausgesucht? Das Verlangen brannte in ihr. Das konnte sie nicht verbergen. Sie wollte also sehen, wie er sich zum Narren machte. Sie wollte Schadenfreude empfinden, wollte über seine Blamage auf der Heuwiese frohlocken, damit sie ihre eigenen Gefühle verleugnen und sich in Sicherheit wähnen konnte.

»Nun denn, süße Juliet«, sagte er laut in die leere Luft. »Du weißt es noch nicht, aber du bist bereits in meiner Hand.«

Mit einem Lachen zog er die Handschuhe an, setzte den Dreispitz auf, griff nach seiner kurzen Reitpeitsche und lief die Treppen hinunter zu den Ställen.

Das Geräusch weckte sie. Unbekannt und rhythmisch klang es durch das Gezwitscher der Singvögel. Es war Morgen. Ein neuer Tag. Juliet kämpfte sich aus ihren Träumen und lauschte.

Klirr, ratsch. Klirr, ratsch.

Sie kletterte aus dem Bett und spähte aus dem Fenster, das auf der Rückseite des Hauses lag. Die Dämmerung färbte schon den Himmel. Kühle Schatten umgaben die Gruppe von Arbeitsgebäuden, die um ihren kleinen Hof herum standen. Die Hühner im Stall schliefen noch. Noch umhüllt von den Spuren der Nacht, schlummerten in der Ferne die großen Bäume, die am Fuß des Hügels standen, der Manston Brook gegenüberlag – es war der Wald, der die Grenze zu den Ländereien von Marion Hall bildete.

Juliet öffnete den Kragen ihres Nachtgewandes und legte die Hand über ihr Medaillon. Das Gold fühlte sich warm an: warm, aber nicht tröstlich. Automatisch fühlte sie jeden Morgen danach – nach der greifbaren Erinnerung an die reinste und hellste Liebe ihres Lebens. Doch sie trug es fast so wie ein Mönch sein härenes Hemd: zur Buße ebenso wie zur Erinnerung. Mit einem kleinen Seufzen öffnete sie den Deckel, um hineinzusehen.

Klirr, ratsch. Klirr, ratsch.

Sie schloss das Medaillon mit einem Schnappen, als die Sonne sich anschickte, über die Kuppe des Hügels zu kriechen. Farbe flutete über das Land. Begrenzt vom Fluss und der kleinen Straße im Westen – die zum Fluss hinabführte, ehe sie eine Biegung in Richtung Upper Mingate machte –, leuchtete ihre Wiese plötzlich grün auf, bestrahlt vom Sonnenlicht. Ein Hahn krähte, dann noch einer. Der Gesang der Singvögel steigerte sich zum Crescendo. Zwei Kornrallen flogen auf. Sie nisteten jedes Jahr in den Feldern und erfüllten die Landschaft mit ihren rauen Rufen.

Aber dieses Geräusch war von Menschenhand gemacht – *klirr, ratsch, klirr, ratsch*.

Es war das Drehen des Wetzsteines im Schuppen.

Juliet eilte die Treppe hinunter und füllte ihren Krug mit Wasser, das noch warm war von der Restglut der vergangenen Nacht. Sie wusch sich rasch, ehe sie in ein frisches Hemd schlüpfte. Mit bebenden Fingern hakte sie ihr Korsett zu und holte dann saubere Strümpfe aus der Kommode. Sie befestigte ihre Strumpfbänder und zog sich das Kleid über. Dabei erhaschte sie im Spiegel einen Blick auf sich. Ihr geflochtenes Haar hatte sich in der Nacht gelöst. Sie sah verwegen aus, das Haar ungebändigt um ihren Kopf.

Juliet setzte sich auf das Bett und begann zu lachen – sie ließ dem Lachen freien Lauf, bis ihr die Seiten schmerzten. Es war ein Kampf, die Kontrolle wiederzugewinnen, aber schließlich nahm sie den Kamm zur Hand und begann, ihr Haar zu entwirren. Dann bürstete sie die langen kastanienbraunen Wellen aus und schlang sie zu einem Knoten.

Das Geräusch hallte wider. *Klirr, ratsch. Klirr, ratsch.*

Mr. Alden Granville schärfte die Sense!

Sie sah ihn, sobald sie den Hof betrat. Er stand lässig gegen die Tür des Schuppens gelehnt, ein flaschengrüner Dreispitz steckte unter seinem Arm. Sein Blick war grüblerisch, als er das Ergebnis seiner Arbeit am Wetzstein betrachtete. Fünfzig Fuß von ihm entfernt stand die Sense gegen das offene Tor zur Wiese gestützt. Die frisch geschärfte Klinge glänzte im Sonnenlicht.

Juliet blieb stehen, hin- und hergerissen zwischen Staunen und den sterbenden Resten ihres Lachens.

Mr. Granvilles golden schimmerndes Haar war makellos gekräuselt und mit einem dunkelgrünen Band ordentlich zurückgebunden worden. Eine Flut schneeweißer Spitzen bauschte sich um seinen Hals. Sein weiter, dunkelrosafarbener Gehrock aus Brokat war aufgeknöpft, und enthüllte die laubgrüne, mit Goldfäden reich bestickte Weste darunter. Dazu trug er Kniebundhosen, ebenfalls aus rosafarbenem Brokat. Weitere Lagen weißer Spitze rieselten aus seinen außergewöhnlichen Manschetten hervor, um seine Hände zu umschmeicheln. Der kostbare Futterstoff seines auffallenden Gehrocks umrahmte seine langen Beine und seine schmalen Hüften. Die wohl geformten Waden wurden von silber-weiß gestreiften Strümpfen bedeckt und verschwanden in weißen Lederschuhen mit roten Absätzen, die wie für einen Ballsaal gemacht zu sein schienen.

Sein Gesicht wirkte blass und gelassen, hoch auf einem Wangenknochen war ein winziger Schönheitsfleck diskret platziert worden. Alden Granville schimmerte auf ihrem Hof wie eine Rose.

»Was für eine Blume!«, stellte Juliet trocken fest. »Ihr habt die Sense geschärft?«

Er wandte den Kopf und begegnete ihrem Blick mit einem amüsierten Hochziehen seiner Augenbrauen. »Bis zur Erschöpfung.«

»Ihr könnt nicht wirklich vorhaben, meine Wiese zu mähen.«

»Warum nicht?« Sein Lächeln traf sie mit uneingeschränkter Macht, wie eine hohe Welle, die einem Kind den Atem raubte.

»Ihr seid ein Gentleman.«

Er neigte den Kopf. »Schlimmer, Ma'am.«

»*Schlimmer?* Schlimmer als was?«

»Ihr könnt ruhig sagen, dass ich ein Geck bin.« Humor färbte seine Stimme. »Ich bin enttäuscht, dass Ihr es nicht gesagt habt.« Er schnippte mit einem Finger über seine Manschette. Einen Moment lang verfing sich das Sonnenlicht in seinem Profil. »Es ist Brabanter Spitze.«

»Das Geschenk einer Prinzessin.«

»Nichtsdestotrotz habe ich vor, Eure Wiese zu mähen.«

Juliet strich ihren blauen Kittel glatt und steckte eine vorwitzige Haarsträhne unter ihren flachen Strohhut zurück. Absurderweise hämmerte ihr Herz viel zu hart und viel zu schnell. »Was, wenn ich das nicht länger wünsche?«

»Ich wäre vernichtet.«

»Ihr *wollt* es tun? So gekleidet!«

»Gekleidet wie?« Er setzte den Dreispitz auf sein Haupt und spazierte auf das Gatter zu. »Das ist mein üblicher Morgenputz.«

Sie folgte ihm und stützte beide Ellbogen auf das Tor. »Das muss ich sehen«, meinte sie zutiefst amüsiert. »Fangt auf jeden Fall an zu mähen, Mr. Granville.«

Er starrte sekundenlang auf das hohe, von Butterblumen und Klee gesprenkelte Gras und schaute dann wieder auf die Sense.

Die gebogene Klinge sah gefährlich aus. »An welchem Ende halte ich sie?«

»Warum nicht am scharfen?«

»Blumen mögen Dornen haben, Ma'am, aber unterscheidet Ihr nicht zwischen Risiko und Dummheit?«

»Ihr denn?«

Sein Lächeln streichelte sie. »Nur wenn der Tod mit im Spiel ist – oder die Liebe, natürlich.«

Er beugte sich vor und legte die Hände korrekt an die beiden Griffe am Sensenstiel, ehe er zur oberen Ecke der Wiese ging. Seine breiten Schultern spannten sich an. Die Klinge schwang in einem langen, tiefen Bogen.

Wusch.

Ein Bündel Gras fiel säuberlich zur Seite. Er trat einen Schritt vor. Der rosafarbige Gehrock dehnte und spannte sich über Mr. Granvilles Rücken.

Schritt, wusch.

Eine weitere Grasgarbe fiel. Spitzen rieselten über seine Hände, als er in langen gleichmäßigen Bögen die Sense schwang.

»Ihr Schuft!«, rief Juliet. »Ihr habt Unterricht genommen! Wer hat es Euch beigebracht?«

»Wir sind übereingekommen, Gefälligkeiten auszutauschen«, sagte er, ohne seinen Rhythmus zu unterbrechen. »Wünscht Ihr jetzt, auch Geheimnisse auszutauschen?«

»Ihr gebt zu, Geheimnisse zu haben?«

»Nur welche, die es wert sind, sie zu haben.« *Schritt, wusch. Schritt, wusch.* »Es ist nichts Geheimnisvolles daran, all dies unschuldige Gras zu morden.«

»Ihr seid ein Experte im Morden der Unschuld?«

»Unschuld muss nicht gemordet werden. Sie legt sich einfach hin und ergibt sich.« Da war nur ein leichtes Stocken in seinem Atmen. »Ich finde Erfahrung weitaus interessanter.«

Juliet antwortete nicht. Aber welche Antwort könnte sie auch geben? Sie war einmal unschuldig gewesen – bis sie mehr getan hatte, als sich hinzulegen und sich zu ergeben.

Meshach strich um ihre Röcke. Shadrach und Abednego folgten. Die Katzen sprangen, eine nach der anderen, auf einen Eichenast, der zum Teil in die Hecke hineinwuchs. Mit untergeschlagenen Pfoten saßen sie da und beobachteten den Fremden im rosafarbenen Gehrock. Sechs Katzenaugen starrten ihn an, als wäre er der Gott der Katzen.

Wie ihre Tiere, so konnte auch Juliet sich nicht von seinem Anblick losreißen.

Es war unpassend, bizarr, wunderschön. Er schimmerte wie ein Juwel vor dem Hintergrund des Waldes: eine Studie der Kontraste – dieser Mann in seinen kostbaren Kleidern schwang das Werkzeug eines Landarbeiters mit dieser Genauigkeit und dieser Anmut.

Schritt, wusch. Schritt, wusch.

Die Katzen schnurrten laut.

Ein kleiner Anflug von Schuldgefühlen störte Juliets Amüsiertheit. Mr. Granville war stark. Er war klug. Aber auch wenn er irgendwie den Kniff gelernt hatte, eine Sense zu schwingen, so war er doch offensichtlich nicht an solche Arbeit gewöhnt. Zwölf Stunden davon würden seine Hände ruinieren und einen reißenden Schmerz in seinen Muskeln verursachen. Das für ein Schachspiel zu verlangen war ein sehr grausamer Preis!

Sich ihrer Gefühle unsicher, schloss sie einen Moment lang die Augen.

»Sieht aus, als könntet Ihr Hilfe gebrauchen, Sir«, hörte sie die Stimme eines Fremden. »Sucht Ihr vielleicht jemanden?«

Juliet schaute auf. Ein Mann im Arbeitskittel stand auf dem Weg. Es war ein Riese von einem Mann, und er trug eine Sense über der Schulter.

Mr. Granville hatte eine Seite der Wiese abgemäht und war auf der Höhe des Gatters. »Das ist ein sehr freundliches Angebot«, sagte er, ohne innezuhalten. »Ihr könnt Euch mir verdingen, aber nur gegen etwas, das ich bei mir habe.«

Der Mann sah ihn nachdenklich an. »Vielleicht Euren Hut, Sir?«

Alden Granville nahm den grünen Dreispitz vom Kopf und warf ihn dem Riesen zu. Der Mann setzte ihn sich auf, stieß das Tor auf und begann zu mähen. Der Hut saß lässig auf seinem braunen Haar. Es war offensichtlich, dass er alles über das Mähen von Gras wusste. Dennoch hielt Mr. Granville mit ihm Schritt.

Juliet schloss das Gatter und kletterte auf dessen oberste Strebe. Dort saß sie wie eine Gefangene, die fasziniert auf den hellen Erdenkreis jenseits eines vergitterten Fensters schaute.

Die beiden so verschieden gekleideten Männer arbeiteten sich weiter die Wiese hinunter.

Binnen zehn Minuten war ein zweiter Fremder stehen geblieben. Dieses Mal ein braun gebrannter Bursche mit schwarzem Haar, der den rosafarbenen Gehrock als Lohn akzeptierte. Er vertauschte seinen Kittel gegen den herrlichen Brokat und zupfte ihn kurz zurecht, wobei er den Sitz des Rockes an seinen schmaleren Schultern prüfte. Dann begann auch er, gekonnt die Sense zu schwingen.

Mr. Granvilles weiße Ärmel strahlten blendend weiß in der Sonne. Königliche Spitze floss über seine Hände. Aus Goldfäden gestickte Blumen und Vögel flatterten auf seiner grünen Weste und schienen bei jeder seiner schwungvollen Bewegungen zum Leben zu erwachen. Und er hielt Schritt mit den beiden Arbeitern.

Schritt, wusch. Schritt, wusch.

Juliet presste eine Hand an die Kehle. Ihr ohnehin spärliches Mitleid war wie Wasser verdunstet, das man unter der heißen Sonne vergossen hatte. Sie wollte nur noch lachen. Wie um alles in der Welt hatte er das arrangiert?

Die Sonne stieg höher über Mill Spinney. Die Hühner mussten gefüttert werden. Juliet kletterte vom Tor herunter und eilte davon, um die dringlichsten ihrer häuslichen Pflichten zu erledigen. Als sie die Körner auf den Boden des Hühnerstalls warf und die Wasserschale auffüllte, erklangen plötzlich Jubelrufe von der Wiese her. Und als sie ihren Brotteig zum Gehen wegstellte, hörte sie sie erneut aufbranden. *Jubelrufe?*

Sie lief zurück zum Gatter. Fünf Männer arbeiteten sich jetzt stetig durch das Gras, ihre Schultern schwangen im Gleichtakt. Jeder der Neuankömmlinge trug einen Teil der Kleidung Mr. Granvilles, was sich – den Arbeitskleidern hinzugefügt – recht lächerlich ausnahm.

Der braunhaarige Mann hatte sich den Dreispitz tief in die Stirn gedrückt. Der braun gebrannte Bursche kam in dem rosafarbenen Gehrock fast um vor Hitze. Er wischte sich das Gesicht mit den herrlichen Manschetten ab und grinste dabei wie über einen gelungenen Witz. Ein Neuankömmling – von drahtiger Gestalt und nicht viel größer als ein Knabe – ertrank fast in der herrlichen grünen Weste. Die gestickten Vögel flatterten um seine dünnen Oberschenkel. Ein vierter Fremder trug stolz die Spitzen zur Schau – *Brabanter* Spitzen. Er hatte die Manschetten über den Ellbogen seines rauen, grob gewebten Hemdes befestigt. Von dort flatterte die kostbare Spitze um seine braunen Unterarme, ohne Schaden zu nehmen, während er arbeitete.

Mr. Granville schritt stetig weiter und schwang die Sense im Gleichklang mit den anderen, er hatte sich inzwischen bis auf das Hemd und die Hosen entkleidet. Im Gegensatz zu den anderen sah er gelassen aus, elegant und sehr zufrieden.

Eine Schar Einheimischer hatte sich auf dem Weg versammelt – Männer und Frauen, Mütter mit kleinen Kindern auf dem Arm. Das Durcheinander ihrer aufgeregten Stimmen und das Bellen der Dorfhunde trieben über das gemähte Gras. Die

Katzen hatten ihren Posten auf dem Eichenast verlassen und verfolgten in wilden Sprüngen die Mäuse, die durch das Mähen aufgeschreckt wurden. Genauso war es, wenn Bauer Hames ihr Gras mähte oder wenn sich eine Gruppe Dörfler zusammenfand, um gemeinsam eine anstehende Arbeit zu erledigen – es war der Anlass für ein Fest.

Und sie, Juliet, war die Gastgeberin.

Ihr gelang es, dem jungen Jemmy Brambey ein Zeichen zu geben.

Der Junge kam herbeigelaufen, sein rundes Gesicht war rot unter den Sommersprossen. »Morgen, Mistress Seton! Das ist ein komischer Anblick, oder?«

Sie lächelte. »Das stimmt, Master Brambey. Würdet Ihr mir einen Gefallen erweisen?«

Jemmy nickte und folgte Juliet ins Haus, wo sie den kleinen Vorrat an Münzen hütete, die sie angespart hatte. Der Junge hörte ihr zu und nickte, während sie ihm ihre Anweisungen gab, dann rannte er davon ins Dorf. Juliet kehrte zur Wiese zurück. Ein weiterer Fremder, ein rothaariger Mann, der eine Sense trug, hatte sich seinen Weg durch die kichernde Menge gebahnt, um sich gegen das Tor zu lehnen.

Mr. Granville hielt nicht inne. Der Neuankömmling blinzelte jedem der anderen zu, als auch diese weiterarbeiteten. Nur der Mann mit dem Dreispitz verharrte kurz und lüftete den Hut, um sich die Stirn zu wischen. Er erwiderte den Blick des Rothaarigen und grinste.

Der Rothaarige grinste zurück, nickte dann dem blonden Gentleman auf der Wiese zu und rief etwas. »Sieht aus, als könntet Ihr noch eine weitere Hand brauchen, Sir.«

»Ihr könnt Euch mir verdingen.« Mr. Granvilles Atem hörte sich jetzt deutlich gebrochen an – vor Anstrengung oder vor Lachen? »Aber nur … gegen etwas, das … ich bei mir habe.«

Aus der Schar der Schaulustigen erhob sich ein Jubelschrei.

»Vielleicht Euer Hemd, Mylor ... Sir?«

Der Jubelschrei schwoll an.

Alden Granville setzte seine Sense ab und zog sich das weiße Hemd aus. Harte Muskeln formten seinen Rücken. Seine Haut glühte. Juliet dachte an Marmor, geheimnisvoll von innen erleuchtet, als wäre eine griechische Statue auf unerklärliche Weise zum Leben erweckt worden. Der golden schimmernde Zopf fiel auf seine starken, sonnenheißen Schultern, die Enden des grünen Bandes bildeten dazu einen verwirrenden Kontrast – äußerste Eleganz verwoben zu tödlich männlicher Kraft.

Es war eine schreckliche Schwäche, es zu wollen, es schön zu finden, zu fühlen, wie es ihr den Frieden nahm und den Atem raubte. Anständige Damen bewunderten Männer nicht auf diese Weise. Ihre Mutter hatte ihren Vater niemals so angesehen und nie solche Gedanken gehabt. Nur sie! Nur sie – ein Ungeheuer unter den Frauen! Dieser Mann symbolisierte alles, was sie zu leugnen versucht hatte, und sie war hier gefangen. Sie konnte nicht fliehen. Es war ihre Wiese.

Das Gras war fast geschnitten. Die Sonne flirrte. Die Männer arbeiteten weiter.

Die Fremden in ihren fantastischen Kleidungsstücken hatten eine Art Gesang angestimmt, um den Takt zu halten. Er stieg hinauf in den Sommerhimmel. Ihre Gesichter glänzten von Schweiß, während sie die Sensen schwangen. Kein Zweifel bestand jetzt mehr daran, dass sie erfahrene Landarbeiter waren. Doch Juliet hatte noch nie zuvor einen von ihnen gesehen – jedenfalls nicht auf der Straße nach Upper Mingate, einer Ansammlung von nicht mehr als zwei Höfen und drei Cottages. Es war ein Weg, der ohnehin nur selten von jemand anderem als den Einheimischen benutzt wurde.

Nur Mr. Granville kannte das Lied nicht. Seine Gestalt schimmerte zwischen anderen wie die Apollos. Seine glänzende Klinge schnitt durch das Gras und die Butterblumen. Seine harten Muskeln, seine Sicherheit in den Bewegungen, seine helle Haut verspotteten sie. Dieser Schuft war auch jetzt noch immer nicht müde!

Seite an Seite arbeitend, erreichten die sechs Männer wieder das obere Ende der Wiese. Das letzte Bündel Gras fiel. Es war vollbracht.

Die Menge auf der Straße brach erneut in Jubel aus, als ein Karren aus dem Dorf herangerumpelt kam. Mr. Sandham, der Wirt, saß auf dem Sitzbrett und lenkte das braune Zugpferd.

Jemmy Brambey raste auf Juliet zu, sein sommersprossiges Gesicht strahlte. »Da ist er, Ma'am! Mit dem Bier für die Männer, wie Ihr es gewünscht habt! Aber Mr. Sandham meint, das hier könnt Ihr behalten.« Der Junge gab ihr die Münzen zurück, die sie ihm gegeben hatte. »Der nette Gentleman hat heute Morgen im Gasthaus schon alles bestellt und bezahlt. ›Das übliche Bier und Essen‹, hat er gesagt, ›fürs Heumachen, und auch was extra für die Zuschauer.‹«

Juliet dankte Jemmy und gab einen Farthing für seine Mühe. Dann kehrte sie ins Haus zurück, um die restlichen Münzen wieder in ihr Versteck zu legen. Einen Moment lang schaute sie sich in dem Zimmer mit der niedrigen Decke um. Urplötzlich sah sie den hellen Schein der weißen Stuckdecke über sich, die sich in ihrem Kinderzimmer über sie gewölbt hatte. Grelle Bilder tauchten auf, ließen ihr den Atem in der Kehle stocken. Normalerweise ließ sie diese Bilder nicht zu. Und niemals erlaubte sie sich, in vergeblichem Bedauern zu versinken. Doch jetzt stürzte alles auf sie ein. Die schmerzende Leere bestimmte das Leben all jener, die sie geliebt hatte. Der schreckliche Preis aus Schmerz und Kummer, den sie alle bezahlt hatten. Sie ballte die Hände zu Fäusten, als Tränen in ihren Augen zu brennen begannen.

Verdammt sei dieser Mann! Wie mit einem Messer hatte Alden Granville mit seinem glattzüngigen, fordernden Auftreten ihre Zufriedenheit zerschnitten, fast so, als wollte er all ihre Möglichkeiten einer Verteidigung bloßlegen. Und das war nicht hinnehmbar. Juliet wandte sich ab und ging zur Wiese, um ihn zur Rede zu stellen.

Die fünf Arbeiter saßen am Gatter, tranken Bier und verzehrten große Stücke Brot und Käse – in Gesellschaft der Dorfbewohner, die fröhlich mithielten. Der braunhaarige Riese hatte den Dreispitz respektvoll auf dem Torpfosten abgelegt. Der Gehrock aus rosafarbenem Brokat hing über der Hecke, während sein neuer Besitzer sich das Gesicht mit einem Taschentuch abwischte und gutmütig das mitfühlende Schulterklopfen seiner Kameraden hinnahm. Die Weste, die spitzenbesetzten Manschetten und das Leinenhemd lagen sorgsam zusammengefaltet ein wenig abseits, wo sie keinen Schaden nehmen konnten. Die Arbeiter lachten miteinander, als sie auf die Menge fröhlicher Gesichter um sie herum schauten. Ein halb nackter Gentleman mit blonden Haaren war nicht unter ihnen.

»Es würde ihnen das Fest verderben, würde ich mich ihnen anschließen«, erklärte er.

Juliet wandte sich um. Mr. Granville hatte sich nahe der Hecke zum Hof der Länge nach auf einem Flecken gemähten Grases ausgestreckt. Er hielt die Hand vor die Augen, um sie vor der Sonne abzudecken. Juliets Aufmerksamkeit konzentrierte sich auf seinen Mund, auf diese wunderbar geschwungenen Lippen, das kleine Lächeln, das um seine Mundwinkel spielte. Ein kaum wahrnehmbares Funkeln von Gold flimmerte auf seinem Kinn. Mehr Gold glänzte auf seinen Unterarmen. Feste Muskeln formten seinen Brustkorb, von dem eine Linie feiner Haare herunterlief bis zu seinen Hosen, um dort zu verschwinden.

Juliet hob das Kinn, als ihr Körper darauf reagierte und ihre Haut zu prickeln begann.

Ihre Katzen hatten sich neben ihm zusammengerollt, zu

einem Durcheinander aus Fell und Schnurren. Ihr Gott hatte sich zu ihnen herabgelassen und wurde dafür angebetet.

»Ihr habt betrogen«, bemerkte sie.

Er bewegte seine Finger und blinzelte. »Habe ich das?«

Die Katzen fühlten sich gestört. Sie streckten sich und machten Katzenbuckel. Abednego stolzierte durch das Gras davon.

»Ihr habt Arbeiter angeworben, Euch zu helfen.« Juliet biss sich auf die Lippen und wandte den Blick ab. Es war nicht das, was sie hatte sagen wollen.

»Das Gras ist gemäht. Durch mich.« Sein gut gelaunter Ton verriet, dass er sich gänzlich unschuldig fühlte. »Ich denke, Ihr habt Euren Wunsch erfüllt bekommen, Ma'am.«

Sie beugte sich hinunter, um eine geschnittene Butterblume aufzuheben. Die Blütenblätter glühten wie gelbe Feuer. »Und glaubt Ihr, der Erfüllung des Euren nun irgendwie näher zu sein?«

»Leider nicht.« Es klang fast fröhlich. »Es war allein zu Eurem Nutzen.«

Shadrach streckte sich und ging ebenfalls davon. Den Schwanz hoch erhoben, rannte Meshach zum Hof hinüber. Juliet sah ihnen nach, ihren illoyalen Katzen.

»Viel habe ich nicht dadurch gewonnen«, widersprach sie.

»Doch, das habt Ihr. Ihr wolltet, dass ich Demütigung empfinde. Dem ist aber nicht so. Ihr wolltet aber auch, dass ich wenigstens ein Quäntchen Schmerz verspüre.«

Das stimmte, oder etwa nicht? »Und habt Ihr das?«

Er begann zu lachen. Im Lachen rollte er sich auf den Bauch und verbarg das Gesicht in den Händen. Blondes Haar, jetzt dunkel von Feuchtigkeit, klebte an seinem Rücken. Sogar seine Brokathosen waren feucht. Auf seiner Haut fanden sich keine Spuren von Schweiß oder Gras. Er musste sich unter der Hofpumpe gewaschen haben, er hatte das Wasser über seine breiten Schultern fließen lassen und sich in die Sonne gelegt, um sich von ihr trocknen zu lassen.

Würde sie noch näher zu ihm gehen, würde sie seinen Duft wahrnehmen – könnte ihn tief in ihre hungrigen Lungen einatmen –, den reinen Geruch frisch gemähten Grases, der sich mit dem kräftigeren von sauberer männlicher Haut vermischte. Juliets Puls schlug in einem erregenden, geheimen Rhythmus – und gleichzeitig wuchs ihr Zorn.

»Vom Kopf bis zu den Zehen tut mir alles weh«, antwortete er schließlich. »Jeder verdammte Muskel. Ich schwöre, ich hatte keine Ahnung, dass Heumachen eine so verteufelt anstrengende Arbeit ist.«

Juliet ließ die Butterblume fallen. Aufgefangen von einer leichten Brise, wehten die Blütenblätter auf seinen nackten Rücken. Wie Goldstücke lagen sie auf den gestählten Muskeln.

»Weil Ihr niemals zuvor in Eurem Leben auch nur einen Tag gearbeitet habt«, entgegnete sie. »Was vermutlich auch der Grund dafür ist, dass Ihr Euch den Männern nicht auf ein Bier anschließen könnt. Ihnen wäre viel zu unbehaglich dabei, solltet Ihr Euch mit Ihnen gemein machen. Sie kennen ihren Platz. So wie Ihr den Euren – *Mylord*.«

Sein Rücken spannte sich an. »Ja«, sagte er schließlich. »Ist das von Bedeutung?«

Juliet schaute über die Wiese auf die Gruppe der Männer, die am Tor im Gras saßen und tranken. Natürlich war das von Bedeutung! Nichts anderes zählte mehr als das in diesem Land. Zwei Klassen von Menschen, die einen hineingeboren in Privilegien und Wohlstand, die anderen in nie aufhörende Arbeit. Doch die Last der Aristokratie wog schwerer – bei ihr lag die Verantwortung, das System zusammenzuhalten. Leider gab es Angehörige dieser Klasse, wie auch sie selbst, die nicht von vornherein verstanden hatten, welcher Preis von denen verlangt wurde, die die Regeln brachen.

»Einer Eurer Männer nannte Euch fast bei Eurem Titel«, meinte sie. »Ihr seid ein Lord. Wer seid Ihr?«

Die angespannten Muskeln seines Rückens spielten unter der Haut. Die gelben Blütenblätter glitten herunter und verloren sich im geschnittenen Gras. Er drehte sich um und schob eine Hand unter seinen Kopf, während er mit der anderen wieder die Augen beschattete.

»Falls ich Euch von meiner Herkunft erzähle, werdet Ihr mir dann von Eurer erzählen?«

Sie starrte auf ihn hinunter. »Das geht Euch nichts an.«

Seine Augen verengten sich. »Dann lasst uns Fremde bleiben, Mistress Juliet. Das fügt umso mehr Würze hinzu.«

»Würze? Ihr seid ein Peer des Königreichs – oder Euer Vater war es – und kommt einfach so aus einer Art Laune heraus hierher. Ihr, ein völlig Fremder, habt mich in Eure Verrücktheiten hineingezogen. Ihr stehlt mir meine Zeit und stört meine Ruhe. Ihr delektiert Euch an meiner Verlegenheit. Ihr macht mich vor all den Menschen zur Närrin, unter denen ich den Rest meiner Tage verbringen muss, noch lange nachdem Ihr zurückgekehrt seid in Euer Leben aus Müßiggang und Ausschweifung. Für Euch ist es nur ein Amüsement.« Sie hatte die Hände geballt und schüttelte jetzt die Fäuste. »*Ihr* – *ihr* alle!«

»Alle was?«

Juliet holte tief Luft. Wut kochte in ihrem Blut. »Vor drei Jahren hat mein Nachbar Sir Reginald Denby von Marion Hall« – sie stieß einen Zeigefinger in die Luft und wies nach Norden – »den Damm der Mühle von Manston Brook in die Luft sprengen lassen, um einigen seiner Freunde ein wenig Kurzweil zu bieten. Sie haben Spielzeugboote schwimmen lassen. Als der Müller sich beklagte, lachten sie ihn aus. Letztes Jahr hat Sir Reginald seine Kutsche im Galopp die Straße heruntergetrieben …«, sie wies mit der Hand nach Westen, auf die Straße nach Upper Mingate. »Am Fluss tötete er sechs Gänse, die Mistress Caxton gehörten. Und kein Wort der Entschuldigung! Ihr – in Eurer Seide und Euren Spitzen und Eurem Putz – ihr alle seid Parasiten hier auf dem Land!«

»Oje!«, erwiderte er ruhig. »Wie glücklich sind wir, dass Ihr nicht auch ein Mitglied jenes verfluchten Standes seid!«

Ihr Zorn verglühte. Warum hatte sie ihm gegenüber ihrem Zorn so heftig Luft gemacht? Natürlich waren nicht alle Landbesitzer wie Sir Reginald Denby. Ihr Vater hatte immer härter gearbeitet als seine Pächter, hatte stets zuallererst an die Verantwortlichkeiten gedacht, die seine Stellung mit sich brachte, dann erst an sein eigenes Vergnügen. Und so hatten es viele seiner Freunde gehalten. Sie wusste das.

Juliet wandte sich zum Gehen.

»Ihr seid Schauspielerin?«

Überrascht hielt sie mitten in der Bewegung inne. »Auf gewisse Weise schon.«

Seine Hand schloss sich um ihren Knöchel.

Juliet wäre fast gefallen. Wie erstarrt blieb sie stehen, seine kräftigen Finger drückten in ihre Knochen. Die Wut darüber raubte ihr die Sprache.

»O weh, noch eine Zwangslage, Ma'am?«, fragte er leise. »Wenn Ihr Euch bewegt, werdet Ihr fallen. Wenn Ihr Euch wehrt, werdet Ihr den Dörflern ein Schauspiel bieten. Sie würden etwas merken.«

»Und würden Euch wegen meiner misslichen Lage sehr schnell zur Rede stellen.« Der Griff blieb fest, geradeso, dass er sie davon abhielt, sich loszureißen. »Welche Demütigung plant Ihr jetzt?«

»Keine.« Die Wärme seiner Hand brannte durch ihren Strumpf auf ihrer Haut. Juliet spürte sie wie sengendes Feuer. »Ich möchte Euch nur wissen lassen, dass Ihr recht habt.«

»Recht womit?«

»Dass dies alles nur ein Amüsement für mich ist. Warum sollte das Leben denn nicht amüsant sein, erfüllt von Freude? Warum zum Teufel seid Ihr so voller Freudlosigkeit, Mistress Seton? Als Ihr auf dem Tor gesessen und uns zugesehen habt, wie wir das Heu gemäht haben, schient Ihr von der Sehnsucht nach Bedenkenlosigkeit und einer lebendigen Welt erfüllt gewesen zu sein. Warum habt Ihr es zugelassen, dass diese Lebendigkeit hinter Euch bleibt?«

»Ich bedauere nichts, außer dass Ihr mich zu dieser verrückten Übereinkunft verleitet habt.«

»Ich habe kaum angefangen, Euch zu verführen, aber ich werde Euch keinen Schaden zufügen.« Seine Hand öffnete sich und glitt über ihren Knöchel. Ein heftiges Zittern huschte ihre Wade hinauf. »Wohingegen Ihr mir bereits eine Verletzung zugefügt habt.«

»Habt Ihr solche Schmerzen?«, fragte sie spöttisch und schaute auf die unübersehbare Stärke seiner Arme und Schultern.

»Keine körperlichen, Ma'am – auch wenn ich ein oder zwei Tage lang einen wenig schönen Schmerz in meinen Gliedern verspüren werde. Die eigentliche Verletzung, die Ihr verursacht habt, ist die meines Herzens.«

Die Lächerlichkeit dieser Behauptung, dieser bare Unsinn, ließ Juliet wünschen, darüber lachen zu können. »Ihr habt kein Herz, Sir. Und während Ihr Euch darüber auslasst, haltet Ihr mich am Fuß fest! Was soll ich sagen? ›Gebt mich frei, Schurke‹?«

Er grinste. »Einer derart melodramatischen Aufforderung würde ich niemals nachkommen.«

Juliet hob den Saum ihres Rockes und starrte auf seine Hand um ihren Knöchel. »Warum nicht? Meint Ihr, ›Entfesselt mich‹ sei passender?«

Seine Hand löste sich, als er in Lachen ausbrach. Er drehte sich wieder auf den Bauch, geschnittenes Gras und abgeschlagene Butterblumen klebten an seinen Schultern, die vor Heiterkeit zuckten.

Juliet wandte sich abrupt ab und ging mit raschen Schritten

zum Haus. Sie schlug die Küchentür hinter sich zu und lief die Treppe hinauf in ihre Schlafkammer. Die Bänder ihrer Strohhaube flatterten, als sie sie aufzerrte und die Haube auf den Boden warf. Diese heftige Bewegung löste die Nadeln, mit denen Juliet ihre Haare festgesteckt hatte. Ungebändigt fielen ihr diese jetzt um die Schultern. Dieser Mann hatte es fast geschafft, sie dazu zu bringen, ihm ungezwungen Gesellschaft zu leisten – und das kam einem Sichergeben gefährlich nah!

Sie packte die kastanienfarbene Haarflut mit beiden Händen und zog sie straff aus dem Gesicht. Aus dem Spiegel starrte ihr ihr eigenes Bild entgegen. Helle Röte lag auf ihren Wangen. Ihre Augen brannten wie blaue Saphire. Sie war noch jung. Sie war einigermaßen attraktiv. Ihr Blut pulsierte vor vitalem Verlangen. Glaubte er denn, ihre Gründe, ihn zurückzuweisen, wären unbedeutend?

Juliet ließ die Hände sinken, das Haar fiel auf ihre Schultern.

Vor fünf Jahren hatte sie all diese Türen hinter sich verschlossen, und nicht eine davon konnte je wieder geöffnet werden. Es sei denn … Erschreckt über ihre eigenen Gedanken, trat Juliet ans Fenster und schaute hinaus, eine Hand ruhte dabei auf dem Medaillon, das sie verborgen unter ihrem Kleid trug.

Die Dorfbewohner waren auf den Karren des Gasthauses gestiegen und schickten sich an davonzufahren. Mr. Granville sprach mit Bauer Hames. Eine Gruppe von Männern von dessen Hof war dabei, gemeinsam mit den fünf Fremden das gemähte Gras zusammenzurechen. Einer der Burschen schob gerade den Heuwagen durch das Tor. Es würde die Männer den Rest des Nachmittages kosten, das Gras zu rechen und zu wenden, bis die Sonne die Mahd getrocknet haben würde. Also musste Mr. Granville auch das arrangiert haben, ebenso wie er Vorsorge für das Bier aus den *Three Tuns* getroffen hatte. Er mochte ein Tunichtgut sein, aber in den ländlichen Gepflogenheiten kannte er sich aus. Vermutlich besaß er selbst irgendwo irgendwelche Ländereien.

Juliet wandte sich vom Fenster ab. Es war besser, es nicht zu wissen.

Inzwischen hatte sie Arbeit zu erledigen. Sie ordnete ihr Haar zu einem Nackenknoten, hob die Haube auf und hängte sie sorgsam an den dafür vorgesehenen Haken. Für einen Augenblick lehnte sie sich gegen die Wand und spielte mit den ausgefransten Bändern. Vielleicht könnte sie sich eine neue Haube kaufen – von dem Geld, das Mr. Granville gerade für sie gespart hatte, indem er unentgeltlich Heu für sie gemacht hatte. Juliet lachte laut auf und ging die Treppe hinunter.

Alden überließ es den anderen Männern, das Heu zu machen, und begab sich auf den Weg zum Gasthof. Auf einer Weide standen vier Kühe; sie hoben ihre Köpfe und beobachteten ihn, als er vorüberging, ihre Augen mit den langen Wimpern starrten ihm dümmlich nach.

Er empfand nur wenig Bedauern über den Verlust des rosafarbenen Gehrocks und der Weste. Sie waren eine notwendige Anschaffung für einen besonderen Auftritt bei Hofe gewesen und hatten ihn nahezu ein Vermögen gekostet. Aber die Burschen von Gracechurch Abbey sollten ihre Belohnung haben, um sie zu verkaufen oder zu behalten, ganz wie sie es wollten – zusammen mit der tollen Geschichte, wie sie dazu gekommen waren. Falls er die Wette gewann, könnte er sich diesen Verlust leisten. Falls er verlor, wäre es nicht mehr von Bedeutung. Er hatte Kleider fortgegeben, die er bereits in einem Kartenspiel verloren hatte, doch er wollte verdammt sein, wenn er zuließ, dass Sir Reginald Denby – ein Mann, der den Teich der Dorfmühle zum Zeitvertreib zerstört hatte – seine gemeinen Heldentaten mit königlicher Spitze und Goldstickerei schmückte.

In den *Three Tuns* bestellte Alden sein tägliches heißes Bad – sehr zur Verwunderung Mr. Sandhams. Der Wirt war über die sonderbaren Hygienevorstellungen seines Gastes höchst irritiert.

»Ihr leidet Schmerzen, Sir?«, fragte der Mann, während er sich am Kopf kratzte.

»In der Tat, Mr. Sandham«, erwiderte Alden. »Seit meinem letzten Bad bin ich dreißig Meilen geritten, habe Unterricht im Mähen mit der Sense genommen, habe mir den Rücken über einem Wetzstein zerbrochen und dann zwei Stunden lang die geschärfte Sense mit nahezu Tod bringender Geschwindigkeit geschwungen. Ich werde ein Bad nehmen und schlafen gehen. Ich wünsche, nicht gestört zu werden.«

Der Wirt grinste. »Dann werdet Ihr Mistress Seton wieder besuchen?«

Einen Fuß schon auf der Treppe, hielt Alden inne. »Ihr wisst wirklich nicht, wer sie ist?«

»Bei meinem Leben, Sir! Miss Parrett, der das Cottage gehörte, wurde eines Morgens in einer Kutsche abgeholt. Keiner im Dorf hatte sie vorher schon mal gesehen. Am nächsten Tag kam sie mit Mistress Seton zurück. Das war vor fünf Jahren.«

»Die Lady wurde Witwe, bevor sie hierherkam? War es ein kürzlicher Verlust, was meint Ihr?«

»Sie war vor Kummer halb tot, würde ich sagen, als sie ankam – bleich wie ein Gespenst und krank vor Fieber. Miss Parrett hat sie gepflegt. Aber die Ladys sind immer sehr unter sich geblieben, Sir. Das ist alles, was ich weiß. Das ist alles, was irgendjemand hier weiß. Obwohl sie hier gut angesehen ist, waren niemals Freunde oder Besucher bei Mistress Seton – bis auf Euch.«

»Und Miss Parrett. Wer war sie?«

»Nun, ich weiß es nicht genau, Sir. Sie war nicht aus dem Dorf. Sie war schon eine ziemlich alte Lady, als sie das Haus kaufte. Sie hatte eine sehr vornehme Art. Ich dachte mir, dass sie vielleicht die Zofe einer Lady gewesen ist, aber sie hat das abgestritten. Das ist alles, was wir wissen.«

»Für Eure Mühe.« Alden drückte eine Münze in die Hand des Mannes. »Dann warte ich jetzt auf das heiße Wasser.«

Jemmy Brambey musste bis nach dem Abendbrot warten, um seiner Mutter zu entwischen. Er ließ seine Brüder und Schwestern spielend auf dem Rasen zurück. Länger als eine Stunde brauchte er für seinen Weg, dessen größten Teil er lief, ehe er an die Hintertür von Marion Hall anklopfen konnte. Sir Reginald Denby erlaubte es ihm nie, den schönen Teil des Hauses zu betreten, also hockte Jemmy sich in den Korridor zur Küche. Das war nichts, worüber er sich beklagen müsste, denn die Köchin hatte ihm ein großes Stück Hammelpastete gegeben, um ihn zu beschäftigen.

Als endlich die plumpe Gestalt Sir Reginalds auftauchte, hatte Jemmy seine Pastete bereits vertilgt und sich den Mund mit dem Ärmel abgewischt.

»Du hast Neuigkeiten über Mistress Seton, Bursche?«, fragte Sir Reginald.

Jemmy stand auf und strich sich rasch das Haar aus der Stirn. Noch ein anderer Gentleman hatte den Korridor betreten, hoch gewachsen und hager, kostbar gekleidet und mit gepuderter Perücke. Er lehnte sich gegen die Wand und starrte Jemmy durch sein Lorgnon an.

»Wie amüsant«, meinte der Fremde. »Ihr habt viele solche Spione, Denby? Sehr effektiv, da bin ich sicher!«

»Ich bin kein Spion, Sir!«, protestierte Jemmy entrüstet. »Ich bringe nur die allgemeinen Neuigkeiten.«

»Himmel, diese Kreatur hat eine Zunge!« Der Fremde lächelte. Das Schönheitspflästerchen in seinem Mundwinkel hob sich dabei. Er sah wirklich gut aus – höchstwahrscheinlich ein Lord! »Natürlich, als Seigneur muss Sir Reginald wissen, was in der Gemeinde geschieht, der sein Haus angehört. Nichts für ungut, Bursche. Hier ist ein Extrapenny für dich.«

Die Münze flog durch die Luft. Jemmy schnappte sie sich und schob sie in seine Tasche. Die Mutter brauchte all das Extra, das er verdienen konnte. Wie dem auch sei, der Fremde war in Ordnung. Jemmy hatte keine Ahnung, was ein Sen-jör sein mochte, und niemand konnte Sir Reginald leiden, aber es war nichts Falsches daran, ihm zu berichten, worauf auch immer er erpicht war, es zu hören. Außerdem bereitete die Köchin von Marion Hall eine wirklich leckere Hammelpastete zu.

Juliet hatte das alles tief vergraben, alles davon – all die Erinnerungen, all die Gefühle. Verbissen polierte sie ihre Kupfertöpfe, räumte einen Schrank aus und scheuerte den Tisch aus Kiefernholz. Nach einer schnell eingenommenen Mahlzeit trug sie frische Laken nach oben in ihre Schlafkammer und machte das Bett. Nur für einen Augenblick legte sie sich auf die nach Lavendel duftende Decke und schloss die Augen.

Das Medaillon drückte sie im Nacken. Sie zerrte an der Goldkette, um es hervorzuziehen, dann küsste sie das warme Metall. Bilder tauchten auf: Ein goldhaariger Junge rannte lachend durch einen Sommergarten; verstreut liegende Spielzeugsoldaten vor einem Herdfeuer im Winter; der Junge hielt vertrauensvoll ihre Hand, oder er stieß sie in vorübergehender Rebellion fort. Trotz ihres Entschlusses stiegen brennende Tränen auf, hässlich und maßlos. Sie würde es nicht zulassen! Sie würde nicht … Juliet steckte das Medaillon weg und versuchte, tief durchzuatmen, um ihr Schluchzen zu unterdrücken …

Eine Hand auf ihrer Schulter schüttelte sie zaghaft. Juliet öffnete die Augen. Tilly, ihr Mädchen für alles, stand am Bett und lächelte sie an. Tilly Brambey war ungefähr fünf Jahre älter als ihr kleiner Bruder Jemmy, und man machte ihr bereits den Hof. »Ich gehe mit dem Sohn des Holzfällers«, sagte sie, wenn man sie fragte.

»Ach, Ma'am!«, rief Tilly jetzt. »Ihr seid ja ganz erschöpft ohne meine Hilfe. Ich wollte am Morgen wieder zur Arbeit kommen, aber ich fühlte mich noch nicht so richtig und deshalb ...«

Juliet schaute zum Fenster. Sie musste ein paar Stunden geschlafen haben. Es war früher Abend, der warme Sommertag flirrte von Staub und Dunst. Es war eine Mühe, sich aufzusetzen, so zu tun, als wäre nichts falsch. Sie fühlte sich ausgelaugt, fast verzweifelt.

»Danke, Tilly. Du bist jetzt wieder ganz in Ordnung?«

Das Mädchen strich sich eine Haarsträhne aus dem mit Sommersprossen übersäten Gesicht. In der anderen Hand hielt Tilly einen Staubwedel aus Federn. Sie sah aufgeregt aus, wie ein Kind mit einem Geheimnis. »Ach, Mistress Seton! Es war nur eine kleine Influenza, die gerade herumgeht, aber sie hat meine Nase so rot gefärbt wie eine rote Rübe. Ich hätte es nicht gern gehabt, wenn mein junger Mann mich so gesehen hätte!«

»Bringt der Gedanke an deinen jungen Mann immer solche Röte auf deine Wangen?«, fragte Juliet.

»Das ist es nicht, Ma'am.« Die Verlegenheitsröte des Mädchens vertiefte sich, und seine Augen funkelten. »Da ist ein Gentleman zu Besuch gekommen.«

Also hatte er sogar Tilly umgarnt und diesen strahlenden, sehr kleidsamen Ausdruck auf deren Gesicht gezaubert!

»Hat dieser Gentleman seinen Namen genannt und den Zweck seines Besuches?«

Tilly wandte sich ab, um mit ihrem Federbündel über den Spiegel zu fahren. Dabei lächelte sie sich im Spiegel an, entzückt über ihre eigene Hübschheit und die Macht, die diese ihr über den Sohn des Holzfällers gab – und entzückt darüber, dass sogar der Gentleman, der zu Besuch zu Mistress Seton gekommen war, ihr ein Kompliment über ihre haselnussbraunen Augen gemacht hatte.

»Es ist der Gentleman, der das Gras gemäht hat, Ma'am. Mr. Granville, der in den *Three Tuns* logiert. Das ganze Dorf spricht davon.« Tillys unschuldige Schwärmerei war so unübersehbar wie die Sommersprossen auf ihren runden Wangen. »Ach! Er ist ein sehr schöner Gentleman. O Ma'am! Mr. Sandham sagt, dass er jeden Tag ein Bad nimmt!«

Obwohl sie es nicht wollte, musste Juliet lachen. »Also hast du dir gedacht, du solltest heute Abend hierherkommen, um dir diesen berüchtigten Burschen mit eigenen Augen anzusehen?«

Die Federn tanzten, als Tilly den Rahmen abstaubte. »Er sagt, er ist gekommen, um Schach zu spielen. Was ist schlimm daran?«

Hatte er mit Tilly geflirtet, um sein Glück zu versuchen? War er ein Schuft, der nicht zögerte, seinen Vorteil aus weiblicher Verletzlichkeit zu ziehen – sogar bei einem Hausmädchen! –, diese schreckliche Macht, über die jeder gut aussehende charakterlose Mann verfügte, wenn ein dummes Mädchen dachte, es hätte ihn bezaubert?

Juliet glitt vom Bett. »Ich vermag nicht zu sehen, warum der Gedanke, dass ich Schach spiele, dich so glücklich stimmt, Matilda Brambey.«

Das Mädchen fuhr herum. »O Ma'am! Es ist so aufregend! Er hat gesagt, all diese Arbeit sei zu viel für ein so hübsches Mädchen wie mich. Er hat drei Mädchen geschickt, die für den Rest der Woche helfen sollen. Sie sind unten.«

Drei Mädchen! Welche unvorstellbare Arroganz! Ohne sie zu fragen, hatte er drei Mädchen eingestellt? Wenn sie ihn rügte, würde sie als kleinlich und dickköpfig gelten. Doch wenn sie es akzeptierte, gestattete sie ihm eine unerhörte Freiheit – für eine Schachpartie! Die Empörung machte sie sprachlos.

Juliet ging zu ihrem Waschtisch und spritzte sich kaltes Wasser ins Gesicht. Mit heftigen Strichen bürstete sie sich das Haar und steckte es hoch, dann wählte sie ein frisches Schultertuch für ihr Kleid aus. Abgesehen von ihrer tiefen Röte starrte eine respektable Witwe aus dem Spiegel zurück.

Tillys argloses Gesicht spiegelte sich im Hintergrund. Eine Hand auf dem Türriegel, sah sie ihre Herrin abwartend an. »Was soll ich den neuen Mädchen sagen, Ma'am?«

Ein ungewolltes Geschenk, das mit einem viel zu hohen Preis verbunden war! Juliet konnte ungehindert Schach spielen, für eine Woche war sie von ihren täglichen Pflichten befreit –, als wäre sie noch eine feine Dame. Dann würde sie in ihr gewohntes Leben zurückkehren und sich glücklich schätzen müssen für diese Erinnerung? Die Ironie, die darin lag, war fast grausam. Es war höchste Zeit, den Spieß umzudrehen.

Juliet strich ihr Mieder glatt und ordnete sorgsam das Schultertuch. Drei Dienstmädchen! Sie war in einem Haushalt aufgewachsen, in dem es vierzig davon gegeben hatte. Als sie sich wieder Tilly zuwandte, war ihr Ton leidenschaftslos.

»Diese Invasionsarmee muss natürlich auch irgendwo untergebracht werden. Du weißt ja, wo die Bettwäsche liegt. Sag diesen Mädchen, sie sollen in der Küche auf mich warten.«

»Ja, Ma'am.« Tilly machte einen linkischen kleinen Knicks, ihre Augen schimmerten hell. »Und der Gentleman?«

»Bitte richte Mr. Granville aus, dass er das Schachbrett in der Laube herrichten kann.«

»Ja, Ma'am.«

Juliet lächelte und zügelte ihren Ärger. »Und erkläre ihm auch, ich hätte die Absicht, dieses Mal zu gewinnen.«

Kapitel 4

Er war nicht in der Laube, obwohl das Schachbrett schon auf dem kleinen Eisentisch lag. Vielleicht war er es müde geworden zu warten und in die *Three Tuns* zurückgegangen? Juliet strich mit der Fingerspitze über die hölzerne Krone des schwarzen Königs und war überrascht über die Enttäuschung, die sie wie einen Stich empfand. War sie verrückt? Sie lehnte seine Anwesenheit ab, sie bedauerte die Wette, und doch war sie enttäuscht? Enttäuscht, weil sie, trotz allem, Schach spielen wollte – sich mit diesem Mann messen wollte? Ihr Lachen lag zu nahe beim Weinen!

Juliet schaute hinauf zu dem Dach aus grünen Blättern. Sommerleben wirbelte und drängte überall um sie herum. Bis jetzt war sie mit den gleichförmigen Tagen ihres Lebens zufrieden gewesen. Sie hatte sogar Stolz auf ihre Zähigkeit und ihren Mut empfunden. Mit Miss Parretts Hilfe hatte sie es gelernt, eine neue Würde und Erfüllung in ihrer Arbeit zu finden – etwas, was sie sich in ihrer Mädchenzeit niemals hätte träumen lassen. Das alles hatte großer Entschlossenheit bedurft. Was für eine Absurdität, all diese hart erworbenen Errungenschaften in ihrem Herzen nun als nutzlos zu betrachten, weil ein gut aussehender Mann mit ihr Schach spielen wollte!

Juliet versuchte, die seltsame Stimmung zu leugnen, in der sie sich befand, und ging in die Küche zurück, um den Korb mit den Speiseabfällen für die Hühner zu holen. Sie hatte sich die Mädchen angesehen: Es waren drei gestandene, respektable Frauen. Betty und Sarah waren jeder Aufgabe kundig, von der Küche bis zur Milchwirtschaft, wohingegen Kate mit einer ganz anderen Haltung vor ihr geknickst hatte.

»Ich war die Kammerzofe einer Lady, Ma'am, und ich kümmere mich um Eure persönlichen Bedürfnisse, Eure Kleider, Euer Zimmer, was immer Ihr wünscht.«

Juliet unterdrückte ihr Erstaunen. »Ihr seid erst vor kurzem eingestellt worden, oder kommt ihr aus Mr. Granvilles eigenem Haushalt?«

Kate knickste erneut. »Ich kann es nicht so genau sagen, Ma'am, doch Ihr werdet sehen, ich bin sehr tüchtig.«

Die Zofe einer Lady! Hatte er sie von seiner Frau ausgeliehen, von seiner Schwester, seiner Geliebten?

Mit ein paar kurzen Anweisungen hatte Juliet die Frauen nach oben geschickt, um sich einzurichten. Er mochte vermutet haben, dass sie die Mädchen nicht durch eine strenge Befragung in Verlegenheit bringen würde, aber hatte er geglaubt, sie würde solche Hilfe fortschicken? Sogar die Zofe einer Lady! Sie fühlte sich fast unbeschwert dabei, zurückgezwungen zu sein in eine Rolle, von der sie niemals gedacht hatte, sie wieder zu bekleiden.

Sie konnte den Rest der Woche verbringen, ohne einen Finger rühren zu müssen. Doch es gefiel ihr, die Hühner selbst zu füttern. Hühner hatte etwas Furchtloses an sich – sie hatten nicht genug Verstand, um ängstlich zu sein. Ihre Zufriedenheit konnte sich binnen eines Augenblicks in kreischende Panik verwandeln, doch machten sie sich keine Sorgen über die Zukunft oder empfanden gar Reue über Vergangenes. Juliet lächelte, als sie ihren alten blauen Kittel überzog. Alles im Leben hatte seinen Ausgleich.

Sie trug den Korb hinaus. Als sie den Hof betrat, sah sie Alden Granville am geflochtenen Zaun ihres Hühnerstalles stehen.

Ihr stockte der Atem.

Im gedämpften Halbschatten der Bäume stand er völlig regungslos, die Umrisse seines Körpers anmutig und geschmeidig. Er hatte einen Fuß gegen die untere Stützstrebe gestellt und betrachtete die Hennen, die im Schatten in der Erde scharrten.

Goldrote Stickerei wirbelte über seine gelb-braune Weste,

deren Muster sich im Stoff des Bandes wiederholte, mit dem sein Haar zurückgebunden war. Über einen Zeigefinger gehakt, hielt er seinen über die Schulter geworfenen Gehrock. Die andere Hand hatte er auf seine Hüfte gestützt, wobei er den Saum seiner Weste zur Seite schob, was seine eleganten Hosen und weiße Strümpfe enthüllte. Der Eindruck lässiger Eleganz wurde nur durch das Kurzschwert Lügen gestraft, das an seiner Seite hing – und durch die Anspannung seiner Haltung, die verriet, dass der Träger diese Waffe auch sehr gut wusste, wie man sie benutzte.

Mylord hatte der Landarbeiter ihn fast genannt. Der ruhige Mittelpunkt einer Welle der Beunruhigung, die über ihren sorgsam bewachten Rückzugsort hereingebrochen war.

Juliet drückte den Korb gegen ihre Hüfte und ging weiter. Dass sein Anblick ihren Puls so zum Schlagen brachte! Er war wunderschön. Ohne jeden Zweifel war er ein Schuft, der auf ihre Kosten einen amüsanten Zeitvertreib suchte. Seine Identität war völlig unbedeutend. Er würde – mitsamt seinen Hausmädchen – in einer Woche wieder fort sein.

Wie den süßen Kern, verborgen in einer Walnuss, würde sie aber vielleicht auch ein wenig Amüsement in seiner Vermessenheit finden, und das auf seine Kosten.

Er schaute auf. Einen Moment lang blickten seine Augen düster, doch dann breitete sich ein Lächeln auf seinem Gesicht aus. Es war das Lächeln eines Mannes, der seine Geliebte begrüßte, die von einer langen Reise zurückkehrte. Es schien, als wollte er die Arme ausbreiten, um sie in seiner Umarmung willkommen zu heißen.

Ihr Herz taumelte.

»Ihr habt eine Bruthenne«, sagte er. »Sie ist sehr grimmig. Kaum dass ich näher kam, rief sie ihre Küken herbei, und das mit den herrischsten Schreien, das ich je außerhalb des Salons der Countess of Roxham gehört habe.«

Juliet stand wie erstarrt. Sie war beunruhigt, er würde sie

doch noch bei einer Unachtsamkeit ertappen. Sie kam sich vor, als wäre sie nach einem langen Schlaf aufgewacht, um sich umgeben von Spielkameraden wiederzufinden, die alt und ihr fremd geworden waren. Es war dieser angsterfüllte Gedanke, der sie sekundenlang quälte. O ja, ich erinnere mich an Lady Roxham – sie hatte in der Tat eine schrille Stimme!

Es erinnerte sie nur allzu deutlich an das, was sie verloren hatte, daran, dass sie eine Lady war. Doch die Art seiner Begrüßung war viel zu vertraulich, fast so, als wären sie seit Jahren enge Freunde.

Er betrachtete wieder die Bruthenne und befreite Juliet von der flüchtigen Panik, die sein Lächeln bei ihr hervorgerufen hatte. »Jetzt hat sie all diese hilflosen kleinen Küken unter ihren Flügel versteckt, während sie mich anstarrt und sich von mir belästigt fühlt. Wird sie sie nicht ersticken?«

»Wären die Hennen so ungeschickt, hätten die Hühner nicht bis heute überlebt.« Ihr Ton war absichtlich so harsch. Seine Hand ruhte noch immer lässig auf seiner Hüfte. Seine Hände waren so viel weißer als ihre und perfekt manikürt, und doch verfügten sie über eine überwältigende Kraft. »So wie ohne Zweifel die Gesellschaft auseinanderfallen würde, wenn Gentlemen immer die formellen Höflichkeiten außer Acht lassen.«

»Ah ja«, sagte er. »Ich habe mich nicht verbeugt.«

»Und demzufolge habt Ihr die eigentliche Bedeutung einer Verbeugung missachtet: die Bedrohung zu mildern, die von einem Fremden ausgeht.« Die Hühner kamen erwartungsvoll herbeigelaufen, als Juliet auf ihn zuging. »Durch die Verbeugung zeigt er seine waffenlosen Hände. Der gesenkte Hut tut seine Absicht kund, friedlich zu sein ...«

Ihr blauer Kittel bauschte sich um ihre Beine, ihre Handgelenke schimmerten elfenbeinfarben in der Sonne. »Selbst meine Hennen erkennen Gefahr, wenn sie sie sehen. Ihr haltet deren Verhalten für unvernünftig?«

»Es produziert eine große Menge ausgerissener Federn ohne wirklichen Anlass«, erwiderte er. »Ich habe nicht vor, der Henne ein Leid anzutun.«

»So spricht der Fuchs.«

Seine Augen füllten sich mit unschuldiger Fröhlichkeit, als er ihrem Blick begegnete, als würde er darin ihren eigenen verborgenen Impuls von Freude erkennen. »Ihr denkt, ich bin Meister Reinecke, der gekommen ist, unschuldige Küken zu rauben? Ich würde nie danach streben, der Fuchs in einem Hühnerstall zu sein. Ich liebe zwar die Jagd, aber nur, wenn die Chancen ungefähr gleich stehen.«

»Ich bin nicht sicher, ob Tilly das auch dachte.«

»*Tilly?*« Sein Erstaunen schien echt zu sein. »Euer Mädchen? Himmel! Sie ist nicht älter als ... was – vierzehn?«

»Sie ist fünfzehn.«

»Es ist eine verständliche Sorge, aber eine lächerliche. Sie ist ganz und gar sicher vor mir. Unter jungen Hühnern richte ich niemals Schaden an.«

»Die Nähe des Fuchses schafft Aufruhr, ob er es darauf anlegt oder nicht. Wann ist ein Mädchen sicher vor der Aufmerksamkeit eines Schurken?«

Sonnenlicht schimmerte über seinem Haar. »Selten, gebe ich zu. Es wird gemeinhin gesagt, dass ein Stubenmädchen seine Tugend für zwei hübsche Bänder opfert, wohingegen eine Zofe drei fordern wird. Doch ich habe immer nach dem Grundsatz gelebt, ein Mädchen nicht seinem Liebsten auszuspannen.« Er legte seinen Rock über einen Ast der Eiche, unter der sie standen. »Überrascht Euch das?«

»Mich überrascht nur, dass Ihr von mir erwartet zu glauben, dass Ihr nie mit den Mädchen flirtet.«

»*Flirten?*« Er verschränkte die Arme und lehnte sich gegen den borkigen Stamm. »Ich bin dafür bekannt, mit Großmüttern zu flirten – ein unschuldiger Zeitvertreib und amüsant für beide

Seiten. Ich dachte, wir reden über die intimere Gunst einer Lady, nach der ich nicht auf der Jagd bin, schon gar nicht mit etwas so Flitterhaftem wie Bändern.«

Juliet schüttete den Inhalt ihres Korbes über den Zaun. Die Hühner balgten sich zuschnappend um die besten Stücke. »Ihr erwartet, dass solche Gunst umsonst gewährt wird?«

»Natürlich, weil ich die meine als Gegenleistung dafür gebe – umsonst.«

»Aber es gibt in solchen Dingen keine Gleichheit zwischen Männern und Frauen, nicht wahr? Frauen geben sich selbst, Männer nehmen nur.«

»Das ist nicht wahr.«

»Ist es nicht?«

Er neigte den Kopf. »Ich bin sicher, Ma'am, dass ich aus weit mehr Erfahrung als Ihr spreche.«

»Und doch habt Ihr niemals ein Dienstmädchen verführt?«

»Niemals.« In seiner Stimme schwang provozierende männliche Arroganz. »Warum sollte ich auch, wenn doch die Dame des Hauses immer willig ist?«

»*Immer?*« Juliet lachte. Sie hätte ihm gern die Finger in sein Gesicht gestoßen. »Dann gebt Ihr ohne Skrupel zu, dass Ihr in der Tat ein Schürzenjäger seid?«

Sein Lächeln erwärmte sich wie die Sonne, als er ihr in die Augen sah. »Wünscht Ihr Euch von mir, dass ich es zugebe?«

»Das hat nichts mit mir zu tun.«

»Lasst doch nur einen Gentleman irgendeinen Ballsaal betreten, und schon beginnt hinter den Fächern das Taxieren: *Ist das ein Mann, den ich heiraten könnte, oder ist das einer von der gefährlichen, räuberischen Sorte, vor der meine Mutter mich gewarnt hat?* Ein Schoßhund oder ein Fuchs: eine köstlich verzwickte Lage für jede Lady mit Geist. Sie weiß, der Hund ist zu zahm. Muss sie darum glauben, dass der Fuchs zu gefährlich ist?«

»Ihr sagt, dass sie einen Fehler macht, wenn sie vorsichtig ist?«

»Nein, aber nur der Fuchs entzückt das Blut, wenn er ihr in der Dunkelheit nachjagt.«

»Wie viel aufregender ist es dann, mit den Füchsen zu laufen!« Die Anspannung machte ihre Stimme hoch und viel zu hell. Bemerkte er es? Seine Miene änderte sich nicht, doch in seinem gleichmütigen Blick lag wissende Erfahrung. »Ohne Zweifel würden die Hennen zustimmen?«

»Meister Reinecke verschwendet keine Zeit auf zahme Hühner, die sicher in ihrem Käfig aus geflochtenen Wänden hocken«, erwiderte er. »Er hat einen weitaus anspruchsvolleren Geschmack.«

Juliet fühlte sich schwindelig, als würde sie viel zu schnell in einem Tanz herumgewirbelt. »Auf die eine oder andere Weise bringt er den Tod!« Sie bedauerte ihre Heftigkeit augenblicklich und ging davon.

Seine Stimme verfolgte sie, sanft, aber unnachgiebig. »Die Lady mag denken, dass sie stirbt, aber wenn sie zu den klugen gehört – wie Ihr –, die wissen, was sie wollen, dann wird sie überleben, ich versichere es Euch – überleben, um in der darauf folgenden Nacht erneut zu sterben. Das ist der Grund, aus dem intelligente Frauen die Schurken vorziehen: Entweder weiß ein Mann, wie er der Lady ein Vergnügen bereiten kann, das es wert ist, dafür zu sterben, oder er weiß es nicht.«

Erschütterung überschwemmte Juliets Adern, ein Ansturm der Gefühle, Schwindel erregend und närrisch. Das Gras beugte sich unter ihren Schuhen, als sie sich umwandte und zu ihm zurückging, mit schwingenden Röcken und einem Herzen, das viel zu schnell schlug. »Wie könnt Ihr behaupten zu wissen, was ich will?«

»Euer Atem sagt es mir, so wie die Heftigkeit des meinen es Euch sagen sollte.« Seine Augen sprachen von Mutwillen – ein

Narr, der in einer Fuchsmaske auf der Suche nach seinem Vergnügen durch den Wald lief.

»Weil Ihr zittert, als stündet Ihr im Zentrum eines unsichtbaren Wirbelsturmes! Weil Eure Spitzen mit solch feinem Aufruhr beben? Ich dachte, Ihr habt vielleicht Angst.«

»Ist es das, was Euer schnelles Atemholen *mir* sagen sollte? Oder Eure Augen, wenn Ihr mich anseht, oder Euer biegsamer Rücken, wenn Ihr Euch abwendet? Was ist mit den herrlichen Strähnen von der Farbe der Kastanien, die Euren Nadeln entflohen sind und in Eurem Nacken tanzen? Das rasche Erröten, das Eure Haut färbt?«

Die Spitzen ihres Korsetts hielten sie wie ein Schraubstock. »Was sollten sie Euch sagen? Dass ich durcheinander bin, verlegen, verwirrt ...«

»Unsinn.« Lachen erhellte seine Stimme, warm und verführerisch. »Der Fuchs erkennt Verlangen, wenn er es sieht. Ihr könnt ihm nicht die Schuld geben, wenn er steht und zittert, gefangen von dessen Lieblichkeit.«

Heiße Röte brannte auf ihren Wangen. Strähnen ihres Haares streichelten ihren Nacken. Ihre Beine wünschten, wegzubrechen, sie herunterzutragen, zitternd, auf das geschnittene Gras.

»Ich behaupte nicht, immun zu sein«, räumte sie ein. »Aber ich bin kein Küken. Ich habe meine eigenen Mittel, mich vor Zauber in Acht zu nehmen.«

»Zauber?«

»Charme«, sagte sie. »In der alten ursprünglichen Bedeutung des Wortes: einen Zauber wirken. Es gibt nichts Persönliches am Charme eines Schuftes, er ist für ihn so selbstverständlich wie sein Herzschlag. Doch es liegt keine Ehrlichkeit in solchen Komplimenten.«

»Doch, Juliet. Aufrichtige Komplimente entspringen einer genauen und leidenschaftlichen Beobachtung. Die Unehrlichkeit liegt bei der Lady, weil sie die Wahrheit leugnet.«

»Die Wahrheit ist, dass die kluge Frau nicht den Fuchs vorzieht, denn sie verabscheut es, nur zu seinem Vergnügen benutzt zu werden.«

»Es sei denn, sie wünscht, ihn für das eigene zu benutzen.«

»Das tut sie nicht.«

Er zuckte die Schultern – das elegante, gebietende Schulterzucken des Fechters, der vor einem Duell seine Muskeln lockerte. »Wie kann ihr dann Leid geschehen?« Sein Blick hielt ihren, Blau in Blau. »Keine Frau gibt sich einem Liebhaber hin, wenn dabei nichts für sie herauskommt. Warum misstraut Ihr den Männern so sehr, Ma'am?«

»Ich misstraue nicht allen Männern, Sir«, schnappte sie. »Ich misstraue Euch.«

»Wegen *Tilly?*« Seine Stimme höhnte unverhohlen, doch die Untertöne waren noch melodiös, verführerisch, wie die Stimme des Albs, der dem Schlafenden im Traum etwas zuwisperte. »Ihre kindischen Gedanken drehen sich um ihre Pläne für eine Ehe, die sie eifrig, sogar lustvoll erwartet. Sie liebt den Sohn des Holzfällers und hat vor, ihn zu heiraten. Das hat sie mir erzählt. Es ist nicht wegen eines solch dummen Hühnchens, dass Reinecke herumhüpft und herumspringt und versucht, es hinaus in die geheimnisvolle Nacht zu locken. Ich bin an Tilly nicht interessiert, Ma'am. Ich bin an Euch interessiert.«

Juliet holte den Korb und drückte ihn gegen ihre blauen Röcke. »Das Kompliment wird zu einer Erklärung? Wie verwegen, Sir, wenn doch alles, auf das wir uns eingelassen haben, ein Schachspiel ist! Ihr erwartet von mir, geschmeichelt zu sein?«

»Ich erwarte von Euch, amüsiert zu sein. Wahrscheinlich werdet Ihr Euch nicht ergeben; obwohl Ihr eine liebliche Rose seid, seid Ihr gut umgeben von Dornen.«

Verstreute Federn klebten am Zaun. Ein paar Eier – braun, weiß, gesprenkelt – füllten ein Nest aus toten Blättern unter einem Brombeerstrauch, der in einer Ecke des Pferches wuchs.

Juliet starrte auf den Busch. Sie hasste dieses Bild von sich: eine stachelige feindselige Pflanze – wie eine Distel oder eine Brennnessel.

Sie beugte sich vor, um durch den Zaun die Eier aufzusammeln. »Oh, ich bin amüsiert, aber versucht nicht, mir zu erzählen, Ihr seid nicht gefährlich, Sir. Der Fuchs ist nicht nur Spaß und Spiel. Ihr wisst jenes Kurzschwert sehr gut zu benutzen, nicht wahr?«

»Würdet Ihr es vorziehen, ich erzählte Euch, ich trüge es nur zur Ansicht?«

Sie schaute auf. Er war leise über das Gras zu ihr gekommen und stand neben ihr. Es erhöhte ihr Bewusstsein für ihn, für seine Nähe, seinen Geruch, männlich und heiß, gedämpft nur von den Spuren einer feinen Seife. Er streckte eine Hand aus, um ihr hochzuhelfen. Die wunderschöne dargebotene Hand eines Liebhabers.

Ohne Zögern legte Juliet ein braunes Ei in seine Hand. »Ohne Zweifel habt Ihr genug Erfahrung im Duellieren gesammelt?«

»Männer duellieren sich, weil es die ultimative Wette ist. Sicherlich ist es die einzige, bei der der Gewinn garantiert ist.«

»Jetzt sprecht Ihr in Rätseln.« Sie richtete sich auf und stand mit dem Rücken gegen den Zaun. »Der Sieg ist niemals sicher.«

»Zu überleben heißt zu gewinnen.« Seine Finger schlossen sich sanft um das Ei. »Die armen toten Burschen, die ihre Meinung nicht mehr äußern können. Aber jeder Mann, der ein Duell überlebt, hat das intensivste Spiel seines Lebens gespielt.« Er nahm die übrigen Eier aus ihrer Hand und legte sie in den Korb. Sonnenlicht glänzte auf seinem Haar und wärmte seine Satinweste zu Bronze. »Je näher er dem Tod kommt, desto größer ist der Sieg, wenn er ohne Narben davonkommt. Das ist verführerisch genug, sodass Männer sich danach sehnen, wieder und wieder. Es ist wie eine Sucht nach Wein, eine Ekstase.«

»Weil auch Heiterkeit in einem Risiko liegt?« Sie lachte fast, triumphierend. »Ich halte das für eine schreckliche Philosophie!«

Sein offener Blick begegnete ihrem. »Dennoch könnt Ihr das Vergnügen nicht leugnen, das darin liegt, nicht wahr, Ma'am? Die Freude am Streiten, die Lust, einer Idee nachzujagen, das Spielerische dabei. Männer sind nicht die einzigen Lebewesen, die eine Herausforderung genießen.« Die Weste spannte sich über seinem Rücken, als er auf die Bruthenne zeigte. »Dieses Weibchen ist so grimmig wie jedes Männchen.«

Juliet öffnete das Weidentor und ging in den Pferch. Die Bruthenne sträubte ihr Gefieder und richtete ihre Augen auf Juliets Gesicht, bewegte sich aber nicht. Juliet kniete nieder und ließ eine Hand unter einen Flügel gleiten. Ihre Finger schlossen sich um einen weichen Ball aus Daunen, dann um noch einen.

»Das ist es, was die Henne verteidigt«, sagte sie und verließ den Pferch mit den winzigen Küken, die sich in ihre Hand schmiegten. »Das ist der Zweck ihres ganzen Daseins – und nicht eine Übung in Prahlerei und Arroganz, wie amüsant auch immer das sein mag.«

»Unglaublich!«

Verwirrt schaute sie auf in sein Gesicht. Sein Ton klang plötzlich ernst, fast ehrfürchtig.

Eine leichte Brise strich durch das Gebüsch. Blätter raschelten. Eine weiche Strähne von Gold tanzte um die harte Linie seiner männlichen Wange. Fasziniert starrte er auf die Küken.

Ohne den Blick abzuwenden, streckte er eine Hand aus, die Handfläche zur Schale gebogen. »Darf ich?«

Juliet konnte den Blick nicht von seinem Mund abwenden – den glatten Lippen, die in solchem Kontrast zur feinen Rauheit seines Kinns standen. Er hatte wunderschöne Zähne und einen so ausdrucksvollen Mund! Und seine Wimpern – sie waren so lang wie ihre eigenen, die gesenkten Lider verbargen seinen verstörend blauen Blick.

»Ich soll die Hühner direkt dem Fuchs ausliefern?« Sie flüchtete sich in Sarkasmus, aber der kam nur als ein Flüstern heraus, viel zu heiser. Die Küken schmiegten sich in ihre Hände, als könnten sie den harten Schlag ihres Herzens hören.

Er schaute auf und lächelte wieder – jenes nachdenkliche Lächeln dieses Mal, wie ein geschnitzter Heiliger. »Ihr habt mir die Eier anvertraut.«

Juliet spürte die Macht, die von ihm ausging, bis in ihr Innerstes, viel tiefer, viel gefährlicher als einfach nur Verlangen. Es war, als würde sie wie ein kleines Mädchen in kurzen Röcken losrennen und dann abrupt gestoppt werden, von einer Flut geheimnisvoller erwachsener Bewusstheit.

»Ihr wisst, dass ich für Hühner ganz harmlos bin, Ma'am«, fügte er sanft hinzu. »Und ich würde sie gern, sehr gern halten.«

Wie verzaubert legte sie die Küken in seine Hände. Er umfasste beide und streichelte die winzigen Köpfe mit einer Fingerspitze. Die Küken duckten sich unter seiner zarten Berührung.

»Himmel!«, murmelte er. »Sie sind unglaublich weich – bis auf ein paar bemerkenswert kratzige Krallen.« Er lachte. »Zu schade, dass sie dazu verdammt sind, zu Hühnern zu werden.«

Juliet stand wie angenagelt gegen den Zaun gelehnt. Unfähig, sich zu bewegen, starrte sie auf die Küken, weil sie so nicht die Zärtlichkeit in seinen Augen sehen musste, die so zerstörerisch auf sie wirkte. Ein Küken piepste plötzlich und sperrte den Schnabel auf, eine rote Höhle tat sich zwischen den braun gesprenkelten Federn auf. Die Henne hatte den Rest ihrer Brut allein gelassen und hüpfte nun auf den Zaun.

»Jetzt ist sie in mütterlicher Panik.« Juliet streckte beide Hände vor, als die Henne mit den Flügeln schlug und gackerte, um sie abzulenken. »Gebt sie mir.«

Er setzte ein Küken in ihre Hände. Das andere begann Mitleid erregend zu piepsen.

Weicher Flaum berührte ihr Gesicht. Verwirrt hob Juliet das Kinn. Er hielt das Küken, in seine Hände gebettet, an ihr Ohrläppchen. Dort, wo seine Knöchel ihre Wange berührten, spürte sie ein feines Prickeln. Sein Daumen strich über ihre Oberlippe, über ihren Mundwinkel und über ihr Kinn.

Ihre Sinne fingen Feuer. Ihr Mund schmerzte. Ihre Haut brannte.

Sie biss sich auf die Lippen, damit ihr Atem ihm nicht verriet, wie aufgewühlt sie war.

Er setzte das Küken in die Wölbung ihres Halses.

Sofort verharrte es dort ganz still. Seidig weich. Flaumig wie ein Hauch an ihrer zarten Haut und an ihrem viel zu schnellen Puls. Das leichte Kratzen der Krallen kitzelte sie, als das Küken sich in die Mulde zwischen ihrem Nacken und ihrem Kragen schmiegte. Juliet konnte es sich dort vorstellen, die Augen geschlossen, sicher geduckt und die lebendige Wärme genießend.

Er trat einen Schritt zurück. Wenn sie sich jetzt bewegte, würde das Küken herunterfallen.

»Aber was ist mit Euch, Mistress Seton?«, fragte er sanft. »Hat sich Euer Leben zu einem brachliegenden Ödland gewandelt, während Ihr all dieses Leben um Euch herum nährt? Wünscht Ihr wirklich, hier für immer zu leben, gefangen wie eine Fliege im Bernstein, während die Welt sich ohne Euch weiterdreht?«

Die Bäume von Mill Spinney glühten in der sinkenden Sonne wie Fackeln. Verrückterweise nahmen ihr Tränen die Sicht, zersplitterten die hellen Blätter in unzählige Bilder, als schüttelte ein nicht spürbarer stummer Wind sie.

Juliet stieß ein gebrochenes Lachen aus. »Ich bin ein Huhn

oder vielleicht eine Füchsin; eine Rose oder vielleicht ein Dorn; und jetzt auch noch ein fossiles Insekt?« Ihre Stimme klang rau von Gefühlen. »Welch herrliche Mischung von Bildern! Und was seid Ihr, Mr. Granville, außer einem aufdringlichen, lasterhaften Fremden, der meine Zeit für sein oberflächliches Amüsement stiehlt?«

Noch ein flüchtiges Streicheln seiner Fingerspitzen. Dann verließ die weiche Wärme ihre Halsbeuge. Er nahm das andere Küken aus ihren Händen und hockte sich hin, um beide in den Pferch zurückkehren zu lassen. Gackernd trieb die Mutterhenne ihre Brut zusammen und führte sie alle davon, Bälle von Daunen stolperten und hüpften auf rosafarbigen Krallen durch den groben Schmutz.

»Ihr habt das Recht dazu«, sagte er. »Ich bin keine Bedrohung für Euch. Ich werde Euch nicht wieder berühren, es sei denn, Ihr bittet mich darum.«

»Ich werde nie darum bitten!«

»Dann habt Ihr wahrhaftig keinen Grund zur Besorgnis.«

Ihre Hände schlossen sich unwillkürlich um das raue Holz an ihrem Rücken, als könnte sie sich nur so aufrecht halten. »Ha! Ihr besteht allein aus Äußerlichkeiten, seid ohne Rückgrat – nicht anders als ein Schmetterling, der durch einen Garten gaukelt, und auf jeder Blume einen Augenblick lang verweilt, ehe er weiterfliegt. Warum sollte seine funkelnde Spur irgendeinen bleibenden Eindruck auf den Blütenblättern hinterlassen?«

Alden schaute zu ihr auf, auf das glänzende kastanienbraune Haar, auf den Schwung ihres Nackens, auf die langen Wimpern, die Schatten auf ihre Wangen warfen. Sie hatte so sehr allein und tüchtig gewirkt in ihrem blauen Kittel, das flauschige Küken in ihren rauen Händen. Und er hatte das gefährliche Gefühl der Zärtlichkeit empfunden.

Er fühlte es jetzt wieder.

Er wollte die reiche Fülle ihres seidigen Haares fühlen, wollte ihren blassen Nacken dort küssen, wo eine dünne Goldkette über dem Ausschnitt ihres Kittels hervorblitzte. Er wollte ihr Trost und Schutz anbieten: sie zu halten, sanft und nachgiebig, wie ein Küken geschmiegt in seine Hände.

Doch das wäre viel zu teuer erkauft! An der Goldkette hing zweifelsohne das Medaillon, für das er seine Zukunft verwettet hatte. Bis zum Freitag blieben nur noch wenige Tage. Welch glückliche Fügung, dass auch das Verlangen sich rührte. Die bloße Befriedigung seiner Lust passte ohnehin weitaus besser in seine Pläne als dieses seltsame Gefühl von Zärtlichkeit.

Würde sie ihm erlauben, die Tränen fortzuküssen?

Bald.

Würde sie ihn bitten, sie hinüber unter die Eiche zu tragen? Würde ihr blauer Kittel sich um ihre langen nackten Beine bauschen, wenn er sie in das Gras legen würde?

Bald. Bald.

Ihr Mund lud seinen ein, so wie die Blüten der Zuckererbsen die Bienen einluden.

Heißes Verlangen wurde zu einem verzehrenden, drängenden männlichen Bedürfnis. *Noch ein paar Tage*, sagte er sich. *Ein paar Tage!* Jetzt war die Zeit, ihr Sicherheit zu geben, ihr Vertrauen zu gewinnen, sodass er seinen Vorteil würde nutzen können, wenn sie ihre Wachsamkeit aufgab.

Doch etwas störte ihn noch. Nichts, dem er einen Namen geben könnte, doch es fühlte sich an wie ein vages Unbehagen. Er ignorierte dieses unbekannte Gefühl und stand auf, um zu den Bäumen zurückzugehen und seinen Rock zu holen.

»All das zarte Leben, das Ihr hegt und pflegt, ist hier ganz sicher«, bemerkte er. »Wir sind nur zufällige Bekannte, die ein wenig Zeit miteinander verbringen – ein Ruhetag, wenn Ihr so wollt, den ich zufällig mit Euch teilen kann. Ich hoffe sehr, Euch zu amüsieren. Es war nie meine Absicht, Euch Kummer zu bereiten.«

»Ihr habt nicht die Macht, mir Kummer zu bereiten, Sir.« Juliet hatte den Kopf abgewandt. Er konnte ihr Gesicht nicht sehen. »Ihr seid hier so fehl am Platze wie ein Seidenfächer in der Hand eines Kuhhirten. Viel zu exquisit für einen so bescheidenen Ort wie diesen!«

Trotz des noch warmen Wetters zog er seinen Gehrock an und arrangierte sorgsam die Manschetten. Als er sprach, ließ er seine Stimme absichtlich unbeschwert und neckend klingen. »Dann darf ich Euch also die Freude zuteil werden lassen, meine verruchte städtische Dekadenz mit Euren ehrlichen Werten des Landlebens vergleichen zu können. Den Seidenfächer habt Ihr ohne Frage nur angeführt, um mich zu amüsieren – denn wenn nicht, fürchte ich, wäre es eine Absurdität.«

»Oh, *das* werde ich niemals glauben!« Ihre Füße bewegten sich so anmutig wie die einer Tänzerin unter ihrem abgetragenen blauen Kittel. Ihr Gesicht zeigte ein breites Lächeln – das Lächeln einer Lady, die zum Triumph entschlossen war. »Ich denke, ich habe genug von Hühnern, Sir. Lasst uns Schach spielen. Dort könnt Ihr mich dann in der Tat unterhalten, denn dieses Mal habe ich vor zu gewinnen.«

Er spielte ein provozierendes Spiel, denn er ließ Juliet ihre Netze ausbreiten, um diese dann raffiniert wieder zu zerstören. Sie konzentrierte sich bis aufs Äußerste, dennoch war er dabei zu gewinnen – sie wusste es nur noch nicht. Trotz des Verdachts, den Juliet hegte, und trotz ihres Widerstands war sie großzügig: ein feiner, edelmütiger Charakter, den es aus irgendeinem Grund hierherverschlagen hatte, an diesen rückständigen Ort. Ihre Freude jedes Mal, wenn sie seinen König fast eingekreist hatte, war offensichtlich. Sie schien diesen Augenblick mit der Unverstelltheit eines Kindes genießen zu können. Hatte sie ihm vergeben, dass er sie mit dem konfrontiert hatte, was zwischen ihnen geschah? Hatte sie vergessen, dass er sie absichtlich fast zum Weinen gebracht hatte?

Offensichtlich wusste sie, dass mit ihr gespielt wurde, und tappte dennoch direkt in seine Falle. Der Fuchs tanzte und kobolzte im Mondlicht. Die Beute war so gut wie gefangen und würde sich letzten Endes voller Entzücken geschlagen in Reineckes sanfte Pfoten ergeben. Zählte es, dass der Fuchs seiner animalischen Natur folgte? Am Freitag würde er Mistress Seton für seine Zwecke benutzen und sie danach verlassen. Aber er wollte wenigstens dafür Sorge tragen, dass ihre Hingabe bereitwillig und leidenschaftlich geschah.

Alden sah sie unter niedergeschlagenen Lidern an. Es war heiß in der Laube, die Luft war drückend und ohne jeden Hauch. Ersterbendes Sonnenlicht spielte in ihrem Haar und zauberte ein harmonisches Farbenspiel aus Rot und Braun darauf. Es glänzte wie Kieselsteine in einem Flussbett. Sie hatte ihren Kittel abgelegt und trug jetzt ein schlichtes Alltagskleid.

Meshach und Shadrach hatten es sich zu seinen Füßen bequem gemacht. Von Zeit zu Zeit streckte Alden die Hand hinunter, um der getigerten oder der ingwerfarbenen Katze den Kopf zu streicheln. Abednego lag außerhalb seiner Reichweite zusammengerollt ein kleines Stück hinter ihm. Dort, wo ein paar Weinranken sich von ihren Streben gelöst hatten und auf den Boden herabhingen, hatte er sich ein behagliches Bett daraus gebaut.

Mit einer unbewusst eleganten Geste legte Juliet die Hand an ihr Schultertuch, um es ein wenig zu lockern und ihrer feuchten Haut Kühlung zu verschaffen. Aldens Aufmerksamkeit konzentrierte sich auf das Weiß ihres Halses, auf die Wölbung ihrer Brüste. Verlangen stieg in ihm auf, drängend und überwältigend, und er fühlte sich fast wie ein schüchterner Junge, der auf Gedeih und Verderb seinem rasenden Puls ausgeliefert war. Er zwang seine Gedanken zurück zu der kühlen, logischen Analyse der Schachpartie und auf das Spiel der Verführung, die er beide gleichermaßen abwägend begonnen hatte.

»Wenn Ihr gewinnt«, sagte er, nachdem er einen Läufer geopfert hatte, »was würdet Ihr von mir verlangen?«

»*Wenn* ich gewinne!«

Seine Erwiderung klang fast mechanisch, so sehr hatten ihn die sinnlichen Bilder abgelenkt, die wie aus dem Nichts aufgetaucht waren. »Nun gut. Wenn Ihr gewinnt.«

»Ich glaube, ich werde Euch um gar nichts bitten. Schließlich seid Ihr ausgelaugt, erschöpft! Ihr habt niemals etwas anderes gekannt als Euer Vergnügen. Wollt Ihr mir sagen, das sei nicht wahr?«

»Ich bin ernst, wenn eine seltene Gelegenheit dies erfordert, aber ich bin ein Meister in Sachen Vergnügen.«

Juliet legte die Hand flach auf den Tisch. Seine Aufmerksamkeit richtete sich sofort darauf, und es gelang ihm nicht, das Bild zu verdrängen, das er plötzlich vor sich sah – ihre Hände auf seiner nackten Haut.

»Und Ihr denkt, ich sollte aus diesem meisterlichen Können meinen Nutzen ziehen?«

»Natürlich, Ma'am. Es steht ganz zu Eurer Verfügung.«

»Dann räume ich ein, dass es ein Vergnügen ist, mit Euch Schach zu spielen, Sir, selbst wenn Ihr dabei seid, auch diese Partie zu gewinnen.«

Alden lehnte sich zurück, der Humor in ihrer Stimme überraschte ihn. »Bin ich das?«

Sie lachte. »Natürlich! Ich kann mich schon jetzt nicht mehr retten, nicht wahr?«

Er zog den Damenturm. »Schach. Nein, das könnt Ihr nicht.«

Sie tippte ihren König mit der Fingerspitze an, sodass er umfiel. »Dann gebe ich dieses Spiel auf. Ihr tätet jedoch gut daran, nicht zu vergessen, dass Ihr, auch wenn Ihr jede Schlacht zu gewinnen scheint, niemals den Krieg gewinnen werdet.«

Alden lächelte sie bedächtig an. »Ich führe keinen Krieg, Ma'am. Ich habe eine Verführung im Sinn. Ob ich Erfolg habe oder ob ich versage, was immer auch das Ergebnis ist, Ihr werdet bei diesem Spiel die Gewinnerin sein.«

Wie ein Blitz aus weißem Fell landete Abednego auf dem Spielbrett und warf die Figuren durcheinander. Juliet sprang auf. Die anderen Katzen begannen, die Bauern, Türme und Läufer zu jagen, die vom Tisch gefallen waren und über den gepflasterten Weg rollten. Für einen Moment herrschte das reine Katzenchaos.

Juliet brach in Lachen aus und akzeptierte, dass er sich hinkniete, um die verlorenen Figuren aus dem Durcheinander jagender Katzen zurückzuholen. Alden erhaschte dabei einen Blick auf ihre Knöchel – und er sah keinen Grund, den daraus resultierenden wachsenden männlichen Appetit nicht zu genießen. Doch sein Verlangen schien sich in etwas Geheimnisvolles, vielschichtigeres Unbekanntes gewandelt zu haben. Ein seltsames Gefühl umfing plötzlich sein Herz, ein Gefühl, für das er keinen Namen kannte: Heiterkeit, Lust und jener starke Wunsch nach Zärtlichkeit, unerwartet und subtiler, als er es sich erklären konnte.

Alden setzte sich zurück auf seine Fersen und schaute zu Juliet hoch. »Es könnte falsch gewesen sein, dass wir uns auf ein so leichtfertiges Gerede über Füchse eingelassen haben, Ma'am. Eure Katzen haben eine weit bessere Begabung für Durcheinander.«

»Nein«, erklärte Juliet, die an ihrem Lachen fast erstickte. »Unser Gespräch über Füchse war sehr wertvoll für mich. Und da Ihr die Schachpartie gewonnen habt, könnt Ihr jetzt die Erfüllung eines Wunsches verlangen.«

Alden erhob sich und stellte die Schachfiguren auf den Tisch. Die Katzen verschwanden.

Sie zog die Augenbrauen hoch. »Ich warte. Ich erwarte etwas Extravagantes.«

Er ließ die Figuren eine nach der anderen in ihren Kasten fallen. »Extravagant, Ma'am?«

»Im Gegenzug zu Eurer Herkules-Aufgabe auf meiner Wiese ...«

»Extravagant«, wiederholte er, um seine Gedanken zu sammeln. »Ja, wenn Ihr das wollt. Doch was ich im Sinn habe, ist ganz einfach. Wir werden morgen Schach spielen und tun, als wären wir in Italien.«

Sie sah verwirrt aus. Was hatte sie erwartet? Dass er um etwas bitten würde, was sie leicht und in Ehren hätte abschlagen können? Oder dass er sie ohne Umschweife um ihre Gunst bitten und sich ebenso leicht zurückweisen lassen würde?

»Jetzt *bin* ich überrascht«, sagte sie.

Alden verneigte sich leicht. »Was ich mir wirklich wünsche, darum würde ich niemals bitten. Ich bin zufrieden zu warten, bis Ihr es anbietet.«

»Was niemals geschehen wird.«

Alden wandte den Blick ab und ließ ihn über den sorgsam gehegten Garten gleiten. Alles darin war irgendwie von Nutzen, doch die schwelgerische Blumenpracht zeugte von der Sehnsucht nach Schönheit, sogar nach Leichtsinn – oder waren auch sie alle zu etwas gut, so wie die Schlüsselblumen, die zu Wein wurden?

Er hatte keine Ahnung.

Das ganze Anwesen sprach von unaufhörlicher Mühe. Warum nahm sie das auf sich? Die meisten Witwen, besonders solche ihres Aussehens, würden sich beeilen, wieder zu heiraten. Stattdessen vergrub sie sich in diesem Dorf und lebte allein. Das bewies eine große Menge an Mut, doch Alden konnte es nicht verstehen, so sehr er es auch wollte. Aber wie könnte er das auch, wenn er dabei war, seinen Plan umzusetzen. Himmel, er benahm sich wie ein Mondkalb! Sie war nur eine Frau. Welchen Schaden könnte er ihr schon verursachen, wenn er ihr zu ein paar lustvollen Stunden verhalf?

Er wandte sich ihr wieder zu und verneigte sich erneut, dieses Mal in der vollendeten Verbeugung, wie sie am Hofe gefordert wurde. »In dem Fall lasst uns also nach einem unschuldigeren Zeitvertreib suchen. Euer Gesicht strahlte auf wie eine Lampe, als ich Italien erwähnte. Ich kann Euch nicht dorthin entführen, also gestattet mir, ein wenig von dessen Flair hierherzubringen. Befolgt einfach nur die Anweisungen, die ich Euch senden werde, und trefft mich morgen, wenn die Sonne untergeht.«

Juliet schien misstrauisch zu sein, doch noch etwas anderes flammte in ihren Augen auf – eine Sehnsucht, eine intensive Neugier. Es rührte ihn.

»Also gut«, meinte sie. Es klang ein wenig atemlos.

»Und meine Aufgabe? Welche Aufgabe habt Ihr für mich?«

»Welche Aufgaben könnte ich noch nennen, jetzt, da ich drei Hausmädchen habe? War das Eure Absicht, als Ihr sie mir schicktet?« Ihre Stimme spottete. »Ihr denkt, Ihr könnt Eure Schuld so leicht abtragen?«

»Ganz und gar nicht. Ihr könnt mich um alles bitten.«

»Dann ist mein Wunsch folgender: Ich möchte eine Ananas.«

In Anbetracht dieser unerwarteten Aufgabe lachte er. »Ich bin überwältigt«, erklärte er. »Aber wozu?«

»Um sie zu essen. Es ist meine Lieblingsfrucht.«

»Wo sollte ich so etwas auftreiben?«

»In London? Wenn ich sie habe, könnt Ihr Euren Wunsch einfordern. Dann werden wir unseren Abend in Italien verbringen.«

»Die Suche nach dieser Frucht wird mich sicherlich von Manston Mingate fortführen.«

»Genau das ist die Absicht«, erwiderte Juliet.

Er verneigte sich erneut vor ihr: Es war eine höchst übertriebene Verbeugung, mit Schnörkeln und Gesten und einem gekonnt eingesetzten Taschentuch. Diese Verbeugung hatte einst eine Lady veranlasst, auf der Stelle in Ohnmacht zu fallen.

»Ich fürchte, Ma'am, Ihr werdet mich eine weitere Nacht den Schlaf kosten.«

»Was wollt Ihr mit Schlaf, Sir?« Juliet wandte sich mit einer Bewegung ab, als trüge sie einen Reifrock statt eines schlichten Tageskleides und als würde sie ihn mit einem Winken eines imaginären Fächers entlassen. »Vergebens von mir träumen?«

Kapitel 5

Es war dunkel, als er in Gracechurch Abbey eintraf. Sherry würde schon lange im Bett sein. Trotzdem ging Alden gleich in das Kinderzimmer hinauf. Er sprach leise mit dem Kindermädchen, das ihm versicherte, dass der Junge bei bester Gesundheit war, dann öffnete er lautlos die Tür zum Schlafraum und trat ein. Das Kind schlief, das blonde Haar von Schatten bedeckt, eine Hand ausgestreckt auf dem vom Mondlicht beschienenen Kissen. Ein Küken, hilflos im Schlaf.

Alden starrte minutenlang auf das Kind hinunter. Was würde mit dem Jungen geschehen, wenn Sir Reginald Denby sich Gracechurch nahm? Wenn Alden nach Paris fliehen und versuchen würde, seine Verluste an fremden Spieltischen wettzumachen? Er könnte Sherry wohl kaum mitnehmen. Doch wie könnte eine namenlose Waise ohne einen Beschützer auf dieser Welt überleben?

Er widerstand dem Wunsch, die blonden Haare zurückzustreichen, die Sherry in die Stirn gefallen waren. Wäre er vor die Wahl gestellt, entweder das Kind oder Juliet Seton opfern zu müssen, lag die Antwort für ihn ganz klar auf der Hand. Alden glaubte sogar, dass sie es verstehen würde, wenn sie davon wüsste.

Schweigend verließ er die Schlafkammer und ging nach unten in sein Arbeitszimmer.

Als Erstes schickte er nach seinem Obergärtner. Ihre Unterhaltung war kurz. Der Mann kam herein und berührte zum Gruß mit dem gekrümmten Zeigefinger seine Stirn. »Mylord?«

»Ich brauche eine Ananas, Mr. Appleby.«

Der Gärtner kratzte sich den grauhaarigen Kopf. »Ich habe dieses Jahr keine Ananas gezogen, Mylord, weil Euer Lordschaft gewöhnlich nicht anwesend …«

»Hat meine Mutter welche im Witwenhaus?«

Mr. Applebys Gesicht leuchtete auf. »Nun, Ihre Ladyschaft könnte welche haben, Mylord. Soll ich jemanden hinschicken und fragen lassen?«

»Ich werde selbst gehen. Inzwischen schickt bitte einen Lakaien nach Mr. Primrose.«

Der Obergärtner berührte noch einmal seine Stirnlocke und ging.

Peter Primrose lächelte, als er eintrat. Er verneigte sich kurz vor Alden. »Lord Gracechurch. Ich hoffe, ich sehe Euch bei Wohlergehen, Mylord?«

»Wie ich hoffentlich Euch auch, Sir. Kommt und nehmt Platz.« Alden wies auf die beiden bequemen Sessel, die zu jeder Seite des Kamins standen. In den Augenwinkeln des Lehrers kräuselten sich bereits feine Falten, verursacht durch die langen Jahre des Lesens und verstärkt durch häufiges Lachen. Peter kleidete sich unauffällig, doch in Seide und Spitzen gepackt würde er leicht als Lord durchgehen. Alden konnte ihn gut leiden.

»Sherry kommt mit seinem Lehrstoff gut voran?«, fragte er.

»Er ist sehr gescheit, Mylord. Er liest besser als viele Jungen, die doppelt so alt sind wie er. Besonders Griechisch mag er …«

»Ja, seit Ihr die Neuinszenierung der trojanischen Kämpfe in seinen Homer eingestreut habt und die draußen in den Büschen stattfinden. Er hat es mir berichtet, als ich das letzte Mal hier war. Sherry kann jedes Aufeinandertreffen von Achilles und Hector wiedergeben und den Dialog auf Griechisch ergänzen.« Es war fast zu leicht, in die Rolle des verantwortlichen Herrn des Hauses zu schlüpfen, so, als wäre nichts in Unordnung geraten, als hätte er nicht bereits die Zukunft des Kindes riskiert.

Peter lächelte. »Kein Knabe macht Fortschritte, wenn man ihn mit der Peitsche an seine Bücher treibt …«

Alden ging durch das Zimmer. »Himmel, Sir! Ihr müsst mich

nicht überzeugen. Deshalb habe ich Euch doch eingestellt. Ich habe während meiner eigenen Schulzeit genügend Zusammenstöße mit dem Rohrstock gehabt. Aber besser gelernt habe ich deswegen nicht.« Ein kleiner Schauder lief Alden den Rücken hinunter. Ohne zu denken, sprach er eine Sorge aus, über die er zuvor nie nachgedacht hatte. »Doch ich fürchte, Euer Verständnis wird Sherry nicht ausreichend auf die Welt draußen vorbereiten.«

Kerzenlicht fiel auf das gepuderte Haar des Lehrers, als dieser den Kopf wandte, und ließ es silbern aufschimmern. »Ich möchte dem nicht zustimmen, Mylord. Das Kind entwickelt Selbstvertrauen und das Bewusstsein seines eigenen Wertes, und das wird es fähig machen, jedem Maulhelden die Stirn bieten zu können. Indem man den Jungen die Hälfte seines Tages draußen verbringen lässt, wird er groß und kräftig. Die Welt wird ihn nicht aus der Ruhe bringen – selbst wenn Ihr ihn auf eine Schule schickt, wenn er älter ist.«

Alden verdrängte diese Befürchtung und kam auf seine grundsätzliche Sorge zu sprechen. »Seine Abstammung kann ich nicht schönreden, Sir. Er wird immer der Bastard eines unbekannten Vaters sein.«

»So wie ich es war.« Peter legte die Hände aneinander, stützte das Kinn auf die Fingerspitzen und grinste. »Ich hatte das Glück, zum Gentleman erzogen zu werden, auch wenn es in dem Fall kein Viscount war und keine Erwartungen an diese Gönnerschaft gebunden waren.«

Erwartungen! Natürlich, er musste sie erfüllen. Es war undenkbar, dass er es nicht tat! »Ich hätte kaum anders handeln können, Mr. Primrose.«

Der junge Mann errötete, als bemerkte er, dass es ungehörig sein könnte, zu offen mit seinem Arbeitgeber zu reden, auch wenn Alden ihn immer ermutigt hatte, seine Gedanken zu äußern. »Mylord, seid Ihr Euch gänzlich unbewusst, wie außerordentlich großzügig es unter den gegebenen Umständen ist, dem Jungen hier ein Zuhause zu geben?«

Alden unterdrückte die leichte Verärgerung über diese Frage – denn die Antwort war absolut und eindeutig für ihn. »Sherry ist hier geboren«, erwiderte er nur. »Wo sonst sollte er leben?«

Bis zum Witwenhaus waren es zwei Meilen. Alden ritt den dunklen Pfad entlang, der durch den Wald führte. Er lauschte auf den Ruf einer Eule, der hin und wieder erklang, und das antwortende Geraschel der Tiere der Nacht im Unterholz. Trieb sich dort auch ein Fuchs auf Raubzug herum? Verharrten die Mäuse und anderen Nager in Schweigen, wenn Reinecke vorbeitrottete?

Juliet war wie eine Wildkatze, sinnlich und wild, die es vorzog, im einsamen Moor allein auf die Jagd zu gehen. Ihr Herumstreifen durch die Nacht würde eine eigene Spur der Beunruhigung hinterlassen, packend und grimmig. Es sei denn, die Wildkatze war für den Fuchs eine ebenbürtige Partnerin, was Listigkeit anging – besonders dann, wenn der Fuchs ein Junges zu beschützen hatte. Würde sie um ihn trauern, nachdem er sie verlassen hatte? Oder würde sie ohne einen zweiten Gedanken an ihn in ihr einsames Leben zurückkehren?

Er war nicht sicher, welche Frage ihn am meisten störte.

Das Witwenhaus war vom Erdgeschoss bis unters Dach erleuchtet. Alden verdrängte seine bedrückenden Gedanken und schaute an der Fassade hinauf. Seine Mutter ging immer spät schlafen, auch wenn sie auf dem Lande weilte. Sie blieb bis drei Uhr morgens wach und schlief dann bis zum Mittag. Auch das war ein Teil des Trümmerhaufens, der nach dem Tod seines Vaters geblieben war, für den Alden finanziell jedoch nicht verantwortlich war. Seine Mutter verfügte über ein eigenes unabhängiges Einkommen. Ihr Sohn trug zwar die Last, sich um ihre Angelegenheiten zu kümmern, nicht jedoch die Verpflichtung, sie finanziell zu unterstützen.

Ein Lakai ließ ihn ein. Alden ging durch das Haus und klopfte an die Tür zum Boudoir seiner Mutter. Er hörte ihre leise gerufene Antwort, öffnete die Tür und trat ein.

Lady Gracechurch ruhte in einer Wolke aus weißer Seide und weißen Spitzen auf einer Chaiselongue. Schuhe mit hohen Absätzen spähten, auf ein besticktes Kissen gestützt, unter dem Saum ihres Kleides hervor. Immer noch hübsch und mädchenhaft, trug sie ihr gepudertes Haar hochfrisiert und mit Schleifen und Büscheln aus Seidenblumen geschmückt. Es hätte lächerlich wirken können, aber bei der Witwe wirkte dieser Stil einfach nur charmant.

»Alden«, bemerkte sie ohne irgendeine andere Begrüßung. »Zünde noch eine Kerze an. Oh, und reiche mir mein Tuch.« Ihre Stimme war der Inbegriff klagenden Grolls. »Du bist seit einer Ewigkeit nicht mehr hier gewesen, um deine Mama zu besuchen. Ich wurde sehr, sehr vernachlässigt. Niemanden kümmert es, was aus mir wird.«

Alden zündete alle Kerzen eines Leuchters an und legte seiner Mutter das gewünschte Tuch um die Schultern. »Mama, ich besuche dich jede Woche, und ich hatte das Vergnügen deiner Gesellschaft gerade erst vergangene Nacht, als ich dich bat, mir eine tüchtige Zofe auszuleihen. Du bist wohlauf, hoffe ich?«

Sie schürzte die Lippen. »Ganz und gar nicht! Mir ist höchst unwohl. Ich erinnere mich nicht an irgendeine Zofe.«

»Kate Winsley. Du hast sie engagiert, damit sie bei deiner Garderobe hilft, aber deine Zofe Polly hat eingewandt, dass sie keine Hilfe braucht. Kate lief Gefahr, entlassen zu werden.«

»Oh, die! Es ist heutzutage ein solches Problem, eine tüchtige Hilfe zu finden. Hast du mir aus London ein Geschenk mitgebracht?«

Alden streckte seine leeren Hände aus. »Leider komme ich nicht aus der Stadt, Mama. Aber ich werde dir ein Geschenk voller Esprit machen, wenn du magst.«

Er konnte ihr Parfüm riechen, als sie die Stirn runzelte – es wirkte ein wenig aufdringlich. »Welche Art Geschenk ist das? Ist es eine neue Sorte Bonbons?«

Nicht zum ersten Mal fragte Alden sich, wie er zu seinem Verstand gekommen war – bei einer so naiven Mutter wie seiner. »Lass es gut sein, Mama. Ich werde dir nächstes Mal ein Geschenk mitbringen.«

Sie lehnte sich zurück. »Es ist das Mindeste, was du für deine arme Mama tun könntest. Es war der schlimmste Tag meines Lebens, als ich herausfand, dass ich deinetwegen zunehmen würde.«

Alden wollte verdammt sein, wenn er noch einmal darüber reden wollte. »Ich bedaure, dass meine Empfängnis dir Kummer bereitet hat, Mama. Ich konnte nichts dafür ...«

Glücklicherweise wechselte sie das Thema, als sie sich aufrichtete und mit dem Finger auf seine Brust wies. »Du bist direkt von diesem Jungen hierhergekommen, nicht wahr? Ich schwöre, du wirst mir noch das Herz brechen!«

Alden ging ruhelos durch das Zimmer. »Mama, wir haben darüber schon zuvor gesprochen. Du wirst meine Meinung nicht ändern. Ich weiß, Sherrys Anwesenheit auf Abbey ist schmerzlich für dich, aber er ist ein unschuldiges Kind.«

Lady Gracechurch legte die gepflegte Hand auf ihren Mund und schloss die Augen. »Schmerzlich! Das Wissen um seine Existenz ist für mich, als würde ich von einem Dornenbusch zerrissen. Und jetzt stellt er sich zwischen uns – zwischen Mutter und Sohn!«

»Es ist deine Entscheidung, Mama. Wenn du ihm einen Besuch gestatten würdest, vielleicht würdest du dann erkennen, dass ...«

Sie brach – auf dem Sofa ruhend – melodramatisch zusammen. »Als Nächstes wirst du mir sagen, er sei ein liebenswertes Kind, das Ebenbild von ... Oh, ich kann es nicht über mich bringen, ihren Namen auszusprechen! Mrs. Sherwood! Das alles war genug, mir den Verstand zu rauben, und dann hätte dein Papa mich als Irrsinnige wegschließen lassen können. Das ist es, was er immer geplant hat. Der Duke of Gessham hat genau das seiner Frau angetan, und sie war eine Duchess. Dass ich fortgeschickt werden sollte, um mit gebrochenem Herzen und wie ein wildes Tier eingesperrt zu werden!«

Alden reichte ihr ein spitzengesäumtes Taschentuch, als sie zu schluchzen begann. »Ich bin überzeugt, dass es sehr schwer für dich war, Mama, aber Vater hätte dich nie wegschließen lassen.«

»Dich kümmert es nicht, was ich durchgemacht habe. Was geschehen ist – und alles wegen dieser Frau! In all diesen Jahren, in denen du in Italien warst, während ich jeden Morgen beim Frühstück der Geliebten meines Ehemannes gegenübersitzen musste.«

Dem konnte Alden nicht widersprechen, auch wenn er jegliche Sympathie für seinen Vater empfand. Er erinnerte sich an Mrs. Sherwood, eine stille, attraktive Witwe, die als Mutters Gesellschafterin ins Haus gekommen war, unmittelbar bevor Alden England verlassen hatte. Ohne jede Frage war sie fast sofort Vaters Geliebte geworden und das fünf Jahre geblieben. Dann hatte sie sich aus irgendeinem unerfindlichen Grund während eines Besuches in London einen weiteren Liebhaber genommen und ein Kind von diesem empfangen – eine Tatsache, die sie vor Lord Gracechurch verborgen hatte, bis es zu spät gewesen war.

»Kannst du so gar kein Mitleid für ein verwaistes kleines Kind empfinden, Mama? Sherry wird niemals den Namen seines Vaters wissen.«

Diese Worte lösten nur eine Flut von Tränen aus. »Die Männer sind alle gleich! Sogar meine eigenen Söhne! Niemand kümmert sich um mich. Diese Last, die mir von dieser bösen, bösen Frau aufgezwungen wurde! Oh, mir ist schrecklich, schrecklich unwohl!«

Alden betätigte die Klingel, die auf dem Tisch stand. Es war unmöglich, seine Mutter dazu zu bewegen, ruhig über dieses Thema zu reden. Doch sie schien das Rätsel auch zu genießen, wie ein Kind mit einem Geheimnis.

Ein Mädchen öffnete die Tür und knickste.

»Tee für Ihre Ladyschaft«, sagte Alden. »Und einige Apfelsinenbiskuits.«

Mama lächelte ganz plötzlich wieder und trocknete sich die Augen. »Du lieber Junge! Wie konntest du wissen, dass Apfelsinenkuchen mein Lieblingsgebäck ist?«

Alden beugte sich vor, nahm ihre Hand und küsste sie. »Sie sind dein Lieblingsgebäck, solange ich auf der Welt bin, Mama.«

»Oh.« Sie kicherte, zog aber gleich wieder einen Schmollmund. »Nun, ohne Zweifel kennst du auch das Lieblingsessen dieses Jungen, nicht wahr?«

Frische Kirschen und Eis und Rosinenkuchen. »Eigentlich nicht«, erwiderte Alden diplomatisch. »Sein Kindermädchen und sein Lehrer kümmern sich um seine Bedürfnisse.«

»Er hätte niemals geboren werden sollen. Du hättest ihn fortschicken sollen.«

Alden atmete tief durch. »Ich kam aus Italien zurück, und Vater war tot. Dir war unwohl, und du wolltest nicht mit mir reden. Ich musste vom Butler von Mrs. Sherwoods Tod erfahren. Zwei Wochen, nachdem du hierher in das Witwenhaus gezogen warst – was du vorziehen würdest, wie du sagtest –, entdeckte ich einen Säugling im Kinderzimmer. Die Hausmädchen haben mir nicht davon berichtet, weil sie fürchteten, ich könnte ihn der Gnade des Pfarrbezirks überlassen. Ein *Säugling*, Mama!«

»Die Welt ist voll von Babys, tausenden von ihnen!«

»Aber dieser eine oblag mir. Er ist meine Verantwortung.«

»Mrs. Sherwood war deinem Vater untreu. Ich dachte, sie wäre meine Freundin. Ist das etwa keine Undankbarkeit?«

Er sah nicht ganz die Logik dessen, aber schließlich war Logik noch nie die Stärke seiner Mutter gewesen. »Du hättest es lieber gesehen, sie wären einander treu geblieben, Mutter? Warum?«

Ein Klopfen an der Tür kündigte das Eintreffen des Tees an, begleitet von dünnen Waffeln aus gepressten Orangen und Zucker – genau die Art von übersüßem Konfekt, die Alden hasste. Er zwang sich, zwei davon zu essen, während seine Mutter den Rest verspeiste.

»Oh, ich wünschte, ich wäre nie geboren worden! Kein Wunder, dass du nicht heiratest, mit einem solchen Beispiel vor Augen!«

»Vermutlich hast du recht, Mama. Darf ich dir jetzt einen Gutenachtkuss geben?«

»Du willst schon gehen? Oh, nimm dir etwas mit. Was immer du möchtest!«

Er stand auf und beugte sich über ihre Hand: die großzügige Mutter, die ihn – vielleicht – liebte. »Danke, Mama. Du bist sehr freundlich. Ich habe vor, dein Gewächshaus zu plündern, natürlich nur mit deiner Erlaubnis.«

Sie winkte kurz und schloss die Augen. »Nimm dir, was du möchtest. Wirklich, ich habe Babys nie leiden können ...«

Alden schlüpfte aus dem Zimmer.

Juliet wurde am nächsten Morgen von einem leisen Geräusch geweckt. Sie hatte wieder geträumt. Ein goldener Mann hatte ihr seine Hände hingestreckt, die etwas Geheimnisvolles und Kostbares umschlossen hielten, etwas, wonach sie sich immer gesehnt hatte. Sie schaute sehnsüchtig in seine Hände, um den Schatz ...

Kate stand neben ihrem Bett, einen Krug in der Hand. »Ich hoffe, Ihr habt gut geschlafen, Ma'am.«

Was hatte er gehalten ...? Die schwer fassbaren Bilder verblassten.

Juliet schaute zum Fenster. Kate hatte bereits die Fensterflügel geöffnet. Es war helllichter Tag. Sie hatte lange geschlafen, etwas, was sie niemals tat! Aber jetzt, gerade heute – dank ihm – war es egal. Sie hatte drei zusätzliche Hausmädchen.

»Ich habe heißes Wasser gebracht, Ma'am.« Kate machte einen kleinen Knicks. »Und das Frühstück.« Das Mädchen wies mit einem Kopfnicken zum kleinen Tisch an der Tür. »Es ist ein wunderbarer Morgen. Es verspricht heute wieder hübsch heiß zu werden.«

Juliet setzte sich auf und schlang die Arme um die Knie. Eine warme Brise regte sich draußen und trug den Duft des Gartens und des entfernt liegenden Waldes in ihre Schlafkammer. Einen Moment lang dachte sie sich zurück in das Haus ihres Vaters. Gedankenverloren, als hüllte die Geborgenheit ihres Traumes sie noch ein, ließ sie Kate Wasser in die Schale gießen, um sich die Hände und das Gesicht zu waschen. Auf einem Tischchen mit kurzen Beinen stellte das Mädchen dann das abgedeckte Tablett auf Juliets Schoß, die sich erinnerte, aus ihrer Kindheit ein ähnliches zu kennen.

Das Tablett war mit einem feinen Leinentuch hergerichtet. Juliet hob eine Ecke an und betrachtete es: Es waren ein ihr unbekanntes Wappen und der Buchstabe *G*.

Kate zog das Tuch fort.

In einer Ecke des Tabletts sah sie eine Karte, festgesteckt zwischen zwei Schachfiguren: einem weißen König und einer schwarzen Dame. Die Dame fiel um, als Juliet die Karte an sich nahm.

Die Handschrift war die eines Mannes und wirkte fest und entschlossen:

Madam, Euer Wunsch ist mir Befehl – G.

Juliet lachte, als sie die Karte beiseite legte. *Etwa auch im Bett?* Sie fühlte sich angesichts der extremen Gegensätzlichkeit ihrer Gefühle wie gelähmt: ein plötzliches Schwindel erregendes Entzücken, auf seltsame Weise vermischt mit einem bittersüßen Gefühl von Verlust. Ihre Gedanken wirbelten durcheinander. *Euer Wunsch ist mir Befehl.* Waren es die Worte des Geistes aus *The Arabian Night's Entertainments?* Das Buch stand irgendwo unten auf dem Bücherregal: *Mille et une Nuit. Tausendundeine Nacht*, in denen eine Braut namens Scheherazade einen Zauber aus Geschichten gewoben hatte, damit ihr Ehemann sie nicht am Morgen hinrichten lassen würde.

Das Tablett war aus Silber, schwer und kostbar. Die Löffel und Messer waren ebenfalls aus Silber, die Griffe mit Gold eingelegt. Juliet nahm einen Löffel auf. Das Gold stellte eine gewundene Gravur dar: G. Alden Granville.

Das alles sprach so deutlich von ihm: die überschwängliche Freude an Schönheit, die Liebe zu sinnlichem Schwelgen – und die verführerische Anspielung, wie ein kleines Blinzeln, durch die beiden Schachfiguren. Eine intime Bewusstheit rührte sich in ihr – fast Schwindel erregend, fast so, als wäre er hier im Zimmer und weckte sie aus einem langen Schlaf.

Euer Wunsch ist mir Befehl.

Sein Wappen wiederholte sich auf der Serviette. Auf einer Seite des Tabletts stand eine flache Kristallschale, in der sich eine voll erblühte rote Rose in ein üppiges Nest aus den weißen Blüten von Zuckererbsen schmiegte. Juliet zog die Rose heraus und roch deren betörenden Duft. Wo hatte er so früh im Sommer eine solche Blume gefunden? Es zeugte von besonderer

Aufmerksamkeit, dass er sich bemüht hatte, solch eine Blume für sie zu finden.

Das Frühstück wurde ihr im Bett serviert. Sie hatte drei zusätzliche Hausmädchen. Verachtenswertes luxuriöses Übermaß! Warum es nicht genießen?

Ein fröhliches Lachen kämpfte um seine Freilassung. Mit Entschlossenheit schluckte Juliet es herunter, doch der Humor tanzte in ihrer Kehle und ließ sie sich ausgelassen fühlen.

Sie steckte sich die Rose hinter das Ohr.

Auf der anderen Seite des Tabletts stand eine silberne Teekanne, aus deren Tülle es sanft dampfte, neben einer Teeschale aus blau-weißem, goldgefasstem Porzellan. In den anderen Schälchen aus feinstem Porzellan befanden sich Erdbeerkonfitüre und Butter und zarte Blätterteigpasteten, die bei der leisesten Berührung zu zerkrümeln drohten. Andere Schälchen waren mit Silberhauben abgedeckt. Juliet hob eine an: Frisch gebackene süße Korinthenbrötchen lagen darunter. Unter einer anderen Eier. Als sie sich vorbeugte, um die verschiedenen Düfte einzuatmen, fiel die Rose aus ihrem Haar. Dabei verlor sie einige Blütenblätter, die in der Butter landeten.

Juliet schlug die Hände vor das Gesicht, als das Lachen sich Bahn brach, verrückt, wie das Freilassen von Monaten, von Jahren der Anspannung. Die Zofe trat vor, als wollte sie die Anstoß erregende Rose entfernen. Juliet kämpfte noch gegen ihre Fröhlichkeit, während sie mit der Hand winkte, um Kate davon abzuhalten.

»Weißt du denn nicht, dass Rosen essbar sind, Kate? Wirklich, gebuttert sind sie besonders gut.« Mit einem Grinsen steckte Juliet sich ein Blütenblatt in den Mund.

Das Mädchen starrte sie mit offenem Mund an. »Nein, Ma'am.« Sie knickste. »Ja, Ma'am.«

»Ebenso wie Eier«, sagte Juliet ernst, »die sehr gut zusammen mit Marmelade schmecken. Danke, Kate. Du kannst gehen.«

Das runde Gesicht formell und starr, knickste Kate erneut und verließ das Zimmer.

Die Fröhlichkeit brach aus Juliet heraus, und sie lachte, bis das Bett wackelte und das luxuriöse Frühstück vom Tablett zu rutschen drohte. Sie hielt den kleinen Tisch mit beiden Händen fest, während Heiterkeit sie schüttelte.

O Mr. Granville, darf ich mir den Mond wünschen? Und würdet Ihr ihn mir bringen, eingeschlagen in Rosen und poliertes Silber? Würdet Ihr mir auch eine ganz neue Vergangenheit schenken? Und eine neue Zukunft, die ganz allein mir gehört?

In der Mitte des Tabletts stand eine weitere Schale, deren Inhalt ebenfalls unter einem Deckel verborgen war. Sobald das heftige Lachen zu einem Schmerz in ihrer Seite erstarb, hob Juliet den Deckel. Sie wusste, was sie darunter finden würde.

Einen Moment lang saß sie da und starrte den Inhalt an, dann griff sie nach einem Küchlein. Mit einem silbernen Messer strich sie Erdbeerkonfitüre auf die knusprige heiße Oberfläche und biss hinein. Ambrosia! Flocken von mehlbestreutem buttrigen Geschmack barsten auf ihrer Zunge, gemischt mit dem süßscharfen Geschmack der Erdbeeren. Während sie noch immer den Inhalt der mittleren Schale bestaunte, legte Juliet das Küchlein aus der Hand, um sich Tee einzuschenken. Als sie daran nippte, neigte sie den Kopf, um die Arbeit des Küchenchefs besser betrachten zu können.

Die stachelige grüne Spitze war abgeschnitten und zu einer dekorativen Einbettung arrangiert worden. Verwoben mit Blüten aus dem Treibhaus bot sich ein exotisches Arrangement dar: so üppig und fremdartig wie aus dem Garten Eden. Aber das wahre Paradies lag innen in der natürlichen Schale, die auch als Gefäß diente. Jede Scheibe der Frucht war sorgsam entfernt und zu einer einzigartigen Blütenform geschnitten worden, ehe sie zurück in die ausgehöhlte Schale gesetzt worden war. Sie funkelten dort wie flüssiger Sonnenschein.

Juliet stellte die Teeschale ab und griff nach einer Gabel. Sie spießte ein einzelnes Stück der goldenen Frucht auf und schloss die Augen, ehe sie hineinbiss in diesen herrlichen Himmel. Saft rann ihr das Kinn herunter. Sie fing ihn mit der Fingerspitze auf und schleckte sie ab.

Nein, der Mond war es nicht. Aber frische Ananas.

Kate hatte recht gehabt. Es wurde wieder ein heißer Tag. Unglaublich heiß. Nach einem raschen Rundgang durch ihren Garten zog Juliet sich in das kühle Wohnzimmer zurück. Das gelegentliche Herüberklingen von Stimmen oder das Klirren irgendeines Arbeitsgerätes vermochte die Schwüle nicht zu stören. Tilly und die neuen Mädchen erledigten all die Arbeit, die normalerweise Juliet beschäftigt hielt. Sie hatte einen ganzen Tag, sich zu verwöhnen, sich freizunehmen. Sie könnte lesen und am Fenster sitzen, es genießen, absolut nichts zu tun zu haben. Sicherlich könnte sie es doch genießen?

Sie fuhr mit dem Finger über die Buchrücken und zog *The Arabian Nights* heraus. Hier fanden sich Fantasie und Zauber und mitreißende Abenteuer in exotischen Welten. Hier war eine Frau, die geheiratet hatte – unklug? Juliet lächelte ein wenig grimmig vor sich hin. Offensichtlich hatten arabische Frauen keine Wahl und lernten, das Beste daraus zu machen. Aber Scheherazade riskierte jeden Morgen den Tod, wenn es ihr nicht gelang, den Sultan mit einer weiteren wundersamen Geschichte aus der Nacht zuvor zu unterhalten. Das war natürlich nicht die übliche Gefahr, wenn man unklug eine Ehe einging! Das Leben war ein wenig undramatischer als ein Märchen, auch wenn es manchmal genauso viel Schmerz brachte.

Meshach, Shadrach und Abednego strichen um ihre Knöchel und miauten klagend, bis Juliet sich hinsetzte. Es war zu heiß, um eine Katze zusammengerollt auf ihrem Schoß liegen zu haben, aber jedes der Tiere suchte sich einen Flecken auf ihren ausgebreiteten Röcken aus, und so hielten sie sie auf dem Sofa fest. Juliet schaute sie an, ihre einzigen Gefährten. Die Katzen waren, ebenso wie das Haus, ein Erbe von Miss Parrett. Natürlich gehörte keine Katze ihrem Besitzer wirklich. Nicht auf die Art, wie Scheherazade dem Sultan gehört hatte. Nicht auf die Art, auf die eine Ehefrau das Eigentum ihres Ehemannes war.

Da. Es war heraus. Sie hätte es fast laut wiederholt. *Eine Ehefrau gehört zu ihrem Ehemann.*

Die Katzen schnurrten, es klang wie ein trockenes Rumpeln. Ein Fetzen der Unterhaltung der Hausmädchen drang durch das offene Fenster herein. Das Summen der Bienen entfernte sich. In der Ferne krächzten schwarze Krähen und kreisten, streithaft und laut, über ihrem Nest in Mill Spinney.

Mr. Alden Granville hielt sie für eine Witwe. Im Dorf hielt man sie für eine Witwe. Ihre sichere Zukunft hier hing davon ab. Denn Juliet war keine Witwe. Sie war eine Ehefrau.

Vor fünf Jahren, nach der Tragödie, hatte George sie verlassen, und sie war mittellos und auf sich selbst gestellt gewesen. Es zählte nicht, dass sie nichts über seinen Verbleib wusste. Sie waren noch immer verheiratet – bis zum Tod. Wenn er sie hier fand, könnte er in ihr Leben einbrechen und alle seine Rechte verlangen: ihren Besitz, ihre Aufmerksamkeit, ihre Person. Nicht einmal ihr Körper gehörte ihr selbst.

Sie war eine Ehefrau.

Eine Frau gehört zu ihrem Mann.

Sie durfte das nicht vergessen. Durfte nicht einen Moment lang denken, dass diese kleine Episode mit einem charmanten Fremden irgendetwas an ihren Lebensumständen änderte. Es kam einem Spiel mit dem Feuer gleich, sich mit ihm zu unterhalten, und es war eine Verrücktheit zu denken, sie könnte sich an diesen Flammen wärmen, ohne sich dabei zu verbrennen. Wenn sie sich einen Liebhaber nahm, könnte das niemals geheim gehalten werden. Früher oder später würde es bekannt werden, und man würde sie entdecken. Sie hatte das Ehegelübde abgelegt und hart dafür bezahlt. Das Gelübde war nichts, das sie leicht nahm, was immer auch das Ergebnis dieser überstürzten Heirat gewesen war. Und doch ... Und doch ...

Jemand klopfte an die Tür. Juliet sprang auf, ebenso die Katzen. Alle drei gaben sie, jede auf ihre Weise, ihrer Empörung Ausdruck und ließen sich dann dort nieder, wo Juliet gesessen hatte. Aber es war nur Betty mit einer Frage, die den Haushalt betraf. Rasch schob Juliet ihre Gedanken beiseite, ging durch die Küche und stürzte sich in die Arbeit.

Obwohl schon früher Abend, war es noch immer heiß, als eine Kutsche vorfuhr, um mehrere Kisten zu bringen. Juliet strich sich das Haar aus der feuchten Stirn und beaufsichtigte das Entladen, während ein Lakai drei der Kisten ins Haus schaffte und ihr eine versiegelte Botschaft überreichte. Ihr Name verlief über die Vorderseite, niedergeschrieben in der Handschrift, die sie heute Morgen zum ersten Mal gesehen hatte. Vielleicht schickte er seine Entschuldigung und würde heute Abend nicht zu ihrer Schachpartie kommen! Es war ein Augenblick stechender Enttäuschung. Lieber Gott, wie dumm!

Die Hausmädchen starrten sie mit unverhohlener Neugier an. Juliet straffte die Schultern und ging ins Wohnzimmer. Das Wachssiegel zeigte dasselbe Wappen wie die Löffel. Sie zerbrach es und begann zu lesen:

Madam: Stellt Euch einen Abend in Italien vor. Es ist das sehr heiße Ende eines sehr heißen Tages. Bald werden die Sterne an einem samtenen Himmel scheinen. Häuser aus weißem Stein schimmern wie Lampen. Die Erde atmet Hitze. Doch dann kommt ein kühler Windhauch und trägt die sengende Luft fort über die ausgedörrten Hügel. Vielleicht bringt der Westwind eine feuchte Strömung vom blauen Ozean heran. Vielleicht wird er uns einen sanften Hauch des eiskalten Mondes bringen. Wird er die würzigen Düfte der Geschichte und fremder Blüten bis an unseren Patio herantragen, der jetzt in tiefem Schatten liegt? Werden wir Wein trinken und ein leichtes Essen einnehmen? Werden wir Schach spielen? Ich habe Euch ein Kleid im italienischen Stil geschickt. Ich denke, es wird Euch gefallen – G.

Juliet saß sekundenlang da und starrte wie blind auf das Papier. Dann ging sie zurück in den Korridor, wo die Mädchen noch immer viel Wirbel um die Kisten machten.

»O Ma'am!« Tillys sommersprossiges Gesicht strahlte wie ein Sonnenaufgang. »Auf dem Zettel an dieser Kiste steht, dass sie für die Küche bestimmt ist und dass Betty sich darum kümmern soll. Auf der dort steht, sie ist für das Bad und für Kate. Auf der anderen ist etwas in einer fremden Sprache geschrieben.«

Juliet las das Etikett der größten der Kisten. *Vestimenti di confidenza.* Sie konnte kein Italienisch, aber sie konnte die Bedeutung erraten.

»Sie ist für mich«, sagte sie. »Lasst sie hier stehen.«

»Ihr wollt sie nicht öffnen, Ma'am?« Tilly war sichtlich enttäuscht.

Juliet schüttelte den Kopf. *Ein Kleid in italienischem Stil.*

»Hier ist noch eine Nachricht angebracht, Ma'am.«

Kate reichte ihr ein zusammengefaltetes Papier. Juliet zerbrach das Siegel und ging zum Lesen aus dem Zimmer.

Es würde mir sehr gefallen, wenn Ihr es tragen würdet. Ich werde meines tragen – G.

Je näher der Abend heranrückte, desto mehr fühlte sich Juliet wie ein nervöses Fohlen. Es war immer noch heiß, die Luft war schwül und drückend schwer. Bei jedem kleinen Geräusch sprang sie auf und zuckte zusammen, spürte sie die Anspannung der Erwartung, wartete sie auf seine Ankunft. Sie stellte sich vor, sie würde die Schachpartie gewinnen. Sie stellte sich vor, wie sie ihn zurückwies, ihn maßregelte, ihn fortschickte. Sie stellte sich vor, sie würde ihn bitten, sie zu küssen. Sie wagte es nicht, sich ein italienisches Abendessen vorzustellen.

Warum konnte es nicht regnen?

Warum konnte er nicht wegbleiben?

Vor Nervosität würde sie nichts essen können. Und in dem schweren, engen Kleid, das sie den ganzen Tag über getragen hatte, war ihr so heiß, als hätte er sie schon in Flammen gesetzt.

Ich bin keine Witwe. Ich bin eine verheiratete Frau.

Sie ging im Wohnzimmer auf und ab, lief mehrere Male die Treppe hinauf und wieder hinunter, ging über die Flure und in der Enge ihrer Schlafkammer hin und her, in dem sich trotz der offenen Fenster die heiße Luft unter dem Dach mit der heißen Luft draußen mischte. Sie musste das Spiel gewinnen, das war alles!

Wünscht Ihr wirklich, hier für immer zu leben, gefangen wie eine Fliege im Bernstein, während die Welt sich ohne Euch weiterdreht?

Eine Fledermaus flog am Fenster vorbei. Juliet öffnete die Fensterläden und beugte sich hinaus. Die Sonne war schon fast hinter dem Wald von Bauer Hames verschwunden. Er musste bald kommen.

Wenn die Sonne untergeht.

»Ma'am«, sagte Kate hinter ihr. »Ich habe ein Bad eingelassen.«

Juliet fuhr herum.

»Auf der Veranda hinter der Küche«, fügte Kate hinzu. »Die Wanne ist vor einer Stunde gebracht worden.«

»Eine Wanne?«

»Ja, Ma'am. Und noch eine Nachricht.« Die Zofe reichte sie ihr.

Das Wachssiegel fiel zu Boden, als Juliet es aufriss.

In Italien ist es üblich, die leichtesten Kleider anzulegen und mit Freunden still auf dem Patio zu sitzen. Es ist eine angenehme kultivierte Art, einen Sommerabend zu verbringen. Aber bleibt versichert, dass unser italienisches Abendessen erst beginnt, wenn Ihr zur Laube kommt – G.

Er würde sie also nicht überraschen, wenn sie badete? Bei der Intimität dieses Gedankens wurde Juliet dunkelrot. Was war los mit ihr? Sie reckte das Kinn hoch, war ganz die Tochter ihres Vaters. Natürlich würde kein Gentleman etwas so Skandalöses wagen!

Die Unterröcke klebten an ihrer heißen Haut.

»Ja«, sagte sie. »Ich würde gern ein Bad nehmen.«

Sie hatte seit Jahren kein Bad in einer Wanne mehr genommen. Es wäre zu viel Arbeit gewesen, eine so große Menge Wasser zu erhitzen, ganz zu schweigen davon, eine Wanne zu füllen und diese wieder zu leeren. Juliet hatte sich mit einer Waschschüssel und dem täglichen Waschen mit einem Waschlappen zufrieden gegeben.

Die Luft in der Küche war drückend heiß. Der obere Teil der aus zwei Hälften bestehenden Verandatür stand offen. Dahinter lag schattig und still der Hof. Kühlere Luft strömte jetzt dorthin, wo Kate die Wanne hatte aufstellen lassen und mithilfe der anderen Mädchen mit Wasser gefüllt hatte. Der Duft nach gemähtem Gras vermischte sich mit verwehendem Rauch vom

Schornstein. Alles war still und ruhig. Die Wanne stand geschützt in diesem kleinen Bereich vor ihrem Hof, hinter dem sich die menschenleere Landschaft ausdehnte.

Er hatte Seife geschickt, dicke weiße Handtücher und ein Badekleid aus Leinen – höchst unschickliche Geschenke, die keine Lady annehmen sollte. Juliet lachte, als sie in das lange Gewand schlüpfte. Es war ein Segen, in das lauwarme Wasser sinken zu können und sich von einer Zofe die Hitze des Tages abwaschen zu lassen. Die Wanne war zudem mit Tüchern abgedeckt, sodass zwischen ihnen nur der Teil von Juliets Körper auftauchte, den Kate gerade wusch. Es war ein seltsam anmutender scheuer Tanz, ein Schweben zwischen Schamgefühl und Preisgabe.

Kate wandte sich ab und war mit irgendeiner Kleinigkeit beschäftigt, als ein leises Geräusch Juliet aufschauen ließ. Da war nichts. Kein goldhaariger Mann, der lächelnd auf der Schwelle der offenen Tür stand. Nichts, nur der stille Sommerabend. Nichts, was sie stören könnte.

Wenn er sie jetzt überraschte, was würde er sehen?

Juliet schaute an sich hinunter. Der dünne Stoff des Badekleides klebte an ihrer nassen Haut. Ihre Brüste schimmerten rosafarben durch den nassen Stoff, ihre Brustwarzen dunkel im Kontrast dazu. Hitze brannte durch ihr Blut. *Wenn er sie überraschen würde ...*

Doch das würde er nicht tun. Er hätte es ihr nicht zusichern müssen. Alden Granville war weitaus klüger und viel zu feinsinnig, um sich zu einer solchen Handlung hinreißen zu lassen.

Kate wusch Juliets Haar in einem Aufguss aus Seifenwasser und Kräutern und spülte es dann in sauberem Wasser. Sie half Juliet aus der Wanne und trocknete sie ab. Sofort war es Juliet wieder zu warm – trotz des kühlen Bades und trotz der feuchten Haare. Musste sie jetzt wieder Unterröcke und Reifröcke anziehen, ihr enges Mieder über dem fest geschnürten Korsett, ihr Schultertuch, das ihren Ausschnitt bedeckte?

»Ich werde das italienische Kleid holen, Madam«, sagte Kate. »Ich habe mir die Freiheit genommen, es für Euch auszupacken. Hier ist noch eine Nachricht.«

Eingehüllt in Badetücher, stand Juliet da und las die in seiner schwungvollen Handschrift verfasste Nachricht:

Die Gäste haben die formellen Kleider des Tages abgelegt. Die Damen tragen leichte Pantoffeln statt Schuhe. Kein schweres Oberkleid oder enges, spitz zulaufendes Mieder. Keine Hüte oder Reifröcke. Nur Ärmel aus Musselin, gebunden mit Bändern, und ein einfacher glänzender Unterrock.

Unschicklich? Nur ein wenig.

Sinnlich? Enorm.

Und sehr befreiend – G.

Sie konnte fast sein Lächeln vor sich sehen.

»Was tragen die Gentlemen?«, fragte sie.

Kate blieb in der Tür stehen. »In Italien? Das kann ich wirklich nicht sagen, Ma'am. Ohne Zweifel haben sie dort eine sehr fremde Art und Mode.«

Ein weißes Kleidungsstück hing über dem Arm der Zofe, leicht und einladend. Dunkelblauer Musselin, mit Bändern gebunden und drapiert, die bei jeder Bewegung flatterten. *Vestimenti di confidenza.*

Glaubte er, Juliet hätte zu wenig Mut?

Offensichtlich nicht. Er erwartete von ihr, dass sie das Kleid trug.

Sie legte zuerst ihr Korsett an, mit einem ihrer Hemden darunter. Sicherlich empfingen nicht einmal italienische Damen ihre Gäste ohne diese Kleidungsstücke, nicht wahr? Schließlich ließ Juliet sich von Kate noch das Haar auskämmen und es mit einem Band zurückbinden. Fast als wäre es ein Traum, schlüpfte sie in den hauchdünnen Unterrock mit den mit Bändern gebundenen Ärmeln. Das feine Musselinkleid, das darüber getragen wurde, war von einem dunklen Indigo – wie das blaue Meer. Es fühlte sich an wie ein Nichts, als es mit einer federleichten Berührung über ihre Haut fiel.

Kate reichte ihr ein Paar Pantoffeln. Einfache, ohne Absätze. Juliet schlüpfte mit bloßen Füßen in das gesegnet kühle Leder hinein. Hauchdünne Baumwolle streichelte ihre nackten Beine und Arme, als sie sich bewegte.

Sie ging in die Küche und blieb vor dem Fenster stehen, in dem sie sich jetzt, da es draußen dunkel wurde, spiegeln konnte. Eine Fremde schaute sie an: eine Frau in einer locker fallenden Robe, das feuchte Haar rieselte ihr über den Rücken, und ihre Haut schimmerte rosig vom Bad. Der tiefe Ausschnitt ließ ihren Hals frei. Bänder flatterten.

Ihre Goldkette verschwand unter dem Ausschnitt des Unterkleides, das weniger enthüllte als ein Ballkleid. Ihr Medaillon verbarg sich zwischen ihren Brüsten.

Das Kleid war nicht schamlos.

Es fühlte sich nur so an.

Kapitel 6

Mr. George Hardcastle breitete die Schöße seines Gehrocks vor dem Kamin aus, obwohl kein Feuer darin brannte. Er war ein attraktiver Mann von kräftiger Gestalt und mit fast schwarzen Haaren – eine Mischung, die die Frauen anzog.

»Also was zum Teufel könnt Ihr mir über meine Frau sagen?«

»War es in Russland niemals warm genug?« Robert Dovenby legte so viel Sympathie, wie er konnte, in seine Frage.

»Es ist nur eine Angewohnheit, Sir.« George ließ die Rockschöße fallen. »Im Allgemeinen verbringe ich den Hochsommer nicht im Gestank Londons. Ich bin nur hier, weil ...« Er hielt inne, als wäre ihm unbehaglich. Armer Narr! »Nun, ich hatte einen kleinen geschäftlichen Rückschlag, um die Wahrheit zu sagen.« Tiefer Ärger färbte seine Stimme. »Irgendwelche Konkurrenten ruinieren mir mein Geschäft. Fürwahr, Sir! Ich weiß nicht einmal, wer diese Konkurrenten sind!«

Dovenby zog eine Augenbraue hoch. »Verteufeltes Pech, Sir. Aber um Eure Frage zu beantworten: Eure Frau ist vor Jahren verschwunden. Seitdem hat niemand sie mehr gesehen.«

»Verschwunden? Hols der Teufel, aber wie kann sie verschwunden sein? Ihr Vater ...«

»Hat sie verstoßen.« Dovenby nahm sein Glas und nippte am Wein. »Gleich nach dem unglückseligen Skandal und der Tragödie. Höchstwahrscheinlich hat sie ihren Namen geändert.«

»Wovon lebt sie dann? Hurt vermutlich herum! Wer hält sie aus?«

Dovenby verlor auch den letzten Rest von Sympathie für den Mann – eine gefährliche Entwicklung für Hardcastle. »Falls sie jemandes Geliebte wäre, Sir, hätten wir alle davon gehört.«

»Dann stimmt das Gerücht, dass sie eine Erbschaft gemacht hat?« Hardcastle trat vor. »Zum Teufel! Wie viel?«

»Ich habe keine Ahnung. Ich habe nichts von ihr gehört, seit Ihr nach Russland aufgebrochen seid.«

»Verdammt, aber vermutlich habt Ihr selbst auch versucht, ihr an die Wäsche zu gehen!«

Dovenby lächelte, obwohl er diese Bemerkung nicht für amüsant hielt. »Ich hätte es vermutlich versucht, wenn sich die Chance dazu ergeben hätte, ja. Sie ergab sich nicht.«

George starrte ihn an. »Man nennt Euch noch immer *Die Taube?*«

Dunkle Schatten schwebten über dem rubinfarbenen Wein. Es war so einfach, einen Mann wie Hardcastle genau dorthin zu lenken, wo man ihn haben wollte. Ohne Gewissensbisse würde er das jetzt tun.

»Nur meine allerengsten Freunde – oder manchmal meine Feinde – nehmen sich diese Freiheit heraus, Sir. Es wird Euch leichtfallen, ich bin sicher, meinen korrekten Namen zu benutzen?«

Der Mann errötete. »Behauptet Ihr noch immer, der berüchtigtste Schürzenjäger Londons zu sein, Sir?«

Dovenby schaute den Mann an, der gerade dazu beigetragen hatte – ohne es zu ahnen –, eine der Figuren in einem sehr bösen Spiel zu werden. »Ach, Viscount Gracechurch hat mir diese Auszeichnung gestohlen, kaum dass er aus Italien zurückgekommen war.«

George Hardcastle brach in dröhnendes Lachen aus. »Habs eben schon beim Reinkommen gehört – Sir Reginald Denby verbreitet die Geschichte ja überall! Es kommt ein Heufeld darin vor? Die Lady soll gesagt haben, sie würde Gracechurch an sich ranlassen, wenn er für sie zwanzig Acres abmäht. Man stelle sich das vor! Zieht sich halb nackt aus – präsentiert einem Haufen von Bauerntölpeln alles, was Gott ihm gegeben hat –, mäht die ganze verdammte Wiese in einer Stunde und bespringt dann die Frau im nächstbesten Heuhaufen! Ist das wahr?«

»Ich war nicht dabei, mein lieber Freund.«

»Aber er hat sie sich vorgenommen?«

»*Gracechurch?*« Das Wort drückte Ungläubigkeit aus. »Keine Frau hat ihm je widerstanden!«

»Wer war das Frauenzimmer?«

»Keine Ahnung, Sir. Immerhin wurde der umtriebige Viscount seit einer Woche nicht mehr in seiner Londoner Wohnung gesehen. Noch ist er auf Gracechurch Abbey.«

»Und das Anwesen verfällt, während er sein Vermögen verspielt: Das ist die Geschichte, die ich gehört habe – hatte sie bis jetzt nur nicht zusammengesetzt.« George hieb eine Faust in die Innenfläche der anderen Hand. »Frauen sind der Ruin eines Mannes, Sir! Und meine Frau genießt inzwischen ihre Erbschaft!«

»Wie äußerst ärgerlich.« Dovenby stellte sein Glas ab. »Da Eure eigenen Angelegenheiten so unglücklich laufen ... was werdet Ihr unternehmen?«

»Ich werde mir natürlich dieses Erbe von ihr holen«, entgegnete George Hardcastle. »Sobald ich sie gefunden habe.«

Hinter ihm wurde eine Tür geöffnet. Absätze klapperten, als ein weiterer Mann das Zimmer betrat.

»Eine hübsche Geschichte«, sagte der Neuankömmling. »Darf ich mich zu Euch gesellen, Dovenby? Hardcastle? Ich konnte nicht anders, als zufällig mitzuhören.«

George sprang auf die Füße und verbeugte sich. »Mylord!«

Lord Edward Vane setzte sich und streckte die langen Beine aus. »Kann leider nicht lange bleiben. In einer Stunde verlasse ich die Stadt – nach Marion Hall, dem Landsitz von Sir Reginald Denby in Hertfordshire. Doch zuvor muss ich noch mit Dovenby sprechen. Hardcastle, wenn es Euch nichts ausmacht ...?«

George errötete und verneigte sich. »Natürlich nicht, Mylord.« Er verneigte sich erneut. »Dovenby.«

Lord Edward sah ihm nach. »Geldgieriger Kerl. Ist er leicht zu dirigieren, Dovenby?«

Robert Dovenby stand auf und reckte sich. Er musste alles tun, was notwendig war, um seine wichtigen Pläne in Bezug auf Lord Edward durchzuführen, aber er musste keine besondere Freude daran finden.

»Wollen wir sagen, seine Geschäfte gehen langsam schlechter?«

Der Sohn des Dukes schloss die Augen und lehnte sich zurück. »Wie jammerschade. Es ist die unvermeidliche Konsequenz Eures kleinen privaten Eingriffs in seinen Handel und meine Investition in sein Geschäft. Hat er den Hinweis geschluckt, dass seine Frau ihr eigenes Einkommen und ihren eigenen Besitz hat?«

»Wohl kaum ihres. Alles, was sie besitzt, gehört vom Gesetz her Hardcastle.« *Die Taube* wandte sich um und betrachtete das gepuderte Gesicht, den verhöhnenden Zug um die Nase. »Diese grässliche Geschichte um Gracechurch! Ist sie wahr?«

»Wer weiß? Vielleicht nicht in allen Einzelheiten. Ist das wichtig? Was zählt, ist, dass wir über den Aufenthaltsort von Mrs. George Hardcastle Bescheid wissen. Zu gegebener Zeit werden wir vermutlich auch ihren Gatten davon in Kenntnis setzen, wenn auch nur aus einem Gefühl der Pflicht heraus ...«

Seine Abscheu vertiefte sich. »Ihr habt keine Bedenken wegen Gracechurch? Dass der Viscount eine gefährliche Wahl für Euer Spiel sein könnte?«

»Himmel, Sir! Und das sagt die berüchtigte *Taube*? Seid Ihr eifersüchtig, dass ich für diese Rolle nicht Euch ausgesucht habe?«

Dovenby verbeugte sich. »Touché. Man sagt von ihr, sie sei verdammt schön. Doch sie muss auch sehr allein sein auf dieser Welt.«

Lord Edward öffnete die Augen und starrte seinen Geschäftspartner an. »Allein wohl kaum, Sir, da sie einen höchst lebendigen Ehemann hat.«

Der Weg zum Laubengang wurde von kleinen Laternen beleuchtet. Juliet folgte ihnen wie eine Motte dem Licht. Es war jetzt fast völlig dunkel. Die Bäume standen reglos in der sanften Abendluft. Aus den Mauersteinen strahlte die Hitze des Tages. Der Unterrock und das federleichte indigofarbene Kleid bauschten sich um ihre Beine, als schwebte sie.

Ein Tuch lag ausgebreitet auf dem Tisch. Seidenkissen bedeckten die rustikalen Stühle. An einer Seite der Laube bewegten sich Drapierungen aus weißem Musselin sacht in der kühler werdenden Luft. Der gedämpfte Schein weiterer Lampions, die vom Dach der Laube herabhingen, brach sich funkelnd in Glas. Zwei Weingläser, Flaschen und mehrere abgedeckte Schüsseln standen auf dem Tisch bereit.

Auf dem Schachbrett waren die Figuren schon in Aufstellung gebracht.

Juliet berührte mit der Fingerspitze den weißen König.

»Ein leichtes Abendessen«, bemerkte er leise hinter ihr. »Und unser Spiel, natürlich.«

Sie erstarrte, stand völlig reglos mit dem Rücken zu ihm und schaute auf die Schachfiguren, während ihr Blut vor Wachsamkeit sang und ihre Hände zu zittern begannen. Sie glaubte zu fühlen, dass sein Blick wie das Streicheln mit einer Feder über ihren Körper glitt.

Eine heiße Welle flammte über ihre Wangen.

Juliet hob den Kopf. Ihre Schultern sehnten sich nach seiner Berührung. Ihre Taille wartete darauf, von seinen Händen umspannt zu werden. Ihr Haar wünschte sich, von seiner Hand zurückgestrichen zu werden, damit er seinen Mund auf ihren empfindsamen Nacken presste. Der tief verborgen liegende

Schatz des wissenden Körpers. Das Verlangen, das sie in eine katastrophale Ehe getrieben hatte. Ihre große Schwäche.

Von der Sehnsucht ihres Körpers gequält, stand Juliet da und wartete. Sie wusste, er würde es sehen, aber dennoch nicht handeln, bis sie ihn dazu einlud.

Sie würde ihn nie einladen.

»Ich trage das italienische Kleid«, meinte sie. Ihre Stimme klang zu schroff. Sie holte tief Luft. »Ihr macht mir deswegen kein Kompliment?«

»Würden Euch Komplimente denn gefallen?« Der raue Klang streichelte sie. »Sie würden überschwänglich sein.«

Leichter Stoff strich über ihre brennenden Oberschenkel, als sie sich zu ihm umwandte.

Sein langes weißes Gewand fiel glatt von seiner Schulter bis zu seinen Füßen. Ein schwarzer, mit Silberfaden bestickter Überwurf war darüber drapiert. Der offene Kragen ließ seinen Hals und eine Brust unbedeckt. Harte Muskeln zogen von seinen breiten Schultern zu seinem Nacken. Seine Haut schimmerte wie Elfenbein. Nur locker zusammengehalten von einem Band, fiel sein Haar ihm wie gesponnenes Gold über den Rücken.

Schlichte flache Slipper, ähnlich den ihren, hatten es ihm möglich gemacht, wie ein Geschöpf der Nacht lautlos näher zu kommen.

Diese Kleider an einem Mann wirkten schockierend, fast wie Nachtwäsche, das Fehlen eines formellen Rockes und einer Krawatte erschreckte. Doch sie hatte ihn schon beim Mähen der Wiese halb nackt gesehen. Warum war dies schlimmer? Juliet schlug den Blick nieder und versuchte, Zorn oder Empörung zu verbergen. Sie hoffte, er würde die Verwirrung in ihren Augen nicht sehen.

»Die Frage, die ein englischer Besucher normalerweise in Italien stellt«, erklärte er trocken, »ist, ob der Gentleman Hosen unter seinem Gewand trägt. Natürlich ist diese Frage viel zu unschicklich, um sie zu beantworten.«

Ihre Wangen brannten, doch sie schaute auf und lachte über die Unverschämtheit seiner Bemerkung.

Er lächelte und bot ihr seine Hand. »Wein?«

Sie legte die Hand auf seine und erlaubte ihm, ihr zu helfen, sich zu setzen – eine Herausforderung, falls er erwartete, sie würde wegen einer solchen Kleinigkeit nervös werden. Welch närrische Konvention, dass ein Gentleman einer Lady helfen musste, als wäre sie völlig hilflos! Doch als er ihre Hand berührte, entfaltete sich ein Gefühl zerbrechlicher Weiblichkeit in ihrem Innern, als würde es ihr ohne seine stützende Hand vielleicht doch nicht gelingen.

»Ich hätte gern Wein.« Es kostete sie Selbstbeherrschung, gleichmütig zu sprechen. »Danke.«

In einer geschmeidigen Bewegung nahm er ihr gegenüber Platz. Laternenlicht fiel auf den Tisch, hüllte aber den Mann in Schatten. Nur seine Hände waren deutlich zu sehen, als er die Gläser füllte. Nervös beobachtete Juliet, wie seine weiten Ärmel zurückfielen und seine Unterarme enthüllten – die Schönheit männlicher Kraft, die Perfektion der Form. Verwirrend.

Wie geschmolzene Rubine floss die rote Flüssigkeit aus der Flasche.

Juliet lehnte sich in ihren eigenen Kokon aus Dunkelheit zurück und nippte an dem üppigen Wein. Er schmeckte besser als alles, was sie seit Jahren gekostet hatte. Köstlich. Und er würde zu Kopf steigen. Es überraschte sie nicht.

»Etwas zu essen?« Er hob die Deckel von den Servierschalen. Der Duft nach Brot verströmte sich: warm, frisch, wohl riechend nach Rosmarin und Zwiebel. »Darf ich Euch auflegen?«

Eine Lady, vornehm, hilflos, unfähig, sich selbst zu bedienen? Sie hätte es fast geglaubt.

»Danke«, sagte sie.

Er schnitt weißen Käse ab und zerteilte eine rote Frucht, aus deren Mitte Saft und kleine Samen tropften. Er bestreute sie großzügig mit weißem Salz und schwarzem Pfeffer.

»Die Italiener nennen sie Liebesäpfel«, erklärte er. »Auch bekannt als Tomaten. In England essen wir sie normalerweise nicht.«

Sie lehnte sich in die luxuriösen Kissen zurück – als wäre es ihr durchaus behaglich, in ihrem Garten mit einem Mann zusammenzusitzen, der so gut wie keine Kleider trug. »Man hält sie allgemein für giftig.«

Er legte die Scheiben auf zwei Teller. »Das ist ein Risiko, das wir eingehen müssen.«

»Und Ihr liebt das Risiko.«

Er schaute auf die Tomaten. »So wie Ihr.«

Ihr Puls schlug in einem wilden, ungestümen Rhythmus. Juliet fühlte sich belebt, entzückt vor Ausgelassenheit. »Aber nur in kleinen Dosen.«

Juliet beobachtete, wie er das Brot brach und die warme Oberfläche mit Käse, Tomaten und Basilikumblättern belegte. Liebesäpfel und Rosmarinbrot.

Es ist Rosmarin für die Erinnerung; bitte, Geliebter, erinnere dich.

»Genau genommen kann es bei einem Risiko keine Sicherheit geben«, sagte er. »Es heißt: alles oder nichts.«

»Ich weigere mich, das zu glauben«, entgegnete sie. »Ich mache meine eigenen Regeln, wenigstens heute Abend. Also warum *Liebesäpfel?*«

Sein Blick versank in ihrem. Sein Haar schimmerte, Schatten und goldene Lichter huschten durch die Nacht. Er lächelte. »Nun, weil sie ein Aphrodisiakum sind.«

Der flaumleichte Unterrock brannte auf ihren Oberschenkeln. »Ist das ein Lieblingsessen für Schürzenjäger?«

Seine Augen waren dunkel, in ihnen verbargen sich die Mysterien der Nacht. Er stellte einen Teller vor sie hin, dann spießte er ein Stück Tomate auf seine Gabel.

»Ihr glaubt, ein Schürzenjäger findet sein Vergnügen nur im Schlafzimmer?« Er biss in die rote Frucht.

»Wo sonst ist es zu finden?« Mit gespielter Tapferkeit strich Juliet mit der Fingerspitze über den Rand ihres Weinglases.

Er schluckt die Tomate herunter, nahm sein Glas und ahmte ihre Geste nach. Ein Lächeln spukte dabei über sein Gesicht. »Mein Vergnügen besteht nicht einfach nur darin, eine Frau ins Bett zu bekommen. Es liegt darin, sie zu verführen.«

»Weil ihr Herz eine Trophäe ist?«

»Nein, aber je besser die Verführung, desto besser ist das, was später im Bett passiert.«

»Ah«, sagte sie. »Und falls sie Euch ihr Herz schenkt, so ist das nur ein unglücklicher Zufall?«

Er neigte sein Glas und trank einen großen Schluck. »Warum unglücklich?«

»Habt Ihr nie geliebt?«

Er biss in das Brot, genoss es einen Augenblick lang, ehe er es herunterschluckte. Sein Blick strich über Juliet hin wie ein heißer Wind. »Doch, natürlich. Wahnsinnig, leidenschaftlich.«

Juliet versuchte, ihren Atem zu kontrollieren, den Ansturm der Gefühle. »Wo?«, wollte sie wissen. »In Italien?«

Er spießte ein Stück Tomate auf und hielt es hoch. »Italienisches Essen. Giftig oder aphrodisisch. Was meint Ihr?«

Sie beugte sich vor und nahm ihm kühn die Gabel aus der Hand. »Wie auch immer, vielleicht ist es nur tödlich für Frauen ...«

Er lehnte sich zurück und hielt sein Weinglas umschlossen, während er beobachtete, wie sie die rote Frucht kostete.

Süß, scharf, salzig, pfeffrig, der Geschmack explodierte auf ihrer Zunge. »Es schmeckt sehr gut«, stellte sie überrascht fest.

Er lachte. »Fürwahr, Ma'am, würde ich Euch denn etwas bringen, das nicht wohl schmeckend wäre?«

Eine weitere Scheibe befreite einen Strom von Geschmacksempfindungen in ihrem Mund. »Wie kann ich das wissen, Sir? Man sagt, die Italiener sind gleichermaßen kundig in Giften wie in der Liebe. Behauptet Ihr, nur Liebe gefunden zu haben, während Ihr dort gewesen seid?«

Er spießte ein weiteres Stück auf. »Ihr Name war Maria. Sie war wie Honig, die schönste aller Blumen. Ich fand nur Liebe.«

Wie Honig! Eine Fledermaus flog vorbei, ein stiller Schatten. »Habt Ihr sie geheiratet?«

»Sie war bereits verheiratet. In Italien begeben sich unverheiratete Damen nicht in die Gesellschaft.«

Juliet legte ihre Gabel nieder. »Und doch wurdet Ihr und sie Liebende.«

»Ihr Ehemann war siebenundsechzig. Sie war neunzehn. Ich war sehr viel näher an ihrem Alter als er. Ich trug ihre Schals, begleitete sie in die Oper, half, ihre Freunde zu unterhalten. Natürlich teilte ich auch das Bett mit ihr. Würde man etwas anderes von uns gedacht haben?«

»Ihr Gatte wusste davon?«

Er nippte am Wein und sah Juliet unverwandt an. »Er und ich teilten das Interesse an Altertümern. Als ich heimkehrte, brachte ich eine Sammlung römischer Skulpturen mit, ausgegraben auf Feldern und beim Setzen der Grundmauern von neuen Häusern. Wir wurden gute Freunde. Natürlich wusste er es. Wir mochten uns. Er war stolz, dass seine Frau sich einen englischen Liebhaber genommen hatte.«

Der Käse war zart und doch würzig. Juliet versuchte, sich auf den Geschmack zu konzentrieren, um nicht die Tragweite seiner Worte zu erfassen. »Es klingt alles so zivilisiert, wenn Ihr davon sprecht.«

»Das war es auch. Solange bestimmte Regeln befolgt werden, ist es ein weit verbreitetes Arrangement in Italien, besonders wenn der Ehemann um so viel älter ist.«

Sie konnte sie sich vorstellen, Romeo und Julia, neunzehnjährige Liebende, und den Ehemann, der klug genug war, es zu akzeptieren. Verrückterweise fühlte ihr Herz sich an, als wollte es zerbrechen, in winzige Stücke zerfallen.

»Kann Leidenschaft überhaupt zivilisiert sein?«, fragte Juliet. »Nur die Armen heiraten aus Liebe. Ehen, wie sie in der guten Gesellschaft geschlossen werden, stehen für Wohlstand und Status ...«

»Deshalb muss die Leidenschaft ihren eigenen Weg finden.« Sein Lächeln blieb sanft, süß. *Wie Honig* ... »Doch es gibt keinen Grund, warum sie nicht zivilisiert sein kann.«

»Natürlich! Das ist der Lauf der Welt, dass Lebemänner verheiratete Frauen verführen. Das ist ja auch risikoärmer und leichter, besonders wenn der Ehemann einverstanden ist.« Er schien auf die Schärfe ihres Tons nicht zu reagieren. »Doch für die Frauen ist es nicht ganz so einfach. Hat Maria Euch auch geliebt?«

»Ja.« Licht flackerte über sein Gesicht und betonte seine ernste Miene, als er sich vorneigte, um ihr Weinglas zu füllen. »Leidenschaftlich. Irrsinnig. Oder sie war klug genug, es mich glauben zu lassen. Italienische Frauen sind sehr gut darin, Männer zu manipulieren. Sie müssen so sein.«

»Wie sonst sollte eine Frau sich schützen? Selbst englische Mädchen lernen zu flirten und zu reizen ...«

»Was eingesetzt werden kann, um einen Mann zu kontrollieren, um sein Verlangen gegen ihn zu verwenden.«

Sie wollte diesen Punkt verstärken. »Es ist ihre einzige Macht ...«

»Aber es ist im Grunde unehrlich.«

»Es geht sicherlich einher mit ...«

»Maria empfand keine Reue. Wir haben uns unserer Leidenschaft schamlos hingegeben. Es dauerte sechs Jahre.«

Der Wein floss durch ihr Blut und stieg ihr zu Kopfe. »Dennoch seid ihr nach Hause zurückgekehrt und wurdet zum Weiberhelden?«

»Das war ich bereits.« Seine Stimme war fast ein Wispern. »Was sonst hätte ich mit meinen in Italien erworbenen Fähigkeiten anfangen sollen? Mit all dem, was Maria mir beigebracht hatte?«

Die Dunkelheit schuf Intimität und Geborgenheit, den Hauch nachtumhüllter Geheimnisse. Juliet hielt den Atem an, doch dann entschlüpfte die nächste Frage freimütig ihren Lippen. »Und was hat sie Euch gelehrt?«

Er lehnte sich zurück. Seine Gesichtszüge verschwammen in den huschenden Schatten, nur seine Augen schimmerten hell. Der Lichtschein der Lampions brachte den Wein in einem Glas zum Funkeln und betonte seine Finger.

»Wie man eine Frau durch einen Blick zum Erbeben bringt, wie man sie durch eine Berührung zum Stöhnen bringt, zum Dahinschmelzen durch einen Kuss. Wie ich meine Lust daraus gewinne, ihr Lust zu bereiten. Wie ich mich ihr hingebe, wenn sie sich mir hingibt. Marias Ehemann hatte fünfzig Jahre Erfahrung. Er lehrte sie alles. Sie lehrte es mich. Jetzt lehre ich es andere.«

Ein Prickeln lief Juliet über den Rücken, als wünschte ihre Haut zu schmelzen, zu stöhnen, als zitterte ihr Herz. »Liebe ist nicht genug?«

»Jeder Bauernjunge verliebt sich, aber das arme Mädchen verdient Mitleid, wenn es dazu verdammt ist, sein ungeschicktes Herumfummeln ertragen zu müssen.« Licht huschte über seine feingliedrigen Hände. »Die körperliche Liebe ist eine Kunst – sie braucht Erfahrung.«

»Erworben mit vielen Partnern ...«

Er füllte ihr Glas erneut. »Weder Maria noch ich waren treu, auf diese Weise haben wir unsere Fähigkeiten vervollkommnet.«

Eine weiße Gestalt huschte durch die im Schatten stehenden Blumen. Abednego war auf der Jagd.

»Und in Eurer Philosophie gibt es keinen Platz für die romantische Liebe?«

»Ein Knabe verliebt sich auf romantische Art in ein italienisches Mädchen, das nichts zu bieten hat außer Honig. Ein Mann zieht eine heftigere Leidenschaft vor, die er für jede Frau empfindet, die ihn fasziniert, ihn für sich einnimmt, ihn entzückt – Körper, Geist und Seele. Doch wahre Intensität kann nicht andauern, deshalb liebt ein leidenschaftlicher Mann viele Frauen. Gerechterweise erwartet er keine Beständigkeit.«

Juliet versuchte, sich seiner Unbeschwertheit und dem weltklugen Zynismus anzupassen, obwohl ihr nicht danach zu Mute war. »Auf diese Weise lerntet Ihr also die unwiderstehlichen Techniken des Flirtens ...«

Als er sich vorbeugte, ließ sein Lächeln sie verstummen, es war ein Lächeln, in dem kluger, welterfahrener Humor lag. »In der Tat wird es rasch zu einer Sache des Instinkts. Flirten und Reizen ist für Kinder. Erwachsene gehen miteinander ins Bett.«

Für einen Moment hingen diese Worte zwischen ihnen. Dass sie so leicht dahingesagt worden waren, war seltsam beruhigend. Juliet fragte sich, ob Männer mit ihren Freunden auf ebendiese Art redeten, mit dieser offenen, emotionslosen Ehrlichkeit. *Es ist, wie es ist. Wir alle akzeptieren das.* Sie fühlte sich völlig sicher.

»Mit der Frau eines anderen, natürlich«, sagte sie.

Er lächelte sie über sein Weinglas hinweg an. »Es sei denn, beide stimmen überein, nicht das ins Spiel zu bringen, was zwischen ihnen steht – üblicherweise die Entscheidung der Lady.«

»Und Ihr würdet anführen, dass es besser ist, eine Affäre zu haben, in der die Regeln klar festliegen ...« Sie wurden von einem lauten Rascheln in den Blumenrabatten abgelenkt.

Er griff nach der Weinflasche. Licht spielte über die rubinrote Flüssigkeit. »Das richtet weniger Schaden an als die unehrliche Versicherung unsterblicher Liebe.«

Die Ringelblumen wackelten. Abednego tauchte zwischen ihnen auf und rannte – mit seiner Beute im Maul – über den Weg davon.

»Das war nicht das, woran ich glaubte, als ich heiratete«, bekannte sie. »Ich dachte, ich würde lieben. Ich meinte jedes Wort meines Ehegelübdes ehrlich. Aber es war nur der Reiz eines Kindes an etwas, das funkelte.«

»Wie Gold?«

Juliet schaute ihn an. »Eher wie Eis: in faszinierenden Facetten schimmernd auf einem Teich im Winter, doch dazu bestimmt zu schmelzen, wenn die Sonne wiederkommt. Gold hingegen steht für Wert und Beständigkeit. Aber beides ist kalt bis ins Innere.« Sie hob die Hand und neigte eine Laterne, um deren Lichtschein für einen Moment auf sein Gesicht und auf sein Haar zu richten. »Oberflächlich betrachtet ist Gold jedoch sehr verlockend, wenn es im Dunkeln schimmert.«

Die Laterne schwang zurück, als Juliet sie losließ. Jetzt fiel ihr Licht auf sie. Ihr Haar hatte die Farbe von Mahagoni und floss um ihre Schultern, umrahmte weich ihre Wangen.

»Und das«, erwiderte er, »ist der Grund, warum Gold nach einer schönen Form verlangt, glatt und warm, wenn man es berührt. Auch Ihr tragt Gold, weil es Euch Freude bereitet.«

Sie schaute hinunter. Ihr Medaillon war aus dem Ausschnitt ihres Unterrocks hervorgeglitten. Das Metall schimmerte sanft. Sie legte die Hand darum und schloss die Augen. »Dieses Medaillon erinnert mich an den einzigen Menschen, den ich außer meinen Eltern wirklich geliebt habe.« Die Worte stürzten aus ihr heraus, als könnte sie sie nicht aufhalten. »Meinen kleinen Bruder.«

Er stellte die Weinflasche so heftig auf den Tisch, dass es einem kleinen Donnerschlag gleichkam. »Euren *Bruder?*«

Ärger regte sich in ihr, als sie das Medaillon fortsteckte. »Fragt mich nicht nach ihm. Er ist tot.«

Sofort war Juliet entsetzt über sich selbst. Sie hatte sich diesem Mann anvertraut, einem Fremden, als könnte sie ihm wahrhaft vertrauen. Sie hatte ihren Grundsatz gebrochen, unbeschwert zu spielen, den Abend als eine amüsante Episode zu genießen. *Ein angenehmer Abend mit Freunden.* Jetzt hatte sie alles kaputtgemacht.

Hatte es an den huschenden Schatten gelegen? An der dunklen Nacht? Juliet ließ das Gesicht in die Hände sinken.

Sein Gewand raschelte leise, als er sich erhob. Seine Schritte waren fast lautlos.

War er ärgerlich, dass sie einen solchen Missklang in seine wunderschöne Verführungsszene mit Rosmarin und Liebesäpfeln gebracht hatte? Oder könnte er ihre Worte verdrängen und einen Weg finden, die sorgsam arrangierte Stimmung zurückzuholen? Wenn er das versuchte, würde sie ihn hassen. Doch für einen Augenblick fühlte sie sich beraubt und zerstört bei dem Gedanken, er könnte einfach aus ihrem Leben davongehen.

Schweigen dehnte sich aus, das nur vom Klopfen ihres Herzens gebrochen wurde.

»Ich habe auch einen Bruder verloren«, hörte sie ihn mit spröder Stimme sagen. »Er war fünf Jahre älter als ich. Er starb, während ich in Italien war. Es gibt keine Worte, die ausreichen, solch einen Verlust auszudrücken. Nichts heilt diesen Schmerz jemals wirklich. Ich werde nicht fragen, Juliet.«

Atemlosigkeit hielt sie gefangen und ließ Verzweiflung in ihr aufsteigen. Verwirrt kämpfte Juliet um ihr inneres Gleichgewicht. Sie rang um Atem. Ihre Augen brannten von ihren Tränen.

»Ich werde Euch auch nicht danach fragen – es tut mir leid.«

»Es ist schon gut.« Seine Stimme klang tröstend. »Die Nachricht von seinem Tod bedeutete das Ende meines Aufenthalts in Italien.«

Juliets Augen waren von Tränen verschleiert, als sie aufschaute. Das Licht der Lampions fiel auf den Tisch und die Reste ihres Abendessens. Jenseits des Scheins wob die Nacht ihre Geheimnisse um den Garten. Alden Granville stand mit dem Rücken zu ihr und starrte in den Himmel. Seine dunkle Gestalt hob sich kaum von der Finsternis ab, nur sein Haar schimmerte im Schein des Mondes. Eine leichte Brise bewegte das silbernschwarze Gewand des Mannes wie das eines Geisterbeschwörers, hob den feinen Musselin des Überwurfs.

Vielleicht wird er uns einen sanften Hauch des eiskalten Mondes bringen. Wird er die würzigen Düfte der Geschichte und fremder Blüten bis an unseren Patio herantragen, der jetzt in tiefem Schatten liegt?

Juliet hatte seine Nähe in ihrem Körper und in ihrem Blut gespürt, die Anziehung zwischen Mann und Frau. Jetzt fühlte sie es in ihrem Herzen – ein Band der Sympathie, von geteiltem Leid, von Verständnis. Und dieses Gefühl war weit erschreckender. *Alles oder nichts?*

»Ihr kehrtet also nach Hause zurück? Und Maria ...–?« Sie brach die Frage ab und hasste sich für ihre Neugier.

»Maria war einige Monate zuvor an einem Fieber gestorben.«

Der Atem erstarrte in ihrer Kehle zu einem harten Knoten. Es schmerzte, als wäre sie mit einem Hammer geschlagen worden. »Es tut mir leid. Ich dachte ...« Sie zwang sich, noch einmal zu beginnen. »Ich weiß nicht, was ich sagen soll. Ich vermute, Ihr habt sie verlassen.«

»Wenn Ihr so wollt.« Sein Gewand bewegte sich, als wäre es in der Strömung einer dunklen Flut gefangen. »Zuerst starb die Leidenschaft – binnen sechs Monaten nur, aber sie starb bei uns *beiden*. Leider war ich der Meinung, dass ich mehr wollte als nur die eine Blume, auch wenn sie noch so süß war, und sie hatte ebenfalls einen neuen Zeitvertreib gefunden. Sie und ihr Mann bekamen schließlich doch noch ein Kind. Ich beklagte den Verlust meiner Geliebten. Aber das Herz hat sie mir nicht gebrochen, ich jedoch auch nicht das ihre. Am Ende war es nicht mehr so wichtig.«

»Nach sechs Jahren?«

Er nickte. »Was möchtet Ihr noch wissen?«

»Nichts, gar nichts«, erwiderte Juliet verzweifelt. »Ich wollte nichts von dieser Beziehung wissen, von diesen seltsamen Spielen, von denen das eine wie in einer Spirale in das andere überzugehen scheint. Ich will mich nicht zu sicher mit Euch fühlen. Ich glaube nicht, dass wir über so persönliche Dinge reden sollten. Es tut mir leid.«

»Die Entschuldigung ist an mir, Ma'am«, entgegnete er formell. »Ich werde keine weiteren Fragen stellen und keine Geheimnisse mehr erzählen. Ich bin kein Mann von vielen Grundsätzen. Ich bin in der Tat ein Schuft. Ich hatte nie etwas anderes im Sinn, als Euch zu unterhalten.«

»Morgen ist Freitag«, bemerkte sie. »Die Sonne wird jedes Stückchen dieser falschen Intimität wegbrennen, und am Tag darauf werdet Ihr fort sein ...«

Er wandte sich um. »Aber ich mag Euch, Juliet, sehr.«

Sie unterdrückte ein Schluchzen. »Ihr kennt mich doch nicht einmal! Vielleicht bin ich ein zänkisches Weib. Vielleicht eine zaghafte Maus.«

Schweigend trat er zu ihr. Er nahm ihre Hand und beugte sich darüber, um sie zu küssen. Es war eine Geste leichten höflichen Humors, auch wenn etwas anderes, etwas tödlich Ernstes, darunter lauerte.

»Und was wäre so falsch daran?« Seine Stimme neckte sie. »Die Maus ist eine zurückgezogen lebende nützliche Kreatur, und es gibt die Hausmaus, die Feldmaus, die Haselmaus, die

Zwergmaus. Ihr habt Eure *Histoire of Four-footed Beastes* zu aufmerksam gelesen, Ma'am. Leider ist sie voll von Lügen.«

Sie versuchte zu lächeln. »Was?«

Er bog ihre Finger zu einer Faust und gab sie dann frei. »Topsells *Four-footed Beastes* ist die Lieblingslektüre eines jeden Schuljungen. Weitaus amüsanter als all das Latein und Griechisch. Gestattet mir zu zitieren: ›Die Maus ist ein raubendes Tier, das sich sanft und harmlos gibt, aber sobald man sie berührt, beißt sie heftig und tötet durch Gift. Sie hat einen grausamen Sinn und wünscht, alles zu verletzen. Es existiert kein anderes Geschöpf, welches die Maus liebt, noch gibt es eines, das die Maus liebt, denn sie wird von allen gefürchtet.‹«

»Aber nichts davon ist wahr!«

»Es sind einfach nur dumme Ammenmärchen. Wir lassen uns davon verhexen. Die Maus ist nicht giftiger als der Liebesapfel – und Ihr seid es auch nicht.«

Juliet schaute hinauf in das mysteriöse, kluge Lächeln. »Was bin ich dann?«

Sein Lächeln vertiefte sich. »Eine traurige Lady, die ein wenig Zerstreuung braucht.« Er setzte sich. »Lasst uns Schach spielen, Ma'am. Ihr seid an der Reihe zu gewinnen.«

Doch noch ehe sie begannen, wusste Juliet, dass sie verlieren würde. Trotz seiner Unbeschwertheit war Alden Granville zutiefst betroffen und konnte das nicht verbergen. Sie hatte die zauberhafte Atmosphäre zerstört und sie sich auflösen lassen wie aufsteigender Rauch. Er wollte nun nur noch fort, das wusste sie, und er würde sich auch so rasch wie möglich verabschieden.

Sie hatte recht. Ruhelos zerstörte er ihre Strategie, indem er ihre Figuren schlug, er ging auf dem Schachbrett vor wie auf einem kleinen Schlachtfeld und zerstörte ihre Verteidigung. Als ob das zählte! Es ging nur noch um einen weiteren Tag.

»Was verlangt Ihr dieses Mal für Euren Sieg, Sir?«, fragte Juliet schließlich.

Er schaute auf, und sie glaubte, so etwas wie Verzweiflung in seinen Augen zu lesen, doch er lachte sie an.

»Dass wir morgen an einem anderen Ort Schach spielen. Wir haben ein Mal in der Küche gespielt und drei Mal in der Laube. Warum jetzt nicht an einem unbekannten Ort?«

»Gut«, stimmte sie zu.

»Und meine Aufgabe für den Tag?«

Juliet schob das Brett von sich fort und stand auf. »Ich denke, Ihr habt sie bereits erfüllt, Sir. Ihr habt das Abendessen gebracht.«

Juliet verließ die Laube und eilte den Gartenweg hinauf.

Alden sah ihr nach, als sie davonging. Das italienische Kleid flatterte wie ein Flügel hinter ihr her.

Morgen. Morgen musste er in Marion Hall mit ihr schlafen. Zu versagen stand außer Frage. Der Ruin wäre einfach eine zu große Strafe für das verlorene Kartenspiel einer Nacht: für ihn, seine Bediensteten, seine Mutter – und vor allem für den kleinen Sherry, der nicht einmal genug verstehen würde, um ihn dafür zu verdammen.

Dennoch schien er nicht fähig zu sein, das Spiel so zu spielen, wie er es üblicherweise tat. Weil so verdammt viel vom Ergebnis abhing? Oder weil Juliet ihn so sehr viel tiefer berührt hatte? *Sie hatte ihren kleinen Bruder verloren. Sie hatte aus Liebe geheiratet.*

Er war den ersten drei Schritten jeder Verfuhrung gefolgt: Er hatte ihr sein schmeichelndes Interesse gezeigt; er hatte eine körperliche Bewusstheit bei ihr geschaffen; er hatte begonnen, ihren Widerstand abzubauen, damit sie sich in seiner Gesellschaft sicher fühlte. Juliet war fast bereit für den vierten Schritt: seine erfahrenen Hände und seinen noch erfahreneren Mund.

Warum hatte er ihr von Maria erzählt? Natürlich war es eine

ganz einfache Wahrheit. Er war kaum mehr als ein Junge gewesen, als er sie geliebt hatte. Er war deswegen von England fortgeblieben. Seine italienische Geliebte und ihr väterlicher Ehemann hatten ihm geholfen, sein Leben und seine Erwartungen zu formen. Doch der Gedanke an Maria bewegte ihn nicht länger. Als es vorbei gewesen war, hatte es ihm nicht das Herz gebrochen. Vielleicht besaß er ein solches Organ gar nicht?

Was jemals wirklich geschmerzt hatte, war Gregorys Tod gewesen, und es gab niemanden – nicht einmal seine Mutter –, mit dem er über seinen geliebten älteren Bruder hatte reden können. Lady Gracechurch verhielt sich einfach so, als hätte sie niemals noch einen weiteren Sohn gehabt, als wäre immer schon von Alden erwartet worden, der Erbe zu sein.

Hatte er gedacht, er müsste Juliet warnen? Ihr in so vielen Worten erzählen, dass er treulos und oberflächlich war? Warum hatte er zugelassen, dass der Abend seinem sorgsamen Arrangement entglitt und die Stimmung wechselte, dass er den sinnlichen Angriff auf sie nicht zu Ende geführt hatte? Warum hatte er nicht den Moment genutzt, in dem sie ihm von dem Medaillon erzählt hatte und er sich gezwungen gefühlt hatte, von Gregory zu sprechen? Er hatte ihr Vertrauen gewinnen wollen, hatte erreichen wollen, dass sie sich sicher bei ihm fühlte, doch er hatte sich nicht so tief auf Persönliches einlassen wollen.

Alden hieb eine Faust in die andere Hand. War er dazu verdammt, einer Frau Schmerz zu bringen, die er mochte? Denn er mochte sie wirklich.

Abednego tauchte laut schnurrend zu seinen Füßen auf. Die weiße Katze ließ ein kleines Tier aus ihrem Maul fallen. Alden beugte sich hinunter, um nachzusehen. Es war eine Maus. Tot. Er stieß mit dem Schuh dagegen. Abednego stürzte sich auf den Leichnam und rannte damit davon.

Dieses Medaillon erinnert mich an den einzigen Menschen,

den ich außer meinen Eltern wirklich geliebt habe. Meinen kleinen Bruder … Fragt mich nicht nach ihm. Er ist tot.

Ihre Worte fühlten sich an wie ein Fluch. Doch morgen musste er ihr Medaillon Lord Edward Vane geben oder zusehen, wie seine Welt in Flammen aufging.

Alden hatte keinen Zweifel, dass er seinen Entschluss, die Wette zu gewinnen, in die Tat umsetzen würde.

Juliet erwachte am nächsten Morgen von einem Klopfen an der Haustür. Sonnenlicht strömte in ihr Schlafzimmer. Sie hatte Kate gebeten, sie nicht zu wecken. Mit einem um die Schultern gelegten Tuch lehnte Juliet sich aus dem Fenster. Der Himmel wölbte sich blau über ihr, und die Luft war warm. Ein weiterer heißer, schwüler Tag, gefüllt mit Staub, war angebrochen.

Jemmy Brambey stand auf dem gepflasterten Weg vor dem Haus und spähte zu ihr hinauf.

»Nachricht aus den *Three Tuns*, Mistress Seton!« Der Junge wedelte mit einem Stück Papier, das er in einer schmutzigen Hand hielt.

Die Katzen sprangen zur Seite, als Juliet die Treppe hinuntereilte. Tilly hatte bereits die Tür geöffnet. Jemmy wechselte ein paar Worte mit seiner Schwester, ehe er mit einem Farthing als Belohnung in seiner Tasche davonrannte.

Juliet hielt den Brief in Händen und ging ins Wohnzimmer. Er war mit rotem Wachs versiegelt, in das sein Wappen hineingedrückt war. Sie starrte auf ihren Namen, der auf der Vorderseite stand, während ihr Herz unruhig klopfte. Minutenlang saß sie ganz still da und hielt den Brief, als wäre er von jenseits des Grabes gekommen. Sie konnte sich eine Wiederholung der gestrigen Geschehnisse nicht erlauben, dieses gefährliche Abgleiten in wirkliche Intimität. Dennoch wollte sie eine Erinnerung an diese seltsame Begegnung behalten …

Sie öffnete das Blatt und überflog rasch die wenigen Zeilen, dann las sie sie noch einmal. Plötzlich lachte sie.

Es war fünf Jahre her, dass sie so etwas getan hatte! Ein ganzer Tag fort von ihrem Haus. Ein ganzer Tag, um ihn in der Gewissheit zu verbringen, dass sie niemals eine weitere Chance auf die Liebe eines Mannes haben würde und die Vergangenheit vergeudet, die Zukunft zerstört war.

Natürlich würde sie nicht gehen können. Es war zu gefährlich. Sie würde irgendeine Entschuldigung finden. Denn der Brief lautete:

Meine liebe Mistress Seton: Wenn ich um Eure freundliche Zustimmung bitten darf, wird unsere Schachpartie heute einige Stunden Fahrt von Manston Mingate entfernt spielen. Die Entfernung wird ein Picknick zum Mittag erforderlich machen, das freundlicherweise mein Gastgeber in den Three Tuns *zur Verfügung stellt. Ich denke, diese Vorkehrungen werden Euch keine große Unbequemlichkeit verursachen. Es ist unmöglich, die Freude zu beschreiben, mit der ich diesen Ausflug in Eurer Begleitung erwarte.*

Ich werde mit einem Zweispänner um zehn Uhr eintreffen.

Natürlich dürfen wir ein weiteres Schachmatt erwarten.

Ob Eures oder meines bleibt zu entdecken.

Ich verbleibe, liebe Madam, Euer höchst gehorsamer, ergebener Diener – G.

Ergebener Diener, in der Tat! Er gehorchte nur seinem eigenen Willen. Doch wann war sie das letzte Mal in einer Kutsche gefahren? Oder hatte einen Ausflug unternommen? Eine Kutschfahrt, ein Picknick, ein Besuch an einem interessanten und schönen Ort und eine Partie Schach …

Ihr letzter gemeinsamer Tag.

Sie hatte ihr Wort gegeben, seine Wünsche zu erfüllen, wann immer sie eine Schachpartie verlor.

Dennoch konnte sie nicht gehen.

Was, wenn sie von jemandem gesehen werden würde, der sich an sie erinnerte? Jemandem, der die Information an George weitertragen könnte? Ihr Ehemann lebte. Sie wusste es in ihrem Innern, und diese seelentiefe Ahnung wurde ihr von Zeit zu Zeit wieder bewusst gemacht, wenn Bruchteile von Neuigkeiten zu ihr drangen. George Hardcastle hatte sich einen Namen gemacht. Er betrieb seinen Holzhandel und fuhr oft nach Russland. Er verbrachte seine Zeit aber auch in London – nur dreißig Meilen entfernt.

Juliet stand auf, ging zur Tür und öffnete sie, um nach Kate zu rufen.

Die Zofe kam herbei und knickste. »Ja, Ma'am?«

»Hältst du mich für verrückt, Kate?«

Die Zofe knickste wieder, um ihre offensichtliche Verwirrung zu überspielen. »Nein, Ma'am.«

Juliet faltete den Brief zusammen und lachte ausgelassen. »Dann irrst du dich. Denn ich werde etwas völlig Verrücktes tun. Und dazu brauche ich deine Hilfe – deine und Tillys.«

Alden stieg den Tritt hinunter und lehnte sich für einen Moment gegen das Rad. Er war in einem leichten offenen Zweispänner gekommen, vor den die passenden Grauen von Gracechurch Abbey gespannt waren, die man ihm am vorhergehenden Nachmittag gebracht hatte. Es würde wieder ein glühend heißer Tag werden, dennoch trug er die formelle Kleidung eines englischen Peers: ein taubengrauer Gehrock; Spitzen; gestärktes, strahlend weißes Leinen; Schuhe mit Absätzen. Er schlug ein Bein über das andere und ließ den Blick über die Rosen schweifen, die den Weg säumten. So wie er sie auch zum ersten Mal gesehen hatte, hockten Shadrach, Meshach und Abednego friedlich auf dem Steinweg und wandten kein Auge von ihm.

Mistress Juliet Seton.

Er hatte schon schönere Frauen ins Bett gelockt und auch solche, bei denen die Konsequenzen folgenreicher gewesen wären: Damen vom Hofe, die Gattinnen von Dukes, einmal sogar eine deutsche Prinzessin, die auf Besuch gewesen war und die ihm ihre Spitzen geschenkt hatte. Er war von Frauen vom Können einer Delilah verführt worden, von betörenden adligen Frauen und von Huren. Irgendwann war eine wie die andere.

Es war nicht das Leben, nach dem er gestrebt hatte. Doch es hatte ihm immer großes Vergnügen beschert, eine Fülle intensiver Gefühle – am Spieltisch, an exquisitem Essen und Wein, am sinnlichen Wissen um den Körper der Frauen – ein Leben voller männlicher Kraft und Macht.

Jetzt war er gekommen, um die Verführung dieser Witwe zu Ende zu bringen. Es würde nicht anders sein als bei hundert anderen Verführungen zuvor, einfach nur wichtiger. Alden fluchte leise. Er war es nicht gewöhnt, so mitfühlend zu sein und dass es – bei Gott! – um eine so schwer wiegende Sache ging.

Heute war der letzte Tag.

Alden hatte sich deshalb für eine andere Vorgehensweise entschieden: Er wollte sich die beeindruckende Pracht von Gracechurch Abbey zunutze machen – und Juliets Überraschung, wenn sie seine Identität herausfand. Nachdem er sie beim Picknick genügend umgarnt haben würde, würde er sie in die kühlen, anmutigen Räume seines Hauses bringen, um ihre Gegenwehr durch deren Wirkung endgültig zum Erliegen zu bringen. Die Respekt einflößenden Decken. Die Kunstsammlung. Die italienischen und römischen Skulpturen in der langen Galerie. Das Heim eines jeden Viscount Gracechurch seit einigen hundert Jahren.

Die einzige Waffe, die zu benutzen er sich weigerte, war Sherry. Peter Primrose war angewiesen worden, den Jungen tagsüber außerhalb des Hauses zu beschäftigen. Vielleicht war das eine schlechte Idee. Das Kind war dazu angetan, das Herz einer jeden Frau zu erweichen. Doch Alden konnte sich nicht überwinden, diese Möglichkeit zu nutzen, auch wenn Sherrys Zukunft ebenso sehr wie die seine vom Erfolg dieses Tages abhing.

Seine Diener würden dafür sorgen, dass alles vorbereitet war. Die Küche würde einen wahren Festschmaus zubereiten, und es würde rasch zu Kopfe steigender Wein serviert werden. Ein Rundgang durch das Haus würde an Alkoven und Sofas vorbeiführen. Jedes Bett würde gelüftet worden und mit frischen Leinen bezogen sein.

Wenn er sie nach Gracechurch brachte, würde er am Ende des Tages jedes Geheimnis ihres Körpers kennen.

Alden konzentrierte sich auf diesen einen Gedanken, als er die Pforte öffnete. Die Katzen gingen davon und verschwanden in den Blumenbeeten. Er blieb stehen und sah ihnen überrascht nach.

Die Tür wurde geöffnet. Er schaute auf.

Und es verschlug ihm den Atem.

Die verarmte Witwe im blauen Kittel und in den mit Weinflecken übersäten Röcken war verschwunden. Die sanfte verletzliche Trägerin des italienischen Kleides hatte sich in Rauch aufgelöst. Eine neue Juliet Seton stand ihm gegenüber, ihre Augen so strahlend wie der Himmel. Sie hatte das Kinn so stolz erhoben, als forderte sie ihn zu einem Duell heraus.

Ein Strohhut, geschmückt mit Zuckererbsen und vielen Bändern, thronte auf elegant gepuderten Locken. Es waren echte Zuckererbsen, die ihren frischen Duft zwischen flatternden Satinbändern verströmten. Eine dünne Schicht von Puder und Rouge betonte ihre perfekte Haut. Sie trug sogar einen Schönheitsfleck, der scheu in ihrem Mundwinkel tanzte, wenn sie lächelte.

Sie trat aus dem Haus. Ihr Kleid aus rosafarbenem Satin

schimmerte im Sonnenlicht. Schleifen aus weißem Satin schmückten Oberteil und Ärmel. Lange Rüschen aus Spitze rieselten von beiden Ellbogen. Der Reifrock wippte und schwang bei jedem ihrer Schritte. Unterröcke raschelten. Zierliche Schuhe mit hohen Absätzen und passenden Satinschleifen klapperten auf den Steinen und schienen den Schlag seines Herzens zu bestimmen.

Heißes Verlangen floss durch seine Adern.

Bei Gott! Mistress Juliet Seton! Versuchst du, es mir in meinem eigenen Spiel gleichzutun?

Er brauchte einen Moment, um zu erkennen, dass das Kleid fünf Jahre alt, ein wenig verblichen und aus der Mode war. Sein Körper verspottete solch unwichtige Nebensächlichkeit.

Das schmale geschnürte Oberteil drückte ihre Brüste nach oben wie in einer gewollten Einladung. Üppig, weich, weiblich – genauso, wie er es sich vorgestellt hatte. Ihr schwellender Busen wurde von einer plissierten Rüsche umrahmt, die rund um den tiefen eckigen Ausschnitt lief, ein Anblick, der angetan war, jeden Mann zu entzücken. Ihr goldenes Medaillon glänzte zart auf weißer Haut. Die tiefe Kerbe zwischen ihren Brüsten bettelte um eine Berührung: von sehnsüchtigen Fingern, von kundigen sinnlichen Lippen.

Zusammen mit dem schamlosen Ansturm der Lust kam das Wissen, dass sie seine Absicht erkannt hatte und nicht davor zurückschreckte. Es würde die süßeste, herrlichste Eroberung werden, die er je gemacht hatte. Mit quälendem Erschrecken begriff Alden, dass sein Verlangen nicht nur ihrem Körper galt – zur Schau gestellt mit all der gewollten Provokation eines Gesellschaftskleides –, sondern dem großen Mut, den es sie gekostet haben musste, dieses Kleid anzuziehen.

Und dennoch fühlte er von irgendwoher einen leisen Anflug von Zorn, auch wenn er nicht wusste, warum.

Sie schlug den Fächer auf, der von ihrem Handgelenk hing,

und hielt ihn vor ihr Dekolletee, um es vor seinen Blicken zu verbergen. Die Geste war eine von reinster Koketterie, erlernt in einem Ballsaal.

Alden nahm seinen Dreispitz ab und verneigte sich vor ihr in vollendeter höfischer Verbeugung.

»Madam«, sagte er. »Ich bin hingerissen.«

Und er wusste bis ins Innerste seines Herzens, dass er jedes Wort auch so meinte.

Das Kleid hatte, eingeschlagen in Papier und geschützt durch Lavendel, seit fünf Jahren in der Truhe in ihrem Schlafzimmer gelegen. Welchen Bedarf gab es in Manston Mingate für solch eine Eleganz? Juliet hatte die Lagen aus Papier sorgsam zurückgeschlagen und das Kleid herausgenommen, während die Bilder aus einem Leben, das für immer verloren war, auf sie eingestürmt waren. Abende im Theater, Blicke über ihren Fächer. Nachmittage mit Stickereien oder am Cembalo. Vor fünf Jahren hatte sie bis auf dieses eine alle ihre Kleider verkauft.

Während Tilly angestrengt daran gearbeitet hatte, die Falten aus dem rosafarbenen Satin zu pressen, hatte Kate Juliets Haar frisiert. Sie hatte sogar Puder und Rouge mitgebracht.

»Ich würde eine Lady nie ohne das zurechtmachen, Ma'am«, hatte sie gesagt und die Lippen geschürzt.

Kate hatte sich auch gekonnt um die feste Schnürung gekümmert, die für das Kleid erforderlich war. Dann war Tilly vom Garten hereingekommen, mit rotem Gesicht und kichernd, in der Hand ein Sträußchen Zuckererbsen.

»Für Euren Hut, Ma'am!«, hatte sie gerufen. »O Ma'am. Ihr seht herrlich aus! Wartet, bis ich Jemmy und den anderen davon erzähle!«

»Ich werde in einer offenen Kutsche fahren«, hatte Juliet erwidert. »Ohne Zweifel wird das ganze Dorf mich abfahren sehen.«

Sie fühlte sich atemlos durch die ungewohnte Enge der festen Korsettstützen. Die Schuhe mit den hohen Absätzen verursachten ihr das Gefühl, so stark zu schwanken, dass sie stolpern könnte. Aber sie hatte nicht verlernt, wie man auf ihnen ging, damit die Röcke wippten und schwangen und herausfordernd bei jedem Schritt einen kurzen Blick auf ihre Knöchel freigaben. Hatte sie jemals einen Nachmittag in solchen Kleidern vertrödelt?

Sie war nicht sicher, warum sie es heute angezogen hatte und sich gegen besseres Wissen entschieden hatte, dem Schicksal zu trotzen. Weil sie es leid war, dieses Leben in Heimlichkeit? Weil sie sich danach gesehnt hatte, nur ein Mal ein verrücktes unkalkulierbares Risiko einzugehen? Weil sie die Bewunderung in Mr. Granvilles Blick sehen wollte und wie diese sich zu der Erkenntnis wandelte, mit einer Lady gespielt zu haben – die ihm ebenbürtig war?

Juliet betrat den Weg hinaus und sah, dass die Bewunderung in seinem Blick sich in etwas ganz anderes verwandelte.

Er nahm seinen Dreispitz ab und vollführte eine Hofverbeugung, elegant, anmutig, vernichtend. Der flüchtige Ausdruck von Zorn war wieder aus seinem Gesicht verschwunden. Sie dachte, er könnte ärgerlich sein.

Einen Augenblick lang war es, als stünde die ganze Welt still, als erstarrte sie wie Lots Weib, das in eine Salzsäule verwandelt worden war. Jetzt keimte auch in ihr ein wenig Ärger auf. Wie konnte er es wagen! Wie konnte er es wagen, mit dieser anmaßenden Arroganz in ihr Leben einzufallen und am nächsten Morgen unversehrt fortzugehen. Glaubte er, sie wäre ihm darin nicht ebenbürtig?

»Madam«, sagte er. »Ich bin hingerissen.«

Kapitel 7

Es war wie ein Tanz, bei dem beide sich harmonisch bewegten, als er ihr in die Kutsche half. Jede Geste perfekt, vollendet. Ihre Röcke raschelten leise, als sie sich setzte, und bauschten sich. Der steife Reifrock nahm den meisten Raum ein.

Alden stieg ein und setzte sich neben sie. Rosafarbener Satin drängte sich gegen seine Oberschenkel. Falls er sich noch einen letzten Zweifel bewahrt haben sollte, so war dieser jetzt verschwunden: Diese Anmut zu erwerben, bedurfte es einer jahrelangen Übung. Haltungsstunden. Tanzmeister. Hochlehnige Stühle und einzwängende Korsetts. Von frühester Kindheit an geübt für das Auftreten im Ballsaal.

Der Wert, den sie auf ihre Ausdrucksweise und ihre Privatheit legte, bewiesen es auch: Sie war zu einer Lady erzogen worden. Wobei es für diesen Fall keine Erklärung gab, die ihr Leben in Einsamkeit und angefüllt mit harter Arbeit rechtfertigte. Es sei denn, der Grund war irgendeine verrückte Selbstaufopferung oder eine romantische Verweigerung der Realität – wobei die eine Möglichkeit besonders selbstsüchtig war.

Alden war froh. Er würde mit ihr schlafen, sie verlassen und nicht zurückschauen. Dass sie sich in diese Fremde in rosafarbenem Satin verwandelt hatte, vereinfachte für ihn nur alles. Dennoch gefiel sie ihm so nicht! Etwas in ihm wollte die Juliet, die ihren Garten hegte und die Hühner fütterte, und nicht diese Dame der Gesellschaft, die ihn über ihren Fächer hinweg kokett ansah …

Was war nur los mit ihm? Bewusst schob er die Erinnerung daran fort, wie sie letzte Nacht ausgesehen hatte, in dem italienischen Kleid, ein Traumbild aus Musselin und Mondlicht. Er zögerte, sich an jenen Moment zu erinnern, als sie ihm fast vom

Tod ihres Bruders erzählt hätte. Bei Gott, aber solche Intimität wollte er nicht!

Alden gab dem Kutscher ein Zeichen, und die beiden Grauen zogen an.

»John, unser Kutscher, ist stocktaub ...«, begann er.

»Was für ein fürsorglicher Arbeitgeber seid Ihr, ihn nicht wegzuschicken, weil er an so einer passenden Beeinträchtigung leidet!«

Alden lachte, auch wenn er Johns Taubheit in Wahrheit eher als hinderlich betrachtete. Doch der Mann war sein ganzes Leben lang Kutscher bei den Viscounts von Gracechurch gewesen. Es stand außer Frage, ihn weiterzubeschäftigen. Er war eine weitere unschuldige Seele, deren Zukunft von Aldens heutigem Erfolg abhing.

Er lehnte sich zurück und lächelte. »Ich dachte, Ihr würdet vielleicht nicht kommen. Jetzt sehe ich, dass ich recht hatte.«

»Was meint Ihr, Sir? Ich bin doch hier.« Sie fächelte mit ihrem Fächer, zwang die heiße Sommerluft vorbei an ihrem Gesicht. »Oder denkt Ihr, ich habe so wenig Mut, dass eine Ausfahrt mit der Kutsche mich vor Angst zittern lässt?«

»Ich schwöre, Ma'am, dass ich dachte, Mistress Juliet Seton verließe nur widerstrebend die Geborgenheit von Manston Mingate. Ich habe recht – Juliet ist zu Hause geblieben. Sie hatte nicht die Kühnheit zu kommen. Stattdessen haben wir hier eine Schauspielerin sitzen.«

Ihre Augen lächelten ihn über den Fächer hinweg an, doch seine Worte hatten Juliets Zorn entschieden verstärkt. Ein wenig Wut half oft bei einer Verführung. Und der Tag würde ihm die meisterliche, altgewohnte Gewandtheit zurückbringen, die er von sich kannte, ohne den Zauber des Mondlichts und das Abgleiten in unerwünschtes Reden über Persönliches. Und wenn sie dann beim Picknick wären ... unter der glühenden Sonne des heißesten Tages des Sommers und erfüllt von gegenseitiger körperlicher Anziehung ...!

»Ich bin immer noch sie, Sir. Vielleicht fühle ich mich durch dieses Kleid besser gewappnet und kann die Schachpartie mit mehr Zutrauen spielen.«

»Ihr glaubt, dass Satin und Spitzen die Voraussetzung schaffen, dass unser Spiel für beide Seiten klarer wird?«

»Ihr selbst tragt doch auch Satin und Spitze«, erwiderte Juliet. »Ähnlich wie Ihr gekleidet zu sein kann mir nur das Feld ebnen.«

Sie würde sich also auf ein Spiel einlassen! »Uns beiden wird es sehr warm werden, Ma'am, wenn erst die Sonne unser Blut in Glut verwandelt.«

»Wird sie das?« Mit einer raschen Bewegung des Handgelenks schlug Juliet den Fächer auf. Ein feiner Film von Schweiß schimmerte auf den sanften Kurven, auf denen ihr Medaillon ruhte und die so offenkundig zur Schau gestellt wurden. »Ich dachte, wir würden Schach spielen?«

Sie flirtete absichtlich mit ihm. Er hatte es doch gewollt, warum also ärgerte es ihn jetzt? »O nein, Ma'am, Ihr seid keine solche Unschuld.«

Der Fächer bewegte sich. »Ihr widersprecht mir mit großer Gewissheit! Wie könnt Ihr wissen, was ich bin?«

Er hätte niemals Karten spielen können, ohne die Kunst des Heuchelns zu beherrschen. Also griff Alden jetzt auf seine langjährige Übung darin zurück und verbarg seine Verwirrung, indem er glättend über eine Falte ihres Rockes strich, der seinen Oberschenkel bedeckte.

»Ihr seid eine Lady von außerordentlicher Klugheit, das weiß ich. Darüber hinaus weiß ich, dass Ihr entschlossen seid, dieses Mal zu gewinnen, und dafür jede Waffe Eures Arsenals einsetzen werdet. Aber wenn wir uns aus dem Gemüsegarten fortbewegen hin zu den kultivierteren Blüten der Gesellschaft, dann müsst Ihr daran denken, dass ich auch in jenem Spiel der erfahrenere Spieler bin.«

Farbe stieg in ihre Wangen. »Aber gewinnt Ihr denn immer, Sir?«

In seinem Blick lag eine Spur von Spott, als er Juliet ansah. »Immer.«

Die Zuckererbsen auf ihrem Hut nickten, als sie den Kopf wandte. »Auch wenn Ihr sagt, dass Euch das Spiel mehr wert war als die Eroberung?«

Er breitete ihren Rock weiter aus und bedeckte seine Beine mit dem weichen rosafarbenen Satin. »Madam, im Spiel der Verführung sind das Vorspiel und die Eroberung eines.«

Sie schaute auf ihren Rock hinunter, dann sah sie Alden direkt in die Augen. In dem bodenlosen Blau lag verzweifelter Zorn, doch sie zog ihren Rock nicht fort.

»Ihr irrt Euch«, erklärte sie.

»Nein, ich habe recht. Seht Euren Fächer an, einen Zeugen der Vergangenheit. Schließt ihn und haltet ihn wie zur Abwehr an Euer Herz – was bedeutet das?«

Sie hielt den Fächer still. »Sagt es mir, Sir. Ihr seid doch der Experte.«

Er ließ sich Zeit, glättete wieder ihren Rock über seinem Schoß. »Selbst ein geschlossener, Abwehr zeigender Fächer meint noch: *Ihr habt meine Liebe gewonnen.*«

»Wäre das so, wäre ich dumm, diese Botschaft damit auszudrücken.«

»Lasst alternativ dazu den Fächer offen. An Eure Wange gelegt, bedeutet es: *Ich liebe dich.*«

»Ihr wählt nur solche Gesten aus, die für Euren Zweck höchst passend sind …«

»Dann haltet ihn halb geöffnet und an Eure Lippen gedrückt. Diese Botschaft lautet: *Du darfst mich küssen.*«

Juliet wandte den Blick ab, als wollte sie die vorbeiziehende Landschaft betrachten. Ihre Zungenspitze lugte zwischen ihren feuchten Lippen hervor wie die eines in großer Konzentration verlorenen Kindes. Die unmittelbare Wirkung, die das auf Alden hatte, hatte mit Kindern nichts zu tun.

Er wollte ihre vollen Lippen mit seinen berühren und ihre süße Zunge auffordern, die verborgenen Plätze seines Mundes zu erkunden.

»Wenn Ihr ihn aber bewegt, verlangt Ihr meine Aufmerksamkeit«, erklärte Alden. »Und damit hat jede Lady mit einem Fächer bereits begonnen, sich zu ergeben.«

Juliet sah ihn mit halb geschlossenen Augen an. Das war offenkundige Ermutigung!

»Und das hier«, meinte sie und hielt den Fächer an ihr Ohr, »bedeutet: *Ich wünsche, dich loszuwerden*.«

Ihre Spitzenmanschetten fielen vom Saum des halblangen Ärmels und streiften Aldens Hand. Er fing den Stoff und hielt ihn zwischen Daumen und Zeigefinger. Er wünschte sich aus tiefstem Herzen, Juliet zu küssen. »Wobei wir uns aber während der ganzen Zeit noch immer im Gespräch miteinander befinden, Ma'am.«

Mit einer raschen Bewegung des Handgelenks bewegte Juliet den Fächer wieder. Alden ließ die Spitzen los.

»Und so umschlossen von meiner Hand, bedeutet es: *Ich hasse dich!*«

Er lachte. »In diesem Spiel bedeutet selbst ein ›Nein‹ eventuell ein ›Ja‹, und Hass, sagt man, liegt sehr nahe bei der Liebe.«

Sie zog den Fächer durch ihre Hand. »Eine interessante Philosophie. Ist der Preis sie auch wert?«

»Für wen? Mir ist er es immer wert gewesen.«

Juliet legte den Fächer an ihr Ohr. »Aber selten für Euren Gegner, wenn ich richtig vermute.«

»Gegner?«

»Kein anderes Wort würde besser passen, nicht wahr? Ich würde behaupten, dass Eure Liebhaberinnen auch immer Eure Widersacherinnen sind.«

Die Bewegung ihres Körpers hatte in Alden unerträgliches Verlangen geweckt. In gefährlichem Erhöhen des Einsatzes beschloss er, Juliet mehr darüber zu erzählen, was es wirklich bedeutete, ein Wüstling zu sein. Aber kaum aus einem Sinn der Fairness! Warum dann? Weil sich in der Vergangenheit dieser letzte Hinweis auf seinen berüchtigten Ruf stets als ein Aphrodisiakum erwiesen hatte? Oder einfach nur, weil er aus einem Grund, den er nicht kannte, noch immer wütend war – eine heftige namenlose Wut über sein eigenes zügelloses Begehren?

Das Risiko hieß jetzt in der Tat alles oder nichts. Sollte Juliet Seton doch aus der Kutsche springen und ihn in die Hölle verdammen, wenn sie es wünschte!

»Der Reiz des Liebemachens wird durch einen kleinen Streit nur noch aufregender«, entgegnete er.

Farbe flutete ihren Nacken. »Doch Ihr trennt Euch immer freundschaftlich?«

»Es gab einige wenige bedauernswerte Szenen.«

»Gab es die, Sir? Bitte, klärt mich auf.«

Es schien das schändlichste Spiel zu sein, auf das er sich je in seinem Leben eingelassen hatte. Offen zuzugeben, dass er in der Tat eine Spur von gebrochenen Herzen hinterlassen hatte. Aber wenn überhaupt, dann musste er dieses Mal gewinnen!

»Seit ich aus Italien zurückgekehrt bin, zankten mich die Damen aus, verfluchten mich, haben sogar versucht, mich zu töten – oder ihre Ehemänner haben es versucht.«

»Ihr seid nicht tot.«

»Ich verfüge über eine gewisse Fertigkeit im Umgang mit einem Degen. Wenn Ihr mich anklagt, ein Schuft zu sein, dann habt Ihr recht. Und das bedeutet: Ich ruiniere niemals Diener, doch wenn es ein Spiel unter Gleichen ist, dann spiele ich, um zu gewinnen, was immer die Konsequenzen sind.«

»Also riskiert die Lady ihr Glück, und Ihr nehmt Euch Euer Vergnügen ...«

»Es ist ein gerechter Tausch. Denn auch sie findet ihr Vergnügen, ich schwöre es Euch.« Er berührte ihr Handgelenk. Ein Hauch von Feuchtigkeit lag auf ihrer Haut, die Berührung war elektrisierend. »Doch ich habe immer gewonnen, weil mir stets als Erstem langweilig wurde.«

Ihr Blick richtete sich auf seine Finger. Ihre Wimpern waren dunkel unter dem Schatten ihres Hutes. »Es ist also eine Prüfung, um zu sehen, wer am wenigsten Herz hat?«

»Oder um zu sehen, wer die größte Leidenschaft hat – es ist nie meine Absicht, das Herz dabei zu beteiligen.«

Ihre Hand schloss sich fest um ihren Fächer, als sie den Blick abwandte. »Ist es Euch kürzlich langweilig geworden mit einer besonderen Lady?«

Alden dachte einen Moment lang an jene junge Frau zurück, die plötzlich und verzweifelt ihre wahre Liebe für ihren Gatten entdeckt hatte. Er hätte sie noch in sein Bett bekommen können. Warum hatte er sie stattdessen gehen lassen? War der Grund etwas so Simples wie Langeweile gewesen? Es ärgerte ihn, dass er sich diese Frage stellte. Aber was sonst könnte der Grund gewesen sein?

»O ja«, antwortete er mit einem kleinen Lachen. »Sehr sogar.«

»Und vor ihr?«

»Jene Dame wollte Nonne werden. Ich brachte sie von ihrem Vorhaben ab.«

»Und danach habt Ihr sie verlassen.«

»Natürlich.«

Das hatte er. Ganz kalt. Er hatte diese Frau nicht einmal gemocht. Doch das fühlte sich ganz und gar nicht wie ein tolles Eingeständnis an, was Alden nur noch mehr ärgerte.

»Also ging die Dame schrecklich niedergeschlagen davon«, sagte Juliet.

Das war unzweifelhaft richtig. Als die Möchtegern-Nonne

weinend und flehend zu ihm gekommen war, hatte er nur den Wunsch verspürt, sie in ihrer Absicht noch zu bestärken. Sie war eine solche Heuchlerin gewesen – all diese Reinheit vorzugeben, während sie alles darangesetzt hatte, ihn ins Bett zu locken!

»Ja«, bekannte er.

»Und Ihr fühltet Euch auch niedergeschlagen.«

Ihre Bemerkung veranlasste ihn, spontan die Hand an ihr Kinn zu legen und sie zu veranlassen, den Kopf zu drehen und ihn anzusehen. »Denkt Ihr das?«

Sie sah ihm direkt in die Augen. »Ich würde behaupten, dass beide Seiten verloren haben, Sir, doch dass Ihr mehr Stolz habt, das ist alles. Ihr seht das Ende schneller kommen, und deshalb löst Ihr Euch als Erster. Ohne Zweifel ist es das, was wirklich mit Maria geschehen ist. Ihr hattet nie den Mut, etwas anderes zu riskieren.«

Alden lachte sie an – ein tiefes, träges Lachen –, um den Zorn zu verbergen, den er in sich aufsteigen fühlte. Er gab ihr Kinn frei. Warum sollte er irritiert sein? Er war dabei zu gewinnen. Er hatte ihr deutlich gemacht, was es bedeutete, sich mit einem Schurken einzulassen, und sie war nicht in Panik davongerannt. Die Linie ihres Nackens und der Ansatz ihres hochgekämmten Haares bedeuteten eine intensive Versuchung. Er wollte diese weiche weiße Haut berühren, mit den Fingerspitzen über die Linie ihres Schlüsselbeines fahren bis herunter zu der Wölbung ihrer üppigen Brüste. Sein Körper reagierte sofort. Der aufkeimende Zorn löste sich auf in glühendem Verlangen.

»Was ist dabei zu riskieren, Ma'am?«

Sie erwiderte den Blick. Ihre Augen waren von einem verwirrend dunklen Blau. »Zuneigung. Beständigkeit. Wahre Nähe. Liebe.«

»Gefühle, die Ihr gekannt habt?«

»Nein.« Sie schien wahrhaft tugendhaft zu sein. »Aber ich habe an sie geglaubt.«

»Ihr habt doch auch Verlangen gekannt, das noch ursprünglicher ist.« Das pochende Verlangen in seinen Lenden ließ seine Stimme heiser klingen. »Ihr fühlt es jetzt.«

»Ja«, sagte sie atemlos und wandte den Blick ab. »Warum es leugnen?«

Sein Begehren wurde größer, wuchs an Intensität. »Und Ihr wisst, dass es das wert ist, auch ohne Liebe und Beständigkeit. Mehr noch, Ihr wisst, dass es am sichersten ist, diese Lust mit einem Casanova auszuleben, denn weder erwartet er anderes, noch verspricht er anderes.«

Die Hufe der Pferde klapperten über die harte Straße, ein schwerer Kontrapunkt zum Klirren des Geschirrs und dem Rauschen der Blätter über ihnen. Es war eine seltsame unschuldige Begleitung zu dem leidenschaftlichen Drängen seines Blutes.

»Das denkt Ihr?«, fragte sie.

»Warum sonst seid Ihr hier?«

»Vielleicht weil ich Euch zustimme.« Ihr Atem ging schnell, nervös. »Es muss nicht viel weiter gehen als bis dorthin: Wenn ein Verführer um mehr bittet und die Lady es verweigert, wird er sie vergessen und seines Weges gehen. Falls sie es vorziehen würde, vergessen zu werden, ist das am besten für sie. Sie wäre wieder ihrer Arbeit und ihrem Garten überlassen, mit der Erinnerung an einen harmlosen unbeschwerten Augenblick der Verrücktheit.«

Alden hätte am liebsten gejubelt und sein Frohlocken zum weiten blauen Himmel hinaufgerufen, einen Ausruf des männlichen Triumphes, doch er beherrschte sich und sprach mit ruhiger Stimme weiter. Es gelang ihm sogar, einen Anflug von Humor mitklingen zu lassen. »Welche Art von Verrückheit?«

»Das bleibt abzuwarten.«

»Und wenn er um weitaus mehr bittet, als sie zu geben bereit ist?«

»Sie wird nicht zustimmen. Denn dann würde sie sich selbst beweisen, wahrhaftig eine Närrin zu sein.«

Alden schloss sekundenlang die Augen, um seine Kontrolle wiederzugewinnen. Eine Verrücktheit. Er war kein Junge mehr, der von seiner sexuellen Erregung hinweggerissen wurde, und doch fühlte er eine Flamme drängenden Verlangens …

»Obwohl sie also einen Verführer für prinzipienlos und gefährlich hält, sind gerade diese Eigenschaften es, die ihr die Sicherheit geben, dass sie diesen einen Tag lang mit ihm flirten, ihn sogar küssen kann, weil sie die Chance sieht, ihn danach zu verachten?«

»Ja«, bekannte sie offen. »Das würde dem Ganzen eine eigene Befriedigung geben, meint Ihr nicht? Wenn die Sache sie unberührt ließe und er derjenige ist, der vor Verlangen nach ihr mehr zittert?«

»Das wäre fair, allerdings nur, wenn sie ihre eigene Reaktion korrekt beurteilt hat.« Er legte die Hand auf das Rückenpolster ihres Sitzes, bis seine Finger leicht ihren Nacken berührten. Ihre Haut schien vor Hitze zu brennen. Er strich sanft hinauf zu ihrem Haaransatz und über ihren Nacken. »Lasst es uns herausfinden.«

Ihr Gesicht glühte. »Ihr glaubt, dass der Angriff die beste Taktik ist, nicht wahr?«

Alden löste die Bänder ihrer Haube und warf sie zur Seite, dann fuhr er mit dem Daumen über die Kontur ihres Kinns. Ihre Brüste hoben und senkten sich rasch unter dem goldenen Medaillon, und ihr war, als sänge ihre Haut im Einklang mit seiner Berührung. Sein Puls hämmerte.

»Sich immer in der Defensive zu befinden garantiert das Verlieren«, meinte er.

Juliet ließ ihren Fächer auf den Schoß fallen, zog sich aber nicht von Alden zurück. Ihr Atem berührte seine Lippen, eine Harmonie im schnellen Rhythmus mit seinem eigenen. »Ja, Angriff ist immer eine gute Strategie – beim Schach.«

»Obwohl er einen im Leben weiter führen könnte, als man gehen will?«

»Wie weit wäre das?«

»Zumindest so weit, Juliet.«

Er legte seinen Daumen in ihren empfindsamen Mundwinkel, während er sich über sie beugte. Ihre Lippen begegneten seinen weich und leicht und mit einem leisen Seufzen. Trotz des unwiderstehlichen Drängens seines Blutes reagierte Alden mit köstlicher Sanftheit. Er küsste ihre Unterlippe und ihre Mundwinkel, dann nahm er ihre Unterlippe zwischen seine Lippen, saugte zart und spielte mit den Gefühlen.

Süße flutete seinen Mund.

Er verlangte nach mehr, einem zärtlichen Biss in ihre Unterlippe folgte ein Kuss, die sanfte Berührung mit seiner Zungenspitze.

Sie antwortete mit aufrichtigem Mut. Und überraschend unschuldig.

Verlangen begann, heiß zu brennen. Doch er neckte nur, erkundete geschickt, wartete, bis sie die Intensität zu fordern begann, die er noch zurückhielt. Zum Schluss schmiegte sie sich an seinen Rock und stöhnte, ließ eine Hand hinter seinen Kopf gleiten und öffnete ihren Mund seiner Invasion. Gefühle explodierten. Sein Blut rauschte vor männlichem Jubel, donnerte in seinen Ohren, als er sein Herz und seine Seele in den Kuss hineinlegte.

Ehe er völlig die Kontrolle verlieren würde, brach er den Kuss ab und hauchte kleine Zärtlichkeiten auf ihren Nacken, ihre Augenlider, ihre Ohrläppchen. Sie seufzte, ihr Kopf ruhte auf seinem Arm, ihr Mund war geschwollen und heiß.

»Ah, Mistress Seton«, flüsterte er und strich mit dem Daumen über ihre Wange. »Ich bin derjenige, der besiegt ist.«

»Nein.« Ihre Pupillen waren weit und groß, als sie zu ihm aufschaute. »Seid jetzt nicht unehrlich. Ich weiß, dass dies nichts bedeutet.«

»Es bedeutet, dass ich für Euch brenne, Juliet. Keine Wahrheit brannte jemals heller oder aufrichtiger als diese.«

Ihre Finger berührten sanft seine Wange, als wollte sie die Linien seines Gesichtes nachzeichnen und sie sich ins Gedächtnis prägen. »Ihr gedenkt, noch mehr Öl in die Flammen zu gießen?«

»Ich will verdammt sein, wenn mich das kümmert. Lasst uns einen Flächenbrand entzünden!«

Er küsste sie wieder, tiefer dieses Mal, während seine Hände ihren Hals herunter und über die unverdeckte Schwellung ihrer Brüste glitten. Der weiche Ballen seines Daumens verweilte in der Spalte und schob das Medaillon zur Seite, als er sie jetzt mit ungezügelter Leidenschaft küsste.

Tiefer. Tiefer. Mit jeder Unze seines Könnens und seiner Erfahrung. Mit einer überraschenden und nicht vorausgesehenen Leidenschaft. Er verschlang ihren Mund. Erkundete die weiche Form ihrer Brüste.

Intensität explodierte zu einer Springflut.

Jede Faser seines Körpers antwortete mit unbändigem Begehren. Sie zu berühren, überall, überall! Sie zu erkunden mit hungrigen Händen und hungrigen Lippen. Einzudringen in ihre üppige Schönheit und mit ihr eins zu werden. Jetzt! Jetzt! Er brachte ihren Körper zum Klingen, während seine Lippen sangen – heftig, scharf, brennend vor Lust. Sich zu vergraben in ihr heißes Herz! Die seelenerschütternde Ekstase zu fühlen! Sie mit sich zu reißen in gegenseitiger Erfüllung!

Jetzt! Die Lust erhob sich zum Crescendo. Mehr! Weiter! Tiefer! *Jetzt!*

Seine Kontrolle begann zu schwinden …

Seine Beine waren gefangen vom rosafarbenen Satin ihres Rockes. Seine Hände stießen auf Stoff und Spitze. Er senkte den Kopf, um ihre Brüste mit der Zunge zu streicheln und ihr dabei das Kleid von den Schultern zu streifen. Er wollte sie nackt sehen – sie nackt fühlen – und schmeckte in seinem Mund nur die Spitzenvolants ihrer Manschetten, als sie ihn fortstieß.

Er sah in ihre Augen, als er seine Hände öffnete und sie freigab. »Juliet, bitte!«

»Ihr habt versagt«, sagte sie und wandte sich ab. »Ihr lasst mich kalt.«

Für den Bruchteil einer Sekunde glaubte er, sie würde ihn wirklich zurückweisen. Der Schmerz darüber lähmte ihn.

»Um Himmels willen«, wandte er schließlich ein. »Wir haben kaum angefangen ...«

»Dieses Spiel zu spielen?« Sie lachte. »Aber wir werden sehen, Sir, wer das Schachmatt erzwingt.«

Alden zog sich abrupt von ihr zurück und lehnte sich in seine Ecke des Sitzes. Sein Atem ging schnell und abgerissen. Sein Mund brannte.

»Es wird kein Schachmatt geben«, erklärte er. »Ich gebe nach und ziehe meine Armee zurück. Wenn Ihr mich verletzen wolltet, dann habt Ihr damit über Eure kühnsten Erwartungen hinaus Erfolg gehabt.«

Sie bedeckte ihren Mund mit dem Fächer. Der Fächer zitterte, wurde bewegt wie von einem Erdbeben. Juliet schlug eine Hand über die andere, als wollte sie sie stillhalten.

In der Sprache der Fächer hieß das: *Vergib mir.*

Alden packte sie an beiden Schultern und drehte ihr Gesicht zu sich.

Ihr Atem, ihre roten Wangen, ihre weit aufgerissenen Augen verrieten sie. Sie war randvoll mit Mut und der Entschlossenheit, ihn in seinem eigenen Spiel zu schlagen, doch wenn er jetzt fragte, könnte sie sich ihm nicht verweigern. Was, zum Teufel, glaubte Juliet Seton denn, was sie tat, indem sie versuchte, es einem Verführer gleichzutun? Obwohl sie es nicht wusste, hatte ihr Körper sie bereits verraten.

Sein Blut drängte und rauschte, während seine Gedanken um den Sieg kreisten, den er erringen würde. »Ich brenne für Euch. Ihr seid so anders, Juliet.«

»Für heute vielleicht«, entgegnete sie. »Für jetzt. Nette Lügen.«

»Warum sollte ich Euch in diesem Augenblick etwas vortäuschen? Wollt Ihr, dass ich so tue, als wäre ich nicht verrückt vor Verlangen? Ich habe nie zuvor dieses unbezähmbare Begehren gespürt.« Es war wahr – jedes Wort.

Juliet senkte den Blick und biss sich auf die Lippen, geistesabwesend öffnete sie ihren Fächer und schloss ihn wieder. *Du bist grausam.* »Wenn Ihr verletzt seid, Sir, so ist es nur Euer Stolz.«

»Vielleicht, aber es fühlt sich an wie eine viel tiefere Wunde. Nicht wie eine, von der ich sagen könnte, wo sie sich befindet. In Wahrheit fühle ich mich ein wenig verwirrt und auf unbehagliche Weise verletzlich. Es ist nicht die Reaktion, die ich üblicherweise zeige, wenn ich eine Lady küsse.«

Juliet hatte die Hände auf ihrem Schoß liegen und ballte sie jetzt zu Fäusten. Dabei starrte sie auf ihren geschlossenen Fächer. »Es war nur ein Experiment ...«

»Ein Experiment! Und was habt Ihr gefühlt?«

Der Fächer sprang auf. »Nichts ...«

Alden brach in Lachen aus, in ein lautes Lachen, das von Heiterkeit erfüllt war. »O Juliet! Was für eine offenkundige Unwahrheit! Es ist in Ordnung, es zuzugeben. Wirklich! Wenn Ihr es wollt, wird es hier und jetzt aufhören. Ich würde Euch niemals wieder berühren, aber die Wahrheit ist die: Ich habe noch nie solch einen Kuss erlebt ...«

»Schmeicheleien«, wehrte sie verzweifelt ab.

»Himmel, nein! Warum zum Teufel sollte ich schmeicheln? Es ist so wahr wie der blaue Himmel. Falls Ihr aber darauf beharrt, würde ich darauf bestehen, dass wir es wiederholen – nur um zu beweisen, dass Ihr Euch irrt.«

»Ich denke ...« Sie griff nach ihrer Haube, stülpte sie auf ihren Kopf und band die Bänder entschlossen zu einer Schleife unter ihrem Kinn. »Ich denke, das sollten wir nicht.«

»Scht, scht!«, flüsterte er. »Tapfere Juliet. Ihr habt mir einen Dolchstoß mitten ins Herz versetzt. Daran bin ich wahrlich nicht gewöhnt, doch ich werde nicht daran sterben. Inzwischen liegt die Kontrolle ganz bei Euch. Wenn Ihr sagt, es hört hier auf, hört es hier auf.«

Sie wandte den Kopf ab und schwieg.

»Nun denn, Ma'am. Eure Zuckererbsen verwelken.«

Er gab John ein Zeichen, die Pferde anzuhalten, und sprang aus der Kutsche. Rote Lichtnelken wuchsen entlang des Weges. Alden pflückte eine Hand voll der wilden Blumen und schwang sich dann zurück in die Kutsche. Die Grauen zogen wieder an.

Juliet hatte die Hände um den Rand der Seitenwand geklammert und wandte Alden den Rücken zu. Sie schaute zwischen den Bäumen hindurch in die Ferne.

»Dieser Ort dort, wie heißt er?«

Alden zwang sich, den Blick von ihrem Rücken und dem verletzlich wirkenden weißen Nacken abzuwenden, den der Ausschnitt ihres Kleides freiließ. In der blauen Ferne erhob sich, verhangen in der Hitze des Nachmittags, ein Haus aus der Landschaft. Sie näherten sich bereits der südlichen Grenze seines Besitzes.

»Gracechurch Abbey.«

»Wer wohnt dort?«

Er zog die sterbenden Blumen von ihrem Hut. Eine nach der anderen ließ er sie auf ihren Schoß fallen.

»Der Viscount, obwohl er nur selten anwesend ist.«

Sie saß wie erstarrt da, klammerte sich an die Kutschentür und starrte auf das Haus. »Viscount Gracechurch?«

Alden befestigte die frischen Wildblumen anstelle der Zuckererbsen an ihrer Haube. »Der Bursche ist ein Spieler und Tunichtgut, und, so sagt man, der wahre Teufel, wenn es um Frauen geht.«

Er beugte sich hinunter und küsste den zarten Punkt, an dem

ihre Schulter und ihr Hals zusammentrafen. Ein Mal. Um ihr seine Selbstbeherrschung zu demonstrieren. Um sie an sein Können zu erinnern.

Abgesehen von einem schnellen Einatmen ließ Juliet keine Regung erkennen.

Alden konnte sich die nächste Szene so deutlich vorstellen, als wäre sie aus einem Stück, das er geschrieben hatte. Es bestand keine Notwendigkeit, den ganzen Weg zum Haus zu gehen. Juliet war bereits sein. Noch eine weitere Meile, und er könnte John das Zeichen geben, die Pferde anzuhalten. Er würde aus der Kutsche steigen, Juliet die Arme um die Taille legen und sie aus der Kutsche heben. In einer Wolke aus rosafarbenem Satin und Spitzen würde sie an seine Brust gedrückt in seinen Armen liegen.

Er würde sie küssen, bis sie in Flammen stehen würde, hilflos sein würde, dann würde er sie durch das kleine Gebüsch führen und sie wieder küssen. Wo die Bäume sich lichteten, lag eine abgeschiedene sonnige Senke, gefüllt mit Wildblumen und geschützt von den Ruinen einer Mauer, ein uralter Überrest der Abtei, die sein Vater in einer liebenswerten Überspanntheit hatte wiederaufbauen lassen.

Dort würde er ihr das prächtige Kleid ausziehen. Sie Schale um Schale aus ihren Unterröcken und ihrem Korsett befreien. Die von Bändern gebundenen Schuhe mit den hohen Absätzen beiseiteschieben. Ihre Strumpfbänder lösen, ihre Strümpfe fortküssen. Sein Rock würde das Kissen für ihren Kopf sein, sein Hemd die weiche Lagerstatt für ihren nackten Rücken. Sie würde ihre Lippen auf seine nackte Brust pressen, während er ihr die Schuhe abstreifte, würde in seinen Mund stöhnen, wenn sie ihm half, seine Hosen herunterzustreifen. Er würde sie nehmen, dort in jener Senke, während sie ihn bat, es nicht zu tun, ihn anflehte, nicht aufzuhören.

Sein Blut brannte.

Sein wissender, erfahrener Körper würde ihr gehören, er würde ihr alles schenken, wonach sie verlangte.

Als Gegenleistung versprach er ihr Ekstase.

Es war keine selbstüberschätzende Fantasie. Es war die simple Wahrheit. Sie begehrte ihn so sehr wie er sie. Dort, zwischen zerdrücktem Thymian und den Vergissmeinnicht, dort würde er sie besitzen. Wenn sie erobert war, hilflos war, würde er in sie eindringen, ihre Süße und ihren Mut und ihre Stärke kosten und sie gewinnen.

Keine Frau hatte ihn je zurückgewiesen. Er könnte sie noch vor Mitternacht nach Marion Hall bringen, er war überzeugt, dass sie ihm nichts würde verweigern können. Ob sie es realisierte oder nicht, Mistress Juliet Seton war bereits seine Geliebte. Die Wette war so gut wie gewonnen.

Mit sanften Fingerspitzen streichelte er ihren Nacken, bewunderte ihre seidig-weiche Haut.

Die beiden grauen Pferde trotteten auf das Gebüsch zu.

Alden hatte schon die Hand gehoben, um das Signal zum Halten zu geben, als Juliet sich umwandte und ihn ansah. Ihre Augen waren weit geöffnet und leuchteten in tiefem Blau. In ihren Augen lag alles, wofür er gearbeitet hatte: das Verlangen ihres Körpers und dessen Verletzlichkeit. Sein eigenes Verlangen reagierte darauf, drängend strömte es durch seine Adern, hartnäckig, fordernd. Er schmiegte ihre Wange in seine Hand, als wollte er sie wieder küssen.

Sie umklammerte seine Hand und zog sie zu sich herunter.

»Ich kann nicht«, wisperte sie. »Ich kann nicht gewinnen. Ich habe gelogen. Ihr habt mich besiegt. Wenn Ihr noch irgendwie Gnade walten lassen könnt, werdet Ihr mich nicht wieder berühren.«

Schachmatt!

Alden war verwirrt und schwieg.

Dann ließ er die Hand sinken.

In der Ferne ertönte Donnergrollen. Ein Regentropfen fiel auf seine Hand.

Er schaute auf. Dunkle Wolken hatten sich gesammelt und aufgetürmt und entwickelten sich rasch zu Gewitterwolken. Eine kalte Brise erfasste Juliets Röcke und ließ die Bänder ihrer Haube flattern. Hörbar begannen Regentropfen auf die Straße zu fallen.

»Gott sei Dank«, murmelte sie und legte den Kopf zurück. Sie schloss die Augen, während der Regen ihr erhitztes Gesicht benetzte. »Endlich.«

Alden kämpfte um einen Ausweg, versuchte verzweifelt, einen Weg zu finden, die unwillkommenen Skrupel aus dem Kopf zu bekommen. Gracechurch Abbey war nah. Sie könnten dort, nass vom Regen, Zuflucht suchen. Behaglichkeit und Wärme wären ein einfaches Vorspiel für eine zivilisierte Verführung in einem Salon oder auf den warmen Laken in einem Schlafzimmer. Und eine Frau aus ihren nassen Kleidern zu befreien und in seine Arme zu bringen war ihm ein Leichtes. Er hatte es schon hunderte Male bewiesen.

Danach würde er sie nach Marion Hall bringen, weich und glühend von ihrer Liebe. Und dort würde er sie noch einmal nehmen, um der Wette mit Lord Edward und Sir Reginald Denby Genüge zu tun. Dort würde er den beiden das Medaillon als Beweis überreichen – oder ruiniert sein.

Er war sich so sicher gewesen, das schaffen zu können. Warum zum Teufel versuchte er es nicht?

Es wäre etwas, das er bis zu seinem Sterbetag bereuen würde, würde er nicht mit Juliet Seton schlafen. Wenn es ihm heute Abend nicht gelang, sie in Marion Hall ins Bett zu locken, würde ihn das sein Haus und seine Zukunft kosten … und sehr wahrscheinlich auch seine Freiheit. Es würde ihn Sherry und Peter Primrose kosten und die Zukunft all jener, die von ihm abhängig waren …

Alden wusste nicht, was alles noch sein Versagen ihn kosten könnte, er wusste nur eines: Es wäre eine Schändlichkeit, Juliet wie irgendein Bauernmädchen auf einem Acker oder unter einer Hecke zu nehmen – und es wäre die Tat eines Lumpenkerls, sie nach Gracechurch Abbey zu bringen, um sich an ihrer Verletzlichkeit zu weiden.

Mit Zorn auf seine eigenen, so unerklärlichen Gefühle, die an seinem Herzen zerrten, gab Alden dem Kutscher das Zeichen zum Umkehren.

»Dann ist es besser, Euch nach Hause zu bringen«, erklärte er schroff. »Es sei denn, wir wünschen, Schach in einem Wolkenbruch zu spielen.«

Er ließ im Geiste jeden blasphemischen Fluch vorüberziehen, den er kannte. Irgendwo, unvorhergesehen und unwillkommen, schien eine winzige Spur von Ehre oder Mitleid oder Beherrschtheit ausgesät und zu dieser unmöglichen Pflanze aufgegangen zu sein.

Der berüchtigte Lord Gracechurch war dabei, davon Abstand zu nehmen, mit einer Frau zu schlafen, die er leidenschaftlich begehrte und die bereit war, sich ihm hinzugeben. Selbst wenn so ein Verzicht ihn dieses Mal sein Haus und seine Zukunft und sehr wahrscheinlich auch seine Freiheit kosten würde.

Offensichtlich hatte er den Verstand verloren.

Die Pferde trotteten weiter. Die geballten Hände vor den brennenden Mund gepresst, schmiegte sich Juliet in seinen Mantel. Er hatte darauf bestanden, ihn ihr umzulegen, und hatte ihn um ihre Schultern gelegt. Der Gewitterregen war zu Nieselregen geworden, der schließlich aufgehört hatte, doch sie hatte ihm seinen Rock nicht zurückgegeben. Eingehüllt in dessen schützende Wärme, saß sie da, die Kutschendecke über den Beinen.

Die Augen geschlossen, die Arme verschränkt, saß Alden

Granville zurückgelehnt neben ihr. Der Regen hatte sein Haar durchnässt, seine Schultern und seine Weste. Der Stoff klebte an seinem Körper, sein ernstes, schönes Gesicht war nass vom Regen. Sein ausdrucksvoller Mund schwieg, der Worte und der Küsse beraubt.

Hätte er gefragt, er hätte sie gleich hier in der Kutsche lieben können. Er hätte ihre Röcke hochschieben und kühn hineinstoßen können in ihren feuchten, willigen Schoß. Doch er hatte nicht gefragt, obwohl er begehrt hatte. In diesem Punkt glaubte sie ihm.

Was sie jedoch nicht glaubte, war, dass sie etwas Besonderes war oder dass sie ihn auf irgendeine einzigartige Weise angerührt hatte. Er begehrte sie, weil er ein Verführer und sie eine Frau war.

Er war ein Wüstling, ein Mann, der zum Zeitvertreib Herzen brach. Sie war eine verheiratete Frau, die sich – trotz allem – an das Gelübde gebunden fühlte, das sie so viel gekostet hatte. Noch stärker als das war jedoch ihre Angst vor Entdeckung. Sie war nicht frei. Und selbst wenn sie es gewesen wäre, wäre sie nie nur eine weitere Geliebte eines Mannes, der schon so viele Frauen gehabt hatte. Obwohl sie ihn mit einer Sehnsucht begehrte, die sie bis in die Seele erschütterte: Sie wollte nicht nur seinen Körper, sie wollte auch seine Aufmerksamkeit und seine Gedanken.

Juliet zog seinen Mantel enger um ihre Schultern. Der Stoff trug seinen Duft, diesen sauberen, männlichen Duft, den sie für immer tief in ihre Lungen einatmen wollte – um etwas von ihm zu behalten, auch wenn es nur sein Geruch war.

Wie dumm von ihr, wenn es so offenkundig vorbei war! Das Spiel der Könige und das Spiel der Verführung. Zerstört für immer. Er würde seinen Weg weitergehen und sie dem ihren überlassen.

Doch ihre Haut sehnte sich nach der Berührung seiner

Hände. Ihr Mund rief schweigend nach seinem Kuss, nach der dämonischen Kundigkeit seines Mundes und seiner Zunge. Ihre Hände verlangten danach, sich an dem Spiel seiner harten Muskeln unter seinem feuchten Hemd zu erfreuen. Würde er sie jetzt fragen, und sei es auch nur mit einem Blick, sie wäre nicht fähig, ihn zurückzuweisen.

Er fragte nicht.

Kannte er also trotz seiner eingestandenen Liebesabenteuer so etwas wie Mitgefühl?

Juliet wandte den Kopf ab und sah zwei Reiter den schmalen Pfad entlanggaloppieren, der am Waldrand verlief. Voran kanterte ein stämmiges schwarzes Pferd, das einen kleinen blonden Jungen auf seinem Rücken trug. Der zweite Reiter war ein hagerer junger Mann auf einem kastanienbraunen Pferd.

Der Junge nahm seinen Hut ab und winkte damit. »Lord Gracechurch!«

»Seht«, rief Juliet. »Da ist ein Graben!«

Sie erhaschte noch einen flüchtigen Blick auf blaue Augen und einen eigenwilligen jungen Mund, bevor das Kind den Kopf hinunterbeugte und mit beiden Händen in die Mähne griff. Das Pferd strauchelte, der Junge kippte vornüber, sein Hut flog über den Kopf des Schwarzen davon, während das Kind vom Pferd stürzte.

Alden war schon aus der Kutsche gesprungen. Er rannte sechs Schritte und glitt hinunter in den Graben.

Der andere Reiter hatte angehalten und war aus dem Sattel gestiegen, sein Gesicht schneeweiß.

John hielt die beiden Grauen an, und Juliet kletterte aus der Kutsche. Sie hatte nur diesen einen kurzen Blick auf das Gesicht des Kindes werfen können, und doch meinte sie, einen Geist gesehen zu haben. Ohne Zweifel war es eine Täuschung gewesen, weil das Licht sie genarrt hatte. Ein unerklärlicher Schock der Erinnerung, das Bild eines anderen blonden Jungen, der seinem Kindermädchen davonlief, während er über die Welt lachte. Warum musste der Anblick jedes sorglosen Kindes solch schrecklichen Widerhall mit sich bringen?

»Es ist alles in Ordnung, Peter«, rief Alden. »Er ist unverletzt.«

Juliet lief zum Rand des Grabens.

Ohne auf Satinhosen und hochhackige Schuhe zu achten, kniete Alden Granville im einige Zentimeter hohen modrigen Wasser und hielt den kleinen Jungen in seinen Armen. Die Spitzenmanschetten an seinen Handgelenken waren schlammbeschmutzt. Der Saum seiner bestickten Weste hing im Wasser. Unter der Schicht von nassem Schmutz war zu erkennen, dass das Kind seinen Mund fest geschlossen hielt. Seine kleinen Finger krallten sich in die Kleider seines Retters, als Alden dem Jungen mit einem spitzengesäumten Taschentuch das Gesicht abwischte. Das Kind versuchte angestrengt, nicht zu weinen.

Alden schaute zu Juliet hinauf und lächelte.

Sie ließ den Mantel in seine ausgestreckte Hand fallen. Alden wickelte das Kind darin ein und hielt es fest, als es an seiner breiten Schulter zu zittern begann.

»Mylord«, sagte der Mann namens Peter. Er hatte die Pferde festgebunden: sein eigenes braunes und das kleine schwarze des Jungen. »Ich bin … Ihr seid sicher, dass er in Ordnung ist?«

»Keine gebrochenen Knochen. Nur ein paar Schrammen, ein bisschen durchgeschüttelt – und er hat natürlich ein unfreiwilliges Bad genommen. Wir müssen ihn hineinbringen und wärmen.« Alden schaute mit großer Zärtlichkeit auf den Jungen. »Das war zu hastig, Sherry. Du musst dein Pferd vor einem Sprung darauf vorbereiten, oder es wird ihn nicht richtig ausführen und dich abwerfen. Es braucht Konzentration. Außerdem setzt ein Gentleman niemals zum Sprung an, während er mit seinem Hut einer Lady zuwinkt.«

Das Kind spuckte ein wenig Grabenwasser auf Aldens Schulter und schlang beide Arme um dessen Nacken. »Aber Ihr habt es getan. Mr. Primrose hat es mir erzählt.«

Peter Primrose errötete. »Das habe ich, Mylord – leider. Ich erzählte ihm, wie Ihr mit Eurem Pferd geradewegs über eine Dornenhecke gesprungen seid, während Ihr mit dem Dreispitz Lady Gracechurch zugewinkt habt.«

»Und meine Mutter dadurch, nebenbei bemerkt, zum Schreien veranlasst habe. Sehr schlechte Manieren. Ich habe es nie wieder getan.«

Das Kind versuchte zu grinsen, aber seine Lippe zitterte, und in seinen Augen sammelten sich Tränen.

Alden strich dem Jungen das helle Haar aus der Stirn. »Macht Euch nichts draus, Sir. Ich werde dich jetzt heimbringen und die Küche anweisen, dir ein paar Rosinenbrötchen zu backen.«

Er reichte das Kind, eingewickelt in den Mantel, zu John hinauf, ehe er aus dem Graben kletterte. Peter Primrose ging voraus, um aus der Decke und seinem eigenen Mantel eine Lagerstatt in der Kutsche herzurichten, auf die John den Jungen betten konnte.

»*Der wahre Teufel, so sagt man, wenn es um Frauen geht*, Lord Gracechurch«, bemerkte Juliet trocken.

Er schaute auf sie hinunter. Sie konnte seinen Ausdruck nicht deuten.

»Er ist Euer Sohn?«, fragte sie.

»Himmel, nein.«

»Offensichtlich ist das Kind nicht in der Lage zu reiten, und Ihr müsst es mit der Kutsche zurückbringen.«

Seine Miene war unnahbar, fast kalt, als er in Richtung des Hauses starrte. »Und eine Lady in meine Höhle der Sünde bringen, wenn sie so verteufelt unwillig ist, dorthinzugehen?«

»Ich werde nicht mit Euch zurückkommen. Es würde weder Eurer Absicht entsprechen noch meiner.«

Er fuhr sich mit beiden Händen durch das feuchte Haar und

strich es aus der Stirn. Das Band war herausgeglitten. Er sah ein wenig abgerissen aus, aber auch sehr männlich.

»Meine Absicht ist es, Euch ohne jede Scham zu nehmen und Euch der Liste meiner Eroberungen hinzuzufügen. Ja, das ist wahr.«

»Also ist Euer Vorhaben fehlgeschlagen«, stellte sie fest. »Kümmert Euch um das Kind. Meine Absicht ist jetzt nur meine Selbsterhaltung. Dafür brauche ich Euch nicht.«

Ehe sie darauf reagieren konnte, beugte er sich vor und küsste sie noch einmal auf den Mund. Seine Lippen waren eisig. »Ja, meine Verführung ist fehlgeschlagen. Wir werden uns nicht wiedersehen. Aber der Witz geht auf meine Kosten, Ma'am. Ich habe mich verliebt.«

Ihr Herz stockte, dann erwachte es wieder zum Leben und schlug heftig. »Dennoch trennen wir uns hier. Auf Wiedersehen, Lord Gracechurch.«

»Wahnsinnig. Leidenschaftlich.« Er schenkte ihr ein unbeschwertes Lächeln. »Ihr seht also, dass Ihr schließlich doch gewonnen habt. Jedoch haben wir noch ein Problem: Ich kann eine Lady nicht am Straßenrand zurücklassen.«

»Ich werde mir eines der Pferde ausleihen.«

»In einem Reifrock und ohne Damensattel könnt Ihr wohl kaum nach Hause reiten.«

»Dann schaut her«, meinte Juliet.

Während sie seinen Blick erwiderte, trat sie hinter einen Baum und griff unter ihre Röcke, um deren Bänder zu lösen. Alden zog eine Augenbraue hoch – es war unglaublich.

Juliet hob das Kinn. Ihr Reifrock fiel zu Boden. Sie trat aus dem zusammengesunkenen Gerüst aus Walknochen heraus, fasste mit beiden Händen ihre nun schlaff herunterhängenden rosafarbenen Satinröcke und ging rasch zu den angebundenen Pferden. Das schwarze Pferd war kaum größer als ein Pony. Indem sie einen Baumstumpf in der Nähe nutzte, kletterte

Juliet in den Kindersattel und saß dann mit gespreizten Beinen auf dem Pferderücken. Sie ergriff die Zügel, ordnete ihr Kleid und dirigierte das Tier in Richtung Manston Mingate.

Sie erwartete nicht, dass Lord Gracechurch sie aufhalten oder ihr Auf Wiedersehen sagen würde. Und sie irrte sich in diesem Punkt nicht.

Ohne einen Blick zurück und in all seiner ruinierten Eleganz wandte er sich ab, ging zur Kutsche und stieg ein. Das Kind schmiegte sich an ihn und rieb mit einer Faust über sein tränenfleckiges Gesicht.

»Ihr werdet Mistress Seton zum Witwenhaus begleiten, Mr. Primrose. Dort werdet Ihr eine Kutsche auftreiben, die sie nach Hause bringt«, sagte Lord Gracechurch über die Schulter. »John wird Sherry und mich zurück nach Abbey bringen. Inzwischen bitte ich Euch, es dieser Dame nicht zu erlauben, in einem Graben zu landen.«

Kapitel 8

Die Kutsche rumpelte davon. Juliet schaute zurück. Sie würde ihn niemals wiedersehen. Beunruhigende Gefühle wallten auf – sie war sich nicht sicher, ob es Wut oder Herzschmerz war. Hatte er, in nur einer Woche, für immer ihren Frieden zerstört?

Der junge Mann kam auf seinem Braunen zu ihr geritten. »Mein Name ist Peter Primrose, Ma'am. Habe ich Eure Erlaubnis, Euch begleiten zu dürfen?«

»Natürlich, Sir.« Sie riss ihren Blick von der davonfahrenden Kutsche los. »Nichtsdestotrotz werden wir direkt zu meinem Haus reiten.«

Er errötete leicht und stellte sein stattliches Pferd so, dass es die Straße blockierte. »Lord Gracechurch ist ein nachsichtiger Arbeitgeber, Ma'am. Nichtsdestotrotz wäre es klüger, eine Kutsche in Anspruch zu nehmen. Das Witwenhaus liegt ganz in der Nähe.« Er schaute zum Himmel hinauf. »Es wird wieder regnen.«

Eine kühle Brise hatte sich erhoben und bewegte die feuchten Blätter. Zurück nach Manston Mingate waren es mindestens zehn Meilen. Das Witwenhaus wurde vermutlich nicht benutzt und diente nur zu Lagerzwecken. Es war eine vernünftige Wahl. Es wäre sinnlos, auf etwas anderem zu beharren.

»Also gut, Mr. Primrose«, stimmte Juliet zu. »Ich überlasse mich Eurer Führung.«

Sie verließen die Straße, um einem durch die Felder führenden schmalen Weg zu folgen. Peter Primrose hielt an, um ein Tor zu öffnen.

»Der kleine Junge«, sagte sie. »Wer ist er?«

»James Sherwood, Ma'am. Wir nennen ihn Sherry. Ich bin

sein Lehrer. Er ist ein aufgewecktes Kind, wirklich bemerkenswert für sein Alter.« Mr. Primrose stellte sich so mit seinem Pferd, dass Juliet an ihm vorbei auf das sich anschließende Feld reiten konnte. »Er ist eine Waise. Keine Verwandtschaft mit der Familie.«

»Dennoch gibt Lord Gracechurch ihm ein Zuhause?«

Peter Primrose sah sie mit kaum verschleierter Geringschätzung an. »Ich bin überzeugt, es kommt einer Lady wie Euch seltsam vor, dass Lord Gracechurch sich so stark um die von ihm Abhängigen kümmert, doch er und das Kind lieben einander wie Vater und Sohn. Ohne die Fürsorge des Viscounts würde der Junge verhungern.«

Einer Lady wie Euch! Wie waren diese Worte von dem ernsten jungen Mann mit dem Aussehen eines Geistlichen gemeint? Sie konnte es nicht sagen.

Dennoch antwortete sie freundlich. »Ihr seid sehr loyal Eurem Arbeitgeber gegenüber, Sir.«

Er schien ein wenig freundlicher zu werden. »Wie es jeder in Abbey ist. Als der Viscount aus Italien zurückkehrte, fand er nichts als Schulden vor. Die Gläubiger wollten ihn bluten lassen. Jeder andere hätte alles verkauft oder wenigstens die Dienerschaft reduziert, hätte strikte Sparsamkeit erzwungen. Lord Gracechurch versprach zu zahlen und hat die Last eines ruinierten Besitzes und der davon Abhängigen ohne einen zweiten Gedanken auf sich genommen.« Er schloss das Tor und ritt neben ihr her. »Seine Diener sind mehr als loyal. Sie sind ihm ergeben.«

Juliet ließ den Blick über das offene Land schweifen. Jede Kuh, jeder Sichelschlag Weizen, jeder Arbeiter – seine Verantwortung. War es eine romantische Verrücktheit, auf wirtschaftliche Zwänge zu verzichten und all die alten Dienstboten zu behalten?

»Doch wenn der Viscount es nicht schafft, werden alle leiden, die von ihm abhängig sind, und nicht nur ein paar wenige. Wenn seine Schulden so hoch sind, wie kann er sich überhaupt erholen?«

Mr. Primrose ritt ihr voran und gab die Antwort über die Schulter: »Auf die einzige Weise, die einem Gentleman offen steht, Ma'am: Er spielt.«

Juliet folgte Mr. Primrose. Sie wollte nicht über das nachdenken, was sie gerade erfahren hatte und was sie sich so deutlich vorstellen konnte. Ein alter Besitz, bis unters Dach voll von Abhängigen. Diener, die zu alt oder zu gebrechlich waren, um anderswo eine Stellung zu finden, Arbeiter, die sich zur Ruhe gesetzt hatte, Witwen, Kinder ... und ein Waisenjunge. Lord Gracechurch versuchte, sie alle zu unterstützen und seine Gläubiger darüber hinaus hinzuhalten, indem er sich auf sein Glück am Spieltisch verließ?

»Es gibt andere Möglichkeiten«, beharrte sie. »Er ist ein Viscount. Er könnte reich heiraten.«

Der Lehrer hielt sein Pferd an und wandte sich zu Juliet um. »Das ist ja wohl kaum meine Angelegenheit, nicht wahr, Ma'am?«, fragte er. »Oder Eure.«

Er wandte sein Pferd und folgte weiter dem Pfad.

Alden Viscount Gracechurch. Ein Mann, der eine reiche Erbin ehelichen müsste, würde er sich zu einer Heirat entschließen. Warum hatte er das nicht schon vor Jahren getan?

Ihre Familie musste seine eigentlich gekannt haben, obwohl sie sich nicht erinnerte, jemals jemandem von ihnen begegnet zu sein. Sie hatte nie etwas über Alden gehört, den jüngeren Sohn, nicht einmal seinen Namen. Der Erbe, Gregory, ist getötet worden, dachte sie, in einem Duell ...?

Er war fünf Jahre älter als ich. Er starb, während ich in Italien war. Es gibt keine Worte, die ausreichen, solch einen Verlust auszudrücken. Nichts heilt diesen Schmerz jemals wirklich. Ich werde nicht fragen, Juliet.

Es war ein weiteres Stück dieses zarten Bandes, das, tiefer als bloße körperliche Anziehung, irgendwie zwischen ihnen entstanden war. Aber er trug nicht die Schuld am Tod seines Bruders, wohingegen sie die Ursache dafür war, dass ihr Bruder nicht mehr lebte.

Juliet konzentrierte sich auf realere Dinge – die vorbeigleitende Landschaft, den Rücken des jungen Mannes, der voranritt –, bis sie den Stallhof eines großen Herrenhauses erreichten. Der Regen setzte wieder ein.

Mr. Primrose half ihr aus dem Sattel. Eine geschlossene Kutsche wartete bereits auf sie. Alden – Lord Gracechurch – hatte offensichtlich eine Nachricht geschickt, kaum dass er mit dem kleinen Jungen zu Hause angekommen war. Während sie ihre schleifenden Röcke hochhob, um sie vor den nassen Steinen zu schützen, ging Juliet auf die Kutsche zu.

»Lady Elizabeth Juliet Amberleigh?«, hörte sie die Stimme einer Frau.

In maßlosem Erschrecken fuhr Juliet herum.

Peter Primrose verbeugte sich tief vor der Frau, die gerade zu ihnen gekommen war. »Lady Gracechurch, Euer Diener, Ma'am.«

Obwohl sie nur eine blasse, farblose Kopie ihres Sohnes war, konnte es keinen Zweifel geben, wer diese Frau war. Aldens Mutter stand unter dem Torbogen, der ins Haus führte. Gleichmütig ließ sie ihren Blick schweifen und schien jetzt den Wolken, den Pflastersteinen oder dem Pferdegespann ihre Aufmerksamkeit zu schenken. Doch dann schaute sie direkt wieder auf Juliet und runzelte die Stirn.

»Ich erinnere mich an Euch als Mädchen, Lady Elizabeth. »Ihr wart ein undankbares Kind. Kinder sind eine große Last für ihre Eltern. Hätte ich Töchter, ich hätte sie mir gehorsamer und dankbarer gewünscht. Doch Söhne sind so sehr, sehr schwierig. Euer Vater hat keine Kinder, oder? Jetzt nicht mehr?«

Juliet fühlte sich krank, als wäre sie von einem Messer getroffen worden. Sie erinnerte sich nicht, Aldens Mutter jemals begegnet zu sein, aber Lady Gracechurch musste sie zu Hause gesehen haben, als sie noch in kurzen Röcken herumgelaufen war. Eine aus der Prozession namenloser eleganter Gäste, vor denen sie geknickst hatte, ehe sie in das Schulzimmer zurückgeschickt worden war.

Lady Gracechurch würde sich an den Skandal erinnern. Sie würde wissen, was geschehen war.

Euer Vater hat keine Kinder, oder? Jetzt nicht mehr?

Aldens Mutter wandte sich ab und verschwand. Juliet hob den Kopf und stieg in die Kutsche. Peter Primrose schickte sich an, ihr zu folgen, und stellte den Fuß auf den Tritt.

Juliet zwang sich, ruhig zu sprechen. »Bitte, Sir, geht gleich nach Hause zu dem kleinen Jungen. Ich bin ganz sicher. Sherry braucht Euch weitaus mehr, als ich Euch brauche.«

Der Lehrer schaute sie an, neigte den Kopf und zog den Fuß zurück.

Zwei Minuten später saß Juliet allein in der Kutsche, als diese nach Manston Mingate abfuhr. War Wut das einzige Gegenmittel für Verzweiflung?

Alden hielt Sherry, warm in eine Decke gewickelt, auf seinem Schoß und erzählte Geschichten – Geschichten, die Gregory ihm erzählt hatte, als sie Kinder gewesen waren, von dem dummen Bruder, der nach dem Mond geangelt hatte, von Jack, der die Zauberbohnen neben der Straße gefunden hatte.

Jeden Tag starben Kinder an Fieber oder Schüttelfrost. Eine gefährliche Influenza war herumgegangen. Als Sherry und er nach Abbey zurückgekommen waren, hatte sich eine Schar von Kindermädchen um den Jungen gekümmert. Sie hatten ihn in ein heißes Bad gesteckt und ihn mit Rosinenbrötchen gefüttert, bis das Kind vor Gesundheit zu glühen schien. Eine halbe

Stunde später, abgefüllt mit Geschichten und warmen Getränken, schlief er glücklich ein, mit seinem Beschützer auf seiner Bettkante und ohne ein Anzeichen von Fieber.

Alden ging in sein Zimmer und orderte ein Bad für sich. Himmel, er sah aus, als wäre er rückwärts durch eine Hecke gezogen worden! Sein Haar war noch feucht. Die schlammbedeckten Schuhe, Strümpfe und Hosen würde man wegwerfen müssen – sogar der Gehrock und die Spitzenmanschetten waren ruiniert.

Nichts könnte unbedeutender sein. Seine Kleider hatten ohnehin nur gezählt, wenn sie einem direkten Zweck dienlich waren, denn wenn er seine Absicht auf etwas richtete, gefiel es ihm, perfekt zu sein. Alden wandte sich vom Spiegel ab.

Für den Bruchteil einer Sekunde schien etwas hinter ihm rosafarben aufzuschimmern. Er wäre fast herumgefahren, als sähe er Juliet in ihrem Satinkleid im Zimmer stehen, doch es war niemand da.

Dann schaut her!

Zum Teufel! Sie hätte es tatsächlich getan. Wäre den ganzen Weg nach Manston Mingate zurückgeritten auf dem Pony des Kindes, nachdem sie die Lichtnelken und ihren Herzschmerz abgelegt hatte.

Ich habe mich verliebt. Wahnsinnig. Leidenschaftlich.

Er zitterte. Nur Worte, natürlich. Er hatte sie zuvor zahllosen anderen Frauen auch gesagt. Er hatte sie nie ernst gemeint. Und fürwahr, es war ihm auch jetzt ganz gewiss nicht ernst damit gewesen!

Doch was immer er auch gemeint hatte, aus welchem aberwitzigen Grund auch immer – er hatte versagt, sie für sich zu gewinnen. Er hatte die Wette verloren und seinen gesamten Besitz verpfändet.

Er war ruiniert.

Übelkeit drehte ihm den Magen um. Er zitterte wieder. Irgendwie, auf irgendeine Art musste er noch für Sherry Vorsorge treffen. Blieb die Zeit, bis Mitternacht noch etwas zu retten oder eine Art Trust einzurichten, auf den Lord Edward keinen Anspruch würde erheben können?

Warum zur Hölle war er sich des Sieges so sicher gewesen?

Alden drehte sich um, als eine Kette von Dienstboten das Zimmer betrat. Badezuber. Heißes Wasser. Tücher. Frisches Leinen. Der silberfarbene Gehrock mit den passenden Schuhen und der rosa- und silberfarbenen Weste. Die Kleider, die er bei seinem Triumph in Marion Hall hatte tragen wollen, Symbole eines Lebens, das jetzt grausam leer vor ihm lag. Er lachte. Er würde diesen letzten Auftritt in all diesem Putz voll auskosten. Aber nur, um sein Versagen einzugestehen und um seine Strafe entgegenzunehmen.

Gäbe es Sherry nicht, wäre er sich nicht sicher gewesen, ob es ihn gekümmert hätte.

Juliet ging direkt in ihre Küche. Tilly war bereits nach Hause gegangen. Betty und Sarah schrubbten gerade den Boden. Kate war mit Plätten beschäftigt.

»Lasst es«, sagte Juliet und schluckte hart. »Lasst alles stehen. Draußen steht Lady Gracechurches Kutsche.«

Mit einem Knall setzte Kate das Plätteisen zurück auf den Kaminaufsatz. »Ma'am?«

»Eure Dienste hier sind getan. Sucht eure Sachen zusammen, und lasst den Kutscher nicht warten.«

Die Mädchen gehorchten sofort – natürlich. Welche Arrangements auch immer Viscount Gracechurch getroffen hatte, diese Mädchen waren an Gracechurch Abbey oder an das Witwenhaus gewöhnt. Was für ein Abstieg, in einem Cottage in Manston Mingate arbeiten zu müssen!

Juliet saß allein in ihrem Wohnzimmer, als sie die Kutsche abfahren hörte. Der Matsch von ihren Schuhen hatte eine Spur auf dem Teppich hinterlassen. Sie war über die nasse Straße gelaufen, nachdem das Kind in den Graben gefallen war, oder? Würden alle kleinen Jungen sie immer wieder an ihren toten Bruder erinnern?

Der Schmerz kam in scharfen Wellen. Sie verschränkte die Arme vor der Brust und konzentrierte sich darauf, ruhig zu atmen. Es war dumm und selbstzerstörerisch zuzulassen, dass die Erinnerung ihr dies nach all den Jahren noch immer antun konnte.

Es gibt keine Worte, die ausreichen, solch einen Verlust auszudrücken. Nichts heilt diesen Schmerz jemals wirklich.

Doch um welchen Verlust sollte sie weinen? Es war sogar noch dümmer, den Verlust der bedeutungslosen Flirterei eines Lumpen zu betrauern.

Ein Verführer hatte einige Stunden der Ekstase versprochen. Nicht mehr. Nicht weniger. Lust ohne Konsequenzen. Ohne Bindung. Warum hatte sie diese Gelegenheit nicht ergriffen? Warum hatte sie seinen Kuss nicht erwidert? Welche Loyalität konnte sie ihrem Ehemann eigentlich noch schuldig sein? George hatte sie verlassen. Musste sie hier in einsamem Zölibat leben, bis sie alt und grau sein, ja bis sie sterben würde?

Juliet stand auf und begann, hin und her zu gehen. Und sie hatte gedacht, sie sei mutig! Jetzt schien nur eine jämmerliche Feigheit sie dazu veranlasst zu haben, dieses versteckte Leben in Manston Mingate zu führen. Warum war sie nicht nach London gegangen und hatte der Welt die Stirn geboten? Weshalb war sie nicht die Geliebte irgendeines Mannes oder Schauspielerin geworden? Weil sie die Reaktion ihres Vaters nicht hätte ertragen können oder weil sie die Macht, die er und ihr Ehemann über sie hatten, einfach realistisch gesehen hatte?

Francis Amberleigh, Earl of Felton, mochte seine Tochter ihrem Schicksal überlassen haben, aber er hätte niemals untätig danebengestanden und mitangesehen, wie sie dem Namen der

Familie in der Öffentlichkeit Schande bereitet hätte. In Wahrheit hatte es für sie keine andere Möglichkeit als diesen Rückzug in die Einsamkeit gegeben. Alles andere war nur eine romantische Fantasie.

So wie es die Loyalität einem Missbrauch treibenden Ehemann gegenüber war? Oder törichte Vorstellungen über Ehre und Keuschheit? Oder der Hochmut aus falschem Stolz?

Draußen neigte sich der Tag. Tiefe Schatten fielen durch das Wohnzimmerfenster.

»Du Närrin!«, sagte Juliet laut. »Was hättest du schon zu verlieren gehabt?«

»Himmel, Ma'am«, erklang die Stimme eines Mannes hinter ihr. »Was ist das? Reue? Er ist ein Tunichtgut und Spieler, wie sein Vater, wenn auch sehr charmant. Habt Ihr seine Aufmerksamkeiten genossen? Sehntet Ihr Euch danach, ihm Zugang zu Eurem Bett zu gewähren? Niemand, so heißt es, ist dort besser als er.«

Der Atem stockte ihr.

Wie Lots Frau, dachte sie verzweifelt, *wie eine Salzsäule!*

Sie war in einen Albtraum gefallen, aus dem sie nicht entkommen würde, selbst wenn sie rannte und rannte, bis ihr die Lungen in der Brust platzten. Aber es war noch nicht Nacht. Es war kein Traum. Dies war real.

Es kostete sie unglaubliche Selbstbeherrschung, doch Juliet wartete, bis sie fähig war, wieder normal zu atmen. Ohne sich umzudrehen, griff sie nach der Schachtel mit den Holzspänen und zündete die Kerze an, die auf dem Kaminsims stand. Das Licht würde seinen Schatten auf sie werfen, während ihr Schein auf das Gesicht des Eindringlings fallen würde. Nicht, dass sie sein Gesicht hätte sehen müssen. Sie würde seine Stimme überall erkennen.

Mit der hinter ihr tanzenden und flackernden Flamme drehte Juliet sich um und sah den Mann an. »Lord Edward Vane«, bemerkte sie. »Welchem Umstand verdanke ich dieses unerwartete Vergnügen?«

Marion Hall war von unten bis oben hell erleuchtet. Aldens Schuhe klapperten bei jedem seiner Schritte die Treppe hinauf. Spitze raschelte. Das Zierschwert an seiner Hüfte klirrte leise. Silberfarbener Satin flüsterte sein eigenes Lied von Luxus. Die bei Hofe vorgeschriebene Kleidung. Das Gewand zeugte von Wohlstand und modischer Eleganz, geschmückt mit jenen beziehungsreichen Details, die auf verborgene Macht hindeuteten.

Welch eine hübsche Ironie, da er sich doch so aufgewühlt fühlte, als stünde ihm ein Duell auf Leben und Tod bevor.

Seine festen Schritte hallten in den Fluren wider, die er entlangging, durch mehrere Türen, bis endlich ein Lakai eine Tür aufriss und Alden einen kleinen Salon betrat.

Strahlender Kerzenschein blendete ihn fast. Jedes Gesicht wandte sich ihm zu.

Alden blieb stehen und presste sein zartes Taschentuch einen Moment lang an seine Lippen, ehe er vor der versammelten Gesellschaft eine vollendete Verbeugung ausführte.

»Du liebe Güte«, sagte er gedehnt. »Ein Fest.«

Lord Edward Vane, Sir Reginald Denby und einige weitere Gentlemen hielten sich in dem Zimmer auf, jeder mit einem Drink versorgt. Drei von ihnen waren Männer, denen Alden während langer Abende am Spieltisch erst kürzlich begegnet war: Lord Bracefort, der Earl of Fenborough, und der junge Kenneth Trenton-Smith.

Der letzte Gast, Robert Dovenby, war ein Mann, von dem Alden kaum etwas wusste, außer dass er einen recht seltsamen Ruf genoss, und dessen Spitzname hin und wieder fiel, allerdings recht spöttisch: Die Taube. Als wollte er den Vogel darstellen, nach dem er genannt wurde, war er ganz und gar in Grau gekleidet, allerdings umfassten dessen Schattierungen von hell bis silberfarben alle Töne. Seine Miene war ausdruckslos, doch in seinen wachen haselnussbraunen Augen lauerte eine scharfe Intelligenz. Alden begegnete diesem klugen Blick einen Moment lang, ehe er sich wieder den anderen Anwesenden zuwandte.

Warum Dovenby?

Alden gab sich keinen Augenblick lang der Illusion hin, dass die Gästeliste willkürlich zusammengestellt war.

Lord Bracefort verabscheute er zutiefst. Eines Abends hatte der Mann während eines Spiels hoch verloren und hatte Alden zur Begleichung seiner Schulden die Gunst seiner Frau angeboten. Alden hatte abgelehnt. Ein Duell war die Konsequenz daraus gewesen, unglücklicherweise. Bracefort war in Ohnmacht gefallen, ehe der Kampf überhaupt begonnen hatte, und war dann gezwungen gewesen, sich zurückzuziehen – eine Demütigung, die nicht leicht zu vergeben war.

Was Fenborough betraf, so hatte dieser eine Ehefrau gehabt, die mehr als willig gewesen war, und er hatte versucht, deren zweifelhafte Ehre mit dem Schwert zu verteidigen. Vermutlich war sein linker Arm noch immer verbunden.

Trenton-Smith schließlich hatte nicht nur einen Haufen Geld an Alden verloren – obwohl es nicht mehr gewesen war, als er sich leisten konnte –, er hatte zudem auch eine Schwester, die Nonne hatte werden wollen.

Zwischen Dovenby und Lord Edward bestand offensichtlich irgendeine Verbindung. Aber welche? Alden ging in Gedanken rasch alles durch, was er je über diesen Mann gehört hatte. Es war nicht viel, aber es war sicherlich genug Stoff, um darüber nachdenken zu können. Warum war ein solcher Mann heute Abend hier?

Die Männer starrten ihn schweigend an, während Alden die Tür hinter sich schloss.

Gleichmütig schaute er in ihre Gesichter. Heute Abend zählte hier nichts außer Juliets gutem Namen – und den seinen zu retten, wenn er es könnte.

»Wäre die Unterhaltung lebhafter, könnte ich annehmen, in einen orientalischen Basar geraten zu sein«, bemerkte Alden. »Solch eine überwältigende Ansammlung von schlechtem Geschmack! Bracefort, Ihr solltet wirklich nicht dieses Braunrot tragen, es sei denn, Ihr *wünscht* wahrhaftig einem Blutvergießen zu frönen …«

Bracefort verschluckte sich an seinem Wein.

»… und mein lieber Fenborough, dieses strahlende Grün steht Euch nicht, obwohl ich erleichtert bin, Euch von Eurem letzten traurigen Unfall so gut erholt anzutreffen.«

Fenboroughs Hand flog an seinen Schwertgriff, während er aufsprang. »Meine Verletzung war kein Unfall.«

»Dann seid Ihr absichtlich in meine Klinge gesprungen? Fürwahr! Das war ungewöhnlich originell, nicht wahr? Trenton-Smith! Wie geht es Eurer Schwester? Genießt sie noch immer unheilige Freiheiten mit ihrem Ehemann, oder hat sie sich bereits einen neuen Liebhaber genommen?«

Wie eine außer Kontrolle geratene Marionette begann Trenton-Smith, durch das Zimmer zu stürmen.

Alden ignorierte ihn. »Und Mr. Dovenby? Ihr und ich, wir haben keinen Streit, an den ich mich erinnere. Kommt das, weil es keinen gibt oder weil Ihr mir zu unbedeutend seid, um mich an Euch zu erinnern? Sagt mir nicht, dass Ihr – so wie ich – nur aus müßiger Lasterhaftigkeit heraus hier seid?«

Dovenby lächelte, als wäre nur ihm die Beleidigung entgangen, was vielleicht auch der Fall war. »Meine Lasterhaftigkeit ist niemals müßig, Gracechurch. Wie Ihr – wenn ich richtig gehört habe – nehme ich große Mühen auf mich, sie zu vervollkommnen.«

Alden lachte, er fühlte sich wahrhaft amüsiert.

»Setzt Euch, Fenborough, Bracefort.« Lord Edward Vane streckte die Hand aus, um Trenton-Smith am Arm zu packen. »Gracechurch wird sich entschuldigen.«

»Auf keinen Fall, Sir. Ich habe jedes meiner Worte so gemeint, wie ich es sagte.« Alden bediente sich vom Portwein, der auf dem Likörtischchen stand. »Klein-Kenneth hat seine Schwester vergeblich verteidigt, und er weiß das. Und auch wenn Bracefort in seiner Erscheinung kaum von Matronen eines gewissen Alters zu unterscheiden ist, so sollte jenes seltsame Braun doch wirklich diesen Damen vorbehalten bleiben. Und dieses Grün, o weh, bringt den gallefarbenen Ton des Neides auf Fenboroughs ohnehin schon grünliches Gesicht.«

»Mein Rock, Sir!«, zischte Fenborough, die Faust noch um den Griff seines Degens geschlossen. »Ihr habt mir meinen verdammten Mantel ruiniert!«

Alden stellte sein Weinglas ab, streifte seinen silberfarbenen Brokatrock ab und warf ihm dem Earl zu. »Macht Euch nichts daraus, Sir, Ihr könnt meinen haben. Allerdings wird er nicht ganz passend sein für Eure bedauernswerten Absichten – für eine Rauferei ist er etwas zu eng geschnitten.«

Sir Reginald Denby sprang auf. »Habt Ihr die Absicht, uns alle zu beleidigen, Gracechurch?«

»Natürlich.« Alden ergriff sein Glas und hob es zum Salut. »Ich würde nie jemanden aus Versehen beleidigen.«

»Hört auf, Denby! Fenborough!«, mischte sich Lord Edward ein. Der Schönheitsfleck in seinem Mundwinkel zuckte, als er Gracechurch angrinste. »Dann gebt uns jetzt Bericht, Gracechurch: Wie steht es mit unserer Wette? Habt Ihr die Lady im Gebüsch besprungen oder unter der Hintertreppe? Bringt Ihr uns den Beweis, auf den wir uns geeinigt hatten?«

Alden wartete einen Moment, um seine ganze Konzentration zu sammeln. Dann ließ er seine Worte wie Eiskristalle in die erwartungsvolle Stille fallen. »Die Tugend der Lady bleibt makellos und unbefleckt. Ich entdeckte eine persönliche Abneigung gegen die Bedingungen. Deshalb habe ich unsere Wette verloren.«

Sekundenlang herrschte Schweigen, dann sprang Denby triumphierend auf. »Er hat versagt. Was habe ich Euch gesagt, Sirs? Gracechurch hat versagt.«

Lord Edward lächelte wie eine Schlange. »Also ist jetzt alles, was er besitzt, mein, einschließlich seiner liebenswerten Person. Zufällig brauche ich einen persönlichen Kammerdiener, um meinen Nachttopf zu leeren.«

Alden zog eine Augenbraue hoch. »Aber Sir Reginald ist auch mein Gläubiger. Hat *er* keinen Nachttopf?«

»Ich habe inzwischen von Sir Reginald Eure gesamten Verpflichtungen ihm gegenüber erworben«, sagte Lord Edward. »Deshalb gehören Eure Schulden und Euer Pfand mir allein.«

Es war ein kleiner Schock, wenn auch keiner, der zählte – es war ohnehin alles verloren.

»Mit Vergnügen«, erwiderte Alden. »Ein Nachttopf ist weniger Arbeit als zwei – oder teilt Ihr Euch ein und denselben?«

Der Sohn des Dukes stand auf und ging zu einem Schreibtisch, der auf der einen Seite des Zimmers stand. »Keine noch so große Menge gespielter Tapferkeit kann die Tatsachen ändern, die vor diesen Zeugen hier bewiesen sind. Ihr habt verloren. Ihr gehört mir.« Er schaute auf. »Kommt her, Gracechurch, und akzeptiert Eure Strafe wie ein Mann.«

»Wie ein Mann, Sir? Oder wie eine Frau?«

Lord Edwards Gesicht rötete sich unter dem Puder. Er griff nach einer Feder. »Ihr verschwendet Euren Atem. Ich habe bereits ein ganz nettes Schriftstück betreffend den Verlust des Einsatzes unserer Wette aufgesetzt. Ihr könnt schon einmal damit beginnen, diese Papiere zu unterzeichnen.«

»Noch nicht.« Alden hob sein Glas und leerte es in einem Zug. »Bis Mitternacht sind es noch zwei Stunden.«

Die Feder neigte sich. »Um Mitternacht, Sir, werdet Ihr unterschreiben. Das Eigentumsrecht an Gracechurch Abbey, Euer Vermögen, Eure Anlagewerte, Eure persönliche Habe …«

»Und meinen Kadaver. Das Pfund Fleisch.«

»Und Eure Person zu meiner Verfügung zu stellen – sollen wir sagen, für ein Jahr? – ist der zusätzliche Einsatz, den ich für den Fall gewählt habe, dass Ihr unsere Wette verliert und Ihr Eure Schulden bis jetzt nicht eingelöst habt. Eine inoffizielle Form vertraglich festgelegter Knechtschaft …«

»Ich habe damals vergessen zu fragen. Wie unbedacht von mir.« Alden schlenderte zum Fenster und starrte hinaus. »Obwohl ich mir etwas in der Art gedacht hatte.«

»Wünscht Ihr, um weitere Bedingungen zu wetten?«, fragte Lord Edward. »Vielleicht um einen weiteren Tag, um die Lady zu erobern? Was ist ihre Tugend Euch wert, Sir? Ein weiteres Jahr in meinen Diensten? Ich würde sogar zustimmen. Ich denke, ich kann sicher sein, dass jeder der Gentlemen hier mich für großzügig halten würde, wenn ich es täte.«

Die Stahlklinge an seiner Hüfte fühlte sich kalt an, und flüsterte von ihrem eigenen, stahlgehärteten Verlangen. Alden wandte den anderen noch immer den Rücken zu, er traute es sich nicht zu, seine Miene ganz und gar unter Kontrolle zu haben. »Euer Diener, Sir – nach Mitternacht. Doch solange meine Person noch mir gehört, kann ich den Rest der Gesellschaft …«

Die Tür wurde geöffnet. Stühle scharrten, als die Männer aufsprangen.

Alden erstarrte dort, wo er stand.

Eine Wolke von rosafarbenem Satin tanzte am Rande seiner Wahrnehmung, um wie ein halb erinnerter Traum dessen zerdrückte Blütenblätter widerzuspiegeln.

Er musste sich nicht umdrehen. Er würde ihren Duft überall wiedererkennen.

Der Schock schmolz zu einem intensiven, scharfen Schmerz.

Juliet.

Das Rascheln von Seide drang an seine Ohren, als sie knickste. Dann das Klappern der hohen Absätze ihrer Schuhe, als sie durch das Zimmer ging. Er nahm ihren Duft jetzt intensiver wahr und wusste, dass sie direkt hinter ihm stand. Fragen formten sich in seinem Kopf, während er auf ihre öffentliche Anklage wartete – den verdienten Stoß ins Herz. Er fühlte sich wehrlos, ohne Verteidigung, konnte ihr nur seinen gerade aufgerichteten Rücken und den gebrochenen Rhythmus seines Atems bieten. Er schien seine Ohnmacht in die ruhige Nacht hinauszuschreien wie ein Löwe, den die Schakale umzingelt hatten.

»Lord Edward hat mir zur Kenntnis gebracht, dass Ihr meine Bekanntschaft nur deshalb gesucht habt, um eine infame Wette zu gewinnen«, richtete sie das Wort an ihn. »Ist das wahr?«

Er zwang sich, sich umzudrehen.

Ihr Haar war gepudert und formell frisiert. Von irgendwoher hatte sie einen neuen Reifrock bekommen. Sie trug sogar ein anderes rosafarbenes Satinkleid – ein Abendkleid –, wenn auch seit fünf Jahren aus der Mode. Drei weiße Rosenknospen schmückten ihr Dekolletee, die mit der Zartheit ihrer Haut unter dem goldenen Medaillon eine einzigartige Harmonie schufen. Unter der feinen Puderschicht wirkte ihr Gesicht wie gemeißelter Alabaster.

Sie war vollkommen. Eine perfekte Hofdame. Jede üppige Kurve, all ihr weiblicher Charme wurden mit bewusster Koketterie dargeboten. Alles Natürliche, Menschliche, Verletzliche verlor sich hinter der makellosen, kunstvollen Kleidung. Alden kam es vor, als starrte er auf einen Leichnam.

Doch ihre Augen schimmerten wie Veilchen, intensiv blau und brennend vor Zorn.

Mit der Anmut einer Königin schlug sie einen silber- und elfenbeinfarbenen Fächer auf und zog beide Augenbrauen hoch. »Lord Gracechurch? *Ist das wahr?*«

»Madam«, sagte er sich verneigend. »Es ist wahr.«

Ihre Röcke schwangen, als sie noch näher kam. Sein Schmerz verstärkte sich. Würde sie ihn ohrfeigen?

»Dann werdet Ihr gern diese Neuigkeit erfahren: Lord Edward hat mich heute um meine Hand zum Ehebund gebeten.«

Seine Eingeweide zogen sich zusammen, als würde er krank werden – oder als könnte er jemanden umbringen. Noch hing seine Klinge unschuldig an seiner Hüfte. Doch er schien unfähig zu sein, sich zu bewegen. Sein Gesicht fühlte sich starr an, als gehörte es jemand anderem.

»Sprachlos, Sir?«, meinte Lord Edward. »Wie äußerst unterhaltsam! Dem geistreichsten Kopf Londons sind die Worte ausgegangen! Vielleicht wusstet Ihr nicht, dass Lady Elizabeth Juliet Amberleigh und ich einmal verlobt waren und heiraten wollten?«

»Wart Ihr das?«, hörte Alden sich das fragen, während die Worte durch seinen Kopf wirbelten – *Lady Elizabeth Juliet Amberleigh?* »Wie seltsam, da die Lady offenkundig jemand anderen geheiratet hat ...«

»Den Sekretär meines Vaters.« Sie wandte sich ab, ihr Kleid schwang in anmutigen Falten. »Mr. George Hardcastle und ich liefen zusammen davon – sehr zum Missfallen meines Vaters.« Ihr Rücken stocksteif wie ein Ladestock, ging sie bis in die Mitte des Zimmers. Die Männer wichen höflich zurück. »Es verursachte einen großen Skandal. Ich bin sicher, jeder hier kennt die Geschichte über Lord Feltons verrufene Tochter – bis auf Euch, Sir, Ihr wart ja außer Landes.«

Alden wurde bewusst, dass er den Stiel seines Weinglases zerbrochen hatte. Der Kelch lag zu seinen Füßen, wie Blut breitete sich die Flüssigkeit auf den Bodendielen aus. Er setzte den abgebrochenen Fuß behutsam auf der Fensterbank ab und versuchte, die Teile der Geschichte zusammenzusetzen.

Lady Elizabeth Juliet Amberleigh, Tochter des Earls of Felton.

Sie war einmal mit Lord Edward Vane verlobt gewesen. Geheiratet hatte sie aber diesen anderen Mann, den Sekretär ihres Vaters. George Hardcastle. Aber sie war verwitwet…

Und jetzt würde sie Lord Edward heiraten …?

Warum zum Teufel dann die Wette in London?

Seine ganze Welt schien auseinandergefallen zu sein, eine Spirale, die ins Chaos führte.

Warum zum Teufel die Wette?

Die Innenfläche seiner Hand schmerzte. Er schaute darauf hinunter. Nicht nur Wein. Blut. Er hatte sich geschnitten. Sorgsam jede Bewegung kontrollierend, wand er sein Taschentuch um die kleine Wunde. Doch in ihm, gleich unter der gleichmütigen Oberfläche, begann die heiße Flamme des Zorns auf Lord Edward Vane zu brennen, auf sich selbst, auf die Welt. Wenn er nicht aufpasste, würde er explodieren.

Alden hob den Kopf und sah Juliet an.

Sie hielt den Fächer in ihrer rechten Hand und wedelte damit, dann hob sie ihn vor das Gesicht.

Alden starrte sie an und deutete, was der Fächer ihm sagte: *Folge mir!*

Folge mir? Wohin? Er schaute wieder in ihr Gesicht. Dieses Mal sah er es: die große Anspannung und das harte Schlagen ihres Pulses an ihrer Kehle. Juliet war wütend, aber sie war auch voller Furcht. Was immer sie sagte, sie war verängstigt wie durch einen nervenzerreibenden Albtraum. Sie schaute auf den Sohn des Dukes, und ihre Nasenflügel bebten nur ein wenig, während die Sehnen ihres Halses gespannt waren wie Seile. Alden hatte einmal einen Mann mit genau dem gleichen Ausdruck gesehen – auf dem Schafott, ehe ihm die Schlinge um den Hals gelegt worden war.

Die Verlobung musste damals schon verkündet, eine große Hochzeit als gesellschaftliches Ereignis geplant gewesen sein. Mitgift und Abmachungen mussten geregelt worden sein – und sie hatte den Sohn des Dukes zurückgewiesen, um mit einem Schreiberling durchzubrennen. Der daraus resultierende Skandal musste von der Gesellschaft geradezu verschlungen worden sein, es musste Pamphlete gegeben haben. Hatte jemals irgendjemand Lord Edward Vane eine solche öffentliche Demütigung zugefügt und nicht mit Blut dafür bezahlt?

Wie zum Teufel war Juliet hierhergekommen? Was bedeutete Lord Edward ihr? Was war er für jeden, der ihm in die Quere kam? Ein verdammt gefährlicher Feind!

Alden hatte keine Ahnung, warum sich Juliet hier aufhielt, aber eindeutig hatte sie die Sache in die Hand genommen. Lord Edward stand schweigend am Schreibtisch, seine geschminkten Lippen verzogen zu einem kleinen Lächeln. Die anderen Männer standen wie erstarrt. Alden entspannte seine Hand, die bereit gewesen war, zur Waffe zu greifen. Sollte einer dieser Männer irgendetwas tun oder sagen, was Juliets Furcht noch vergrößerte, würde er auch dessen Blut an seinen Händen haben.

»Wie entzückend«, sagte Alden in das Schweigen hinein. »Die Tochter eines Earls zog einen Bürgerlichen dem Sohn eines Dukes vor! Ich frage mich, warum?«

Sie zog die Augenbrauen hoch. »Der Sekretär gab als Mann die bessere Figur ab.«

Bei Gott! Alden lehnte sich gegen die Wand und verschränkte die Arme vor der Brust. *Das ist dein Spiel, Juliet. Ob du mich hasst oder nicht, lass mich wissen, wohin du mich führen willst.*

»Meine Liebe.« Lord Edwards Schönheitspflaster verzog sich. »Nach dem heutigen Angebot wird es nie wieder ein anderes geben. Bitte, denkt nach!«

Juliet knickste. »Aber warum sollte ich *denken?* Ich bin nur hier, um dekorativ auszusehen, oder etwa nicht? In dem Kleid, das Ihr seit unserer Verlobung vor fünf Jahren für mich aufbewahrt habt, und mit meinem Haar, frisiert von einer Frau, die Ihr allein für diesen Zweck aus London herbrachtet. Aber leider bin ich nur ein hohlköpfiges Weib, aus dessen Mund ausschließlich Worte ohne jede Bedeutung kommen.«

»Ihr seid natürlich erregt, vom kürzlichen Tod Eures Gatten erfahren zu haben«, sagte Lord Edward.

Kürzlichen Tod! Alden hatte angenommen, sie wäre seit fünf Jahren verwitwet.

»Wie dumm!« Juliet ging auf und ab und fächelte sich dabei Luft zu. »Bis heute Abend war ich der Meinung, dass George lebt, dass ich noch eine verheiratete Frau bin, bis Ihr so freundlich wart, mir Gegenteiliges zu berichten.«

Schock folgte auf Schock. Sie hatte geglaubt, dass ihr Mann noch lebte? Während Alden sein bösartiges Spiel der Verführung gespielt hatte, war sie im Glauben gewesen, George Hardcastle lebte noch – und erst heute Abend hatte sie von seinem Tod erfahren?

Die Verwicklungen verwickelten und verdrehten sich wie Blätter, die von einem Sturmwind durcheinandergewirbelt wurden und in diesen Turbulenzen allen Halt verloren. Die ganze Zeit hatte sie geglaubt, ihr Mann sei am Leben ... Du lieber Himmel!

Zu Aldens Überraschung lachte Lord Edward. »Eine Lady mag jeder Laune folgen, die ihr einfällt. Ich biete Euch meine Hand und damit gesellschaftliche Rehabilitierung an. Doch vielleicht zieht Ihr den rücksichtslosen Lord Gracechurch dem ehrenhaften Angebot des Sohnes eines Dukes vor?«

Juliet klappte ihren Fächer zu. »Es gibt nichts zwischen Lord Gracechurch und mir, Lord Edward, außer einer viel einfacheren Wette als die Eure. Leider bleibt sie uneingelöst ...«

»Und um was, bitte, geht diese Wette, Ma'am?«, fragte Dovenby. Er hatte den Wortwechsel bislang schweigend beobachtet.

Sie neigte den Kopf. »Ihr seid auch der Ansicht, Sir, dass die Wette einer Dame Vorrang hat vor der eines Gentlemans?«

Dovenby lächelte. »Natürlich, Ma'am. Die Wünsche einer Lady müssen immer zuerst erfüllt werden.«

Ihre Röcke bauschten sich, als sie wie eine Königin mit ihrem Hofstaat durch den Salon schritt, um vor dem Sohn des Dukes stehen zu bleiben. »Lord Gracechurch und ich müssen herausfinden, wer unsere Wette gewinnt, ehe Ihr entscheiden könnt, wer von Euch die Eure gewinnt. Ihr seid einverstanden?«

Lord Edward konnte nicht umhin zuzustimmen. Er nickte. »Auf jeden Fall, Ma'am.«

»Was zum Teufel ist das für eine Wette?«, stieß Denby hervor. »Verdammt!«

Ihr Lächeln wirkte fast süß. »Eine Schachpartie an jedem Tag dieser Woche, Sir Reginald, bei der der Gewinner das Recht hat, eine Gunst zu erbitten. Lord Gracechurch schuldet mir noch unser letztes Spiel.«

»Ich wäre einverstanden, die Wette als beendet zu betrachten, Ma'am«, sagte Alden sofort. »Denn ich denke, Ihr habt gewonnen und das getan, was Ihr Euch von Anfang gewünscht habt – mich fortschicken.«

»Ich wünsche das aber nicht«, erwiderte sie. »Eine Wette ist eine Wette. Ich möchte jetzt unsere letzte Schachpartie spielen.«

Alden schloss einen Moment lang die Augen. Er hatte keine Ahnung, wohin dies führte, doch er schuldete es ihr, ihn zu benutzen, wie immer sie es wünschte. Um das wiedergutzumachen, was er vorgehabt hatte, würde er ihr die Welt schulden, würde sie ihn darum bitten.

Fenborough warf den Kopf in den Nacken und lachte schallend. »Dann müsst Ihr zustimmen, Gracechurch!« Er schlug mit der Hand auf die Lehne seines Sessels. »Muss er das etwa nicht, Gentlemen?«

Dovenby nahm eine Prise Schnupftabak. »Ganz entschieden. Ihr habt ein Brett, Denby?«

»Ein *Schachspiel?*« Sir Reginald schrie fast. »Warum zum Teufel sollen sie Schach spielen? Wir haben für heute Nacht eine bessere Kurzweil als das erwartet!«

Dovenby besaß den Anstand, leicht unbehaglich dreinzuschauen. Mit einem Klicken schloss er seine Schnupftabaksdose. »Eine schamlose Wette genügt, meint Ihr nicht?« Er wandte den Kopf und schaute Alden an. »Habt Ihr Einwände, Sir? Euer letztes Schachspiel mit der Dame?«

Juliet schien ruhig, fast amüsiert zu sein, aber in ihren Augen lag Verzweiflung. »Es war versprochen, Lord Gracechurch.«

Lord Edward senkte die Lider und wandte sich ab. Also würde der Sohn des Dukes nicht einschreiten, das Spiel zu verhindern. Alden sah auf die Uhr. Noch neunundneunzig Minuten bis Mitternacht.

Es war versprochen.

Alden verneigte sich vor ihr. »Euer Diener, Ma'am, wie stets.«

Er wollte jetzt nicht Schach spielen. Schon gar nicht so, vor diesem Publikum.

Wenn er gewann, was zum Teufel sollte er verlangen? *Schlaf mit mir, Juliet, und rette mich?* Er sah ihn jetzt, den Ausdruck auf den Gesichtern von zweien der Männer – Bracefort und Denby. Genau das war es, was sie erwarteten, mit bösartiger Gier. Ein kalter Schauder lief Alden den Rücken herunter. War er jemals so verdammenswert gewesen, dass er geglaubt hatte, er könnte hier mit ihr schlafen, in Marion Hall?

Fenborough ging zum Spieltisch und schlug dessen Deckel hoch. Die Fläche darunter war mit schwarzen und weißen Quadraten eingelegt. Er nahm ein Kästchen heraus, schüttelte die Schachfiguren und schaute auf die Uhr, ehe er Alden angrinste.

»Wenn Ihr vorhabt, die Lady noch vor Mitternacht zu übertreffen, Gracechurch, dann fangt Ihr nun besser an zu spielen.«

Die Möbel waren im Nu umgestellt, sodass der Spieltisch jetzt mitten im Zimmer stand, dazu zwei schmale, hochlehnige Stühle auf gegenüberliegenden Seiten für die Spieler. Juliets Rock bauschte sich in Wellen aus rosa Satin und stieß unter dem Tisch gegen Aldens seidenbedeckte Schienbeine. Er fühlte den elektrisierenden Kontakt von Seide auf Seide wie einen kleinen Schock.

Das Publikum füllte seine Weingläser auf und sammelte sich um den Tisch. Lord Edward blieb allein am Kamin stehen, ein schmales Lächeln auf seinem Gesicht – so starr wie seine Schönheitspflästerchen.

Eine gespannte Stille legte sich über das Zimmer.

Juliet spielte eine klassische Eröffnung ohne Überraschungen. Alden versuchte, seine Strategie zu planen – den raschen, unbarmherzigen Zug zum Sieg. Er kannte ihre Art zu spielen, ihre Schwächen und Stärken. Es sollte nicht zu schwer sein.

Aber um was sollte er bitten, wenn er gewann?

Alden konnte nicht erahnen, was Juliet dachte. Der Kerzenschein spann einen weichen Glanz um ihr gepudertes Haar, das hübsch mit weißen Schleifen geschmückt war. Wenn sie sich bewegte, schimmerten die Ränder der Schleifen wie kleine Sonnenaufgänge. Ihr tiefer Ausschnitt ließ die im Schatten liegenden Rundungen ahnen, üppig und verlockend unter den erotischen Knospen dreier Rosen.

Sein Verlangen nach ihr hielt ihn gefangen und raubte ihm seine Aufmerksamkeit. Er wollte sie. Er wollte sie mit einer Intensität, die ihn verwirrte. Doch was immer auch bei dieser Sache herauskam, er würde sie niemals, niemals wieder berühren.

Er schaute in ihr beschattetes Gesicht.

Ihre Wimpern lagen wie ein Hauch auf ihren Wangen. Ihre Gesichtszüge waren ruhig, fast wie geschnitzt. Es war, als hätten alle ihre Energien sich zu einem hellen, harten Speer aus weißem Licht gebündelt, der auf das Spielbrett gerichtet war, auf das Ziehen von Bauern und Läufern, Königen und Damen.

Woher hatte sie den Mut genommen, ihren Zorn und ihren Schrecken in diese feste Entschlossenheit zu zwingen? Warum hatte sie auf diesem letzten Spiel bestanden?

Juliet machte ihren Zug, ohne aufzuschauen. Alden begann, sich nach ihrem Blick zu sehnen, danach, dass sie ihn ansah. Doch diese Sehnsucht erfüllte sich nicht.

Während schwarze und weiße Muster geformt und wieder getrennt wurden, verjagte ein kleines Stirnrunzeln den Hauch eines Lächelns, das sich wieder wie Sturmwolken sammelte. Noch immer sah Juliet ihn nicht an. Hatte sie Angst vor dem, was ihr Blick verraten könnte? Dass ihre Gefühle zu offen auf ihrem Gesicht zu deuten waren? Es schien plötzlich unehrenhaft, auch nur zu versuchen, sie zu lesen.

Alden schaute auf ihre Hände. Sein Blick blieb an einem Funkeln hängen, als sie ihren Turm versetzte. Sie trug einen Ring. Einen in Gold gefassten Brillanten. Mit schmerzlicher Sicherheit wusste er, dass Lord Edward ihn ihr gegeben hatte – zusammen mit dem Kleid und dem Fächer und den Rosenknospen. Ein Ring! Würde sie tatsächlich den Sohn des Dukes heiraten?

Kalter Schweiß tränkte seinen Rücken.

Was sollte er verlangen, wenn er gewann?

Nur um eines bitte ich, Juliet! Dass du dieses Monster nicht heiratest! Du bist einst so klug gewesen, ihn zu verschmähen und mit dem Sekretär deines Vaters davonzulaufen. Bitte, heirate ihn nicht!

War er so edelmütig? Eine ungebetene leise Stimme wisperte etwas von schrecklichen Alternativen, Versuchungen … Sie würde eine Dame der Gesellschaft werden wie all jene anderen unzufriedenen, kostspieligen Ehefrauen … Sie an einen Ort zu bringen, wo er sein Begehren nach ihr bedenkenlos in die Tat umsetzen konnte ... wo er sie unter der Nase ihres Ehemannes zu seiner Geliebten machen konnte ... Und dass er – als seinen Wunsch, falls sie Lord Edwards Frau wurde – die Rückgabe seines Vermögens und seiner Freiheit nennen könnte?

Doch würde sie den Sohn des Dukes heiraten, so dachte Alden weiter, würde sie irgendwann die Geliebte eines prinzipienlosen Schuftes werden, wie er selbst einer war. Dieser Gedanke schürte seinen unerklärlichen, tief sitzenden Zorn nur noch mehr.

Er hatte sein Vermögen und seine Freiheit bereits verloren. Das Ergebnis dieser Schachpartie konnte das nicht mehr ändern. Es gab nur ein Geschenk, um das er in Ehre bitten konnte, wenn er gewann: dass sie Marion Hall verließ und die Gesellschaft all dieser zügellosen Schurken und niemals zurückkehrte.

Juliet setzte einen Springer. Alden schaute in gelinder Überraschung auf das Brett. Sie hatte seinen Königsläufer geschlagen. Das schuf eine neue Lage auf dem Brett.

Gut gemacht, Juliet! Das habe ich nicht kommen sehen ...

Er lehnte sich zurück, um das Spiel nochmals abzuschätzen. Es war Zeit für seinen letzten, raschen Vorstoß, den unangreifbaren Vorteil für den Sieg. Dann, nachdem er gewonnen hätte, müsste er versuchen zu erraten, was sie als seine Forderung von ihm erwartete. Juliet spielte müßig mit dem gefangen genommenen Läufer. In auffälligem Kontrast zu ihrem Ring und den Spitzenmanschetten, die über ihre runden Unterarme fielen, standen ihre von der Arbeit so deutlich gezeichneten Hände. Hände, die ein Küken gestreichelt hatten, die Wein aus blassen, winzigen Schlüsselblumen hergestellt hatten, die heiße Kompressen auf seinen Arm gelegt hatten, nachdem er von einer Biene gestochen worden war.

Hände, die sich in einer süßen Berührung um sein Gesicht gelegt hatten, als er sie geküsst und seine Seele in diesen Kuss gelegt hatte.

Seine Gefühle schienen zu gären und zu kochen. Ungewollt bewegte er seinen Fuß, stieß gegen den Tisch. Ihre Röcke bedeckten seine Beine. Hitze durchströmte sein Blut. Heiß und kalt, als schlügen Wintergeister und Sommerelfen ihre Kapriolen, um ihn zu quälen. Zum Teufel damit! Sie konnte Lord Edward nicht heiraten, selbst wenn Alden Granville-Strachan, Viscount Gracechurch, einen eiskalten Mord zuzugeben und dafür am Galgen zu hängen hätte.

Was sollte er fordern, wenn er gewann?

Einen Abschiedskuss? Lord Edwards Ring, um ihn Peter Primrose für Sherry zu geben? Den Ring und ein Versprechen, dass sie nach Manston Mingate zurückgehen würde, um ihr angenehmes, geordnetes Leben auf dem Lande für immer so weiterzuleben? Alden schob seinen verbliebenen Läufer die Diagonale entlang. Spitze zitterte auf seinem Handrücken. Sie konnte nicht in ihr verborgenes Leben in dem Haus aus roten Ziegelsteinen zurückkehren. Lord Edward Vane hatte sie gefunden. Wenn sie ihn nicht heiratete, würde der Sohn des Dukes sie so sicher vernichten, wie er beschlossen hatte, Alden zu vernichten – der nicht mehr in der Position war, ihr zu helfen.

Kalte Schauder schienen von dem tief sitzenden Vorrat an Eis auszugehen, der in seinem Herzen saß. Er konnte nicht klar denken. Er wusste nur dies: Ob Juliet den Sohn des Dukes heiratete oder nicht – falls Lord Edward fortfuhr, sie zu drangsalieren, würde ihn sein neuer Diener ohne Zweifel töten.

Juliet beendete ihren nächsten Zug und schaute auf. Der Ärger schien Alden blind gemacht zu haben. Er konnte nicht länger lesen, was in ihren Augen geschrieben stand. Sie erhob sich unerwartet und ging vom Tisch weg. Das Rauschen von rosafarbenem Satin und Reifröcken unterbrach das angespannte Schweigen. Die Zuschauer stießen wie ein Mann einen Atemzug aus. Energie strömte plötzlich, als berste erstarrtes Eis, um Ströme von Fluten freizugeben.

Bracefort trommelte mit der Hand auf den Rücken seines Stuhles. Fenborough wandte sich ab und warf sein Glas mit Schwung in den Kamin, wo es zersprang. Trenton-Smith lachte lauthals.

»Gut gemacht, Ma'am«, sagte Dovenby ruhig.

Lord Edward trat vor und starrte auf das Schachbrett. Die anderen Männer warteten, deutlich gespannt, doch er lächelte nur und wandte sich ab.

»Himmel!«, murmelte der Sohn des Dukes über die Schulter. »Sehr hübsch.«

Die anderen erhoben sich jetzt ebenfalls und folgten Lord Edward an den Likörtisch.

Juliet ging um den Tisch herum und legte die Hand auf Aldens Schulter. Sie beugte sich ganz nah zu ihm hinunter, um ein einziges Wort in sein Ohr zu flüstern.

»Schachmatt!«

Kapitel 9

Juliet hatte gewonnen?

Das Erschrecken verwirrte Alden für einen Moment, dann wich die Ungläubigkeit einem verrückten Anflug von Fröhlichkeit. Er verbarg seine völlig unangebrachte Heiterkeit hinter seinem Taschentuch und fragte sich, warum sein Lachen sich so verdammt nach Schmerz anfühlte.

Die Reihe, etwas zu verlangen, war jetzt an ihr, doch um was könnte sie ihn noch bitten, da er bereits alles verloren hatte? Wenn er drauf und dran war, Lord Edwards Eigentum zu werden?

Der Sohn des Dukes wandte sich vom Likörtischchen ab, das Glas in der Hand. »Ich bin froh, dass ich nicht auf den Ausgang *dieses* Spiels gewettet habe«, stellte er trocken fest. »Ich hätte verloren.«

Bracefort stimmte in Fenboroughs Kichern ein.

Dovenby trat einige Schritte von den anderen fort und lehnte sich an den Kaminsims. Sein Blick glitt nachdenklich über das Schachbrett, ehe er ihn auf Lord Edward richtete.

»Lord Gracechurch schuldet Euch jetzt einen Gefallen, nicht wahr, Ma'am?«, fragte *Die Taube*, wobei er unablässig den Sohn des Dukes ansah. »Was verlangt Ihr für den Sieg in diesem Spiel?«

Röcke raschelten, als Juliet sich wieder setzte. Sie schloss die Augen.

Kleine Geräusche schienen in der Stille zu wispern. Das Gleiten von Seide über Seide. Das leise Klirren eines Weinglases. Die Stille wurde vollkommen, als jeder der Männer den Atem anhielt. Was würde sie verlangen, um ihn öffentlich zu demütigen? Unglaublich unangenehme Möglichkeiten boten sich an.

Was immer sie verlangte, Alden würde es erfüllen müssen, gleichgültig, wie entwürdigend oder peinlich es für ihn auch sein würde.

»Madam«, sagte er leise. »Euer Wunsch ist mir Befehl.«

Ihre Lider flogen auf, enthüllten diese verwirrend blauen Augen. »Nun gut, Sir.« Juliet sprach deutlich und knapp, ohne Koketterie oder Scham. »Alle Eure irdischen Güter gingen letzte Sonntagnacht in einem Kartenspiel verloren, es sei denn, Ihr gewinnt sie zurück, indem Ihr Euch bis heute um Mitternacht meiner Gunst versichert habt. Ich wünsche, dass Ihr es tut.«

Schmerz flutete durch seine Brust.

Sich der beobachtenden Gesichter schrecklich bewusst, stand Alden auf. Das Scharren seines Stuhles und das Klappern seiner Absätze grollten wie Donner in seinen Ohren, als er zur Tür ging. Sein Verstand schien ihm den Dienst zu versagen. Er wollte nichts außer frischer Luft und fliehen. Selbst der Türriegel fühlte sich unter seinen Fingern seltsam an, fast, als hätte er noch niemals zuvor eine Tür geöffnet. Er hielt einen Moment lang inne und starrte ihn an.

Ihre Röcke rauschten, als sie ihm nachging. Alden richtete den Blick auf ihr gepudertes Haar. Ihr Atem ging zu schnell. Das Medaillon hob und senkte sich über der bezaubernden Schwellung ihrer Brüste. Lieblich. Begehrenswert. Juliet.

Sie war dazu bereit? Warum?

»Da Eure Person alles ist, was Ihr übrig behalten habt, ist Eure Gunst das Pfand, das ich fordere.« Sie schlug ihren Fächer auf und schaute zur Uhr. »Diese halbe Stunde ist es, was ich möchte.«

Alden fühlte sich, als würde ihm die Luft abgedrückt. »Ihr würdet es erlauben, dass ich meine Wette mit Lord Edward gewinne?«

»Ich erlaube es nicht nur«, erwiderte Juliet. »Ich fordere es.«

Sein Puls hämmerte schmerzhaft. Sie würde ihm geben, was sein Herz begehrte. Sie würde ihm garantieren, ihren verlockenden Körper zu besitzen. Sie würde ihn vor dem Ruin retten.

Sie wusste nichts von der einen weiteren Forderung seiner höllischen Wette mit dem Sohn des Dukes: ihr Medaillon.

Alden versuchte, leise zu sprechen, damit nur sie es hören würde, doch seine Worte waren in der Stille klar zu hören. »Juliet, verlangt das nicht!«

Sie hob das Kinn in einer Bewegung von purem Trotz. »Ich beharre darauf.«

In einer urplötzlichen Aufwallung heißen Zorns hasste Alden sie. Er hasste die ganze Situation – dass sie ein Gespräch wie dieses vor aller Ohren führten. Sie würde die Sensation des Jahres werden, wusste sie das denn nicht? Für einen Mann war eine solche Eskapade einfach nur eine weitere Feder an seinem Hut. Für eine Frau bedeutete es den Untergang. Sie würde eine Aussätzige sein. Ob er zustimmte oder ob er ablehnte, sie würde vernichtet sein.

Wütend beschloss er, sie vor diesem blinden Verlangen nach einem Opfer zu retten, ihre Forderungen in einen Scherz zu verkehren, ihren Ruf zu retten – wenn er es konnte.

Alden beugte den Kopf. »Ma'am, Ihr habt darin Erfolg gehabt, das Unerreichbare zu erreichen: Lord Gracechurch dazu zu bringen, um etwas zu bitten. Und da es unsere letzte Wette war, habt Ihr jetzt alles gewonnen ...«

Dovenby zuckte zusammen, trat zurück und verfing sich mit dem Ellbogen an einem hohen Kandelaber, der die Form einer stehenden Göttin hatte. Die Bronzefigur fiel und streifte einen Tisch, ehe sie mit einem Krachen im Kamin aufschlug. Der Kerzenleuchter auf dem Tisch kippte ebenfalls und rollte zu Boden. Brennendes Wachs breitete sich auf dem Boden aus. Die Männer sprangen auf, um die fallenden Kerzen aufzufangen und das aufflackernde Feuer auszutreten.

Alden und Juliet waren plötzlich in einem Kokon der Abgeschiedenheit gefangen.

»Ich bestehe darauf«, wiederholte sie ruhig. »Ich wünsche, Lord Edward seine Pläne ins Gesicht zu werfen.«

Alden besann sich auf seine kühlsten höfischen Manieren und bot ihr nur ein winziges Nicken des Kopfes, fast schon eine Kränkung. »Ihr wisst nicht, wie äußerst verlockend das ist, Ma'am. Dennoch muss ich mich weigern.«

»Dann erbitte ich es von Euch, um ein Kind namens Sherry zu retten und einen tauben Kutscher namens John und Mr. Primrose und alle die anderen auf Gracechurch, die von Euch abhängig sind. Ihr könnt mich nicht zurückweisen.«

»Ich kann es, und ich werde es, Ma'am.«

»Das *könnt* Ihr nicht.« Sie klang wütend. »Habe ich Euch nicht laut und vor all diesen Zeugen darum gebeten?«

»Es schmerzt mich, Euch zu demütigen, Ma'am, doch ich wünsche nicht ...«

»Ihr selbstsüchtiger Lump! Meint Ihr, ich gäbe was um Eure Wünsche? Als Ihr unsere vorherigen Schachpartien gewonnen habt, habe ich Euch alle Eure Forderungen erfüllt, sogar den italienischen Abend.«

Alden presste abweisend sein Taschentuch an den Mund. »Meine Wünsche waren davon bestimmt, meinen schlechten Ruf noch schlechter zu machen. Euer absurder Wunsch wird garantiert die Untadeligkeit des Euren zerstören. Ihr seid eine Witwe. Ihr habt niemanden, der Euch verteidigt oder beschützt. Falls Ihr zur Selbstzerstörung entschlossen seid, würde ich es vorziehen, nicht daran beteiligt zu sein. Ich versuche mein Möglichstes, damit Ihr Euch mit einem Rest von Würde zurückziehen könnt.«

Ihre Lippe kräuselte sich, während sie ihren Fächer öffnete. »Unsinn, Sir. Ihr habt die ganze Woche lang versucht, mich zu verführen. Seid Ihr nun unfähig, dieser Absicht die Tat folgen zu lassen?«

Eine seltsame Verzückung hallte in ihm wider.

Als handelte sein Körper ohne bewussten Entschluss, drückte seine linke Hand den Türriegel herunter; seine rechte packte Juliets Handgelenk. Mit einem leisen Aufschrei schloss sie den Fächer. Alden zog sie mit sich auf den Gang hinaus. Die Tür fiel hinter ihnen zu. Das wilde Durcheinander fluchender, halb betrunkener Männer verstummte abrupt, wie von einem Messer durchschnitten.

Alden nahm die Stille des Flures kaum wahr. Seine Hände schlossen sich um Juliets nackte Schultern, legten sich auf ihre warme Haut und glitten über ihre vollen weiblichen Rundungen. Er drückte Juliet gegen die Wand und strich mit dem Daumen über den süßen Bogen ihrer Brust. Rosenknospen zerfielen in seinen Fingern, und er warf sie fort.

Ohne Gewissensbisse schloss er die Hände um ihren Kopf und presste den Mund auf ihre Lippen. *Ekstase*. Er hielt nichts zurück, ließ keine Feinheit walten. Ein Bedürfnis überwältigte alles andere: sie zu besitzen, sie zu den Höhen sinnlichen Vergnügens zu tragen. In diese Frau zu stoßen, ihre Zärtlichkeit zu plündern, ihre Geheimnisse und ihre Süße und ihre Hitze zu erkunden, bis sie sich unter ihm wand und vor Lust keuchte – zur Hölle mit den Konsequenzen!

Überwältigt von der Stärke seines Verlangens und seines Zorns, ergriff er Besitz von ihrem Mund, ohne dass es ihn kümmerte, ob er sie dabei verbrannte. Doch ihr Mund begegnete seinem mit heißem Zorn und ihrer eigenen Leidenschaft. Es war ein Kuss geboren aus Verzweiflung, gezeichnet von Wut, die beide fast in den Hass zwang.

Alden richtete sich auf. Juliet lehnte sich gegen die Wand, ihre Wangen waren gerötet, die Lippen geschwollen, ihre Augen dunkel.

»Ihr wollt, dass ich mich fürchte?«, fragte sie. »Ich habe keine Angst vor Euch. Ihr seid gar nichts, nur leere Worte und schöner

Schein, ein unbedeutender Mann von unerträglicher Selbstgefälligkeit. Das seid Ihr für mich.«

Er starrte auf ihren Hals, wo ihr Puls schnell und heiß pochte. »Ist es wirklich Euer eigener Wunsch, Ma'am? Ich dachte, Ihr seid vielleicht Lord Edwards Marionette.«

Er wusste nicht, warum er das sagte. Es war nicht das, was er glaubte. Wenn sie es wünschte, könnte sie ihm ihre Worte ins Gesicht werfen und davongehen.

Doch Juliet wandte den Kopf ab und holte tief Luft. »Ich kam nicht aus freien Stücken nach Marion Hall. Abgesehen von dem, was Ihr mir schuldet, ist das der dritte Grund, warum Ihr Euch mir nicht verweigern könnt.«

Als hätte man einen Lichtputzer über eine Kerzenflamme gestülpt, fiel sein Zorn in sich zusammen. Juliet sah ihn entschlossen und mit verzweifeltem Mut an. Es schien unbedingt erforderlich, ihr jede Fluchtmöglichkeit anzubieten, ihr wenigstens das als Entschädigung dafür anzubieten, dass er ihr ihren Frieden gestohlen hatte.

»Ich bin ... Juliet, es tut mir leid. Ich habe nicht davon geträumt, Euch auf diese Weise zu erobern. Es muss einen anderen Ausweg aus dieser Situation geben. Ihr seid die Tochter eines Earls. Euer Vater, er wird Euch doch sicherlich vor Lord Edward beschützen?«

Juliet erwiderte seinen Blick, jeder Zoll an ihr ganz und gar eine Lady. »Mein Vater wird mich nicht empfangen. Wir haben seit fünf Jahren weder miteinander gesprochen noch miteinander korrespondiert. Warum, denkt Ihr, lebe ich allein in Manston Mingate?«

Eine Welt unausgesprochener Fragen hing zwischen ihnen, während durch das Haus das Ticken der Uhren hallte ... *bis Mitternacht ... bis Mitternacht ... bis Mitternacht.*

»Wie seid Ihr hierhergekommen?«

»Lord Edward spazierte in mein Haus und erzählte mir von

Eurer Wette in London: mein Körper gegen den Wohlstand eines Fremden. Was für ein köstlicher Moment! Den wahren Grund für Eure Aufmerksamkeiten zu erfahren. Zu hören, dass alles, was Ihr gesagt und getan habt, eine Lüge war, von dem Augenblick an, in dem wir uns begegnet sind. Vielleicht könnt Ihr Euch vorstellen, wie demütigend das war?«

»Glaubt es oder glaubt es nicht, eine fast gleiche Demütigung widerfährt mir.« Alden versuchte, ruhig zu sprechen. »Nun denn, was immer Eure Motive sind, ich bin nicht sicher, ob ich die Großzügigkeit Eures Angebots ertragen kann. Warum solltet Ihr mich für meine Käuflichkeit belohnen?«

»Weil Lord Edward mir auch, und das in genüsslicher Ausführlichkeit, vom Tode meines Ehemannes berichtet hat. Es ist kürzlich geschehen, wie es scheint, in London. Es war ein … Schock, völlig unerwartet. Während ich noch darum kämpfte, das zu begreifen, schlug er mir vor, ihn zu heiraten. Ich lehnte ab, aber er hatte seine Lakaien dabei. Ich wurde in eine geschlossene Kutsche geworfen und hierhergebracht.«

»Ihr seid *entführt* worden?« Seine Stimme klang heiser.

Sie zuckte mit den Schultern. »Ich wurde von Fremden gewaschen und hergerichtet und in dieses Seidenkleid gesteckt, das er für mich gekauft hat, als wir verlobt waren und heiraten wollten. Er will, dass wir wieder von vorn anfangen.«

»Warum ist er dann diese unselige Wette mit mir eingegangen?«

»Lord Edward meint, mir jetzt eine Lektion darüber erteilt zu haben, wie groß seine Macht ist, deshalb kann er mir vergeben, dass ich ihn vor fünf Jahren zurückgewiesen habe. Vielleicht kann er das. Ich jedoch ziehe seine Abscheu vor. Es gibt nur einen Weg für mich, seiner Verfolgung zu entgehen. Sein Stolz wird niemals eine weitere öffentliche Beleidigung vergeben. Gewinnt Eure Wette, und er wird mit mir nichts mehr zu tun haben wollen. Ansonsten wird er mich nie in Ruhe lassen.«

»Wenn er Euch so sehr will, warum zum Teufel riskiert er es, mit einer Wette zu beginnen? Ich hätte gewinnen können.«

»Hättet Ihr? Lord Edward war höchst zuversichtlich, dass Ihr verlieren werdet. Folglich konnte er sich an Eurem Reichtum bedienen, während er mir eine hübsche Strafe auferlegte.« Sie sah ihn an, ihre Augen hatten die Farbe von verletzten Veilchen. »Lord Edward erfuhr vom Tode meines Mannes und wusste, dass ich endlich frei war. Er wird versuchen, mich zu einer Heirat mit ihm zu zwingen. Davon wird ihn nichts abbringen außer einem: Ihr müsst die Wette gewinnen.«

Schmerz breitete sich in jedem Muskel Aldens aus, als hätte er bis zur Erschöpfung gefochten. Die Stücke passten zusammen, jeder Zug war Teil eines Gambits, das sie beide zu der für sie unerträglichen Schlussfolgerung brachte.

»Im Nachhinein betrachtet scheint es, als wäre ich seltsam begriffsstutzig ...«

»Das ist jetzt nicht mehr wichtig.« Sie zog den Diamantring ab und ließ ihn auf den Boden fallen, auf dem er davonrollte. »Was mich interessiert, ist nur eines: Lord Edward wird gezwungen sein, sein Interesse an mir aufzugeben, wenn ich die kommende halbe Stunde im Bett eines anderen Mannes verbringe und alle davon wissen.«

Sie hatte recht. Unzweifelhaft war Lord Edward gerade jetzt dabei, sie zu verstoßen, und kümmerte sich nicht darum, wie es geschah. Er lauschte, als das rohe Lachen der Männer aufbrandete und durch die geschlossene Tür zu ihnen heraushallte.

»Ich sehe, dass ich in der Falle gefangen bin, Ma'am. Ihr habt mich festgenagelt und meinen König gestürzt, mich meiner Herrschaft beraubt. Der Preis, scheint es, ist mein Körper ...«

»Pah! Der Preis Eurer Wette war meiner.«

»Also sind wir beide heute Nacht begehrt. Zuerst von Lord Edward. Und jetzt ich von Euch. Offensichtlich habt Ihr gewonnen.«

Ihr Nacken bog sich wie der einer Skulptur der Venus. Ihr Mund war fest geschlossen, ihr Rücken so gerade wie der einer Statue.

»Ihr könnt es nicht ertragen, nicht die Oberhand zu haben, nicht wahr, Lord Gracechurch? Ihr könnt nicht ertragen, dass der Schluss Eures Spiels zu meinen Bedingungen gespielt wird und nicht zu Euren, selbst wenn das Ergebnis genau das ist, wofür Ihr Euch so sehr angestrengt habt?«

»Klagt Ihr mich an, Lord Edwards Komplize zu sein?«, fragte er. »Glaubt Ihr, ich sei von Anfang Teil dieses Planes gewesen?«

Sie wandte sich abrupt ab und ging ein paar Schritte weit davon, ihre Absätze klapperten laut. »Nein, natürlich nicht. Selbst Ihr seid kein so guter Schauspieler. Alles, was Ihr kennt, ist doch nur dies: darauf hinzuarbeiten, eine weitere Eroberung zu machen, um Eurer endlosen Kette von bedeutungslosen Begegnungen den Namen noch einer weiteren Frau hinzufügen zu können. Warum sonst hätte Lord Edward Euch auswählen sollen?«

Ihr Nacken schien sehr zart unter der Goldkette, an der ihr Medaillon hing. Ihr gepudertes Haar erhob sich in sanftem Schwung über ihrem geneigten Nacken, ein Widerhall der Süße ihrer Schulterlinie. Welche Anschuldigungen auch immer sie ihm jetzt entgegenwarf, er verdiente sie. Es war alles wahr. Er hatte diese unheilige Wette akzeptiert. Er hatte vorgehabt zu gewinnen.

Sie beide wussten, dass er fast Erfolg gehabt hätte.

Alden ging auf sie zu – und sah weit entfernt eine Spiegelung seiner selbst zurücktreten. Ein großer Spiegel schimmerte an jedem Ende des Ganges. Ihre Bilder spiegelten sich ineinander, eine Unendlichkeit von Gängen, verschwindend in einem Funkeln von kerzenerhelltem Glas. In jedem zurückgeworfenen Bild sah er sich selbst. Das Florett. Die weiten Röcke seiner

Weste und die Form seiner von silbernen Seidenstrümpfen bedeckten Waden. Sein helles ungepudertes Haar. Eine Eitelkeit, die ihm jetzt grässlich vorkam, angezogen wie eine Puppe in den Kleidern des Hofes – bis auf seinen Rock natürlich, den er abgelegt hatte. Immer vorausschauend, immer in der Lage zu sein, seine Klinge schnell ziehen zu können, wenn er von Feinden umzingelt war.

Sein Blick glitt von seinem Spiegelbild fort und richtete sich auf die Unendlichkeit der Bilder der Lady in rosafarbener Seide, mit gepudertem Haar und tiefem Dekolletee. Kleiner und kleiner, verschwindend im nicht enden wollenden Korridor, war sie in jedem zu sehen, mit üppigem Reifrock und einem vor Entschlossenheit kerzengeraden Rücken. Jedes Paar blauer Augen schaute voller Geringschätzung in seine.

Juliet. Er hatte ihr gesagt, dass er sie liebte. Dasselbe hatte er beiläufig zu einer Myriade von Frauen gesagt. Warum um alles in der Welt glaubte er, es jetzt vielleicht auch zu meinen?

»Ich habe mich die ganze Woche gefragt, welches Spiel Lord Edward wirklich treibt«, bemerkte er. »Normalerweise verliere ich beim Kartenspielen nicht …«

»Und bei den Frauen auch nicht, was der Grund ist, warum er Euch auswählte. Jetzt bin ich an der Reihe. Was zählt es, ob es eine weitere Kerbe in Eurem Bogen gibt?«

»Es zählt, wenn Ihr nicht wahrhaft dazu bereit seid, Juliet.«

Ihr Fächer schnappte zu, die feinen Streben aus Elfenbein splitterten in ihren Händen. »Bereit? Oh, Eure Selbstgefälligkeit ist sicherlich größer als das? Ihr seid ein so großartiger Liebhaber, dass jede Frau bereit ist.«

Er verneigte sich vor ihr. Hoch und herunter in endlosen Korridoren aus Glas hoben und verneigten sich Köpfe mit blonden Haaren, verneigten sich, wurden kleiner und kleiner. Alden zog sich zurück in das vertraute Spiel, das Spiel, das er mit so vielen Frauen zur Vollendung gebracht hatte.

»Dann werdet Ihr Eure Meinung nicht ändern?«

»Das werde ich nicht!«

Er lächelte. »Ma'am, ich begehre Euren Körper mit unbekümmerter Heftigkeit. Ich habe niemals geleugnet oder versucht, das zu verbergen. Wenn ich noch dazu mein Vermögen und das Haus meiner Vorfahren zurückgewinnen kann, dann bin ich auf keinen Fall so edelmütig, Euch Euren Wunsch abzuschlagen. Ich hoffe nur, Ihr seid auf das vorbereitet, was geschehen wird.«

Sie zitterte. Er bemerkte es an dem nervösen kleinen Zucken ihrer Hand. »Vorbereitet?«

»Zu unserem gegenseitigen Vergnügen, die Leidenschaft miteinander zu teilen, so lange, wie es dauert, und uneingeschränkt. Was meine Affären angeht, so bin ich unbarmherzig. Sie sind eine Sache des Körpers, nicht des Herzens. Das macht es aus, ein Verführer zu sein. Ich werde Euch nicht heiraten.«

Rosafarbener Satin floss in endlos gespiegelten Bildern ineinander, als Juliet sich abwandte. »Nun, aber es gibt noch eine weitere Bedingung, Sir: Nach heute Nacht werdet Ihr mich nicht wiedersehen.«

Es war ein kleiner Schock. Er nahm ihr den zerbrochenen Fächer aus den Händen. »Ich meinte nicht etwas so Drastisches. Ich wäre entzückt, würdet Ihr Eure Meinung ändern.«

»Ihr werdet mich nicht wieder aufsuchen.«

»Nach heute Nacht wünscht Ihr Euch vielleicht, mich wiederzusehen.«

»Aber solange ich Euch nicht bitte, werdet Ihr keinen Kontakt zu mir aufnehmen. Darüber muss ich bestimmen können.«

Er neigte den Kopf. »Euer Wunsch ist mir Befehl, Juliet.«

»Ihr seid ohne Zweifel auch erfahren genug zu garantieren, dass Ihr mich nicht schwängern werdet?«

»Das kann ich garantieren.«

»Nun, wenn wir diesen unseligen Vertrag erfüllen wollen, sollten wir besser beginnen. Es bleibt nicht mehr viel Zeit.«

Die Tür wurde aufgerissen. Wie ein Korken, vorangestoßen von der Welle ungezügelten Gelächters aus dem Salon, steckte Sir Reginald Denby seinen geröteten Kopf zum Gang hinaus.

»Nun, Gracechurch? Stimmt Ihr den Forderungen der Lady zu? Wir haben eine neue Wette bezüglich des Ausgangs abgeschlossen.«

Alden verbeugte sich formell vor ihm. »Ihr könnt Lord Edward ausrichten, dass die Lady Ihren Wunsch erfüllt bekommt. Ich nehme an, Ihr habt auf die gewinnende Seite gesetzt, Sir, und dass Euer ehrenwerter Gast nicht allzu enttäuscht über sein Versagen sein wird, Gracechurch Abbey zu gewinnen?« Er wandte sich an Juliet und bot ihr seine Hand. »Madam?«

Ihr Kampf um Mut war augenfällig, als Juliet die Hand auf seine legte. Ein Zittern lief seinen Arm hinauf. Er legte seine andere Hand auf ihre, um sie zu beruhigen. Aus weit aufgerissenen Augen sah sie Alden an. Er zog Juliet zu sich heran, bis ihr Reifrock gegen seine Hüfte drückte, und tat sein Bestes, um ihr das nötige Vertrauen zu geben. Jetzt, da es zur Umkehr zu spät war, zitterte sie wie ein Blatt.

Sir Reginald schien hingerissen zu sein. »Ha! Ich habe gewettet, dass Ihr es dieses Mal schafft, Gracechurch. Verteufelt hübsche wilde Hummel, was? Hätte sie gern für mich gehabt – nur für einen Blick aus ihren Augen, verdammt!« Er brüllte nach einem Lakaien, der sofort angerannt kam. »Das Grüne Schlafzimmer, Mann! Zeig dieser Lady und diesem Gentleman den Weg zum Grünen Schlafzimmer.«

»Ich verabscheue Grün, Denby«, erklärte Alden. »Hörtet Ihr nicht, als ich das zu Fenborough sagte?«

»Das Grüne Zimmer ist das beste …«, begann Sir Reginald.

Alden ignorierte ihn und lächelte den Lakaien an, der respektvoll an der Seite stand. »Du kannst gehen. Die Lady und ich werden uns unsere eigene Bleibe suchen.«

Der Lakai schien eindeutig verwirrt zu sein. »Mylord?«

Denby taumelte gegen die Wand. »Bring sie zum Grünen Zimmer, verdammt!«

Alden schlug leicht auf Denbys dicke Wange, nicht kräftig genug, ihn zu verletzen, doch gerade ausreichend, um ihn zu beleidigen. »Ich bedaure, dass ich Euch Eure Abendunterhaltung verderben muss, Sir Reginald, aber wir werden uns selbst ein Zimmer aussuchen.«

Er umfasste Juliets Hand, um sie zu führen. Sie überließen es dem Lakaien, seinen betrunkenen Herrn zu stützen, als dieser zu Boden sackte.

Eine Treppe führte zu einer ganzen Reihe von Schlafzimmern. Alden ging die Korridore hinunter und stieß mehrere Türen auf, bis er ein Zimmer fand, das wie ein nicht benutztes Ankleidezimmer aussah. An einer Wand stand ein einfaches Bett, vermutlich die Schlafstatt eines Dieners. Es war mit frischen Laken bedeckt. Das Zimmer hatte weder Fenster noch weitere Eingänge, und es erfüllte noch eine andere wichtige Voraussetzung: Im Schloss der Tür steckte ein Schlüssel.

Alden schob Juliet in das Zimmer, zog die Tür hinter sich zu und verschloss sie. Der Raum war sofort in Dunkelheit gehüllt.

»Warum hier?« Ihre Stimme klang rau von gespieltem Mut. »Ich habe keine Abneigung gegen Grün.«

Er fasste mit beiden Händen nach ihrem Gesicht und legte sie um ihre Wangen, während er sie auf die Stirn küsste. »Wisst Ihr noch immer nicht, von welcher Art diese Männer wirklich sind, Juliet? Denbys Grünes Schlafzimmer ist in den Londoner Clubs berüchtigt.«

»Berüchtigt?«

»Für seine Wände und seine Decke, selbst für den Baldachin

des Bettes. Das Zimmer ist voller Spiegel, versteckter Türen, Gucklöcher …«

»Warum?«

»Damit ein Publikum zusehen kann.«

Einen Moment lang war ihr stockender Atem ihre einzige Antwort.

»Oh«, murmelte sie schließlich.

Er tastete sich in der stockdunklen Finsternis weiter, noch immer führte er Juliet bei der Hand. Ihre Finger streiften über hängende Kleider, einen Schrank, ein Stück Gipswand. Die Dunkelheit dämpfte und verbarg alles, ließ Alden nur das Hören, das Riechen und das Fühlen. Jedes kleine Rascheln, jeder Seufzer klang intensiver. Jeder Geruch war beißender, stechender, berauschender. Jede Berührung war eine Konzentration von Gefühl.

Der Raum roch nach mit Gewürzen gespickten Orangen, scharf und süß. Ihre Röcke streiften gegen seine Beine, befreiten den Duft nach Lavendel. Unter all den anderen Düften nahm er den Juliets wahr: moschusartig, verlockend, nach dem Wildblumen-Wasser, in dem sie gebadet hatte, nach dem Puder in ihren Haaren.

Seine Sinne loderten.

Alden war erregt, vibrierte vor Verlangen. Er tastete nach dem Bett und setzte sich, dabei zog er Juliet zu sich herunter. Ihr Atem klang abgerissen und furchtsam. Ihr Reifrock umhüllte seine Beine. Er hielt ihre Hände in seinen und wartete. Ihre Finger bebten von einem leichten Zittern. Ihr nervöser Atem streifte seine Wange. Einen Moment lang dachte er, sie weinte vielleicht. Und plötzlich war da nur noch diese eine Frage in seinen Gedanken: Hatte er Juliet zum Weinen gebracht?

Irgendwo im Haus hörte er eine Uhr schlagen. Noch fünfzehn Minuten bis Mitternacht.

Mit der Fingerspitze zeichnete er ihre Wange nach und strich mit dem Daumen über ihre langen Wimpern. Ihre Augen waren trocken, doch noch immer – irgendwo in seinem Herzen – dachte er, dass sie weinte.

Alden ließ die Hand hinter ihren Kopf gleiten und fühlte den harten Puder in ihrem Haar. Ihr Korsett knarrte, als er sie in die Arme zog und ihren Kopf an seiner Schulter bettete. Einige Momente lang saßen sie schweigend da, zwei Menschen, die sich in der Dunkelheit umarmten. Er fühlte sich lebendig und von einer so starken Zärtlichkeit erfüllt, dass selbst sein brennendes Verlangen im Angesicht dessen warten musste. Er strich ihr über den Kopf, bis er hörte, dass ihr Atem ruhig und gleichmäßig ging.

»Es ist noch nicht zu spät, Juliet«, sagte er. »Ihr habt Lord Edward ausreichend gedemütigt. Ich werde auch ohne dieses Opfer zurechtkommen.«

Sie zog sich zurück. Er konnte sich das stolze Neigen ihres Kinns vorstellen, die Art, wie sie ihren Rock glatt strich, der dabei leise raschelte.

Er spürte den kühlen Lufthauch, als sie aufstand.

»Es ist kein Opfer«, gab sie zurück. »Ich *brauche* Euch, um Lord Edward in seine Schranken zu weisen, und das ist mehr als nur eine prahlerische Ankündigung. Die Ehre verbietet es, dass wir unaufrichtig sind.«

Er streckte eine Hand aus. Es fühlte sich nicht wie ein Zufall an, dass er sofort die ihre ertastete. Ein unsichtbares Band streckte sich jetzt zwischen ihnen aus. Er konnte nichts falsch machen.

»Und was noch, Juliet?« Seine Erregung füllte sein ganzes Sein. »Was noch?«

»Es gibt nichts anderes.«

»Doch, es gibt noch etwas, von dem ich hoffe, es ist wahr, Juliet.«

»Was meint Ihr?« Ihre Stimme schwebte durch die dichte, stille Dunkelheit.

Konnte sie den raschen Puls seines Verlangens fühlen? Die Lust und die Erwartung spüren, die sich in seinem Körper aufbauten? Er strich sanft über jeden einzelnen ihrer Finger, streichelte ihn vom Knöchel bis zur Spitze, verweilte dabei an der empfindsamen Stelle, zeichnete mit dem Daumen kleine Kreise in die Mitte ihrer Handfläche.

»Ich meine dies: dass Ihr gern entdecken würdet, was ein Verführer über Frauen weiß, was ein gewöhnlicher Mann sich nicht einmal vorstellen kann. All diese langen Stunden in Italien. Was er seither gelernt hat durch die starke Leidenschaft der vielen Frauen, zu viele, um sie zu zählen. Alles über Verruchtheit und Lust, die intensiver ist, als anständige Leute es ahnen. Vielleicht wollt Ihr das ja auch. Nur ein Mal. In der Dunkelheit mit einem Fremden die Sünde erleben.«

Ihre Hand zitterte. »Ich möchte nur, dass Ihr Eure Wette mit Lord Edward gewinnt.«

Er strich über den Ballen ihres Daumens, wieder und wieder. »Was ist, wenn das kein ausreichender Grund für uns ist, den Liebesakt zu vollziehen, Juliet?«

»Das muss es sein!« Sie klang verzweifelt, den Tränen nahe.

Er hob ihre Hand. Sie erlaubte ihm, ihre Hand an seine Lippen zu führen. Sie hielt seine Hand sehr fest, während er ihre Finger küsste, einen nach dem anderen, behutsam und fließend und mit einer Zärtlichkeit, die dazu gedacht war zu quälen.

»Dann wird es genügen, weil Ihr es wünscht!« Er wusste genau, dass er es auch so meinte. »So lasst uns diese Nacht zur unvergesslichsten unseres Lebens machen.«

Er gab sie frei. Sofort presste Juliet die Hand auf ihre Lippen, auf der ein süßes Feuer zu brennen schien. Sie schloss die Hand zur Faust und stand da, beraubt, verlassen, in tiefer Dunkelheit.

Ihr Korsett war fest geschnürt und übte dort, wo es ihre Brüste hochdrückte, einen starken Druck auf ihre Rippen aus. Tat ihr deshalb das Herz so weh?

Alles, was sie über den Sohn des Dukes gesagt hatte, entsprach der Wahrheit. Seine Pläne zu durchkreuzen und seine öffentliche Demütigung herbeizuführen, das war es wert, dass ihr Ruf noch weiter vernichtet werden würde. Lord Edward würde ihr niemals vergeben, aber er würde sie auch niemals wieder beachten, nicht nach ihrem Auftritt im Salon.

Dennoch hatte Juliet nicht einen Moment lang vor, diesem Verführer zu erlauben, ihren Körper zu missbrauchen.

Ihr Puls raste. Es fühlte sich an wie Panik. Sie schluckte.

Es gab noch etwas, was der Sohn des Dukes zu ihr gesagt hatte, als er ihr von dieser gemeinen Wette in London berichtete: *Ich wusste, dass Gracechurch bei Euch niemals Erfolg haben würde. Ihr könntet solch einen Gecken allein mit dem Heben Eurer Augenbraue kastrieren.*

In der Kutsche hätte sie es fast getan, als sie vorgegeben hatte, von seinen Küssen ungerührt zu sein. Sie hatte sie gesehen, jene Spur von Verletzlichkeit, die über sein Gesicht gehuscht war. Sollte Alden Granville doch denken, er hätte sich ihre Gunst gesichert. Sollte er denken, er hätte seine Wette gewonnen und sein Vermögen gerettet. Im Angesicht ihres Spotts würde er seine Unfähigkeit erkennen müssen! Sie würde ihn demütigen, ihn zerstören, ihm seinen Stolz und seine Selbstgefälligkeit nehmen und ihn vernichtet zurücklassen.

Dunkle Nacht füllte ihre Vision. Sie konnte seinen regelmäßigen Atem hören. Seinen herben männlichen Duft riechen. Sie hatte ihn eingesogen wie frische Luft, als sie in Sir Reginalds Salon hinter ihm gestanden hatte. Die anderen Männer waren stark parfümiert gewesen. Im Gegensatz dazu trug Alden Granville nur den Duft von klarem Wasser, kühl wie ein schnell fließender Bach, gemischt mit der unbestimmbaren Männlichkeit, die sie ganz tief einatmen wollte. Zum Teufel mit ihm, weil er all diese Schönheit benutzt hatte, um sie zu täuschen!

»Es kann nicht mehr viel Zeit übrig sein«, sagte sie in die atmende Stille hinein.

Etwas fiel zu Boden und schlug dort laut auf. In einem kleinen Ausbruch von Panik hallte der Klang in ihrem Herzen wider.

»Was tut Ihr?«

»Meine Schuhe ausziehen«, erwiderte er ruhig.

Metall klirrte leise.

»Was war das?«

»Mein Kurzschwert. Ich trage es normalerweise nicht, wenn ich mit einer Frau schlafe.« Seine Stimme neckte sie, war erfüllt von Frohlocken. Verflucht sollte er sein!

»Ihr entkleidet Euch?« Ihre Stimme hingegen war zu hoch, fast schon ein Quieken. Juliet schluckte und holte tief Luft.

»Erschreckt Euch das?«

Das leichte Rascheln von Satin musste seine Weste sein, die er abstreifte. Sie sah sie vor sich, die Stickerei in Rosa und Silber, die sich faltete, die tanzte, als sie von den breiten Schultern und dem breiten Rücken geschüttelt wurde.

»Ich will nicht ... Nein, natürlich erschreckt mich das nicht!« Dennoch stand sie wie erstarrt in der Finsternis.

Etwas Feines, Weiches raschelte, winzige Töne, als läuteten die Glocken an seinen Spitzenmanschetten in ihrer eigenen fast lautlosen kleinen Welt.

»Dann wird es Euch freuen zu erfahren, dass ich jetzt mein Hemd abgelegt habe. Meine Hosen kommen als Nächstes.«

Ihre Augen mussten vor der finsteren Schwärze des Raumes geschlossen sein, ganz fest zugedrückt, denn sie sah eine Vision von ihm vor sich. Sie bewegte sich, wie er sich bewegt hatte, als er die Wiese gemäht hatte – golden und kraftvoll. Juliet spürte die Hitze, die sie durchflutete, als hätte ihre Haut in der hellen Sonne ihrer Vision Feuer gefangen.

Ein gedämpftes Schnappen. Das Öffnen von Knöpfen?

Das Geräusch zu Boden gleitenden Stoffes. Seine Hosen, die von seinen schmalen Hüften fielen?

Das Feuer in ihr breitete sich aus, stieg hoch, erfüllte sie tief innen. Lass auch ihn so ein verzehrendes Feuer spüren! Lass ihn seine Erregung steigern, bis er um Erlösung fleht – und dann würde sie ihn verspotten und zurückweisen!

Der hauchfeine Klang weicher Unterkleidung, die über nackte muskulöse Oberschenkel gestreift wurde und zu Boden fiel.

Sein Atem, schnell und fest.

Dann – bis auf diese gleichmäßige Kadenz – Schweigen.

»Ihr seid nackt?«, fragte sie schließlich.

»Ja.« Seine Stimme lächelte.

Scharlachrote Scham brannte auf ihrem Gesicht, aber sie musste es wissen. Sie musste wissen, dass er bereit war, mächtig und verletzlich. »Ihr seid erregt?«

»Ja.«

Juliet musste ihre Panik herunterschlucken, musste versuchen, normal zu atmen, doch die Flamme in ihr verschlang sie, raubte ihr fast den Atem. »Ihr empfindet starkes Verlangen?«

»Ich vibriere vor Verlangen ...«

»Ihr seid nicht zu sehen. Ich kann es nicht wissen!« Ihre Stimme klang angespannt vor Beklommenheit und diesem unterschwelligen, alles verzehrenden Zorn.

»Ja, Ihr könnt es. Ihr braucht keine Augen, um zu wissen, dass ich vor Begehren brenne. Ihr wisst es in Eurem Innern, Juliet, weil Ihr dasselbe empfindet.«

Noch nicht! Noch nicht! Erst musste er an dem Punkt sein, an dem er vor unerträglichem Verlangen vergehen würde, ehe sie ihre Rache nahm. Doch ihre Beine wollten ihr wegbrechen, ihr den Dienst versagen. Juliet streckte die Hand aus, um Halt zu suchen, und fand keinen. Sie konnte nichts sehen. Sie wusste nicht, wo er war. Sie konnte auch die leisen Geräusche nicht mehr deuten.

»Was geschieht jetzt?« Panik vibrierte in ihrer Stimme. Sie schluckte krampfhaft.

»Das liegt nun bei Euch.«

Sie tastete sich durch die Dunkelheit und berührte etwas Seidiges, Weiches. Einen Moment lang war sie in einer Art blinder Panik wie gefangen. Doch es war nur sein Haar.

Er kniete zu ihren Füßen.

Juliet rang nach Atem.

»Schtscht«, flüsterte er. »Entspannt Euch. Euer Wunsch ist mir Befehl.«

Sie stand wie erstarrt, als ihre Fingerspitzen auf den weichen Wellen von ungepudertem Gold ruhten. Seidig. Weich. Gesponnener Sonnenschein, von der Dunkelheit seiner Farbe beraubt, seines Glanzes, die nichts zurückließ außer seidiger Sinnlichkeit. Sie strich über seinen Kopf, fühlte sein Haar, die Locken an den Schläfen, den schweren Zopf, zusammengehalten von einem Band.

»Löst es, wenn Ihr wollt«, lud er sie ein.

Sie wollte nicht durch Worte abgelenkt werden, sie wollte nur dieses mitreißende Gefühl spüren. Sie versuchte, sich wieder auf ihr brennendes Verlangen nach Rache zu konzentrieren. »Was?«

»Mein Haarband. Ihr dürft es lösen, wenn Ihr mögt.« Seine Stimme klang amüsiert, warm. »Dann werde ich wahrhaft so sein wie der erste Mann – ganz nackt.«

Juliet erstarrte. Sie hatte gefordert, dass er mit ihr schlief. Wenn er hilflos vor Verlangen war, wollte sie ihn zerstören, ihn mit Worten entmannen. Er sollte sich hilflos und schwach fühlen, wenn sie ihren Spott über seine Unfähigkeit über ihn ausgoss! Er kniete wehrlos zu ihren Füßen. Doch warum zitterte sie dann tief in ihrem Innern, wenn er sie bat, sein Haar zu lösen?

Sie atmete heftig, während sie irgendwo in der sengenden Verwirrung von Hitze und Emotion den Mut fand weiterzumachen.

»Nun gut. Ich habe nicht … ich habe nicht sehr viel Übung darin. Ihr werdet mir meine Ungeschicklichkeit verzeihen?«

»Es ist nur ein Band.«

Sie ließ die Hände über seinen gebeugten Kopf gleiten. Wie einen Schock empfand sie die Berührung seiner harten Schultern, seines starken Nackens, seiner heißen Haut, bis ihre Finger sich um das Band schlossen.

Wie ein fahrender Ritter kniete er zu ihren Füßen und ließ sie gewähren. Juliet tastete nach den freien Enden des Bandes und entwirrte sie aus seinem dicken Strang von Haaren. Sie zog daran, bis der Knoten sich öffnete. Zögernd fuhr sie mit den Händen durch die Haarflut, teilte sie, ließ den Fluss flüssiger Seide über ihre Hände und zwischen ihren Fingern hindurchgleiten, strich sie aus seinem Gesicht, glättete sie über seinen breiten Schultern.

Von seiner Haut strahlte Hitze aus wie eine feine Vibration. Seine Muskeln zogen sich hart zusammen, als er den Kopf nach vorn sinken ließ und Juliet seinen Nacken darbot. Ihre Hände glitten dorthin, strichen über die harten Muskeln, die so ebenmäßig in seine Schultern übergingen. Die Vision seiner warmen, goldenen Haut brannte sich in ihr Bewusstsein. Sie strich über seine starken Unterarme, die sich so glatt wie poliertes Holz und so vibrierend, so dynamisch und warm von Leben anfühlten.

Ihre Finger berührten sein Gesicht, als er den Kopf hob. Eine Fingerspitze strich über seinen Wangenknochen. Eine Hand schloss sich flüchtig um die leichte Rauheit seines Kinns, glitt dann herunter über die feste Linie seiner Kehle. Sein Duft hüllte sie ein, und sie nahm die neue, dunklere Nuance darin wahr. Sein Atem ging heiß und schnell. Doch noch kniete er, noch berührte er sie nicht. Wie konnte sie ihn zu dem Punkt seiner Lust bringen, an dem er alles ihr überließ?

»Ihr müsst mir helfen.« Es klang fast wie ein Schluchzen, als erstickten ihre Worte in Tränen.

Wortlos nahm Alden ihre Hand und küsste sie. Die Berührung seines Mundes brannte: weiche, trockene Lippen, die feuchte Berührung seiner Zunge. Der erotische Angriff ließ ihre Beine zittern – nur ein Kuss auf die Hand, und doch berührte er jeden Nerv mit der intensiven Erwartung von Lust.

»Ich muss mich hinsetzen«, sagte sie.

»Ihr werdet nicht fallen. Ich werde Euch stützen.«

»Ich fühle mich schwach.«

»Schtscht, schtscht. Es ist nur die Dunkelheit.«

»Ich hatte mir so eine tiefe Dunkelheit nicht vorgestellt«, flüsterte sie.

»Ich wollte Euch sehen«, meinte er sanft. »Als ich von uns beiden zusammen träumte, stellte ich mir vor, wie Ihr aussehen würdet ohne dies ...« Er strich mit den Händen über ihr Korsett. »Ohne dies ...« Ihr Rock raschelte. »Ohne dies ...« Seine Hände glitten ihre Beine hinauf und schoben ihren Unterrock zur Seite.

Tiefe Befriedigung erfüllte sie, und sie tat einen raschen Atemzug. In der Dunkelheit schaute sie auf ihn hinunter. *Ich habe dich gesehen,* flüsterte ihre Erinnerung, *wie du deinen Rock, deine Weste und dein Hemd ausgezogen hast, um die Wiese zu mähen. Du hast ausgesehen wie ein heidnischer Gott. Später dann lagst du zu meinen Füßen, und ich hatte noch nie in meinem Leben etwas so Schönes gesehen. Und dann fand ich heraus, wie sehr du mich getäuscht hattest!*

Seine festen Hände lagen auf ihrem Hemd und glitten ihre Oberschenkel hinauf und wieder herunter. Das Gefühl, das die Berührung in ihr weckte, ließ Juliet leise keuchen. Sie biss sich auf die Lippen, als seine geschickten, erfahrenen Hände für einen Moment auf ihrer Taille verweilten. Als seine Hände zu ihren Knöcheln herunterglitten, nahmen sie ihren Unterrock samt Reifrock mit, die um ihre Füße herum zu einem Stoffhaufen zusammenfielen.

»Haltet Euch an meinen Schultern fest«, sagte er.

»Alden ...«

»Schsch, Juliet. Fühlt es nur.«

Er nahm ihre Hände und legte sie auf seine Schultern. Seine Haut brannte, aber er fühlte sich fest an, unerschütterlich. Während sie sich an diese Stärke klammerte, hob er ihre Füße einen nach dem anderen hoch und zog ihr die Schuhe aus. Die Absätze klapperten, als sie den Boden berührten.

Noch immer kniend, nahm Alden ihren rechten Fuß und stellte ihn auf sein gebeugtes Bein. Kraftvolle Muskeln zogen sich unter ihrem Spann zusammen. Seine Hitze sengte durch ihren dünnen Seidenstrumpf und schickte eine Flamme über ihre Haut.

Seine Hände wanderten ihre Waden hinauf, streichelten erst das eine, dann das andere Bein. Starke Finger berührten ihren Spann und rieben kreisend über Ferse und Knöchel, ehe sie höher und höher glitten, ihr Knie umfassten und die Innenseite ihres Strumpfbandes berührten. Intensive Lust drängte in Wellen durch Juliets Adern. Sie stöhnte auf und klammerte sich an seine Schultern, um nicht zu fallen. Grenzenloses Entzücken erfüllte sie und ließ sie ihre Absicht vergessen.

Noch nicht! Noch nicht! Lass ihn glauben, er hätte gewonnen!

Sie stöhnte wieder, als seine Hände ihre nackten Schenkel berührten.

»Darf ich Euch die Strümpfe ausziehen?« Seine Stimme war heiser, gepresst.

Nur ihre Strümpfe – ein Aufschub! Also noch nicht! »Ja. Ja. Wenn Ihr es wollt!«

Noch nicht!

Gewandt löste er die geknoteten Bänder und streifte sie herunter. Seine Hände streichelten ihre nackten Waden, während er langsam erst den einen, dann den anderen Strumpf herunterzog. Einen nach dem anderen streifte er sie herunter über ihre Zehen und setzte jeden Fuß zurück auf den am Boden liegenden zerknitterten Unterrock. Kalte Luft streifte ihre nackte Haut, unter der eine heiße Glut sie bis auf die Knochen verzehrte.

Bald! Bald! Ehe die Leidenschaft des Körpers sie mit sich riss …

Seine Finger streichelten ihren nackten Spann, bis sie vor Lust schluchzen wollte. Sie machten seinem Mund Platz, der Küsse auf ihren Knöchel hauchte, höher und höher wanderte, bis seine Lippen jene weiche intime Stelle in ihrer Kniekehle liebkosten.

Sie schrie auf, es war ein unartikuliertes Stöhnen. »Alden …!«

Seine Hände glitten ihre Beine hinauf. Als er aufstand, griffen seine Hände nach ihren Röcken und hoben sie hoch.

Hemd und Unterrock, Seide und Satin zerknitterten in seinen Händen, als er sie auf ihren Bauch drückte. Winzige blaue Lichter funkelten plötzlich auf, kleine Blitze von Elektrizität tanzten über ihre Röcke, huschten über ihren Unterrock; es schien, als sprängen Funken von seinem nackten Fleisch zu ihrem. Antwortende Flammen sangen in ihrem Blut, als seine Finger an der Rückseite ihrer Oberschenkel hinaufglitten und ihren nackten Po umfassten.

Die blauen Lichter tanzten wie verrückt durch die Finsternis. Juliets Herz raste. Der Duft nach Lavendel und Gewürzen vermischte sich Schwindel erregend mit jenem tiefen, befriedigenden, sauberen männlichen Duft, der so unverwechselbar war.

Er hielt Juliet fest, ihre Röcke zwischen ihnen, während seine

Hände ihren Po streichelten. Elektrisierende Intensität griff nach ihnen, entzündete Leidenschaft, konzentrierte alles auf das gleißende heiße Zentrum unbeschreiblicher Lust.

»Alden!«

Er verschloss ihren Mund mit einem Kuss.

Juliet erwiderte den Kuss, ihr Mund überfiel seinen, ihre Nacktheit bot sich offen der geschickten Erkundung seiner Hände. Ihre Brüste schmerzten. Ihre Haut brannte. Sie brannte wie eine Flamme in einem Meer blau schimmernder Funken, als sie sich an ihn lehnte, aufrecht gehalten nur von seiner Kraft. Ihre Hände krallten sich in seine Schultern, ihre Fingerspitzen sanken in feste Haut und Muskeln.

Seine Hand glitt unter ihren Schenkel, hob ihn in einem blitzenden Rascheln von Unterröcken. Er legte ihr Knie über seine nackte Hüfte und schob die Röcke zur Seite, während er ihren Bauch streichelte. Dann glitt seine Hand tiefer, dorthin, wo sie feucht und bereit war. Sie war mehr als bereit, sie wurde fortgetragen auf einem Rausch der Gefühle, erfüllt von der Sehnsucht nach ihm, nach seinem Eindringen.

Jetzt war der Augenblick gekommen, ihre eigene Lust zu leugnen und seine zu zerstören! Ihn zu verhöhnen, ihn flehen zu lassen, ihn zu demütigen. *Jetzt!*

Juliet zog ihren Mund fort und ließ den Kopf gegen seine Schulter sinken und grub ihre Fingernägel in seine Arme. Alden hob sie hoch. Eine samtene Härte presste sich gegen ihr nacktes Fleisch, suchte die intime Höhle zwischen ihren Beinen.

Jetzt! Jetzt musste sie es sagen: *Du Narr! Du glaubst, dass ich dich will? Du glaubst, ich verzehre mich nach dir? Ist das die berühmte Manneskraft eines Verführers? Du lässt mich kalt, unbeeindruckt. Ha! Kein Wunder, dass du so viele Frauen gebraucht hast. Offensichtlich konntest du nicht eine von ihnen befriedigen …*

Doch der Atem stockte ihr in den Lungen. Ihre Zunge würde

ihr nicht gehorchen. Dichte, samtene Dunkelheit flackerte vom Flimmern der blauen Flammen und verschlang alles. Das pulsierende Brennen ihres eigenen Blutes betäubte sie. Irgendwo tief in ihrem Schoß forderte das Verlangen mehr – mehr von diesem überwältigenden Rausch der Gefühle, diesem anschwellenden Sog der Lust, der danach schrie, sie fortzureißen.

Er hob sie höher. Unbändiges Verlangen überwältigte sie. Ihr Körper sehnte sich danach, den seinen willkommen zu heißen.

»Euer Wunsch ist mir Befehl.« Sein Flüstern klang in der Dunkelheit verletzlich, menschlich, zärtlich; es bat um Erlaubnis. »Sagt Ja, Juliet.«

Jetzt! Ihre Lippen bewegten sich. Ihre Zunge strich über seine heiße nackte Schulter. Sie hob den Kopf, als unkontrollierbare Lust ihren Mund ein einziges Wort formen ließ. Alles andere floh – ihre Gedanken an Rache, all die grausamen Dinge, die sie ihm hatte entgegenschleudern wollen –, alles verschwand wie trockenes Gras in einer Feuersbrunst.

»Ja«, sagte Juliet.

Alden hob sie hoch und drang mit einem Stoß in sie ein.

Irgendwo in der Dunkelheit begann eine Glocke zu schlagen. Der Klang erfüllte den dunklen Raum, hallte in ihrem zerrissenen Verstand wider. *Eins ... zwei ...*

Er hielt Juliet, während die Uhr schlug. Die blauen Blitze verschwanden, ließen nichts zurück als stechende Dunkelheit. Die sengende Macht zwischen ihren Beinen verschlang sie und schuf ein Prickeln von unerträglicher, süßer Sehnsucht. Er hielt sie dort und trug sie, während er sie mit Ekstase füllte. Sie ließ den Kopf gegen seine Schulter fallen und spürte das feine Feuer seiner Haut auf ihrem Gesicht.

Die Glocken hallten in ihren Ohren wider ... *acht* ... *neun* ... *zehn* ...

Ihr Herz klopfte wie wild, passte sich dem Schlagen des entfernten Klanges an. Juliet klammerte sich an Alden, ihre Schenkel schlossen sich um seine Hüften, ihre Seele strömte über von entrückter Sinnlichkeit.

Seine Lippen streichelten ihre Wange, dann küsste er sie rasch auf den Mund.

... elf ... zwölf.

»Mitternacht«, flüsterte er.

Kapitel 10

Er hatte sich auf das Bett zurücksinken lassen und Juliet mit sich gezogen, die mit gespreizten Beinen auf seinen Hüften saß. Ihre Röcke breiteten sich über ihren Schenkeln aus. Sie klammerte sich an Alden fest und nahm ihn tief in sich auf, während seine Hände sie hielten und stützten. Ihr ganzes Sein konzentrierte sich auf das pulsierende Feuer, das sich dort entfachte, wo ihre Körper sich zu einem Mittelpunkt von zauberhaftem Gefühl vereinten. Seine Hände glitten fort, gaben ihr die Freiheit, sich zu rühren.

Sie begann, ihre Hüften zu bewegen, und suchte nach mehr – mehr Intensität, mehr Ekstase. Ihre Röcke bauschten sich wie in einem neuen Dunst von blauen Funken. Ihr heißer Atem verwob sich mit seinem und wütete in ihren Ohren. Für immer, für immer, so lange, dass sie glaubte, sie müsse zerfließen.

Süße Spannung baute sich auf. Moschus und Gewürze. Fließendes Wasser und Lavendel.

Flüssiges Feuer.

Ihr Schoß zog sich zusammen, wieder und wieder. Bis zum Schluss fühlte sie den Rausch mit solch intensiver Lust, dass sie glaubte zu sterben.

»*Juliet!*«

Nur dieser Name, ihr Name, zusammen mit ihrem unartikulierten Aufschrei, als seine kraftvollen Kontraktionen sich mit ihren vereinten.

Danach schloss er Juliet für eine lange Zeit in die Arme und schwieg, ihr Kopf ruhte an seiner Schulter. Langsam löste er Bänder und Spitzen. Jedes Teil ihrer Kleidung erlag seinen erfahrenen Händen. Ihr Kleid glitt herunter, ihr weißer Unterrock, ihr Korsett – jedes Kleidungsstück gab seinen Halt an ihrem Körper auf. Manchmal drehte Alden sie sanft zur Seite, um die Mengen von Stoff wegzuziehen. Träge wie ein kleines Kätzchen ließ Juliet ihn gewähren, bis sie schließlich nur noch ihr dünnes Hemd trug. Sie rollte sich zusammen und schmiegte sich an ihn, ihre Brüste drückten gegen seine Brust.

In ihrem Leib, in ihren matten Gliedern, in ihrem Herzen hatte sich all ihr Kummer aufgelöst und in tiefe Befriedigung verwandelt.

Alden zog eine weiche Decke vom Bett und wickelte sie beide darin ein.

»Das war nicht das, was Ihr geplant hattet, nicht wahr?«, fragte er.

»Nein.« Sie küsste seine Schulter. Seine Haut schmeckte salzig auf ihren Lippen.

»Ich dachte, Ihr würdet mich zurückweisen. Ich habe versucht, Euch jede Gelegenheit dazu zu geben.«

»Ja.«

»Ich überließ Euch sogar die Führung.«

»Ich weiß.«

»Ich konnte nicht glauben, dass Ihr so großzügig sein würdet, nachdem Ihr entdeckt hattet, was ich getan habe.«

Sie fuhr mit den Fingerspitzen über seine Brust. »Ich hatte nicht vor, großzügig zu sein.«

»Ihr seid nicht unglücklich?«

»Ich weiß nicht.« Ihr Verstand wachte widerstrebend wieder auf, wie aus einem verzaubernden Traum. »Ich sollte es sein. Ich fühlte Euer ...« Sie biss sich auf die Lippen. »Habt Ihr die Wahrheit gesagt, als Ihr mir versichert habt, ich würde kein Kind empfangen?«

»Ich habe Vorsichtsmaßnahmen getroffen.« Seine Stimme klang rau an ihrem Ohr. »Hübsch fest gebunden mit einem blauen Band, was Ihr natürlich nicht sehen konntet.

»Oh.« George hatte nie so etwas benutzt. Er hatte versucht,

sie zu schwängern, wenn auch ohne Erfolg. »Also wart Ihr doch nicht *ganz* nackt?«

»Das gehört zu den Dingen, in denen Verführer sich auskennen.« Er küsste sie sanft auf die Stirn. »Ihr habt sogar dieses Risiko auf Euch genommen. Warum?«

»Ich wollte, dass Ihr Eure Wette gewinnt.«

»Nein, das wolltet Ihr nicht.« Seine Lippen berührten ihren Haaransatz, neckten sie im Winkel ihrer Augenbraue. »Auch für Euch selbst wolltet Ihr diesen Liebesakt. Könnt Ihr das nicht zugeben?«

Sie schmiegte sich enger an seine warme Brust und ließ die Hand über seine Haut gleiten. »Warum? Ich dachte, Ihr würdet eher glauben, dass ich es für Euch tat.«

Sein Lachen hallte wider. »Oje! Ihr schuldet mir gewiss nichts. Dennoch brauchen wir keinen Anlass, um miteinander zu schlafen, Juliet. Verlangen ist Grund genug.«

Sie stützte sich auf die Ellenbogen, ihre Worte wisperten durch die Dunkelheit. »Verlangen hat mich alles gekostet, für das ich geboren worden bin – Reichtum, Sicherheit, eine gute Heirat –, und brachte mir nichts als Armut und harte Arbeit. Warum glaubt Ihr, dass ich an dem interessiert bin, was man Verlangen nennt?«

»Weil es in der menschlichen Natur liegt. Es ist nichts, dessen man sich schämen müsste.«

»Verlangen brachte mich dazu, mit George davonzulaufen.«

»Ich dachte, Ihr wäret vor Lord Edward geflohen?«

»Das natürlich auch. Etwas an ihm erschreckte mich. Aber ich wollte auch, dass George mich berührte, ich wollte seine Hände auf meinem nackten Körper spüren. Ich sehnte mich danach. Schockiert Euch das?«

Seine Hände verfingen sich in ihrem Haar. Er zog ihren Kopf zu sich herunter, bis seine Lippen ihr Ohr streichelten, dann glitt sein Mund über ihren Hals. »Nein, es entzückt mich.«

Einen Moment lang genoss sie das Schweigen. »Ihr denkt nicht, dass Verlangen zu empfinden falsch für eine Frau ist?«

»Wir alle sind auf der Suche nach der Lust, Juliet, Männer wie Frauen. Wollen wir das noch einmal beweisen?«

Sie widersprach ihm nicht. Dieses Mal ließen sie sich Zeit, kosteten es aus. Alden erkundete jeden Zentimeter ihres Körpers. Und Juliet gab alle Kontrolle in seine geschickten Hände und seinen suchenden Mund.

All diese langen Stunden in Italien. Was er seither gelernt hat durch die starke Leidenschaft der vielen Frauen, zu viele, um sie zu zählen. Alles über Verruchtheit und Lust, die intensiver ist, als anständige Leute es ahnen. Vielleicht wollt Ihr das ja auch. Nur ein Mal. In der Dunkelheit mit einem Fremden die Sünde erleben.

Doch er fühlte sich nicht mehr an wie ein Fremder. Er fühlte sich an wie ein Liebhaber, intimer, vertrauter, als Juliet es sich je vorgestellt hatte. Dieses Mal genossen sie den gemeinsamen Höhepunkt, von dessen langen, langsamen Wellen sie über ein Meer aus Ekstase getragen wurden.

Juliet lag ausgestreckt da, zufrieden, eingehüllt in Wärme, seine Arme um sie, während sie in den Schlummer hinüberglitt. Jedes Mal, wenn sie erwachte, küsste Alden sie, bis ihr Verlangen wieder erwachte und er ihr zeigte, wie unstillbar seine Erregung war. Aus irgendeinem tiefen, befreiten Ort in ihrer Seele stieg ein helles Lachen auf, das sie überraschte. Sie lächelte, als sie die Hände auf seine Hüften legte und dann ihre Finger um seinen harten Penis schloss.

»Ich hatte vor, Euch als impotent zu verspotten.« Sie rieb ihre Nase an seinem Nacken. »Ich wollte Euch verhöhnen. Ich dachte, ich könnte Euch dies hier rauben.« Sie streichelte den mächtigen Schaft. Es schien wie ein Mysterium, diese kraftvolle Macht, so hart und doch so glatt, die zarte Haut über der Spitze. »Jetzt sehe ich, wie absurd dieser Gedanke war.«

Alden lachte, er pulsierte in ihrer Hand. »Warum absurd?«

»Weil ich nicht glaube, dass ein Schuft wie Ihr versagen könnte …«

Leises Lachen schüttelte ihn. »Auch ein Schuft ist nur ein Mann, Juliet.« Er bog seinen Rücken wie eine schnurrende Katze. »Ah, hört nicht auf!«

Seine Verletzlichkeit hinter diesen Worten griff an ihr Herz, denn er gab jede Verteidigung auf, vertraute ihr so intim.

»Aber ein Verführer muss mehr können als ein gewöhnlicher Mann. Was ist also das Geheimnis? Ich hatte sechs Monate lang einen Ehemann. Er und ich haben wie wir beide das Bett geteilt, und doch …«

»Doch es fühlte sich anders an?«

Sie errötete. Ihre Wangen schienen in der Dunkelheit zu brennen, und sie presste das heiße Gesicht gegen seine Brust. »Ja. All diese Stunden in Italien? Liegt dort das Geheimnis?«

Er hob ihr Gesicht an seines und küsste sie. »Es gibt nur ein Geheimnis, Juliet, und das ist, an das Vergnügen des anderen zu denken, mehr als an das eigene. Mir gefällt es, Frauen Lust zu bereiten.« Alden rollte sie herum und begann, ihre Brustwarze mit seinem Zeigefinger zu reizen. »Mir gefällt es, die süßesten Stellen meiner Geliebten zu entdecken – die süßesten für sie, nicht für mich. Obwohl ich sie wie Honig genieße, wenn ich sie finde.«

Sie lachte und räkelte sich neben ihm. Eine süße Stelle! Als er dieses Mal die schützende Hülle um seinen Penis legte, half Juliet ihm dabei, die Bänder zu binden. Sie tastete in der Dunkelheit nach ihm, lachte mit ihm, ergötzte sich an seinen törichten Witzen über Jacken für kleine Männer.

»Einen sehr *großen* kleinen Mann«, bemerkte sie voller Entzücken.

»Ihr denkt … ich bin … groß?« Er keuchte vor Lachen. »Ach, Juliet, Ihr wisst sehr genau, wie … man einem Mann schmeichelt!«

»Ihr seid viel größer als George. Ich wusste nicht, dass Männer so verschieden sein können.«

»Gefällt es Euch?« Er war plötzlich ernst.

Hitze durchströmte sie von den Wangen zu den Zehen. »Himmel! Ich mag es ... Ihr füllt mich aus ...«

»Schsch«, sagte er. »Ich glaube, wir müssen uns ganz sicher sein. Lasst mich prüfen, dass es wirklich gut passt.«

Juliet legte sich zurück und konzentrierte sich auf jene süße Dehnung, als er ganz in sie eindrang.

Als sie später erwachte, trieb sie wie auf einem See aus Geborgenheit dahin. Alden hielt sie noch immer fest. Eine Hand beschrieb langsame Kreise über ihren Rücken, köstlich, freundlich, tröstend.

»Es war es«, sagte sie schläfrig.

»Was war was?«

»Das gute Zusammenpassen.«

Seine Hand hielt inne, dann fuhr er fort mit dem langsamen Zeichnen von Kreisen. »Werdet Ihr jetzt zugeben zu begehren? Oder müsst Ihr noch immer erst einen edlen Anlass haben?«

Juliet wollte eine ehrliche Antwort geben und suchte in ihrem Herzen danach. Dabei stieß sie auf eine Wahrheit, auf die sie schon einmal geschaut hatte, ja, sie hatte sogar davon gesprochen. Heute Nacht war es um sehr viel mehr gegangen als nur um Verlangen. Auch das hatte ihr den Mut dazu gegeben.

»Ich hatte einen kleinen Bruder. Er starb. Dadurch, dass Ihr Eure Wette gewonnen habt, haben wir einem kleinen Jungen, der lebt, seine Welt gerettet.«

»Sherry? Er ist der Bastard eines Fremden. Warum solltet Ihr wünschen, ihn zu retten?«

Er zeichnete die einnehmenden Kreise bis hinauf zu ihrem Nacken. Wäre sie eine Katze, sie hätte schnurren mögen.

»Ich weiß, dass es keine Verbindung zwischen den Kindern gibt, aber es scheint richtig, einen kleinen Jungen zu retten, wenn es in unserer Macht liegt. Also nehmt an, wenn Ihr es wollt, dass ich dies tue, weil Sherry mich an Kit erinnert.« Die Dunkelheit und die Wärme atmeten Sicherheit, eine Zuflucht vor den harten Realitäten des Tageslichts. »Mein kleiner Bruder, Christopher, Viscount Knittering. Wir alle nannten ihn Kit.«

»Mögt Ihr mir erzählen, was geschehen ist?« Die Frage war behutsam.

Es war etwas, was sie noch nie jemandem erzählt hatte, außer Miss Parrett. Der Schmerz darüber eiterte wie eine offene Wunde. Doch Juliet fühlte sich bei diesem Mann geborgen, der nackt in der Dunkelheit lag und ihren von der Liebe matten Körper gegen seinen drückte. »Er war sieben, als er ertrank. Und es war meine Schuld.«

Die Worte waren heraus, fielen eines nach dem anderen in den sicheren Kokon der Dunkelheit. »Sechs Monate, nachdem ich mit George davongelaufen war, schrieben wir meinem Vater. Wir hofften auf seine Vergebung. Ich hatte inzwischen das meiste von meinem Schmuck verkauft, und George war überzeugt, mein Vater würde einlenken, uns meine Mitgift geben und uns in der Gesellschaft etablieren. Zur selben Zeit bat ich meine Mutter in einem Brief, mich heimlich in einem Gasthaus zu treffen. Ich vermisste sie. Ich hoffte, sie könnte bei meinem Vater für mich fürsprechen. Sie brachte Kit mit. Meine Mutter bat mich, George zu verlassen und nach Hause zurückzukommen.«

»Aber Ihr habt Euch geweigert.«

»Ich war *verheiratet*.«

Seine Finger streichelten ihr Haar. »Ihr glaubt so fest an die Ehe?«

»Ich hatte ein Gelübde abgelegt und einen sehr hohen Preis dafür gezahlt. Ich würde niemals untreu sein. Wenn George lebte, wäre ich jetzt nicht hier.«

»Doch Ihr und er habt Euch getrennt?«

»Er hat mich verlassen. In der Nacht, in der ich meine Mutter und Kit zum letzten Mal sah, gab es einen schrecklichen Sturm. In der Dunkelheit und in dem Regen verunglückte ihre Kutsche und überschlug sich. Sie sind alle ertrunken, auch der Kutscher.«

Alden lag schweigend da, seine Wärme und seine Kraft hüllten sie ein, während seine Finger von Zärtlichkeit sprachen, von Mitgefühl.

»Danach blieb nichts mehr«, sagte sie. »Nur Schuld. Ich weiß nicht, ob mein Vater je akzeptiert hätte, dass ich mit George durchgebrannt war. Meine Mutter war der Meinung, er könnte es, aber nachdem sie und Kit gestorben waren, erkannte George, dass für ihn jede Chance ruiniert war, durch mich zu Geld zu kommen. Also ging er. Ich habe ihn nie wiedergesehen.«

»Er hat Euch verlassen? Als Ihr gerade Eure Mutter und Kit verloren hattet?«

»Es zählte kaum für mich. Ich wollte nur sterben. Mein Verlangen hatte meine ganze Familie zerstört.«

Seine Lippen küssten die Tränen fort, die plötzlich in ihren Augen brannten. »Schsch. Ihr hattet ein Recht auf Eure Gefühle, auf Euer eigenes Leben. Ihr habt Eure Familie nicht zerstört. Es war Schicksal. Schicksal und Unglück.«

»Aber sie sind tot. Mein Vater lebt noch, allein mit seinem gebrochenen Herzen. Ich habe nichts übrig behalten als mein Medaillon.«

Seine Hände hielten inne. »Euer *Medaillon*?«

Das Gold fühlte sich warm und glatt in ihrer Hand an, als sie es berührte. »Meine Mutter schenkte es mir nach Kits Geburt. Es ist ein Erbstuck der Feltons, dazu bestimmt, den Schlussel zu einem Schatz zu bewahren. Vielleicht wurde es zu einem Symbol dafür, wie sehr alle einander liebten, besonders aber dafür, wie sehr ich meinen kleinen Bruder geliebt habe. Kit und ich spielten endlose Spiele, bei denen immer die seltsame alte Inschrift eine Rolle spielte, die in die Innenseite graviert ist. Sonst ist mir nichts geblieben. Nur das Medaillon.«

Sie hörte Aldens Atem, spürte die Anspannung darin, doch er schwieg.

»Versteht Ihr jetzt?«, fragte sie. »Ob wir unser Verlangen eingestehen oder nicht, es war nötig, dass wir dies hier für Sherry getan haben – vielleicht die kleinste Buße für das, was Kit durch mich widerfahren ist.«

Seine Brust hob sich, als er tief einatmete. »Was zwischen uns geschieht, hat nichts mit Sherry oder mit Kit zu tun – nicht mehr, als es mit meinem Bruder zu tun hat. Es gibt keinen Trost für unseren Verlust, für den Tod unserer Lieben. Aber unser Leben geht weiter, Juliet. Unser *Leben!* Wir sind *lebendig!*«

Seine Hände schlossen sich um ihr Kinn und hielten ihr Gesicht sekundenlang gefangen. Dann berührten seine brennenden Lippen ihren Mund, leidenschaftlich und heiß, fast zornig. Lag Gram so nah bei Zorn? War Verlangen stärker als diese beiden Gefühle?

Ohne Zögern erwiderte Juliet den Kuss und fasste mit beiden Händen nach Alden, nach der Herrlichkeit seines Körpers, nach diesem überwältigendem Eintauchen in die Leidenschaft.

Später träumte sie, dass sie in ihrer Gartenlaube miteinander redeten, dass er sie dabei auf seinem Schoß hielt und sie wieder fragte: *Gefällt es dir?*

In ihrem Traum antwortete Juliet mit der Wahrheit, die sie in der Realität nicht zugeben konnte: *Ich habe fünf Jahre mit der Gewissheit gelebt, dass mein Ehemann lebt. Solange er am Leben war, hatte die Zukunft all ihre Türen vor mir geschlossen. Diese fünf Jahre wurden in Keuschheit verbracht. Glaubst du, ich hätte deswegen kein Verlangen empfunden?*

Also gibst du dein Verlangen zu?, fragte sein Traumbild.

Ich habe gerade meine Seele dafür gegeben. Jetzt weiß ich, dass George tot ist und dass ich frei bin, Alden Granville. Frei, wieder zu lieben.

Liebst du mich?

Ich liebe dich, sagte ihr Traum-Ich. *Auch wenn es mir das Herz bricht.*

Alden wachte in der Dunkelheit auf, doch er wusste, dass es inzwischen Morgen geworden war. Juliets gleichmäßiger Atem streifte seine Schulter. Er strich über ihre Hüfte, die so wunderbar gerundet war. Wie oft hatten sie sich geliebt? Wie oft hatte er all seine Leidenschaft in ihren herrlichen Körper verströmt, seine Kraft, sein ganzes Sein? Er hatte aufgehört zu zählen.

Ihre Haut fühlte sich unter seiner brennend heißen Hand kühl an. Zu seiner Verwunderung empfand er noch immer Begehren, das wie ein Feuer in ihm schwelte. Warum fühlte er sich so verwirrt, so schwindelig, als wäre sein Verstand nicht ganz bei ihm? Er nahm die Hand von Juliets Hüfte und setzte sich auf. Ein Kopfschmerz stach durch seinen Schädel. Er zitterte. Himmel! War er krank? Ein weiteres Zittern schüttelte ihn. Er taumelte, als er sich vom Bett erhob. Die Tür öffnete sich auf einen stillen Korridor, der nur vom dämmrigen Licht eines regnerischen Morgens erhellt wurde. Sein nackter Körper brannte in der kalten Luft wie eine Flamme.

Fieber!

Alden schloss für einen Moment die Augen und dachte daran, dass er am vergangenen Morgen bis auf die Haut nass geworden war. Er hatte dafür gesorgt, dass Sherry sein Bad bekommen hatte, damit er sich nicht erkältete. Und währenddessen hatte er selbst sich wie ein Narr verhalten und seine feuchten Kleider getragen. Das nasse Haar hatte ihm am Kopf geklebt, bis sein Blut kalt wie Eis durch seine Adern geflossen war.

Alden schüttelte sich. Ein Zittern lief über seine Schultern.

Es war nötig, dass wir dies hier für Sherry getan haben.

Verdammte Hölle! Die Wette war noch nicht gewonnen. Irgendwo im Haus wartete Lord Edward auf den Beweis.

Alden taumelte in die kleine Kammer zurück. Im Schein des grauen Lichts von der geöffneten Tür her schlief Juliet wie ein Kind, ein winziges Lächeln lag um ihre Lippen. Etwas regte sich in ihm, etwas, das eine Welle der Panik mit sich brachte. Er berührte ihre Schulter. Seine Hand schüttelte sie, mühsam. Juliet wachte nicht auf.

Sonst ist mir nichts geblieben. Nur das Medaillon.

Es wäre eine Verrücktheit, die Wette wegen dieser einen letzten Sache doch noch zu verlieren. Die Panik schlug härter, sein Herz schien sich vor Furcht zu krümmen, als machte er eine seltsame Verwandlung durch. Er kämpfte verzweifelt dagegen an. Er war ein Schuft. Es war seine Profession, Frauen zu benutzen.

Ich wollte, dass Ihr Eure Wette gewinnt.

Ihm brach plötzlich der Schweiß aus, und er bückte sich, um seine Kleider vom Boden aufzuheben. Als er sein Taschentuch fand, fuhr er sich damit über das Gesicht, ehe er zur Tür ging und seine Kleider auf einen Stuhl warf. Er fühlte sich wie benommen. Seine Haut brannte. Seine Muskeln spannten sich über pochende schmerzende Knochen. Für eine lange Minute stand er in der Tür und beobachtete den Regen, der an den Fenstern herunterlief, während das Fieber mit seinem Körper fröhliche Hölle spielte.

Er musste die Wette gewinnen!

Juliet gab einen leisen Laut von sich. Er fuhr herum, doch sie hatte sich nur im Schlaf umgedreht. In langen Strähnen breiteten sich ihre gepuderten Locken auf dem Laken aus. Alden kehrte in das kleine Zimmer zurück.

Wach auf, Juliet! Sag mir, dass ich mich zur Hölle scheren soll!

Nackt und zitternd stand er über sie gebeugt, bereit, sie zu wecken. Im Schlaf bewegte sie die Hand ein wenig, als wollte sie ihn wegstoßen. Nun gut, sie hatten eine Nacht voller Leidenschaft miteinander verbracht! Was zum Teufel bedeutete es mehr als genau das?

Im Stillen fluchend, fasste er nach ihrer goldenen Kette. Ihr Medaillon flammte in seiner Hand, als wollte es sich bis auf den Knochen brennen.

Hinter der nächsten Tür fand Alden ein leeres Schlafzimmer. Ein zur Hälfte mit Wasser gefüllter Krug stand auf dem Waschtisch. Er ließ das kalte Wasser über sein Gesicht fließen, während er den Kopf über die Schale beugte, dann schüttelte er sich wie ein Otter. Mit Fingern, die ihm kaum gehorchten, trocknete er sich ab und zog seine Kleider an. Über der Kommode hing ein Spiegel – sein Gesicht war gerötet, die Augen glänzten. In eiskaltem Zorn durchsuchte er die Schubladen der Kommode. Er fand Puder und Rouge und sogar eine Auswahl von Schönheitsflecken in einer kleinen Dose.

Der Puder sah fleckig aus und zu weiß. Alden verteilte Rouge auf seinen Wangenknochen und legte einen großen Schönheitsfleck auf, um von seinen fieberglänzenden Augen abzulenken. Ein wenig kaltes Wasser glättete sein Haar, ehe er es zurückband. Als letzte Handlung schüttelte er seine Spitzen aus und legte sein Kurzschwert um, ehe er seine Schuhe mit den vergoldeten Absätzen anzog.

Dann wandte er sich um und starrte in den Spiegel.

Alden Granville-Strachan, Viscount Gracechurch, starrte zurück. Der Verführer, der es sich zur Gewohnheit gemacht hatte, Herzen zu brechen. Der Mann, der seinen Ruin gegen die Tugend einer Frau gewettet und der gewonnen hatte.

Bedachtsam nahm er Juliets Medaillon von der Kommode, wo er es abgelegt hatte. Es war vermutlich mehr als hundert Jahre alt und trug ein seltsames Muster auf der Rückseite. Alden fragte sich flüchtig, ob wohl etwas darin war – eine Haarlocke, ein kleines Porträt. Es wäre eine Handlung sowohl gegen seine Ehre als auch gegen Juliets Privatsphäre, würde er hineinsehen.

Wie einfach war es doch, den kleineren Versuchungen des Lebens zu widerstehen!

Er ließ ihr goldenes Medaillon ungeöffnet in seine Tasche gleiten.

Alden begegnete Lord Edward in dem Salon, in dem er mit Juliet Schach gespielt hatte. Der durchdringende Duft nach Kaffee überdeckte den schalen Geruch nach Alkohol und Parfüm der vorausgegangenen Nacht. Die Hände ineinander verschlungen, saß der Sohn des Dukes auf einem Stuhl vor dem erloschenen Kamin und starrte auf den Rost. Er schien überhaupt nicht ins Bett gegangen zu sein. Auf einem kleinen Tisch neben ihm lag etwas, das im grauen Licht schimmerte und funkelte.

Aldens Ringe! Alden hatte sie in London Sir Reginald gegeben und sie dann völlig vergessen. Seine Absätze klapperten laut, als er den Salon betrat.

»Guten Morgen, Gracechurch.« Lord Edward sprach ihn über die Schulter an. »Kaffee? Bedient Euch.«

»Keine Diener heute Morgen, Sir?«

»Sicherlich wünscht Ihr nicht, dass Sir Reginalds Dienerschaft Zeuge unserer anstehenden Transaktion wird?«

Die verrückte Versuchung packte Alden, sein Schwert zu ziehen und diesen Mund, aus dem die Worte so glatt und gedehnt kamen, für immer zum Schweigen zu bringen. Stattdessen schenkte er sich jedoch Kaffee aus dem Silberkessel ein, der auf der Anrichte stand. »Warum nicht? Wir hatten gestern Nacht doch auch zahlreiche Zeugen.«

»Weil sie einen Zweck zu erfüllen hatten. Herrje, Sir! Ihr macht mich nervös! Würdet Ihr so freundlich sein, Eure Klinge abzulegen?« Der Sohn des Dukes beobachtete, wie Alden sein Schwert abnahm und es beiseite legte. Dann zeigte er auf die Ringe. »Danke. Hier habt Ihr Eure Kinkerlitzchen, Sir.«

Alden nahm seinen Kaffee, trat an den Tisch und griff nach den Ringen. »Ihr seid überzeugt, dass ich sie ausgelöst habe?«

»Natürlich. Ihr habt das Medaillon?« Der Sohn des Dukes lächelte. »Offensichtlich habt Ihr die Lady ...« Der getrocknete Puder lag wie eine Kruste auf seinem Gesicht. »War es reizvoll?«

Alden steckte seine Ringe einen nach dem anderen auf ihre vertrauten Plätze. Dann spreizte er die Finger und betrachtete sie angelegentlich, um sich davon abzuhalten, die Faust zu ballen und das Grinsen aus Lord Edwards Gesicht zu schlagen. »Geld ist reizvoller.«

»In Wahrheit verfügt Ihr gar nicht über so viel Geld, nicht wahr, Gracechurch? Ihr seid jämmerlich verschuldet, auch jetzt noch.«

»Meine Angelegenheiten gehen nur mich etwas an.«

»Erst, wenn wir unsere Wette zu Ende gebracht haben. Das Medaillon, Sir.«

Alden führte die Tasse zum Mund. Der starke Duft des Kaffees stieg ihm in die Nase, während er das Medaillon aus der Tasche zog und es auf den Tisch fallen ließ.

»Ihr gebt es so einfach her? Kümmert Euch denn überhaupt nicht, was aus der Lady wird?«

»Ich bin ein Schuft.« Mit einer gewissen grimmigen Befriedigung schwelgte Alden in diesem Bekenntnis. Natürlich war es wahr! »Glaubt Ihr wirklich, ich hätte ein Herz?«

Lord Edward lachte. »Nein, Sir, ich bin sicher, Ihr habt keins.« Er fasste in seine Jacke und zog eine Hand voll Zettel hervor. Einen nach dem anderen zerriss er und nahm dann sein Wettenbuch in die Hand. Er schrieb etwas hinein, ehe er es Alden gab. »Zufrieden?«

Alden setzte seine Unterschrift über die Seite. Die Papierschnipsel rieselten wie Schneeflocken um seine Füße. Er nahm noch einen Schluck Kaffee, die heiße Flüssigkeit fühlte sich in seiner brennenden Kehle eisig kalt an.

»Da ist noch die Sache mit den versprochenen fünftausend.«

»Die schriftliche Zahlungsanweisung wird Euch morgen überbracht werden.« Lord Edward reichte ihm ein Papier. »Akzeptiert Ihr bis dahin meinen Schuldschein?«

Alden setzte die Tasse ab. Das Fieber brannte in seinen Knochen, und er fand es äußerst ärgerlich, dass seine Hand zitterte. »Ihr könnt es behalten.«

Der Sohn des Dukes zog beide Augenbrauen hoch. »Warum?«

»Im Tausch gegen das Schmuckstück der Lady. Ich habe eine Sammlung solcher Erinnerungsstücke. Das Medaillon wäre eine hübsche, wenn auch belanglose Ergänzung.« Das war eine Lüge, wenn auch keine, die zählte.

Lord Edward schlug mit einer Hand hart auf das Medaillon. »Es ist nicht zu verkaufen, Gracechurch!«

Alden ging einige Schritte davon und starrte aus dem Fenster. Sein Kopf donnerte. Das Blut rauschte in seinen Adern. Unter seiner dünnen Jacke, der Weste in Rosa und Silber und all seiner Spitze, schwitzte er wie ein Rennpferd. Mochte Gott ihn davor bewahren, jetzt die Besinnung zu verlieren!

Er versuchte, sich zu konzentrieren.

»Alles ist zu kaufen, Sir. Es ist nur nötig, sich auf einen Preis zu einigen.«

»Oje! Sie hat Euch geködert. Ihr habt der Lady Euer Herz geschenkt. Etwa auch Eure hübsche Hand für den Ehebund?«

Es regnete noch immer, ein feines Nieseln, das die Gärten tränkte. Auf Statuen und gestutzten Bäumen glitzerten Wassertropfen. »Die Lady ist an einer Ehe nicht interessiert. Ihr habt das nicht bemerkt?«

»Fürwahr! Ihr bezieht Euch auf meinen gestrigen Antrag?«

»Ihr batet sie, Euch zu heiraten. Ich war zutiefst gerührt.«

Lord Edward warf den Kopf in den Nacken und stieß ein brüllendes Lachen aus. »Sie heiraten? Ich hatte niemals die Absicht, sie zu ehelichen. Einst habe ich sie gewollt – wenn Ihr denkt, sie ist jetzt köstlich, dann hättet Ihr sie sehen sollen, als sie sechzehn war –, aber jetzt? Glaubt Ihr wirklich, ich würde mich bücken, um das aufzuheben, was George Hardcastle übrig gelassen hat? Der Großvater dieses Mannes war Schlachter.«

Der pochende Kopfschmerz machte es Alden fast unmöglich zu denken. Seine Gelenke schmerzten, als würden sie von der Säge eines Holzfällers malträtiert. *Konzentriere dich!*

»Darf ich dann erfahren, warum Ihr sie gefragt habt?«

»Um sie zu erschrecken.«

»Eure erneute Werbung war also eine Täuschung? Ich gestehe, Sir, dass Ihr mich verblüfft.«

»Mein lieber Gracechurch! Bitte spielt mir nicht den Unschuldigen vor. Ihr mögt keine Seele haben, aber ich erwarte, dass Ihr begreift, was Rache ist.«

Alden zog sein Taschentuch hervor, um seinen trockenen, brennenden Mund zu wischen. »Bedauerlicherweise erschließt sich Euer Argument mir nicht, Sir. Ich habe niemals etwas so Geschmackloses wie Rache im Sinn gehabt.«

»Nein, Ihr habt eher die Frauen im Sinn, weshalb Ihr Euch für meine Zwecke perfekt geeignet habt.«

»Ihr sprecht von dem Kartenspiel in London, das ich so unbedacht verloren habe?« Alden lehnte sich gegen die Wand und verschränkte die Arme vor der Brust, um seine zitternden Glieder zu verbergen. »Ich bin immer entzückt, Euch einen Gefallen erweisen zu können, doch Ihr müsst meine Neugier stillen. *War* der Wein in jener Nacht mit Drogen versetzt?«

»Nun, Sir, das ist wohl kaum eine Frage, die ein Gentleman einem anderen stellt.«

»Doch Ihr werdet zustimmen, dass ich seltsam benommen

war, ebenso wie Ihr einräumen werdet, dass Ihr mich bei unserem kleinen Fechtkampf an jenem Morgen absichtlich habt gewinnen lassen?«

»Ich werde sogar zugeben, dass Ihr ein höchst würdiger Gegner wart, mein lieber Gracechurch. Ich bin selten so verteufelt hart bedrängt worden. Aber sicherlich hättet Ihr nicht die Oberhand gewonnen, wenn ich es nicht zugelassen hätte.«

»Wie dumm von mir, den Sieg nicht gleich infrage gestellt zu haben – ebenso wenig wie meinen unerklärlichen Mangel an Urteilsvermögen in jener Nacht.«

»Ihr wart tollkühn«, sagte Lord Edward.

»In der Tat. Aber Ihr musstet Euch darauf verlassen können, dass ich mich verschulden würde, und sicherlich würdet nicht einmal Ihr dazu herabsinken, die Karten zu manipulieren? Werdet Ihr mir Eure wahre Absicht verraten?«

Lord Edward war unter seiner Schminke errötet. »Aber selbstverständlich. Ich wollte das Medaillon.«

»Wenn Ihr nur das Medaillon gewollt habt, hättet Ihr es Euch nehmen können. Schließlich habt Ihr sie gestern Nacht dazu gezwungen, hierherzukommen.«

»Es war bedauerlich grob, doch notwendig. Wollt Ihr mich deswegen fordern?«

Alden legte den Kopf zurück und betrachtete die Decke. Schmerzhafte Krämpfe attackierten seinen Rücken. Die Muster im Gips schienen sich in sich selbst zu bewegen. *Konzentriere dich!*

»Ich bin in Versuchung. Trotz Eurer – zugegebenermaßen – superben Fähigkeiten mit der Klinge bin ich dazu versucht.«

»Aber Ihr werdet es nicht tun?«

»Ein Duell und dessen Anlass kann wohl kaum geheim gehalten werden. Und ich mache meine Beziehung zu einer Frau niemals publik: Es ist eine Eigenart von mir, aber eine, für die ich, glaube ich, bekannt bin. Und es wird auch niemand sonst über die Ereignisse der letzten Nacht reden. Das zu tun würde bedeuten, eine Geschichte zu verbreiten, in der Lord Edward Vane wie ein Narr dasteht. Und das werdet Ihr ja wohl niemals wieder in Kauf nehmen – nach dem Skandal, den Ihr vor fünf Jahren überstanden habt. Ihr habt inzwischen vermutlich Eure Kumpane zum Stillschweigen veranlasst, auch wenn das bedeutet, dass der Ruf der Lady makellos bleibt.«

»Ihr Ruf kümmert mich nicht. Sie kann ihn mit meinem Segen behalten.«

»Das dachte ich mir. Deshalb wird es kein Duell geben – wie Ihr es geplant habt.«

»Sagt mir, Gracechurch, habt Ihr jemals eine Schachpartie verloren – schon gar gegen eine Frau? Irgendwann würde ich gern selbst einmal gegen Euch antreten.«

Das Verlangen, sich einfach hinzulegen, war überwältigend. Was für eine Zeit, um sich ein Fieber zuzuziehen! »Wir spielen gerade jetzt, Lord Edward.«

»Aber dieses Mal sage ich: schachmatt. Ich habe das Medaillon. Ein wertloses Stück, natürlich, aber was bietet Ihr mir dafür?«

Alden lief die Zeit davon. Ihm blieb keine Wahl, als direkt auf das Gambit loszugehen. »Meine Person.«

»Ha!« Lord Edwards Kaffee ergoss sich auf den Boden, als er beide Hände hochwarf und aufstand. »Nicht Gracechurch Abbey? Nicht Eure diversen Kapitalanlagen? Nur Eure Person?«

Der Fleck verteilte sich wie Blut auf den Bodendielen. Die Tasse war noch ganz gefüllt gewesen. Alden besaß keine Sammlung von Schmuckstücken seiner Geliebten. Er konnte nicht einmal mehr sagen, warum er das behauptet hatte. »Es gibt andere, die Abbey brauchen.«

»Aber Euch braucht niemand? Ich bin entzückt.«

Die Wahrheit dieser Worte brannte sich in sein Herz. Niemand brauchte ihn. Nicht seine Mutter, nicht Sherry, nicht einmal Juliet.

»Meine Person gehört mir allein, und ich kann geben oder nehmen, wie ich es will. Ich biete sie Euch an.«

»Ihr seid scharfsichtig, Sir.« Lord Edward kam näher und starrte Alden ins Gesicht. »Ihr habt genau das genannt, das mich in der Tat reizt.«

Alden stützte eine Hand gegen den Fensterladen, um Halt zu haben. »Dann gilt der Handel?«

Der Sohn des Dukes trat nahe an ihn heran, ohne ihn zu berühren. »Nein, Sir. Ihr habt meine Rache völlig missverstanden. Ihr wart niemals das Ziel, lediglich das Werkzeug. Sie brannte mit dem Enkel eines Schlachters durch und wies mich vor aller Welt zurück. Jetzt ist sie an der Reihe, Verrat zu schmecken.«

Der bittere Geschmack von Kaffee füllte Aldens Mund. »Verrat?«

»Natürlich. Warum sonst hat sie sich letzte Nacht geopfert? Sie liebt Euch. Ist das nicht das, was alle Eure Frauen tun? Körper, Herz und Seele dem herzlosen, seelenlosen Lord Gracechurch hingeben?«

»Bis auf diese Lady. Sie hatte andere Gründe.«

»Unterschätzt Eure Macht nicht, Sir! Ihr vermutet ganz richtig, was ich gern von Euch haben würde – es ist das, was jeder will, ob Mann oder Frau, und mein anspruchsvoller Geschmack ist bekannt, denke ich. Nun, ich werde sogar darauf verzichten, ihren Schmerz zu genießen, wenn sie hinter Euren Verrat kommt.« Lord Edward hielt das Medaillon hoch. Es schimmerte im dämmrigen Licht, als er es hochwarf, auffing und in seine Innentasche steckte. »Ihr habt ihr die einzigen Dinge genommen, die ihr auf dieser Welt etwas bedeuten: ihre Ehre und ihr Medaillon. Sie liebt Euch, und Ihr habt sie verraten. Mehr noch, Ihr habt sie an *mich* verraten.«

Alden schaffte es, zum Sofa zu gehen. Er umklammerte den geschnitzten Rücken mit einer Hand, während er sich auf das brokatbespannte Polster setzte. Der Boden drehte sich. Die Stuhlbeine schienen in verrückten Mustern aus Gold und Holz miteinander zu tanzen. Der blutdunkle Fleck war in den Rand des Kaminvorsetzers gelaufen.

»Der Wein in jener Nacht in London …« Alden schluckte und presste das Spitzentaschentuch an seine Lippen. Schauder packten ihn. »Dieser Kaffee auch?«

Lord Edwards Stimme schien zu dröhnen und wie aus weiter Entfernung widerzuhallen. »Vielleicht. Doch ich bin überrascht, Euch so beeinträchtigt zu sehen …«

Alden gelang ein Lachen. »Ihr habt heute Glück, Lord Edward. Die Natur konspiriert mit Euch. Ich glaube, ich habe die Influenza.«

Absätze klapperten auf dem Boden. Eine feste Hand legte ihre eisigen Finger auf seine Stirn. »Himmel, Sir! Ihr glüht ja! Erlaubt mir, Eure Kutsche zu rufen.«

Es war Wahnsinn gewesen, auf dem Höhepunkt dieser Krankheit den Kaffee zu trinken, und wenn es auch nur ein Schluck gewesen war. Alden lehnte sich zurück, ließ es zu, dass das Sofa ihn stützte. »Ich zöge es vor zu bleiben.«

Knochige Finger strichen über seine Schläfe, umfassten seine Wange. Lord Edward beugte sich über ihn. »Ich bin entzückt, dass Ihr meine Gesellschaft so genießt.« Boshafte Finger packten sein Haar und zogen seinen Kopf zurück.

»Wenn Ihr mich küsst«, sagte Alden, »werdet Ihr mich töten müssen, denn ich würde Euch dafür sicherlich später umbringen.«

»Oh, Gracechurch! So leidenschaftlich! Ich mag das bei einem Mann.« Ein scharfkantiger Ring ritzte seine Lippen. Alden schmeckte Blut. »Eure Kutsche wartet. Eure Kutsche, Euer tauber Kutscher John und der Rest Eurer nutzlosen Dienstbotenschar: der Bastard von einem Lehrer, der Bastard von einem Kind, das Ihr so sorgsam auf Abbey umsorgt, Eure verrückte Mutter. Euer ganzes Leben erwartet Euch – außer Juliet, die nie wieder mit Euch sprechen wird. Übrigens habe ich gelogen, was das Medaillon betrifft.«

Alden starrte hinauf in das gepuderte Gesicht und den grausamen, geschminkten Mund. »Ihr wollt es *nicht?*«

»Oh, ich will es, aber ich habe gelogen, als ich sagte, es sei wertlos.«

Jemand klopfte an die Tür. Vier Diener traten ein. Auf Lord Edwards Kopfnicken hin nahmen sie Alden zwischen sich. Es war zwecklos, sich zu wehren. Doch er versuchte es trotzdem. Ein Stuhl fiel um. Ein Mann taumelte fluchend zurück. Aber nach einem bedauerlich geringen Maß an Schaden, der dem Salon zugefügt worden war, bog einer der Männer Alden den rechten Arm auf den Rücken, und dann trugen sie ihn zur Tür.

Lord Edward folgte ungerührt. Kalter Nieselregen brannte auf Aldens Gesicht, nässte sein Haar und seine Kleider, ehe die Lakaien ihn in die wartende Kutsche stießen, wo er von zwei weiteren Männern festgehalten wurde. Jemand warf sein Kurzschwert auf den gegenüberliegenden Sitz.

Der Sohn des Dukes legte die Hand auf den offen stehenden Schlag. »Ich habe noch in einem anderen Punkt gelogen.«

Das Fieber kam in Wellen. Jeder Regentropfen biss wie Säure in seine Haut. Doch Alden nahm zusammen, was von seiner Kraft noch übrig war, und schätzte die Entfernung, wog den lähmenden Griff der Lakaien ab. »Was gibt es noch?«

»Wahrhaftig, Gracechurch! Ich habe Euch für einen besseren Spieler gehalten. Ihr erahnt meine beiden kleinen Lügen nicht? Nun, die erste ist: Das Medaillon verbirgt den Schlüssel zu einem Schatz, unermesslich und jenseits der wildesten Träume.«

»Und die andere?«

Die Kutsche ruckte, als die Pferde sich in Bewegung setzten. Alden zerrte einen Arm frei und griff nach seinem Schwert, gerade als Lord Edward die Tür zuwarf.

»Ich habe gelogen, was den Tod ihres Ehemannes angeht. Ich bin gerade aus London zurückgekehrt, wo ich mit dem Mann gesprochen habe. George Hardcastle lebt und ist wohlauf, wenn auch unglücklicherweise ohne alle Mittel. Darüber hinaus ist der Enkel des Schlachters höchst begierig darauf, sich mit seiner treulosen Ehefrau auszusöhnen. Schon wieder schachmatt, Sir!«

Alden ließ sein Schwert sinken. Es war nicht mehr wichtig.

Kapitel 11

Ein leises Geräusch weckte sie. Etwas bewegte sich, warf einen Schatten.

»Alden?«, fragte sie.

»Nein, Ma'am«, erwiderte die freundliche Stimme eines Mannes. »Lord Gracechurch ist gegangen.«

Sie fühlte sich benommen, ermattet von der Liebesnacht und vom Schlaf. »Gegangen?«

»Ich hörte, dass er nach Abbey zurückgekehrt ist.« Robert Dovenby stand in der offenen Tür, seine Silhouette hob sich gegen das dämmrige Licht vom Korridor her ab.

Juliet griff nach dem Laken, um ihre Brüste zu bedecken, und setzte sich auf. »Gracechurch Abbey?«

»Ohne Zweifel wünscht auch Ihr zu gehen – ehe alle im Hause wach sind?«

Ein trotziger Drang zu lachen wallte in Juliet auf. Was sonst hatte sie denn erwartet? Dass er hier sein würde, wenn sie erwachte, um sie mit Küssen zu begrüßen? Dass er ihr seine unsterbliche Liebe schwören würde? Er war ein Schuft. Und genauso verhielten sich Schufte. Dennoch fühlte sie sich, als hätte man ihr einen Schlag versetzt.

»Ich dachte, er hätte wenigstens den Mut, sich persönlich zu verabschieden«, sagte sie bitter. »Aber seis drum. Ich sollte in der Tat nach Hause fahren. Ich habe drei Katzen, um die ich mich kümmern muss.«

Dovenby verneigte sich. »Meine Kutsche steht zu Eurer Verfügung, Ma'am. Sobald Ihr angekleidet seid, nehmt Ihr die vorletzte Tür auf der rechten Seite des Ganges. Sie führt zu einem Dienstbotenaufgang. Ich werde unten auf Euch warten.«

»Ich soll mich hinausschleichen, als schämte ich mich?«

Dovenby wandte den Blick ab, das graue Licht betonte sein Profil. Er war ein gut aussehender Mann, mit einem rätselhaften kraftvollen Zug um Nase und Kinn. »Was immer Ihr vorzieht, Ma'am. Lord Edward Vane ist bereits abgereist. Die anderen schlafen noch. Sir Reginald ist bereits unten. Ich fürchte, er wird versuchen, Euch ein beleidigendes Angebot zu unterbreiten.«

»Weil ich mich selbst als Hure gebrandmarkt habe?«

»Weil er ein ungehobelter Kerl ist, Ma'am, mit einem kranken Verstand durch zu viel Alkohol.«

Juliet presste die Stirn gegen ihre hochgezogenen Knie. Was hatte sie gedacht? Dass Alden Granville sie irgendwie vor dieser Situation bewahren würde? Dass er ihr – entgegen seiner Worte – die Heirat anbieten würde?

»Mr. Dovenby, Ihr glaubt doch nicht, Diskretion wäre jetzt noch wichtig? Wenn die anderen Gentlemen in London ...«

»Sie werden nichts sagen. Lord Edward hat uns alle schwören lassen zu schweigen.«

Überrascht schaute sie auf. »Warum dann ...?«

»Ich habe keine Ahnung. Wie dem auch sei, Sir Reginald gegenüber rate ich zur Vorsicht. Ich würde mich wirklich nicht verpflichtet fühlen, mich von ihm zu verabschieden.«

»Also muss ich mich davonschleichen, um *Euch* zu retten?«

Dovenby lächelte. Es war ein überraschend anziehendes Lächeln. »Wenn Ihr es so sehen wollt.«

Er verbeugte sich und ging.

Juliet schaute sich um. Ihre Kleider lagen aufeinandergelegt neben dem Bett, wo Alden sie liegen gelassen hatte, nachdem ...

Tränen brannten, glühend heiß. Diese Gefühle! Diese schwüle Lust, die sie mit so süßer, hinreißender Intensität empfunden hatte. Sie hätte sich niemals träumen lassen, sich niemals vorgestellt ...

Verflucht sollte er sein – er und seine wunderbare, wunderbare Art, mit Frauen umzugehen!

Sie legte die Hand an die Kehle.

Ihr Medaillon!

Die Tränen versiegten, als hätte ein heißer Wüstenwind sie getrocknet. Zorn wallte auf, stechend wie ein Sandsturm und so stark, dass sie meinte, sich übergeben zu müssen.

Er hatte ihr Medaillon genommen?

Zwanzig Minuten später stieg sie in Dovenbys Kutsche.

Es regnete den ganzen Tag. Juliet ging in ihrem leeren Haus herum.

Er hatte ihr Medaillon genommen!

Dovenby hatte sie nach Hause geschickt. Er hatte sie nicht persönlich begleitet. Es war niemand da gewesen, der sich darum gekümmert hätte, also war das Feuer in der Küche erloschen. Kein heißes Wasser. Kein warmes Essen. Es kümmerte sie nicht. Vielleicht würde sie nie wieder etwas essen. Meshach, Shadrach und Abednego starrten sie aus anklagenden Augen an. Nicht einmal ein Mahl aus Fleischresten ließ sie vergessen, dass das Feuer nicht brannte. Juliet fütterte die Hühner und kehrte mit nassen Füßen in das kalte, feuchte Haus zurück.

Seit ich aus Italien zurückgekehrt bin, zankten mich die Damen aus, verfluchten mich, haben sogar versucht, mich zu töten – oder ihre Ehemänner haben es versucht.

Sie hatte keinen Ehemann. Sie würde ihn mit ihren eigenen zwei Händen umbringen müssen.

Juliet lachte. Dann, ärgerlich über ihre Verbitterung, machte sie sich daran, ein Feuer zu anzuzünden.

Es war vorbei. Die ganze verrückte Episode war vorbei. Lord Edward würde sich ihr nie wieder nähern. Noch würde Alden Granville das versuchen. Sie hatte sein Wort.

Es war vorbei.

Sogar der Sonnenschein. Der Regen wurde stärker in der

Nacht, drohte, zu einem Sturm zu werden. Wasser prasselte auf das Dach und gegen die Fenster, sickerte durch die Fenstersimse herein. Einfach nur um Trost zu haben, auch wenn es eine schändliche Extravaganz war, zündete Juliet ein Feuer in ihrer Schlafkammer an. Regentropfen liefen den Kamin herunter und verzischten im Feuer. Juliet zitterte und schmiegte sich unter ihre Decken.

Er hatte ihre Verteidigung eingerissen, hatte ihre Seele offen gelegt, hatte entdeckt, was auf der Welt ihr das Wichtigste war, und hatte es ihr dann gestohlen. Sie würde ihn bis zu ihrem letzten Atemzug hassen. Nein, er verdiente die Leidenschaft des Hasses nicht. Sie würde es aus anderer Sicht sehen. Er würde ihr höchst gleichgültig sein.

Juliet drehte sich im Bett. O Gott. O Gott. Was zählte es, was sie fühlte oder was sie unternahm? Er würde es weder erfahren, noch würde es ihn kümmern. Sie würde ihn nie wiedersehen.

Er hatte ihr Medaillon genommen!

Der Wind heulte im Kamin und rüttelte an den Fensterläden, als fühlte er mit ihr.

Es regnete noch immer, als Tilly am nächsten Morgen kam. Das Mädchen war durchnässt, der Saum seines Umhangs war schmutzverkrustet. Es war Zeit, wieder die Zügel für ein normales, alltägliches Leben in die Hand zu nehmen. Juliet machte nur ein Zugeständnis an das, was geschehen war. Während Tilly die Hühner fütterte, ging sie in die Küche und nahm das Schachspiel vom Regal.

Ohne die Schachtel mit den Figuren zu öffnen, warf sie sie mitsamt dem Spielbrett ins Feuer.

Die schwarzen und weißen Quadrate knackten, und die Farbe schälte sich von ihnen ab, als das Holz verkohlte und zu rauchen begann. Die Schachtel sprang auf und spuckte Bauern, Damen und Könige in einem hilflosen Durcheinander in die hungrigen Flammen.

Die drei Katzen strichen Juliet um die Beine und schnurrten.

Es war eine blinde, hilflose Wut. Alden lag in seinem Bett und fluchte. Das Blut schien in seinen Venen zu kochen. Sobald er aufhörte, das Kinn anzuspannen, begann er, mit den Zähnen zu klappern – wie eine Marionette, die in einem Puppenspiel den Tod darstellte. Er hatte versucht aufzustehen, war jedoch benommen in seine Kissen zurückgefallen. Alles, was er tun konnte, war fluchen. Also fluchte er, manchmal laut, manchmal schweigend, während die Diener in seinem Zimmer ein und aus gingen.

Und jetzt beugte sich der dorfansässige Doktor über ihn und hielt ihm eine übel riechende Flüssigkeit unter die Nase. »Bitte trinkt das, Mylord. Es ist höchst wirkungsvoll und wird Euch von giftigen Körpersäften befreien.«

Der Schüttelfrost war zu heftig, als dass er hätte sprechen können, deshalb schüttelte Alden den Kopf und biss die Zähne zusammen. Der Doktor gestikulierte heftig. Einige Männer in Livree versammelten sich um das Bett.

»Bitte, seid so gut, es zu trinken, Mylord«, bat einer von ihnen.

»Ich habe eine Erkältung«, sagte Alden so klar, wie er nur konnte. »Wenn euch eure Anstellung und euer Leben lieb sind ...«

Doch es schien, dass seine Worte unverständlich waren, unmöglich zu verstehen. Kalter Schweiß brach ihm aus allen Poren, als der Doktor sich erneut über ihn beugte.

Mit gefurchter Stirn nickte der Arzt den Dienern zu. »Lord Gracechurch befindet sich im Delirium. Wenn ihr ihn liebt, bitte ich euch, mir zu helfen!«

Starke, ergebene Hände packten Aldens Arme und Beine und hielten ihn nieder. Jemand drückte seine Nase zu und zwang seinen Mund auf. Seine Zunge wehrte sich gegen den widerlichen Geschmack. Er schluckte etwas, während er um Atem rang, dann spie er den Rest der Flüssigkeit mit seiner letzten verbliebenen Kraft aus. Die Männer fuhren zurück, ihre Gesichter gesprenkelt von den Tropfen der Arznei.

Der Doktor trocknete sich mit einem großen Taschentuch das Kinn. »Ich fürchte um die Gesundheit Seiner Lordschaft. Er muss zur Ader gelassen werden.«

»Kein verdammter Aderlass!« Mit höchster Konzentration war es Alden gelungen, die Worte auszustoßen.

Doch die Diener packten ihn erneut, ihre Gesichter drückten nichts als Sorge um ihn aus. Alden erwischte einen Blick auf eine Schale und ein Rasiermesser. Seine eigenen Diener hielten ihn fest, als das Blut aus seinem Arm strömte.

»Das ist äußerst rücksichtslos«, erklang eine Stimme. »Warum wurde ich nicht sofort verständigt? Oh, geht fort, ihr alle! Ich wünsche, mit meinem Sohn zu sprechen.«

»Mutter!«, rief Alden. »Wie gut von dir, zu Besuch zu kommen.«

Der Doktor verneigte sich. »Eure Ladyschaft! Seine Lordschaft kämpft mit dem Fieber. Er muss bluten.«

»Nun, natürlich«, entgegnete die Viscountess. »Aber nicht jetzt. Ich muss ihn sprechen. Geht fort!«

Die Diener hatten sich bereits zurückgezogen und standen abwartend da.

»Ihre Ladyschaft liebt es nicht, zurückgewiesen zu werden, Sir.« Alden brachte es fertig, seinen aufgeschlitzten Arm hochzuhalten. »Eure Arbeit ist getan. Seht Ihr? Ich blute.«

Lady Gracechurch fiel prompt in Ohnmacht. Alden lag unbeachtet im Bett, während der Doktor und die Diener sich um seine Mutter versammelten. Sie wurde hochgehoben und auf einen Stuhl gesetzt, wo man ihr Luft zufächelte. Ihre Zofe, die hinter ihr stand, verbrannte eine Feder. Der beißende Geruch erfüllte das Zimmer …

Er erwachte durch das beständige Murmeln einer Stimme, der Stimme seiner Mutter. Alden war nicht ganz sicher, worüber sie sprach. Ihre Worte verschwammen, summten dahin wie leise Musik. Etwas über Obstgärten und Kürbisse. Eine Klage über den Tag, an dem er geboren worden war. Eine lange Auslassung über Mrs. Sherwood, die so undankbar, so bösartig gewesen war. Er glitt wieder in den Schlummer.

»Und Lord Felton hat dann …«

Alden war auf einmal hellwach. »Wer?«

»Lord Felton. Francis Amberleigh, der Earl of Felton. Wirklich, Alden! Hast du überhaupt ein Wort von dem gehört, was ich gesagt habe?«

Alden setzte sich auf. Er war in Schweiß gebadet, aber das Fieber war zurückgegangen. Er fühlte sich beträchtlich kräftiger. Der Raum lag still da, nur erhellt von einigen Kerzenleuchtern. Es war also Nacht. Lady Gracechurch saß am Bett.

»Mutter, wie lange bist du schon hier?«

»Es ist so selten, dass ich dich für mich haben kann, Alden. Ich bin seit gestern hier.«

»Gestern! Zum Teufel auch! Bin ich denn so krank gewesen?«

»Es war nichts, worüber man sich sorgen musste. Wie ich dem Doktor bereits erklärt habe, kenne ich das schon seit deinen Kindertagen von dir. Wenn andere unter ihrer langen, hartnäckigen Erkältung litten, hast du immer dieses dramatische Fieber bekommen und warst dann binnen Tagen wieder gesund. Ich habe den Doktor seiner Wege geschickt. Ich habe Ärzten nie vertraut, nicht seit dem Tag, an dem du geboren wurdest. Es geht dir jetzt ganz gut?«

»Ja, danke, Mama.« Im Zimmer stank es nach einer Mischung aus Arznei und verbrannten Federn. »Würdest du mir bitte ein Bad richten lassen und einen Diener bitten, die Fenster zu öffnen?«

Seine Mutter zog die Augenbrauen hoch und schaute ihn an. Natürlich würde es ihr nicht im Traum einfallen, nach den Dienstboten zu klingeln, wenn er da war, um es für sie zu erledigen.

»Es regnet«, wandte sie ein. »Es ist Nacht.«

Alden sammelte seine Kräfte, streckte die Hand aus und klingelte. Ein Diener erschien, nahm die Anweisungen entgegen und verschwand, das Fenster jedoch blieb geschlossen.

»Was sagtest du gerade über den Earl of Felton?«

Sie wandte sich zu ihm um. »Was, Lieber?«

»Lord Felton. Du hast von ihm gesprochen.«

»Habe ich? Ich habe es ganz vergessen.«

Alden lehnte sich zurück und schloss die Augen. Der Besuch seiner Mutter war eine gute Fügung. Genau wie es eine gute Fügung gewesen war, dass sie den Doktor weggeschickt hatte, ehe dieser seinen Patienten in einem Anfall medizinischen Eifers umgebracht hätte. Lady Gracechurch lebte in ihrer eigenen Welt. Sie hatte nichts Merkwürdiges darin gesehen, am Bett ihres Sohnes zu sitzen, seinem ganzen Haushalt Befehle zu erteilen und sich über Nebensächlichkeiten und Tratsch auszulassen, während er vor Fieber zitterte und schwitzte.

»Lord Felton hatte eine Tochter, Lady Elizabeth Juliet Amberleigh«, bemerkte Alden. »Sie brannte mit dem Sekretär ihres Vaters durch, einem Mann namens George Hardcastle. Ihre Mutter und ihr kleiner Bruder wurden später bei einem Kutschenunfall getötet. Sie wurde von allen, so habe ich es verstanden, als Schuldige für deren Tod angesehen. Oder zumindest hat ihr Vater ihr niemals vergeben.«

»Ach, Unsinn! *Darüber* habe ich nicht gesprochen. Ich sprach über den Felton-Schatz. Man erzählt sich, dass ein großer Goldschatz im Garten vergraben liegt. Die Gerüchte besagen, es sei ein neuer Hinweis auf das Versteck entdeckt worden ...«

»Der Schlüssel zu einem Schatz.«

»Was, mein Lieber? Lord Felton sagt, er wird nicht dulden, dass ein Haufen von Grobianen auf seinem Besitz herumgräbt, um nach einem Schatz zu suchen, der seit dem Krieg verschollen ist.«

»Welcher Krieg?«, fragte Alden.

»Jene unselige Angelegenheit mit Oliver Cromwell natürlich. Der Familienschatz wurde im Garten vergraben, und niemand weiß mehr, wo. Solch eine romantische Geschichte, obwohl Felton ja behauptet, dass nicht ein Funken Wahrheit daran ist.«

Ein vergrabener Schatz? Eine Geschichte für Kinder und Narren. Wenn Juliets Medaillon den Schlüssel zu einem Schatz verbarg, warum sollte sie dann in Armut in Manston Mingate gelebt haben? Und doch war da so ein habgieriger Glanz in Lord Edwards Augen gewesen.

Die Tür wurde geöffnet. Ein Strom von Dienern trat ein, um einen Zuber und Eimer mit heißem Wasser zu bringen. Lady Gracechurch zog sich zurück. Alden kletterte aus dem Bett und sank in die gefüllte Wanne. Nach einer Nacht gesunden Schlafs würde er wieder völlig hergestellt sein.

Um was zu tun?

Um zu Juliet zu gehen, das Knie vor ihr zu beugen und zu versuchen, ihr alles zu erklären?

Er hatte sie verraten.

Dieses Eingeständnis hallte in seinem Kopf wider wie das Omen des Schicksals, als wäre er verurteilt und zum Richtplatz geschleift worden, um dort aufgeknüpft zu werden, bis der Tod eintrat.

Er hatte sie verraten.

Alden fühlte sich angesichts des Ausmaßes dieser Tatsache wie erstarrt, als wäre sein Herz zu Stein geworden.

Doch wenn die Seele auch zitterte – jeder eingebildete Kerl konnte den Mut finden, sich dem Galgen zu stellen, und nach außen hin Mut zur Schau stellen, konnte, um Trotz gegen das

Schicksal zu zeigen, bunte Bänder an den Knien tragen. Und Alden Granville-Strachan, Lord Gracechurch, besaß sehr viele bunte Seidenbänder, und er hatte der Welt über lange Jahre sein trotziges Lachen gezeigt.

Ihr Mann lebt.

Er musste Juliet vergessen, wie er so viele andere Frauen vergessen hatte. London und seine Vergnügungen warteten.

Warum also dieser stechende Schmerz, der so glühend heiß hinter seinen geschlossenen Lidern brannte, als wollte er weinen wie ein Kind?

Er beendete sein Bad in brennendem Zorn. Die Pest sollte alle Ärzte holen! Die plumpen Schnitte in seinem Arm – seinem Schwertarm, der Teufel hole es! – begannen wieder zu bluten und mussten verbunden werden.

Angekleidet in einen langen Mantel, trat Alden ans Fenster und stieß die Vorhänge zur Seite. Regenwasser flutete die Scheibe herunter. Der Wind rüttelte an den Rahmen. Eine schlimme Nacht.

Lag Juliet in ihrem schmalen Bett in Manston Mingate und verfluchte seinen Namen?

Er hoffte es. Er hoffte mit einer verzweifelten Heftigkeit, dass ihre Flüche sich als heilsam erweisen und ihn selbst in die Hölle werfen würden. Vielleicht hatte er sich ja bereits selbst schon in den Hades verdammt? Jenen trübseligen Kreislauf aus Spielen und Trinken und Affären? Der Gedanke klang grässlich leer und hohl, als hallte er von einem namenlosen, unerkannten Schrecken tief in seinem Herzen wider.

Ich würde behaupten, dass beide Seiten verloren haben, Sir, doch dass Ihr mehr Stolz habt, das ist alles. Ihr seht das Ende schneller kommen, und deshalb löst Ihr Euch als Erster ... Ihr hattet nie den Mut, etwas anderes zu riskieren.

Riskieren? Er schauderte bei dem Gedanken an das, was er um ihretwillen bereit gewesen war, bei Lord Edward zu riskieren. Doch am Ende hatte er nichts gerettet, nicht einmal Stolz.

Ihr Mann lebt.

Alden stieß das Fenster hoch, um die regengetränkte Luft einzuatmen.

Etwas bewegte sich, huschte über den Rasen. Es war im strömenden Regen kaum zu sehen, doch dann konnte Alden, trotz der Finsternis, die kleine Gestalt erkennen, die mit weit ausholenden Schritten auf das Haus zurannte.

Alden fuhr herum und zog die Klingelschnur. Einer der Diener, ein leicht einfältiger Bursche, erschien an der Tür: Zuletzt hatte Alden ihn gesehen, als der Diener auf Geheiß des Doktors geholfen hatte, seinem Herrn die Nase zuzuhalten.

»Mylord?«

»Ein Junge läuft auf das Haus zu. Ich wünsche, sofort mit ihm zu sprechen.«

»Ein *Junge*, Mylord?«

»Allerdings! Muss ich denn jeden Befehl wiederholen? Bringt mir den Burschen herauf. Sofort!«

»Sehr wohl, Mylord.«

Der Mann verneigte sich und zog sich zurück. Alden ging in seinem Schlafzimmer hin und her.

Einige Minuten später wurde die Tür geöffnet.

»Himmel! Eine durchnässte Ratte«, bemerkte Alden. »Komm herein, Busche, und setz dich. Bist du durstig? Hungrig?«

Der Junge nickte und schnaufte heftig. Seine Mütze war eine durchnässte Masse von Wolle. Wasser lief von seinem Mantel und sammelte sich zu seinen Füßen.

Alden gab dem Diener ein Zeichen. »Essen und etwas Heißes zu trinken. Gebt einen Schuss Brandy hinein. Und bringt trockene Sachen.«

Der Lakai rümpfte die Nase und ging. Der Junge nahm seine tropfnasse Kappe ab und verzog das Gesicht. Mit jedem Heben seiner mageren Schultern rang er keuchend nach Atem. Er würde im Moment kein Wort herausbringen.

»Setz dich hierher.« Alden wies auf einen Stuhl neben dem Feuer. »Ruh dich aus, und komm erst mal zu Atem. Was immer es ist, es kann die zwei Sekunden warten. Dann kannst du mir erzählen, warum Master Jemmy Brambey aus Manston Mingate gerade fünfzehn Meilen durch einen Sturm hierhergerannt ist.«

Das sommersprossige Gesicht verzog sich, als der Junge die Luft einsog und sich mit dem Handrücken Regenwasser und Tränen wegwischte. Alden gab ihm ein Taschentuch und beobachtete mit einer gewissen Faszination, in welchem Zustand es zurückkam, nicht nur nass, sondern auch schmutzig. Das Regenwasser, das aus den Kleidern des Jungen lief, würde vermutlich Flecken auf dem Teppich hinterlassen.

Der Diener kehrte mit einem Tablett zurück. Alden zwang sich, geduldig abzuwarten, bis Jemmy heiße Flüssigkeit in sich hineingeschlürft und dann in ein großes Stück Pastete gebissen hatte.

»Wenn du essen kannst, kannst du auch reden«, erklärte Alden schließlich. »Bitte fang an. Du hast eine Nachricht?«

»Meine Schwester hat gesagt, ich soll zu Euch laufen, Mylord«, berichtete der Junge und spuckte dabei Krümel. »Sie ist rausgeworfen worden.«

»*Tilly* wurde hinausgeworfen?«

Jemmy schüttelte den Kopf. »Mistress Seton! Das Haus gehört ihr nicht mehr. Heute Nachmittag sind Männer gekommen, um sie rauszuwerfen – mit Sack und Pack. Und alles, was sie wohl nicht verkaufen können, haben sie zerschlagen ...«

Während er sich bemühte, seine Furcht zu unterdrücken, ging Alden zu seiner Kommode und begann, sich Kleider überzustreifen, praktische Reitkleidung, die erstbeste, die er finden konnte. »Weiter!«

»Sie sind in Kutschen vorgefahren. Eine ganze Gruppe von Männern. Einer von ihnen hat behauptet, ihr Mann zu sein, obwohl wir alle wissen, dass sie Witwe ist. Als sie nicht mit ihm gehen wollte, hat er gesagt, er hätte ihr Haus bereits verkauft – weil es ja eigentlich ihm gehört und nicht ihr, weil sie Mann und Frau sind – und von ihm aus könnte sie unter einem Baum wohnen. Sie wollte noch immer nicht mit ihm gehen. Und dann, hat Tilly gesagt, hat Mistress Seton eine Pistole auf ihn gerichtet und gedroht, ihn zu erschießen. Dann ist er gegangen.«

Alden nahm seine Waffen aus ihrer Kiste. Er würde sehr gern das Blut dieses verdammten Arztes gegen sein eigenes tauschen, Tropfen für Tropfen, und ihm dann seine üble Arznei die eigene Kehle hinunterzwingen.

»Hieß dieser Mann George Hardcastle?«

»Ich weiß nicht, wie er sich nannte, Mylord. Tilly hat erzählt, er war ein großer, gut aussehender Bursche. Er hat gesagt, falls Mistress Seton bettelnd zu ihm nach London kommen würde, würde er sie hereinlassen. Aber als er die Pistole gesehen hat und wie sehr Mistress Seton gezittert hat, hat er wohl Angst gekriegt, die Pistole könnte jede Sekunde losgehen. Er ist auf und davon. Die anderen Männer sind geblieben, um Mistress Seton aus dem Haus zu werfen. Sie konnte sie nicht aufhalten. Tilly sagt, die Waffe war nicht einmal geladen, weil nicht mehr die Zeit dafür da war, weil die Männer so plötzlich gekommen sind.«

Alden bereitete beide Pistolen vor und lud sie, dann steckte er sie in seine Taschen.

»Wo ist sie jetzt?«

Jemmy biss noch einmal von der Pastete ab. »Weiß nicht. Tilly ist zum Packen geschickt worden. Mistress Seton wollte nicht mit ihr gehen und hat zu Tilly gesagt, sie soll nicht zurückkommen. Deshalb ist Tilly nach Hause gelaufen und hat Ma erzählt, was passiert ist. Und Ma hat mich zu Euch geschickt.«

»Ich werde dir eine Belohnung geben. Jetzt wärm dich, und

werde erst mal trocken. Mein Diener wird dir helfen und dir dein Bett zeigen.«

Der Diener zog beide Augenbrauen hoch.

»Ein *Gäste*bett«, sagte Alden über seine Schulter, während er auf die Tür zuging. »In einem *Gäste*zimmer.«

Es war stockdunkel, Regen strömte hernieder. Wind brüllte durch die Ulmen, zerrte an den Zweigen, riss Blätter ab, die spiralenförmig zu Boden fielen. Alden sprang aus der Kutsche und starrte auf das Haus aus rotem Ziegelstein. Sein Umhang war sofort durchnässt.

»Warte hier«, wies er seinen Kutscher an.

Er ließ die Laterne absichtlich zurück und öffnete die Gartenpforte. Der Weg schimmerte unter der Nässe und funkelte in dem wilden Tanz der aufprallenden Regentropfen. Alden ging durch den Garten und klopfte an die Haustür. Keine Antwort. Er versuchte, den Riegel zurückzuschieben. Die Tür war verschlossen. Der Regen strömte nieder, während er zurücktrat und zu den Fenstern hinaufschaute. Leer und tintenschwarz starrten sie in die Nacht.

Alden hatte auf dem Weg hierher für einen Moment an Tillys Haus im Dorf gehalten.

»Sie wird nicht mehr zurückkommen, Mylord«, hatte Tilly weinend berichtet. »Sie sagte, wir würden nur dafür zu büßen haben, falls Ma sie aufnehmen würde.« Sie hatte auf den kargen kleinen Raum gezeigt, dessen Decke so niedrig hing, dass Alden sich beim Eintreten hatte bücken müssen. »Und wie könnte eine Lady mit so Leuten wie uns hier wohnen? O Sir! Was wird aus uns allen werden?«

Er hatte das Versprechen, sich zu kümmern, und ein paar Münzen zurückgelassen und war dann direkt zu Juliets Haus gefahren.

Der Regen prasselte und strömte in Wasserkaskaden von den Rändern seines Hutes, als er um das Haus herumging. Der Garten schien dem Erdboden gleichgemacht zu sein, zertrampelt, auch wenn Alden sich dessen in der fast undurchdringlichen Dunkelheit nicht sicher sein konnte. Im Hof vor dem Arbeitsschuppen hallte das Hämmern des Regens wider und wider. Alden legte die Hand wie einen Trichter vor den Mund und rief:

»Juliet!«

Es kam keine Antwort. Er ging von Schuppen zu Schuppen, versuchte Türen. Alle waren verschlossen. Das Kopfsteinpflaster war gefährlich glitschig. Die alten Holztüren glänzten schwarz von Wasser.

Er wandte sich um. Regen trieb in Schleiern über die offene Fläche der Heuwiese.

»Juliet!«

Nichts. Nur das Rauschen des Regens und das Heulen des Windes.

Ich habe gelogen, was den Tod ihres Ehemannes angeht. Ich bin gerade aus London zurückgekehrt, wo ich mit dem Mann gesprochen habe. George Hardcastle lebt und ist wohlauf, wenn auch unglücklicherweise ohne alle Mittel. Darüber hinaus ist der Enkel des Schlachters höchst begierig darauf, sich mit seiner treulosen Ehefrau auszusöhnen. Schon wieder schachmatt, Sir!

Alden Granville-Strachan war direkt in die Falle getappt. Er hatte mit Eifer die Rolle des Bauern gespielt, während Lord Edward Vane mit seinen Kumpanen über seine perfide Rache an seiner einstigen Verlobten gelacht hatte. *Ihr Mann lebt.*

»Juliet!«

Die Nacht antwortete mit dem verhöhnenden Heulen eines regenschweren Windstoßes.

Sein Umhang schlug ihm um die Beine, als Alden den Weg

hinunter zum Hühnerhaus lief. Etwas Hartes traf gegen sein Schienbein. Er tastete in der Finsternis danach, bis er den Griff der Sense zu fassen bekam. Er war zersplittert. Die Klinge war entzweigebrochen und glänzte zwischen den zertretenen Erbsensträuchern. Alden starrte darauf, bis er den Berg aus zerstörtem Handwerkszeug, Arbeitsgeräten, Schaufeln und Rechen erkennen konnte, aufgehäuft wie für ein Freudenfeuer.

Wut packte ihn. Er schrie sie hinaus in die abweisende Nacht. »Bastarde! Bastarde! *Juliet!*«

Eierschalen knirschten unter seinen Stiefeln. Das Hühnerhaus lag still da, die Tür war aus ihren Angeln gerissen. Offensichtlich waren die Hühner fortgelaufen, in die Wälder, um dort zum Futter für die Füchse zu werden. Es gab nichts, was er daran ändern konnte.

Im Stall hörte er den Regen gedämpfter, wie ein dumpfes Brüllen. Und von irgendwo hörte er unter diesem wahnsinnig machenden Rauschen noch etwas anderes. Das Geräusch klang rhythmisch, stetig. Es war das Schnurren einer Katze.

Alden griff in die Tasche und zog seine Zunderbüchse hervor. Er beugte sich vor, um den Funken vor dem Wind zu schützen, während er einige Strohhalme zusammendrehte, sie anzündete und so in den Türrahmen steckte, dass die Flamme das Hühnerhaus nicht in Brand setzen konnte.

»Wie aufmerksam von Euch zu kommen«, sagte sie hinter ihm. »Ich denke, es ist sinnlos, Euch zu bitten, wieder zu gehen?«

»Juliet, Gott sei Dank!« Er fuhr herum und sah sie an. »Ich dachte, wenn Ihr ein Licht im Garten seht, würdet Ihr Euch verstecken ...«

»Ich verstecke mich jetzt«, erwiderte sie. »Insbesondere vor Euch.«

Sie hockte zusammengekauert auf dem Boden inmitten des Schmutzes aus Federn und Stroh. Meshach lag eingerollt und schnurrend auf ihrem Schoß. Juliets Hand strich unablässig über das getigerte Fell, doch in ihren Augen stand der erstarrte Schrecken geschrieben – wie bei dem jungen Hund, den er einst fast ertränkt in einem Fischteich gefunden hatte.

»Seid Ihr verletzt?«, fragte er schließlich.

»*Verletzt?*« Sie wandte den Kopf ab, aus ihrer geraden Haltung sprach Vorwurf. »Ihr sprecht natürlich von körperlichen Verletzungen. Vielleicht eine Schramme oder zwei, wo ich an den Armen gepackt und mit Gewalt vertrieben wurde. Ansonsten bin ich einigermaßen beisammen. George wollte nicht, dass seine Männer mir *körperlichen* Schaden zufügen.«

Alden starrte sie an. Wasser tröpfelte in seinen Nacken. Er wollte die Welt mit seinen bloßen Händen entzweireißen.

»Ja, George lebt. Ich bin eine Ehebrecherin. Ihr wusstet es natürlich.«

Er holte tief Luft. »Nein. Nicht bis … danach. Aber ich weiß, was es für Euch bedeutet.«

»Das zählt jetzt kaum noch, nicht wahr? Lord Edward hat George gesagt, wo er mich findet. Mein Ehemann brauchte offensichtlich Geld, also hat er dieses Anwesen mit allem darin verkauft. Er handelt ganz nach seinen Rechten. Er ist bereit, mir ein Heim in London anzubieten.«

»Jemmy Brambey hat es mir erzählt.«

Das flackernde Licht tanzte über ihr Gesicht. »Hat der kleine Bruder meines Mädchens Euch auch erzählt, dass Lord Edward ihn dafür bezahlt hat, mich auszuspionieren? Jemmy ist regelmäßig nach Marion Hall gelaufen, um dort Bericht zu erstatten. Lord Edward war so freundlich, das alles George mitzuteilen.«

»Dann weiß Euer Mann, dass …«

»Dass ich einen infamen Weiberhelden zum Liebhaber genommen habe? Öffentlich? Vor Zeugen? Ja, das weiß er.«

Alden starrte auf seine Hände. Seine Ringe funkelten, spiegelten die kleine Flamme hinter ihm wider.

»Geht«, sagte sie. »Ihr habt geschworen …«

»Dann breche ich jetzt mein Wort.«

»Ich wünsche nicht, darüber zu diskutieren. Seht Ihr, dass mir niemand geblieben ist, dem ich trauen kann? Nicht einmal meinem Mädchen.«

»Trotz allem werdet Ihr mir vertrauen müssen.«

Sie hob Meshach hoch, um ihr Kinn an seinen Kopf zu schmiegen. »Welchen Wert hätte das für Euch? Alles, was ich habe oder, besser gesagt, was ich hatte, gehört George. Sogar mein Körper. Da Ihr ihn benutzt habt, habt Ihr ihn ihm gestohlen.«

»Ich kann Euch helfen, Juliet. Ihr könnt nicht hier bleiben.«

Ihre Augen enthielten nicht mehr Ausdruck als der der getigerten Katze – eine erschreckende Leere lag darin. »George hat mich eine Hure geschimpft, aber er würde mich zurücknehmen, sogar jetzt noch, nachdem ich mit Euch Unzucht getrieben habe. Stellt Euch das vor!«

»Wie immer er Euch genannt hat, es ist nicht wahr.« Die Worte bissen wie verrückte Hunde. »Noch ist jene Beschreibung korrekt für das, was zwischen uns geschehen ist.«

»Und was ist zwischen uns geschehen? Eine weitere Eroberung für den triumphierenden Schürzenjäger, um sich damit zu brüsten und in den Kaffeehäusern Londons Wetten darüber abschließen zu lassen? Gut gemacht, Lord Gracechurch!«

Er wusste, sie würde zurückzucken, wenn er sie jetzt berührte. Verfluchte Hölle! Er wollte sie berühren. »Verflucht mich, wenn Ihr wollt. Aber Ihr braucht eine Bleibe. Meine Kutsche wartet auf der Straße.«

»Ich kann nicht weggehen.« Ihre Augen schimmerten plötzlich. »Abednego und Shadrach sind verschwunden. Die Katzen hatten Angst vor den schweren Stiefeln und den lauten Stimmen und dem Klirren von zerschlagenem Geschirr. Sie sind in den Garten geflohen. Georges Männer jagten sie mit Knüppeln und Pistolen durch die Blumenbeete. Sie hielten das für einen großen Spaß ...«

Seine Wut brannte so klar, dass er sicher war, er könnte sie wie einen Dämon in seinen Fäusten hocken sehen, würde er jetzt hinunterschauen. »Wenn ich diese Männer finde, werde ich sie für Euch töten.«

Juliet umklammerte Meshach so fest, dass er protestierend miaute. »Fürwahr! Durch und durch ein Mann! Irgendwo da draußen in dieser schrecklichen Finsternis hocken zwei verängstigte Katzen, und alles, woran Ihr denken könnt, ist, zwei dumme, ignorante Rüpel zu töten.«

»Ich denke nur daran, Euch in Sicherheit zu bringen.«

»Ich kann meine Katzen nicht allein lassen.«

»Natürlich nicht«, meinte er. »Ich habe einen Korb für sie mitgebracht. Ich dachte, sie würden sich sonst nicht in die Kutsche bringen lassen.«

Tränen glitten plötzlich über ihre Wangen. »Ihr habt einen *Korb* mitgebracht?«

»Lasst mich Euch zur Kutsche bringen. Ihr könnt dort warten, bis ich Abednego und Shadrach gefunden habe.« Er versuchte, sie so gleichmütig wie möglich anzusehen. Er wollte sie nicht durch seine schwarze Wut in Panik versetzen. »Wenigstens habe ich Meshach gefunden. Wegen seines getigerten Fells wäre es bei der Dunkelheit unmöglich gewesen, ihn zu finden.«

Sie stieß ein kleines Lachen aus und strich über das weiche Fell. »Der Korb wird ihnen nicht behagen.«

»Sie werden ihn lieben. Es ist Katzenminze darin. Kommt Ihr, Juliet?«

Ein Schatten zog über ihr Gesicht, und sie sah ihm direkt in die Augen. »Bitte nennt mich nicht bei meinem Vornamen.«

Es war lächerlich, dass ihm diese Worte einen Stich versetzten, als hörte er eine Totenglocke läuten. »Wie Ihr wünscht, Ma'am. Aber werdet Ihr mit mir kommen?«

»Ich bin weder ein Dummkopf noch eine Märtyrerin. Ich wäre lieber in der Hölle, als mit Euch zu gehen. Aber Ihr habt einen Korb für meine Katzen, und Ihr schuldet mir etwas. Doch bleibt versichert, Mylord, dass Ihr an meiner Gesellschaft sehr wenig Vergnügen haben werdet.«

Die Flamme erlosch, das Hühnerhaus lag wieder in tiefer Finsternis. Alden richtete sich auf und schaute hinaus. Der Regen war zu einem gleichmäßigen Nieseln geworden. »Ich werde mich ganz nach Euch richten.«

»Ich hoffe, Ihr versucht es. Ich werde die größte Freude daran haben, alles noch in meiner Macht Stehende zu tun, Euch Verdrießlichkeiten zu bereiten.«

»Das war nicht das, was ich wollte ...«

»Und was wolltet Ihr? Mich vergessen? Natürlich. Zweifellos hattet ihr bereits beschlossen weiterzumachen. Versucht nicht, mir weiszumachen, das sei nicht wahr!«

Er konnte nicht antworten. Es stimmte. Er hatte gedacht, ihm bliebe keine andere Wahl.

Juliet stand auf, Meshach in ihren Armen. »Fürwahr! Ich wünschte, ich wäre eine Hexe, die Dämonen beschwören könnte, Euch Eure Seele aus dem Leib zu reißen. Aber egal, ich glaube ohnehin nicht, dass Ihr eine habt.«

»Ohne Zweifel habt Ihr recht. Es ist egal. Wir können nicht in einem leeren Hühnerhaus herumstehen und darüber debattieren.«

Der Wind hatte sich gelegt. Feuchte Dunkelheit dehnte sich aus, und bis auf das stete Rauschen des Nieselregens war es seltsam still geworden. Alden nahm seinen Umhang ab und bot ihn ihr an. Juliet erlaubte ihm, ihn ihr um die Schultern zu legen. Der Umhang war aus schwerem Wollstoff und schleifte über den Boden. Alden wollte den Arm um sie legen, doch er trat beiseite und ließ sie voran den Weg durch den zerstörten Garten gehen. Jenseits der Pforte schimmerten die Lampen der Kutsche wie Leitsterne.

Sobald Juliet sicher in der Kutsche saß, Meshach zusammengerollt auf ihrem Schoß, kehrte Alden in den Garten zurück und begann zu suchen. Dieses Mal hatte er eine Kutschenlampe mitgenommen. Der Lichtschein fiel auf geknickte Stängel und abgerissene Blätter. Feuchtigkeit stieg auf und verdampfte. Jenseits des Scheins war es stockfinster.

Ein Schimmer von Farbe fiel ihm ins Auge. Alden ging näher, um nachzusehen, was dort lag. Kleider. Juliets Kleider, durcheinandergeworfen zu einem durchnässten Haufen zwischen Karotten und Ringelblumen. In weißer Wut sammelte er einen Arm voll Kleider und Unterröcke zusammen und trug das Bündel zur Kutsche. Er warf es in den Innenraum und ging wieder in den Garten.

Wie weit würde eine verschreckte Katze laufen? Bis in den Wald? Ins Dorf, um sich einen neuen warmen Herd zu suchen, an dem es friedlicher zuging als an diesem? Oder in irgendein geheimes Katzenversteck hier im Garten, das Alden niemals entdecken würde?

Er schritt durch nasses Laub und zerfetzte Blüten bis hin zu den dichten Büschen hinter den abgerissenen Stockrosen. Dort rief er leise nach den Katzen. Dabei hielt er immer wieder die Laterne hoch, um zu den Bäumen hinaufzuschauen, denn vielleicht hatte sich eine der Katzen auf die knorrigen Äste geflüchtet.

Nichts.

Der Regen wurde wieder stärker. Wasser tropfte von Aldens Hut und nässte die Schultern seines Mantels. Seinen Umhang hatte er bei Juliet in der Kutsche gelassen.

Am Eingang zur Weinlaube zögerte Alden einen Moment und richtete den Lichtstrahl auf die zerfledderten Weinranken und die schwarzen zerborstenen Holzstützen. Der Tisch, an dem er mit Juliet Schach gespielt hatte, war umgeworfen worden. Wut packte ihn und flutete jede Pore, als er sich an Teile ihrer Unterhaltung erinnerte, daran, wie sie ihn mit glühendem

Verlangen in den kornblumenblauen Augen angesehen hatte. Die Art, wie er ihren Blick erwidert hatte.

Alden wandte sich ab und lehnte den Kopf gegen einen der Pfosten. Zorn und Schmerz gaben verdammt seltsame Bettgenossen ab! Sein Puls drängte heiß und schnell. Er fühlte sich so schwindelig, als würde das Fieber zurückkommen. Doch er wollte jetzt keinen Gedanken daran verschwenden.

Der Regen schlug inzwischen in schweren Tropfen auf, und in den Zweigen rührte sich ein leiser Wind. Nahe am Boden bewegte sich etwas. Alden beugte sich hinunter und hielt die Lampe dorthin, wo die Tischplatte gegen eine der Bänke gefallen war. Aus dem Zwischenraum funkelten ihn grüne, dämonische Augen an. Das Licht brachte orangefarbenes Fell zum Glänzen. Shadrach!

Alden kniete sich auf die nassen Steine, stellte die Laterne ab und rief leise. Shadrach zog sich zurück und kauerte sich in die entfernteste Ecke. Alden griff in die Höhle. Die Katze fauchte. Bitten, lockende Finger, ein Bündel von Weinstängeln, das spielerisch bewegt wurde, nichts konnte den Kater dazu bewegen herauszukommen. Der Regen begann, auf die Erde zu trommeln. Alden legte sich der Länge nach in den Schmutz und griff mit beiden Händen zu. Vorsichtig zog er die Katze aus ihrem Versteck. Augenblicke später trug er Shadrach zur Kutsche.

Juliet sah ihn weder an, noch sprach sie mit ihm. Sie saß in der Ecke der Bank und starrte aus dem gegenüberliegenden Fenster; sie hielt den schnurrenden Meshach noch immer auf ihrem Schoß. Alden setzte Shadrach in den Korb und schloss den Deckel.

Wenigstens eine halbe Stunde lang durchsuchte er den Garten und die Schuppen, wobei er immer wieder leise rief, unter alle Büsche und in die hohlen Gabelungen der Bäume schaute. Irgendwo hier draußen irrte eine weiße Katze durch die dunkle Nacht. Vielleicht war Abednego bis zu Farmer Hames Scheunen gelaufen? Oder in Richtung Mill Spinney? Vielleicht hatte eine Kugel oder der Schlag eines Knüppels doch sein Ziel gefunden?

Alden wusste keine Lösung für dieses Problem. Weder sein Verstand noch seine Kraft, noch sein Können – im Umgang mit dem Schwert, den Karten oder dem weichen Leib einer Frau – konnten ihm dabei helfen, etwas über den Verbleib von Juliets weißer Katze herauszufinden.

Er ging noch einmal den Weg zum Hühnerhaus hinauf und überquerte den Hof mit den Schuppen. Einen Moment lang blieb er unter dem Vorbau der Hintertür stehen und rief erneut. Stille. Er schaute hoch. Die Wolkendecke riss auf und enthüllte einen indigoblauen Himmel. Sein Kutscher hatte die Kutsche einige Male hin und her gefahren, um die Pferde zu bewegen. Doch Alden konnte nicht ohne Abednego gehen.

Ich habe dein Medaillon genommen, Juliet. Ich habe deine Großzügigkeit ausgenutzt und deinen lieblichen, lieblichen Körper. Und jetzt ist deine weiße Katze verschwunden – durch mich. Und doch gibt es nach dieser Nacht nur wenig, das ich tun kann, um Wiedergutmachung zu leisten – weil du die Frau eines anderen bist.

Der Wunsch, Juliet möge ihm vergeben, war so stark, dass es ihm fast den Atem raubte. Dieser Aufruhr von Gefühlen – Zorn und Angst und Schuld – krallte sich mit unerbittlichen Fingern in seinen Magen. Sein Verstand brannte von dem Wissen, dass er keine Kraft übrig hatte, dass er unfähig war, ihr zu helfen, und dass alles seine Schuld war.

Er konnte Lord Edward aufsuchen und die Vorbedingung für ein Duell schaffen. Und er könnte sogar gewinnen. Er könnte Erfolg dabei haben, den Sohn des Dukes seinen letzten Atemzug in einer Blutlache machen zu lassen. Doch welche momentane Befriedigung das auch immer bringen würde, es würde nichts wiedergutmachen. Nichts konnte Juliets Sicherheit und ihren Frieden zurückbringen. Nichts konnte das wieder richten, was ein leichtsinniger Schuft für immer zerstört hatte.

In einem unachtsamen Augenblick ließ Alden die Laterne fallen, die auf dem Weg zerschellte. Das Öl flammte auf und brannte einen Moment lang lichterloh, bis es verlief und das Feuer erlosch. Dunkelheit hüllte Alden ein. Er betrat die Veranda.

Der weiße Schatten traf ihn wie ein Kanonenball. Winzige Klingen gruben sich schmerzhaft durch Lagen von Kleidung in sein Fleisch und klammerten sich dort fest. *Abednego!*

Alden löste die Krallen aus seiner Schulter. Die Katze hatte sich vom Dach herunter auf ihren Retter geworfen. Augenblicklich begann Abednego zu schnurren.

Er trug die Katze zur Kutsche. Juliet lag in die Ecke des Sitzes zurückgelehnt. Ihr Gesicht schimmerte weich in der Dunkelheit, ihr Haar schien im Kontrast dazu fast schwarz. Eine Hand ruhte auf ihrem Schoß, die andere auf dem Sitz, die Finger nach oben gekrümmt.

Sie schlief.

Alden setzte Abednego in den Korb. Die orangefarbene Katze und die getigerte hatten sich schon nebeneinander zusammengerollt. Die drei Katzen formten sofort einen einzigen Ball der Zufriedenheit und schnurrten laut.

Ohne Juliet zu wecken, setzte Alden sich ihr gegenüber. Die Pferde zogen an. Er starrte auf ihr Gesicht und fragte sich, was zum Teufel mit ihm geschah.

Kapitel 12

Juliet erwachte, als die Kutsche anhielt. Erinnerungen fluteten zurück. Der Sohn des Dukes in ihrem Wohnzimmer. Die verrückte Nacht in Marion Hall. Zu erwachen und festzustellen, dass Alden fort und ihr Medaillon verschwunden war. Es war dumm von ihr gewesen zu glauben, alles könnte dort auch enden. George war nach Manston Mingate gekommen. Er war in ihr Leben eingebrochen wie eine Springflut und hatte sie jedes Vorkommnis der vergangenen Woche in einem vernichtenden Licht sehen lassen.

Ihr Mann lebte. Jetzt war geschehen, wovor sie sich fünf Jahre lang gefürchtet hatte. Er hatte das Leben vernichtet, das sie geführt hatte, und er konnte in der absehbaren Zukunft ihr weiteres Leben und ihr Glück bestimmen und kontrollieren.

Alden, Lord Gracechurch, der Liebhaber, mit dem sie unwissentlich in ehebrecherischer Weise zusammen gewesen war, hatte – ob wissentlich oder nicht – mit ihrem einstigen Verlobten, Lord Edward Vane, gemeinsame Sache gemacht. Lord Edward, der sie über den Tod ihres Mannes belogen hatte, um sie in seine Falle zu locken.

Es kümmerte sie kaum, dass Georges Männer ihr Porzellan und ihre paar Arbeitsgeräte zerschlagen hatten.

Es kümmerte sie kaum, dass Lord Edward intrigiert hatte, um sie zu vernichten.

Alden hatte ihre Seele zerstört.

»Wir sind da«, sagte er.

Mit über der Brust verschränkten Armen saß er nun neben ihr, den Kopf zurückgeworfen, die Füße in den Stiefeln hochgelegt auf den gegenüberliegenden Sitz. Seine Kleider waren durchnässt und mit Lehm beschmutzt. Das Haar klebte ihm am

Kopf, einige Strähnen hingen über seine Wangen. Doch sogar jetzt – sogar nach allem, was er ihr angetan hatte – raubte ihr seine überwältigende männliche Schönheit den Atem.

Ihr Schmerz kristallisierte zu Hass.

Er sah sie unverwandt an.

Ihre Hände verkrampften sich. Sie hatte ihm erlaubt, sie zu umwerben und sie zu küssen. Sie hatte zugelassen, dass diese Lippen ihre streichelten. Seine Hände hatten ihre Nacktheit erkundet. Sie hatte ihm ihren Körper und ihre Seele geöffnet – und war verraten worden.

»Ihr verabscheut mich«, bemerkte er ruhig. »Natürlich. Ich werfe Euch das nicht vor.«

»Ich hasse Euch. Mehr als ich je einen Menschen in meinem Leben gehasst habe.«

Er wandte den Kopf und sah aus dem Fenster. Nasses Haar fiel über seine Schulter. »Ja. Ich würde genauso empfinden.«

»Ihr habt keine Ahnung von der Tiefe meines Gefühls. Es würde mir große Genugtuung bereiten zu wissen, dass Ihr für alle Ewigkeit in der Hölle schmoren werdet.«

Ein Lakai öffnete den Schlag. Alden nahm die Füße vom Sitz und stieg aus der Kutsche. Während er sich umwandte, streckte er die Hand aus, um Juliet zu helfen.

»Bedauerlicherweise werde ich wohl nicht so schnell in den Hades gehen, wie Ihr es wünscht, Ma'am. Nichtsdestotrotz werde ich Anweisung geben, dass ein Diener den Katzenkorb holt und in Euer Zimmer bringt.«

Die Fackeln neben dem Hauseingang warfen flackernden Lichtschein auf Aldens Gesicht. Zwei hellrote Flecken brannten auf seinen tödlich weißen Wangen. Seine Augen glänzten.

Furcht kroch über ihr Herz. »Was ist los?«, fragte sie. »Seid Ihr krank?«

»Nur ein wenig Fieber, Ma'am.« Er lächelte. »Vielleicht wird es mich zerstören, so wie Ihr es wünscht.«

Wut stieg in ihr auf. Wut, weil sie sich einen Moment lang um ihn gesorgt hatte. Juliet legte die Hand auf seinen Arm und stieg aus. »Habt Ihr Syphilis?«

»Himmel, nein! Lediglich eine Erkältung, das ist alles.«

»Ein professioneller Schuft wie Ihr trifft natürlich Vorkehrungen gegen Krankheiten. Welch Glück für mich, dass Ihr diese auch bei mir habt walten lassen!«

Sein Lächeln verschwand. Er holte tief Luft und starrte auf ihre Hand auf seinem Arm. »Versucht nicht, das, was wir miteinander geteilt haben, zu etwas Hässlichem zu machen. Das war es nicht.«

»Vielleicht nicht für Euch«, entgegnete Juliet und nahm ihre Hand fort. »Für mich war es äußerst hässlich.«

Sie rauschte an ihm vorbei und betrat das Haus. Jahre der Übung als Tochter eines Earls verliehen ihrer Haltung eine unbeugsame Würde. Seine Stiefel dröhnten hinter ihr über den Fußboden, während er den Dienstboten Anweisungen gab. Ein Zimmer für sie, oben. Futter, Wasser und eine Schmutzkiste für die Katzen. Den Korb vorsichtig tragen.

Auf dem oberen Absatz der Haupttreppe wartete eine Zofe auf Juliet und knickste jetzt.

»Wenn Ihr mir bitte folgen wollt, Ma'am?«

Juliet wandte sich noch einmal um. Alden war am Fuß der Treppe stehen geblieben. Das Fieber glänzte dämonengleich in seinen Augen. Würde er am Morgen vielleicht wirklich nicht mehr sein? Doch er stand in lässiger Pose gegen den Endpfosten gelehnt da und schaute zu ihr hoch.

Sie wandte sich ab. Die Spannung in ihrem Körper war so grimmig, so schmerzhaft, dass sie am liebsten zusammengebrochen wäre und laut geschrien hätte. Es tat weh. So viel Hass schmerzte wie ein glühendes Feuer. In ihrem Herzen war kein Mitgefühl mehr übrig. Nur stechende schwarze Wut und Verzweiflung. Dieser Mann hatte ihre Zukunft zerstört und ihre

Vergangenheit geraubt. Sie wollte, dass er mindestens ebenso litt wie sie.

»Wenn ich könnte, würde ich Euch erfüllen, was Ihr wünscht«, sagte er.

Bei diesen Worten blieb Juliet zitternd stehen, doch sie weigerte sich, sich umzudrehen und ihn anzusehen. Nur ihre Verbitterung hielt sie noch aufrecht.

»... einschließlich der Streckbank und der Daumenschrauben noch obendrein«, fügte er hinzu.

Plötzlich sah sie in dem kleinen runden Fenster hoch oben in der Wand sein Spiegelbild. Nass, schlammverkrustet, gut aussehend wie der Teufel. Das winzige, verzerrte Bild eines Mannes, von dem sie für einen Moment geglaubt hatte, sie könnte ihn lieben. Er brannte vor Fieber.

Ihr Herz klopfte. »Dann solltet Ihr mir zu Gefallen heute Nacht sterben, denn ganz gewiss erwartet Euch die Hölle.«

Mit seinem letzten Vorrat an Kraft vollführte Alden eine vollendete Verbeugung. »Ich werde tun, was ich kann, Ma'am. Denn Euer Wunsch ist mir wie stets Befehl.«

Als Juliet am Morgen die Augen aufschlug, stellte sie überrascht fest, dass sie aus reiner Erschöpfung tief und fest und ohne Träume geschlafen hatte. Ein beständiges Schnurren ertönte neben ihr. Es kam von Shadrach, Meshach und Abednego, die in zusammengerolltem Katzenwohlbehagen auf der Bettdecke lagen.

Ohne die Katzen zu stören, glitt Juliet aus dem Bett und trat ans Fenster. Dünner Baumwollstoff streifte ihre Beine. Die Zofe hatte ihr am Abend ein Nachtgewand gebracht, das zwar viel zu lang, aber dienlich war. Dem einfachen Stoff und Schnitt nach zu urteilen, gehörte es vermutlich der Zofe. Wenigstens hatte er ihr nicht den Nachtputz einer seiner früheren Geliebten geschickt!

Der Sturm hatte den Himmel so blau wie Vergissmeinnicht gewaschen. Doch noch spürte sie ihren Schmerz, der wie ein Schreckgespenst auf ihre Lungen drückte. Irgendwo weit entfernt hinter diesen Feldern und Bäumen lag das Zuhause, das ihr von Miss Parrett geschenkt worden war. Der Zufluchtsort, den ein gewissenloser Verführer mit seinem Charme und mit geplantem Verrat überfallen hatte. Das Haus, das ihr Mann sich genommen und verkauft hatte, als er von ihrem Ehebruch erfahren hatte.

Das Herz tat Juliet weh, und sie wandte sich ab.

Eine goldverzierte Stuckdecke erhob sich über ihr. Die Möbel waren wunderschön und kostbar. Hier war aller Luxus zu finden, den das Haus eines Peers bieten konnte. Der beste Wein und eine Auswahl auserlesener Delikatessen waren ihr am Vorabend auf einem Tablett heraufgeschickt worden, die Silberschüsseln hatten im reichen Licht dutzender Wachskerzen gefunkelt und geglänzt. Die Zofe hatte das Tablett abgeräumt, nachdem Juliet es unberührt gelassen hatte.

Juliet ging über den dicken Teppich zum Kamin, um sich das Gemälde anzusehen, das über dem Sims hing. Eine Landschaft mit Bäumen und Feldern, gesprenkelt von schwarz-weißen Kühen. Einige standen hüfttief in einem Bach, der nahe einem malerischen Prachtbau dahinfloss, ihre Spiegelbilder schimmerten in dem flachen Wasser wie ein zerbrochenes Schachbrett. Ein kleines Schild aus Messing unter dem Gemälde trug die schlichte Inschrift *Gracechurch*.

All dies, *jedes einzelne Stück*, hatte sie für ihn zurückgewonnen. Dann hatte er ihr Medaillon gestohlen und sie allein gelassen.

Ihr Herz schmerzte unter ihren Rippen. Es war schwer zu atmen. Aber Hass allein würde nicht genug sein, sie aufrecht zu halten. Während sie die Versuchung niederkämpfte, sich einfach ins Bett zurückzuziehen, zog Juliet an der Glockenschnur und bestellte ein Bad und ein Frühstück. Abednego streckte sich und grub die Krallen in die blau und rosa gemusterte Decke. Shadrach sprang auf den Boden. Seine beiden Gefährten folgten ihm.

Juliet öffnete die Tür zum kleinen Ankleideraum. Sie beugte sich hinunter und tippte mit dem Finger auf den Rand der Schale, die ein Lakai am Vorabend dorthingestellt hatte. Abednego musterte das angetrocknete Fleisch und verharrte, wo er stand, ehe er sich abwandte und davonschritt. Shadrach und Meshach strichen um Juliets Knöchel und miauten klagend. Sie hob Meshach hoch und barg das Gesicht an seinem weichen Fell.

»Ich habe frisches Rindfleisch für sie«, vernahm sie Aldens Stimme hinter sich.

Juliet erstarrte und war sich augenblicklich ihrer offenen Haare und des geliehenen Nachtgewands bewusst. Doch ihr Schrecken wandelte sich zu Wut über dieses lächerliche Gefühl. Er hatte sie schließlich nackt gesehen.

»Bitte, fordert mich nicht auf zu gehen«, sagte er.

Juliet setzte die getigerte Katze hinunter und richtete sich auf. Sie stand mit dem Rücken zu ihm und war froh, dass das einfache Baumwollhemd so üppige Falten warf. »Weil Ihr ohnehin nicht gehen würdet?«

»In London ist es durchaus üblich für einen Gentleman, eine Lady in ihrem Schlafzimmer zu besuchen. Da ihre Toilette oft bis nach Mittag dauert, dient das Schlafzimmer einer verheirateten Lady als Empfangsraum, Salon und Frühstückszimmer.«

»Aber sie hat Zofen und Diener zu ihrer Verfügung. Ich nicht.«

»Wenn Ihr darauf besteht, muss ich natürlich gehen.«

»Weil mein Wunsch Euch Befehl ist?« Sie füllte die Frage mit Sarkasmus.

Er bückte sich, um einige Fleischreste von dem Teller in seiner Hand in den Katzennapf zu füllen. Im Gegensatz zu Juliet war er vollständig gekleidet, und das sogar sehr formell in einen Morgenmantel aus cremefarbenem Brokat. Sein glänzendes Haar war mit einem Band aus schwarzer Seide zurückgebunden.

Die drei Katzen begannen, ihr Frühstück herunterzuschlingen.

»Unser gemeinsamer Wunsch ist, die Katzen glücklich zu sehen. Vielleicht können wir dort beginnen.«

»Und mein Glück?«

Er richtete sich auf und setzte den Teller ab. »Ist meine einzige wahre Sorge.«

Sie wandte sich abrupt zu ihm um. »Warum seid Ihr dann nicht heute Nacht gestorben, wie ich es mir gewünscht habe?«

»Fürwahr, Ma'am!« Er ging an ihr vorbei in das Schlafzimmer, wo er stehen blieb und aus dem Fenster starrte. »Ich dachte, Ihr würdet es vorziehen, mich zuvor einige Wochen lang quälen zu können. Das sollte nicht allzu schwer sein.«

Juliet beobachtete ihn von der Tür des Ankleidezimmers aus. Licht strömte durch das Fenster und betonte die perfekten Linien seines Körpers, den kräftigen Rücken, die langen Beine. Die Sonne funkelte in seinem Haar und ließ es golden aufleuchten. Diese männliche Schönheit rührte Juliet noch immer an. Und sie verabscheute diese Empfindung.

»Habe ich so viel Macht über Euch?«, fragte sie.

Er wandte sich um und sah sie an, seine Augen waren dunkel gegen seine blasse Haut. Noch bevor er sprach, sah sie ihre Antwort darin: jenes nackte Verlangen, das unverhüllte männliche Begehren, das sie in Verwirrung und Groll stürzte.

»Ihr habt jede Macht«, erwiderte er einfach. Er ging zurück zum Kamin und wies auf einen Stuhl. Seine Hände glitzerten von Ringen. »Bitte, kommt und setzt Euch, Ma'am. Ich wäre dankbar, mich auch setzen zu dürfen.«

Sie verschränkte die Arme. Die Linie seines Profils hätte in Kreide gezeichnet sein können. Doch er hatte nicht gezögert, auf der Suche nach ihren Katzen bis auf die Haut nass zu werden …

»Ihr wart sehr krank?«

Er schaute auf, mit einem Aufblitzen von Selbstironie. »Der Quacksalber befreite mich von einem scheußlich großen Maß an Blut – was garantiert meinen bösen Humor abgekühlt hat. Ihr könnt Euch freuen.«

Juliet ging an ihm vorbei ans Fenster. Sie wusste, er bemühte sich um Unbeschwertheit, und normalerweise hasste sie es, nachtragend zu sein. Doch wie könnte sie ihm mit diesem Schmerz in ihrem Herzen irgendetwas vergeben?

»Ich bin überrascht, dass ein Mann, der so besessen von seiner äußeren Erscheinung ist, eine Schwäche zugibt, aber mir ist es egal, ob Ihr dort steht, bis Ihr umfallt.«

»Ich beklage mich nicht, Ma'am, wenn es Eurer Absicht dient.«

Sie fuhr überrascht herum. »Meiner Absicht?«

Er hatte die Arme verschränkt und sich mit den Schultern gegen die Wand gelehnt. »Mich zu quälen.«

»Wie bitte?«

»Die Sonne scheint durch dieses Nachtgewand hindurch, und das quält mich schon sehr.« Seine Augen funkelten wie Sternenlicht. »Ich habe ihre Berührung gespürt. Ich habe mir vorgestellt, wie lang und schön sie sein müssen. Aber ich habe noch nie Eure Beine gesehen. Und deren Silhouette unter diesem jämmerlichen Baumwollstoff ist so greifbar nah und doch so unendlich fern. Und das ist Qual genug.«

Hitze strömte durch ihre Oberschenkel und ihren Schoß. Erschreckt spürte Juliet das verräterische Verlangen, das ihren Leib überfiel und sie schwach und weich machte. »Ich denke, Ihr sagt mir die Wahrheit.«

»Natürlich. Ich brachte Euch hierher, um Euch zu retten. Ich konnte Euch nicht zurücklassen, um da draußen in einem Wolkenbruch zu ertrinken. Aber ich war mir genau bewusst, was für eine scharfe Strafe es sein würde …«

»Wieso Strafe?«

»Die Gewissheit, dass wir nie wieder Liebende sein werden, wird wahrhaft die lebendige Hölle für mich sein.« Er lehnte den Kopf zurück und lachte.

Sie wollte sich hinlegen. Nur das. Sich hinlegen auf den Boden. Stattdessen holte sie tief Luft, blieb stocksteif stehen und starrte ihn an. »Ich dachte, Ihr bevorzugt kurze Affären?«

»Nicht ganz *so* kurz!«

»Ach, natürlich, Ihr beendet sie nur stets als Erster. Wenn *Ihr* sie leid werdet …« Sie erstickte fast an den Worten.

»Wenn sie vorbei ist. Nun, Ma'am, und ich glaube nicht, dass es zwischen uns schon vorbei ist.«

»Es war ja wohl kaum ein Anfang.«

»Das weiß ich. Doch ich hoffte …«

»Was?« Der Zorn trieb Juliet dazu, hin und her zu gehen. Sie ging vom Fenster zum Bett, dann hinüber zur Tür des Ankleidezimmers. Die Katzen hatten ihr Mahl beendet. Shadrach hatte sich über die Wasserschale gebeugt und trank mit der den Katzen eigenen Konzentration daraus.

»Nichts. Ich wusste nicht, dass Euer Mann lebt.«

»Ich dachte, Ihr liebt es, verheiratete Frauen zu verführen?«

Als fühlte er sich getrieben wie sie, stieß Alden sich heftig von der Wand ab. Sonnenschein glänzte über seinen Brokat und seine Spitzen, die den cremefarbenen Stoff säumten, als er an Juliet vorbei zum Fenster ging. »Aber Ihr hättet Euch nicht so verhalten, wie Ihr Euch verhalten habt, wenn Ihr gewusst hättet, dass Ihr nicht frei seid, nicht wahr?«

Sie zögerte. Sie und ihre Familie hatten einen viel zu hohen Preis für ihr Ehegelübde gezahlt, um dieses jetzt so niedrig einzuschätzen. Doch George hatte sie bereits vor langer Zeit verlassen! In welchem Sinne konnte sie überhaupt noch von einer Ehe sprechen?

»*Hättet Ihr?*«, beharrte er.

Sein Gesicht war fast durchscheinend, die Wangenknochen warfen dunkle Schatten. Er war offensichtlich sehr krank gewesen, es war keine leichte Erkältung, keine vorgetäuschte Schwäche. Doch der Hass hatte ihr Herz in Stein verwandelt – es musste sein!

»Nein«, erwiderte sie und ging an den Kamin. »Hätte ich gewusst, dass George lebt, hätte ich es nicht getan. Ich wünschte bei Gott, ich wäre Euch nie begegnet.«

»Unsinn, Juliet! Ich habe Euch nicht freiwillig verlassen. Dennoch habe ich Euch dazu gebracht, mich zu hassen.«

»Ja, ich hasse Euch. Ich kann nicht anders!« Sie setzte sich, weil sie nicht sicher war, dass sie noch länger stehen könnte.

Wie zum Trotz blieb Alden stehen. »Danke, Ma'am.«

Dankte er ihr dafür, ihn zu hassen? Oder weil er nicht länger ihre Beine sehen konnte, die sich unter dem dünnen Baumwollgewand abzeichneten? Hysterie drohte sie zu überwältigen. Juliet kämpfte dagegen an. Sie wusste nicht mehr, was sie eigentlich fühlte, aber auf keinen Fall war es Gleichgültigkeit.

Sie glaubte ihm, dass er nichts von George gewusst hatte. Und er hatte ihr in der Tat jeden erdenklichen Ausweg angeboten, ehe er in Marion Hall ihr Angebot mit einer Leidenschaft angenommen hatte, die wie ein Feuer in ihrer Seele gebrannt hatte. Und gestern Abend hatte er sogar einen Korb für ihre Katzen gebracht. Doch solange noch dieser starke Hass in ihr war, so lange musste sie diesen nähren.

»Also wurdet Ihr zum ersten Mal in Marion Hall krank?«, fragte sie. »Am nächsten Morgen? *Das* ist Eure Entschuldigung dafür, ohne ein Wort gegangen zu sein?«

»Ich räume ein, dass sie armselig ist. Doch es ist die Wahrheit.

Sir Reginalds Diener mussten mich hinaustragen.« Er schaute sie unentwegt an. »Bei jeder Art von Influenza bekomme ich sehr hohes Fieber – schnell und heftig. Allerdings erhole ich mich rascher als die meisten anderen. Glaubt Ihr, es war mein Wunsch, dass Ihr allein aufwacht? Himmel, Juliet! Selbst wenn ich auf meinem Totenbett gelegen hätte – ich sehnte mich danach, Euch wieder zu lieben.«

Schmerz stach in ihr Herz. »Ihr habt mein Medaillon gestohlen! Was habt Ihr damit getan?«

Weder zuckte er zusammen, noch wandte er sich ab. Seine Augen schimmerten dunkel. »Ich habe es Lord Edward gegeben.«

Die Haut über ihren Knöcheln spannte sich weiß an, als sie die Hände um die Stuhllehnen klammerte. »Warum?«

»Es war die letzte Bedingung unserer Wette ...«

»O Gott! Als Beweis!« Hass brannte in ihrer Seele wie eine Lampe, ihr einziges Licht in einem Meer aus Dunkelheit.

»Ja, als Beweis!« Offensichtlich kämpfte er darum, ruhig zu bleiben und seine Stimme kontrolliert und gefasst klingen zu lassen. »Ohne das Medaillon wäre Euer Opfer vergebens gewesen, und Gracechurch Abbey würde jetzt ihm gehören.«

»Ihr hättet mir das nicht sagen können?«

Er schien wie festgenagelt, als er mit offenen Händen neben dem Fenster stand. »Doch, aber ich habe es unterlassen. Unglücklicherweise habe ich seine Motive falsch beurteilt. Die Demütigung und die Rache waren vollzogen, also was für eine Bedeutung hatte das Medaillon noch? Doch er wollte es mir nicht zurückverkaufen.«

»Wie edel von Euch, es zu versuchen! Was habt Ihr ihm dafür geboten?«

»Etwas, von dem ich glaubte, er würde es weitaus mehr schätzen. Genau genommen war ich mir dessen verdammt sicher.« Er wandte sich zum Fenster, lehnte sich dagegen und sah hinaus.

»Ich habe auch das falsch eingeschätzt. Mein Angebot interessierte ihn nicht. Warum wollte er das Medaillon so sehr, Juliet?«

»Benutzt nicht meinen Namen!«

Sein Rücken wurde stocksteif. Plötzlich schlug er mit der Faust gegen den Fensterladen und ließ ihn zittern. »Fürwahr, Ma'am! Wir sind *Liebende* gewesen!«

Sie sprang auf. »Liebende? Was zum Teufel wisst Ihr von Liebe?«

»*Liebende!* Ihr gabt mir Euren Körper. Ich gab Euch meinen. Vielleicht geschah es aus den falschen Gründen. Vielleicht geschah es, weil uns die üblen Machenschaften eines Feindes zusammengebracht haben. Doch für eine Nacht haben wir einander nackt in den Armen gelegen, rein und unschuldig, und da war diese wunderbare Magie.«

»Die Tiere auf dem Scheunenhof tun es genauso.«

»Wagt es nicht, es so zu beschreiben!« Er fuhr herum wie ein Degenfechter, sein Körper die Waffe, seine Stimme tödlich. »Unsere Hände erfreuten sich am Gefühl der Haut des anderen. Unsere Lippen und Zungen und Finger spielten frei wie der Wind, um in purer Verzückung zu suchen und zu finden. Eure Beine schlangen sich um meine. Meine Seele ergab sich in Verehrung Eures Körpers. Wir versanken ineinander, als wäre es das Erwachen der Schöpfung ...«

»Es bedeutete nichts – nur eine Paarung!«

»Ich weiß, dass Ihr es bereut. Ich kann es nicht! Zum Teufel, aber ich werde nicht zulassen, dass Ihr leugnet, was wirklich zwischen uns geschehen ist.«

Sie wies zur Tür, glühend vor Zorn. »Geht!«

»Wie Ihr wünscht. Aber lasst uns eines klarstellen: Wir waren herrliche Liebende ...«

»Welchen Unterschied macht das?«

»*Diesen* Unterschied, Juliet.« Er ging auf sie zu, bis er nahe genug war, sie zu berühren. Sein männlicher Geruch hüllte sie ein. »Die Wahrheit. Ihr begehrt mich ebenso sehr, wie ich Euch begehre. Ich werde es nicht ausnutzen. Ich werde nicht ...«

»Ich *hasse* Euch«, beharrte sie.

»Ja, Ihr hasst mich.« Sonnenlicht flammte auf seinem blonden Haar. »Aber das ändert nichts. Ein Begehren wie dieses brennt nach seinem eigenen Gesetz. Wenn ich Euch jetzt küssen würde, würdet Ihr den Kuss erwidern – mit Leidenschaft, mit Hingabe, mit einem offenen, suchenden Mund.«

»Das würde ich nicht«, stritt sie ab, obwohl ihre Lippen brannten und Hitze in verräterischen Wellen über ihre Haut flammte.

»Wagt nicht, es zu leugnen! Würde ich Euch berühren – und sei es nur Eure Schulter oder Eure Hand –, Eure Beine würden zittern, Euer Körper würde ebenso in Flammen stehen wie meiner, und das einfach nur, weil er so nahe bei Euch ist. Eure Haut glüht schon. Ich spüre ihre sengende Hitze.«

Juliet schloss die Augen und verschränkte beide Arme vor der Brust. »Um Himmels willen!«

»Wie zum Teufel kann ich jetzt mitleidsvoll sein?« Seine Stimme vibrierte vor Leidenschaft. »Der Hunger nach Euch verzehrt mich voller Qual. Würde ich Euch dieses hässliche Kleid abstreifen und meine Hände auf Eure nackten Brüste ...«

»Hört auf!«, flehte sie. »Was versucht Ihr zu beweisen?«

Seine Absätze klangen hart auf den Dielen, als er davonging. Er riss die Tür auf, und seine Antwort traf sie wie der Stein einer Schleuder. »Das Einzigartige dessen, was wir aufgeben, wenn wir uns nie wieder in Liebe vereinen! Und dass Ihr, auch wenn Ihr mich hasst, mir vertrauen und zugeben könnt, dass es die Wahrheit ist und wir nicht danach handeln!«

Die Tür knallte zu.

Juliet taumelte zum Bett und sank darauf zusammen. Ihr Herz raste, es donnerte in ihrer Brust. Er hatte recht. O Gott, er hatte recht! Ihr ganzes Sein war von Verlangen erfüllt. Wenn er sie geküsst oder sie berührt hätte, wären sie jetzt zusammen, nackt, in diesem Bett. Ihre Beine brannten, ihre Lenden schmerzten. Ihr Körper sehnte sich danach, sich ihm zu öffnen und ihn willkommen zu heißen.

Die Scham darüber brannte sich in ihre Seele und zog eine noch tiefere Spur des Hasses. Er bezweifelte seine Anziehungskraft in keiner Sekunde. Er war sich seiner Macht über sie so sicher, dass er nicht länger versuchte, sie mit seinem Charme zu gewinnen.

Andererseits, so fürchte ich, wird mein Aufenthalt in den Three Tuns *es von mir verlangen, mit den Bauern in der Schankstube Höflichkeiten auszutauschen, bis ich vergesse, dass ich jemals etwas anderes kannte außer Rüben und Mangold. Ihr könnt doch nicht so grausam sein, mich zu solch einem Schicksal zu verdammen ...*

Er hatte recht. Sie war nicht grausam genug. Sie musste ihr Herz verhärten, bis sie so sein konnte wie er.

Shadrach sprang auf das Kissen – ein weicher orangefarbener Trost. Meshach saß vor dem Kamin und leckte sich die Pfote. Abednego machte einen Buckel und fauchte, als die Tür geöffnet wurde und eine Reihe von Dienern eintrat, um ihr das Frühstück zu bringen und ihr das Bad zu bereiten. Hinter ihnen kam die Zofe, die Juliet am Abend zuvor in das Zimmer geführt hatte. Über den Armen trug sie Kleider.

»Eure Sachen, Ma'am.« Die Zofe knickste.

Es waren Juliets Kleider und Unterröcke, die Georges Männer gestern als wertlos aussortiert und in den Garten geworfen hatten – es waren alle bis auf das rosafarbene Kleid, dass sie auf der Kutschfahrt mit Alden getragen hatte und das die Männer mitgenommen hatten, um es zu verkaufen. Also hatte er im dunklen, regennassen Garten sogar ihre Kleider zusammengesammelt.

Das Mädchen errötete, und Juliet musste an Tilly denken – an die linkische Nervosität, die solche Mädchen immer in der Nähe eines Mannes wie Lord Gracechurch überfiel. »Ich habe eine Nachricht von Seiner Lordschaft.«

Juliet war nun selbst von nervöser Spannung erfüllt und richtete sich auf. »Eine Nachricht?«

Das Mädchen wandte den Blick zur Zimmerdecke, runzelte konzentriert die Stirn und versuchte, jedes Wort ganz genau aus der Erinnerung wiederzugeben. »Lord Gracechurch hat gesagt, er hofft, dass Eure Kleider zu Eurer Zufriedenheit gesäubert und geplättet worden sind, Ma'am, woraus zu ersehen ist, dass er im Haus nicht die Garderobe einer Lady verwahrt. Auch wenn er dächte, so sagte Lord Gracechurch, Ihr könntet glauben, dass er es täte.«

Das Mädchen grinste erleichtert, knickste noch einmal und trug die Kleider in das Ankleidezimmer.

Juliet brach in Lachen aus. Doch es wich schließlich Tränen. Die drei Katzen sprangen auf das Bett und rollten sich neben ihr zusammen, als wollten sie ihr Trost spenden.

Juliet wusste, dass sie selbst in ihrem besten blauen Kleid kaum besser aussah als irgendein Dienstmädchen an seinem freien Nachmittag. Aber nichts könnte unbedeutender als das sein. Sobald sie ihr Frühstück eingenommen und sich angekleidet hatte, ging sie hinunter in den Garten, um einen ruhigen Ort zu finden, an dem sie nachdenken konnte.

Wie um alles in der Welt sollte sie ihre Zukunft planen? Sie hatte buchstäblich nichts bis auf die Kleider, in denen sie gestern Morgen aufgestanden war. Ihr Vater hatte sie enterbt. Alles, was sie besaß, verdienen oder erwerben könnte, gehörte jetzt und für immer ihrem Ehemann, der ihr – trotz allem – ein Heim angeboten hatte.

Welche anderen Alternativen blieben? Nur die Prostitution

auf die eine oder andere Weise. Manch verstoßene Ehefrau hatte sich entschieden, den Skandal in Kauf zu nehmen und als Geliebte eines Mannes zu leben. Aber natürlich nicht mit einem Mann wie diesem. Lord Gracechurch mochte ihr solch ein Angebot unterbreiten, aber nur, um sie zu benutzen, ihre Seele zu verschlingen und sie dann wegzuwerfen. Das war es, was solche Männer taten. Selbst mit Alden Granville, sogar mit ihm, wäre es letztlich nichts anderes als Hurerei.

George wusste das. Ihm war in Manston Mingate klar gewesen, dass ihre Weigerung, mit ihm zu gehen, hohl war. Selbst wenn er sie hungern ließ oder sie schlagen würde, selbst wenn er sie für ihren Ehebruch für den Rest ihres Lebens bestrafen würde, sie hatte keinen Ort, an den sie sonst gehen könnte.

Wenn Lord Edward diese Rache seit fünf Jahren geplant hatte, hatte er sie sicherlich gut geplant!

Ein leises Rascheln schreckte sie auf. Juliet schaute sich um und hielt den Atem an. Ein blonder Kopf spähte aus den Büschen.

Sie atmete tief aus. »Sherry?«

Der Junge kroch auf allen vieren über den kiesbestreuten Weg, dann stand er auf und grinste sie an. In seinen Haaren hatten sich Blätter verfangen.

»Habt Ihr Lord Gracechurch gesehen?«, fragte das Kind.

Das eigensinnige kleine Kinn und die Form seiner Nase erinnerte Juliet so stark an Kit, dass sie sich krank fühlte. Sie schüttelte den Kopf.

»Ich will ihm was zeigen.« Sherry schob die schmutzige Hand in die Hosentasche.

Juliet war wieder fünfzehn, die ältere Schwester eines kleinen Jungen wie diesem, dem lang ersehnten Sohn, der das Land und den Titel ihres Vaters erben würde. Das Kind, das geboren worden war, nachdem ihre Mutter so viele andere verloren hatte – im Mutterleib, in der Wiege. Und der das Herz seiner Schwester mit festem Griff umschlossen hielt. Viscount Knittering – mit seinem Tod waren die Hoffnungen der Familie zerstört worden. Jetzt würde die Grafenwürde mit dem Tode ihres Vaters erlöschen.

Ohne nachzudenken, fasste sie nach dem Medaillon und fühlte nur den nackten Hals.

Juliet atmete tief durch, dann doch einmal. Mit fünfzehn war sie noch ungeküsst gewesen, hatte keinen einzigen Gedanken an die Zukunft verschwendet. Wann immer George Hardcastle ihr im Haus oder im Garten begegnet war, hatte er sich respektvoll und ehrerbietig gezeigt. Sie hatte an jenen endlosen Sommertagen nichts anderes im Sinn gehabt, als mit ihrem Bruder im Garten zu spielen, zu lesen, zu nähen und in schicklicher Begleitung über den großen Besitz ihres Vaters zu reiten. Und immer war noch ein Stallbursche oder eine Zofe dabei gewesen. Dennoch hatte George Wege gefunden, ihr allein zu begegnen.

Kit war tot, ertrunken in einem reißenden Fluss.

Dieses Kind lebte.

»Was hast du denn, was du ihm zeigen möchtest?«, fragte sie.

»Wir sammeln Vogeleier«, erklärte Sherry. »Mr. Primrose und ich.«

»Ich hatte einen kleinen Bruder. Ihm hat es auch gefallen, Vogeleier zu suchen. Wie viele hast du?«

Sherry zog einige kleine Stofflappen aus seinen Taschen und legte sie auf die Bank. Eines nach dem anderen wickelte er die Eier aus.

»Ein Rotkehlchen, eine Goldammer, ein Dompfaff, eine Heckenbraunelle, eine Amsel und ein Zaunkönig. Das sind sechs. Mr. Primrose hat gesagt, ich soll zehn verschiedene Arten finden und dass wir niemals mehr als ein Ei aus einem Nest nehmen dürfen. Mögt Ihr Vögel?«

»Sehr sogar.«

Hellblonde Strähnen fielen dem Jungen in die Stirn. Juliet

verschränkte die Hände auf ihrem Schoß und beobachtete ihn, während ihr Schmerz sie gefangen hielt. Doch sie versuchte, ihn zu begraben.

»Das blaugrün gesprenkelte gehört einer Amsel. Dompfaff-Eier sind auch grünlich, aber sie haben diese kleinen braunen Punkte.« Er wies mit dem Zeigefinger darauf. »Das hier ist vom Zaunkönig.«

Der Nacken des Kindes war so schmal – eine so feine Säule, die solch kostbares Leben stützte.

»Und wer hat das hier gelegt?«

Er schaute auf, wie Kit aufgeschaut hatte, mit einer winzigen Spur von Geringschätzung im Blick. »Ein Rotkehlchen. Das weiß doch jeder! Ich hab das Nest zwischen zerbrochenen Steinen in der Gartenmauer gefunden. Das rosa Ei mit den dunkelroten Kritzeln ist von der Goldammer, aber manchmal sind sie auch weißer.«

»Und das Ei der Heckenbraunelle ist so blau wie der Sommerhimmel«, erklang die Stimme eines Mannes. »Ihr Nest ist aus Moos und Gras, aber längst nicht so ordentlich wie das eines Buchfinken. Hat Eure Heckenbraunelle die Innenseite mit Wolle oder mit Pferdehaaren ausgepolstert, Sir?«

Alden stand mit verschränkten Armen gegen einen Baum gelehnt. Es schien, als hätte er schon eine ganze Weile dort gestanden. Seine Augen wurden beschattet, obwohl die Sonne sein Haar zum Glänzen brachte und liebevoll über den reichen cremefarbenen Brokat seines Rockes strich. Er erwiderte Juliets fragenden Blick und lächelte.

»Wolle!«, rief Sherry. »*Und* Haare!«

Der Junge ignorierte die kostbaren Kleider des Mannes und warf sich seinem Beschützer in die Arme. Sherry schrie vor Freude, als Alden ihn mit beiden Händen packte, in die Luft warf und wieder auffing. Juliet fühlte sich augenblicklich ausgeschlossen. Mann und Kind lachten zusammen, bis sie außer

Atem waren. Es war ein wilder, männlicher, gutmütiger Humor – auch bei dem kleinen Jungen –, der alles Weibliche und Weiche verbannte.

»Der Holzstapel!«, rief Sherry. »Ich habs im Holzstapel gefunden.«

Noch immer lachend, ließ Alden ihn auf die Erde hinunter und erlaubte dem Kind, ihn zur Bank zu führen. Juliet wollte aufspringen und gehen. Um Sherrys willen blieb sie. Ihr blaues Kleid ausgebreitet neben den Vogeleiern, saß sie da und versuchte, die Empfindungen zu unterdrücken, die Aldens Nähe in ihr wachrief.

Einige Minuten lang betrachteten der Mann und der Junge die Eier. Während Sherry aufgeregt über die Vögel erzählte, fügte Alden ernste Bemerkungen hinzu und ging ganz und gar auf das Interesse des Kindes ein. Das Nest des Zaunkönigs war mit Federn ausgelegt. Die Amsel baute ihr Nest aus Gras und Lehm und Blättern in der Hecke. Der bunte Dompfaff mit der rosaroten Brust. Seine graubraune Gefährtin versteckte ihr Nest tief in einem Brombeergebüsch, in das nur ein entschlossenes Kind seinen Arm hineinzwängen konnte.

»Jetzt, Sir«, sagte Alden schließlich, »bringt die Eier zu Mr. Primrose. Er wartet im Kräutergarten auf Euch. Er hat einige Käfer, die er Euch zeigen möchte, und Ihr könnt lernen, welchen davon die Vögel gern fressen.«

Der Junge wickelte gehorsam die Eier ein, schob sie zurück in seine Tasche und rannte davon.

Juliet stand auf und sah ihm nach. Ihr war zu Mute, als liefe ein Teil ihres Herzens auf diesen stämmigen kleinen Beinen davon.

»Ich kam her, um mich zu entschuldigen«, wandte sich Alden an sie. »Ich erwartete nicht, Sherry hier zu finden.«

»*Entschuldigen?* Dafür, dass Ihr mein Leben zerstört habt, oder dafür, dass Ihr Eure Manieren vergessen habt?«

Alden schloss die Augen, fast so, als hätte er Schmerzen. »Der Junge kann nur dank Euch noch hier leben. Ich hoffe, wenigstens daraus könnt Ihr ein wenig Trost schöpfen.«

Trost? Sherry beunruhigte sie, denn er rührte an jenen schmerzlichen, verlorenen Ort in ihrem Herzen, an dem sie ihre Erinnerungen an Kit verwahrte: bitter-süße Erinnerungen, die die Zeit zu verwischen begonnen hatte, die sie jedoch mit aller Macht zu bewahren versuchte.

Jetzt stand der Hüter dieses Kindes vor ihr, groß und machtvoll, bot ihr seine leere Reue und vermied es, ihrem anklagenden Blick zu begegnen.

Sie holte tief Luft. »Doch es war Eure Idee, seine Zukunft und diesen Ort in einer Wette aufs Spiel zu setzen.«

Er hob den Blick, seine blauen Augen sahen sie an. »Wie äußerst leichtsinnig von mir! Da ich so verdammt hart daran gearbeitet habe, es zu retten.«

»*Gearbeitet?*«

»Ja, Ma'am. Gearbeitet. Auch wenn Ihr nicht anerkennen wollt, wie viel Arbeit es kostet, Tag für Tag auf eine perfekte Erscheinung zu achten, zu manipulieren, zu schmeicheln, sich einen Weg durch Londons Gesellschaft zu ebnen. Es war nicht vorgesehen, dass ich den Titel erbe. Ich begann ohne einen Penny. Ich versuche, Geld zu beschaffen und es zu investieren, um diesen Ort am Leben zu erhalten und die Hypotheken zu bezahlen, bis sich dieser Besitz eines Tages selbst tragen wird. Wenn ich mich nicht kleide und benehme, als hätte Geld keine Bedeutung für mich, hätte ich keine Chance.«

Obwohl Juliet stand, setzte er sich auf die Bank, breitete die Arme über die Rückenlehne und schaute in die Ferne. Seine Hände ruhten in ihren Nestern aus Spitzen. Die feingliedrigen Hände, die die Ruderpinne für all dies hier hielten: Haus und Land, das Glück eines Kindes. Diese wissenden Hände, die jedes Geheimnis ihres Körpers erkundet hatten.

»Und Eure Frauen? Ohne Zweifel sind auch sie lebenswichtig für dieses arbeitsreiche Projekt?«

»Jene Myriaden von Damen, die meine Nächte erwärmt und meine Tage erhellt haben? Ich verleugne keine von ihnen. Aber ich missbrauche weibliche Gesellschaft nicht für irgendeinen schändlichen Zweck. Ich nehme mir eine Geliebte, weil ich mich an der körperlichen Liebe erfreue.«

»Also haben diese Frauen nichts mit Euren tapferen Anstrengungen zu tun, Gracechurch Abbey zu retten?«

»Nein.« Seine Lippen kräuselten sich, als er zu ihr aufschaute. »Obwohl es nicht wehtut, einen gewissen Ruf aufrechtzuerhalten.«

»Ihr habt also kein Vergnügen daran, zu spielen oder zu trinken? Das alles ist *Arbeit*.«

»Ich nehme Vergnügen mit, wo immer ich es finden kann.« Die Wärme in seinem Blick brachte heiße Farbe auf ihre Wangen. »Ich mag Vergnügen. Aber eine große Menge von dem, was ich in der Stadt zu tun verpflichtet bin, ist harte Arbeit, und die Aufgabe ist noch nicht zu Ende gebracht.«

»Dann kann ich nicht verstehen, warum Ihr das alles für ein Kartenspiel mit Lord Edward Vane riskiert!«

Geharkter Kies knirschte unter ihren Schuhen, als Juliet davonging. Die Sonne brachte die Blumen zum Leuchten und eine Reihe von Sitzsteinen, die in einigen Abständen voneinander im Schatten einer Eibenhecke zu einer Gruppe angeordnet waren. Wenn sie doch nur weinen könnte! Ob ihr dann vielleicht dieser schreckliche Schmerz nicht ganz so schwer auf ihr Herz drücken würde?

Schnelle Schritte folgten ihr. Alden fasste Juliet am Arm und zwang sie, stehen zu bleiben. »Ich dachte, Ihr hättet mehr Mut, als davonzulaufen«, sagte er. »Wir müssen reden.«

Juliet wandte sich zu ihm um. »Tatsächlich? Und worüber? Wollt Ihr *mir* etwas über all diese bunten männlichen Vögel und deren graubraune kleine Frauen erzählen? Trotz all dieser männlichen Extravaganz und dieses brillanten Gefieders bilden sie Paare, die sich treu sind, oder nicht?«

»Aber nur für diesen einen Sommer, wenn sie beide die Jungen aufziehen. Nur die Dompfaffen finden sich für ein ganzes Leben zusammen.«

»Wie seltsam, da der Dompfaff doch der Prächtigste von allen ist!«

»Er ist auch der Zerstörerischste. Er frisst die Knospen, ehe sie zur Blüte und zur Frucht werden können.«

»Wirklich? Wie außerordentlich dumm von ihm.«

»Nichtsdestotrotz sorgt er gut für seine Jungen und für seine Frau.« Alden gab ihren Arm frei. »Juliet, was werdet Ihr jetzt unternehmen? Ich weiß, Ihr hasst mich. Ich mache Euch deswegen keinen Vorwurf. Aber Ihr habt keinen Ort, an den Ihr gehen könnt. Ihr sollt wissen, dass Ihr hier wohnen könnt ...«

»Um welche Rolle zu spielen?« Sie spie die Worte aus, als wären sie der Bodensatz eines bitteren Weines.

»Als meine Geliebte natürlich!« Der Sarkasmus in seiner Stimme schnitt tief. »Himmel, Juliet, traut Ihr mir denn gar keine menschliche Anständigkeit zu?«

»Sehr wenig. Ihr habt zu viel Schmerz in meinem Herzen verursacht.«

Er wandte sich abrupt ab, die Schöße seines Rockes wirbelten hoch. »Weil ich Euer Medaillon nahm und es Lord Edward gegeben habe. Ja, ich weiß. Ich kann das nicht ungeschehen machen.«

»Ihr könnt *gar nichts* ungeschehen machen. Das Königreich ist voll von den Ergebnissen leichtsinniger Aktionen, die nicht ungeschehen gemacht werden können. Ich habe einen Ehemann, der bereit ist, mir in London ein Heim zu geben. Wenn ich dieses noble Angebot weiterhin ablehne, werde ich weder von der Gesellschaft noch vom Gesetz Sympathien ernten.«

»Ihr denkt, ich sei mir dessen nicht bewusst?«

Sie wollte ihn so weit treiben, dass er seine Kontrolle verlor, so wie er sie dazu getrieben hatte. Sie spürte sein Unbehagen und seine Zurückhaltung. Es weckte den Wunsch in ihr, an dieser goldenen Oberfläche zu kratzen und freizulegen, was immer auch darunter verborgen sein mochte.

»Was geschieht üblicherweise in Euren Kreisen, wenn ein Ehemann mit dem Beweis konfrontiert wird, dass Ihr seine Frau öffentlich als Hure benutzt habt?«

Alden entfernte sich einige Schritte weit. »Ich bin bisher niemals so leichtsinnig gewesen, solch einen offensichtlichen Beweis zu liefern, es sei denn, der Ehemann war mit der Affäre einverstanden.«

»Und die, die es nicht waren? Die Männer, die beschämt und wütend sind?«

»Fordern natürlich ein Duell.«

»Also kämpft Ihr, es sei denn, der Mann ist zu furchtsam, Euch zu fordern.«

Er wandte sich zu ihr um. Seine Nasenflügel bebten. *»Furchtsam?«*

»Weil Ihr doch immer gewinnt, oder nicht? Ein Duell mit Euch ist unausweichlich ein ungleicher Kampf, unehrenhaft und feige allein schon durch seine Natur. Wie äußerst mutig von Euch, Duelle auszutragen, in denen Ihr Euch keinem Risiko ausgesetzt seht!«

»Niemand gewinnt *immer*. Auch ich nicht. Nicht einmal Lord Edward Vane.«

»Ist er ein so guter Fechter?«

»Der beste. Wir haben gegeneinander gefochten. Ich möchte ihm nicht gegenüberstehen, wenn er den Tod seines Gegners im Sinn hat.«

Juliet ging ein paar Schritte und ließ sich auf einem der Steinsitze nieder. Sie wollte, dass Alden die Beherrschung verlor, dass er tobte und brüllte, damit sie eine Entschuldigung dafür hätte, ihm ihre Wut entgegenzuschreien.

»Wenn ich also Euren Tod wollte, so müsste ich einen Kampf zwischen ihm und Euch arrangieren? Wie großzügig Ihr seid, mir dieses Wissen in die Hand zu geben!«

»Benutzt es, wenn Ihr wollt! Es kümmert mich so wenig wie der Fluch eines Kesselflickers.«

Einen Moment lang glaubte sie, er würde gehen, kehrtmachen auf seinen eleganten Absätzen und davonstolzieren. Stattdessen kam er zu ihr und nahm ihr die Sonne, als er vor ihr stehen blieb. Er streckte beide Hände aus, die Innenflächen nach oben. Sie waren ruhig, zeigten kein zorniges Beben.

»Seht mich an, Juliet. Warum zum Teufel glaubt Ihr, ich würde es vorziehen, diese Hände dazu zu benutzen, mit dem Tod umzugehen? Sie werden nicht zögern, wenn sie dazu gezwungen werden, aber Euer eigener Leib weiß, wie gut sie einer liebevolleren Beschäftigung nachgehen.«

Ihre Haut brannte, ihr Gesicht färbte sich rot, als sie sich erinnerte.

»Ihr habt vor, mich mit meinem *Verlangen zu* konfrontieren? Nun, Sir, dafür ist es zu spät.«

»Ich habe es bereits versucht. Ich weiß.« Reue klang bitter und süß aus seiner Stimme, zeigte sich in seinen nach oben gewandten Händen. »Ich dachte, ich sollte mich dafür entschuldigen. Aber Ihr sollt wissen, dass ich noch niemals einen Mann im Duell getötet habe.«

Juliet wandte den Blick von seinen Händen, den so zärtlichen, kundigen Fingern. »Also wird der arme Ehemann am Leben gelassen, aber gedemütigt. Doch was, wenn er die Oberhand gewinnt, und seinen Stich macht?«

»Dann könnte es eine private Absprache geben, oder er kann wegen Ehebruchs einen angemessenen Schadensausgleich verlangen …«

»Etwa Geld?«

»Natürlich.« Er ging ein paar Schritte. »Weil ich ihm seinen rechtmäßigen Besitz und dessen Nutzung entzogen habe.«

»Wunderbar!« Plötzlich sehnte sie sich nur noch nach dem Frieden und der Stille ihres kleinen Hauses in Manston Mingate zurück, mit den drei Katzen, die sich auf dem gepflasterten Gartenweg sonnten. »Noch ein Spiel, auf das Männer sich mit unehrenhaften Einsätzen einlassen.«

»Glaubt Ihr, der Schmerz gehört nur Euch allein? Nichts von all dem hier ist, was ich erwartet oder gewollt habe. Das müsst Ihr wissen.«

Juliet stand auf. »Was habt Ihr dann erwartet?«

»Ich habe das Vergnügen einer Nacht erwartet. Und das hatte ich über jedes Maß hinaus.«

»Und was habt Ihr gewollt?«

Alden atmete tief. »Ich wollte keine Verwicklungen. Ich dachte, ich wollte davongehen. Jetzt bin ich nicht sicher.«

»Worüber seid Ihr Euch nicht sicher? Und warum?«

»Ihr meint, wenn ich mich selbst als Schuft bezeichne, dann seien das nur Worte? Doch so ist es nicht. Ich verehre die Frauen, aber nicht eine Frau. Ich bin in der Lust gefangen, aber ich verabscheue Verantwortung.«

»Dann verleugnet Ihr Sherry?«

»Ein Kind? Das ist nicht dasselbe.« Er fuhr herum und packte Juliet an den Armen. Starke Hände hielten sie fest. »Ich weiß, dass Ihr niemals zustimmen werdet, meine Geliebte zu sein. Aber das ist auch nicht das, was ich will.«

»Was wollt Ihr dann, Lord Gracechurch?«

Seine Augen flammten. »Ich breche alle meine Prinzipien, nach denen ich gelebt habe. Ich bitte Euch, meine Frau zu sein!«

Kapitel 13

Juliet schwieg verwirrt.

Einen Moment lang glaubte sie, er würde sie küssen, würde sie zwingen wollen, ihn zu akzeptieren. Doch er ließ die Hände sinken und strich sich mit beiden durch das Haar.

»Himmel, Juliet!« Er trat zurück und verbeugte sich mit einem schiefen Lächeln. »Ich hätte niemals gedacht, meinen ersten Heiratsantrag herauszuschreien.«

»Ist es Euch bis jetzt entgangen, Lord Gracechurch«, brachte sie schließlich fertig zu sagen, »dass ich bereits verheiratet bin?«

»Ich werde Euren Gatten bitten, sich von Euch scheiden zu lassen. Ich werde zahlen, was immer es kostet.«

»Also werde ich gekauft und verkauft? Aber erst, nachdem zuvor mein Name durch den Dreck gezogen worden ist.«

»Das kann natürlich nicht vermieden werden.« Seine Stimme klang jetzt gefasst, fast schon emotionslos, als müsste er dadurch seine Kontrolle beweisen. »Er wird keine anderen Gründe haben, also wird Euer Ehebruch vor Gericht zu beweisen sein. Ich werde Euch schützen, so gut ich kann.«

Juliet wandte sich ab, ihre Schritte knirschten im Kies. »Und wie gut wird das sein? Erfordern solche Fälle nicht, dass jede Intimität enthüllt und in allen höchst entwürdigenden Einzelheiten beschrieben wird – zur Befriedigung irgendeines katzbuckelnden Richters und der lüsternen Öffentlichkeit? George wird Zeugen aufrufen müssen: Tilly, Kate, all die Männer, die an jenem Abend in Marion Hall waren. Ihr und ich würden gezwungen sein, unter Eid unser sündiges Tun darzulegen. Sir Reginald Denby und seine Freunde würden sicherlich jeden Augenblick genießen.«

Der Kiesweg endete am Fuße einer niedrigen Treppenflucht.

Juliet lief die Stufen hinauf und fand sich auf einer mit Steinen ausgelegten Terrasse wieder. Ein architektonischer Garten breitete sich darunter aus. Ein Kreis aus Blumenbeeten, geschnitten zu Mustern wie bei einem ausgeklügelten Irrgarten, unterteilte eine Reihe von mit Steinen gepflasterten Wegen, von denen jeder von einer niedrigen Buchsbaumhecke gesäumt wurde. Die Wege führten auf einen Brunnen zu, in den in Stein gehauene Delfine nie endende Wasserfontänen ausspien.

Alden nahm zwei Stufen auf einmal und holte Juliet ein. »Wir können es überleben.«

»Vielleicht mag ein unbekümmerter Draufgänger wie Ihr so denken. Und in der Hitze des Verlangens könnte ich sogar Närrin genug sein, es auch zu glauben. Aber Ihr wart in Italien ...« Das Wasser lief über die steinernen Flossen und aus den geöffneten Mäulern der Delfine. »Als ich mit George davonlief, tauchten in ganz London Flugblätter auf. Zeichnungen. George mit mir in jeder denkbaren ...« Sie musste um Atem ringen, drohte an diesen Erinnerungen zu ersticken. »Zeichnungen über Lord Edward, die sogar noch schlimmer waren. Abscheulich. Dinge, die ich mir niemals auch nur vorgestellt hätte.«

»Ich werde so etwas nicht verhindern können, Juliet.«

»Dennoch sagt Ihr, wir könnten es überleben? Und was ist mit George? Warum glaubt Ihr, dass mein Mann diesem unerhörten Vorhaben zustimmen würde?«

Alden stützte sich auf die Steinbalustrade der Terrasse. »Er wird es – für genügend Geld.«

»Ihr kennt ihn doch nicht einmal.«

»Ich weiß, dass er Euch nicht liebt.«

Es hielt sie dort gefangen, wo sie stand, als wäre die Luft fein gesponnener Zucker, funkelnd und dick im Sonnenschein. Sie fühlte sich zerbrechlich. Ob der Schmerz sie über den Punkt hinaus treiben könnte, an dem sie zerbrechen würde?

»Und Ihr liebt mich?«

Er schaute über die Blumenbeete, sein Profil war verwirrend attraktiv, seine blonden Haare schimmerten. Weißes Licht reflektierte von überzuckerten Steinen, funkelndem Wasser, den feinen Spitzen seines Jabots, als wäre alles – der Mann, sein Haus und auch der Himmel – irreal, alles Teil einer verführerischen Mischung.

»Nein. Ich weiß es nicht. Ich glaube nicht. Liebe? Ich denke, das braucht mehr Zeit, als wir gehabt haben, Juliet.«

»Nun, das ist wenigstens ehrlich!« Sie kniff die Augen gegen die Helligkeit zusammen. Wann war ein englischer Sommertag jemals so hell gewesen? »Wie schmeichelhaft, dass Ihr mich bittet, Euch zu heiraten, wenn Ihr wisst, dass ich es nicht kann! Wie außerordentlich galant! Es ist ein leichter Weg, Euer Gewissen zu beruhigen!«

Seine Fäuste krampften sich um die steinerne Brüstung. »Glaubt Ihr, mein *Gewissen* würde mich zum Altar treiben?«

»*Treiben?*« Juliet sank auf die Steinbank hinter ihr. Würde sie ohnmächtig werden? »Nachdem wir also das Scheidungsgericht hinter uns gebracht haben, die Karikaturisten überlebt und zum Ausgleich ein Vermögen an George gezahlt haben – nach all dem beabsichtigt Ihr noch immer eine Heirat, obwohl Ihr die Ehe bis zu diesem Zeitpunkt wie die Pest gemieden habt. Vielleicht denkt Ihr, dass Euer Name Euch dazu verpflichtet? Sehr gut, ich werde mich von George scheiden lassen und Euch heiraten, dann könnt Ihr mich hier zurücklassen, mit Eurem Kind in meinem Bauch, während Ihr nach London geht, an die Spieltische und zu Euren Frauen, die bereitwilliger sind …«

»So würde es nicht sein.«

Sie hob das Kinn und zwang ihren Rücken so gerade, als trüge sie das engste Korsett. »Wie würde es dann sein, Mylord? Ein Leben im Geheimen und in Scham? Lakaien und Küchenmädchen in ganz England, die über jedes Detail unserer Lüsternheit kichern? Ich könnte mich nie mehr in der Gesellschaft zeigen.

Und Ihr würdet Euch niemals damit abfinden können, ohne das zu leben.«

»Ich könnte sehr glücklich ohne das leben.«

Juliet brach in Lachen aus, es war eine zittrige, zerbrechliche Fröhlichkeit. »Warum um alles in der Welt sollte ich Euch glauben?«

Er stieß sich von der Brüstung ab und begann, hin und her zu gehen. »Ich weiß es nicht. Wie kann ich es Euch beweisen? Ich habe unzählige Frauen besessen. Ich habe Euch auf zynische Weise verführt. Ich musste es tun. Ich wollte die Wette gewinnen.«

»Ihr gebt das zu?«

Sein Rock betonte seine breiten Schultern und die schmalen Hüften, die leicht ausgestellte Form umrahmte seine langen Beine. »Ich habe es niemals geleugnet. Ich versuche, Euch die Wahrheit zu sagen. Und Ihr sollt wissen, dass auch dies wahr ist: In Manston Mingate ist etwas geschehen: Obwohl mein Körper vor Verlangen nach Euch brannte, habe ich, auch gegen mein besseres Wissen, gespürt, dass ich Euch mochte und dass ich Euch respektierte. Und das in sehr starkem Maße.«

»Gegen Euer besseres Wissen!« Im Brunnen hinter ihm erhob sich eine Fontäne, die ihre Wassertropfen wie Tränen versprühte.

»Wollt Ihr lieber Schmeicheleien und Lügen hören? Natürlich war es gegen mein besseres Wissen! In der Vergangenheit habe ich stets nur Frauen ausgewählt, die mir in der Beziehung ebenbürtig waren, Frauen, die sich ebenso zynisch verhalten haben wie ich. Ich habe mich nie verliebt. Ich lasse das Herz außen vor. Und niemals zuvor habe ich einer Frau die Ehe angeboten!«

Juliet schaute auf die giftigen dunklen Zweige der Eiben. »Was, um alles in der Welt, könntet Ihr von der Liebe wissen? Es wäre Euch unmöglich, sie Euch überhaupt vorzustellen.«

»Ich habe meinen Bruder geliebt«, erwiderte er starr.

»Da wir von Beweisen sprachen – beweist mir das!«

Seine Augenbrauen zogen sich zusammen. »Wie zum Teufel könnte ich das? Himmel, Juliet – soll ich Euch sagen, dass ich Euch so liebe, wie ich meinen Bruder Gregory geliebt habe? Wollt ihr das hören? Es wäre nicht wahr.«

Der Schmerz brannte unter ihren Rippen. Vielleicht war sie innen schon ausgebrannt und leer, so wie eine hohle Muschel? »Wenn ich sicher sein soll, dass Ihr mich als Eure Frau ehren und beschützen werdet, müsst Ihr Eure Fähigkeit zu Hingabe und Sorge beweisen.« Juliet sah den Mann an, den sie hasste und begehrte, sah seinen Glanz und seine Kraft. »Erzählt mir von Gregorys Tod!«

Alden blieb stehen. Helle Röte brannte wieder auf seinen Wangen und bildete einen verwirrenden Kontrast zu seiner kreideweißen Haut. Dieses Mal war nicht das Fieber die Ursache. Er war weiß vor Zorn.

»Ich werde nicht …« Er wandte sich ab und starrte über den Garten, in dem die Fontäne des Springbrunnens stieg und fiel, ohne jemals zu enden. »Die Nachricht erreichte mich in Florenz.«

Sie zwang sich, ihn zum Weitererzählen zu drängen. Sollte er doch zerbrechen wie ein Traumgebilde aus Zucker, das mit einem Hammer zerschlagen wurde! »Was unternahmt Ihr, als Ihr sie erhieltet?«

Er umklammerte die Balustrade mit beiden Händen. »Ich bezahlte den Boten.«

»Und dann?«

»Ich ging, ohne zu zögern, zu meiner Geliebten, die ich zu der Zeit hatte.«

Schmerz durchflutete sie in immer tieferen Wellen. »Ihr seid zu Eurer *Mätresse* gegangen?«

Er schlug mit der Faust auf den unversöhnlichen Stein. »Was würde es beweisen, wenn ich Euch nicht die Wahrheit sage?

Maria war tot. Ich hatte eine neue Geliebte. Sie wohnte auf dem Lande. Ich ritt zu ihrem Haus, und wir verbrachten die Nacht in einem Rausch der Sinnlichkeit. Erst später, als ich im ersterbenden Mondlicht nach Hause ritt, erkannte ich, dass ich wie betäubt war.« Seine Stimme zitterte vor Schmerz. »Betäubt, als wäre ich mit Knüppeln geschlagen worden.«

Erinnerungen packten ihr Herz, hielten es wie erstarrt in ihrer Brust. *Es tut mir leid, Ma'am. Sie sind beide ertrunken, die Countess und Lord Knittering.*

»Weiter«, forderte sie.

Seine Miene war starr, als müsste er jedes Wort erzwingen, als würde er gemartert werden.

»In diesem benommenen Zustand ritt ich über Straßen, die voller dunkler Schatten waren. Ich verirrte mich, ritt den Weg entlang, bis die Morgendämmerung anbrach. Ich erinnere mich genau: Der neue Tag flutete die Landschaft mit pfirsichfarbenem Licht, mit Grün und Silber. Er warf flaschengrüne Finger über die dürre italienische Erde. Es war die schönste Morgendämmerung, die ich je gesehen habe. Mein müdes Pferd stolperte und wäre fast gestürzt.«

Sie hätten niemals versuchen dürfen, den Fluss zu überqueren, Ma'am, bei solchem Sturm – das Wasser stand viel zu hoch! Die Pferde konnten ihre Furt nicht halten. Konnte der kleine Junge denn nicht schwimmen?

Seine Ringe funkelten im Sonnenschein und schickten stechende Blitze weißen Lichts aus, als seine Hände die Balustrade umklammerten. »Ich erinnere mich, dass ich vom Pferd gestiegen bin und es an einen Baum gebunden habe. Ich ging durch einen kleinen Wald, bis die Bäume sich lichteten und der Himmel hoch über mir blau loderte. Es war heiß, ganz anders als in England ...«

Er verstummte.

»Ihr müsst es mir erzählen«, beharrte Juliet.

»Euch was erzählen?« Er wandte sich abrupt zu ihr um, seine Miene war wild, grimmig. »Dass dort der Schmerz begann? Ich lag ausgestreckt auf der harten Erde. Ich war krank vor Schmerz, fühlte mich wie von Wölfen in Stücke gerissen. Ich hörte Schreie – schreckliche Schreie wie von einem verwundeten Tier –, sie durchstachen meine Zunge und füllten meinen Mund mit Bitterkeit.«

Ihre Nägel gruben sich in ihre Handflächen. »Warum?«

»Warum?« Er begann wieder, hin und her zu gehen. »Ich hatte ihn geliebt, und er war tot. Was mehr wollt Ihr noch aus mir herauspressen?«

»Also habt Ihr Italien verlassen –«

»Ich musste. Ich war der neue Erbe. Ich traf in Gracechurch Abbey ein und musste feststellen, dass mein Vater nach einem Schlaganfall tot umgefallen war, nachdem er den Besitz verspielt hatte. Aber George war noch vor ihm gestorben. Es hatte ein Duell gegeben, wegen irgendeiner Sache der Familienehre – ich weiß nicht genau, um was es ging. Mein Bruder war kein guter Fechter. Er ist verblutet.«

Alden fühlte sich nackt und verletzt. *Betäubt, als wäre er mit Knüppeln geschlagen worden.*

Juliet musste es verstehen. Auch sie hatte einen Bruder verloren. Vielleicht war das der Grund, warum er gefühlt hatte, dass er es ihr erzählen könnte. Er hatte noch nie einem Menschen davon erzählt. Wem sonst hätte er die Wahrheit anvertrauen können?

Doch jetzt stand er gänzlich wehrlos da, verletzlich, als hätte er seine Haut abgeschält, um seine Seele zu entblößen. Er hob den Kopf, als Juliet aufstand. Sie ging ein paar Schritte; ihr Nacken war zerbrechlich, ihre Schultern zart.

»Und das nennt Ihr Liebe?«, fragte sie. »In einem fremden

Land zu sein, während Euer Bruder stirbt, und dort etwas zu tun, was Ihr besser nicht getan hättet? Ihn allein sterben zu lassen, ohne Euch, weil Ihr lieber den eilfertigen Schoßhund der Ehefrau eines Italieners gegeben habt? Gott steh mir bei, Lord Gracechurch, bei Eurer Vorstellung von Liebe!«

Etwas in ihm zerbrach und sandte einen schmerzenden Scherbenregen in jedes Glied. Einen Moment lang glaubte Alden, er sei von einem Sommerblitz getroffen worden, der schnell und unerbittlich vom leuchtenden Himmel herabgeschleudert worden war. Er schaute hinunter auf seine spitzenverzierten Manschetten und seine eleganten Schuhe mit den hohen Absätzen. Alles war noch da. Er stand noch aufrecht. Sein Körper war unversehrt.

Nichts im Garten hatte sich verändert. Und dennoch bohrte sich ein Schmerz in seine Brust.

»Ihr habt recht«, sagte er schließlich. »Aber glaubt Ihr, ich sei mir dessen nicht auch bewusst?«

Juliet stand stocksteif und schwieg.

Er holte tief Luft. »Wenn Ihr wünschtet, mich zu verletzen, Ma'am, habt Ihr in der Tat Erfolg gehabt.«

Alden drehte sich auf dem Absatz um und ging davon.

»Ja«, schrie sie plötzlich. Ihre Röcke rauschten, als sie herumfuhr. »Ja, ich will Euch wehtun!«

Er blieb stehen, den Rücken ihr zugewandt. Wut und Schmerz verknoteten sich in seinem Magen.

»Glaubt Ihr wirklich, Ihr und ich hätten eine Zukunft?«, rief sie. »Zusammen meine Scheidung durchstehen und danach irgendwie Frieden finden können? Ihr seid verrückt!«

»Vielleicht bin ich das. Denn wenn ich in der Tat dieses Wunschbild hegte, so habt Ihr es mir erfolgreich ausgetrieben. Ich wusste, dass Ihr verletzt seid. Ich wusste aber nicht, dass Ihr so verdammt grausam seid.«

»Grausam? Das hoffe ich doch, Lord Gracechurch!«

Alden schaute zu ihr zurück. Tränen strömten ihr über das Gesicht.

»Ja, ich gab vor, jemand zu sein, der ich nicht war. Ich gab vor, Euer leichtsinniges Spiel nicht zu wollen, Euren begehrenswerten Körper. Auch ich war unehrlich. Aber es braucht mehr als mein Verlangen, damit ich bei Euch bleibe, mehr als Ihr jetzt oder jemals geben könnt.«

Hilflos trat er zu ihr.

Eine verzehrende schreckliche Selbsterkenntnis lag in ihrem Blick. »Denn wo war ich«, fragte sie, »als mein kleiner Bruder und meine Mutter in einem Fluss ertranken? Ich lebte in Lust mit dem Sekretär meines Vaters ...«

Er wusste, was er tun musste. Hinter diesen Worten verbarg sich das menschliche Bedürfnis nach Trost, danach, gehalten zu werden. Vielleicht könnte er sie niemals gewinnen. Vielleicht würde er sie nie wieder in den Armen halten und lieben. Aber er konnte ihr die Wärme menschlicher Nähe geben.

Er ging noch einen Schritt auf sie zu.

»Wenn Ihr jetzt versucht, mich zu berühren«, sagte sie, »ich schwöre, ich werde laut lachen.«

Als ginge ein eisiger Wind durch seine Seele, erstarrte und erstarb alles Fühlen in Alden. Er blieb stehen und verneigte sich. Er führte die elegante Verbeugung so beleidigend lässig aus, wie er nur konnte.

»Nichts könnte mich je wieder dazu bewegen, Euch anzufassen, Ma'am.«

Seine Absätze klapperten, als er über die Terrasse davonging. Die Sonne blendete. Die Stufen am anderen Ende der Terrasse waren in den Schatten der Eibenhecke getaucht. Gerade als er die oberste Stufe erreichte, nahm er eine Bewegung wahr. Augenblicklich alarmiert, blieb Alden stehen. Der Schattenriss schwankte und nahm Gestalt an. Einen Moment lang glaubte er, Geister zu sehen.

Doch dann tauchte ein Fremder aus der Dunkelheit auf, um Alden den Weg zu verstellen.

Der Mann war groß und gut gebaut, seine Gesichtszüge waren scharf geschnitten. Es war ein noch junger Mann, sportlich und kräftig, der einen Rock aus grünem Tuch trug, wie Händler oder Gentlemen ihn zu tragen pflegten. Schwarze Augenbrauen und olivfarbene Haut verrieten, dass das Haar unter seiner Perücke schwarz sein würde – so dunkel wie sein Stirnrunzeln.

»Ihr seid Lord Gracechurch?«, fragte der Mann.

»Wenn Ihr in einer Angelegenheit kommt, die Haus oder Hof betreffen«, entgegnete Alden mit gewollter Arroganz, »dann wendet Euch bitte an meinen Verwalter.«

Der Fremde schaute hinunter auf die blank gezogene Klinge in seiner rechten Hand. »Nein, Mylord«, erklärte er. »Meine Angelegenheit hat mit Euch zu tun.«

Alden hatte automatisch nach seinem Schwert gegriffen. Seine Hand hatte ins Leere gefasst. Er trug normalerweise keine Waffe bei sich, wenn er auf seinem eigenen Grund und Boden herumspazierte. Er zog beide Augenbrauen hoch. »Ich schätze, ich habe das Vergnügen, die Bekanntschaft mit Mr. George Hardcastle zu machen?«

George kam heran. Licht spiegelte sich auf der kalten Länge des Metalls, als er Alden das Schwert vorhielt. Er drückte dessen Spitze gegen Aldens Brust. »Ihr mögt es für kein solches Vergnügen halten, Mylord, wenn wir erst besser miteinander bekannt sind.«

Alden wich einen Schritt zurück. Er hatte nichts zur Hand, was er als Waffe hätte benutzen können. »Nun, Sir, da ich mir meine Gesellschaft immer selbst aussuche, sehe ich in diesem Fall eine jämmerlich kurze Bekanntschaft voraus.«

George Hardcastle lachte. »Wie kurz würdet Ihr sie denn haben wollen, Mylord?«

Alden stieß mit dem Rücken gegen die Balustrade. Er lehnte sich dagegen und schlug ein Bein über das andere, während er die Hände auf den rauen Stein hinter sich stützte. Er ließ Juliets Ehemann dabei nicht aus den Augen und sah ihn so abschätzend an wie einen Hund, den er zu kaufen vorhatte. »So kurz wie möglich, Sir. Ihr habt etwas, das Ihr mir vorwerft? Ich hoffe, es wird nicht allzu lange dauern. Ich bin ein beschäftigter Mann.«

Ein Knopf fiel herunter, abgeschnitten von seinem Gehrock, und rollte in das zwischen den Steinen wachsende Moos.

»Ich kam hierher, um Euch zu töten«, erklärte George. »Es wird nicht einmal eine Sekunde dauern, diesen Angriff durchzuführen.«

Das scharfe Metall schnitt durch Brokat, Spitze und Leinen. Alden zuckte die Schultern. Er fühlte, dass oberflächliche Schnitte die Haut seiner Brust geritzt hatten. »Macht nur weiter«, sagte Alden. »Es wird am Zustand meines Herzens verteufelt wenig ändern.«

George starrte ihn an. »Ihr habt die Zuneigung meiner Frau gestohlen ...«

»Wirklich? Warum fragt Ihr sie nicht?«

Aus dem Augenwinkel sah er Juliet. Sie war mit entschlossenen Schritten herangekommen und stand jetzt nicht weit entfernt von den beiden Männern. Solange Alden nicht wusste, welche Absichten George Hardcastle in Hinsicht auf Juliet hatte, konnte er nicht über die Brüstung springen, um dem Schwert zu entgehen. Er bereitete sich darauf vor, noch mehr Blut lassen zu müssen.

»Ja, George«, ergriff Juliet das Wort. »Bitte, fragt mich.«

Die Klinge zitterte. »Himmel, Juliet, es tut mir verteufelt leid! Ich wollte niemals, dass Euer kleines Haus zerstört wird. Aber Lord Edward hat mir schlimme Dinge erzählt ...«

»Sie sind alle wahr«, unterbrach Juliet ihn. »Ich dachte, Ihr wäret tot.«

»Ich werde es an Euch wiedergutmachen«, versprach George. »Ich habe eine hübsche kleine Wohnung in London gefunden. Wir können ganz von vorn anfangen. Ich habe nichts von all dem gemeint, was ich Euch in Manston Mingate vorgeworfen habe. Ich hatte getrunken. Ihr wisst doch, wie sehr ein kleiner Drink mir zu Kopfe steigt.«

Ich werde es an Euch wiedergutmachen! War es das, was ihr jeder Mann versprach?

»Es ist nicht mehr wichtig«, erwiderte sie.

»Ich hatte einige geschäftliche Rückschläge«, sprach George weiter. »Aber mir wurde gerade eine neue Chance geboten, es wieder aufzubauen.«

»Gut«, meinte Juliet. »Dann haben wir ja die Aussicht auf ein Leben in ein wenig Annehmlichkeit.«

Das Schwert wurde gesenkt, es schnitt Weste und Hemd auf und ritzte eine dünne rote Spur herunter von Aldens Brust bis zu seinem Bauchnabel, während George sich zu seiner Frau umwandte.

»Ihr meint, Ihr werdet mit mir zurückkommen?«

»Natürlich«, antwortete Juliet und hob das Kinn. Sie sah aus wie eine Königin: die rote Königin, denn die Sonne färbte ihr Haar zu Flammen in Kupfer und Kastanienrot. »Ihr seid mein Ehemann.«

»Aber die Ehre verlangt …«, begann George.

»Ihr wollt ihn zu einem Duell fordern, Mr. Hardcastle? Lord Gracechurch ist Eure Zeit nicht wert«, erklärte Juliet.

»Fürwahr, Ma'am!« Alden schaute auf seine nackte Brust hinunter. Aus dem Schnitt quollen kleine Perlen aus Blut hervor. »Lasst Euren Gatten jede beleidigende Handlung tun, die er mag, selbst dieses stümperhafte Blutlassen; ich weigere mich, mich mit ihm zu treffen.«

George richtete den Blick auf ihn. »Aber ich kam hierher …«

Juliet zuckte die Schultern. »Wenn Ihr ihn ins Jenseits befördern wollt, werdet Ihr das jetzt tun müssen, kalten Herzens. Ich werde dabeistehen und applaudieren, aber das Gesetz würde den Mord an Lord Gracechurch wohl nicht so wohlwollend beurteilen wie ich.«

»Wie Ihr seht, Sir, habe ich wohl kaum ihre Zuneigung gestohlen«, meinte Alden. »Erlaubt mir, nach Eurer Kutsche zu schicken, Mr. Hardcastle. Ich bin überzeugt, Ihr und Eure Gemahlin zieht es vor, sofort abzufahren?«

»Ja.« George steckte sein Schwert zurück in die Scheide. Er schien verwirrt zu sein.

»Himmel, Sir!«, rief Alden. »Nun schaut nicht ganz so enttäuscht drein. Meiner Sünden wegen einen Prozess gegen mich in Gang zu setzen hätte Euer Vermögen vielleicht ein wenig vergrößert, aber selbstverständlich könnt Ihr Eure Frau nicht dem Skandal eines solchen Gerichtsverfahrens aussetzen. Besonders nicht, wenn Ihr vorhabt, mit Eurem Geschäft in London zu bleiben.«

»Wie Ihr sagt, Mylord«, erwiderte George. »Obwohl, nun ja, das Geschäft ist in letzter Zeit …«

»Wohingegen ich mir vorstellen könnte«, unterbrach Alden ihn, »dass Ihr und Mrs. Hardcastle ein gewisses Maß an gesellschaftlicher Respektabilität erlangen könnt, wenn wir alle Stillschweigen bewahren und ich darüber hinaus einen gewissen Betrag in Eure Unternehmungen investiere. Ich denke, das könnte sich als interessant erweisen? Vielleicht wollt Ihr diese Ringe nehmen, Sir? Eine kleine Geste für den Fall, dass ich Eurer Frau unbeabsichtigt Verdruss bereitet haben sollte?«

Alden zog wieder einmal die Ringe seines Vaters von den Fingern und wusste, dass sie dieses Mal verkauft und in die Unauffindbarkeit verschwinden würden. Er ließ sie fallen, und einer nach dem anderen schlug klirrend auf den Steinen der Terrasse auf.

George bückte sich sofort, um sie aufzuheben.

Alden ging zu Juliet. »Dies ist wahrhaft Eure Wahl, Ma'am?«

»Ja«, erwiderte Juliet entschlossen.

»Dann wisst Ihr, dass ich mich nicht einmischen werde. Ich habe niemals absichtlich eine Ehe zerstört.«

Sie sagte nichts, obwohl er eine neue Sorge in ihren Augen flattern sah.

»Die Katzen?«, fragte er ruhig.

»Ich kann sie nicht mitnehmen.« Ihre Stimme brannte. »George mag keine Katzen.«

Mag keine – die Speichellecker dieses Mannes hatten versucht, ihre Tiere zu töten!

Alden beugte sich über Juliets Hand. »Seid ganz beruhigt, Ma'am. ›Gesegnet sei der Gott von Shadrach, Meshach und Abednego, der seinen Engel geschickt hat und seine Diener, die auf ihn vertrauen.‹ Die Katzen können hier glücklich und zufrieden leben, und Sherry wird sie lieben.«

Er rief nicht nach den Dienern, um die beiden aufzuhalten. Er rief nicht nach seinem Schwert, um George auf der Stelle damit zu durchbohren. Er entriss sie nicht der Kontrolle ihres Mannes, damit er mit ihr nach Paris, nach Rom oder nach Timbuktu fliehen könnte. Er gestattete ihnen zu gehen: Mr. und Mrs. George Hardcastle.

Es kümmerte ihn nicht!

Stille senkte sich über die Terrasse. Aldens schmucklose Finger umklammerten die Balustrade, bis seine Gelenke sich wie betäubt anfühlten.

Es hat mich nie gekümmert! Es kümmert mich jetzt nicht! Frauen sind alle gleich. Im Dunkeln ist eine so gut wie die andere!

Er dachte plötzlich an Maria, an das erste Mal, als er davon gehört hatte, dass sie ihm ebenso untreu war wie ihrem Mann.

Ihr ehrliches Erstaunen über seine Betrübtheit. Ihre Sorge um seine Betroffenheit. *Nun, Sir! Wollt Ihr versuchen, mich zu besitzen? Seid ein Mann!*

Der Klang von Stimmen ließ ihn aufschauen. Sherry rannte den Weg zum Springbrunnen hinunter. Peter Primrose wanderte hinter ihm her. Das Kind wandte sich um und winkte, sein blonder Kopf schimmerte im Sonnenschein wie eine goldene Münze. Es war es wert gewesen – jeder verdammte Augenblick! Alden würde alles genau so wieder tun und das nächste Mal mit sogar noch mehr Arroganz. Was hatte er denn schon verloren? Eine Hand voll Ringe. Dafür hatte er seinen gesamten Besitz zurückgewonnen und obendrein noch eine Frau verführt.

Eine weitere Eroberung für den triumphierenden Schürzenjäger, um sich damit zu brüsten und in den Kaffeehäusern Londons Wetten darüber abschließen zu lassen? Gut gemacht, Lord Gracechurch!

Aber warum zum Teufel fühlte er sich dann, als hätte er es verdient, ausgepeitscht zu werden?

»Mylord?«

Alden schaute auf. Harry Appleby, der Sohn des Obergärtners, stand vor ihm und starrte ihn an.

»Woher nimmst du dir die Frechheit, mich in meinem eigenen verdammten Garten zu stören?«

Harry wurde rot und berührte seine Stirn. »Verzeihung, Mylord, aber Eure Lordschaft bluten auf die Balustrade.«

Alden schaute hinunter. Sein Rock und sein Hemd klafften aufgeschnitten über seiner Brust und rahmten den langen Schnitt ein, den George Hardcastle ihm zugefügt hatte. Eine kleine Spur von Rot, wie winzige Blütenblätter, tropfte auf die weißen Steine.

Er zog sein spitzengesäumtes Taschentuch hervor und drückte es auf die Wunde. Es würde wehtun zu lachen, aber er lachte dennoch.

»Keine Sorge, Harry, der nächste Regen wird alles so gut wie neu machen.«

Die Kutsche schwankte. Juliet verschränkte die Hände, die auf ihrem Schoß lagen.

»Gold!«, rief George und betastete prüfend Aldens Ring. »Das hält uns für ein, zwei Monate über Wasser! Vielleicht solltet Ihr noch ein paar weitere Nächte im Bett eines Aristokraten verbringen?« Ihr Mann lehnte sich zurück und lachte. Er war noch immer ein gut aussehender Mann. Es war leicht zu verstehen, warum ein naives Mädchen von seiner Aufmerksamkeit so beeindruckt gewesen war und sich geschmeichelt gefühlt hatte. George war groß und geschmeidig, mit wunderschönen Händen. Juliet erinnerte sich daran, wie sie ihn das erste Mal geküsst hatte. Sie erinnerte sich daran, sich in ihn verliebt zu haben. Vor einer Ewigkeit. Jetzt war sie unfähig, sich jemals wieder zu verlieben.

»Sie sagten mir, Ihr wäret tot«, entgegnete sie. »Bis auf die intimen Dinge habe ich jede Absicht, Euch eine pflichtbewusste Ehefrau zu sein.«

Er beugte sich vor und berührte ihre Hand. »Aber ich kann mir Euch nicht leisten, Juliet, es sei denn, Ihr tut etwas, um Euch Euren Lebensunterhalt zu verdienen. Jemand hat sich mein Geschäft zur Zielscheibe genommen, jemand, der über viel Einfluss verfügt. Ich konnte den Handel nicht aufrechterhalten. Ich bekam meine Ware nur verzögert, weil sie beim Zoll festgehalten wurde, und gleichzeitig werden mir seit Monaten Genehmigungen verweigert. Konkurrenten von mir brachten Schiffsladungen Holz hierher, während meine Ladungen auf See verrotteten oder meine Schiffe am Kai irgendeines gottverlassenen Hafens in Russland festliegen. Das geht seit Monaten so. Ich stehe kurz vor dem Ruin. Euer Vater …«

Juliet zog die Hand weg, sodass er sie nicht erreichen konnte. »... wollte Euch ruinieren, gleich nachdem wir davongelaufen waren, ja. Aber das war vor fünf Jahren. Mein Vater würde sich jetzt nicht einmischen. Ich bezweifle, dass er überhaupt weiß, ob wir leben oder tot sind. Vielleicht kümmert es ihn nicht einmal.«

»Wer zum Teufel war es dann, Julie? Wer wollte mich ruinieren?«

»Ich weiß es nicht«, sagte sie. »Vor kurzem, so schien es, war ich das Ziel eines ruinösen Komplotts. Lord Edward Vane steckte dahinter.«

George sah unbehaglich aus. »Er ist ein mächtiger Mann. Es ist nicht gut, ihm in die Quere zu kommen.«

»Aber wir sind ihm in die Quere gekommen. Vor fünf Jahren.«

»Himmel, er hat uns inzwischen vergeben. Er hat mich eingeladen, sein Partner bei seiner neuen Unternehmung zu werden: die *Isle of Dogs Muscovy Pelt and Sable Company*. Damit mache ich mein Glück.«

»*Lord Edward Vane* verspricht Euch, uns vor dem Ruin zu retten?«

»Warum nicht?«

Ein Schauder lief Juliet den Rücken hinunter. Sie hieß ihn fast willkommen. Alles war besser als diese bleierne Taubheit, das Gewicht, das ihr Herz zerdrückte. »Sicherlich gibt es Bedingungen für seine Großzügigkeit?«

George starrte aus dem Fenster und mied ihren Blick. »Nun, natürlich – es gibt eine ganze Reihe von Bedingungen.«

Sie schloss die Augen gegen die plötzlichen unerklärlichen Tränen. Angst? Gram? Sie wusste es nicht, aber sie konnte es sich jetzt nicht leisten zu weinen. Vor fünf Jahren hatte sie geheiratet. Was immer jetzt geschah, nichts konnte das ändern. Sie musste das Beste daraus machen.

»Ihr wart so ein Pfirsich, Julie.« Georges Stimme klang fast traurig. »Ich habe Euch geliebt.«

»Nicht so sehr wie ich dachte, dass ich Euch liebte«, erwiderte sie trocken.

Sommertage auf Gracechurch. Es gab wenige Orte auf der Welt, die schöner waren, und auch nur wenige, die plötzlich so leer schienen. Binnen drei Tagen behaupteten die Katzen ihre Herrschaft über das Haus. Es waren unbeständige Geschöpfe, die aber dort zufrieden waren, wo sie Fressen und Schutz fanden und wo sie gestreichelt wurden, wenn sie dazu aufforderten. Während die Katzen sich auf den Terrassen sonnten, widmete Alden seine Tageslichtstunden Sherry und den Geschäften, die der Besitz mit sich brachte. Schließlich hatte er fünftausend Pfund von Lord Edward gewonnen, die es zu investieren galt. Jeden Tag, wenn er Sherry verließ, ritt er bis zur Erschöpfung aus, und kam er dann heim, brütete er über den Geschäftsbüchern und Haushaltslisten, bis seine Augen brannten.

Doch es war nicht genug.

Der Schmerz kam an den langen Sommerabenden, wenn Sherry zu Bett gegangen war, wenn Juliets Katzen um seine Beine strichen oder ihren Platz auf seinem Schoß beanspruchten. In den grausamen unruhigen Nächten wurde der Schmerz zur Qual. Doch so sehr er sich selbst erschöpfte, er fand keinen Schlaf. Alden dachte, die Frauen würden ihn verfolgen: jede Frau, die er je fallen gelassen oder enttäuscht hatte, jede Frau, die ihn je getäuscht oder verletzt hatte.

Warum hatte er nie geheiratet, wenn es doch seine klare Pflicht war, einen legitimen Erben zu zeugen? Glaubte er, dass er mehr von einer Ehe wollte, als er für möglich gehalten hatte, darin zu finden? Jede Frau, von der er jemals geglaubt hatte, er könnte sie heiraten, war inzwischen die Frau eines anderen.

Hatte er ganz bewusst verheiratete Frauen ausgesucht, um dadurch das Risiko zu mindern, wahrhaft Vertrauen teilen zu müssen? Sogar Juliet! *Sogar Juliet!*

Es hatte ihn niemals zuvor so getroffen, wenn eine Geliebte zu ihrem Ehemann zurückgegangen war. Der Gedanke an Juliet in George Hardcastles Bett machte ihn jedoch körperlich krank. Das Verlangen nach irgendeiner anderen Frau war gestorben, wie zu Staub zermahlen. Was sonst könnte die Ursache dafür sein, außer Zorn und verletztem Stolz? Doch es gab nichts, was er deswegen unternehmen konnte, nichts, von dem er jemals erhoffen konnte, es ihr als Wiedergutmachung anbieten zu können – außer, natürlich, er würde ihr Medaillon zurückholen.

Sagt mir, Gracechurch, habt Ihr jemals eine Schachpartie verloren – schon gar gegen eine Frau? Irgendwann würde ich gern selbst einmal gegen Euch antreten.

Wir spielen gerade jetzt, Lord Edward.

Er hatte Juliet für immer verloren, doch die Schlacht zwischen Lord Edward Vane und Lord Gracechurch hatte erst begonnen. Es gab jetzt nichts anderes mehr für Alden – nichts außer Rache.

Er verdrängte die erste und höchst offensichtliche Möglichkeit. Wenn genügend Zeit vergangen war, könnte er Lord Edward leicht wegen irgendeiner Bagatelle zu einem Duell fordern, ohne Juliet in diese Sache hineinzuziehen. Aber wenn er durch dieses höchst tüchtige Schwert getötet werden würde, wäre das Medaillon auf immer für sie verloren, und Gracechurch Abbey würde am Ende doch noch verloren gehen. Einer seiner Cousins würde den Besitz erben, und dieser Bursche war ein weltfremder Mann der Geistlichkeit, jämmerlich ungeeignet, das fortzusetzen, wofür Alden so verdammt hart gearbeitet hatte: den Besitz zu retten und all die Menschen, die von ihm abhängig waren.

Eine Forderung würde Lord Edward auch verraten, wie sehr

Alden sich von dem betroffen fühlte, was in Marion Hall geschehen war. Also besser kein Duell.

Auf Sir Reginalds Landsitz war jedoch ein Gambit gespielt worden, dessen Ironie zu widerstehen der Sohn des Dukes nicht fähig gewesen war: *Das Medaillon verbirgt den Schlüssel zu einem Schatz* ...

Es wies auf eine Schwäche, die Lord Edward mit den meisten Menschen teilte: Gier. Doch anscheinend unbegründete Gier enthüllte oft Verzweiflung. Vielleicht war Lord Edward in finanzieller Hinsicht verletzbarer, als irgendjemand bislang erkannt hatte. Den nächsten Zug in diesem Spiel würde Alden machen.

Er reiste in seiner Kutsche nach London. Am Tag nach seiner Ankunft nahm er, gekleidet in rehbraunen und goldenen Brokat, eine Sänfte zu seinem Lieblingskaffeehaus. Der Raum floss über von Stimmen. Gentlemen und Lords, die farbenprächtig wie die Pfauen anzuschauen waren, diskutierten und lachten, und einige tranken sogar Kaffee. Lord Gracechurch passte zu ihnen, als wäre er nie fort gewesen.

Nur ein Mann war ebenfalls Gast auf Marion Hall gewesen, der Mann, den zu suchen Alden hierhergekommen war: Robert Dovenby. Alden legte eine Hand – die Finger unberingt – auf den Rücken eines Stuhles an Dovenbys Tisch, als hätte er vor, nur für einen Augenblick stehen zu bleiben.

»Ich glaube, Sir«, bemerkte er, »dass wir ein gemeinsames Interesse haben.«

Die Taube zog die dunkle Augenbraue hoch. »Tatsächlich?« Ein Bediensteter brachte duftenden heißen Kaffee. Robert Dovenby nippte an seiner Tasse. Alden sagte nichts, er wartete ab. Der andere Mann lehnte sich zurück, als wollte er Alden taxieren. »Aber nicht wegen unseres letzten unglückseligen

Zusammentreffens, vermute ich? Ich versichere Euch, dass ich jede Einzelheit vergessen habe.«

Alden lachte. Er kannte Robert Dovenby nicht näher, doch er mochte diesen Mann instinktiv. »Es ist mir nicht entgangen, Sir, dass Ihr an jenem Abend rechtzeitig eine höchst willkommene Ablenkung geschaffen habt. Normalerweise seid Ihr gewiss nicht so ungeschickt.«

»Die Göttin aus Bronze? Der Tisch? Das kleine Feuer?«

»Es gab der Lady einen höchst willkommenen Moment der Privatheit. War das lediglich Ritterlichkeit, oder war es Eure Absicht, die Pläne einer gewissen Person zu durchkreuzen?«

»Ritterlichkeit natürlich. Ich würde niemals wünschen, unseren gemeinsamen Freund zu verärgern.«

Alden betrachtete das Gesicht des Mannes. Der nichts sagende Ausdruck gab wenig preis, doch er beschloss, den nächsten Schritt trotzdem zu wagen. Er musste wissen, ob er vorhatte, Lord Edward ruiniert zu sehen. »Aber was wäre, wenn es eine Frage von etwas mehr als nur Verärgerung wäre?«

Dovenby stellte seine leere Tasse auf den Tisch zurück. »Dann würde ich vorschlagen, dass wir es diskutieren.«

»Sollen wir uns später treffen, Sir?« Alden wies auf den Raum. »Ohne diese eifrigen Zuhörer?«

»Auf jeden Fall, Lord Gracechurch. Ich ziehe es immer vor, solche Geschäfte diskret zu behandeln.«

Alden beugte sich weit genug vor, um etwas in Dovenbys Ohr zu flüstern, während er einen Zettel mit einer Adresse und einer Uhrzeit in dessen Tasche gleiten ließ. »Genau das dachte ich mir.«

Es gab einige Orte in London, an denen sich zwei Gentlemen des Nachts in absoluter Geheimhaltung treffen konnten. Alden hatte ein ungenutztes Zimmer in Lord Braceforts Stadthaus vorgeschlagen, während der Lord eine Gesellschaft gab. Es war eine Gesellschaft ohne Damen, oder besser, ohne seine Gattin, die auf Besuch bei ihrer Familie auf dem Lande weilte. Die Frauen, die solche ausgewählten Zusammenkünfte besuchten, behaupteten nicht, Ladys zu sein. Alden war zwar nicht eingeladen, doch das spielte keine Rolle. Bei seinem Eintreffen war jedermann betrunken, einschließlich des Lakaien an der Tür.

Alden ging durch mehrere, mit halb nackten Frauen interessant ausgestattete Zimmer. Lord Bracefort hatte sich ein spitzengesäumtes Strumpfband um den feisten Hals gebunden. Seine Perücke und seine Jacke hatte er abgelegt, ebenso die Befestigungen seiner Hosen. Wie Pennys lagen die Messingknöpfe verstreut auf einem der Tische. Seine Begleiterin trug seine Perücke und wenig sonst. Sie hielt ein kleines Obstmesser in einer Hand und war dabei, sorgsam noch mehr Knöpfe von seiner Hose abzutrennen, während Seine Lordschaft, blind für seine Umgebung, erwartungsfroh kicherte.

Robert Dovenby wartete in einem nicht benutzten Abstellraum in der oberen Etage des Hauses. Er saß lässig auf der von Stoff verhüllten Lehne eines Sessels. Die Enden seines grauen Mantels strichen über den angestaubten Stoff. Bei einem Beobachter würden sie keinen Argwohn erregen: Die beiden Männer waren getrennt gekommen und würden auch getrennt wieder gehen. Und in einem Haus voll lüsterner Gäste war es ohnehin höchst unwahrscheinlich, dass irgendjemand vermuten würde, sie wären zu einem Treffen hergekommen.

»Ihr seid länger von London weggeblieben, als ich erwartet habe«, begann Dovenby.

»Ich musste mich um einige neue Katzen kümmern.« Alden wollte nicht zugeben, wie sehr er auf Gracechurch Abbey gewütet und gebrütet hatte.

»Die Tiere der Lady? Sie hat sie erwähnt.«

Alden lehnte sich an die Wand und verschränkte die Arme. »Ich wusste nicht, dass Ihr mit ihr bekannt seid.«

»Weil Ihr anderweitig beschäftigt wart, sorgte ich dafür, dass sie am nächsten Morgen sicher nach Hause gekommen ist«, berichtete *Die Taube* offen.

»Danke. Das wäre meine Aufgabe gewesen. Unglücklicherweise war ich auf jämmerliche Weise außer Gefecht gesetzt. Ein weiteres Hühnchen, das ich mit unserem gemeinsamen Freund zu rupfen habe.«

»Wie seid Ihr überhaupt in seine Klauen geraten, um damit zu beginnen?«

Alden zuckte die Schultern. »Unachtsamkeit. Er war die Spinne, ich die Fliege. Ihr kennt den damaligen Skandal, der alles ausgelöst hat ...«

»Ich war zu der Zeit in London. Nicht nur sie und der Enkel des Schlachters waren der Lächerlichkeit preisgegeben. Die Flugblätter waren voll von sehr hässlichen Karikaturen über unseren gemeinsamen Freund, die zum Teil extrem gewagt waren.«

»Was seinen Geschmack angeht, so ist er nicht sehr wählerisch«, murmelte Alden, »wie der einer Katze.«

Die Taube streckte die langen Beine aus. Seine Schuhe waren diskret mit silbernen Spangen geschmückt. »Ich bezweifele, ob er je etwas so Ehrliches wie einfache Lust empfunden hat. Er hungert nur nach noch größerer Aufgeblasenheit seines Stolzes, der von der Lady öffentlich beschädigt wurde. Marion Hall war seine Idee, um sich zu rächen?«

»Es geht noch weiter als das. Er wollte auch ihr Medaillon. Er wählte einen besonders teuflischen Weg, es sich zu beschaffen, aber das Medaillon war eines seiner Ziele.«

»Weil es der Lady viel bedeutet?«

Es war reiner Instinkt zu denken, dass er diesem Mann vertrauen konnte, und Alden hörte darauf. »Das war sein erster Ansporn. Aus sentimentalen Gründen schätzt sie es mehr als alles andere, was sie besaß. Niemand konnte das unserem Freund erzählt haben – außer ihrem Ehemann. Doch würde man vermuten, dass diese beiden Männer jemals miteinander sprechen würden: der Sohn eines Dukes und ein Bürgerlicher, der ihm die Gemahlin in spe gestohlen hat? Also schließe ich daraus, dass die beiden geschäftliche Beziehungen hatten.«

»Hatten sie«, bestätigte Dovenby.

»Das dachte ich mir. Hat Lord Edward absichtlich George Hardcastles Holzhandel ruiniert, um die Kontrolle über ihn zu gewinnen?«

»Ah ja«, antwortete *Die Taube*. »Ich hielt Euch schon immer für einen scharfsichtigen Mann. George Hardcastle hat natürlich keine Ahnung.«

»Sonst hätte er Lord Edward kaum etwas über das Medaillon seiner Frau erzählt. Doch Hardcastle muss es für wertlos halten ...«

»Warum glaubt Ihr, irgendetwas von all dem würde für mich von Interesse sein?«, fragte Dovenby.

»Ich habe einige Nachforschungen angestellt«, meinte Alden. »Diskret, durch einen Mittelsmann. Ihr habt auch geschäftliche Verbindungen zu unserem gemeinsamen Freund.«

»Zu meinem Vorteil. Unglücklicherweise nicht zu seinem – obwohl er es noch nicht weiß.«

»Doch er vertraut Euch. Er lud Euch nach Marion Hall ein. Ich würde gern wissen, ob er nur von der Gier getrieben wird oder ob er wirklich Geld braucht.«

Dovenby betrachtete seine Schuhschnallen, ein kleines Grinsen lag um die Winkel seines breiten Mundes. »Man könnte sagen, seine Geschäfte befinden sich in beträchtlicher Unordnung. Doch er weiß lediglich, dass er große Mengen weiteren Kapitals braucht, um weiterhin in seine liebsten geschäftlichen Unternehmungen investieren zu können. Seine Absicht ist es, der reichste Mann Englands zu werden.«

»Es ist nicht leicht, der jüngere Sohn zu sein«, bemerkte Alden trocken.

Das Grinsen wurde breiter. »Die Gier ist eine unglückselige Beigabe. Sie kann einen blind für die Realität machen. Ich habe mich gefragt, warum er in letzter Zeit so unglaublich überzeugt schien, wenn ich seine Überheblichkeit auch höchst nützlich fand. Ihr geht davon aus, dass das Medaillon der Lady eine bedeutende Rolle spielt?«

»Er wollte es mir nicht zurückverkaufen – weder für Blut noch für Geld. Ich bin sicher, er glaubt, es würde ihn zum Felton-Schatz führen: einem legendären Schatz, der vor hundert Jahren vergraben und nie wiedergefunden wurde, ein Vermögen in Gold und Juwelen.«

»Was eine Menge erklärt«, erwiderte Dovenby. »Dank Euch für diese Information. Darf ich Euch raten, nicht in die *Isle of Dogs Muscovy Pelt and Sable Company* zu investieren, an die unser gemeinsamer Freund sich jetzt so sehr gebunden hat?«

»Vielleicht habe ich meine eigenen Pläne für seinen Untergang«, erklärte Alden ruhig.

Dovenby schloss die Augen, als dächte er über etwas nach. »Ihr habt dazu keine Zeit. Es gibt noch eine andere Aufgabe für Euch, falls Ihr daran interessiert seid. Die Entwicklung seines neuen *Muscovy*-Geschäfts wird sich als nicht gut für die Lady erweisen.«

Aldens Anflug von Befriedigung verschwand. »Was zum Teufel meint Ihr?«

Dovenby schaute auf. Seine Miene war ruhig, nur ein kleiner Puls schlug sichtbar an der Seite seines Kinns. »Welchen Nutzen hat George Hardcastle von seiner Frau? Er hat sie vor fünf Jahren verlassen. Sie ist jetzt nur im Weg. Um ihn dazu zu bewegen, sie nach London zu bringen, hat Lord Edward Hardcastles Geschäft ruiniert, sie in der Falle Ehebruch gefangen und dann ihrem Mann gesagt, wo in Manston Mingate er sie findet. Man würde meinen, seine Rache an ihr wäre komplett. Doch jetzt, ohne offensichtlichen Grund, hat der Sohn des Dukes ihrem

Mann eine Partnerschaft in seiner neuen *Muscovy Company* angeboten. Lord Edward glaubt – wenn auch irrtümlicherweise –, dass es ihn sehr reich machen wird. Und dann teilt er diesen absehbaren Reichtum mit einem Mann, den er verabscheut?«

Furcht packte Alden an der Kehle. Er ging in der kleinen Kammer hin und her. »Zum Teufel! Zu welchen Bedingungen? Was zur Hölle hat er als Gegenleistung von George Hardcastle dafür verlangt?«

»Sir Reginald Denby – ohne Zweifel in seiner Rolle als Speichellecker Lord Edwards – ist dabei, eidliche Erklärungen zu sammeln: von einer Frau aus dem Dorf, die für die Lady gearbeitet hat, sogar von einer Zofe der Lady aus dem Hause Eurer Mutter ...«

»Tilly? Kate?« Alden fuhr herum und starrte Dovenby an. »Was geht da vor?«

»Ihre Dienerinnen schwören, dass sie Blumen gegessen hat. Den Sohn eines Dukes abzuweisen und mit einem Angestellten davonzulaufen ist an höherer Stelle Beweis genug für Verrücktheit ...«

Aldens Hände schlossen sich um ein Stück Leinen. Ohne bewussten Gedanken fasste er den Stoff mit beiden Händen und riss daran. Das Staubtuch zerriss und enthüllte die Marmorstatue einer Frau.

»Solche Anschuldigungen kann er nicht erheben!«

»Natürlich kann er das.« Dovenby war weiß um die Nase. »Mit dem Ehemann als Verbündetem und mit von Lord Edward bezahlten Ärzten?«

»Und in Marion Hall hat sie sich unbestritten wie in geistiger Umnachtung benommen?« Wut formte einen dicken Knoten in Aldens Hals. Es war seine Schuld! *Seine Schuld!* Für verrückt erklärt zu werden war schlimmer als der Tod. »Sie ist bereits weggeschlossen worden? Wohin?«

»Vielleicht könnt Ihr es herausfinden.« *Die Taube* reichte ihm ein gefaltetes Papier. »Ich hatte vor, selbst ihre Spur zu verfolgen, aber vielleicht ist diese Aufgabe rechtmäßig die Eure. Überlasst unsere finanzielle Rache an Lord Edward mir, und ich werde – mit einem gewissen persönlichen Widerstreben, das gebe ich zu – die Rettung der Lady Euch überlassen. Hier ist Hardcastles Adresse.«

»Sie ist doch nicht in Bethlam?« Die Frage würgte ihn fast.

»Nein«, antwortete Dovenby und stand auf. »Ein privates Heim, soweit ich weiß – wo, ist mir allerdings nicht bekannt.«

Alden ging wie blind durch das Zimmer. Schreckliche Bilder stürmten auf ihn ein. Das Bethlam Royal Hospital lag nördlich der alten London Wall nach Moorgate zu, wo gelangweilte Ladys und Gentlemen ein Eintrittsgeld dafür zahlten, um über die Verrückten zu lachen – es galt als amüsanter Zeitvertreib, sich an einem Nachmittag die verschmutzten, verstandlosen Kreaturen anzusehen, die Schreie und Flüche ausstießen und mit ihren Ketten rasselten.

War Juliet jetzt an einem solchen Ort eingesperrt?

Die Hand schon am Türriegel, zwang Alden sich, stehen zu bleiben und zurückzuschauen. »Danke, Sir. Wir bleiben in Verbindung? Ich werde die Lady finden, aber mit Lord Edward bin ich noch nicht fertig.«

Dovenby trat ans Fenster und schaute hinaus, die Arme auf dem Rücken verschränkt. »Ich werde Euch auf dem Laufenden halten, Gracechurch.«

Die Statue schien Alden anzustarren. Mit einer Hand hielt die Marmorfrau ihr griechisches Gewand vor die Brust gedrückt. In der anderen hielt sie eine Kugel aus feinen Fäden.

»Ariadne«, bemerkte Alden.

Dovenby wandte sich um und zog eine Augenbraue hoch.

Alden wies mit einem Kopfnicken auf die Statue. »Die Tochter des Königs, die Theseus aus dem Labyrinth führte, nachdem er den Minotaurus getötet hatte. Als sie ihn gerettet hatte, wurde sie von ihm auf der Insel Naxos zurückgelassen. Ob es jemals möglich sein wird, Mythen neu zu schreiben und sie glücklich enden zu lassen?«

»Ich weiß es nicht«, erwiderte Dovenby. »Aber ich wünsche Euch Glück.«

Kapitel 14

Aldens erster Impuls war, George Hardcastle oder den Sohn des Dukes öffentlich zur Rede zu stellen. Um herauszufinden, wohin Juliet gebracht worden war, könnte er es leicht rechtfertigen, auch handgreiflich zu werden. Doch er wusste, dass eine körperliche Konfrontation sinnlos war. Seine Feinde konnten lügen, die Wahrheit verdrehen oder ihn hinhalten. Lord Edward würde es genießen, so große Macht in die Hände zu bekommen. Und inzwischen würde eine kleine Nachricht dafür sorgen, dass Juliet irgendwohin geschafft werden würde, weiter und weiter fort aus Aldens Reichweite, bis sie, ohne eine Spur zu hinterlassen, verschwunden sein und niemand sie je finden würde.

Alden ging wie blind durch Braceforts Haus, er ignorierte die nackten Frauen und die kopulierenden Paare auf den Gängen. Ihm ging der Gedanke durch den Sinn, dass er dieses Haus zum ersten Mal seit zehn Jahren verließ, ohne Sex gehabt zu haben. Er verdrängte den Gedanken und konzentrierte sich nur auf Juliet. Er liebte sie nicht, aber er wollte verdammt sein, wenn er zusehen würde, dass man sie als Verrückte für den Rest ihres Lebens einsperrte!

»Man muss Euch beglückwünschen, Sir, zu Eurem knappen Entkommen«, hörte er die Stimme eines Mannes.

Einen Augenblick lang war Aldens Wut so intensiv, dass er mit bloßen Händen hätte morden können. Stattdessen zog er beide Augenbrauen hoch und starrte Lord Edward Vane an. »Vor was, Sir?«

Der Sohn des Dukes brach in Lachen aus, zwei Schönheitspflästerchen tanzten auf seinen Wangen. »Vor einer tieferen Verstrickung mit der süßen Juliet natürlich. Sie ist verrückt geworden. Wusstet Ihr das?«

Es kostete ihn jede Unze an Selbstkontrolle, doch Alden zuckte nur die Schultern. »Wirklich? Ich vermag nicht zu sehen, Sir, warum diese traurige Tatsache mich betrifft.«

War Lord Edward aus der Fassung gebracht, wenn auch nur für einen Moment? »Bei Gott, Sir! Ihr seid ein wahrhaft kaltherziger Hund.«

Alden bedachte den Sohn des Dukes mit einer lässigen Verbeugung. »Um Herzen, Sir, ist es nie gegangen. Ich nehme an, Mr. Hardcastle und seine verrückte Frau leben glücklich und zufrieden miteinander?«

Er schaffte es, ruhig davonzugehen. Er schaffte es sogar, noch einmal im Korridor stehen zu bleiben, um über einen obszönen Witz zu lachen, den Trenton-Smith zum Besten gab, der ihre kleine Unstimmigkeit über seine unglückselige Schwester vergessen zu haben schien.

Schließlich verließ Alden das Haus und fand sich im Gestank der Londoner Straßen wieder. Er rief nach einer Sänfte. Wenn er Lord Edward in diesem Spiel schlagen wollte, dann musste er seinen mörderischen Zorn überwinden – den Impuls, zu schnell auf dem Spielbrett voranzustürmen. Zu gewinnen war niemals zuvor so wichtig gewesen wie jetzt, und dieses Mal musste das Schachmatt absolut unumkehrbar sein. Alden lehnte sich in der Sänfte zurück und zwang sich, nachzudenken und sich auf einen Eröffnungszug zu konzentrieren, der zum Sieg führen musste. Er besaß weder die gesetzliche noch die soziale Rechtfertigung, um sich in das einzumischen, was man Juliet angetan hatte. Sie war das Eigentum eines anderen Mannes. Ärzte hatten sie für verrückt erklärt.

Ariadne, die Königstocher, die Theseus aus dem Labyrinth geführt hatte, nachdem er den Minotaurus getötet hatte. Und die von dem Helden, den sie gerettet hatte, auf der Insel Naxos zurückgelassen worden war.

Wenn er sie dieses Mal retten wollte, hieß das für ihn, selbst im Labyrinth verschwinden zu müssen.

Juliet saß in steinernem Schweigen da und starrte in die Suppe. Kleine schwarze Stücke schwammen zwischen den braunen Brocken Hammelfleisch. Sie waren bestimmt nicht genießbar. Genau genommen befürchtete sie, dass diese Stücke selbst einmal ein eigenes Leben genossen hatten. Trotzdem tauchte sie ihren Löffel in die Flüssigkeit und schluckte sie herunter. Die Frau in der Kammer nebenan hatte die Nahrungsaufnahme verweigert. Sie hatten sie an Händen und Beinen gefesselt und ihr mit Gewalt ein Abführmittel eingeflößt. Die Frau hatte sich die ganze Nacht hindurch erbrochen und geschrien.

Juliet aß die Suppe.

Das Zimmer war winzig, kaum größer als eine Zelle, und es lag irgendwo unter dem Dach eines großen Hauses. Durch ein mit Holzlatten vernageltes Fenster hoch oben in der Wand fiel ein wenig Licht herein. Juliet hatte keine Ahnung, was für eine Art Haus dies war, denn sie waren im Dunkeln angekommen, und sie war gefesselt und geknebelt gewesen.

Eine Wahnsinnige! Seitdem war dieser kleine Raum alles, was sie kennen gelernt hatte. Er beherbergte ein Bett, einen Holzstuhl, ein Regal an der Wand und einen Nachttopf. Das Bett war mit breiten Ledergurten ausgestattet. Es gab schlimmere Orte als diesen, um eine Verrückte zu verwahren, davon war Juliet überzeugt. Wenigstens hatte sie ihre eigene Kammer, und es gab keine Neugierigen, die einen Obolus dafür entrichteten, sie anzugaffen.

Eine Frau in einer weißen Schürze kam herein und nahm die Schüssel weg. Sie hatte rotblondes Haar und war nicht mehr jung. Um ihre Nase lag ein furchtsam-verkniffener Ausdruck, als bekäme sie niemals genügend Luft.

»Eine köstliche Suppe, Mistress Welland«, sagte Juliet. »Ein fantasievolles Rezept. Ich bin froh, dass Lord Edward einen reellen Gegenwert für sein Geld bekommt.«

»Noch mehr Geschwätz wie dieses, und man wird Euch knebeln«, erwiderte die rotblonde Frau. »Oder in die Dunkelzelle bringen. Ich habe meine Befehle.«

Die Dunkelzelle war, das hatte Juliet erfahren, ein fensterloses Verlies im Keller, in dem ein Insasse tagelang in pechschwarzer Dunkelheit gehalten werden konnte. Dieser Arrest wurde als Therapie betrachtet. Solange Juliet hier in ihrer Kammer blieb, so lange würde sie wenigstens Tageslicht haben.

»Meine Entschuldigung, Ma'am. Euer Küchenchef wäre selbst für des Königs eigene Küchen ein Gewinn.«

Mistress Welland rief etwas. Schritte kamen über den Korridor. Zwei Männer stürmten in das Zimmer und packten Juliet an den Armen und zerrten sie vom Stuhl hoch. Die Frau stopfte Juliet einen Stofffetzen in den Mund und verknotete ihn hinter Juliets Kopf, während die Männer sie auf dem Bett festbanden.

»Es ist Euch nicht gestattet, so zu tun, als wäret Ihr eine Lady! So sind die Bedingungen!«

Hilflos schüttelte Juliet den Kopf, während Gurte und Schlösser einrasteten. Sie musste versuchen, an etwas anderes zu denken. An eine Wiese, die süß und hell im Sonnenschein lag. Ihre Laube, geschmückt mit weißem Musselin und Mondlicht. Das Gackern von Hühnern, die im Hof scharrten oder im Schatten ein Bad im Staub nahmen. Ihre Katzen: Shadrach, Meshach und Abednego, die nach den Männern des Glaubens benannt waren, die von einem Engel aus einer Feuersbrunst gerettet worden waren. Aber nicht an einen Mann. Nicht an einen Mann mit Haaren so leuchtend wie ein Sommertag und einer gemeinen Art, mit Frauen umzugehen.

Doch sie hatte für den Rest ihres Lebens nichts anderes mehr zu tun, als zu denken. Alden hatte, wenn auch auf seine eigene Art, versucht, sich ehrenhaft zu verhalten. Er hatte sie bis in die Seele berührt. Warum hatte sie zugelassen, dass sie mit bösen Worten auseinandergegangen waren? Warum hatte sie nicht stärker versucht zu verstehen? Jetzt war es zu spät.

Das Arbeitszimmer in Lord Edwards Stadthaus lag ruhig da. Das Haus ächzte hin und wieder, als entspannten die Möbel sich in ihrem eigenen geheimnisvollen Schlummer. Das Gesicht mit Ruß geschwärzt, das Haar bedeckt, kauerte Alden sekundenlang auf dem Fenstersims, um das dunkle Zimmer zu überblicken. Es war das Zimmer, in dem er Karten gespielt und Gracechurch Abbey verloren hatte. Das Zimmer, in dem er sich gefragt hatte, wie er von so wenig Wein so benommen sein konnte, und in dem Lord Edward ihm ohne Zweifel irgendeinen Trank verabreicht hatte, um sein Urteilsvermögen zu verwirren: und das alles, um Juliet leiden zu sehen.

Der Kartentisch döste vor sich hin, seine verräterische Oberfläche war stumm. Aber etwas in diesem Haus musste gezwungen werden zu reden: seine Geheimnisse preiszugeben und ihm zu verraten, wohin Juliet gebracht worden war.

Alden schlüpfte leise in das Zimmer. Der Sohn des Dukes war ausgegangen, doch das Haus war voller Dienstboten. Würde er entdeckt werden, würde man ihn töten, ehe er seine Identität würde nachweisen können und ehe er versuchen könnte, darüber zu lachen, als wäre das alles nichts weiter als ein Scherz unter Gentlemen. Während er ein wenig über die Großartigkeit des Abenteuers vor sich hin lächelte, öffnete er die Klappe seiner Laterne und begann in deren Schein seine Suche.

Er ging methodisch und gründlich vor. Als er auf verschlossene Schubladen stieß, nahm er einige Schlüssel aus seiner Tasche und schloss sie auf. Welch glückliche Fügung, dass der Sohn des Dukes sich entschlossen hatte, eine besondere Dame des Hofes aufzusuchen, die sich in der Vergangenheit auch Alden geneigt gezeigt hatte. Die liebreizende Clarinda Kennedy hatte nach ein wenig Überredung zugestimmt, die Schlüssel aus Lord Edwards Tasche zu stehlen. Während der Sohn des Dukes für den Rest der Nacht deren ausgesuchte Dienste genossen hatte, hatte Alden Abdrücke der Schlüssel angefertigt.

Die Schubladen ergaben sich bereitwillig seinen fähigen Händen. In absoluter Stille, beleuchtet vom ruhigen Schein der Laterne, studierte Alden Papiere und Quittungen. Er erfuhr, was Dovenby mit seiner Äußerung über Lord Edwards vielfältige Investitionen gemeint hatte. Er überflog Briefe von verlassenen Frauen. Er fand eine Abschrift der Übereinkunft, die der Sohn des Dukes aufgesetzt hatte, um George Hardcastle in seine geschäftlichen Pläne einzubeziehen. Doch keine der Unterlagen gab einen Hinweis darauf, wohin Juliet gebracht worden war.

Alden schloss die Blende an der Laterne und trat auf den Gang hinaus. Einige Momente danach knarrte eine Treppe unter seinem Gewicht in lauter Klage. Er erstarrte für einen Moment, doch alles blieb still. Keine Tür wurde geöffnet, es kamen keine Diener mit Knüppeln und Pistolen herbeigelaufen. Alden ging in Lord Edwards Schlafzimmer und nahm erneut die nachgemachten Schlüssel heraus.

Schubladen glitten auf. Schränke enthüllten ordentlich gerichtete Stapel von Hemden. Nichts! Warum hätte Lord Edward auch niederschreiben sollen, wohin er Juliet hatte bringen lassen? Alden hatte keinen Zweifel: Lord Edward hatte mit der Sache zu tun und lebte zufrieden in dem Wissen, dass Juliet für immer weggesperrt war. Alden wünschte sich fast, dass die Tür aufgehen und der Sohn des Dukes unerwartet dieses Zimmer betreten würde. Er könnte den Mord sehr leicht rechtfertigen.

Krank im Herzen trat Alden ans Fenster und schaute hinaus auf die mondbeschienenen Schornsteine Londons. Die stille Szene war eine Lüge. Unter jenen Dächern intrigierten Männer und Frauen, sie fluchten und tranken, sie kämpften gegen das Schicksal oder gegen ihre eigene verdammenswerte Natur; sie kämpften, um in einer Welt zu überleben, die sich höchst selten darum kümmerte, ob sie lebten oder starben. Es war auch sein Leben gewesen, seit er aus Italien zurückgekommen war – eine bedeutungslose Sammlung kaltherziger Abenteuer. Jetzt gab er einen Dreck darum, ob er die Höllen Londons und die Kaffeehäuser wiedersah.

Er schloss die Blenden der Laterne erneut und ging durch Lord Edwards Schlafzimmer zurück zur Tür. Ein Strahl Mondlicht fiel quer über die Vorhänge aus Brokat und den kleinen Tisch neben dem Bett. Das weiße Wachs einer halb heruntergebrannten Kerze schimmerte in einem goldenen Kerzenhalter, ein in Leder gebundenes Buch lag daneben. Alden blieb stehen und betrachtete es. Mit drei Schritten war er dort und schlug es auf. Einige Blätter Papier lagen zusammengefaltet darin.

Sein Puls schlug hart, als er die Laternenblende öffnete und die krakelige Schrift entzifferte. Es gab keine Hinweise, wohin Juliet gebracht worden war. Nirgendwo auf den zerknitterten Blättern wurde sie erwähnt. Aber falls er irgendwie herausfinden konnte, wo sie sich aufhielt, dann würden diese Informationen helfen, sie zu befreien.

»Ihr braucht nicht um Bücher oder Material zum Schreiben zu bitten«, erklärte Mistress Welland. »Denn Ihr könnt nicht lesen oder schreiben. Solche verrückten Dinge werden nur Euer Gehirn überhitzen. Ihr werdet geknebelt werden, wann immer Ihr solche Dinge sagt. Falls Ihr dennoch darauf beharrt, werdet Ihr in die Dunkelzelle gebracht.«

Juliet starrte hinauf zu dem Fenster hoch oben in der Wand und schwieg. Sie verabscheute Mistress Welland nicht einmal. Solange sie hier war, würden die Männer sie wenigstens nicht begrabschen. Juliet lauschte auf das Klappern der Schuhe, als die Frau durch die Kammer ging. An dem Ring an ihrer Taille klirrten die Schlüssel.

Vom Gang her war die Stimme eines Mannes zu hören: Sie gehörte Bill, einem der Wärter.

Einen Moment lang lag Juliet völlig still und wagte kaum zu atmen. *Geht nicht, Ma'am, ich bitte Euch!* Vom Bett aus konnte sie die Tür nicht sehen, denn ihr Kopf war in einer Art von hölzernem Korb fixiert. Sie war wieder festgebunden worden, weil sie im Raum hin und her gegangen war. Sie sagten, es wären die sich wiederholenden sinnlosen Bewegungen einer Wahnsinnigen.

Die Schlüssel klirrten. Die Frau ging den Gang hinunter, ihre Schritte verklangen. Aber die schweren Schritte des Mannes kehrten in ihre Zelle zurück. Juliet schloss die Augen und schluckte mühsam, als sein Atem über ihr Gesicht strich.

»Du bist ein hübsches Weib, Polly«, meinte Bill.

Juliet lag starr und versuchte, nicht zu zucken, obwohl sie wusste, was kam. Ein Herumfummeln an ihren Kleidern. Hände an ihrem Ausschnitt. Raue Finger, die ihr Mieder aufrissen, ihr das Blut gerinnen ließen und jede helle Erinnerung zerstörten.

»Gefällt dir das?« Eine plumpe Fingerspitze tastete nach ihrer Brustwarze. »Sie sagen, du kannst gar nicht genug von einem Mann kriegen. Soll ich heute Nacht wiederkommen?«

Der Schrei einer Frau durchdrang die Luft. Bill fluchte. Juliet hörte das Knirschen seiner genagelten Stiefel, ehe die Tür zugeschlagen und der Schlüssel im Schloss herumgedreht wurde. Ein grässlicher Schmutz schien bis in ihre Knochen eingedrungen zu sein. Bis jetzt war Bill noch nicht nachts zu ihr gekommen. Aber es war nur noch eine Frage der Zeit. Und dann, vielleicht, würde sie wirklich verrückt werden.

Alden verharrte einen Moment auf der Straßenseite gegenüber von Hardcastles Haus – einem kleinen Wohnhaus in einer respektablen Gegend –, um zu beobachten, wie Juliets Ehemann das Haus verließ. Robert Dovenby hatte ihm diese Adresse gegeben; hierher hatte George Hardcastle seine Frau gebracht, nachdem sie Gracechurch Abbey verlassen hatten. Hier hatten Ärzte sie untersucht und für verrückt erklärt.

Sie hatten die eidesstattlichen Erklärungen von Kate und Tilly verwendet und Juliets Verhalten verdreht dargestellt, um so noch mehr verdammende Beweise vorlegen zu können. Vielleicht hatte man ihr Drogen gegeben, um sie bei der Untersuchung durch die Ärzte verrückt erscheinen zu lassen. Alden hoffte es. Er hoffte verzweifelt, dass Juliet nicht bei Bewusstsein gewesen war, als man all das mit ihr angestellt hatte. Doch irgendwann musste sie aufgewacht sein und sich als Gefangene wiedergefunden haben, umgeben von den Schreien und dem Jammern irrsinniger Frauen.

Er ballte die Fäuste. Gebe Gott, dass sie nur mit Frauen zusammengesperrt war!

»He, du! Mach dich an deine Arbeit!«

Ein Mann mit weißer Perücke und blauem Mantel schwang seinen Stock vor Aldens Gesicht. In diesem ersten Bruchteil der Sekunde hätte Alden das Spiel fast verraten, dann fiel es ihm wieder ein. Er war wie der Gehilfe eines Händlers gekleidet, der sich mit seiner Hände Arbeit sein Brot verdiente. Um sicher zu sein, dass seine wahre Identität nicht entdeckt werden konnte, hatte Alden sich eine echte Arbeit gesucht, bei der er mit den anderen Männern aß, schlief und trank. Er konnte sich nicht erinnern, jemals in seinem Leben so schmutzig gewesen zu sein.

Alden ließ die Schultern hängen, zog an der Haarsträhne, die ihm in die Stirn fiel und wich in die Gosse aus. »'tschuldigung, Sir. Nichts für ungut«, sagte er und ahmte den frechen Jargon eines Arbeiters nach.

Der Gentleman eilte an ihm vorbei, ohne ihn noch eines Blickes zu würdigen.

Alden rückte die schwere Last auf seiner Schulter zurecht

und bahnte sich seinen Weg zwischen den Kutschen und Reitern hindurch, die sich auf der Straße drängten. Es hatte zwei Wochen gedauert, bis er sein Ziel erreicht hatte: in der Hardcastle'schen Küche ein und aus zu gehen und das Vertrauen des Personals zu gewinnen, während die Agenten seines Netzwerkes die Irrenanstalten und Tollhäuser Englands absuchten. Bislang ohne Erfolg. Weder eine Juliet Seton noch eine Lady Elizabeth Amberleigh, noch eine Mrs. George Hardcastle war als Patientin in irgendeiner dieser Einrichtungen registriert. Es war keine Möglichkeit mehr geblieben bis auf diese – Georges Dienstboten so gut wie möglich zu umgarnen.

Alden mied den Vordereingang und polterte die Stufen zum Dienstboteneingang im Souterrain hinunter. Die Tür wurde von einem Küchenmädchen geöffnet.

»Lieferung.« Alden blinzelte dem Mädchen zu.

»Nun, dann steh da nicht so herum«, antwortete das Mädchen. »Bring alles herein. Aber pass auf, dass du unseren sauberen Fußboden nicht schmutzig machst, sonst wird mir die Köchin das Fell gerben.«

Alden grinste und zwinkerte ihr noch einmal zu. »Dann zieh ich meine Schuhe wohl besser aus.«

»Und das ist nicht alles, was du am liebsten ausziehen würdest, schätze ich!« Das Mädchen wurde rot.

Er lachte und zog den Kopf ein, als er durch den Türsturz trat. Nachdem er seine Last abgesetzt hatte, fasste er die Kleine mit einer Hand um die Taille, die andere legte er unter ihr Kinn und hob ihr Gesicht zu sich hoch.

Mit unverhohlener Bewunderung sah sie ihm in die Augen. »Du Schlingel! Ich werde meine Stellung verlieren!«

»Nein, das wirst du nicht, Emmy! Nicht, bevor ich mein Herz verloren habe.«

Das Mädchen schloss die Augen und bot ihm den Mund zum Kuss. Er küsste Emmy bedachtsam und gründlich. Ihre geschmeidigen kleinen Hände streichelten seinen Rücken. Er dachte mit Schrecken, dass sie noch Jungfrau sein musste. Der Türriegel klirrte. Emmy sprang von Alden fort und strich sich die Schürze glatt. Ihre Augen glänzten.

Die Köchin rauschte in die Küche. »Habt Ihr mein Rindfleisch mitgebracht, Ihr Nichtsnutz?«

»Und Eure fünf Hühner und die Gans. Aber Ihr bekommt sie nur im Tausch gegen einen Kuss und etwas von Eurer Apfelpastete, werte Dame.«

Die ältere Frau versetzte ihm eine nicht ernst gemeinte Kopfnuss, doch Alden küsste auch sie, ehe sich alle an den Küchentisch setzten. Einige Minuten später wischte er sich mit dem Hemdsärmel die Krümel vom Mund, während die beiden Frauen ihn mit den Augen verschlangen.

»Also, was ist das neueste Gerücht?«, fragte er.

»Habe ich Euch nicht erzählt, dass man die Herrin weggebracht hat, weil sie verrückt geworden ist?« Die Stimme der Köchin senkte sich zu einem verschwörerischen Flüstern. »Ich hab rausgefunden, wohin!«

Sein Herz setzte einen Schlag lang aus. Es kostete Alden alle Beherrschung, die Köchin nicht bei den dicken Schultern zu packen und sie zu schütteln, aber sie durfte nicht merken, was es ihm bedeutete.

»Habt Ihr das?«, gab er gleichmütig zurück. »Vermutlich auf die Rückseite des Mondes!«

Emmy kreischte vor Lachen. »Ich hab dir doch erzählt, dass sie verrückt war, oder? Der Herr bringt seine Frau heim, die ihm vor fünf Jahren davongelaufen ist, und sie erlaubt ihm nicht, sie anzufassen.«

Er blinzelte wieder. »Du würdest die Schlafzimmertür nicht vor mir verriegeln, Emmy, oder doch?«

Das Mädchen errötete und kicherte. Alden wusste, Emmy würde ihm ihre Jungfräulichkeit und ihr Herz ebenso eifrig schenken, wie sie ihre Apfelpastete verspeist hatte. Er schämte sich fast ein wenig, als er unter dem Tisch ihre Hand drückte.

Die Köchin stand auf, um das Herdfeuer zu schüren. »Wer hat je so was gehört? Einem so gut aussehenden jungen Gentleman wie Mr. Hardcastle die ehelichen Rechte zu verweigern!«

»Was deutlich zeigt, dass sie nicht bei Verstand war«, erwiderte Alden. Er hätte vor Freude sogar mit der Köchin das Bett geteilt, als sie ihm das erste Mal davon erzählt hatte: Juliet hatte des Nachts ihre Tür vor ihrem Ehemann verriegelt. Es war wie eine Kerze, die in diesem Sturm aus dunkler Wut hell leuchtete.

»Nun, das gehört jetzt auch nicht zur Sache, oder?« Die Köchin hantierte mit dem Schürhaken. »Harry Oldacre die Straße runter kennt Tim Roland, wie ich Euch ja gesagt habe, und der arbeitet hin und wieder für Mr. Grimble. Mr. Grimbles Stallknecht hat einen Burschen namens Dave Peck zum Freund, der eine Schwester hat, die Meg genannt wird. Und jetzt ratet mal!« Sie wandte sich um und gestikulierte mit beiden Händen, die Töpfe an der Wand in ständiger Gefahr vor dem Schürhaken. »Genau diese Meg ist mit dem Kutscher verwandt, der gekommen ist, um die Herrin wegzubringen. Harry hat mir die ganze Geschichte erzählt.«

»Hauptsache, sie ist spannend!« Alden bezähmte seine Ungeduld und grinste Emmy an.

Die Köchin setzte sich wieder an den Tisch. »Die Herrin hat den Kutscher gebeten, sie irgendwo mitten in der Wildnis abzusetzen. Sie hat gesagt, sie muss anhalten, um einer Forderung der Natur nachzukommen. Aber statt sich wie ein Märzhase in die Wälder fortzumachen, hat sie Fetzen von ihren Kleidern aus dem Fenster geworfen. Als ob sie versucht hat, eine Spur zu hinterlassen. Armes verrücktes Ding. Danach haben sie ihr die Hände gefesselt.«

Er wusste nicht, ob er es ertragen konnte. Sie hatten ihr die

Hände gefesselt! Doch die kluge Juliet hatte zuerst etwas getan, damit der Kutscher sich an sie erinnern würde.

»Also, wohin haben sie sie gebracht?«, fragte Emmy.

»An einen Ort in Wiltshire – Blackthorn Manor heißt er. Natürlich zahlt nicht Mr. Hardcastle für die Unterbringung – es ist dieser Lord, der herkam und dafür sorgte, dass sie weggebracht wurde.«

»Hab noch nichts davon gehört, auch nicht von Euren feinen Lords«, meinte Alden, dem der Zorn fast die Luft abschnürte. »Und was noch wichtiger ist – es kümmert mich nicht.« Er ließ Emmys Hand los und stand auf. »Aber ich muss dir sagen, was mich kümmert: Ich werde fortgehen, Emmy. Erinnerst du dich an den kleinen Bauernhof in Devon, der meinem Bruder gehört? Der, von dem ich dir erzählt habe? Er hat mich gebeten, zu ihm zu kommen und auszuhelfen, wie ich's schon erwartet hatte. Ich breche morgen auf. Für mich gibts dann keine Lieferungen mehr.«

»Morgen schon?« Die Augen des Mädchens schwammen in Tränen.

Er beugte sich hinunter und küsste Emmy auf ihre Haube. »Mach dir keine Sorgen um mich, hörst du?«

Emmy stieß ihn fort und stand auf. »Mich sorgen um solche wie dich, den Knecht eines Schlachters? Du sollst wissen, dass Harry Oldacre mich gerade gestern erst gefragt hat, ob ich an meinem freien Nachmittag mit ihm ausgehe.«

Alden nahm seinen Korb und ging zur Tür. »Dann heißt das auf Wiedersehen, oder? Danke für die Pastete, Köchin. Arbeitet nicht für noch mehr Verrückte, hört Ihr?«

Er ging aus der Tür, während die Köchin ihm einen Kohlkopf nachwarf. Emmys traurige kleine Schluchzer folgten ihm den ganzen Weg die Treppe hinauf. Er würde dafür sorgen, dass das Mädchen in einigen Wochen eine überraschende Nachricht bekommen würde: eine entfernte Verwandte, eine, von der Emmy noch nie gehört hatte, hatte ihr ein kleines Erbe hinterlassen. Emmy wollte nicht immer Dienstmädchen sein, sondern wünschte sich, ein eigenes kleines Geschäft eröffnen zu können. Vielleicht wäre Harry Oldacre gern ein Teil dieser hellen neuen Zukunft.

»Ja, Mylord«, erklang die Stimme eines Mannes. »Wir können das in der Tat, höchstwahrscheinlich. Blackthorn Manor wird geehrt sein, im Falle der Schwester Eurer Lordschaft helfen zu können.«

Juliet erwachte abrupt. Jeder Knochen und jeder Muskel schmerzten. Durch das kleine Fenster ergoss sich helles Sonnenlicht. Sie war am Vorabend ans Bett gefesselt und so zurückgelassen worden. Niemand war am Morgen gekommen, um sie loszubinden. Sie hatte das verzweifelte Bedürfnis, den Nachttopf zu benutzen.

Auf dem Gang erklangen Schritte. Das Klappern der einen stammte von Schuhen mit hohen Absätzen, den Schuhen eines Gentlemans. Den anderen, schwereren Schritt kannte sie: Es war Mr. Upbridge, der Mann, der diese Einrichtung betrieb. Sie waren nicht direkt miteinander bekannt gemacht worden. Mr. Upbridge hatte sie bei ihrer Ankunft gesehen, als sie geknebelt und gefesselt ins Haus getragen worden war. Er hatte der Erklärung des Mannes, der sie hergebracht hatte, zugehört und einige Dokumente studiert, die ihm von Juliets Wächtern, die Lord Edward angeheuert hatte, ausgehändigt worden waren. Ohne dafür zu sorgen, dass der Knebel entfernt wurde, hatte Upbridge ernst den Kopf geschüttelt und die Männer gebeten, die Frau in diese Kammer zu bringen, wo ihr geholfen werden sollte, wieder zu Verstand zu kommen. Jetzt hörte Juliet, wie er seine Theorien jemandem darlegte.

»In der Tat ein höchst interessanter Fall, Mylord. Wahnvorstellungen sind bei Verrückten weit verbreitet. Ihr sagt, Eure Schwester glaubt, sie sei die Königin von Schottland? Wir haben Frauen hier, die behaupten, Jeanne d'Arc oder Cleopatra zu sein. Eine andere arme Seele hält sich für die Heilige Jungfrau und beklagt sich jede Nacht über die Schmerzen, die sie bei der Geburt Unseres Herrn erleidet.«

Eine männliche Stimme erwiderte etwas, aber so leise, dass Juliet nichts verstehen konnte. Die Schritte hielten inne. Sie hörte, wie die schmale Sichtblende an der Tür geöffnet wurde, aber sie war nicht in der Lage, den Kopf zu heben und in die Gesichter zu sehen, die zu ihr hereinspähten. Doch sie würden nicht viel von ihr sehen können, nur ihren Körper, der unter der Decke festgebunden war.

»Diese hier behauptet, die Tochter eines Earls zu sein«, meinte Upbridge. »Obwohl sie in Wahrheit eine Schauspielerin ist, völlig ohne Verstand. Es ist eine Störung, verursacht durch giftige Körpersäfte aus ihrem Schoß, herbeigeführt durch unersättliche Zügellosigkeit. Glücklicherweise hatte ein Gentleman Erbarmen mit ihr und brachte sie uns zur Behandlung – ein Akt großer Güte. Wir gestatten ihr natürlich nicht, sich unter die anderen Patienten zu mischen, den Damen mit wahrer Erziehung.«

Der andere Mann murmelte etwas.

»Ganz einfach, Mylord. Wenn sie auf ihren Wahnvorstellungen beharrt, wird sie bestraft. Nichts Grausames oder Gefährliches, aber angezeigt bei Frauen, die zur Lüsternheit neigen. Wir knebeln unsere Patienten, wenn sie irre reden. Wenn sie etwas Falsches tun, binden wir sie mit Ledergurten fest. In den meisten Fällen ist das sehr effektiv. Als Ergänzung dazu wenden wir kalte Bäder an, oder wir verabreichen ein Abführmittel. Bei dieser hier werden wir am Montag mit dem Verabreichen von Abführmitteln beginnen.«

Der andere Mann stellte leise eine Frage.

»Solche Fälle sind selten behandelbar, leider, aber unsere Wärter sind gut dafür ausgebildet, mit den Problemen umzugehen, die die Verrückten aufweisen.«

Die Sichtblende schnappte zu. Juliet schloss die Augen.

Zu ihrer Überraschung wurde die Tür geöffnet. Die Schritte der Männer kamen auf sie zu. Juliet zuckte unwillkürlich zusammen, obwohl sie versuchte, keine Furcht zu zeigen. Sie zwang sich sogar, in das Gesicht zu schauen, das sich über das Bett beugte. Sie entspannte sich. Es war Mr. Upbridge, dem es nicht im Traum einfallen würde, sie anzufassen. Sie versuchte, ihn anzulächeln.

»Uns geht es besser heute Morgen, nicht wahr?«, sprach er sie an. »Jetzt sagt diesem Gentleman, wer Ihr seid.«

Juliet wusste sehr gut, welche Antwort von ihr erwartet wurde: *Ich bin Schauspielerin. Ich habe wie eine Hure gelebt, war getrieben von hemmungsloser Lust.*

»Ich bin Lady Elizabeth Juliet Amberleigh, die Tochter des Earls of Felton«, erklärte sie. »Ich möchte, dass mein Vater darüber verständigt wird, dass ich hier bin.«

»Unsinn!«, entgegnete der andere Mann mit der Spur eines schottischen Akzents. »Wie ist ihr richtiger Name?«

»Polly Brown«, erwiderte Upbridge.

Juliet hörte ihn kaum. Verzweifelt versuchte sie, den Kopf zu drehen und den Besucher anzusehen. Schatten und Sonnenlicht huschten über die Wände. Der Fremde stützte seine Hand gegen die Wand über ihrem Kopf. Seine Manschette war wunderschön bestickt, der Schnitt auserwählt. Kaskaden aus schneeweißer Spitze mit einem Muster aus kleinen Glocken und Engeln fielen über eine gepflegte weiße Hand.

»Polly Brown?« Ein Hauch von gelangweilter Arroganz färbte seine Stimme. »Nun, ich glaube, Ihr habt recht, Sir! Ich habe sie selbst gesehen, als sie irgendeine italienische Rolle spielte.«

»Ohne Zweifel in einer dieser obszönen Opern?«, fragte Mr.

Upbridge. »Die Lockerheit der Moral führt oft in den Wahnsinn.«

Der Gast beugte sich über das Bett und lächelte auf Juliet hinunter. Sonnenlicht glänzte wie ein Heiligenschein um seine weiße Perücke. Juliet lächelte durch einen Schwall von Tränen zurück, als er mit einem Finger über ihre Lippen strich, um ihr zu sagen, dass sie schweigen sollte.

Alden schaute auf sie hinunter, ohne dass sich sein Gesichtsausdruck änderte. »Vielleicht kann Eure Bedienstete – Mistress Welland? – der Frau ein Frühstück bringen.«

»Kein Frühstück, Mylord. Wenn wir ihnen zu früh am Tag zu essen …«

»Unsinn, Sir! Es würde mir nicht gefallen zu denken, dass meine Schwester so spät am Morgen noch hungrig ist.«

»… im schöneren Flügel des Hauses, Mylord, wo Eure Schwester selbstverständlich wohnen würde, dort natürlich …«

Alden beugte sich weit genug hinunter, um ihr etwas ins Ohr zu flüstern. »Heute Abend. Tut oder sagt nichts Ungewöhnliches. Vertraut mir, Juliet. Ihr seid gerettet.«

Upbridge war noch immer bei seinen Ausführungen.

»Es tut mir leid«, meinte Alden, als sie davongingen. »Wenn ich dieses arme Geschöpf hier sehe, weder gewaschen noch gefüttert, dann bin ich nicht sicher, ob Blackthorn Manor passend ist für meine Schwester.«

Die Tür wurde geöffnet und wieder geschlossen, aber fast sofort kam Mistress Welland herein, um Juliets Gurte zu lösen. Sie sah blühend und aufgeregt aus.

»Ein höchst vornehmer Besucher war das, aus Schottland«, berichtete sie. »Vielleicht kennt Ihr ihn?« Ihre atemlose Stimme überraschte Juliet. Hielt Mistress Welland es etwa für möglich, dass Lady Elizabeth oder Polly Brown gleichermaßen mit einem Mitglied der schottischen Aristokratie bekannt sein könnten?

»Sein Name ist Lord Maze. Ein gut aussehender Mann, strahlend wie der helle Tag.« Sie lächelte vor sich hin, wie über ein Geheimnis. »Er ist ein Earl.«

»Ein Earl?« Juliet setzte sich auf und lachte. Sie hoffte, dass es nicht wie das verrückte Kichern einer Wahnsinnigen klang. »Ich dachte, er wäre ein Engel.«

Die imposanten Schornsteine von Blackthorn Manor hoben sich dunkel gegen die vom Mondlicht gesäumten dahintreibenden Wolken ab. Alden war am Morgen in einer so tiefen Wut durch dieses Haus gegangen, dass er nicht sicher gewesen war, sich und seiner Selbstbeherrschung noch trauen zu können. Seine Wut richtete sich nicht gegen Mr. Upbridge, der offensichtlich sein Bestes tat, um für die Insassen zu sorgen, sondern sie galt Lord Edward Vane, der sich dies alles ausgedacht und dafür gezahlt hatte.

Doch Alden hatte seine Wut beherrscht. Mit dem Wissen, dass Juliet unter dem Dach gefangen gehalten wurde, hatte er an diesem Vormittag drei weitere Stunden in Blackthorn verbracht und die Vorarbeit für den Abend geleistet. Er besaß keinerlei Legitimation, Juliets Freilassung zu verlangen, keine gültige Entschuldigung, sich einzumischen. Mr. Upbridge wurde gut dafür bezahlt, Juliet zu verwahren, deshalb würde er keine Motivation haben, sie gehen zu lassen. Es musste alles im Geheimen geschehen.

Endlich sah Alden das Zeichen, auf das er gewartet hatte: eine brennende Kerze in einem der unteren Fenster. Zwei Flaschen Wein in der Hand, ging er rasch über das schmale Rasenstück. Eine Tür wurde geöffnet. Alden trat in den finsteren Flur. Eine Frauenhand, entschlossen und fest, packte seine.

»Oh! Ich war nicht sicher, ob Eure Lordschaft wirklich kommen würde …«

Sie öffnete eine weitere Tür, die zu einer kleinen Schlafkammer führte, die von einer einzigen Kerze erhellt wurde. Der Flammenschein fiel auf Haar, das im Dämmerlicht wie Honig glänzte. In ihrem Nachthemd und den offenen Haaren sah sie fast hübsch aus. Alden lächelte in das nervöse Gesicht von Mistress Nell Welland. Ohne Zögern legte er einen Arm um ihre dünne Taille und zog sie in seine Umarmung.

»Wahrlich, Mylord!«, sagte sie atemlos. »Ihr verschwendet keine Zeit!«

Er küsste den Winkel ihres ungeschminkten Mundes. »Weil keine Zeit da ist, sie zu verschwenden, Nell. Ich muss morgen nach Aberdeen aufbrechen. Du wirst nicht mitkommen?«

Sie schüttelte den Kopf, ganz so, wie er es erwartet hatte. Am Morgen hatte Alden erfahren, dass sie eine Waise war, die sich vor der Welt außerhalb von Blackthorn viel zu sehr fürchtete, um sich in sie hinauszuwagen. Dennoch hatte Lord Maze, der angebliche schottische Earl, Nell Welland geschmeichelt und betört, bis sie diesem heimlichen Treffen am Abend zugestimmt hatte – um einen Wein und, so hatte er es vorgeschlagen, eine leise Berührung der Sinnlichkeit zu kosten.

Ihre kleinen Brüste stießen gegen ihn, als er sie noch einmal küsste. Er konnte es nicht riskieren, sie zu drängen und ihr Vertrauen zu verlieren, also ging er langsam vor. Die Erfahrung und das Können all der Jahre legte er in diesen Kuss, um sie schwach werden zu lassen, bis sie in alles einwilligen würde. Ihre Lippen bebten unter seinen. Gott sei Dank!

Die arme einsame Nell, die eingeschlossen war wie ihre verrückten Schützlinge, sollte niemals erfahren, dass er das hier wirklich nicht hatte tun wollen. Sie würde sich nur an seine Bewunderung erinnern und an seine Bitte, einige Stunden in ihrer Gesellschaft verbringen zu dürfen. Sie mochte sich auch an sein Geschenk erinnern, einen erlesenen und sehr schweren Wein – besser als jeder, den sie je in ihrem Leben gekostet hatte –, und daran, dass er zwischen ihren Zärtlichkeiten darauf bestanden hatte, dass sie Glas auf Glas leerten.

Denn Alden wollte nicht ihren schlanken zarten Körper, er wollte nur ihre Schlüssel.

Juliet lauschte auf jedes Geräusch: eine Maus, die hinter der Wand kratzte; Käfer in den Wänden. Lauschte so eine Wahnsinnige? Dunkelheit breitete sich in der Kammer aus, als drückte sie schwarze Küsse in die Ecken. Es war kein Laut zu hören. Nicht einmal das gedämpfte Murmeln der Frau nebenan. Vielleicht war sie unbemerkt gestorben und lag jetzt steif und kalt in der Nacht.

Als der Schlüssel im Schloss umgedreht wurde, zuckte Juliet zusammen – war sie aufgewacht? Sie wusste nicht mehr, ob sie schlief und träumte oder ob sie wach in der Finsternis lag und auf die Schritte wartete …

Die Tür glitt auf, und die Schritte eines Mannes näherten sich.

»Juliet?«, wisperte Alden.

»Es ist so dunkel«, erwiderte sie und unterdrückte ihre Panik. »Ich kann Euch nicht sehen.«

»Schsch, nicht bewegen.«

Seine starken Hände öffneten die Schlösser und die Ledergurte. Einer nach dem anderen löste sich, gab ihre tauben Gliedmaßen frei. Er legte den Arm um ihre Schultern und half ihr, sich aufzusetzen.

»Ich habe Angst, nur zu träumen«, sagte sie mit einem kleinen Lachen. »Manchmal ist es schwer, das zu unterscheiden.«

»Nicht sprechen. Legt Eure Arme um meinen Nacken. Ich werde Euch tragen.«

»Ich kann gehen«, flüsterte sie zurück.

Warmer Atem streifte ihre Wange. Sie wandte sich dem

Hauch zu, wie ein Kätzchen sich seiner Mutter zuwendet: blind, Trost suchend. Er drückte seine Lippen auf ihr Ohr.

»Nein, könnt Ihr nicht. Ihr seid barfuß. Außerdem seid Ihr wie ein Paket verschnürt gewesen, und Eure Muskeln würden nicht richtig arbeiten.«

Ohne weitere Diskussion hob er Juliet hoch und trug sie die Treppe hinunter. Sie war nicht länger fähig, ihre Fassung zu wahren. In völliger Stille weinte sie an seiner Schulter.

Die Kutsche fuhr über dunkle Straßen, das Klappern der Pferdehufe hallte laut in der stillen Nacht wider. Oder war es ihr Herz, das wie eine Trommel in ihrer Brust schlug? Alden saß ihr gegenüber. Seine Hände ruhten auf seinem Schoß. Nachdem er Juliet in die Kutsche gesetzt hatte, hatte er sie nicht wieder berührt. Bis auf das Schimmern der hellen Haut und der weißen Perücke konnte sie kaum etwas von seinem Gesicht erkennen. Jetzt, da ihre zweite Chance da war, empfand sie Furcht.

»Ich stinke«, sagte sie. Sie schaute auf die Schuhe, die sie trug. Er hatte sie für sie mitgebracht, es waren ihre eigenen Schuhe, das Paar, das sie in Gracechurch Abbey zurückgelassen hatte.

»In der Tat, Ma'am. Ein warmes Bad, denke ich, ist jetzt vorrangig.«

»Wie seid Ihr an die Schlüssel gekommen?«

»Über Nell Welland, Eure Bewacherin.«

Sie starrte hinaus auf die schwarzen Hecken. »Sicherlich hat sie sie Euch nicht einfach so gegeben.«

»Nein. Ich habe sie ihr gestohlen, während sie tief geschlafen hat und zufrieden war, hoffe ich.«

Ihr Kopf fuhr herum. »Ihr meint ...«

»Ja, all jene in Italien erworbenen Fähigkeiten.« Seine Stimme klang ruhig und gefasst. »Sie sind auf vielerlei Arten von Nutzen.«

Juliet lehnte den Kopf zurück. »Natürlich, keine Frau kann Euch widerstehen – was in diesem Fall ein Glück für mich war. Aber selbst Mistress Welland? Ich staune!«

»Sie war recht attraktiv, nachdem sie ihr Haar geöffnet hatte«, erwiderte er trocken. »Wir haben Wein getrunken, ein wenig stärkeren und in größeren Mengen, als Nell es gewöhnt ist.« Juliet meinte, dass er lächelte, denn seine Zähne schimmerten weiß in der Dunkelheit. »Ich musste nicht so weit gehen, wie ich befürchtet hatte, aber weiter, als ich gehofft hatte – leider.«

»Es ist mir egal«, murmelte Juliet und stellte überrascht fest, dass es die Wahrheit war. »Oder sollte es mir etwas ausmachen? Ich bin einfach nur froh, nicht mehr an diesem Ort zu sein! Wie habt Ihr mich in Blackthorn Manor entdeckt?«

»Lord Edward hat mir nicht dabei geholfen.«

Sie schloss die Augen gegen die Finsternis der Nacht und versuchte, in ihrem eigenen Bewusstsein eine Dunkelheit zu finden, in der sie sich geborgen fühlte. »Ich habe auch nicht erwartet, dass er es Euch sagen würde!«

»Ich habe sein ganzes verdammtes Haus nach einem Hinweis durchsucht. Er war so klug, nichts niederzuschreiben. Die Dienstboten Eures Gatten haben es schließlich für mich herausgefunden. Dank Eures kleinen Tricks im Wald hat sich der Kutscher an Euch erinnert. Ich musste meine Fähigkeiten bei Emmy ausprobieren und darüber hinaus auch die Köchin mit kleinen Aufmerksamkeiten bedenken. Auf der Suche nach Euch habe ich vielen Frauen den Hof gemacht, aber ich habe ihnen keinen Schaden zugefügt.«

»Wie könnt Ihr dessen sicher sein? Allein Eure Gegenwart ist für Frauen gefährlich.«

»Gefährlich? Ich habe bewirkt, dass Emmys Herz schneller schlug. Ich habe sie ein wenig geneckt. Ich lehrte sie, wie man küsst. Der Segen jener Unterrichtsstunden kommt wahrscheinlich einem jungen Burschen namens Harry Oldacre zugute.

Emmy ist nicht schlecht weggekommen bei dieser Erfahrung.«

War es Arroganz oder einfach nur die Feststellung der Wahrheit? Sollte ein Mann wie er so tun, als wüsste er nicht, was er einer Frau geben konnte?

»Unsinn!«, sagte sie. »Wenn Euer Geschäft die Verführung ist, dann wisst Ihr doch, wie man jeder Frau das gibt, wonach ihr Herz verlangt, nicht wahr?«

»Das hoffe ich. Das ist schließlich alles, worin ich mich seit Jahren übe. Aber ich habe es für Euch getan, um Euch zu bringen, wonach Euer Herz sich sehnt.«

»Ich würde lieber den Teufel …« Ihre Stimme erstarb. Sie hatte zu tief Luft geholt und setzte erneut zum Sprechen an. Sie hasste sich selbst dafür, solch ein Feigling zu sein. »Aber am Morgen werden sie es entdecken. Sie werden kommen und nach mir suchen. Lord Edward kontrolliert George, und mein Ehemann hat nach dem Gesetz die Gewalt über mein Schicksal. Das nächste Mal werden sie mich besser verstecken …«

»Nein, das werden sie nicht. Mr. Upbridge wird nach einer Schauspielerin namens Polly Brown suchen, nicht nach Lady Elizabeth Juliet Amberleigh.«

Wie konnte er nur so zufrieden, so überzeugt klingen? »Ja, ich weiß, sie sagten, ich würde Polly genannt werden und wäre eine Hure. Warum ist das wichtig?«

»Alle Anweisungen betreffen eine Verrückte namens Polly Brown. Lord Edward hat behauptet, sie wäre eine Schauspielerin – und seine Geliebte. Er hat Euch als Polly Brown eingeliefert, damit niemand Euch finden würde – und damit Ihr auf immer und ewig im Irrenhaus eingesperrt bleibt. Ihr versteht, was das bedeutet?«

Der kleine Hoffnungsschimmer schmerzte fast. »Dass niemand weiß, was wirklich mit mir geschehen ist?«

»Genau das. Euer Gatte hat keinen Beweis, dass seine Ehefrau jemals für verrückt befunden worden ist. Falls Lady Elizabeth Juliet Amberleigh, Tochter des Earls of Felton, triumphierend in der Öffentlichkeit auftaucht und offensichtlich keine Geisteskranke ist, können Lord Edward und Euer Gatte ihr schändliches Spiel nicht noch einmal spielen.«

Seine große Gestalt vermittelte Trost und Sicherheit in der dunklen Kutsche. Und lag da nicht sogar die Spur eines kleinen Lächelns um seinen Mund?

»Also muss der Schmetterling aus der Puppe schlüpfen, in der er gefangen war? Aber wie könnte ich meine neuen Flügel in der Gesellschaft ausbreiten?« Es war kaum nötig, die nahe liegende Antwort laut auszusprechen. Doch Juliet sprach sie trotzdem aus. »Als Eure offizielle Geliebte?«

»Das wäre sicherlich eine Lösung. Jede Lady, die so etwas täte, würde man als verrucht ansehen, aber *niemals* als verrückt. Ich bin sehr versucht, Euch zu sagen, dass es keine andere Wahl gibt – doch natürlich gibt es sie.«

Die Leichtigkeit in seiner Stimme war wohltuend, und Juliet bemühte sich sehr, es ihm gleichzutun. »Ich bin gespannt! Braucht Ihr eine Haushälterin? Oder ein Zimmermädchen? Der beste Freund Eures Bruders ist auf der Suche nach einer Geliebten? Oder das von Euch bevorzugte Bordell ...?«

»Himmel, Juliet! Ihr würdet *das* meiner Gesellschaft vorziehen? Nein, die Antwort ist der Schatz.«

»*Der Schatz?*«

»Der Felton-Schatz.«

»Der rechtmäßige Schatz der Feltons ist seit der Großen Pest verschollen. Er ist ein Mythos, eine Geschichte für Kinder.«

»Nein, Juliet. Er existiert. Lord Edward hat Dokumente ausfindig gemacht, die bestätigen, dass der Schatz während der Regierungszeit von Richard III. wiederentdeckt und ausgegraben wurde und dass er erneut während des Bürgerkriegs vergraben wurde. Ich habe diese Dokumente gesehen.«

»*Lord Edward?*«

»Habt Ihr geglaubt, er hätte nur Eure Vernichtung im Sinn? Er will auch den sagenhaften Reichtum des Felton-Schatzes, was der Grund ist, warum er Euer Medaillon haben wollte. Er glaubt, der Schlüssel zum Versteck des Schatzes sei darin verborgen.«

Sie starrte in sein von Schatten verborgenes Gesicht, dann lachte sie. »Bestimmt wisst Ihr selbst, was für eine Absurdität das ist? Hätte ich den Schlüssel zu einem Schatz bei mir getragen, warum hätte ich dann so bescheiden in Manston Mingate leben sollen?«

Er lehnte sich zurück und verschränkte die Arme. »Dasselbe habe ich mich auch gefragt.«

Juliet winkte mit beiden Händen ab. »Der Schatz soll aus Juwelen, Halsketten und goldenen Armreifen bestehen, aus Schmuckstücken für eine Frau. Die Geschichte besagt, dass sie ein Geschenk von Harald Schönhaar an eine meiner Vorfahrinnen waren, als sie einen seiner Wikingerfürsten heiratete. Sie war das einzige Kind, und ihre Mitgift bestand in großen Ländereien. Deshalb verlangte ihr Vater, dass der Schatz ausschließlich ihr und ihren Töchtern zustehen sollte, um in der weiblichen Linie weitervererbt zu werden. Wie schön, wenn es ihn gäbe! Nur schade, dass es nicht so ist. Kit und ich haben danach gesucht.«

»Aber falls er existiert, würde all das Gold Euch gehören – und nicht Eurem Vater oder Eurem Gatten. Ich habe die Dokumente gelesen. Ich glaube, Euer Anspruch würde vor Gericht bestehen können. Lord Edward hat vor, den Schatz zu stehlen.«

»Und diesen Schatz zu finden ist Eure einzige Antwort auf die Frage der Absicherung meiner Zukunft?«

»Ganz und gar nicht. Mein Vorschlag ist der: Während wir darauf warten, dass der Sohn des Dukes seine Karten aufdeckt, könntet Ihr als Gesellschafterin bei meiner Mutter einziehen.«

»Ins Witwenhaus?« Ihre Stimme zitterte.

»Warum nicht? Denn dass die Tochter eines Earls ihren Handel treibenden Ehemann verlässt, um ehrenhaft bei einer verwitweten Viscountess zu leben, wird an höchster Stelle als äußerst vernünftig und lobenswert beurteilt werden.«

»Eure Mutter würde zustimmen?«

»Sie würde Euch kaum bemerken. Ihr hättet dort sehr viel Freiheit.«

Juliet erinnerte sich mit einem kleinen Schauder der Beklommenheit an ihr kurzes Zusammentreffen mit seiner Mutter. »Das ist die beste Möglichkeit für die Zukunft?«

»Der Bruder meiner Mutter ist Marquis, was sie in der Gesellschaft so gut wie unangreifbar macht.« Er streckte einen Arm aus und legte ihn auf die Rückenlehne seiner Bank – eine lässige Bewegung, voll von männlichem Selbstvertrauen. »Außerdem ist sie sehr empfindlich, wenn es um das Thema Verrücktsein geht.«

»Warum?«

Alden lachte. »Weil sie selbst ziemlich verrückt ist, darum natürlich.«

Juliet schwieg. Alles war besser als Blackthorn Manor. Doch ihr Leben als unabhängige Frau würde vorüber sein. Manston Mingate mochte tagtäglich harte Arbeit erforderlich gemacht haben, aber dort war sie frei gewesen. *Wenn auch niemals frei von Angst*, fügte ihre innere Stimme hinzu – immer voller Angst, dass George sie finden könnte.

Doch Alden war in Lord Edwards Stadthaus eingebrochen, und er hatte Frauen verführt, die ihn offensichtlich nicht interessiert hatten, um sie, Juliet, zu retten. Er bot ihr eine Zukunft bei seiner Mutter an, wo ihr Ehemann ihr keinen Schaden zufügen konnte, obwohl er wusste, dass sie niemals zustimmen würde, seine Geliebte zu sein. Warum tat er das?

»Ich bin nicht sicher, warum Ihr mir helfen wollt«, bekannte sie nach einigen Momenten. »Nach allem, was bei unserer letzten Begegnung gesagt worden ist.«

Mondlicht schimmerte auf seiner Wange, als er den Kopf neigte, um aus dem Fenster zu sehen. »Ich habe jedes Eurer Worte verdient.«

»Ich hasste Euch aus tiefstem Herzen.«

»Es ist egal, ob Ihr noch immer Hass für mich empfindet. Ich habe nicht vor, Euch einen unsittlichen Antrag zu machen.«

»Warum habt Ihr mich dann gerettet?«

Er schwieg für einen Moment. »Wollen wir einfach sagen, dass wir einen gemeinsamen Feind haben?«

»Lord Edward verschafft uns ein gemeinsames Interesse?«

»Ich habe vor, ihn zu vernichten.« Er hatte es in dem gleichmütigen Ton eines Mannes ausgesprochen, der ebenso die Anweisung hätte geben können, das Unkraut in seiner Zufahrt zu vernichten.

Also hatte er sie nur deshalb aus Blackthorn Manor befreit, um den Sohn des Dukes zu vernichten. Und nicht, weil sie ihm etwas bedeutete oder er meinte, es ihr geschuldet zu haben. Vielleicht war es besser so, sicherer. Sie fühlte sich noch immer wie betäubt. Welche Gefühle würden an die Oberfläche kommen, wenn sie sich jemals gestatten würde, wieder wahrhaft zu empfinden?

»Übrigens«, meinte Alden mit einem Anflug von Schalk in seiner Stimme. »Habt Ihr wirklich Blumen gegessen?«

Er hatte sie überrumpelt. »Ja«, antwortete sie. »Als Ihr mir die Ananas schicktet, aß ich einen Teil der Rose – die Blütenblätter waren in die Butter gefallen ...«

Sein Lachen schüttelte die Kutsche, es war ein Ausbruch reiner Fröhlichkeit. »Fürwahr!«, sagte er schließlich. »Ich bin froh!«

Froh? Warum?

Alden beugte sich nicht vor. Er fasste nicht nach ihrer Hand. Dennoch empfand Juliet es, als griffe seine Seele nach ihr und berührte sie. »Weil das bedeutet, dass Ihr Freude und Ausgelassenheit empfunden habt – dass ich Euch wenigstens *einen* Augenblick des Glücks brachte.«

Einen Augenblick! Wenn sie ehrlich mit sich war, dann hatte er ihr fast eine Woche lang das Glück gebracht: unglaublich goldene, strahlende Tage und diese eine Nacht ...

Die Kutsche schaukelte, dann blieb sie stehen. Durch die Fenster fiel das Licht mehrerer Lampen herein. Es glänzte auf seiner Perücke und tanzte über die glatten Linien seines Gesichtes. Ein Gesicht, das für Frauen den Untergang bedeutete.

»Wir sind da«, bemerkte er. »Das *Black Horse* ist ein bescheidenes, aber ordentliches Gasthaus. Der Weg nach Gracechurch Abbey ist für heute Nacht zu weit, deshalb habe ich uns vorsorglich Zimmer angemietet. Wickelt Euch hier hinein.« Er nahm einen Umhang mit Kapuze vom Sitz und reichte ihn ihr. Sein Lächeln war unerhört, fast herausfordernd. »Auf Euch wartet ein heißes Bad.«

Kapitel 15

Alden hatte nur einen Wunsch: das verfilzte matte Haar aus ihrer Stirn zu streichen und Küsse auf ihre traurigen Lippen und ihre zarten Augenlider zu drücken ... Doch er hatte nicht das Recht dazu. Er konnte nur dafür sorgen, dass ihr ein Bad bereitet wurde, dass sie Essen und ein sicheres Bett für die Nacht hatte – und natürlich neue Kleider. Die Lumpen, die sie trug, mussten verbrannt werden.

Aber welche Zimmer sollte er reservieren? Diese Frage hatte in ihm gebrannt. Würde sie nicht so weit wie möglich von ihm entfernt sein wollen? Doch wie könnte er sie allein lassen, nur umgeben von Fremden? Schließlich hatte er zwei Zimmer mit einer Verbindungstür gewählt, die sie vor ihm verschließen konnte.

Nachdem er sein einsames Mahl verzehrt und ein Bad genommen hatte, ging Alden, in sein Nachthemd und einen Herrenmantel gekleidet, in seinem Zimmer auf und ab. Er dachte über die Frauen nach. Er mochte Frauen. Er mochte ihre Gesellschaft und ihre Klugheit. Er liebte ihre Körper. Warum erschien ihm dann eine Zukunft, beherrscht von einer Aufeinanderfolge immer wechselnder Frauengesichter, jetzt so öde?

Was zum Teufel hatte Juliet mit ihm angestellt?

Er hatte gedacht, dass Lord Edward in jener Nacht in Marion Hall eine gemeine Rache ausgebrütet hatte. Und nichts hatte ihn auf das vorbereitet, was er in Blackthorn Manor vorgefunden hatte. Noch immer brandete die Wut in ihm auf, aber da war auch ein neues, erschreckendes Gefühl, das er nicht benennen konnte und das sogar noch tiefer brannte. Sie war so verdammt tapfer, seine Juliet. Nein, nicht *seine*, leider!

Könnte er der Versuchung widerstehen, sie noch einmal zu

verführen – mit ihr schönzutun, sie zu betören, ihren verlockenden Körper zu besitzen? Der Wunsch, sie zu lieben, ließ sein Blut brennen. Könnte er den Rest seines Lebens durchstehen, ohne jemals wieder diese Süße zu spüren?

Er ging zu der Tür, die ihre Zimmer miteinander verband, und blieb vor ihr stehen, die Stirn gegen das Holz gelehnt, seine Hand am Riegel. Juliet schlief auf der anderen Seite, gebadet und gesättigt. Ohne ein Geräusch zu verursachen, schob er den Riegel zurück und lehnte den Kopf gegen das hölzerne Blatt.

Zum Teufel! *Juliet!* Er wollte ihren Namen zum Mond hinaufrufen.

Eine Katze miaute.

Alden stand stocksteif da. Er hörte das Geräusch noch einmal, ein klagendes kleines Jammern, erfüllt von Angst. Der Schrei formte sich zu Lauten, kaum verständlich zuerst, dann wurden sie zu erkennbaren Worten: *bitte, bitte, bitte, bitte* …

Juliet flehte …

Alden fuhr herum, zerrte am Riegel und betrat ihr Zimmer.

Kerzenlicht fiel durch die offene Tür hinter ihm. Gelbe Strahlen zogen eine Spur über das Bett, ließen Juliets langen Haarzopf, der über ihrer Schulter lag, wie Bernstein schimmern. Sie lag starr auf dem Rücken, ihre Arme unbeweglich an ihren Seiten, während sie den Kopf hin und her warf.

»Bitte, bitte, bitte, bitte …«

Mit wenigen Schritten erreichte er ihr Bett mit den zerwühlten Decken. Sie trug das Nachtgewand, das er für sie gekauft hatte, schlicht und einfach. Er hatte gedacht, es wäre passend, obwohl er sich nicht sicher gewesen war, warum – er hatte nur gewusst, dass es ganz und gar falsch gewesen wäre, ihr etwas Provozierendes zu kaufen, etwas, das sein Verlangen nach ihr widergespiegelt hätte.

»Juliet?«

»Ich werde nichts sagen, nichts, nichts ... Ich werde nicht bitten, ich werde nicht bitten ... ich werde nichts sagen ... bitte, bitte, bitte ...«

Er berührte ihre Schulter. Sofort war sie hellwach. Ihre Pupillen waren wie dunkle Höhlen, sie starrten aus einem kreideweißen Gesicht zu ihm hoch.

»Ich bin es nur«, flüsterte er. »Ihr habt einen Albtraum.«

Sie wandte das Gesicht ab. »Es tut mir leid. Ich wollte Euch nicht wecken.«

Er fühlte sich hilflos. »Juliet, was haben sie Euch angetan?«

»Was denkt Ihr?« Ihre Stimme klang gedämpft.

Vielleicht würde der Boden sich öffnen. Vielleicht würde sein Herz in Scherben brechen wie zu Boden fallendes Glas. Vielleicht würde er von einer unsichtbaren Klinge durchbohrt werden, die ihn dort fällen würde, wo er stand. Sie war *vergewaltigt* worden? Als wären seine Beine zu Stroh geworden, sank Alden neben ihrem Bett auf die Knie und barg sein Gesicht in beiden Händen.

»Könnt Ihr es mir sagen?«, fragte er schließlich. »Kann ich helfen?«

Ihre Hand packte den Ärmel seines Herrenmantels, ihre Finger krallten sich in den Stoff. »Es waren die Nächte. Die Nächte, in denen sie mich angebunden haben.«

Ihre Nägel mussten Abdrücke auf seinem Arm hinterlassen. Er bemerkte es kaum.

»Ich wurde nicht vergewaltigt«, erklärte sie. »Nicht so ...« Sie zitterte. »Zu Anfang war es nur so etwas ganz Flüchtiges: ein Anfassen – verstohlen und schnell –, als hätte er noch nicht den Mut dazu gehabt.«

Alden wollte sich übergeben. *Lord Edward wird dafür sterben!* »Wer?«

Der Schein der Kerzen tauchte ihr Gesicht in einen Schatten, ihre Haut hob sich geisterhaft weiß gegen die Bettvorhänge ab.

»Einer von den Wärtern – der, den sie Bill nannten. Man hatte ihm gesagt, ich sei eine Hure.«

Der Minotaurus brüllte irgendwo tief in Aldens Schädel. »Welchen Unterschied macht das?«

»Es war vielleicht gar nicht so schlimm«, murmelte sie, als wollte ihre Selbstbeherrschung versagen. »Ich sollte es vergessen.«

Alden starrte auf die weißen Knöchel ihrer Hände, die sich noch immer in seinen Ärmel krallten. Er wünschte, er könnte Juliet ganz fest an sein gebrochenes Herz drücken. »Es ist widerlich. Verabscheuungswürdig. Dass auch nur ein Mann eine Frau gegen ihren Willen berührt! Gott, Juliet, wenn unser Körper uns nicht gehört, was gehört uns sonst?«

Sie ließ seinen Ärmel los und sank zurück in die Kissen. »Der Körper einer verheirateten Frau gehört ihrem Ehemann. Er hat das Recht darüber.«

»Doch Ihr habt Euch George in London verweigert, weil Rechte auch mit Pflichten verbunden sind. Die Pflicht eines Mannes ist es, zu wertschätzen, zu umwerben und dafür Sorge zu tragen, dass seine Geliebte ihn willkommen heißt. Wenn sie es nicht tut, hat er überhaupt kein Recht!«

»Ihr könnt das sagen, weil Ihr wisst, wie man den Frauen gefällt. Wie soll George wissen, dass ein Schuft mich für normale Männer verdorben hat?«

Alden stand auf und wandte sich ab, ihre Direktheit verblüffte ihn. »Denkt Ihr, das rechtfertigt es, dass er Euch nach Blackthorn Manor hat bringen lassen, wo irgendein Rüpel Euch terrorisieren kann?« Mit einer Hand packte Alden die Vorhänge am Ende des Bettes und starrte wie blind auf seine Faust: der schwere Samt unter seinen Fingern, die Seidenmanschette seines Morgenmantels, des Nachtgewands darunter. »Ich kann mir nicht annähernd Eure Wut und Verzweiflung vorstellen!«

»Nein.« Ihre Stimme klang nach verzweifeltem Mut. »Das

könnt Ihr auch nicht. Aber falls ich Euch um Eure Hilfe bitten würde, könntet Ihr sie mir gewähren?«

Er ließ die Hand sinken und wandte sich zu Juliet um. »Sagt mir, was es ist.«

Sie setzte sich auf und schlang die Arme um ihre Knie. »Ich mag Euch nicht, und ich liebe Euch nicht, aber ich vertraue auf Eure Selbstbeherrschung.«

Überrascht starrte er auf ihr Profil, die Rundung ihrer Wange und ihres Nackens – weich, lieblich, Juliet. Als sie seinen Blick erwiderte, sah Alden ihren Wunsch deutlich in ihren Augen geschrieben. »Sagt es mir, Juliet.«

»Ich habe darüber nachgedacht.« Sie schloss die Augen, während die Worte herausdrangen. »Und ich hatte viel Zeit zum Nachdenken. Es war nicht nur, auf diese Weise angefasst zu werden, sondern in der Dunkelheit angebunden zu sein, während ein Fremder mein Bein berührte oder unter meinem Mieder ... Ich musste mir auf die Zunge beißen, um nicht zu schreien oder ihn anzuflehen. Jede Klage hätte nur noch mehr Stunden gebunden in Gurten bedeutet oder Arrest in einer dunklen Zelle im Keller. Ich hoffte, dass es ihm irgendwann langweilig werden und er fortgehen würde, wenn ich völlig bewegungslos blieb und nicht reagieren würde.«

Alden setzte sich auf die Kante des Bettes. Er fühlte sich, als hätte sich Eis in seiner Seele festgesetzt. Sie war gezwungen gewesen, es zu ertragen. Dann konnte er es doch wohl aushalten, es zu hören?

»Aber es wurde schlimmer?«

»Jedes Mal, wenn er wiederkam, war er ein wenig kühner, ging er ein bisschen weiter. Ich fürchtete langsam, wirklich verrückt zu werden. Nicht wegen seiner ... Annäherungen, denn es kam niemals so weit, dass ...« Ihre Worte brachen mit einem kleinen, verrutschten Lachen ab. »Es ist schwer, eine Frau zu vergewaltigen, deren Beine zusammengebunden sind.«

Alden sagte sich, dass er sich diesen Abscheulichkeiten stellen musste, schließlich hatte sie sie ertragen müssen. »Doch Ihr wusstet, dass er eines Nachts kühn genug sein könnte, Eure Gurte zu lösen.«

»Ich fragte mich, ob es irgendjemanden kümmern oder ob irgendjemand etwas sagen würde, falls man eines Tages festgestellt hätte, dass ich auf mysteriöse Weise ein Kind empfangen hätte. Manchmal dachte ich, es sei fast das Schlimmste – dort zu liegen und sich vorzustellen, was er das nächste Mal mit mir anstellen würde ... und das Mal danach ... oder ob er zu einer anderen Frau ging und ihr noch schlimmere Dinge antat.«

Eine arme Seele hält sich für die Heilige Jungfrau und beklagt sich jede Nacht über die Schmerzen, die sie bei der Geburt Unseres Herrn erleidet.

Bill war so gut wie tot, ebenso wie Lord Edward Vane und George Hardcastle – der Bastard, der sie einst dazu gebracht hatte zu glauben, sie würde ihn lieben.

Juliet zitterte. »Ich dachte, es würde für den Rest meines Lebens so weitergehen ...«

Die Wut saß mächtig und starr wie ein gewaltiger Gletscher in seiner Brust, aber sein Mitgefühl berührte ihn noch stärker; es erlaubte ihm, still auf dem Bett zu sitzen, ohne sie zu berühren.

»Es ist jetzt vorbei«, sagte er. »Ihr seid sicher.«

»Nein«, widersprach sie. »Es ist nicht vorbei. Wenn ich die Augen schließe, spüre ich noch immer seine Hände.«

Alden fühlte sich hilflos, unfähig, ihr helfen zu können. Er kannte nur seine unbändige Wut.

Sie wandte ihm den Rücken zu und schwang die Füße auf der anderen Bettseite auf den Boden. Ihr Zopf folgte dem Schwung ihres Rückens. Der Schein der Kerze betonte ihr Kinn und ließ ihre Haut über dem Kragen ihres Nachtgewandes rosig schimmern.

»Ich möchte nicht, dass es meine letzte Erinnerung an das ist, was zwischen Männern und Frauen geschieht.«

Alden starrte auf ihre nackte Haut und spürte den Wunsch, sie dort zu berühren. »Was meint Ihr?«

»Glaubt Ihr, ich will für den Rest meines Lebens in Keuschheit leben und Albträume haben? Ich werde mich nicht noch einmal verstecken. Ich habe fünf Jahre völlig zurückgezogen in Manston Mingate gelebt. Ich habe versucht, meine Gefühle und meine Sehnsüchte zu verleugnen. Ich habe mir eingeredet, ich könnte auch allein glücklich sein. Ich war allein nicht glücklich.«

Er schaute hinunter auf seine Hände. Sie beschenkte ihn mit einer fast schmerzlichen Ehrlichkeit. Was konnte ein Mann wie er mit solch einem Geschenk anfangen?

»Das ist es, worüber Ihr nachgedacht habt?«

»Ich lag im Dunkeln in Blackthorn Manor und dachte, falls ich jemals die Chance hätte, neu zu beginnen, würde ich sie mit beiden Händen ergreifen.« Sie stand auf und wandte sich zu ihm. »Ihr habt mir diese Chance gerade eben angeboten. Als Gesellschafterin Eurer Mutter kann ich in die Gesellschaft zurückkehren. Ich kann nach London reisen. Welchen Ruf habe ich, um den ich mich scheren müsste? Keinen. Als verheiratete Frau, die von ihrem Gatten getrennt lebt, wird von mir erwartet, dass ich mir Liebhaber nehme. Und ich werde mir Liebhaber nehmen. Ich will Spaß daran haben. Wie Maria!«

Alden sprang auf und wich vom Bett zurück. »Ich will nicht, dass Ihr wie Maria seid!«

Ihre Lippen verzogen sich spöttisch. »Ihr denkt, mich kümmert *Euer* Wunsch, wie ich sein soll?«

»Was zum Teufel wollt Ihr von mir, Juliet?« Seine Hände ballten sich zu Fäusten. »Ich kann nicht ungeschehen machen, was geschehen ist.«

»Doch, das könnt Ihr. Es gibt niemanden sonst, den ich bitten kann. Ich will, dass Ihr die Dunkelheit vertreibt und sie durch

Helligkeit ersetzt. Und es kann nicht warten! Ich bin ganz sicher, es kann nicht warten!«

Er fühlte sich hilflos, so, als stünde er neben sich. »Wie soll ich Euch helfen?«

»Ich will, dass Ihr die Kerzen anzündet – Unmengen davon. Macht dieses Zimmer hell und warm! Ich möchte das Licht in Eurem Haar, auf Euren Armen und Beinen und auf Eurem Leib sehen. Ich will Euch sehen. Ich will Euch nackt vor mir stehen sehen, hier in diesem Zimmer.«

»Ihr wollt mich nackt? Warum?«

»Ach, Alden!« Ihre Stimme spottete. Ihr Blick wirkte leer. »Ich will, dass Ihr mit mir ins Bett geht! Ihr habt meinen Körper benutzt, jetzt bin ich an der Reihe, den Euren zu benutzen!«

Alden wandte sich abrupt ab und ging in sein Zimmer zurück. Er hatte sich noch nie weniger erregt gefühlt. Das Bild des Wärters, der ihre Beine und ihre Brüste anfasste, während sie gefesselt und wehrlos dalag, fraß wie ein Geschwür an seinem Verlangen. Er wollte nicht mit ihr schlafen. Er wollte töten. Mit einer Frau zu schlafen war eine Lust, ein Zeitvertreib, eine Antwort auf Langeweile, aber nicht das!

Doch sie hatte ihn gefragt, und er musste antworten.

Alden sammelte Kerzen zusammen. Er plünderte Schubladen und Schränke und zog jede Kerze aus ihrem Halter. Er trug sie alle in Juliets Zimmer, stieß halb heruntergebrannte Kerzen in leere Leuchter und befestigte andere mit geschmolzenem Wachs auf Juliets Abendbrotteller. Er füllte den kalten Kamin und stellte Kerzenleuchter auf jede freie Fläche, die sich anbot. Dann entzündete er eine nach der anderen.

Als die Wände vor Licht brannten, wandte sich Alden um und sah Juliet an. Eine schreckliche Endgültigkeit lag in ihren Augen.

»Nackt«, wiederholte sie.

Er zerrte seinen Morgenmantel herunter und ließ ihn auf den

Boden fallen. Mit beiden Händen fasste er sein Nachthemd, zog es sich über den Kopf und warf es auf einen Stuhl. Mit einem Finger löste er das Band, sodass sein Haar wild bis über seine Schultern fiel. Der Schein der Flammen leckte über seinen nackten Körper wie tausend zärtliche Liebkosungen.

Er ging zum Bett und blieb am Fußende stehen.

Farbe stieg Juliet ins Gesicht, als sie seinen Blick erwiderte.

»Ich würde Euch niemals zurückweisen, Juliet«, sagte er ruhig. »Und ich würde Euch niemals etwas vorheucheln.«

Ihr Herz schlug in einem schier wahnsinnigen Rhythmus. Er war wunderschön. Seelenerschütternd schön. Die muskulösen Beine und Arme; der flache, feste Bauch und die schmalen Hüften; der Schein des Lichtes auf den harten Muskeln über Brust und Rippen. Wunderschön.

Blonde Strähnen lockten sich, streichelten seine Schultern. Seine Haut glänzte hell im Kerzenschein, sein Geschlecht dunkel wie Bronze gegen seinen Oberschenkel: Es war der Körper des Mannes, den sie in Marion Hall mit Mund und Schoß und Händen liebkost, aber niemals gesehen hatte – und dann hatte er sie verraten.

Der schnelle Puls ihres zornigen Herzens brannte tiefer und tiefer, schmerzte zwischen ihren verkrampften, hässlichen Beinen. Seit Blackthorn Manor hatte sie sich hässlich gefühlt, abscheulich, als wäre ihre Seele verbogen und verformt worden.

»Ich bin entschlossen, frei zu werden«, erklärte sie. »Ich will auch frei von Euch sein.«

»Ja«, erwiderte er. »Wenn es Euch gefällt.«

»Ich will Euch berühren.« Die eigene Verrücktheit machte sie schwindlig.

Er ging um das Bett herum, seine Arme entspannt an den Seiten, ein kleines Lächeln in den Winkeln seines Mundes. Seine nackte Haut glänzte im Kerzenlicht. Sie könnte ihm wehtun, wenn sie es wünschte. Warum hatte er keine Angst?

Denn er stand voller Selbstvertrauen und ohne Scham an ihrem Bett.

Juliet erhob sich auf die Knie und legte beide Hände flach auf seine Brust, auf das weiche gelockte Haar und den harten Muskel darunter. Sein Geschlecht rührte sich und wurde hart.

»Ihr fühlt Verlangen nach mir?«, fragte sie. »Sogar jetzt?«

»Ich bin der Narr meines Verlangens, Juliet. Ich begehre Euch bis in meine tiefste Seele.«

Sie ließ beide Hände heruntergleiten und auf seinen Hüften ruhen, dann beugte sie sich vor, um ihre Stirn in die feste Höhle seiner Schultern zu pressen. Sein erigierter Penis drückte gegen sie. Das dünne Nachtgewand war alles – so kam es Juliet vor –, was sie wie eine Hülle zusammenhielt und sie davor bewahrte, in winzige spröde Stücke zu zerfallen. Sie hob das Gesicht.

»Küss mich«, forderte sie. Er wollte die Arme nach ihr ausstrecken, doch Juliet wich zurück. »Berühr mich nicht mit den Händen!«

Er ließ die Hände sinken und neigte für einen Moment den Kopf. Er war nackt, dieser wunderschöne Mann, dieser Narr des Verlangens, völlig ausgeliefert ihrer wilden Laune und ihrer Gemeinheit. Sein Puls schlug hart und schnell an seiner festen weißen Kehle.

»Nur der Mund?«, fragte er.

»Nur der Mund. Küss mich, Alden.«

Er neigte den Kopf und lächelte. *Lächelte.* Das Beben der Wut brandete in ihrem Herzen auf, um auf ihrer Zunge zu explodieren. Sie klammerte sich an seinen Schultern fest, beugte sich vor und presste ihren Mund auf seinen. Seine Lippen wurden unter ihrem Angriff weich und gestatteten die wütende Plünderung seiner männlichen Schönheit, während sein

Geschlecht sich aufrichtete und sich hart und mächtig gegen ihren Bauch drückte.

Juliet stieß die Zunge zwischen seine Zähne und plünderte die weindunklen Geheimnisse seines Mundes. Ihre Fingernägel versanken in den Muskeln seiner Schultern. Ihre Brüste pressten sich gegen seine Brust, nur das dünne Nachthemd trennte ihre Haut noch von seiner. Sie war fürchterlich und sich selbst schmerzlich fremd.

Warum führte er sie nicht von diesem linkischen wilden Angriff hin zu jenen erfahrenen wunderbaren Umarmungen, die sie in jener Nacht geteilt hatten? Trotz seiner zügellosen Erregung stand er passiv in ihren Armen und überließ es ihr, ihn zu führen. Seine Zunge begegnete ihrer, seine Lippen antworteten, Berührung für Berührung. Er küsste, aber er übernahm nicht die Führung.

Von Zorn erfüllt, zog sie sich schließlich zurück. »Was soll das?«, fragte sie. »Küss mich!«

Er trat zurück und starrte Juliet in die Augen. »Falls wir all deine schrecklichen Erinnerungen mit zärtlichen vertreiben wollen, dann dürfen wir uns nicht im Zorn vereinigen, Juliet.«

»Im Zorn! Was zum Teufel kümmert dich das Wesen meiner Gefühle? Konzentrier dich wie sonst auch nur auf deine eigenen Bedürfnisse. Dein Körper ist mehr als bereit. Dies muss nichts anderes sein als eine weitere Affäre, so wie all die anderen. Welchen Nutzen hätte ein Verführer wie du sonst für mich?«

»Ich habe versprochen, dir gegenüber nicht zu heucheln«, sagte er und runzelte die Stirn.

»Warum? Warum denkst du, du musst dich mir gegenüber irgendwie anders verhalten? Ich will das nicht. Heuchle keine Zärtlichkeit. Tu nicht so, als bedeutete es dir etwas. Nimm mich einfach. Brenne in mich hinein, brenne in meinen Körper!«

Tief in seinen Augen flackerte Schmerz auf. »Wenn du es wünschst, wirst du es bekommen. Du willst mein Können? Du kannst es haben. Du willst meine Manneskraft?« Er schaute auf sein aufgerichtetes Glied, dann wieder zu Juliet. »Ich brenne für dich trotz deines Hasses. Aber frag zuerst dich selbst, Juliet: Ist es wirklich das, was du willst? Denn wenn wir einmal diesen Weg eingeschlagen haben, können wir nicht mehr zurück.«

»Gut. Ich will, dass es zu spät ist, dass es kein Zurück mehr gibt. Ich will für immer frei von dir sein.«

»Du bist verletzt worden«, bemerkte er und öffnete seine Hände. »Dies hier wird dich nicht frei davon machen.«

Sie nahm den Saum ihres Nachthemds in beide Hände und zerrte es sich über den Kopf, ehe sie sich selbst auf das Bett zurückgleiten ließ. Sie fühlte sich widerwärtig, ihre Glieder verdreht wie Baumwurzeln, ihre Brüste schrecklich. Vielleicht würde er auf dem Absatz kehrtmachen und gehen, oder vielleicht würde er der drängenden sexuellen Forderung zwischen seinen Beinen gehorchen, sich auf sie legen und ihre Schenkel auseinanderstoßen.

Ob auf die eine oder die andere Art – sie würde gewinnen.

Alden tat nichts von beidem.

»Es ist keine Episode«, sagte er. »Das war es nie. Wenn du mich nur lassen würdest, würde ich es dir beweisen.«

Er beugte sich hinunter, um ihr Nachthemd aufzuheben. Ehe sie sich bewegen konnte, warf er den Stoff über sie und wickelte sie sicher in dessen großzügige Falten. Panik brach wie eine Gewitterwolke aus, als er sich auf das Bett neben Juliet legte und sie an seine Brust zog. Juliet kämpfte und versuchte, ihn mit dem Knie wegzustoßen. Er hielt ihre Beine mit seinen gefangen.

»Jetzt schsch«, flüsterte er. »Wir sind keine Feinde, Juliet. Ich bin auf deiner Seite. Sieh mich an.«

Sie starrte hinauf in sein Gesicht, das wie von Gold umrahmt wirkte. Das Kerzenlicht schimmerte sanft, erfüllte das Zimmer mit der Wärme einer Sommernacht. Mit zarter, sanfter Geste strich er Juliet das Haar aus der Stirn.

»So«, murmelte er. »Das ist besser. Jetzt leg deinen Kopf an meine Schulter, und lass mich dich halten.«

»Mich halten?«

Er grinste, aber etwas anderes brannte entschlossen in seinen Augen. »Frauen mögen es, gehalten zu werden. Jeder Schuft weiß das.«

Alden legte sich zurück, drückte ihren Kopf gegen seine Schulter und hielt ihn dort mit einer Hand umfangen, während er mit der anderen wieder und wieder über ihren Rücken strich. Juliet winkelte die Knie wie ein Kind an, während Alden sie noch enger in seine Arme zog. Sie hatte nicht die Kraft zu kämpfen. Wenn er es wollte, konnte er den Makel von Bills Übergriff für immer in ihrer Seele versiegeln.

»Es hat mir gefallen, der Verführer zu sein.« Seine Stimme flog federleicht durch den hellen Raum. »Ich habe die Art genossen, wie Frauen weich werden, wenn ich sie anschaue, die Art, wie sie erröten und dahinschmelzen, wenn ich ihnen ein gewisses Lächeln schenke. Diesen Ausdruck in die Augen einer Frau zu zaubern, wann immer ich es wünschte – es gab mir das Gefühl, als könnte ich die ganze Welt erobern. Macht kann einen süchtig machen, Juliet. Aber es ist die Macht, bereitwillige Hingabe zu gewinnen, die stärker zu Kopfe steigt als jeder Wein, und nicht die Macht, etwas zu erzwingen. Du musst mich nicht zwingen. Ich bin bereit. Ich habe mich dir schon vor langer Zeit ergeben.«

Er küsste ihre Ohrläppchen und ihre Schläfen, ehe er ihren Mund wiederfand.

Der schreckliche Zorn schlug noch in ihrem Herzen, als Juliet ein Stöhnen hörte. Es war ihr Stöhnen, das zitternd über ihre Lippen kam. Seine Lippen berührten zärtlich ihre Mundwinkel, ihre Zunge, ihre Oberlippe, dann ihre Unterlippe. Tränen sprangen ihr in die Augen, stachen unter ihren Lidern. Seine Lippen streiften über jedes Augenlid, als wollte er ihren Schmerz fortküssen.

»Du willst Helligkeit, Juliet, das Strahlen des Körpers – aber dazu braucht es die Lust, das ursprüngliche Entzücken von Haut an Haut. Du bist wunderschön und kostbar. Ich bin verwirrt über die Stärke meines Verlangens, aber dein Körper gehört dir. Du allein hast die Macht.«

»Ich bin geschlagen«, murmelte sie. »Ich kann nicht länger die Führung übernehmen. Hilf mir, Alden.«

Seine Lippen drückten sich sanft auf ihre Stirn. »Entspanne dich. Du bist bei mir sicher.«

Er griff nach ihrem Zopf und löste die Bänder, die ihn zusammenhielten. Eine nach der anderen ließ er die langen Locken durch seine Finger gleiten, ehe er sie über ihre Brüste fallen ließ, auf denen sie mahagonifarben schimmerten.

Juliet fühlte sich beschützt, geborgen in einem Kokon aus ihrem eigenen Haar.

Schweigend nahm Alden ihre rechte Hand und legte sie in seine. Seine Handflächen strichen vom Ellbogen zum Handgelenk, seine Finger suchten jeden verkrampften Muskel, jede Konzentration von schmerzvoller Anspannung. Er massierte stetig, strich den Schmerz und die Anspannung mit ruhiger Gewissheit fort.

Juliet lag hilflos da und ließ es geschehen.

Fast schienen ihre Knochen zu seufzen, als sie sich entspannten. Sie fühlte sich wie eine Knospe, die sich aus einem trockenen Samen entwickelte, der zu lange in der Erde verborgen gelegen hatte. Das Keimblatt entfaltete sich, die neuen Blätter sprangen aus dem Stängel. Sie war wie eine Frühlingspflanze, die von neuem Grün und von neuer Kraft erfüllt war und sich der Sonne entgegenreckte.

Ihr rechter Arm war wieder warm und lebendig. Der linke fühlte sich noch immer matt und zittrig an.

Schließlich küsste Alden ihre Handfläche und ließ ihre Hand los, dann nahm er ihren linken Unterarm in beide Hände und begann, dieselbe Magie wie zuvor wirken zu lassen.

Sein Gesicht wirkte verschlossen und konzentriert. Licht fing sich in ihren Wimpern. Es brannte in breiten Fäden aus goldenen Flammen, es war ein heller atemberaubender Glanz – sogar auf seinem harten Geschlecht, herrlich und zärtlich im Kerzenschein.

Als ob die Morgendämmerung für eine Sonnenblume sänge, verlor ihr Arm seine schreckliche Verspannung und wurde weich und warm.

Er legte ihre Hand nieder, fast ehrfürchtig, und drehte Juliet auf den Bauch. Ihr Nachthemd glitt davon. Seine Hände strichen über ihre Schultern, als er in ihr Haar fasste und es zur Seite strich. Ein bebendes Gefühl prickelte über ihren Schädel, als sänge ihr Haar.

Sie drückte das Gesicht in das Kissen und beraubte sich selbst der Sicht auf ihn, als er begann, die Seiten ihres Rückens zu streicheln, mit beiden Daumen die Dämonen der Verunstaltung zu vertreiben. Ihre Haut wurde weich unter seinen Händen. Ihr Rücken. Ihr Po. Ihre Beine schienen sich bis zur Unendlichkeit zu strecken. Ihr Körper seufzte in Glückseligkeit.

Jedes Glied wurde gestreichelt, sanft geschüttelt, alle Hässlichkeit daraus vertrieben und durch Heiterkeit ersetzt. Jeder Muskel und jede Faser wurden zärtlich liebkost, verführt zu herrlichem Sich-Ergeben. Als es vollendet war, als nichts übrig war, was es aufzulösen galt, schien es ihr, als wäre sie zu einer strahlenden Blüte explodiert. Alden hob Juliet in seine Arme und lächelte sie an.

»Du bist so lieblich wie das Tageslicht«, sagte er. »Es ist mir eine Ehre, dich berühren zu dürfen.«

Juliet legte die Arme um seine Taille und brach in Tränen aus.

Alden hielt sie und streichelte sie. Er küsste ihren Scheitel, ihre Ohren und ihre Schläfen. Als ihre Tränen getrocknet waren, neigte sie den Kopf und lächelte ihn an. Er lächelte zurück.

»Lass uns Liebe machen, Juliet. Nicht Kampf. Nicht den Akt

der körperlichen Vereinigung. Sondern Liebe. Küss mich noch einmal.«

Sein Mund fand ihren, und helle Flammen brannten sich in ihr Blut.

In einem Eintauchen von feuchter, pulsierender Lust eroberte er ihren Körper. In wildem Jubel schrie sie auf, keuchte vor Entzücken, als hätten ihre Lungen und ihre Kehle jeden letzten Rest ihrer Hingabe herausgeschrien. Das Bild seines von Leidenschaft erfüllten Gesichts flutete ihr Bewusstsein: sein helles Haar, seine golden schimmernde Haut. Vielleicht war er Jupiter, der sie in einer Sintflut aus hellem Licht mit sich riss. Der Herr der Götter – gescheit und klug, sinnlich und edel – lebte mit ihr die Liebe, mit dem machtvollen dämonischen Können eines Verführers. So lange, bis sie sich wunderschön fühlte, herrlich und leer von Hass.

An seine Brust geschmiegt, schlief Juliet erschöpft, während Alden dalag und an die Decke starrte.

Dies muss nichts anderes sein als eine weitere Affäre, so wie all die anderen. Welchen Nutzen hätte ein Verführer wie du sonst für mich?

Er hatte sein ganzes Erwachsenenleben lang Affären gesucht, nichts sonst. Der Reiz der Jagd. Die Intensität und deren unvermeidliche Steigerung. Er hatte niemals dabei versagt, eine Frau zu verführen, die er gewollt hatte. Niemals. Eine nach der anderen waren diese bereitwilligen Frauen in seine Arme und in sein Bett gefallen. Natürlich hatte er sich nur Frauen genommen, die erfahren waren – und abhängig: verheiratete Frauen, die aus ihrer zwar jämmerlichen, aber für sie lebensnotwendigen Ehe nicht ausbrechen konnten; abgeklärte Witwen, die ganz gewiss nicht mehr den Wunsch hatten, wieder zu heiraten; sogar professionelle Kurtisanen, solange diese exklusiv waren.

Er hatte Juliet für eine Witwe, für eine sichere Beute gehalten. Es hatte sich herausgestellt, dass sie in einer miserablen Ehe gefangen war, was eine umso perfektere Vorbedingung für eine kurze – oder auch längere – Affäre hätte sein müssen. Noch nie zuvor hatte Alden diese Stufe körperlicher Ekstase erreicht, und er verabscheute den Gedanken, dies wieder aufzugeben. Warum zum Teufel war es so ausgeschlossen, an eine Zukunft mit ihr als seiner Geliebten zu denken?

Eine nach der anderen erloschen die heruntergebrannten Kerzen. Die wenigen, die noch brannten, warfen kleine huschende Schatten gegen die Wände. Das Gebälk des Hauses knackte, während es sich den langen kühlen Stunden bis zur Morgendämmerung zuwandte. Alden zog die Decken über sich und Juliet, die er noch immer in seinen Armen hielt.

Das Licht flackerte. Im Zimmer wurde es stetig dunkler, und es roch nach Rauch und Wachs und nach der Liebe, die sie miteinander erlebt hatten. Die letzte Kerze erlosch. Der Arm, den er um Juliet gelegt hatte, war taub geworden, doch Alden bewegte nicht einen Muskel.

Er erwachte, als das erste graue Licht ins Zimmer drang. Draußen zwitscherten schon ein paar Vögel.

Die Morgendämmerung zog herauf.

Als er den Kopf wandte, wallte sein Blut auf. Juliet schlief friedlich. Ihr Haar glänzte in dem rosa gefärbten Licht. Ihr Arm lag unter seinem; ihre Brüste drückten gegen seine Brust. Er wollte sie wachküssen und diesen zufriedenen weichen Blick noch einmal in ihre Augen bringen. Als er die Hand ausstreckte, um ihr eine kastanienfarbene Strähne aus dem Gesicht zu streichen, schlug sie die Augen auf.

»Guten Morgen«, sagte sie.

Sie sah scheu aus, als wäre sie überrascht, sich nackt neben ihm wiederzufinden, ihre Beine mit seinen verschlungen. »Ich habe mich gefragt, ob ich es geträumt habe«, gestand sie.

»Ich auch.« Er ließ eine Strähne ihres zersausten Haares zwischen Daumen und Zeigefinger hindurchgleiten. »Hat es funktioniert?«

Ein leichtes Stirnrunzeln zog für einen Moment ihre Augenbrauen zusammen. »Funktioniert?«

»Haben wir die dunklen Erinnerungen vertrieben? Kannst du jetzt ganz frei in die Arme eines jeden Mannes gehen, den du dir ausgewählt hast?« Alden versuchte, einen leichten, unbeschwerten Plauderton anzuschlagen, den Ton, den er mit jeder Geliebten anschlagen würde.

»Ja«, erwiderte sie. »Ja. In deinen Armen habe ich mich wunderschön gefühlt.«

»Du *bist* wunderschön.«

Sie setzte sich auf und ließ es zu, dass er die Hand auf ihre Hüfte legte. Hatte sie seine Erektion bemerkt?

»Vielleicht hat es *zu* gut funktioniert«, sagte sie. »Ich möchte nicht, dass wir es wiederholen.«

Erstaunen raubte ihm den Atem, bis er sich daran erinnerte, wie leicht er sie dazu bringen konnte, ihre Meinung zu ändern. »Warum nicht?«

Sie saß einen Augenblick lang schweigend da, als müsste sie zunächst mit sich selbst darüber debattieren. Seine Hand glitt ihren Rücken hinauf.

»Also gut«, meinte sie und wandte sich zu ihm um, dabei bedeckte sie ihre nackten Brüste mit den Armen. »Ich habe nichts zu verlieren, wenn ich die Wahrheit sage. Wenn wir es wieder tun, wirst du es schaffen, dass ich mich in dich verliebe.«

»Und das wäre ein Fehler?«

Juliet beugte sich hinunter und hob das Nachtgewand vom Boden auf. Seine Hand glitt von ihrer Taille herunter.

»Es wäre nicht klug, sich in einen Mann wie dich zu verlieben.

Du brichst Herzen. Du ziehst immer weiter.« Ihr Rücken war anmutig, biegsam und schmal. Weiblich. Sie zog sich das Nachthemd über den Kopf und versteckte ihre herrlichen Brüste darunter, ihren wunderbaren Schoß. »Warum hast du nie geheiratet?«

Sein Zurückschrecken vor dieser Frage geschah unwillkürlich – es war ein unerwartetes Eindringen in seine Privatsphäre, in etwas, das sie nichts anging ...

»Die Natur verlangt ihr Recht«, antwortete er. Er hatte nicht vor, seine Worte so harsch klingen zu lassen, aber seine Enttäuschung darüber, dass sie nicht sofort wieder miteinander schlafen würden, war zu bitter. »Darf ich zuerst ihre Forderung erfüllen?«

Er stieg aus dem Bett und griff nach seinem Morgenrock, ehe er in sein Zimmer zurückkehrte, um das Nachtgeschirr zu benutzen. Aber zuvor musste er es seiner Erregung gestatten zu sterben. Alden beobachtete sich nachdenklich. Verstanden die Frauen überhaupt derart simple, naturgegebene Tatsachen: dass der durchschnittliche Mann normalerweise aus dem Schlaf erwachte und sofort erregt war, dass er bereit war, sich mit der nächstbesten Frau im Bett zu tummeln, die dumm genug war, ihm zu nahe zu kommen?

Der körperliche Impuls, wieder mit ihr zu schlafen, beherrschte Aldens ganzes Denken. Er begehrte Juliet mit einer fast schmerzhaften Heftigkeit. Warum musste sie mehr von ihm verlangen, als er zu geben bereit war? Er hatte dutzende von Frauen verführt. Er hatte keine von ihnen belogen, aber es war auch keine von ihnen wirklich seine Gefährtin geworden, eingeweiht in seine Geheimnisse und in sein Seelenleben.

Warum empfand er so große Furcht davor, diesen nächsten Schritt zu tun?

Furcht? Dieser Gedanke riss ihn mit sich wie ein Wasserfall. Er hatte sich *gefürchtet*?

Er musste sich zwingen, sich dieser Frage zu stellen. *Angst?* Angst wovor? Hingabe? Nähe? Einen Moment lang stand Alden da und fühlte sich zutiefst verwirrt.

Dann wusch er sich mit kaltem Wasser, säuberte seine Zähne und ging dann zurück in Juliets Zimmer, als er meinte, er hätte ihr genügend Zeit gegeben, sich ebenfalls frisch zu machen.

Juliet schaute zu ihm auf. Sie saß in einem Sessel vor dem Kamin und hatte sich in das Morgengewand gehüllt, das er für sie gekauft hatte.

»Ich habe beschlossen, dir ehrlich zu antworten«, sagte er.

»Warst du denn versucht zu lügen?«

»Nein, ich war versucht, einfach nicht darauf zu antworten. Aber zuerst würde ich gern eine ehrliche Antwort von dir haben. Ich möchte sehr gern, dass wir beide zurück in jenes Bett dort gehen. Ich weigere mich zu glauben, dass du das nicht auch willst.«

Ihre Augen blitzten. »Natürlich will ich es! Himmel noch mal! Ich versuche doch nur, mich davor zu bewahren, einen solchen Fehler zu begehen.«

»Einen Fehler?«

Sie war jeder Zoll die Lady, stolz und aufrecht und gewappnet durch jahrelange Übung. »Du willst, dass ich mich in dich verliebe, auch wenn es keine Zukunft für uns gibt? Ich bin noch verheiratet. Ich werde nicht deine Geliebte werden, damit du mir mein Herz brechen kannst, wenn du eine andere heiratest.«

Das schien ein unbedeutender Einwand zu sein. »Und was wäre, wenn ich verspreche, niemals zu heiraten?«

»Wie könntest du das? Ich frage mich nur, warum du nicht bereits verheiratet bist.«

Alden trat zum kalten Kamin und beugte sich über die Reste der heruntergebrannten Kerzendochte. Wie seltsam, dass dies hier mehr Mut erforderte, als im Duell einer gezogenen Klinge gegenüberzustehen!

»Gregory war der Erbe. Es war seine Aufgabe, eine ganze Reihe kleiner Granville-Strachans zu produzieren, um den Titel weiter zu vererben.«

»Aber jetzt ist es deine Pflicht. Warum hast du bis jetzt gezögert?«

Es wäre so leicht, dieses schmerzvolle Verhör abzubrechen. Wenn er sie berührte, würde sie dahinschmelzen. Sie könnten herrliche, unvergessliche Liebe machen und all diese lästigen Fragen in der viel einfacher zu verstehenden Ekstase des Körpers ertränken. Doch Alden suchte nach der Wahrheit, wie groß auch immer das Risiko sein mochte.

»Vielleicht, weil ich nicht wollte, dass jemand wie ich meine Frau verführt.«

»Ah ja«, murmelte sie. »Ist denn keine Ehe vor dem Charme eines Mannes wie dir sicher?«

»Einige natürlich schon. Wenn auch ganz wenige. Doch die Beziehungen, die ich eingegangen bin, waren weitaus ehrlicher und weniger schmerzlich als das, was ich je von einer Ehe erwartet habe. Ich glaubte nicht, dass es meiner Natur entspricht, nur einmal und ausschließlich zu lieben oder eine von diesen außergewöhnlichen Ehen zu Stande zu bringen. Ich weiß, dass ich niemals eines dieser jungfräulichen Mädchen hätte lieben können, die zu heiraten von mir erwartet werden würde.«

»Also hast du dir vorgestellt, deine Frau auch zu lieben?«

»Vermutlich. Wie extravagant von mir! Das ist keine Frage, über die ich wirklich gründlich nachgedacht hätte, Juliet. Aber Männer und Frauen lernen einander nur im Bett richtig kennen. Warum eine fremde Person heiraten, nur um herauszufinden, dass wir einander hassen und doch für den Rest unseres Lebens aneinandergekettet sind?«

Sie stand auf und ging durch das Zimmer. »Du hast nie eine Jungfrau geliebt?«

Alden beobachtete sie mit wachsendem Begehren. Er hatte

nichts zu bieten außer seinem ungenügenden Ich, doch er zwang sich, nach der nackten Wahrheit zu suchen. Und er verzichtete darauf, Charme und Witz zu Hilfe zu nehmen.

»Ich habe immer gedacht, es wäre nicht fair. Jungfrauen haben falsche Erwartungen, Illusionen, die unmöglich zu erfüllen sind.«

»Wie es auch bei mir war, als ich mit George durchbrannte?«

Ihr silbernes Gewand ergoss sich wie Wasser über ihre Schultern, ihr Haar fiel weich darüber. Von draußen waren Geräusche zu hören. Lärm von Männern, Pferden und Kutschen hallte hinauf in das Zimmer.

»Fürwahr, Juliet! Feuchtäugige Fräuleins zu deflorieren ist keine Verantwortung, die mich jemals gereizt hat. Es ist im Grunde unehrlich und ausnutzend, es sei denn, der Mann ist wirklich verliebt.«

Sie stand mit dem Rücken zu ihm. »Das hält die meisten Männer aber nicht davon ab.«

»Juliet, was zum Teufel weißt du über Männer? Es gibt nur drei Gründe, warum ein erfahrener Mann sich eine Jungfrau nimmt. Entweder muss er es tun, weil er sie als Braut braucht. Oder er ist süchtig nach dieser Art von hässlicher Diskrepanz in der Machtverteilung. Oder er glaubt an irgendeinen Unsinn, zum Beispiel, dass eine Jungfrau ihn von den Pocken oder seiner Impotenz heilen könnte.«

»Und aus welchem dieser Gründe hat George mich geheiratet?« Sie wandte sich ab und sah aus dem Fenster. Licht huschte über ihr Profil. »Vielleicht alle drei? Oder vielleicht war es nur das Geld. Du hast natürlich recht. Mein dummer kleiner Kopf war voll von romantischen Fantasien. George hat sie mir allerdings schon bald genommen. Doch mir gefiel, was wir im Bett zusammen machten. Ich dachte, es wäre wundervoll.«

Alden schaute auf das Bett, in dem sie sich geliebt hatten. »Was denkst du jetzt?«

»Auch auf das Risiko hin, deinen ausgeprägten Stolz noch zu vergrößern, weiß ich jetzt, dass ich zu unerfahren war, um es beurteilen zu können. Ich wollte die Aufmerksamkeit.« Ihre Worte gingen im Lärm der eisenbeschlagenen Räder fast unter, die über die Pflastersteine des Hofes holperten, doch Alden hörte den bitteren Klang ihrer Stimme. »Ich wusste natürlich nicht, dass es so viel mehr geben könnte.«

Er verschränkte die Arme vor der Brust. »Und jetzt weißt du es?«

»Jetzt kann ich in die Welt hinausgehen und es herausfinden. Ich kann die Männer vergleichen, wie du die Frauen verglichen hast. Dieser ist besser, jener ist schlechter ...«

»Ich habe Frauen *nicht* verglichen!«

Sie fuhr herum und starrte ihn an. »Ich dachte, du sagtest, ich sei die beste?«

»Die beste?« Er hob die Hände. »Was zum Teufel würde das heißen? Du bist einzigartig für mich, Juliet, aber nicht nur wegen dem, was dein Körper mit meinem anstellt.«

»Bin ich das?« Ihr Ton neckte ihn, aber es lag auch Verzweiflung darin.

Alden wusste, dass er dabei war, das größte Risiko seines Lebens einzugehen. Die Worte würden sein Herz aufreißen, weil sie dieses Mal wirklich wahr sein könnten. Er sagte sie trotzdem. »Ich liebe dich.«

»Die häufigste Lüge eines Verführers!«

»Verdammt, Ma'am!« Er hatte nicht schreien wollen, aber er brüllte regelrecht, als er durch das Zimmer stürmte und vor Juliet stehen blieb. Er packte sie an den Schultern. »Das sind Worte, die ich noch nie zuvor so wahrhaftig gemeint habe. Ich liebe dich!«

Ihre Augen wurden groß, als sie zu ihm aufschaute. »Was für Narren wir beide doch sind, Lord Gracechurch! Mein Herz schmerzt wegen des Gefühls, das ich Liebe für dich nennen möchte. Meine Seele möchte dir glauben und dein Angebot zur Ehe ernst nehmen. Aber ich kann nicht! Verstehst du es nicht? Ich kann nicht!«

»Warum nicht?«

Er wollte seinen Mund auf ihren pressen und sie zwingen, sich dem Wunsch ihres Körpers zu ergeben.

»Wenn ich deine Geliebte werde, dann könntest du ohne Zweifel George dazu bringen, die Scheidung einzureichen. Aber er wird es uns nicht leicht machen, nicht einmal, um seinen Stolz zu retten. Du kannst jeden Preis zahlen, gleichgültig, was er verlangt – ob Geld oder Schwert, das ist egal –, und du könntest dich sogar gegen ihn durchsetzen. Aber so sehr wir jetzt auch denken mögen, dass wir es wollen, danach könnten wir niemals eine Ehe führen.«

»Warum denn nicht, zum Teufel?«

Sie wandte den Kopf. »Weil es zu viel Gemeinheit geben würde. Weil ich diesen Fehler schon einmal gemacht habe: Ich habe geglaubt, die Reaktion meines Körpers auf einen Mann würde bedeuten, dass ich ihn liebe und dass unsere Liebe jeden Skandal, jedes Unglück überleben könnte. Ich habe mich damals geirrt. Und jetzt irre ich mich wieder. Du glaubst, dass du mich willst. Das ist leicht zu sagen, solange ich unerreichbar für dich bin. Aber was wird nach all der Bitterkeit kommen? Nach der öffentlichen Schande einer Scheidung? Wir lieben uns nicht, Lord Gracechurch. Wir glauben es nur.«

»Aber unser Gefühl ist wahrhaftig«, widersprach er. »Leugne es nicht.«

»Selbst wenn es so ist, es kann nicht überleben«, erwiderte sie. »Es gibt zu viele Hindernisse auf unserem Weg. Wenn ich jetzt zustimme, deine Geliebte zu werden, würdest du es bereuen. Und das könnte ich nicht ertragen.«

Die Tür zu seinem Zimmer stand noch offen und wartete darauf, hinter ihm geschlossen zu werden. Alden gab Juliet frei.

»Was zur Hölle haben wir dann noch?«

»Wir müssen Lord Edward seiner gerechten Strafe zuführen.« Eine Spur von Lachen kroch in ihre Stimme. »Und vielleicht den Schatz von Harald Schönhaar finden.«

Kapitel 16

Allein in ihrem Zimmer im *Black Horse,* öffnete Juliet die Truhen und Kisten, die Alden ihr gebracht hatte: Unterröcke, Überröcke, Reifröcke, Mieder, Ärmel. Spitzen und Bänder. Hüte und Schleier. Passende Schuhe und Strümpfe. Er musste in Gracechurch Abbey an ihren Kleidern Maß genommen haben. Er musste das alles schon damals bestellt haben. Ihr Herz schlug heftig, als sie die Hand über luxuriöse Seide und Brokatstoffe gleiten ließ.

Er musste schon damals geplant haben, dass sie bei ihm blieb! Sogar damals hatte er sie so sehr gewollt!

Jemand klopfte an die Tür. Noch im Nachtgewand und ohne den Blick von den schönen Farben und kostbaren Stoffen zu wenden, von den Bürsten, Kämmen, Toilettenartikeln und Schminkutensilien, rief Juliet die Erlaubnis einzutreten.

»O Ma'am«, murmelte Tilly Brambey mit einem deutlichen Zittern in der Stimme. »Lord Gracechurch hat gesagt, wie sehr Ihr die Zofe einer Lady braucht. Aber ich weiß gar nicht, ob ich das kann. Und ich wusste nicht ... als diese Männer kamen und Fragen gestellt haben ...« Die Stimme des Mädchens brach mit einem Schluchzen ab.

Juliet schaute auf, ging auf Tilly zu und ergriff deren Hände. »Unsinn. Ich bin entzückt, dich zu sehen, Tilly. Ich kann dir zeigen, was zu tun ist.«

Zwei Stunden später ging Juliet, der eine stolze Tilly auf dem Fuße folgte, die Treppe des Gasthauses hinunter. Sie hielt sich kerzengerade, ihr tiefer Ausschnitt war von feinen Spitzen gesäumt und ließ den Ansatz ihrer Brüste sehen. Elfenbeinfarbener Stoff schwang um ihre Schuhe mit den hohen Absätzen. Ein üppiges Büschel Federn wippte an ihrem Hut. Juliet hatte diesen Ort als Verrückte betreten, aber sie verließ ihn als Dame.

Alden wartete an der Kutsche. Ihr Herz machte einen Sprung, als sie ihn sah, den Geliebten, den sie niemals wahrhaft würde haben können.

Mit Silberfäden gestickte Blumen ergossen sich über die Aufschläge seiner Weste. Als er ihr seine Hand bot, bauschte sich die kostbare Spitze seiner Manschette. »Eure Herrlichkeit überstrahlt mich, Ma'am«, sagte er, als er sich über ihre Hand beugte. In seinen Augen mischte sich ein amüsiertes Funkeln mit dem Ausdruck seiner Hochschätzung. »Wir sind zwei Paradiesvögel. Lasst uns die Welt im Sturm erobern.«

Juliet betrachtete ihn – das blonde Haar, die klaren Gesichtszüge, die wie in Stein gemeißelt zu sein schienen –, während sie die Hauptstraße entlangfuhren. Nachdem Alden ihr in die Kutsche geholfen hatte, hatte er den Kopf über einige Briefe gebeugt, die ihm vor ihrer Abfahrt ins Gasthaus gebracht worden waren. Er schrieb die Reihe seiner raschen Antworten auf einer Schreibmappe aus Walnussholz. Jedes Antwortschreiben löschte er mit Sand ab und versiegelte es, ehe er es in seine Tasche steckte. Eine zweite Kutsche folgte ihnen, darin reisten Tilly und einige andere Bedienstete sowie das Gepäck. Alden hatte wohl beschlossen, stilvoll zu reisen.

Was glaubte sie über ihn zu wissen? Seine herrliche Erscheinung war nur die oberste Schicht, doch es war eine, die sie jetzt genoss, als hätte sie ihr ganzes Leben lang nach all dem gehungert. Ein Reichtum an Spitzen und Seide an einem Mann war etwas, was sie immer für selbstverständlich genommen hatte. Es sprach von Macht und gesellschaftlichem Ansehen, und das war lebenswichtig für die Struktur der Gesellschaft.

Doch Alden hatte es in etwas anderes verwandelt.

Seine äußere Erscheinung war sowohl wunderschön als auch voller Esprit, ganz so, als zelebrierte er die Ironie, seine harten Muskeln unter all diesem unentbehrlichen femininen Firlefanz zu verbergen. Für eine Frau war es unglaublich erotisch, ihre Hand auf den Ärmel eines Mannes zu legen und die harte Kraft seines Armes unter der Seide zu fühlen. Vielleicht war kein Zeitalter jemals so offenkundig sinnlich gewesen wie das jetzige. Kein Wunder, dass Männer wie Alden es genossen und sich Frau auf Frau pflückten wie eine Sichel, die Blumen schnitt.

Würde sie eine von ihnen sein?

Juliet berührte die Spitze auf ihrem Unterarm. Sie versuchte, ihr Handgelenk so zu sehen, wie es ihm erscheinen musste. Die Knochen einer Frau waren zart, verglichen mit denen eines Mannes. War es das, was Männer faszinierte? Aber was auch der Grund sein mochte, Alden hatte erreicht, dass sie sich jetzt wunderschön fühlte, nachdem sie geglaubt hatte, die Hässlichkeit hätte sie bis auf die Knochen vergiftet. Es war nicht nur ihr Körper, den er geheilt hatte.

Ich habe ihm schon meine Seele gegeben, dachte sie. *Warum mich selbst belügen? Wenn ich ihm jetzt nicht die Wahrheit anvertrauen kann, dann gibt es in diesem Universum keine Wahrheit. Doch die Wahrheit ist, dass ich nicht frei bin. Und selbst wenn George sich von mir scheiden lässt – werde ich jemals frei genug sein?*

Er schaute auf und lächelte sie an. »Woher hattest du diese so sehr seltsame Vorstellung über die Ehe, da du doch damals noch recht jung gewesen bist, Juliet?«

Einen Moment lang war sie verblüfft, dann lachte sie. »Aus Romanen.«

Er zog die Augenbraue hoch. »Romane?«

»All diese Geschichten über König Arthur und seine Ritter. Ich weiß, es klingt dumm, aber sie vermitteln solch ein Ideal von Liebe.«

»Oje! Dabei war Guinevere eine der berüchtigtsten untreuen Ehefrauen der Geschichte.«

»Aber es war eine große Leidenschaft.«

Er hörte ihr ernst zu. »Also wolltest du einen Ritter in schimmernder Rüstung?«

»Wenn es so war«, erwiderte sie mit einem schiefen Lächeln, »dann habe ich eine schlechte Wahl getroffen. Am Ende war es, als hätte ich stattdessen Mordred geheiratet. Doch ich fühlte mich von George angezogen. Vielleicht hätten wir eine gute Ehe führen können, wenn mein Vater nicht ... wenn Kit und meine Mutter ...«

»Nein. George Hardcastle hat dich keinen Augenblick lang verdient. Aber wir alle machen Fehler, wenn wir jung sind.«

»Du auch?«

»Natürlich. Maria war ein Fehler. Hast du das nicht vermutet?« Er lehnte sich mit der Schulter gegen die Seitenwand der Kutsche und verschränkte die Arme vor der Brust. Die Spitzen um seine Handgelenke fielen bis auf seine kraftvollen Oberschenkel. Die Schuhe mit den vergoldeten Absätzen und die Seidenstrümpfe betonten nur die harten Muskeln seiner Waden, und es schien, als sähe er sogar seine Schuhe als wunderbaren Spaß an – sie waren wie das arrogante Augenzwinkern eines Narren, der die ganze Welt auslachte. Doch jetzt waren jede Arroganz und jeder Spott von ihm abgefallen.

»Ich war wahrscheinlich ebenso romantisch wie Ihr«, sprach er weiter. »Auch ich wollte diese eine große Leidenschaft, die eine Frau, die mit meiner Seele verschmelzen würde. Doch ich ignorierte, was ich in meinem eigenen Zuhause sah, ich ignorierte sogar Gregorys Beispiel ...«

Juliet fühlte sich atemlos vor Überraschung – dass er so offen zu ihr sprach. »Was meinst du?«

Seine Augen schimmerten so unschuldig wie Kornblumen unter den dichten Wimpern. »Nun ja! Meine Mutter und mein

Vater führten eine von diesen typischen arrangierten Ehen – die von der Gesellschaft als gelungene Verbindung angesehen wird. Doch er beachtete sie kaum. Und sie zog sich in zerbrechliche Egozentrik zurück und wurde immer fordernder. Je mehr sie forderte, desto mehr ignorierte er sie.«

»Sie haben sich überhaupt nicht geliebt?«

»Mein Vater liebte meine Mutter nicht. Und sie …? Ich weiß es nicht. Ich glaube nicht, dass sie ihn liebte, doch sie war bitterlich gekränkt, wann immer er ihr untreu war.«

Es schien unermesslich kostbar, dass er ihr dies enthüllte, es ihr einfach erzählte. Die Beziehung ihrer Eltern hatte irgendwo zwischen jenem von der Vernunft herbeigeführten Vertrag und einem aufrichtigen Vermischen der Seelen gelegen. Es hatte manchmal Spannungen und Schwierigkeiten gegeben, aber sie hatten einander geliebt.

»Ich denke, jede Frau empfindet auf diese Weise, wenn sie sich einmal festgelegt hat. Er war der Vater ihrer Kinder.« Sie holte tief Atem, um ihren Mut zu sammeln. »Was bedeutete deine Bemerkung über Gregory?«

Sein Blick schien amüsiert, als würde Alden ihr Zögern und sein eigenes anerkennen, als teilten sie wie zwei Schiffbrüchige in einem lecken Boot ein Risiko und wären gezwungen, es gemeinsam in Angriff zu nehmen: diesen zaghaften Versuch zu vertrauen.

»Ich bewunderte ihn.« Alden schien nach den Worten zu suchen, als wären sie mit der Zeit eingerostet. »Er war mein einziger Bruder und einige Jahre älter als ich. In den Augen eines kleinen Jungen verkörperte er Ritterlichkeit und Mut. Die Frauen konnten nicht genug von ihm bekommen. Ich liebe ihn noch immer. Und ich werde ihn bis in alle Ewigkeit lieben. Doch als ich sechzehn war und mich zum ersten Mal verliebte, da hat er …«

Er wandte den Kopf ab, seine Miene drückte Erschütterung aus, als hätte er plötzlich seinen Mut verloren.

»Sag es mir.« Sie wiederholte die Worte, die er in der vergangenen Nacht an sie gerichtet hatte, unschlüssig, ob er ihr genug vertrauen würde, unschlüssig, ob sie sich selbst vertrauen konnte, es zu hören.

Alden sah sie an und lächelte. Das Lächeln war ein Geschenk, ein Geschenk des Vertrauens. Juliet erwiderte es, zögernd noch und atemlos, wohingegen seines von plötzlichem Vertrauen erfüllt war.

»Sie hieß Emily und war die Tochter des örtlichen Schulmeisters. Sie war reizend. Eines von diesen zarten, ätherischen Geschöpfen, die nicht stark genug zu sein scheinen, mit dem Leben fertig zu werden, in das sie hineingeboren worden sind.«

»Wie hast du sie kennen gelernt?«

»Das erste Mal sah ich sie in der Kirche und fand eine Gelegenheit, mit ihr zu sprechen, während mein Vater in seiner Herablassung Hof unter seinen Pächtern hielt. Bald trafen Emily und ich uns heimlich; kurze verstohlene Treffen in Gracechurch Abbey oder an vorher vereinbarten Orten im Dorf. Wir sprachen über Poesie und stritten über Philosophie.«

»Sie war belesen?«

»Durchaus, und sie hatte einen wachen Verstand. Wir verliebten uns leidenschaftlich ineinander. Natürlich gibt es nichts Intensiveres und Absoluteres als die erste Liebe eines Jungen – noch gefangen auf der Schwelle zum Mannsein, noch nicht erprobt und unverdorben von der Welt. Ich verehrte sie. Wir tauschten sogar einige flüchtige Küsse. Es war so verteufelt aufregend, sie zu berühren …« Alden lehnte den Kopf zurück und schloss die Augen; eine winzige Spur von Selbstironie lag in seiner Stimme. »Mein Mund ging über vor schwärmerischem Entzücken über diese köstlichen schmetterlingsgleichen Berührungen ihrer jungfräulichen Lippen. Doch ich war entschlossen, ihre Reinheit zu ehren, obwohl ihre scheue Zurückhaltung wie Zunder für die Flamme in meinen Lenden war. Ich wollte sie heiraten.«

Juliet wusste, was kommen würde. Sie wusste es ganz genau. Sie hätte sich nicht anders verhalten, hätte sie eine ältere Schwester gehabt. »Also bist du zu Gregory gegangen und hast deinem Bruder dein Herz ausgeschüttet?«

Alden lachte, nicht bitter, aber voll trauriger Klugheit. »Gregory war sehr verständnisvoll. Er wies mich daraufhin, dass Emily niemals eine akzeptable Frau für den Sohn eines Viscounts abgeben würde und dass solche Mädchen für einen ganz anderen Gebrauch durch Männer unseres Standes bestimmt waren. Als ich widersprach, bot er an, es zu beweisen. Emily war erst fünfzehn. Binnen zwei Monaten trug sie sein Kind unter dem Herzen.«

Die Kutsche rumpelte, und der aufgewirbelte Staub begann, die halb offenen Fenster einzuhüllen. Der Klang der Hufe vermischte sich mit dem schweren Schlag von Juliets Herzen. »Was wurde aus ihnen?«

»Ihr Vater versuchte, Gregory zum Duell zu fordern, aber mein Vater sorgte dafür, dass der Mann entlassen und die Familie weggeschickt wurde. Das Kind starb im Mutterleib – glücklicherweise könnte man vielleicht sagen. Emily heiratete ein Jahr später. Recht respektabel, glaube ich.« Alden lächelte sie ein wenig schief an. »Eine anrührende Geschichte. Eine, von der man denken würde, ich könnte sie benutzt haben, um über die Jahre unzählige Frauen damit zu verführen. Seltsamerweise habe ich noch nie zuvor jemandem davon erzählt, wie die allererste Liebe meines Lebens mich verraten hat.«

»Emily?«

»O nein.« Seine Stimme klang noch immer unbeschwert. »Das arme Kind konnte doch gar nicht anders. Die Zurückhaltung, die Emily mir gegenüber gezeigt hatte, war absolut echt, aber mein Bruder war eben unwiderstehlich. Nein, es war Gregorys Verrat, der mich nach Italien trieb und mich dort hielt. Und dennoch habe ich nie aufgehört, ihn zu lieben.«

»Natürlich nicht«, sagte Juliet. »Er war dein Bruder.«

Sonnenlicht funkelte durch seine makellose Spitzenmanschette, als er die Hand für einen Augenblick gegen das Glas hielt und das Fenster schloss.

»Er hat es aus Liebe getan. Er wollte mich davor bewahren, den Fehler meines Lebens zu begehen. Doch wie auch immer ich es betrachte, wie sehr ich jene Motive auch achte – er hat falsch gehandelt. Was er mit Emily gemacht hat, war barbarisch. Er gab vor, mir helfen zu wollen. Und ihr. Es war verteufelt schwer, das zu vergeben, doch aus heutiger Sicht kommt es mir nur noch dumm vor, wie das Verhalten eines Kindes, mich voller Selbstmitleid in die Arme Marias geworfen zu haben, damit sie mich lehren kann, so kalt und so berechnend zu werden, wie Gregory es gewesen ist.«

»Aber wie konntest du im selben Haus mit deinem Bruder bleiben, nachdem er deine erste Liebe verführt hatte?«

»Es war nicht leicht. Doch ich konnte auch das Ausmaß erkennen, bis zu dem er recht hatte. Mit Emily durchzubrennen hätte uns beide zerstört. Es lag keine wahre Tiefe in dieser jugendlichen Schwärmerei. Unsere Ehe wäre ein Desaster gewesen. Gregory hätte nur einen netteren Weg finden können, mir das zu demonstrieren.«

»Vielleicht ist die erste Liebe immer verdammt. Wir sind mit sechzehn noch solche Babys. Ich möchte nicht wieder so jung sein.«

Er lachte plötzlich. »Himmel, nein! Ich auch nicht!«

Sie saßen sich in überraschend einträchtigem Schweigen gegenüber, als hätte dieser Austausch von Vertraulichkeiten ihre Beziehung auf eine neue Stufe gehoben, auf eine, die keiner Worte bedurfte. Juliet musste nicht einmal ihr Mitgefühl ausdrücken und ihr Entsetzen über Gregorys Handeln. Alden hatte es schon verstanden.

Was sonst ist dieses Gefühl von Geborgenheit, von Vertrauen, wenn nicht Liebe?

»Nähe«, bemerkte sie. »Du hast schon einmal davon gesprochen.«

»Habe ich das?« Seine wunderschönen Hände ruhten müßig auf der Schreibmappe und deren Last aus Briefen, Papier und Federkielen.

»Als wir unser italienisches Abendessen hatten, hast du mir dargelegt, warum du keine Beständigkeit wollest, warum du so viele Frauen verführt hast. Du hast nach einer Nähe gesucht, sagtest du, die niemals Bestand hat.«

»Mutige Worte! Das ist, was ich mir selbst beigebracht habe, was ich üblicherweise glaubte.«

»Jetzt glaubst du es nicht?«

»Jetzt finde ich mich dabei wieder, dass ich mit einer größeren und ursprünglicheren leidenschaftlichen Intensität liebe als jemals zuvor. Kannst du mir das glauben?«

Sie schlug die Augen nieder, denn fast fürchtete sie sich davor, seinem Blick zu begegnen. Ihr Herz klopfte heftig. »Vielleicht.«

»Diese Intensität bestürmt mein Herz sogar dann, wenn ich nicht mit der Lady zusammen bin. Ich habe die absolute Gewissheit, dass jede andere Frau mich bis zum Weinen langweilen würde. Du hast mich ruiniert, Juliet.«

Trotz ihres Gefühlsüberschwangs lachte sie. »Ruiniert? Wie das?«

»Was immer jetzt geschieht, meine Tage als Verführer sind vorbei. Ist das nicht verdammt erschreckend zu wissen?«

»Das ist nur das Zeichen, dass du dich der Senilität näherst.«

»Nein.« Er klang entrüstet. »Es ist nur ein Zeichen dafür, dass ich letztendlich doch noch zur Vernunft gekommen bin.«

»Fürwahr, Sir!«, erwiderte sie. »Seit ich Euch zum ersten Mal gesehen habe, habt Ihr mich der meinen beraubt.«

Sie wandte den Kopf ab, doch sie wusste, dass er sie ansah. Sein Blick glitt über ihre extravagante Haube, den tiefen Ausschnitt des modischen Kleides, das enge Mieder mit den winzigen Schleifen und der Staubperlenstickerei darauf. Sein Blick schickte winzige Wellen atemlosen Entzückens über ihre Haut, als blühte sie nur für ihn, als entfaltete sie ihre Blütenblätter, um ihr verletzliches Herz darzubieten.

»Du liebst mich«, sagte er.

Juliet nickte.

»Dann sitzen wir hier in all unserem Glanz wie zwei Narren der Liebe.«

»Doch wie kann ich sicher sein, dass sie echt ist?«, beharrte Juliet. »Wir beide haben auch zuvor schon geglaubt zu lieben.«

Er verschränkte wieder die Arme, als könnte er so dem Impuls widerstehen, Juliet zu berühren. »Weil es dieses Mal nicht wie bei jener ersten kindlichen Vernarrtheit ist, die so aufregend und sündhaft zu sein scheint. Diese Liebe befreit und verändert. Wenn wir uns, aus welchem Grund auch immer, jetzt trennen müssten, dann gäbe es nicht unsere zynische Antwort wie die auf den Verlust jener ersten Liebe ...«

Sie war zutiefst überrascht. »Deine Reaktion mag zynisch gewesen sein. Aber meine?«

»Sich nach Manston Mingate zurückzuziehen, um Schach mit einer alten Frau zu spielen, war zutiefst zynisch, Juliet. Es war ebenso eine Verweigerung der Bedürfnisse des Herzens wie mein Dasein als Verführer. Übrigens ... wer war Miss Parrett?«

Natürlich musste er das Thema wechseln. Welchen Nutzen hatte es, über ihre Gefühle füreinander zu reden? *Wenn wir uns, aus welchem Grund auch immer, jetzt trennen müssten ...* Nichts konnte die Tatsache ändern, dass sie noch mit jemand anderem verheiratet war. Juliet nahm den Punkt auf, den er angeboten hatte.

»Miss Parrett war die Freundin meiner Großmutter. Wann immer wir zu Besuch kamen, war sie dort: diese mutige Frau, die wusste, wie man Kindern echte Wärme gab. Kit und ich haben sie verehrt. Wir haben sie schrecklich vermisst, nachdem Großmutter gestorben war. Ich wusste nur, dass sie sich vermutlich nach Manston Mingate zurückgezogen hatte. Nachdem ich mit George durchgebrannt war, war sie der einzige Mensch, dem ich geschrieben habe – bis auf diesen einen Brief an meine Mutter, als es zu spät war.«

»Deshalb wusste Miss Parrett den Namen des Gasthauses, in dem du gewohnt hast?«

Juliet nickte. »Und als meine Briefe ausblieben, schrieb sie dorthin, um nach mir zu fragen. Nachdem die Kutsche meiner Mutter sich überschlagen hatte, war ich in den Sturm hinausgelaufen und wäre auch fast ertrunken. Ich bekam eine Lungenentzündung und war zu krank zum Reisen. Das Gasthaus schickte eine Nachricht zurück, in der die Bezahlung für das Zimmer und der Auszug meiner nutzlosen Person gefordert wurden. Dadurch erfuhr Miss Parrett von dem Unfall am Fluss. Dadurch erfuhr sie, dass ich von George verlassen worden war und dass mein Vater sich von der Welt abgeschottet hatte und die Briefe nicht mehr las, die er bekam.«

Sie war vor Kummer halb tot – bleich wie ein Gespenst und krank vor Fieber.

Er hatte es so leise vor sich hin gemurmelt, dass sie nicht sicher war, die Worte richtig verstanden zu haben. »Wie bitte?«

»Nichts. Nur etwas, was der Gastwirt der *Three Tuns* einmal erwähnte. Erzähl weiter.«

»Miss Parrett griff ihre kargen Rücklagen an, um eine Kutsche zu mieten, und sie kam, um mich abzuholen. Es ist keine Übertreibung zu sagen, dass sie mir das Leben gerettet hat.«

»Sie ist in Manston Mingate begraben?«

»Ja. Ich habe ihr Grab jeden Sonntag besucht.«

»Ich hätte sie gern gekannt«, meinte Alden. »Um ihr Danke zu sagen.«

Die Kutsche schaukelte heftig, als sie in den Hof eines Gasthauses einfuhren. Hufe schlugen und klapperten, als ein Gespann frischer Pferde aus den Ställen herbeigeführt wurde und die müden Pferde fortgeführt wurden.

Alden sprang aus der Kutsche, kaum dass sie angehalten hatte. Juliet lehnte sich aus der Tür und beobachtete, wie er Briefe mit einem Reiter austauschte: einem Reitknecht aus Gracechurch Abbey. Als ihr neues Gespann angeschirrt war, wendete der Reitknecht sein Pferd und galoppierte davon.

Die Kutsche neigte sich, als Alden wieder einstieg. Er öffnete einen weiteren Brief und überflog ihn.

»Du hast dringende Geschäfte zu erledigen?«, fragte Juliet.

»Unsere Geschäfte«, erwiderte er. »Lord Edward hat ein Spinnennetz gesponnen, um uns in die Falle zu locken. Während der letzten Wochen habe ich nun ein eigenes gesponnen. Mit ein wenig Glück werden wir den Sohn des Dukes von der Spinne zur Fliege machen.«

»Kannst du mir darüber erzählen?«

»Natürlich. Ich habe zunächst eine Reihe von Nachrichten auf den Weg geschickt. Die erste war eine Notiz betreffend Blackthorn Manor, dass ein gewisser Wärter namens Bill für Eure Flucht verantwortlich ist und dass er dazu von einer geheimen Information über einen Schatz verleitet worden ist, die er dir gestohlen hat. Diese Nachricht wird sofort an Lord Edward weitergegeben. Bill muss wohl mit einem Messer im Rücken rechnen.«

»Lord Edward wird ihn töten?«

»Ich bezweifle ernsthaft, dass er sich selbst die Hände schmutzig machen wird«, antwortete Alden trocken. »Obwohl wir in einer Welt leben, in der Kinder hingerichtet werden, weil sie einen Löffel gestohlen haben. Wenn Bill Glück hat, wird Mr. Upbridge ihn nach der Botschaft fragen. Wenn er klug ist, wird Bill fliehen, ehe die Strafe ihn trifft. Zufällig glaube ich jedoch, dass der Mann dumm ist. Wir sollten ihn Gottes Gnade und dem

Sohn des Dukes überlassen, Juliet. Aber wie auch immer – er wird aus Blackthorn Manor verschwinden.«

Alden selbst hatte einige Male – am Ende einer Klinge – dem Tod ins Auge gesehen. Es war ein weiterer Grund, warum Gentlemen all die Spitze und die Seide trugen. Sie verbargen darunter ihre Fähigkeit zu töten. Juliet schauderte.

»Ich sollte Gnade für den Mann wollen, aber ich kann ganz ...«

»Noch ein paar Tage mehr, und er hätte dich vergewaltigt. Er missbraucht Frauen seit Jahren – Nacht für Nacht, hilflose Kranke, festgebunden an ihre Betten. Er verdient es zu hängen. In einer dreckigen Gasse zu verhungern oder ein Messer im Dunkeln ist fast zu gut für ihn.«

»Ich bin froh, dass keine Frau dort ihn länger ertragen muss. Und die anderen Briefe?«

Alden öffnete seine Schreibmappe. »Sie kommen von meinen Agenten, die ich angesetzt habe, Lord Edward zu beobachten. Wir sind nicht die Einzigen, die einen Grund haben, dem Sohn des Dukes Schlechtes zu wünschen. Seit einigen Monaten wird er dazu ermutigt, immer planloser in immer extravagantere Geschäfte zu investieren. Ich habe alles in meiner Macht Stehende getan, das zu unterstützen. Er wird sehr bald nach dem Schatz suchen müssen oder dem Ruin ins Auge sehen, aber er kann nicht handeln, solange dein Vater Felton Hall nicht verlässt. Selbst der Sohn eines Dukes kann es nicht riskieren, dabei entdeckt zu werden, wie er des Nachts das Land eines Peers umgräbt.«

»Dann schick ihm eine Nachricht, die besagt, dass mein Vater nach London gefahren ist.«

Alden grinste spitzbübisch. »Das habe ich bereits.«

»Obwohl du weißt, dass es keinen Schatz gibt«, wandte sie ein.

»Dass ist nicht gesagt.«

»Alden, ich bin mit dieser Legende aufgewachsen. Kit und ich haben in allen alten Büchern und Dokumenten in Felton Hall nach Hinweisen gesucht. Jedes Muster, das eine Schatzkarte hätte darstellen können, haben wir genau studiert. Wir haben sogar auf dem Land meines Vaters nach dem Schatz gegraben.«

»Und das Medaillon?« Die Feder tanzte hin und her, während ihr Kiel über das Papier kratzte.

»Kit und ich haben es uns genau angesehen – die Zahlen und Zeichen, die eingraviert sind, könnten einen Hinweis bedeuten, wo der Schatz versteckt wurde. Fünf oder sechs Grabungen wurden deshalb vorgenommen. Warum würde Lord Edward so viel für einen Schatz riskieren, der wahrscheinlich gar nicht existiert?«

Alden faltete einen weiteren Brief zusammen, drückte das Siegel in das Wachs. »Es liegt in der Natur unserer Zeit, Juliet. Wir sind alle spielverrückt.«

»Wird dieses Spiel je aufhören?«

»Wie könnte es das?« Er schloss die Schreibmappe und legte sie zur Seite. »Doch du und ich, wir haben unsere Karten schon auf den Tisch gelegt.«

»Was meinst du?«

»Ich meine, dass wir mit einem ziemlich boshaften Spiel begonnen haben. *Ich* habe es begonnen, aber du bist nicht vor dem Wagnis zurückgeschreckt. Fürwahr! Einen vollkommen Fremden in deine Küche in Manston Mingate einzuladen? Zuzustimmen, mit ihm Schach zu spielen? Inzwischen haben wir aufgehört zu spielen und haben den Punkt zur Umkehr überschritten.«

»Welchen Punkt der Umkehr?«

Seine Augen waren dunkel und liebevoll, als er lächelte. »Den, als du es riskiert hast, einen fremden Menschen die Wahrheit über dich sehen zu lassen, einschließlich deiner Schwächen und deiner Fehler. Von diesem Moment an bist du verletzbar und empfänglich für schrecklichen Schmerz. Aber wenn man dieses Risiko nicht eingeht, wird es niemals wahre Nähe geben. Nicht, dass ich jemals zuvor geglaubt habe, wahre Intimität sei das, was ich will.«

»Aber bei mir bist du das Risiko eingegangen?«

»Ich habe es mit dir riskiert. Es ist eine Sache des Herausfindens, ob man vertrauen kann. Ich vertraue dir. Ich liebe dich. Ich kämpfe jetzt darum zu wissen, ob wir wirklich eine Zukunft haben können.«

»Ich habe fast Angst, daran zu denken«, bekannte sie. »Ich bin noch die Frau eines anderen.«

Er wandte den Blick ab und sah durch die staubbedeckte Scheibe hinaus. »Darum geht es in der dritten Gruppe der Briefe. Ich werde versuchen, alles über George zu erfahren, was es zu erfahren gibt.«

»Wie kann ich helfen?«

»Ich weiß es nicht.«

Sie hielten in Seven Miles, um erneut die Pferde zu wechseln. Alden erhielt ein weiteres Bündel von Briefen. Während er sie las, zeichnete Juliet für ihn einen Plan vom Besitz ihres Vaters. Auf der Skizze trug sie die Orte ein, an denen sie mit Kit nach dem Schatz gegraben hatte. Alden betrachtete die Zeichnung. Die Kutsche fuhr an. Juliet beobachtete ihn mit kaum verhüllter Sehnsucht, seine leidenschaftlichen Hände, seine Klugheit.

»Wo also liegt der Felton-Schatz vergraben?«, fragte er schließlich. »Deine Vermutung über den wahrscheinlichsten Ort basiert ganz und gar auf dem Medaillon?«

Sie zeigte auf die Stelle, an der sie eine Quelle nahe einem Stück Weideland eingefügt hatte. »Das wäre ohne Frage hier. Ich kann jeden Grashalm dort beschreiben, wenn du willst, auch wenn es sich verändert hat, seit Kit und ich Kinder waren. Mein Vater hat den kleinen Teich trockengelegt und darunter einen Graben anlegen lassen, um einen neuen Wasserzulauf für das Vieh zu schaffen …«

Alden hörte aufmerksam zu, bis sie geendet hatte, dann grinste er. »Ein perfekter Ort für eine Festlichkeit. Einladungen werden sogleich an alle interessierten Parteien geschickt werden.«

»An George auch?«

Er ließ den Silberdeckel des Tintenfasses aufschnappen, das in die Schreibmappe eingelassen war. »Ist das in Ordnung?«

»Ich habe vor George keine Angst, solange ich mit dir zusammen bin.«

»Das Ergebnis des Zusammentreffens dürfte allerdings nicht besonders schön sein.« Er tippte auf einen der Briefe, die er bei ihrem letzten Halt bekommen hatte. »Lord Edward wurde gerade darüber informiert, dass er jetzt eine gigantische Infusion Bargeld braucht. Er hat bereits etwas unternommen, um an den Schatz zu gelangen.«

»Also müssen wir nach Felton Hall?«

Er schrieb schnell, faltete und versiegelte Brief nach Brief. »Die Dinge entwickeln sich sogar noch schneller, als ich zu hoffen wagte. Du musst nicht mitkommen, Juliet.«

»Nein.« Sie versuchte, ihre Stimme so mutig und so lässig sicher klingen zu lassen wie seine. »Nein, ich bin davon überzeugt, dass ich dort sein muss – jetzt, da ich gerade lerne, etwas zu riskieren ...«

Sein Lächeln war so strahlend wie ein Sonnenaufgang. »Dann sind wir auf dem besten Wege, in einige mitternächtliche Kapriolen verwickelt zu werden.«

Juliet hatte es einen Moment lang für möglich gehalten, ihre Anwesenheit in Felton Bridge geheim zu halten, in dem Ort, der dem Ahnensitz der Earls of Felton am nächsten lag. Aber wie konnten sie das, mit zwei Kutschen und einem Zug von Dienstboten? Sie fuhren vor dem größten Gasthaus der Stadt vor.

Alden hatte bereits eine Nachricht vorausgeschickt, um die größte Suite reservieren zu lassen. Im Gasthof wurde ihnen sofort ein erlesenes leichtes Abendessen serviert. Nachdem sie sich den Straßenstaub von Händen und Gesicht gewaschen hatte, nahm Juliet am Tisch Platz, der mit Champagner und Delikatessen beladen war.

Alden wechselte einige Worte mit einem der Diener, dann schloss er die Tür. Er lehnte sich gegen die Wand, während er einen weiteren Brief las, der neu eingetroffen war. Das Kerzenlicht tanzte über sein Haar, und es glänzte, als hätte die Sonne ein Feld mit Butterblumen geküsst. Juliet beobachtete seine sensiblen Hände, als er das Papier zu einem Ball zusammenknüllte und es in den Kamin warf.

Als er aufschaute, trafen sich ihre Blicke, und er lächelte Juliet an, während er zu seinem Stuhl ging. Einige Sekunden stand er nur da, die Hände leicht auf den Scheitelpunkt der geschnitzten Rückenlehne gestützt, und sah Juliet unverwandt an.

»Es wird niemals eine andere geben«, sagte er ruhig. »Für den Rest meines Lebens. Was immer es kostet, was immer wir durchstehen müssen, wenn du frei bist – und du *wirst* frei sein –, wirst du mich dann heiraten, Juliet?«

Sie legte die Hände flach auf das edle Tischtuch. Ihr Puls schlug so heftig, dass er ihr in den Ohren widerhallte. Das Vertrauen, das er ihr gezeigt hatte, seine Bekenntnisse über Gregory, Emily und Maria, ihre eigenen Geheimnisse, die sie ihm dafür anvertraut hatte – dieser eine Tag hatte sie verändert, hatte sie dafür bereit gemacht, jedes Hindernis zu überwinden, das das Schicksal für sie bereithielt, was immer auch das Risiko sein mochte.

»Wenn ich frei bin – wenn ich je frei sein werde –, werde ich dich frohen Herzens heiraten, Alden.«

»Dann bin ich gerettet. Aber bis dahin …« Er schaute auf seine Hände, die auf der Stuhllehne ruhten. Der zerknüllte

Brief lag wie ein Urteilsspruch im Kamin. Juliet starrte darauf, als könnte sie dessen dunkle Botschaft durch das zerstörte Papier hindurch lesen. Alden folgte ihrem Blick und wies mit einem Kopfnicken auf das zerknüllte Schreiben. »Mein Anwalt gibt mir einen Rat, fast schon einen Befehl, dass wir jetzt nicht zusammenleben dürfen, falls wir jemals zu heiraten wünschen.«

Juliet sah ihn verständnislos an.

»Ich bin überzeugt, dass George zu einem Entgegenkommen bereit ist – für genügend Geld.« Er lächelte schief. »Vielleicht lässt er dich im Tausch gegen den Felton-Schatz gehen. Aber dein Ehebruch könnte der Grund für ihn sein, der Scheidung nur unter der Bedingung zuzustimmen, dass du nicht wieder heiratest.«

»Warum nicht?«

Er wandte sich ab und ging im Zimmer hin und her. Juliet starrte auf seine eng sitzende Weste, das anmutige Flattern der Schöße seines eleganten Rockes.

»Ich bin dein Verführer. Die Scheidung wird nicht vollzogen, um die Sünde zu belohnen. Es scheint, dass ich dich aufgeben muss, selbst wenn es Jahre dauern sollte, um dich aus deiner Ehe zu befreien.«

Sie schloss die Augen und ließ den Kopf in beide Hände sinken. »Könntest du das?«

»Ich kann sogar das, wenn ich muss. Ich behaupte nicht, dass es leicht wird, aber ich werde auf dich warten, Juliet. Es wird niemals eine andere geben.«

»Ist das ein Versprechen?«

Seine Absätze klapperten laut, als er zu ihr ging. »Wir wollen unser Gelübde hier ablegen, Juliet.« Sie schaute auf und sah, dass er ihr mit einem Lächeln seine Hand darbot. »Wir wollen uns unser Versprechen vor diesen Zeugen geben.« Er zeigte mit der anderen Hand auf das Zimmer. »Vor diesen Kerzen und Vorhängen. Diesen Stühlen und diesem Tisch. Den Austernpasteten und dem Champagner. Dem Brot und der Butter. Was ich als Einziges bedauere, ist, dass ich deinem Ehemann meine verdammten Ringe gegeben habe.«

Juliet schob ihren Stuhl zurück und stand auf. Sie legte die rechte Hand in seine. »Wenn wir keinen Ring haben«, meinte sie, »dann wollen wir unser Versprechen mit einem Kuss besiegeln.«

Alden lächelte, es war das charmante, gewinnende Lächeln, das zahllose Frauen verführt hatte und das jetzt nur noch ihr galt. »Du traust dich, das zu riskieren?«

»Ja. Und ich wage es, was auch immer noch geschehen wird. Sollten wir getrennt leben müssen, Alden, so lass uns eine letzte Erinnerung mit uns nehmen, um uns Kraft zu geben für diese verdammenswerten keuschen Monate, die kommen.«

Er wirbelte sie herum und hielt sie gegen den Tisch gedrückt. Mit einem Lachen reiner Verruchtheit beugte er sie zurück. Absichtlich und aufreizend langsam strich er mit den Fingerspitzen an ihrer Kehle herunter, über ihr Schlüsselbein und den Ansatz ihrer Brüste.

»Wo soll ich dich küssen?«, fragte er und zeichnete einen glühenden Pfad aus Feuer über ihre nackte Haut. »Hier?«

Sein Daumen berührte durch den Stoff ihre Brustwarze. »Oder hier?«

Er legte die Hand an ihr Gesicht und liebkoste die empfindsame Stelle unter ihrem Ohr. »Hier?«

»Hier«, antwortete Juliet atemlos. »Auf den Mund.«

Er presste seine Lippen auf ihre.

Was ist anders, wenn man eingestanden hat, dass man einen Mann von ganzem Herzen liebt? Änderte sich alles, weil er gesagt hat, dass er dich liebt und du es endlich glaubst? Juliet wusste nur, dass ihre Seele sich nach seiner Berührung sehnte, dass ihr Herz sich geöffnet und sie sich ergeben hatte, schon lange bevor er mit kundiger Zunge begonnen hatte, von ihrem Mund Besitz zu ergreifen.

Als wäre er durch ausgedörrte Wüsten gewandert, um sie zu finden …

Als hätte er hundert Jahre und einen Tag lang eine Dornenhecke zerschlagen, um das verborgene Schloss zu finden, das seit hundert Jahren in tiefem Schlaf gelegen hatte …

Als hätte er ein Labyrinth aus Treppen erklommen, als hätte er gegen Zerrspiegel gekämpft und sich durch jahrhundertealte Spinnweben geschlagen, um die schlafende Prinzessin in seine Arme zu nehmen, so spürte Juliet helles Leben durch ihren Körper strömen.

Sie hatten im Dunkeln das Spiel der Verführung gespielt. Sie hatten unendliche Zärtlichkeit miteinander geteilt in einem Meer aus Kerzenlicht. Jetzt zeigte er ihr, wie es sich anfühlte, ohne Vorbehalt zu lieben.

Ihre Kleider fielen zu Boden, ein Stück Seide nach dem anderen. Seine kundigen Finger lösten Bänder und Haken. Ihre Röcke glitten mit einem Rascheln herunter, ihr starres Mieder schälte sich wie eine Krebsschale. Überkleid, Unterkleid, Korsett, Hemd: Alles glitt davon, ein leises seidiges Flüstern nach dem anderen.

Und dabei streichelten ihre Hände die Ärmel seines Brokatmantels und genossen wie ausgehungert den erotisierenden Gegensatz seiner harten Muskeln unter dem kostbaren Stoff. Mit einem Schulterzucken entledigte sich Alden seines Rockes, der durch Juliets Finger zu Boden glitt. Darunter trug er die Seidenweste, die von der Brust bis zu den Knien geknöpft war. Juliet folgte der Reihe der Knöpfe, öffnete jeden einzelnen. Die steife Stickerei öffnete sich und rieb an ihrer Brustwarze.

Ein Blitz aus Gefühlen traf sie mitten ins Herz, stürzte in ihre Lenden und entfachte ein so intensives Verlangen, dass sie laut stöhnte. Alden fing ihren zerrissenen Schrei mit seinen Lippen auf und atmete ihn ein, mischte ihr Stöhnen mit seinem. Seine Weste folgte seinem Rock auf den Boden. Um sein Hemd über den Kopf zu ziehen, würden sie den Kuss unterbrechen müssen. Sie könnte es nicht ertragen. Sie könnte es nicht ertragen, aufzuhören zu küssen. Sein Mund war der Brunnen, aus dem sie ewig trinken könnte.

Selbst als ihr Hemd heruntergleitt und sie nackt in seinen Armen lag, trank sie weiter von seinem Mund. Seine Lippen lächelten auf ihren, als er beide Hände für einen Moment zwischen ihre Körper schob. Seine Knöchel streiften ihre Brüste, als er den feinen Batist seines Hemdes von oben nach unten zerriss, um ihn von seinen Schultern zu schütteln. Seine Hosen folgten. Sie fühlte seine Erektion, als er seine Unterhosen heruntergleiten ließ.

Seine Hände streichelten ihren Rücken hinauf zu ihrem Kopf. Er zog die Nadeln aus ihrem Haar, das sich löste und sich in Wellen über ihren Rücken ergoss. Gleichzeitig zog Juliet das Band von seinem Zopf und strich mit den Händen durch seine Haarflut. Alden löste sich plötzlich aus dem Kuss, atemlos und lachend, dann umfing er ihr Gesicht mit beiden Händen.

»Wir sind wiedergeboren«, sagte er. »Wir erheben uns aus dem Meeresschaum wie Aphrodite aus ihrer Muschelschale.«

Juliet drängte sich an ihn, rieb ihren Schoß an ihm. »So nennst du das also?«

Sein Penis stieß gegen sie, als er lachte. »All diese Kleider zu unseren Füßen. Wir stehen nackt in einem Meer aus Seide. Bis auf unsere Schuhe und Strümpfe sind wir so unschuldig und bloß wie an dem Tag, an dem wir geboren wurden.«

»Wir können auch sie noch ausziehen.«

»Nein, das denke ich nicht«, erwiderte er und gab ihr einen kleinen Kuss. »Es ist so verdammt erotisch, sie anzulassen.«

Er hob Juliet in seine Arme. Sie schlang die Hände um seinen Nacken, als er sie zum Bett trug. Seine Schritte hallten vom Boden wider. Sie waren beide nackt von den Knien aufwärts.

Ohne innezuhalten, legte er Juliet auf das Bett und stand

einen Augenblick lang reglos da, um auf sie hinunterzuschauen. Er war herrlich anzusehen, so triumphierend, seine Augen schwarz vor Verlangen.

Sie schmiegte sich in die Kissen und sah ihm zu, als er aus den Schuhen stieg und ins Bett kam. Er band die Hülle um sein Glied, die Juliet davor schützte, sein Kind zu empfangen. Dann rollte er sich auf sie, stützte sein Gewicht leicht mit den Händen ab und schlang seine Beine um ihre. Sein Penis richtete sich stolz zwischen ihnen auf. Juliet sehnte sich danach, ihn zu empfangen und zu spüren, wie er tief in sie hineinglitt, doch mit teuflischem Können zwang er sie zu warten. Jeder Zentimeter ihrer Haut musste zuerst seine Verehrung empfangen, sogar ihre Rippen und die Innenseite ihrer Knie.

Als er schließlich in sie eindrang, brannte Juliet lichterloh, und sie schrie in sofortiger Ekstase laut auf. Alden wartete einen Augenblick, und er lächelte sie an, als er zu stoßen begann und tiefer und tiefer in sie hineinglitt.

Verrückte Gedanken kamen und gingen bei diesen köstlichen Gefühlen. Sie war sein auf ewig. Sie liebte ihn. Sie würde nie frei sein, um ihn zu heiraten. Er hatte gesagt, er würde warten, aber konnte sie das glauben? Jetzt meinte er, es zu können, aber wenn die Enthaltsamkeit Wochen dauerte? Oder Monate ...? Doch für diese eine Nacht machte Juliet sich darüber keine Gedanken mehr. Sie wollte es nicht. Sie hatte einem Schuft ihr Herz geschenkt, und zum Teufel mit den Konsequenzen. Sie schlug die Augen auf, um sich sein Gesicht für alle Zeit einzuprägen, es für immer in ihrem Bewusstsein zu haben.

Das Beben seines Höhepunktes floss über seinen Körper, trug Juliet in rasende Tiefen der Erfüllung. Alden hatte den Kopf zurückgeworfen, der Ausdruck auf seinem Gesicht war wunderbar. Juliet schloss die Augen und weinte vor Entzücken, bis sie in seinen Armen in den Schlaf der Ermattung sank.

Sie erwachte, als sie seinen Mund an ihrem spürte und seine

Hand fühlte, die ihr zärtlich das Haar aus der Stirn strich. Noch schlaftrunken, küsste sie ihn wieder, als küsste sie den Dämon der Nacht, der gekommen war, sie ins Paradies zu bringen.

»Mitternächtliche Freuden«, flüsterte Alden an ihren Lippen. »Es ist Zeit, auf die Suche nach Harald Schönhaars großem Schatz zu gehen.«

Kapitel 17

Juliet kämpfte sich wach. Alden war schon angekleidet – ganz schlicht in einen dunklen Mantel und dunkle Hosen, dazu trug er Reitstiefel – und stand neben dem Bett. Er hielt eine Kerze in der Hand und schützte ihre Augen mit der anderen vor dem direkten Licht.

»Was hast du mit mir angestellt?«, fragte sie. »Ich fühle mich, als wäre das Blut aus meinem Körper gewichen und durch ganz närrisches Glück ersetzt worden.«

Er sah aus wie Abednego, dem man Sahne gegeben hatte. »Warum närrisch?«

Sie schaute in sein Gesicht, das vom Kerzenschein gestreichelt wurde. »Oh, weil ich ganz närrisch nach der Liebe bin, Alden Granville-Strachan. Wie soll ich jetzt Enthaltsamkeit ertragen, nach dieser Nacht?«

Er beugte sich zu ihr und küsste sie einmal mehr auf den Mund. »So wie ich es ertragen werde, einen Tag nach dem anderen.«

Noch schwach in den Gliedern, setzte Juliet sich auf. »Ist es schon Morgen?«

»Die Morgendämmerung beginnt gerade. Wir haben Mitternacht schon vor ein paar Stunden hinter uns gelassen. Lord Edward ist auf dem Weg. Ich muss ihm nach. Bist du noch immer entschlossen mitzukommen?«

War es närrisch zu zögern? Schließlich hatte sie Felton Hall nicht mehr gesehen, seit sie vor all diesen Jahren mit George davongelaufen war. Und vielleicht war ihr Vater gar nicht nach London gefahren. Juliet schluckte ihre Beklommenheit hinunter und nickte.

Sie glitt aus dem Bett und fand die Schüssel mit heißem Wasser, das bereits auf sie wartete. Juliet wusch sich rasch und kümmerte sich nicht darum, dass Alden sie mit den Augen fast verschlang und dass ihr Anblick ihn unübersehbar erregte. Sie hoffte fast, er möge nicht fähig sein, seinem Verlangen zu widerstehen, und – statt loszureiten, um ihren Feind zu stellen – zu ihr kommen und sie wieder lieben.

»Ich würde es sehr gern tun«, gestand er, als könnte er ihre Gedanken lesen. »Der Himmel weiß, wie sehr ich dich will. Aber wenn ich für eine unbestimmt lange Zeit keusch leben muss, sollte ich besser gleich jetzt damit anfangen. Außerdem müssen wir Lord Edward verfolgen.«

Die Dämmerung breitete ihre bleichen Finger wie eine schillernde Eierschale über den Himmel aus. Juliet stand mit Alden unter einer kleinen Baumgruppe und zitterte am ganzen Leib – nicht vor Kälte, auch wenn die frühe Morgenluft frösteln machte und feucht von Tau war. Das große Haus vor ihnen lag noch im Dunkeln und schlief unter dem rosa und grüngelb überhauchten Himmel. Felton Hall. Das Haus, in dem sie aufgewachsen war, wo sie mit Kit gespielt hatte und mit ihrer Mutter müßig unter den Bäumen einhergeschlendert war – bis sie mit George Hardcastle davongelaufen war, der zwar gut aussehend und charmant, doch ein Mann ohne Charakter und ohne jeden nennenswerten Kern von Freundlichkeit war. Kleine Schauder rannen wie winzige Kobolde durch ihr Blut.

Ohne ein Wort streckte Alden den Arm aus und nahm ihre Hand. Einige Minuten lang verharrten sie in völligem Schweigen. Endlich tauchte eine Gruppe von Schatten aus dem Wald auf, der ihnen gegenüberlag: eine Schar missgestalteter Kreaturen, wie es schien, eine kleine Herde seltsamer Tiere mit bizarr langen Hälsen und kantigen Köpfen, die sich bei jedem Schritt ruckartig bewegten.

»Unser Feind«, flüsterte Alden schließlich. »Er bringt seine Spießgesellen mit.«

Die Schatten kamen näher; ungelenk bewegten sie ihre seltsamen Häupter. Juliet starrte sie an: Es waren vier Männer, die Hacken und Schaufeln über ihren Schultern trugen. Der Gruppe voran eilte eine Gestalt, die den Boden mit ihren wilden Schritten fast zu verschlingen schien: Lord Edward Vane.

Der Sohn des Dukes blieb an der Ecke der Weide stehen und wies seine Männer an, mit dem Graben zu beginnen. Alden drehte sich zu Juliet um und legte einen Finger auf seine Lippen. Er deutete ein Lächeln an, und ihr Herz machte einen Sprung.

Zwei Hacken schwangen hoch, dann hieben sie in die Erde: in ein kleines versteckt liegendes, morastiges Stück Weide am Fuß einer leichten Erhebung. Es war die Stelle, die Juliet für Alden auf ihrer Zeichnung markiert hatte. Als sie und Kit Kinder gewesen waren, war dort eine Quelle entsprungen, doch seit damals hatte sich einiges verändert. Ein neuer Entwässerungsgraben war angelegt und die Quelle hineingeleitet worden. Jetzt war es ein Platz, der nur gelegentlich feucht wurde; gerade ausreichend, um ein paar wilde Schwertlilien und ein wenig raues Sumpfgras dort wachsen zu lassen, aber nicht länger eine Stelle, an der das Vieh ertrinken könnte.

Auf einer Seite der Erhebung standen die Überreste eines Bauwerks aus Mauersteinen, das irgendwann zu der Ruine aus zerklüfteten, von Dornengestrüpp überwucherten Mauern zusammengefallen war. Auf der anderen Seite wuchs eine Ansammlung niedriger Büsche, die sich bis zum Fuß des Hügels ausgebreitet hatten. Der Hang selbst war übersät von Bäumen, von denen einige jetzt Juliet und Alden ihren Schutz boten.

Brocken von Erde flogen durch die Luft, einer nach dem anderen. Lord Edward stand dabei und sah zu.

Alden ging in die Hocke und zog Juliet zu sich herunter. Er

nahm seinen Mantel ab und legte ihn ihr um die Schultern. Sie hatte keine Ahnung, was er als Nächstes plante, sie hatte ihn nicht danach gefragt. Seite an Seite warteten sie schweigend ab, während die Schwertlilien zertrampelt und das Sumpfgras abgeschnitten wurde. Das alles schien so oder so zu keinem guten Ende zu führen – ob Lord Edward Harald Schönhaars Schatz nun fand oder nicht, denn auch dann war sie noch immer mit George Hardcastle verheiratet.

Irgendwo krähte ein Hahn, dann noch einer, ein heiseres Echo von einem der umliegenden Höfe. Enten stoben zu einem plötzlichem Flug über den See nahe dem Haus auf und brachten die Luft mit ihren Flügeln zum Säuseln, als sie vorbeiflogen. Am Himmel begannen die Eierschalenfarben zu verblassen und sich in das klare Blau eines frühen Sommermorgens zu verwandeln.

Juliet ließ ihre Hand in Aldens und lauschte dem Pulsieren ihres Herzens, während die Spitzhacken sich hoben und niedersausten und der Sohn des Dukes neben dem immer höher werdenden Berg von Erde hin und her ging. Es verging eine Stunde, vielleicht auch zwei, dann stieg die Sonne über die Baumwipfel und übergoss die Grabenden mit ihrem Licht. Lord Edwards grauer Mantel färbte sich rosarot, sein Gesicht drängte sich in den Mittelpunkt, es war starr von Puder und Rouge und den Schönheitsflecken, die seine Narben abdeckten. Er setzte seinen Dreispitz ab und kratzte sich unter seiner Perücke.

Die Erde in der Grube wurde feuchter. Die Hacken waren durch Schaufeln ersetzt worden. Bei jedem Stich saugten sie sich fest und tauchten mit schmatzendem Geräusch wieder auf, während der Boden Stück um Stück abgetragen wurde. Juliet beobachtete das Geschehen, und das Herz klopfte ihr bis zum Hals. Sie wusste, dass dort eine andere Art von Schatz vergraben lag. Doch wie würde sie reagieren, wenn Lord Edward ihn fand?

Alden beobachtete die Männer bei ihrer Arbeit. Um seine Falle zu stellen, hatte er sein Netz weit ausgeworfen. Dennoch konnte ein Dutzend Dinge schiefgehen. Der Teufel hole es, hundert Dinge konnten schiefgehen, doch nicht eines davon zählte wirklich, nicht einmal die Rache an Lord Edward, solange Juliet ihn liebte. Sie saß neben ihm im feuchten, dämmrigen Morgen, ihre Hand in seiner. Er wusste, dass dieser Überfall auf das Haus ihrer Kindheit sie erboste, und er war ein weiteres Risiko eingegangen, von dem sie nichts wusste: Er hatte einen erklärenden Brief an ihren Vater geschickt, denn Lord Felton war zu Hause. Wenn der Earl nicht käme, würde Juliet nie erfahren, dass ihr Vater ihr noch immer den Rücken zuwandte. Aber wenn er kam ...?

Der Wunsch, Juliet zu beschützen, sie vor Schaden oder Kummer zu bewahren, brannte in Aldens Herz.

Ich würde Drachen für dich töten, Juliet. Ich würde die Mauern von Troja stürmen. Ich würde mit den Horden Dschingis Khans kämpfen. Ich würde alles tun, um dich zu beschützen und vor Kummer zu bewahren. Mein Herz zittert und schwillt an, Juliet. Ist das Liebe?

Doch vor einem konnte er sie nicht bewahren: Zeugin dieses Geschehens am Ort ihrer Kindheit zu werden oder vor dem, was sich daraus ergeben würde, wenn sein Plan fehlschlagen würde.

Lord Edwards Stiefel trugen dunkle Spuren vom taugetränkten Gras. Auf einer entfernt liegenden Weide sammelte sich eine kleine Kuhherde, um zur Scheune zu trotten, zum morgendlichen Melken. Die Sonne gewann an Wärme.

Die Männer gruben jetzt abwechselnd. Das Loch wurde tiefer. Eine Hacke stieß gegen etwas Hartes.

Lord Edward fuhr herum. »Du hast etwas?«

Der Mann beugte sich vor und begann, mit seiner Schaufel zu kratzen. »Sieht aus wie eine Kiste, Mylord.«

»Eine Kiste!« Lord Edward ignorierte den Schaden an seinen

Hosen, als er sich in die Erde am Grubenrand kniete. »Los, Mann! Gib sie her!« Er griff mit beiden Händen nach unten.

Die Männer reichten ihm einen erdverkrusteten Würfel hinauf.

Und die Hölle brach los.

Juliet riss ihre Hand aus Aldens und rannte laut rufend den Hügel hinunter.

Alden sprang auf und stürmte ihr nach.

Einige Männer sprangen hinter der zusammengefallenen Mauer hervor und begannen, auf sie zuzulaufen.

Aus der Ferne kam ein Reiter herangaloppiert.

Lord Edwards Arbeiter warfen ihre Schaufeln fort und gaben Fersengeld.

»Wie könnt Ihr es wagen!«, schrie Juliet. »Das gehört mir!«

Der Sohn des Dukes presste die kleine Kiste an seine Brust, während er taumelnd auf die Füße kam. Als er stand, wich er einen Schritt zurück und fiel in die Grube.

Juliet blieb am Rand des Erdhaufens stehen, ihre Röcke wirbelten. Alden packte sie, gerade als die anderen Männer sie einholten. Sie wurden von einem älteren Mann mit weißer Perücke und in einem teuren grünen Gehrock angeführt, offensichtlich ein Peer.

Juliet hob den Kopf und begegnete dem durchdringenden Blick des Mannes. Einen Augenblick lang starrten sie einander schweigend an.

»Mein Gott!«, sagte sie schließlich mit einem halben Lachen. »Vater?«

»Nun, Madam.« Wie Papier, das in einem Sturm umhergetrieben wurde, zitterte Lord Feltons Gesicht. »Es ist eine lange Zeit vergangen, aber du findest mich wohlauf, Tochter.«

Er breitete die Arme aus. Alden sah, wie Juliet zu ihrem Vater ging, der sie fest umarmte. Gott sei Dank!

»Vielleicht«, wandte sich Alden an die gaffenden Dienstboten, »sollte jemand Lord Edward aus dem Dreck helfen?«

Sofort reichten einige Diener des Earls die Hände zu Lord Edward hinunter. Besudelt mit Lehm, wurde der Lord auf das Gras heraufgezogen. Als er stand, fiel seine Perücke herunter und gab den Blick auf die Haarstoppeln seines rasierten Schädels frei. Das gepuderte Haarteil lag unbeachtet auf dem Boden, einer der Diener trat es unbeabsichtigt in den Schmutz.

»Verdammt, Lord Edward!«, sagte der Earl. »Was zum Teufel denkt Ihr Euch dabei, mir mein Land umzupflügen, he?«

Der Sohn des Dukes verneigte sich, noch immer hielt er die Kiste in Händen. »Lord Felton. Euer Diener, Sir. Ich erbitte Eure Nachsicht.« Barhäuptig im frühen Morgenlicht schimmerte Lord Edward wie eine Scherbe aus Eis, hart und hell, doch ohne Einbuße an Haltung. »Eure Tochter und ich waren einmal verlobt und wollten heiraten ...«

»Dessen bin ich mir bewusst, Sir«, erwiderte der Earl.

Lord Edward verbeugte sich erneut. »Ich bin sehr nachsichtig gewesen, dem müsst Ihr beipflichten, Sir, selbst noch im Angesicht von Lächerlichkeit und Skandal. Ich bin unerschütterlich, sogar im Angesicht von Treulosigkeit.« Er schaute direkt auf Alden. »Selbst jetzt noch, wenn ich Eure Tochter einmal mehr in solch unglückseliger Begleitung sehe ...«

Der Earl schaute unbehaglich drein. Er ließ die Hände sinken und schickte seine Diener mit einem Wink außer Hörweite. »Ich habe keinen Streit mit Euch, was dieses Thema angeht, Sir. Meine Tochter muss für vieles Rechenschaft ablegen, das leugne ich nicht.«

Das gepuderte Gesicht lächelte. »Ich habe lediglich den Wunsch gehabt, ihre Zuneigung zurückzugewinnen. Ihren Schatz zu finden schien ein kleiner Schritt ...«

»Dann gebt Ihr zu, dass die Schachtel mir gehört«, unterbrach Juliet ihn und trat vor.

»Ma'am, mein Herz gehört Euch.« Lord Edward wandte sich um und sah sie an. Sein Ton klang gleichmütig, doch seine

Augen schleuderten Blitze, und an seinem Kinn pochte eine Ader. »Aber diese Schachtel? Vielleicht habt Ihr vergessen, was in Marion Hall geschehen ist?«

Juliet erstarrte.

Der Augenblick dehnte sich und drohte mit schrecklichen Eventualitäten.

Rosafarbene Mantelröcke wirbelten, als der Sohn des Dukes sich wieder dem Earl zuwandte. »Sir Reginald Denbys Landsitz ...«

Juliet stand wie angewurzelt da, ihr Gesicht war kalkweiß.

»Vielleicht habt Ihr davon gehört, Sir?«, sprang Alden helfend ein. »Ein Ort, der für seine interessante Architektur bekannt ist.«

Mit einem verwirrten Stirnrunzeln starrte der Earl den Sohn des Dukes an, dann unterbrach er das Schweigen, und seine Stimme klang, als würde er Glas zerbrechen. »Von was, zum Teufel, redet Ihr, Sir? *Meine Tochter* war in Marion Hall?«

»Leider, und das in Begleitung von Gracechurch, dessen Ruf hinlänglich bekannt ist.«

»Trotz dieser traurigen Tatsache«, ergriff Alden erneut das Wort, »hat Lord Edward erneut um die Hand Eurer Tochter angehalten, was er wohl kaum getan haben würde, wäre sie in irgendeiner Weise kompromittiert worden durch meine unbeständige Le ...«

»Sie hat mich abgewiesen.« Lord Edwards Stimme klang messerscharf. »Aber sie hat mir ihr Medaillon gegeben und das Recht auf diese Kiste, wenn ich sie finden würde.«

Juliet wirkte verblüfft.

»Ist das wahr?«, fragte der Earl.

»Gracechurch wird ohne Zweifel meine Worte bestätigen«, triumphierte der Sohn des Dukes. »Es sei denn, er hat den Abend in anderer Erinnerung? Habt Ihr das, Gracechurch? Muss ich ihren Vater mit weiteren Einzelheiten über das langweilen, was

Lady Elizabeth Juliet Amberleigh in jener Nacht gesagt und getan hat?«

»Das ist unnötig, dessen bin ich sicher«, erklärte Alden matt. Der verrückte Drang zu lachen war fast sein Verderben.

»Wer würde dann noch bestreiten, dass diese Kiste in der Tat mir gehört?«

»Niemand, Lord Edward«, antwortete Juliet. »Und da ich sie Euch anscheinend so bereitwillig gegeben habe, könnt ihr sie auf jeden Fall behalten. Aber ich biete Euch den Wert des Inhalts in Geld an.«

»Seid Ihr verrückt, Ma'am? Harald Schönhaars Schatz?«

Alden machte eine Verbeugung vor dem Sohn des Dukes, die in jedem Salon zur Ehre gereicht hätte, und dabei benutzte er sein Taschentuch in besonders kränkender Übertreibung. Der Spitzensaum fing einen klaren Strahl des Sonnenlichts auf, der über die Bäume lugte. Für den Bruchteil einer Sekunde blitzte er auf wie ein schneeweißer Vogel.

»Ach, Sir«, meinte er. »Wenn Harald Schönhaar sein Gold in diese Kiste gelegt hat, dann fürchte ich, dass er in der Zeit vorwärts gereist sein muss, um das tun zu können. Was Ihr da haltet, ist, glaube ich, eine Teekiste, die ungefähr zwanzig Jahre alt ist?«

»Und die ich einst hier vergraben habe«, lächelte Juliet fröhlich, »zusammen mit Kit. Der Boden muss nachgegeben haben, da die Kiste so tief in der Erde lag.«

Lord Edward starrte auf das schmutzverklebte Holz. Wortlos schob er den Deckel auf. Unter dem Rouge und den Schönheitspflästerchen wurde sein Gesicht aschfahl.

Er ließ die Kiste fallen, fasste in eine Tasche und zog das Medaillon heraus. Einen Moment lang stierte er es an, den Mund zu einer seltsamen Grimasse verzerrt.

Unerwartet nahm Alden ihm Juliets Gold aus den kraftlosen Händen. »Enttäuscht, Sir?«

Mit eisiger und vollendet gespielter Haltung, das Gesicht wie eine Maske aus Wachs, zog der Sohn des Dukes beide Augenbrauen hoch. »Nun, Sir, es ist eine Bagatelle ...«

»Verglichen mit der *Isle of Dogs Company*? Dem Pelzhandel? Diesem ansehnlichen Netzwerk aus Investitionen, empfohlen von Robert Dovenby?«

Wie eine Marionette zuckte Lord Edward zusammen. »Was zum Teufel wisst Ihr darüber?«

Alden lächelte, während er mit dem Daumen über Juliets Medaillon strich und es ihr dann reichte. »Nur, dass dieses Mal *Ihr* verraten worden seid, Sir. Habt Ihr wirklich geglaubt, *Die Taube* sei Euer Freund? Ihr seid ruiniert, fürchte ich. Würdet Ihr gern alle Details hören?«

Er begann, die Einzelheiten eine nach der anderen aufzuzählen: die nicht existierenden Schiffe, Ladungen, die niemals gekauft worden waren, das Gebäude aus Betrug und Gier, in das Lord Edward bereitwillig eingetreten war ...

Der Sohn des Dukes presste die Hand mit den vielen Ringen an den Fingern gegen seine verfärbten Zähne, sein Kinn arbeitete. Er ließ sich in die Hocke sinken und presste seine zitternden Hände gegen seinen stacheligen Schädel. Das Schweigen war ohrenbetäubend.

Alden beugte sich hinunter und nahm die Kiste an sich. »Es ist ein entzückendes Gefühl, nicht wahr?«, fragte er ruhig. »Gut für die Eingeweide.«

Unbeachtet ließ er den Sohn des Dukes auf dem Erdhaufen kauern und reichte Juliet die Kiste. »Also, was ist drinnen? Ich muss meine große Neugier eingestehen.«

Juliet nahm Aldens Taschentuch und breitete es auf dem Boden aus. Sie hob den Deckel der Kiste und schüttete deren Inhalt aus. Ein Durcheinander von kleinen Figuren fiel auf das Quadrat aus Leinen.

»Ah«, sagte Alden und ließ sich auf ein Knie fallen, um sie sich anzusehen. »Spielzeugsoldaten.«

Juliet erwiderte seinen Blick und lächelte, ehe sie sich an ihren Vater wandte. »Ja, Spielzeugsoldaten. Kits Lieblingsspielzeug. Wir haben die Figuren hier zum Spaß vergraben und konnten sie dann nicht mehr wiederfinden, so sehr wir auch danach gesucht haben. Es war nur ein Kinderspiel. Und beim Vergraben der Kiste haben wir uns nach den geheimnisvollen Linien und Zahlen auf dem Medaillon gerichtet.«

»Ein Kinderspiel, was?«, bemerkte Lord Felton und beugte sich über die Spielzeugsoldaten. »Dann hat meine Tochter Euch wohl zum Narren gehalten, Lord Edward, als sie Euch hierherschickte, um auf meinem Land ein Loch zum Hades zu graben. Und nach dem zu urteilen, was Lord Gracechurch mir über Eure Geschäfte in einem Brief mitgeteilt hat, Sir – Eure Gaunereien, Eure Betrügerei *und die grausame Art, wie Ihr meine Tochter behandelt habt,* mit Beweisen dafür, möchte ich hinzufügen, Sir, mit Beweisen! –, würde ich sagen, dass das Spiel für Euch aus ist, Sir. Meine Tochter verdient einen besseren Mann als Euch, Lord Edward Vane!«

Das Gesicht nass und schmutzig, die Augen auf Juliet gerichtet, sprang der Sohn des Dukes auf die Füße. Zu schnell für Alden, um Juliet vor dem zu beschützen, was Lord Edward im Sinn hatte.

Ich würde Drachen für dich töten, Juliet. Ich würde die Mauern von Troja stürmen. Ich würde mit den Horden Dschingis Khans kämpfen. Ich würde alles tun, um dich zu beschützen und vor Kummer zu bewahren.

Alden war zu weit entfernt, das Schwert hing nutzlos an seiner Seite, denn er kniete.

Als sähe er aus großer Entfernung zu, registrierte Alden, dass Lord Edward Juliet anlächelte. So langsam wie Honig von einem Löffel tropfte, griff der Sohn des Dukes in seinen Rock und zog etwas hervor. Ein Sonnenstrahl verfing sich auf dem Gegenstand, als er gedreht wurde. Er funkelte im Morgenlicht, kalt und grell, und stach wie ein Messer in Aldens Herz – obwohl die tödliche Absicht nicht ihm galt.

Sie galt Juliet.

Zu spät riss sie eine Hand hoch, als Lord Edward den Dolch hob und damit zustieß.

Alden blieb nur diese eine albtraumhafte Sekunde, um aufzuspringen, seine Pistole zu ziehen und zu schreien, um die Zeit anzuhalten. Als er sich auf Juliet warf, schien rings um ihn die Hölle aufzubrüllen. Dämonische Schreie hallten in seinen Ohren und brachten sein Herz schier zum Stehen. Seine ganze Verzweiflung lag in seinem Schrei: Es war das letzte Wort, das sie auf dieser Erde hören würde, und es trug seine ganze Seele in sich.

»*Juliet!*«

Ein ohrenbetäubender Widerhall gellte in seinen Ohren. Die Augen groß vor Entsetzen, ließ Lord Edward den Dolch fallen und stürzte zu Boden. Alden riss Juliet unverletzt in seine Arme, während er in die rauchende Mündung einer Pistole und in ein anderes Gesicht starrte, das vor Wut verzerrt war: der Reiter.

Der Reiter, der über die Weide auf sie zugaloppiert war und der durch einen von Aldens Briefen veranlasst worden war, von London hierherzukommen.

»Himmel«, bemerkte Alden. »Es ist Hamlet. Wird am Ende des Stückes noch irgendjemand außer Horatio am Leben sein?«

»Bastard!«, schrie der Reiter. »Dieser verdammte Bastard!«

Lord Edward wand sich auf dem Boden und presste die Hand gegen seine Schulter, zwischen seinen Fingern quoll Blut hervor. »Hardcastle? Verdammt, Sir! Ihr habt auf mich geschossen?«

Sein Gesicht voller Mordlust, sprang George von seinem Pferd und ging auf den Sohn des Dukes zu. Ehe er ihn erreichte, packten ihn einige Männer auf ein Zeichen Lord Feltons hin an den Armen und hielten ihn fest. Der Earl stellte sich neben seine Tochter. Juliet sah ihren Vater an und fasste nach seinem

Arm. Was Alden die Möglichkeit gab, eingreifen zu können, wenn es erforderlich sein würde.

»Wir sind ruiniert, Sir!«, zischte George und starrte Lord Edward an. »*Ruiniert!*« Er versuchte vergeblich, sich zu befreien, stieß den Kopf vor und spie aus. »Eure großartigen Pläne haben sich als verdammte Seifenblase entpuppt, Sir. Unsere Geldgeber wissen es bereits. Jeder weiß es. Alles ist aus. *Alles!*«

»Nun, Mr. Hardcastle«, ergriff Alden das Wort. »Lord Edward hat bereits das Ausmaß seines eigenen Ruins erkannt. Eure Neuigkeiten bestätigen das nur.«

»Er hat mein Geschäft ruiniert, mit dem ich noch einmal neu anfangen wollte. Er hat mir bei meinem Holzhandel Konkurrenz gemacht, um mich in die Pleite zu treiben, und hat mir dann angeboten, mir auf die Beine zu helfen, damit er mich vollends ruinieren konnte.« George wandte den Kopf in Richtung Lord Edwards. »Sie sind hinter uns her, Sir, wegen Betrugs und Unterschlagung. Man könnte mich dafür hängen!«

»Dann hängt doch, Sir!« Lord Edward erbrach sich in den Dreck. »Und verflucht das nicht adlige Blut Eures Vaters, das Euch nicht vor dem Galgen retten kann.«

»Verdammt, Sir! Wenn wir hängen, dann hängen wir zusammen!«, schrie George.

»Nun, was immer er sich auch zu Schulden hat kommen lassen, man wird den Sohn eines Peers nicht hängen, Mr. Hardcastle, Euch hingegen schon«, bemerkte Alden. »Doch wie auch immer, wenn Ihr Euch jetzt nach Frankreich absetzt, könnt Ihr der Schlinge noch entkommen. Aber natürlich nicht, ehe Ihr und ich ein paar Differenzen bereinigt haben.«

Blut sickerte stetig zwischen den langen Fingern hervor, die sich in den Mantel krallten, doch mit verrücktem Trotz lachte Lord Edward und richtete sich auf. »Ihr wollt Euch mit Abschaum wie dem da duellieren, Gracechurch?«

»Nun, Sir«, entgegnete Alden mit dem Hochziehen einer

Augenbraue. »Eher würde ich mich mit Abschaum wie Euch duellieren.«

Der Sohn des Dukes sprang auf die Füße, Sonnenlicht blitzte auf seinem jetzt gezogenen Degen. Für einen Moment stand er taumelnd da, dieser todsichere, geübte Fechtpartner, einer der besten Schwertkämpfer Englands. Doch er verlor Blut, sein Ärmelaufschlag war rot gefärbt, das Heft seines Schwertes in seiner Hand war schlüpfrig.

Zu seiner Verteidigung hatte Alden ebenfalls seine Waffe gezogen, die Klinge in seiner Hand vibrierte. Doch dann deutete er eine kurze Verbeugung an und machte eine Geste, als wollte er sein Rapier wegstecken. »Ich duelliere mich *niemals* mit einem Gegner, der bereits blutet, Lord Edward. Es macht ihn gemein – und es raubt dem Spiel alle Kunstfertigkeit.«

Das Gesicht weiß und durchscheinend, ignorierte Lord Edward, dass Alden unbewaffnet war, und stieß hart nach dessen Herz.

Alden wich aus und sprang zur Seite. Beim nächsten Stoß seines Feindes entwaffnete er ihn. Er hob das zu Boden gefallene Rapier und den Dolch auf und warf die Waffen zur Seite, wo einer der Diener sie aufsammelte. Dann wandte er sich um, um Lord Felton auch seinen Degen zuzuwerfen.

Kaum dass Alden sich umgewandt hatte, schrie Juliet auf. Lord Edward hatte den Griff einer am Boden liegenden Spitzhacke gepackt. Er schwang sie mit aller Kraft, der schwere, von Erde bedeckte Stahl glänzte matt. Aldens Degen zerbrach zwischen Klinge und Glocke, die Wucht betäubte Aldens Arm bis zur Schulter, als er den Schlag knapp ablenken konnte. Er duckte sich, griff blitzschnell nach einer Schaufel und wehrte den nächsten Hieb damit ab.

»Fürwahr, Sir, eine höchst originelle Wahl der Waffen.« Alden duckte sich erneut, als die Spitzhacke an seinem Kopf vorbeisauste. »Wie wäre es mit einem Duell mit Sensen?«

»Kämpft, verdammt!«, schrie Lord Edward, aus dessen Ärmel jetzt Blutstropfen hervorquollen und sein Handgelenk rot färbten.

»Kuriert Euch erst wieder aus, Sir«, riet Alden ihm freundlich, »und ich werde mich mit Euch auf einer Heuwiese treffen. Ich garantiere Euch, dass ich Euch mit dem dritten Schwaden Heu schlagen werde.«

Metall klirrte, als Alden die Spitze der Hacke mit seiner Schaufel abwehrte. Er machte mit ihr eine rasche Bewegung. Die Hacke fiel zu Boden.

Lord Edward sank auf die Knie, als hätte ein Puppenspieler seine Fäden durchschnitten. »Ich hätte Euch vergiften sollen wie Geschmeiß ...–«, setzte er an und schaute Alden über die Schulter an. Sein Grinsen glich dem einer Totenmaske.

George hatte sich von seinen mit offenem Mund dastehenden Bewachern losgerissen. Ehe jemand ihn aufhalten konnte, warf er sich auf Lord Edward und schleuderte ihn zu Boden. Während Georges Faust gegen dessen verletzte Schulter krachte, schrie der Sohn des Dukes noch einmal auf, ehe er das Bewusstsein verlor.

»Abschaum?«, schrie George. »Abschaum!« In rasender Wut stemmte er sich hoch auf beide Knie, packte einen Stein vom Erdhaufen und schlug ihn mit grausiger Kraft auf Lord Edwards Schädel.

Alden stürzte sich auf George, drückte ihn mit dem Knie zu Boden und drehte ihm die Arme auf den Rücken. Er riss sich die Krawatte ab und benutzte sie, um Georges Hände damit zu binden. Dann überließ er ihn wieder der Aufsicht von Lord Feltons Männern.

»Nun, Mr. Hardcastle«, meinte er. »Ihr habt gerade den Sohn eines Peers des Königreiches getötet. Das tut mir verdammt leid, weil ich – wenn er wieder bei Kräften gewesen wäre – die feste Absicht hatte, ihn selbst umzubringen.« Er säuberte sich die Hände mit einem frischen Taschentuch und unterdrückte seine ehrliche Wut. »Allerdings würde ich verdammt sein müssen, wenn ich einen verletzten Mann vor den Augen meiner Frau abgeschlachtet hätte.«

Ihr Rücken starr, das Haar schimmernd in der jetzt hellen Morgensonne, hielt Juliet eine Hand vor den Mund gepresst. Jetzt wandte sie sich abrupt ab und ging davon, gefolgt von Aldens stillen, verzweifelten Entschuldigungen: *Ich habe mich darauf verlassen, dass die Diener aufpassen würden. Ich habe es nicht kommen sehen – und konnte es nicht verhindern.*

George sah ihr nach. »Diese verfluchte Hure! Sie ist keine verdammte Ehefrau für mich!« Er wandte den Kopf. »Wir waren kaum verheiratet, da hat sie mich besprungen wie die Dirne eines Seemanns, aber sie wird nicht …«

Mit seinem Stock schlug Lord Felton George auf den Mund.

Alden packte den Earl am Arm. »Hat es nicht schon genug Tod für einen Morgen gegeben? Ich meinte diese Sache mit Hamlet nicht wortwörtlich. Mr. Hardcastle ist wegen seiner finanziellen Verluste außer sich. Er hatte nicht vor, zum Mörder zu werden.«

Lord Felton wandte sich Alden zu, sein Gesicht drückte Entschlossenheit aus. Er war ein Peer des Königreiches, der auf seinem eigenen Land Zeuge eines schweren Verbrechens geworden war »Doch Mord ist es, was geschehen ist. Ihr habt das alles geplant, nicht wahr? Als Ihr mich in Eurem Brief darum gebeten habt, heute Morgen hierherzukommen – um Lord Edward und seine Männer zu überraschen und um meine Tochter wiederzutreffen –, da habt Ihr all dies geplant?«

Alden schaute zu George. Blut quoll aus einem Schnitt auf dem gut geschnittenen Gesicht des Mannes. *Geplant?* Nicht ganz. Es war ein seltsames Gefühl, als klapperten Würfel in seinem Kopf.

»Ich wollte dafür sorgen, dass Mr. Hardcastle sich wegen seiner betrügerischen Investitionspläne dem Zorn des Gesetzes stellt. Ich hoffte, er würde, zum Äußersten getrieben, einer Scheidung ohne allzu großes Aufsehen zustimmen. Ich hatte vor, ihm ausreichend Mittel zur Verfügung zu stellen, von denen er in Frankreich in Wohlstand hätte leben können.«

Lord Felton zeigte auf den Sohn des Dukes. »Und Lord Edward, Sir, der jetzt als Leiche da liegt?«

»Ich hoffte zu erreichen, dass Lord Edward sich selbst als dazu fähig entlarvt, sich durch Diebstahl einen Schatz anzueignen. Mit Euch als Augenzeugen. Ich wollte zeigen, welche Art Mann er wirklich ist, und ich wollte ihn ruinieren. In der Gesellschaft, in seiner Familie, vor aller Welt. Ich wollte ihn beschämen und ihn beleidigen, denn ich hoffte, ihm selbst in einem Duell gegenüberzustehen.«

»Also habt Ihr seinen Tod geplant«, stellte Lord Felton unverblümt fest.

»Ich habe seinen Tod einkalkuliert«, erwiderte Alden. »Aber nicht so.«

»Dann war es auf sein eigenes Risiko«, erklärte Juliet, die wieder näher getreten war. »Lord Edward Vane war dafür bekannt, im Umgang mit dem Schwert ein Dämon zu sein.« Sie schauderte plötzlich zusammen und ging zu der zusammengestürzten Mauer, um sich zu setzen.

Lord Felton sah Alden nachdenklich an. »Ich habe nicht den Prozess vergessen, auf den Ihr in Eurem Brief drängt, Sir, aber wie es jetzt aussieht, ist sie noch eine verheiratete Frau.« Er zeigte auf die zusammengesunkene Gestalt Lord Edwards und auf George, der von den Dienern bewacht wurde. »Ich weise nicht alle Schuld an den Geschehnissen Euch zu, Gracechurch, doch ich denke, dass meine Tochter und ich etwas Zeit brauchen, Sir. Es sind fünf Jahre, die nachzuholen sind, nicht wahr? Solange ihr Mann noch lebt, ist ihr Zuhause hier bei mir in Felton Hall.«

»Natürlich«, sagte Alden. »Unter diesen Umständen. Wenn das ihre Wahl ist ...«

Juliet hatte die Hände vor das Gesicht geschlagen und ließ sie jetzt sinken. »Ich werde bei dir bleiben, Vater.«

Der Earl schüttelte den Kopf und schaute in Richtung Felton Hall. »Ich wollte den Sohn eines Dukes für sie, für meine einzige Tochter. Vielleicht reicht auch ein Viscount, aber ich will verdammt sein, wenn sie noch einmal einen Bürgerlichen heiratet.«

»Ein großer Nachteil, ohne Titel geboren zu sein«, bemerkte Alden trocken. Er schloss Lord Edward die Augen, ehe er seine Weste über das Gesicht seines Feindes legte.

George leckte seine aufgeplatzte Lippe und lachte. »Dann achtet auf Euren eigenen Titel, Lord Gracechurch! Lord Edward hat es mir erzählt. Er hielt es für den größten Witz von allen. Er hat es sich aufgespart, um es Euch ins Gesicht zu schleudern, wenn die Zeit dafür gekommen wäre: Meine Heirat mag eine Schande gewesen sein, aber die Eures kostbaren Bruders war es wirklich. Ebenso wie die Existenz seines Sohnes. Was ist denn *damit*?«

»Was für ein Sohn?« Alden starrte ihn an. »Welche Ehe?«

George spuckte aus.

»*Welche Ehe?*«

»Ihr werdet das nicht aus mir herausbekommen, *Mylord*«, erwiderte George. »Aber Ihr könntet Eure Mutter fragen.«

Lord Felton gab den Dienern ein Zeichen. »Worüber zum Teufel redet er? Bringt den verdammten Kerl weg.«

George wurde gepackt und über die Weide davongezerrt.

Die Existenz seines Sohnes. Die Existenz seines Sohnes. Alden bückte sich und hob das Taschentuch mit den Spielzeugsoldaten auf. Er brachte es zu Juliet und legte es in ihre Hände. Ein Universum von Worten wäre nötig, zu viele, sie alle zu sagen.

»Ich verstehe es. Du musst deinem Vater diese Zeit geben.

Ich werde nach Gracechurch zurückkehren, um die Wahrheit herauszufinden, welche auch immer das sein mag.«

Sie schaute auf und erwiderte seinen Blick. *Ihre ganze Seele liegt in ihren Augen*, dachte Alden.

»Die Wahrheit zwischen uns wird sich nicht ändern«, erklärte sie. »Was immer auch geschieht.«

Lord Felton ging zu seiner Tochter und bot ihr den Arm. Alden verbeugte sich und trat zurück. Mit geradem Rücken und hoch erhobenen Hauptes legte Juliet die Hand auf den Arm ihres Vaters und ließ sich von ihm heim nach Felton Hall führen.

Alden stand neben der klaffenden Grube, die Leiche Lord Edwards zu seinen Füßen, und schaute ihr nach.

Juliet fühlte einen vernichtenden Schwindel. Sie fühlte sich wie betäubt, als hätte man sie mit Knüppeln geschlagen. George hatte Lord Edward ermordet. Sie sollte sich darüber freuen. Die Angst, mit der sie fünf Jahre lang gelebt hatte, war grundlos geworden. Doch mit eigenen Augen mit anzusehen, wie der Feind vom Ehemann umgebracht wurde, das war nichts, was sie jemals wieder erleben wollte – und jetzt würde George gehängt werden. Vor ein Gericht gezerrt und des Mordes für schuldig befunden werden, gezwungen werden, aufs Schafott zu steigen und seinen letzten Atemzug vor einer johlenden Menschenmenge zu tun.

Er hatte ihr Leben gerettet.

Sie hatte George niemals wirklich geliebt, aber er hatte ihre erste mädchenhafte Vernarrtheit gewonnen. Sie hatten das Bett miteinander geteilt, in Lust, in wahrer Leidenschaft. Obwohl er sich als schwach und verabscheuungswürdig erwiesen hatte, hatte sie ihn niemals für wirklich böse gehalten. Was sollte sie jetzt glauben? Dass sie von einem Mörder verführt worden war oder dass alle Männer eines Mordes fähig waren, wenn man sie nur genügend provozierte?

Sie hatte sich an der Quelle von Alden getrennt, um mit ihrem Vater in das Haus ihrer Kindheit zurückzukehren. Juliet schätzte diese Tage, die behutsamen Gespräche mit ihrem Vater. Einmal hatte sie in seiner Gegenwart geweint, und als sie aufgesehen hatte, hatte sie bemerkt, dass auch in seinen Augen Tränen gestanden hatten. Sie hatten eine Ehefrau und einen Sohn verloren, eine Mutter und einen Bruder, und sie hatten fünf Jahre in bitterer Trennung verbracht. Auch ihr Vater war nach dem Unfall krank gewesen. Er hatte nicht gewusst, dass Juliet todkrank in einem Gasthaus gelegen hatte. Als er erfahren hatte, dass George sie verlassen hatte, war sie bereits verschwunden und in Miss Parretts Obhut gewesen.

Sie hatten all diese Zeit aufzuholen und einander wiederzuentdecken.

Es war, als hätte Juliet jene Tage in Manston Mingate verschlafen, bis Alden sie gezwungen hatte, aufzuwachen und wieder zu leben. Unglücklicherweise war das ebenso schmerzlich wie aufregend, ebenso schwierig wie erfüllend.

Juliet musste sich diese Zeit für ihren Vater nehmen. Aber was würde mit dem Mann werden, den sie liebte, und der unumstößlichen Tatsache, dass sie noch verheiratet war? Auch wenn ihr Ehemann jetzt im Stadtgefängnis verrottete und auf seine Gerichtsverhandlung wartete? Und was war mit Georges seltsamer Drohung, dass Alden in Wahrheit nicht Lord Gracechurch sei? Dass sein Bruder Gregory einen legitimen Sohn hinterlassen hatte?

Sie schickte anständiges Essen und saubere Kleider an George und fragte sich, ob Geld und ein Titel letztlich alles waren, was für ihren Vater zählte.

Man hatte ihm gestattet, seine Kleider zu behalten. Er hatte einen Raum für sich allein, der passabel möbliert war, und durch das vergitterte Fenster konnte er über den Hof des Rathauses schauen. Sie hatten ihm sogar Papier und Federn zugestanden. Doch George saß auf dem Stuhl aus Walnussholz, stützte den Kopf in die Hände, die auf dem schönen Schreibtisch ruhten, und empfand nichts als Selbstmitleid. Sie hatte Essen und saubere Krawatten geschickt, die Hexe, aber sie war nicht gekommen, um ihn zu besuchen.

Als schließlich doch ein Besucher hereingeführt wurde, weigerte sich George aufzustehen, auch wenn Alden Gracechurch einen noch so eleganten Kratzfuß und eine noch so elegante Verbeugung machte, fast so, als wäre der Enkel des Schlachters ebenfalls der Sohn eines Peers.

»Ihr seid gekommen, um Euch zu weiden?«, begrüßte George ihn. »Oder wollt Ihr um mehr Informationen bitten? Ihr werdet sie von mir nicht bekommen.«

»Meine Mutter, Sir, hat mir – wenn auch widerstrebend – bereits alles erzählt, was Lord Edward über Gregory erfahren hatte.« Er lächelte, gänzlich ohne Groll. »Ich fürchte, es ärgert mich nicht so sehr, wie Ihr es wahrscheinlich hofft. Aber das ist nicht der Grund, aus dem ich gekommen bin.«

»Warum dann?«, fragte George. »Könnt Ihr es nicht abwarten, mich hängen zu sehen?«

Die Absätze klapperten, als der blonde Mann an das vergitterte Fenster trat und hinausschaute. George kannte den Blick auf den Hof ganz genau. Es war der Ort, an dem er sterben würde.

»Warum den Strang annehmen?«, entgegnete Alden. »Lord Edward hätte Juliet getötet. Indem Ihr auf ihn geschossen habt, habt Ihr ihr Leben gerettet. Obwohl Ihr dann das Unglück hattet, seinen Schädel mit einem Stein zu zertrümmern. Eine gute Verteidigung könnte Euch dennoch vor dem Galgen bewahren.«

»Ich kann mir keinen Anwalt leisten.«

»Wenn Ihr einen wollt, werde ich ihn bezahlen.«

Das Erstaunen verschlug George für einen Moment die Sprache. »Warum, in Teufels Namen?«

»Aus demselben Grund, aus dem ich Euch die öffentliche Hinrichtung ersparen möchte: um ihretwillen.« Der blonde Mann wandte sich zu George um. »Lord Edwards Vater ist ein Duke, und sein Einfluss ist enorm. Er mag bereit gewesen sein, seinen Sohn ohne einen Penny zu verstoßen, aber seine Ermordung wird er niemals vergeben. An dieser unglückseligen Tatsache führt kein Weg vorbei. Folglich könnt Ihr der Deportation oder dem Leben auf einem Strafschiff nicht entkommen, aber Ihr würdet leben – wenn Ihr um diese Chance kämpfen wollt.«

»Ich wäre lieber tot«, entgegnete George.

»Meint Ihr wirklich? Warum verhaltet Ihr Euch dann nicht zum ersten Mal in Eurem Leben wie ein Mann von Ehre?«

George starrte ihn an und fühlte, wie heiße Scham über sein Gesicht kroch. Sein Besucher war makellos, von dem gelockten goldfarbenen Haar bis zu den Schuhen mit den hohen Absätzen. Daneben fühlte er sich schäbig und niedrig.

»Was zur Hölle meint Ihr damit – zum ersten Mal?«

»Ich meine damit, dass ich gerade Eure Scheidungsdokumente gelesen habe, Sir«, erwiderte sein Gast.

George empfand leichtes Unbehagen. »Es war alles legal, besiegelt vor Zeugen.«

Alden Granville schüttelte seine Spitzen und verschränkte die Arme. Es erinnerte George an die Macht dieses Mannes, die er bis jetzt nicht ins Spiel gebracht hatte.

»Nicht ganz. Trotz der Zeugen wurden nicht allen Vorschriften des kürzlich verabschiedeten *Marriage Acts* Genüge getan, Mr. Hardcastle. Man könnte leicht damit argumentieren, dass die Ehe rechtswidrig war und Ihr einen Betrug begangen habt. Ihr wusstet dies natürlich. Ihr habt das immer gewusst, so wie ich davon überzeugt bin, dass auch Lord Edward es gewusst hat. Er war ein eifriger Mann, der Sohn des Dukes, der über jeden Informationen gesammelt hat.«

»Ihr versucht, mit mir zu handeln? Ihr wollt meine Anwaltskosten zahlen, aber nur, wenn ich zustimme, dass unsere Ehe durch Arglist zu Stande gekommen ist? Was wollt Ihr? Eine unterschriebene eidliche Erklärung, dass wir nie legal verheiratet waren? Soll ich sagen, unsere Ehe wäre nie vollzogen worden? *Das* wäre eine Lüge!«

Wenn er gehofft hatte, seinen Besucher damit zu verärgern, war es ihm misslungen.

»Ihr Vater ist ein Earl«, bemerkte Alden. »Auch er hat in dieser Angelegenheit beträchtlichen Einfluss. Wenn Ihr seiner Tochter Recht widerfahren lasst, vielleicht wird er dann ...«

George sprang auf. »Jetzt bietet *Ihr* mir auch noch mein Leben als Gegenleistung für Juliets Freiheit an, damit sie Euch heiraten kann?«

»Euer Leben ist mir verdammt egal, Mr. Hardcastle.« Das harte Gesicht war ruhig, es lag kein Frohlocken in den blauen Augen – nur der kaum wahrnehmbare Glanz beherrschter Wut. »Ich versuche bloß, Euch an die Tatsachen zu erinnern. Ich werde so oder so einen Barrister bezahlen. Während in Bezug auf Eure Ehe, was immer Ihr auch unternehmt, die Mängel bei der Eheschließung ihrem Vater eine einfache Handhabe geben werden, sie aus dieser Ehe zu befreien. Wenn Ihr da draußen auf diesem Platz den Tod findet, ist dieser Punkt natürlich hinfällig. Denn dann ist sie nicht mehr Eure Frau.«

»Aber Euch gefällt der Gedanke nicht, dass sie bis dahin mit einem Mörder verheiratet ist. Das würde vor Gericht die Hölle von einem Skandal geben. Sie soll *jetzt* frei sein. Das wollt Ihr, nicht wahr?«

»Meint Ihr nicht, dass Ihr ihr das schuldet? Ihr habt sie in ihrem Elternhaus verführt, als sie kaum älter als ein Kind war.

Ihr habt sie verlassen, als sie sich der größten Tragödie ihres Lebens gegenübersah. Fünf Jahre später habt Ihr ohne Gewissensbisse das neue Leben zerstört, das sie sich aufgebaut hatte. Sie hat Euch einmal geliebt. Ihr könntet ihr jetzt alles sehr viel leichter machen, wenn Ihr es nur wollt.«

»Was werdet Ihr unternehmen?«, gab George zurück. Seine Hände fühlten sich schwer an.

»Ich weiß es nicht«, erwiderte Alden. »Ich wünschte, Ihr würdet Euch fragen, was Ihr unternehmen solltet, Sir, wenn Ihr wollt, dass man sich an Euch als an einen Gentleman erinnert.«

Mit diesen Worten drehte sich der blonde Mann auf dem Absatz um und ging.

George saß lange Zeit am Schreibtisch und starrte an die Wand, während die Dunkelheit ihre barmherzigen Finger durch das vergitterte Fenster streckte. Deportation, die Strafschiffe oder der Tod auf dem Schafott. Wenn er zuließ, dass Alden Granville sich ihm gegenüber als Herr aufspielte, indem er ihm einen Anwalt bezahlte, würde er sein verkorkstes Leben diesen weißen Händen mit den kostbaren Ringen verdanken, die niemals ehrliche Arbeit verrichtet hatten. Doch er wollte verdammt sein, wenn er zuließ, dass diese gelassene Stimme über ihn lachte, wenn man ihn zum Schafott führte, um ihn aufzuhängen.

Er mochte der Enkel eines Schlachters sein, aber er hatte all diesen verdammten Aristokraten gezeigt, dass sie keine besseren Gentlemen waren als er, George Hardcastle!

George stand auf und wusch sich Gesicht und Hände. Er legte seine Kleider ab und zog stattdessen ein Paar grüner Strümpfe an, ein sauberes weißes Hemd, das er an Kragen und Manschetten sorgfältig ordnete. Sein bester dunkelgrüner Anzug folgte, der mit der bestickten Weste. Mit raschen Bewegungen polierte er seine schwarzen Schuhe, ehe er sie wieder anzog. Dann puderte er seine Perücke und setzte sie sorgsam auf sein dunkles Haar.

Einen Moment lang starrte George sich im Spiegel an, dann ging er an die offen stehende Schublade des Schrankes und nahm eine lange weiße Krawatte heraus.

Ungefähr fünfzehn Fuß über dem Boden kletterte Sherry wie ein Eichhörnchen in den Ästen einer großen Eiche herum. Alden lag auf dem Rücken im Gras und beobachtete ihn. Wenn das Kind ausrutschte und fiel, könnte es dabei ums Leben kommen. Aber alle kleinen Jungen kletterten auf Bäume. Ein Junge konnte nicht zu einem Mann heranwachsen, ohne Risiken eingegangen zu sein, und Alden würde ihn auffangen, lange bevor er im Gras aufschlagen würde.

Auf dem Kiesweg hinter ihm knirschten Schritte. Ein Diener verbeugte sich und reichte Alden zwei Päckchen.

Alden wartete, bis Sherry sicher zurück auf der Erde und in der Obhut von Peter Primrose war, ehe er zurück nach Gracechurch Abbey ging.

In seinem Arbeitszimmer löste er das Papier des kleineren Päckchens. Juliet hatte drei Sätze geschrieben.

Ich liebe dich. Ich glaube an dich. Ob in diesem Leben oder im nächsten, ich werde dich heiraten.

Gebettet in zerknülltes Papier lag ihr Medaillon. Alden öffnete es und schaute auf die Inschrift: der Schlüssel zu einem Schatz. Vielleicht hätte er jetzt Zeit zur Verfügung, um die Botschaft zu entschlüsseln.

Mit einem Lächeln öffnete er das größere Päckchen. Spielzeugsoldaten fielen heraus und auf seinen Schreibtisch – das Spielzeug ihres kleinen Bruders, das einst an der Quelle bei der zusammengefallenen Mauer vergraben gewesen war. Da sie keinen Schatz gefunden hatten, hatten Juliet und Kit nach Kinderart selbst einen vergraben. Dieses Mal hatte sie drei Worte geschrieben:

Für Sherry – Juliet.

Für Sherry. Alden schaute hoch und ließ den Blick durch sein Arbeitszimmer gleiten. Durch das Fenster hatte man den Blick auf einen weiteren Flügel seines geliebten Gracechurch Abbey. Auf dem Hof davor sonnten sich Juliets Katzen.

Für Sherry.

Er konnte es nicht länger aufschieben. Alden schnitt einen Federkiel zurecht und strich glättend über einen Bogen Papier.

Gracechurch Abbey

Dem Right Honourable Earl of Felton.

Mylord: Wie ich vorausgehend schrieb, war es meine Absicht, mit dem Einverständnis Eurer Lordschaft um die Hand Eurer Tochter anzuhalten, sobald sie frei ist, wieder zu heiraten. Ich ziehe meinen Antrag nicht zurück, doch ich bin verpflichtet, Eure Lordschaft über eine Änderung in meinen Verhältnissen in Kenntnis zu setzen.

Alden hielt inne und hob für einen Moment den Blick. Er lächelte angesichts seines Zögerns, es zu Papier zu bringen: die Tatsachen, die er von seiner Mutter erfahren hatte. Es hatte viel Schmeicheln und noch mehr Orangenbiskuits und das Trocknen reichlicher Tränen mit spitzengesäumten Taschentüchern gekostet, ehe sie die Dokumente herausgegeben hatte, die sie versteckt hatte, und schließlich die Wahrheit bekannt hatte, die sie die ganze Zeit über gekannt hatte.

»Mrs. Sherwoods Kind!«, hatte Lady Gracechurch gejammert. »Ich halte es nicht für richtig!«

Aber es war richtig, natürlich. Alden tauchte die Feder in das Tintenglas und schrieb weiter.

Mein Bruder hat in der Tat gesetzlich geheiratet. Ich habe jetzt den Beweis dafür. Lord Edward Vane erschlich sich Gregorys Vertrauen während eines Trinkgelages in London. Der Sohn des Dukes bewahrte das Geheimnis …

Vermutlich hatte Lord Edward eine Gelegenheit abgewartet, bei der er sein Wissen für sein persönliches Ziel hätte nutzen können! Wäre der Sohn des Dukes nicht getötet worden, hätte er diese Tatsachen weitaus hinterhältiger publik gemacht, als Hardcastle es getan hatte. Das Wissen um dieses Geheimnis über Jahre musste Lord Edward Vane eine diebische Freude bereitet haben. Doch er war gestorben, ehe er sein Wissen hatte benutzen können.

Alden begann wieder zu schreiben.

Meine Mutter wusste es auch, aber sie fand die Umstände …

Er hielt inne und dachte einen Moment lang nach, ehe er sich für das passende Adjektiv entschied. Wie sollte er die Fähigkeit seiner Mutter in Worte kleiden, unbequeme Tatsachen aus dem Bewusstsein zu verdrängen? Für jemanden wie Lord Felton war das gewiss unmöglich zu verstehen.

… ärgerlich und handelte deshalb so, als hätte diese Eheschließung nie stattgefunden.

Diese Geschehnisse hatten Gracechurch Abbey erschüttert, während er in Italien gewesen war. Alden konnte sich den Schmerz vorstellen, den die Situation verursacht haben musste. Ein skrupelloser junger Mann hatte die Geliebte seines Vaters verführt. Aus welchem Grund auch immer, vielleicht sogar aus wahrer Liebe, hatte er sie geheiratet. Aber es war kein Wunder, dass sie diese Ehe geheim gehalten hatten!

Alden versuchte, die Fakten leidenschaftslos niederzuschreiben.

Die Frau meines Bruders war eine Witwe namens Mrs. Sherwood, die die Geliebte meines Vaters war. Mein Vater entdeckte diese Liaison, wusste aber nichts von der Heirat. Die Eheschließung war legal, doch Gregory wurde getötet, ehe er es publik machen konnte. Mrs. Sherwood starb im Kindbett …

Bei Sherrys Geburt. Sie musste auf Aldens Mutter vertraut haben, die Rechte ihres Kindes zu sichern. Vermutlich hatte sie angenommen, dass Lady Gracechurch dafür sorgen würde, dass ihr Enkelkind Anspruch auf seinen rechtmäßigen Platz und den Titel erhebt. Stattdessen hatte seine Mutter Gregorys Vertrauen verraten und sich in das Witwenhaus zurückgezogen. Und sie hatte die Existenz des Babys einfach verleugnet.

Daher ist das Kind, das unter dem Namen James Sherwood in Gracechurch Abbey lebt, in Wahrheit James Granville-Strachan, der legitime Sohn meines Bruders und somit der wahre Viscount Gracechurch. Obwohl Gracechurch Abbey kein Erbgut ist, werde ich James, wenn er die Volljährigkeit erreicht hat, das Haus und die Ländereien als dem rechtmäßigen Erben übergeben. Bis dahin werde ich als sein Vormund hier wohnen bleiben.

Alden hielt inne. Das Kreuz dabei war: Er war nicht Lord Gracechurch, und er war es nie gewesen. Er war – wieder einmal – nur der jüngere Sohn, ein Abenteurer, ohne Aussichten auf etwas anderes als das, was er durch seinen Verstand und sein Können würde schaffen können. Doch weil es um Sherry ging, ärgerte ihn das nicht.

Ich kann Eurer Tochter nicht länger einen Titel bieten, ich kann unseren Kindern Gracechurch Abbey nicht als Erbe geben. Doch ich bin zu der Überzeugung gekommen, Mylord, dass Liebe alle Hindernisse überwinden kann. Deshalb ziehe ich meinen Antrag nicht zurück, es sei denn, es ist der Wunsch Eurer Tochter, wenn sie erst frei ist, sich mit diesem Gedanken zu tragen.

Ich bin Euer gehorsamer ergebener Diener, Alden Granville-Strachan.

Alden löschte das Schreiben mit Sand ab und las es noch einmal durch, ehe er den Bogen faltete. Er konnte nicht länger das Siegel der Gracechurches in das rote Wachs drücken. Es war eine verdammt düstere Zukunft, um sie der Tochter eines Earls anzubieten. Doch mit Juliet an seiner Seite – wenn sie ihn noch haben wollte – war er bereit, sich allem zu stellen.

In Felton Hall betrat Juliet das Arbeitszimmer ihres Vaters und blieb wie erstarrt stehen. Der Earl stand am Fenster, die Hände auf dem Rücken verschränkt, und starrte hinaus. Seine gedrungene Statur, seine weiße Perücke, all das war ihr inzwischen innig vertraut. Warum hatte sie nicht schon vor Jahren versucht, eine Versöhnung herbeizuführen?

»Nun, meine Liebe«, sagte Lord Felton über die Schulter. »Es ist ein Brief von deinem Verehrer gekommen, dem Burschen, der sich selbst Lord Gracechurch genannt hat. Du liest ihn besser selbst.«

... sich selbst genannt hat?

Das Porträt ihrer Mutter hing an der Wand. Die Augen schienen Juliet mitfühlend zu folgen, als sie zum Schreibtisch ging und den Brief nahm. Seine Handschrift. Sie setzte sich und las den Brief zwei Mal.

»Komische Geschichte, was?«, ergriff der Earl das Wort.

Sie schloss die Augen und stellte sich den Schmerz vor, den Alden dabei empfunden haben musste, all das herauszufinden. Sie wusste, was es ihn gekostet haben musste, jeden Anspruch auf Gracechurch Abbey aufzugeben, das Haus, das er leidenschaftlich liebte. Doch es war Sherry, dem es zugute kam!

Ihr Vater wandte sich um. »Wie werden wir jetzt entscheiden?«

»Sobald ich frei bin, wird es eine Hochzeit geben«, erklärte Juliet fest.

Lord Felton starrte sie an. »Du würdest diesen Burschen nehmen mit nichts als den Kleidern auf seinem Leib?«

Juliet lächelte. »Ausgezeichnete Kleider, Mylord, an einem wunderbaren Burschen. Natürlich würde ich ihn nehmen.«

»Verdammt!« Der Earl ließ sich auf die Fensterbank sinken.

Juliet ging zu ihm und kniete sich vor ihn. »Wenn dieser Brief nicht seinen Charakter beweist, was sonst könnte das? Alden wird seinen Besitz an das Kind seines Bruders geben! Er ist dazu nicht verpflichtet. Er kann zwar den Titel nicht mehr führen, aber er könnte den Besitz behalten. Stattdessen wird er fortfahren, den Wohlstand zu mehren und die Zukunft für Sherry zu sichern ...«

»Sherry?«

»Klein-James, Viscount Gracechurch.«

Der Earl schüttelte den Kopf, er schien verblüfft. »Dieses Kind lebte auf Gracechurch Abbey, obwohl Alden Granville-Strachan ihn für den Sohn der Mätresse seines Vaters und eines Fremden hielt – einen namenlosen Bastard?«

»Sherry wurde dort geboren«, sagte Juliet. »Wo sonst hätte er leben sollen?«

Lord Felton tätschelte ihren Arm und schwieg eine Weile, ehe er wieder das Wort ergriff. »Aber dein Verehrer steht mit Nichts da! Er ist ein berüchtigter Schürzenjäger und Spieler. Er hat quer durch ganz Europa und England reihenweise Herzen gebrochen. Wie kann ich ihm da meine einzige Tochter anvertrauen?«

»Ganz leicht«, meinte Juliet. »Ihr tut es mir gleich und sagt Ja.«

Der Earl erhob sich. »Es gibt noch andere Neuigkeiten, meine Liebe. Du setzt dich besser.«

Juliet fühlte das Blut aus ihrem Gesicht weichen, als ihr Vater so plötzlich den Tonfall wechselte. Sie setzte sich auf den nächstbesten Stuhl.

»George Hardcastle«, erklärte der Earl. »Es gibt keinen anderen Weg, als es freiheraus zu sagen. Der Mann hat sich gestern erhängt. In seinen besten Kleidern. Er hat einen Brief hinterlassen.«

Er zog ein zweites Papier aus seiner Tasche.

Verurteilt mich nicht zu hart. Dies ist der einzige Ausweg.
Hardcastle.

»Du bist jetzt frei«, sagte der Earl. »Es wird keine Gerichtsverhandlung geben. Irgendwie hat der Kerl den Mut gefunden, ehrenwert zu handeln. Willst du diesen Alden Granville-Strachan jetzt noch immer zum Ehemann? Selbst wenn er für sich keinen Anspruch auf Gracechurch Abbey erhebt?«

Sie schloss die Augen, um die Tränen zu verbergen, die in ihr aufstiegen. »Ja. Von ganzem Herzen.«

»Dann mögest du deinen neuen Verehrer zum Mann nehmen, wenn du es wünschst – nach einer angemessenen Zeit. Aber zuerst wäre es besser, er würde sich dessen als würdig beweisen, nicht wahr?«

»Sich beweisen? Wie viel mehr könnte er sich noch beweisen?«

»Er ist ein feiner Mann, das werde ich nicht abstreiten, aber er ist auch ein berüchtigter Frauenheld. Lass ihn auf dich warten. Lass ihn zeigen, dass er keine andere Frau will. Lass ihn ein Jahr und einen Tag warten. Wenn er dich dann noch immer will, wenn er die ganze Zeit treu bleibt, dann kann er dich haben.«

»Ein Jahr und einen Tag? Das ist unfair!«

»Ha! Du denkst also, er kann nicht warten? Meinst du, er wird Trost in einem anderen Bett finden, wenn er nicht in deinem liegt?«

»Ich denke, dieser Test würde nichts beweisen. Ein Jahr und einen Tag, Vater! Nachdem Mama und Kit gestorben sind, glaubte ich, ich würde jede Strafe verdienen. Inzwischen glaube ich das nicht mehr. Ich weiß, dass Alden mich liebt und dass wir zusammen glücklich werden. Wir sind genug bestraft worden, findest du nicht?«

Der Earl schaute auf das Porträt seiner Frau. »Deine Mutter wollte immer nur, dass du glücklich bist. Also gut, meine Liebe. Wir werden einen Kompromiss schließen. Lass George Hardcastle anständigerweise drei Monate in seinem Grab ruhen. Erweise seinem Andenken Respekt, auch wenn er es nicht wert war. Lass Alden Granville sich in der Zwischenzeit als treu beweisen. Wenn er es kann, werde ich eurer Heirat nicht im Wege stehen. Aber wenn er es nicht kann, dann heiratest du diesen Mann nur über meine Leiche.«

Kapitel 18

Der Sommer verging zum Herbst. Gänse zogen in langen Bändern über den Himmel. Juliet ging zu der Mauerruine, zu der Stelle, an der Kit und sie einst nach dem Schatz gesucht und die Spielzeugsoldaten vergraben hatten. Arbeiter hatten Lord Edwards Grube wieder aufgefüllt und Heu auf der nackten Erde verstreut, damit hier im Frühling neues Gras wachsen würde. Aber noch gab es dort die Erdnarbe, die die Weide verunstaltete.

Es waren drei Monate seit dem Tag vergangen, an dem sie von Georges Tod erfahren hatte, seit sie Aldens Brief gelesen hatte, in dem von der heimlichen Heirat seines Bruders die Rede gewesen war, und seit sie die Forderung ihres Vaters akzeptiert hatte, mit der Hochzeit zu warten.

War es ein Risiko gewesen? Ein Mann, der die Sinnlichkeit so brauchte ...

Doch unter diesen aufwühlenden Versuchen zu zweifeln brannte die helle Flamme eines viel tieferen Wissens: wie sehr Alden sie lieben musste und was für ein außergewöhnlicher Mann er doch war. Zum ersten Mal in ihrem Leben hatte sie erfahren, was wahre Liebe bedeutete.

Und so hatte sie gewartet, während sie in jedem Winkel ihrer Seele spürte, wie sehr sie ihn vermisste.

Dem Wunsch ihres Vaters gemäß hatte Alden ihr keinen Besuch abgestattet, aber er hatte jeden Tag geschrieben: Es waren Neuigkeiten über Sherry, von ihren Katzen, von den Verbesserungen, die er in Gracechurch Abbey weiterführte, zum Nutzen des Kindes seines Bruders – und es waren persönliche, private Dinge, die ganz allein für Juliet bestimmt waren.

Und jeder Brief endete auf die gleiche witzig geistreiche

Weise, die so typisch für ihn war: Er teilte ihr seinen Schachzug mit, auf den sie jeden Tag mit einem Gegenzug antwortete. So war es gekommen, dass in Gracechurch Abbey und in Felton Hall zwei Schachbretter lagen, auf denen sich eine Partie abspielte, ein Muster, ein Spiel, ein Herz …

Einer von Aldens Briefen hatte ihr so großes Herzklopfen bereitet, dass sie sich hatte setzen müssen.

Ich bekam gestern Besuch. Mr. Dovenby traf hoch zu Pferde hier ein. Auf eine Art sind wir Freunde geworden, obwohl die geheimnisvolle Taube *nicht sehr leicht Freundschaft zu schließen scheint. Habe ich dir je erzählt, dass er bereits Pläne betrieb, den Sohn des Dukes zu vernichten, und dass er seine eigenen Gründe für eine Rache hatte, als ich ihn das erste Mal um seine Hilfe bat? Wir schulden ihm viel, Juliet, aber seine Gründe, Lord Edward zu hassen, sind seine ganz eigenen, und er behält diese für sich. Als ich ihn drängte, sagte er nur dies: Hätte es je eine Frau gegeben, die er hätte lieben können, wärst du diese eine gewesen. Wie könnte ich ihm das verdenken?*

Warum berührte sie dieses Eingeständnis eines Fremden so sehr? Robert Dovenby war einer der wenigen Männer, die sie je getroffen hatte, die sie nicht angesehen hatten, als wäre sie etwas, auf das zu verschlingen sie das Recht hätten. Sie wusste jetzt, welch wichtige Rolle er dabei gespielt hatte, dass sie und Alden sich gefunden hatten: Er war fast so etwas wie ihr Schutzengel gewesen – doch mehr wusste sie nicht über ihn.

Aber eines fiel ihr wieder ein: Ihre weibliche Intuition hatte ihr gesagt, dass sie in der Zukunft nicht viel von Mr. Dovenby zu sehen bekommen würde. Jetzt war ihr klar, warum.

Juliet setzte sich auf die Mauer und schloss die Augen.

Das Donnern von Pferdehufen kam über die Weide auf sie zu. Erwartung prickelte in ihrem Nacken. Die Hufschläge kamen näher. Ein kleines metallisches Klirren vom Zaumzeug, ein leises Schnauben. Das Pferd war stehen geblieben.

Wärme strömte durch ihr Blut, als schiene ihr die Sonne direkt ins Herz.

»Es tut mir leid, dass es keinen Schatz gibt«, sagte sie und ließ ihrer Freude freien Lauf.

»Hols der Teufel, Ma'am! Warum sonst bittet Ihr mich, Euch hier zu treffen, wo der Felton-Schatz vergraben worden sein soll? Schließlich habe ich mich danach gesehnt, Euch im Glanze von Harald Schönhaars Goldschmuck zu sehen«, erwiderte seine Stimme, in der Lachen und Liebe schwangen. »Einen schweren Bronzering um Euren Hals. Primitive Armreifen und Halsketten. Ein Wikinger-Schatz aus glänzendem Gold, verteilt auf Eurem Körper.«

Sie lächelte, als seine Nähe ihr helles Licht ausbreitete. »Welches Kleid könnte ich wohl zu solchen Juwelen tragen?«

»Natürlich gar kein Kleid: nur den Schatz und sonst nichts. Ich musste in diesen letzten drei Monaten eine Menge Trost aus dieser Erinnerung und meiner Fantasie schöpfen.«

Unbeschwerte Fröhlichkeit ließ sie auflachen, als hätte die Quelle von einst wieder ihren Weg an die Oberfläche gefunden. »Ihr habt Euch mich nackt vorgestellt, Sir?«

»Jeden Tag!«

Juliet öffnete die Augen, stand auf und wandte sich um. Alden zog seinen Dreispitz vor ihr. Er war ganz in Weiß gekleidet: Mantel, Weste, der Flaum schneeweißer Spitzen, sogar der elfenbeinfarbene Dreispitz, den er von seinem goldenen Haar gezogen hatte. Nur seine Stiefel glänzten pechschwarz, während das Fell seines Pferdes wie eine Perle schimmerte, die Mähne und der Schweif ein Schwung aus flüssigem Eis.

Das Pferd bewegte sich nervös und scharrte mit dem Huf.

»Ein weißer Hengst«, sagte Alden. »Es schien mir angemessen.«

»Es ist nicht wichtig. Nur dass du hier bist!«

»Ihr habt nicht mehr den Wunsch nach einem Ritter auf einem weißen Pferd, Ma'am?« Er grinste. »O weh, ich bin vernichtet.«

»Nein, der Schatz. Der Schatz ist nicht wichtig.«

»Er war es nie«, erwiderte Alden.

»Du willst mich noch immer heiraten, auch ohne den mythischen Schatz meiner Ahnen?«

»Wenn du einen mittellosen jüngeren Sohn nehmen willst. Wir können auf Gracechurch leben, solange Sherry klein ist. Wenn er alt genug ist, die Zügel selbst in die Hand zu nehmen, werde ich genügend eigenen Wohlstand erreicht haben, damit wir beide behaglich davon leben können – zumindest wird es reichen, um uns ein Cottage zu kaufen mit einigen Hühnern und Schweinen.«

»Ich habe nie Schweine gehalten.«

»Wie du es wünschst, Weib. Wirst du damit zufrieden sein, einfach eine Mrs. Granville-Strachan zu sein?«

»Ich würde auch damit zufrieden sein, einfach Polly Brown zu sein, wenn das bedeutet, dass wir zusammen sein können. Aber ich habe etwas für dich.«

Sie zog einen Brief aus ihrer Tasche, den ihr Vater geschrieben und versiegelt hatte. Er war an Alden adressiert. Er hielt mit einer Hand die Zügel, während er schweigend las, dann dirigierte er sein Pferd herum, um Juliet anzusehen.

»Nun, Ma'am. Wie es scheint, werden wir nun doch nicht die Möglichkeit haben, auf immer Mr. und Mrs. Granville-Strachan zu sein.«

Juliet starrte zu ihm hoch, das Herz war ihr plötzlich schwer wie Blei. »Was meinst du?«

Er ließ den Brief in ihre Hand fallen und lachte. »Nur das, Juliet: Die Grafenwürde wird mit deinem Vater sterben ...«

»Das weiß ich. Das machte Kits Tod nur noch schlimmer.«

»Deshalb hat dein Vater eine Petition an den König gerichtet, den Titel nach seinem Tod erneut zu verleihen, und zwar dem Mann, der dumm genug ist, dich zu heiraten. Der König hat zugestimmt. Wenn du mich heiratest, werden wir nicht Lord und Lady Gracechurch sein, aber dafür eines Tages Lord und Lady Felton.«

Juliet starrte ihn verblüfft an, bis auch sie zu lachen begann. Sie gestikulierte mit den Händen und zeigte auf die riesigen Ländereien um sie herum.

»All das wird mit der Grafenwürde kommen: das Haus, das Land, Pachthöfe …«

»Fürwahr, Ma'am«, unterbrach Alden ihre Rufe der Freude. »Ich bin verteufelt enttäuscht! Ich war zu einem Cottage entschlossen, und jetzt wollt Ihr mir all das hier aufbürden.« Er streckte die Hand aus, Mutwillen funkelte in seinen Augen. »Dennoch glaube ich, dass ich den Bedingungen Eures Vaters zustimmen muss. Wie Euch zweifellos bewusst ist, bin ich nur an Eurem Vermögen interessiert, Ma'am – bin es von Anfang an gewesen.«

»Ich bin wirklich erleichtert, Sir, dass Euch mein Körper ganz und gar nicht interessiert.«

»Ach, dann solltet Ihr mich doch nicht heiraten. Ich verbrenne nach Eurem Körper.«

»Während ich, Sir, nur in Flammen nach Eurem scharfen Verstand stehe. Wir müssen unsere letzte Schachpartie noch beenden.«

»Nicht die letzte«, widersprach Alden. »Die erste von vielen anderen. Aber die Wahrheit ist, dass ich verzweifelt bin, einsam und voller Sehnsucht nach dir: in meinem Leben, in meinem Herzen und in meinem Bett.«

Sie trat näher an das Pferd und legte eine Hand auf dessen schimmernden Nacken. »Ich auch«, bekannte sie und reichte Alden ihre Hand.

Er fasste hinunter und ergriff sie. Juliet raffte ihre Röcke und setzte den Fuß auf seinen Stiefel. Im nächsten Augenblick hatte Alden sie mit Schwung auf das Pferd gezogen und vor sich gesetzt. Hungrig fand sein Mund den ihren.

Der Hengst begann zu tänzeln, ihm war unbehaglich mit seiner doppelten Last.

»Verdammt!« Alden unterbrach den Kuss und war gezwungen, wenigstens einen Teil seiner Aufmerksamkeit dem Pferd zu schenken. »Dieses Davonreiten mit der holden Maid auf dem Rücken eines weißen Hengstes ist schwieriger, als ich dachte.«

»Wir werden nirgendwohin reiten!«

»Du hast recht«, sagte er und hauchte einen Kuss auf ihr Ohr. »Ich dachte, du würdest gern wissen, wie ich über deinen Schatz denke.«

Sie lehnte sich gegen seine breite Brust. »Was meinst du?«

»Dass du in der Tat hier Gold hast, mein Herz, wenn du es als Mitgift für deine Tochter willst.«

»Einen Schatz von der schweren, metallenen, materiell wertvollen Art? Kit und ich sind den Anweisungen im Medaillon meiner Mutter ganz genau gefolgt, und Lord Edward auch. Es wurde kein Schatz gefunden.«

»Schau dir diese Stelle dort an, dort, wo der Boden so matschig ist«, bat Alden, während sie an der Stelle vorbeiritten, an der Lord Edward die Grube hatte ausheben lassen. »Kisten in der Erde zu vergraben ist eine verteufelt schlechte Methode, um Dinge zu verstecken. Wäre der Felton-Schatz auf diese Weise vergraben worden, hätten Oliver Cromwells Männer ihn sofort gefunden.«

»Also haben wir uns alle geirrt?«

»Nur ein klein wenig. Diese Mauer dort«, er wies mit dem Kopf zu der alten Mauerruine, »gibt es schon seit sehr langer Zeit. Vielleicht war es ursprünglich eine Mühle, denn die Mauern sind römisch. Ganz gewiss stand sie schon während des

Krieges hier. Welcher Platz wäre besser geeignet gewesen, einen Schatz zu verstecken, als in deren zerfallenden Mauern?«

Juliet umklammerte seinen Arm, als das Pferd zu bocken begann. »Aber das Medaillon sagt, dass der Schatz fünf Fuß von der Oberfläche der Quelle entfernt liegt.«

»In der Tat sagt es das, aber fünf Fuß *über* der Oberfläche, nicht darunter. Was wettet Ihr, Ma'am, dass unsere Söhne und Töchter Harald Schönhaars Schatz finden werden, wenn sie die Mauersteine in der richtigen Höhe über dem Boden herausbrechen?«

»Unsere Söhne und Töchter – etwas daran klingt sehr, sehr schön. Was möchtest du, worum ich wette?«, fragte Juliet. »Meine schäbige Tugend?«

Seine Lippen strichen über ihren Nacken und schickten eine heiße Welle der Sehnsucht ihren Rücken hinunter. »Die hatte ich schon. Wie wäre es, wenn du mir das Versprechen geben würdest, dass deine Liebe zu mir ewig ist? Meine hast du. Auf ewig, Juliet.«

»In dem Fall, lieber Ehemann, schere ich mich wirklich nicht um einen anderen Schatz.«

»Gut«, erwiderte er. »Harald Schönhaars Goldschatz liegt dort seit hundert Jahren. Wenn es ihn gibt, kann er noch einmal hundert Jahre warten. Dieser verdammte Hengst ist kaum noch zu bändigen. Wollen wir bis zum Horizont galoppieren und glücklich und zufrieden bis ans Ende unserer Tage leben?«

Juliet spürte Alden, und sie genoss seine Nähe und die Geborgenheit, die sein starker Arm ihr gab. »Mit dir werde ich überall glücklich und zufrieden sein, wohin du mich auch bringst.«

Alden wendete sein Pferd und gab ihm die Sporen.